P—

D0733471

PREMIÈRE CLASSE

CAROLINE GRAY

PREMIÈRE CLASSE

ALIZÉS

Titre original :
First class

© *CF Beermann BV 84*
Édition originale : First class, Éd. Michaël Joseph.
© Londreys, 1987, Édition française.
ISBN : 2-266-03199-6

Prologue

— Bonsoir, monsieur Maynor.
— Bonsoir, monsieur Maynor.
— Bonsoir, monsieur Maynor.

Les trois jeunes femmes sortirent du bureau, refermant la porte derrière elles ; avant qu'elle soit complètement fermée Griffith Maynor les entendit rire et discuter avec une délectation anticipée de leurs projets pour le week-end. Il soupira et essuya son pince-nez avec un mouchoir de soie.

Même après trois ans, Griffith Maynor ne parvenait à se faire, dans un bureau, à un personnel féminin dont les yeux s'embuaient quand il élevait un peu la voix ou qui se mettait à glousser à la moindre occasion. De tous les crimes qu'on imputait au Kaiser Guillaume II d'Allemagne, se disait-il souvent, le plus odieux était sans doute d'être parvenu à imposer un personnel féminin dans les bureaux d'une respectable compagnie maritime londonienne.

Et de quelle façon insidieuse cela s'était produit. Au début de la guerre, en août 1914, rien ne laissait prévoir une évolution aussi radicale. On pensait alors que le conflit ne durerait guère plus de six mois. Comment aurait-il pu durer plus longtemps quand chacune des parties disposait d'un armement susceptible de détruire toute une armée en trois mois ? Mais cela durait depuis plus de quatre ans et si les armées qui avaient commencé

7

la guerre avaient depuis longtemps disparu, on les avait sans cesse et continuellement remplacées par tous les hommes que l'on pouvait trouver y compris par tous les jeunes employés du bureau de Londres de Maddox et Compagnie. Maynor avait soufflé à Carter Maddox qu'il ne serait peut-être pas mauvais de faire venir quelques personnes des États-Unis, mais le vieux bonhomme avait toujours eu des employés britanniques dans ses bureaux de Londres et il n'allait pas innover à un moment où une nation à laquelle il vouait les plus grands respect et admiration — ses ancêtres étaient des immigrants du Yorkshire et, en outre, l'aristocratie britannique fournissait bon nombre de passagers de première classe des navires de la Maddox Line — se battait pour sa survie. Les hommes étaient donc remplacés par des femmes, qui, depuis trois ans, maculaient les connaissements de poudre de riz et le clavier de leur machine à écrire de vernis à ongle.

— Ça ne durera pas, n'est-ce pas, monsieur Maynor ? demanda Portman.

A cinquante-sept ans, il avait échappé à la mobilisation et, d'un poste insignifiant était devenu employé principal. Il n'a plus rien d'un *employé,* songea mélancoliquement Maynor. Rondelet et manifestement prospère, il arborait une chaîne en or qui lui barrait le ventre. Selon Maynor, seuls les directeurs devraient être en droit de porter des chaînes en or sur des brioches caractéristiques — il caressa la sienne avec une certaine satisfaction.

— Parlez-vous des jeunes dames, Portman ? Ou de la guerre ? demanda-t-il.

— Ma foi... des deux, qu'en pensez-vous ?

— Oui, répondit pensivement Maynor.

Et, incontestablement, l'effondrement de l'Allemagne n'était plus qu'une question de jours, s'il fallait en croire les nouvelles arrivant de France. Ce qui se traduirait, certainement, par moins de nuits blanches passées à s'inquiéter du sort des grands paquebots qui composaient la flotte Maddox et, plus encore, du voisinage de quelque sous-marin allemand. Ce qui se traduirait également, comme le laissait entendre Portman, par le retour de tous ces jeunes gens arrachés inconsidérément à leur bureau pour les envoyer sous l'uniforme. Ce qui, en conséquence et puisque le bureau de Londres de la Maddox n'avait l'utilisation que de trois employés subalternes, se traduirait par le départ de ces demoiselles — mais c'est à lui qu'il appartiendrait de leur signifier leur congé et de voir s'emplir de larmes ces yeux bleus, gris ou marron.

— Quel jour merveilleux ce sera, monsieur Maddox. Eh bien, je vais vous souhaiter le bonsoir.

— Oh, bonsoir, Portman. Et bon week-end.

Par la fenêtre de son bureau, Maynor alla jeter un regard sur le ciel gris de ce soir de novembre. Impossible, bien sûr, de passer un bon week-end à cette époque de l'année avec, de surcroît, les restrictions imposées aux déplacements. Impossible de passer un bon week-end, également, quand on s'appelait Griffith Maynor et que l'on était le directeur londonien de la Maddox Line — et que le jeune M. Brent Maddox arrivait pour une permission de deux jours. Incontestablement, Brent Maddox était un type formidable. Qui, avec sa fortune et son avenir, se serait précipité pour s'engager à l'instant même où le président Wilson déclarait la guerre à l'Allemagne ? Et qui aurait refusé tout poste dans la société pour servir comme officier subalterne sur un minuscule destroyer qui passait son temps en patrouilles dans l'Atlantique Nord au milieu de l'incessant danger que constituaient les éléments et les torpilles ?

Mais Brent Maddox, si admirable et pétri d'incontestables qualités fût-il, n'en était pas moins le plus grand bambochard que Maynor eût jamais rencontré. La pensée que Carter Maddox avait plus de soixante ans et le cœur fatigué provoquait chez Maynor davantage de cauchemars encore que les U-boats : Brent était le fils aîné et la Maddox Line une société privée.

Aussi, la présence du lieutenant Brent Maddox en

permission à Londres avec deux ou trois amis allait sans doute se traduire, pour le moins, par un coup de fil de la police et l'obligation de se présenter au tribunal. Il poussa un nouveau soupir, tourna le dos à la fenêtre et aperçut Portman qui, sur le seuil, se livrait à une vague mimique.

— Quelque chose qui ne va pas? demanda Maynor, songeant que, depuis deux jours au moins, Portman perdait l'esprit.

— Il y a là un homme qui veut vous voir, répondit Portman.

— C'est fermé.

— Je le lui ai dit, monsieur Maynor, mais il...

— Vous êtes monsieur Griffith Maynor?

Maynor sourcilla, d'abord à cause du fort accent étranger de l'intrus, ce qui constituait toujours une raison de se montrer soupçonneux à Londres en 1918. Mais il fut également surpris par l'élégance de l'inconnu. Une élégance telle, en fait, que du feutre gris aux demi-guêtres sur les chaussures, en passant par la perle de l'épingle à cravate, la bague, le costume d'un faiseur de Savile Row, les gants de chevreau blanc et la canne à pommeau d'argent — tout cela ajouté à sa haute taille, sa moustache en guidon de vélo, ses traits aquilins et l'autorité qu'il dégageait — l'homme était particulièrement impressionnant.

— Je suis bien M. Maynor. Et vous-même?

— C'est sans importance. Je désire vous entretenir d'une affaire des plus urgentes, dit l'inconnu qui ajouta, regardant Portman: Seul.

— D'une affaire de transport maritime? Nous sommes une compagnie de navigation.

— Je le sais parfaitement, monsieur Maynor.

— Vous ne pensez pas que je devrais rester, monsieur Maynor? demanda Portman.

— Il s'agit d'une affaire tout à fait confidentielle, fit observer l'inconnu.

— Peut-être a-t-il, euh, une arme. C'est peut-être un espion, souffla — assez fort — Portman.

— Je suis sûr que ce monsieur va s'expliquer, Portman. Vous pouvez rentrer.

Le bonhomme n'avait certainement pas *l'air* d'un espion. Et c'était là une bonne occasion de rappeler à ce prétentieux qu'en matière d'affaires confidentielles seul comptait vraiment le directeur.

— Bien, fit Portman, toujours aussi peu convaincu. Bonsoir, monsieur Maynor. Bonsoir monsieur...

L'inconnu se borna à continuer à le fixer jusqu'à ce que la porte se referme.

— Nous sommes seuls, maintenant ? demanda-t-il.

— A part les souris, répondit Maynor, réalisant qu'il ne déclencherait pas le moindre rire, pas même un sourire. Asseyez-vous.

— Je vous remercie, mais d'abord...

L'étranger tira une petite bourse de sa poche intérieure et posa sur le sous-main, devant l'Anglais, un objet brillant.

— Savez-vous ce que c'est ? demanda-t-il.

— Euh..., dit Maynor, se penchant en avant pour examiner la pierre d'un rouge translucide. Je dirais qu'il s'agit d'un grenat singulièrement gros.

L'étranger fit entendre un bruit de bouche en s'asseyant.

— Il s'agit d'un *rubis* singulièrement gros, monsieur Maynor.

— Un rubis ! Seigneur Dieu ! Il doit valoir...

— Plus de dix mille roubles, monsieur Maynor.

— Ah. Vous êtes un gentleman russe, dit Maynor, se redressant puis fronçant les sourcils. Pas un de ces bolcheviks ? Non, je ne pense pas, conclut-il en regardant la perle de l'épingle de cravate.

— Je suis le comte Dimitri Stologine. Écuyer du tsar de toutes les Russies, précisa le Russe, ramassant la pierre qu'il remit dans la bourse.

— Le tsar de toutes les Russies. N'est-il pas mort ?

— Le tsar de toutes les Russies ne meurt pas, mon ami. Même si un monarque meurt, le titre demeure à jamais. Mais vous avez raison de dire que le tsar *Nicolas* est mort. Assassiné il n'y a pas trois mois. Avec la tsarine et tous leurs enfants. Vous êtes au courant ?

— Ma foi… tout le monde est au courant.

— Dans ce cas vous savez également que le grand-duc Cyrille est maintenant tsar de toutes les Russies.

— Voyez-vous, je n'y avais pas songé. Il se passe tant de choses, dit Maynor, comme pour s'excuser. Mais je pense qu'il doit l'être.

— Effectivement. Ce que j'ai à vous dire doit demeurer strictement confidentiel, monsieur Maynor.

— Oh, tout à fait.

Stologine regarda à gauche et à droite, comme s'il craignait que quelqu'un ne se soit subrepticement glissé dans le bureau, puis il se pencha vers son interlocuteur :

— Savez-vous, monsieur Maynor, que la plus grande partie de la fortune personnelle des Romanov, surtout composée de bijoux, de pierres brutes comme celle que vous venez de voir et de lingots d'or, se trouve déposée ici à Londres ?

— Vraiment ? fit Maynor qui essuya son pince-nez, n'imaginant rien de plus original à répondre..

— Depuis la première révolution russe de 1905. Le défunt tsar a jugé cela préférable, compte tenu de l'évolution des événements en Russie. Pas un seul instant il n'a songé qu'il ne pourrait, en cas de besoin, trouver asile ici. Mais, grogna Stologine, c'était avant que ce Lloyd George devienne Premier ministre. Cette fortune, monsieur Maynor, a été évaluée, en 1914, à cinq milliards de roubles.

— Cinq…, reprit Maynor en se grattant la tête.

Le taux de change officiel, en 1914, était environ de dix roubles pour une livre.

— Cinq cents millions de livres ? calcula Maynor. Mon cher monsieur…

Il fut pris de vertige. Converti en dollars, à cinq dollars pour une livre…

— Bien entendu, ce montant aura augmenté depuis lors. Il s'agit d'une somme considérable, monsieur Maynor.

— Considérable ? Oh, en effet. Si... commença Maynor qui renonça à exprimer son scepticisme quant à l'existence d'une telle somme. Oui, effectivement, se borna-t-il à dire.

— Et elle se trouve ici à Londres. Dans un pays où, chaque jour, le Premier ministre est plus près de reconnaître les bolcheviks.

— Vraiment ? Non, non, je ne pense pas qu'il ferait cela.

— Il a refusé asile au défunt tsar et à sa famille. Songez-y, monsieur Maynor. A quatre jeunes filles belles et innocentes et à un pauvre petit garçon malade. Il a refusé de les aider. En fait, il les a condamnés à une mort affreuse.

— Voyons, comte, euh... Stologine, je ne puis souscrire à cette affirmation. Je suis sûr que les circonstances...

— Les circonstances, coupa le comte. Bah. Le bonhomme est lui-même un révolutionnaire. Songez à ce qu'il a fait à la classe dirigeante en Grande-Bretagne. Avant même que vous vous en rendiez compte, il aura reconnu Lénine, et Lénine va demander que la fortune des Romanov soit restituée à la Russie. Mon ami, cela ne doit pas être. Cet argent représente l'espoir pour l'avenir, l'espoir d'une restauration tsariste sans laquelle l'avenir apparaît bien sombre.

— Sans doute, murmura Maynor. Eh bien, cher monsieur, je ne doute pas de la véracité de vos dires, mais je ne vois pas en quoi cela me concerne. Puis-je vous demander... ?

— Sa Majesté le tsar souhaite que l'on retire de Londres la fortune des Romanov pour la mettre en sécurité aux États-Unis.

— Aux... grand Dieu !

— En effet, dit Stologine, caressant les pointes de sa moustache. Et comment cela ? Eh bien, monsieur Maynor, après mûre réflexion nous avons choisi un paquebot de la Maddox Line. Vos navires sont rapides et sûrs, et bien commandés, semble-t-il. Je pense ne pas me tromper en disant que vous êtes la seule grande compagnie qui n'ait pas perdu un navire du fait de l'ennemi?

— C'est tout à fait exact. Mais n'oubliez pas que nous ne sommes entrés en guerre qu'après l'instauration du système des convois. L'Amérique, veux-je dire. Mais, ainsi que vous le dites...

— Dans ce cas, vous allez le faire? Quand part votre prochain navire? Il est impératif que cela se fasse vite.

— Vous voulez dire que vous voulez expédier, euh, pour cinq cents millions de livres en bijoux et lingots à New York par l'un des paquebots de la compagnie? Mon cher comte, je ne sais quoi vous répondre. Je ne sais ce qu'en diront les assureurs.

— Pas d'assureurs, dit Stologine.

— Non... mon cher comte...

— Toute l'affaire doit être menée dans le plus grand secret. N'ayez aucune crainte. Quatre personnes de confiance de l'entourage du tsar, ainsi que moi-même, accompagnerons le trésor. Nul ne le volera, ajouta Stologine, souriant pour la première fois, mais pas d'amusement.

— Mais, mon cher comte, les U-boats allemands...

— Rentrent au port. Le pays est sur le point de capituler. Tout le monde le sait. Mais à l'instant de l'effondrement effectif de l'Allemagne, à l'instant où Lloyd George songera qu'il peut arriver à un accord avec les bolcheviks, cet or devra être sorti d'Angleterre.

— Oh, tout à fait, dit Maynor, consultant son agenda. En fait, nous avons un navire qui lève l'ancre, euh, eh bien... très bientôt.

Évidemment, il n'allait pas révéler la date exacte à un parfait étranger, quel que soit le nombre de ses rubis de grande valeur. On était en guerre.

— Avec le convoi de vendredi prochain au départ de Liverpool, j'imagine. Dans une semaine, dit Stologine. Oui, le quinze novembre. Cela conviendra parfaitement.

— Ah... commença Maynor, qui rougit, se gratta la tête. Je vais devoir télégraphier à New York pour qu'on me confirme que nous pouvons accepter une telle cargaison.

14

Non, fit Stologine du doigt.

— Pas de télégraphe. On sait ce qui se trouve dans les télégraphes.

— Mon cher monsieur...

— Personne ne doit être au courant, sauf vous-même et les personnes qui m'accompagneront. Nous vous offrons un pour cent de la valeur de la cargaison, pour son transfert à New York à bon port. Si vous n'acceptez pas ces conditions, nous irons voir ailleurs, monsieur Maynor.

L'idée traversa l'esprit de Maynor que la menace ne cadrait pas avec l'intention avouée du comte de garder l'affaire secrète — ou était-ce là une autre menace ? — Mais il se préoccupait davantage de la somme proposée.

— Un pour cent, murmura-t-il.

Vingt-cinq millions de dollars de frais d'expédition pour un voyage de cinq jours. Le bénéfice d'une année — le *chiffre d'affaires* d'une année depuis le début de la guerre, et ce en une semaine. Mais s'il acceptait la cargaison et si quelque chose tournait mal...

— Eh bien, exigea Stologine. Il me faut une réponse immédiatement.

— Immédiatement, reprit Maynor qui jamais, de toute sa vie, n'avait pris une décision immédiate. Immédiatement... Comme soudain inspiré il ajouta : Je n'ai pas qualité pour vous donner une telle réponse, comte Stologine. Mais il se trouve que le vice-président de la Maddox Line est en route pour Londres et sera là demain matin. C'est à lui qu'il appartiendra de prendre la décision d'accepter ou pas.

— Le vice-président ?

— Ce ne fera qu'une seule personne de plus dans la confidence, fit observer Maynor. Et des plus importantes et dignes de confiance.

— Peut-il prendre une telle décision, immédiatement ?

— Oh, certes M. Brent Maddox prend sans cesse des décisions immédiates. Dirons-nous, ici, à huit heures demain matin ?

— A huit heures ? Un samedi matin ? dit Stologine, choqué.

— M. Maddox a de nombreux rendez-vous importants, expliqua Maynor, espérant que les tenanciers de bars et les prostituées de Londres lui seraient reconnaissants de cette promotion. Et son train arrive à sept heures trente. Il est indispensable de pouvoir vous entretenir avec lui avant qu'il, euh, se trouve pris par les affaires de la compagnie.

Et avant, espéra-t-il, qu'il ait le temps de s'enivrer.

— Balivernes, observa Brent Maddox. Tout cela ne me semble être qu'un tas de balivernes, mon vieux.

Le comte Stologine sursauta et parut se figer en un garde-à-vous, bien qu'assis devant le bureau de Maynor. Tandis que celui-ci, assis à côté du comte à qui il avait cédé son fauteuil, poussait un soupir de désespoir. Apparemment, on avait pu trouver de la bière dans le train, à moins que M. Brent ait quitté Douvres avec plusieurs caisses dans ses bagages ; de toute évidence, il n'était pas à jeun. Pas plus qu'il n'était d'excellente humeur d'avoir été tiré du confort de l'hôtel Savoy pour se retrouver dans un bureau frisquet de Cockspur Street — même tout proche — afin de discuter affaires, avant même d'avoir eu le temps de prendre un bain et de se raser. Mais il souriait tout en parlant, et lorsque Brent Maddox souriait il était difficile de prendre ombrage. A bien des égards il rappelait à Maynor, peu gâté physiquement, un dieu grec qui eût été brun et non pas blond. Mais la bouche généreuse et le nez droit, le menton carré, les cheveux bruns et brillants, plantés sur une carcasse de un mètre quatre-vingt-six, aux épaules larges, aux jambes longues et puissantes — drapé en outre dans un impeccable uniforme bleu de la marine américaine — tout cela révélait un être quelque peu hors du commun. Maynor, quant à lui, ne pensait pas que l'homme *était* hors du commun, intellectuellement du moins — tandis que Brent lui-même paraissait incontestablement convaincu de sa supériorité en ce bas monde.

16

Apparemment, Stologine partageait les réserves de Maynor.

— Ce gamin est le vice-président de votre compagnie ? Je m'attendais à un homme beaucoup plus âgé.

Brent se pencha en avant, sans se départir de son sourire, et ignora la remarque.

— Mais balivernes intéressantes, dit-il avec une pichenette au rubis posé sur le sous-main qui alla heurter un encrier de verre avec un léger *ping* et que récupéra vivement Stologine. Ce caillou constitue-t-il votre seule référence ? demanda Brent.

— Vous en aurez d'autres.

— Par exemple un chèque certifié de douze millions et demi de dollars, payable à la Maddox Line et remis à ce bureau lundi matin ?

Stologine en demeura bouche bée et Maynor sursauta. Il n'était pas facile, en fait, de déterminer si M. Brent était effectivement ivre ou paraissait seulement l'être — ou dans quelle mesure son esprit conservait toute sa lucidité quand il l'était effectivement.

— Douze millions et demi de dollars ? s'enquit Stologine.

— C'est là la moitié de ce que vous offrez pour le transport de votre trésor, dit Brent qui se cala dans son fauteuil, toujours souriant. La remise de ce chèque prouvera que vous êtes sérieux et que la valeur de la marchandise est *bien* ce qu'elle est censée être. Mon cher comte, cette transaction est peut-être un absolu secret mais il ne nous en faudra pas moins prendre certaines précautions, convenir de certains arrangements — après tout, vous ne souhaiteriez pas que nous nous bornions à fourrer vos coffres ou Dieu sait quoi dans la cale avec le reste de la cargaison ordinaire, non ? Si nous acceptons cette responsabilité, nous devons être convaincus de l'importance de la chose. La seconde moitié des honoraires sera réglée à l'arrivée à bon port à New York.

Stologine réfléchit longuement.

— Douze millions et demi de dollars, cela fait beaucoup d'argent, monsieur Maddox, dit-il enfin. Mais nous vous remettrons ce chèque, post-daté du 21 novembre, c'est-à-dire du lendemain de votre arrivée à New York avec la cargaison. Vous pouvez, bien entendu, l'emporter avec vous sur votre navire.

— Je crois qu'il nous est impossible d'accepter cela. Qu'y gagnerions-nous? dit Maynor.

— Douze millions et demi de dollars, monsieur Maynor, lui répondit Brent. On ne peut ni bloquer un chèque certifié ni le retourner pour approvisionnement insuffisant; le montant est débité du compte à l'instant où le chèque *est* certifié. Envoyez ce chèque, comte Stologine, et l'affaire est conclue.

— Et la cargaison? demanda Stologine en se levant.

— Elle devra être livrée, dans des caisses scellées, à notre quai de Liverpool, vendredi prochain à midi au plus tard.

— Je l'apporterai moi-même. J'ai ordre de ne pas quitter cet envoi des yeux jusqu'à la mise en chambre forte à New York. Très bien, monsieur Maddox, dit Stologine, tendant la main. Affaire conclue, comme vous dites.

Maynor referma la porte derrière le Russe et revint au bureau où Brent allumait un cigare.

— Je n'aime pas cela, monsieur Brent, dit-il, tentant de ne pas respirer car il ne fumait pas. Jamais je n'ai entendu quelque chose d'aussi singulier.

— Tout à fait singulier, mon vieux Maynor. Si nous avons ce chèque lundi matin, je me fiche de savoir à quel point c'est singulier.

— Et le fait que nous ne puissions déposer le chèque avant New York? Vous ne trouvez pas *cela* suspect?

— Pas vraiment. Il craint que nous nous bornions à encaisser nos douze millions et demi et que nous oublilions la cargaison. Il ne lui est pas venu à l'esprit, semble-t-il, que nous pourrions tout de même le faire une fois que nous aurons le chèque.

— Sauf qu'il se trouvera à bord avec ses quatre copains, fit observer Maynor.

— Vous ne pensez pas qu'il pourrait nous jouer un

tour ? Cela n'a pas de sens. En tout état de cause, j'ai l'intention de m'assurer, personnellement, que tout se passera bien. Pour cela, il me faut un appui officiel. Je voudrais que vous m'obteniez un rendez-vous avec l'ambassadeur.

Maynor fronça les sourcils.

— Est-ce que cela ne constituera pas un manque à votre, à notre parole donnée au Russe ? demanda-t-il.

— Question de point de vue. Notamment si nous décidons que nous ne lui faisons pas confiance. Prenez-moi un rendez-vous avec Davis. C'est le seul homme en Angleterre qui puisse m'obtenir ce que je veux.

— On ne pourra pas le voir avant lundi.

— Je le crois, en effet. Mais c'est parfait comme ça. Je pourrai passer un bon week-end avant... disons lundi matin à la première heure. Je ne dois pas être de retour à Douvres avant la soirée. Et si je joue bien le coup, je n'y retournerai pas du tout.

— Je crains de ne pas comprendre, monsieur, dit Maynor dont le froncement de sourcils s'accentua.

— Je veux dire, mon cher vieux, qu'un trésor de deux milliards et demi de dollars constitue une marchandise un peu trop importante pour être confiée fût-ce à un expert comme le commandant Haliburton. Quand le *Northern Wind* lèvera l'ancre, vendredi prochain, j'ai l'intention de me trouver à son bord, avec la bénédiction de l'ambassadeur Davis.

Brent se leva et ajouta :

— Je serai également en pleine lune de miel.

— Monsieur Brent, protesta Maynor, je suis tout à fait d'accord sur le fait qu'il serait préférable que vous accompagniez la cargaison si vous obtenez la permission nécessaire, mais... une lune de miel ? Seigneur. Je ne savais pas que vous alliez vous marier, monsieur Brent.

— Ni vous, ni personne. Même la jeune dame l'ignore.

— Vraiment, monsieur, si c'est une plaisanterie... il s'agit d'une affaire sérieuse.

— Tout comme le mariage, Maynor.

— Mais... puis-je demander le nom de la jeune fille, monsieur ?

— Non, vous ne le pouvez pas, dit Brent avec un clin d'œil. Peut-être refusera-t-elle. Faites-moi savoir l'heure du rendez-vous au Savoy, chambre 715.

John Davis, avec ses quarante-cinq ans environ, faisait jeune. Son récent passé d'avocat et de sénateur lui conférait à la fois une pleine confiance et une certaine présence et il paraissait tout aussi à l'aise à Grosvenor Square qu'un Londonien de naissance bien qu'il ne fût ambassadeur à la cour de Saint James que depuis moins d'un an. Pour l'instant, il observait le jeune officier de marine assis en face de lui. Il n'ignorait rien de Brent Maddox. Et, même sans cela, il aurait deviné, à ses yeux injectés de sang et au discret parfum d'alcool qui flottait dans son bureau, que l'homme sortait d'un joyeux week-end en ville — pour ne pas dire plus.

Il doit être facile de détester ce jeune play-boy, se dit-il, même s'il n'était pas issu d'une famille bien connue pour son soutien au Parti Républicain.

Et cependant, disait-on, il était aussi rude travailleur que noceur — avec de remarquables états de service comme officier — et impressionnant tant par son discours que par ses manières, malgré une solide gueule de bois.

S'il y avait un seul mot de vrai dans toute cette histoire... mais même un Brent Maddox irait-il risquer le conseil de guerre pour tenter de faire croire à une blague aussi élaborée ? Ou s'agissait-il encore d'un plan tiré par les cheveux pour rentrer au pays avant les autres ?

— On considère sans doute le grand-duc Cyrille comme un prétendant au trône de Russie, dit Davis. Il a quitté Sébastopol sur un navire de guerre anglais. Et si Denikine et Koltchak, avec leurs armées de Russes blancs, parviennent effectivement à écraser Trotski, peut-être pourrait-il rentrer. Vous dites que vous avez demandé à se Stologine un chèque certifié d'un montant de... deux milliards et demi de dollars ?

— C'est la valeur de la cargaison, monsieur l'ambassadeur. Le chèque est de deux millions et demi.

— L'avez-vous?

— Je ne pense pas que les banques soient ouvertes depuis assez longtemps, monsieur l'ambassadeur, mais nous l'aurons.

— J'aimerais le voir.

— Eh bien, vous le verrez.

— Si je le vois, et s'il me paraît authentique, vous aurez une prolongation de votre permission pour emmener le trésor aux États-Unis. Mais je voudrais que vous compreniez bien une chose.

Brent attendit.

— Le gouvernement, tous les gouvernements américains, de toute éternité, se sont montrés hostiles aux tsars et à leur système de répression en Russie, expliqua l'ambassadeur qui poursuivit, après une pause : L'actuel gouvernement n'a nulle intention de reconnaître un quelconque gouvernement tsariste en exil, ou de se trouver mêlé de quelque façon à une quelconque tentative de reprendre le trône de Russie par la force. Nos soldats, à Ankhangelsk, tout comme les Britanniques, ne sont là que pour protéger l'armement que nous avons envoyé au régime Kerenski, pas pour se battre contre quiconque.

— Je comprends parfaitement, dit prudemment Brent. Je crois.

— De même n'avons-nous nulle intention, dans l'immédiat, de reconnaître cette bande d'assassins aux mains rouges du Kremlin. Aussi bien n'allons-nous pas nous laisser impliquer dans aucune querelle internationale entre tsaristes et bolcheviks quant à la propriété de la cargaison. En fait... (Une pause pour regarder Brent.) nous ne voulons même pas en entendre parler.

— Vous voulez dire..., commença Brent.

— Je veux dire ceci, lieutenant Maddox : à partir de cet instant je ne me souviens plus d'un seul mot de ce que vous m'avez dit ce matin. Et c'est là ce que je répondrai à l'avenir si on me pose la question. Voyons, vous êtes venu me voir pour une affaire personnelle et urgente. Et il se trouve que je suis au courant de l'état de santé de votre père. Il n'est pas bien, n'est-ce pas?

— Il a le cœur fatigué, en principe. Ce qui ne l'empêche pas de travailler douze heures par jour. Et ce qui ne l'en empêchera jamais, je dirais même.

— Quoi qu'il en soit, sa santé n'est pas des meilleures. Et vous avez une compagnie maritime à diriger, une compagnie maritime importante pour la prospérité des États-Unis. Je vous accorde donc la permission exceptionnelle de rentrer chez vous pour apporter votre aide. C'est là ce que je vais dire à l'amiral Sims et à votre supérieur. Vous m'avez compris?

— J'ai compris.

— Et jamais rien d'autre ne devra transpirer. Quand vous aurez conduit cet or en sécurité à New York, envoyez-moi un câble avec un seul mot: « Arrivé ». J'aviserai alors le Département d'État. Ainsi nous saurons ce qui se passe et les Russes, des deux parties, ignoreront que nous savons. Compris?

— Oui, fit Brent.

— Vous êtes bien sûr de ce que vous faites? Je veux dire, vous êtes certain que votre vieux père *ne va pas* faire une crise cardiaque quand vous allez arriver à New York, sans tambour ni trompette, avec la cargaison la plus fabuleuse qui ait jamais pris la mer?

— Je le lui annoncerai avec ménagement, dit Brent avec un clin d'œil. En outre, il aura d'autres soucis.

— Eh bien, dans ce cas..., dit Davis en se levant. Bonne permission, lieutenant.

Il tendit une main que serra Brent. Celui-ci pencha la tête pour mieux entendre les cloches qui sonnaient.

— Il y a un bruit bizarre, à Londres aujourd'hui.

— Seigneur! s'exclama Davis qui se précipita à la fenêtre. Ça y est! Les Allemands ont capitulé. Il se tourna vers Brent pour lui demander: Cela change-t-il vos projets?

— Aucun. Sauf que la vie devient de plus en plus captivante. Au revoir, monsieur l'ambassadeur. Ne vous inquiétez pas. Je vous enverrai ce chèque par porteur spécial. Et merci de votre aide. Voulez-vous que je vous dise? Il y a là-dehors, quelque part, la jeune fille que je vais épouser.

Il referma la porte du bureau, dégringola les escaliers et se précipita vers le bruit qui déferlait sur la ville.

1

Le vacarme se fit soudain assourdissant, le carillon des cloches ponctué par d'immenses cris d'allégresse et d'acclamations, par le beuglement des cornes des bus et des voitures, le tintement des timbres des bicyclettes. Brande Alletson quitta son bureau et se précipita à la fenêtre où la rejoignirent les employées et son père.

— C'est fini, dit James Alletson. Mon Dieu, c'est fini. Fini !

Il prit sa fille par la taille, l'embrassa sur la joue. Tout le monde, dans le bureau, s'embrassait ou se serrait la main ; une des filles pleurait sans retenue.

Brande demeura à la fenêtre, regardant la foule qui, dans ce matin londonien, se précipitait dans South Audley Street pour descendre vers Grosvenor Square dans l'intention, apparemment, de converger vers l'ambassade américaine. Et soudain elle prit conscience de ce vide, en elle. La guerre avait été... comme une pause prolongée, se dit-elle, interrompant toute activité normale, figeant chacun sur un nuage de peur et d'appréhension, d'horreur et de joie — mais bien conscient, également, qu'en fin de compte il *faudrait* redescendre sur terre — et que l'atterrissage pourrait se révéler brutal. Pour la Compagnie Maritime Alletson comme pour chacun. Et pour Brande Alletson plus que pour la plupart.

La vie avant août 1914 lui faisait l'effet de quelque

existence antérieure. Rien d'autre que du soleil et des rires, du moins pour elle. Mais pour ses parents et pour la Compagnie également. James Alletson n'appartenait pas aux grands du monde des transports maritimes. Pas question pour lui de rivaliser avec les géants de l'Atlantique Nord, les Cunard, les White Star, les Maddox, les North Atlantic Lloyd ; il se satisfaisait de son propre domaine, ayant commencé avec un unique caboteur — avant la naissance de Brande — pour bâtir l'une des sociétés de cabotage les plus prospères de l'Europe de l'Ouest. Peut-être ne voyait-on jamais les navires d'Alletson à New York, mais on les voyait à Cherbourg et Dieppe, à Anvers et Ostende, tout comme à Londres et Harwich. Jimmy Alletson avait savouré sa prospérité, son ascension dans l'échelle sociale. Trop, parfois. A la naissance de sa fille — son unique enfant — le 1er décembre 1894, il lui avait porté un toast de son verre de brandy Napoléon, avait regardé le bébé et déclaré : « Brandy ! Voilà un nom pour une fille. »

Sa mère était apparemment parvenue à édulcorer le nom en quelque chose de moins alcoolisé. Mais elle aussi s'était montrée tout aussi ravie de la prospérité croissante de la Compagnie Alletson tandis que l'Europe se secouait enfin pour sortir de vingt ans de crise économique. Les Alletson s'étaient permis de rêver — James Alletson devint un supporter dévoué du Parti Libéral, tout autant financièrement qu'en paroles ; pour un armateur prospère et en plein essor, ce n'était pas se montrer trop ambitieux que d'espérer voir son nom figurer sur une liste de candidats à une élection. Ainsi, tout devint possible, et pour Brande plus encore. On l'avait envoyée dans une école en Suisse, pour la préparer à son entrée dans la société londonienne. Elle était rentrée en juillet 1914. Une semaine plus tard, à peine, tous ses rêves s'effondraient.

Le déclenchement du cataclysme n'avait pu déprimer une jeune fille de dix-neuf ans qui considérait la vie comme une merveilleuse aventure. A la confiance de son père s'ajoutait sa propre confiance en elle et en sa beauté. Ses cheveux blond-roux, très fins et raides, coiffés maintenant à la mode, ce corps long et élancé avec ses rondeurs du buste et des hanches, et surtout ce visage en forme de cœur avec son petit nez droit, ses grands yeux gris et sa bouche parfaite poussaient la plupart des hommes à ne pas se contenter d'un seul regard — et auraient sans doute fait d'elle la vedette de la saison si saison il y avait eu. Mais, bien sûr, ce serait pour l'année suivante.

Lorsque 1915 se fut également estompée sous l'avalanche des blessés et des morts, des cartes de rationnement et surtout sous l'emprise d'un engagement national croissant, elle avait réalisé qu'elle ne pouvait attendre davantage pour se lancer officiellement dans la vie. Il était de bon ton, pour les demoiselles de bonne famille, de proposer leur aide dans les hôpitaux, perspective qui l'avait épouvantée. Elle avait grandi avec pour seul sujet de conversation acceptable : les navires et les transports maritimes. C'est ainsi qu'elle était allée travailler avec son père, aidant à remplacer les jeunes gens tirés de derrière leur bureau par la mobilisation, se plongeant dans l'odeur de l'encre et du papier et dans les pattes de mouches des livres comptables. Ce qui avait consterné sa mère et la plupart de ses amies. Mais Brande avait trouvé cela tout à fait passionnant.

Et troublant, également, alors que les mois devenaient des années. Non pas simplement parce que tant de navires de son père et leurs équipages avaient été réquisitionnés pour devenir patrouilleurs ou même navires-leurres destinés à piéger les U-boats et qu'un grand nombre avaient été coulés. Pas même parce que les Libéraux dans lesquels son père avait placé ses espoirs avaient été évincés par un électorat souhaitant que l'on mène une guerre plus impitoyable que libérale. Mais parce qu'elle avait pu se rendre compte que son père, malgré toute sa bonne humeur insouciante, s'inquiétait de plus en plus de ce qui allait se passer quand les canons se seraient tus. Sa flotte se trouvait maintenant réduite à quatre caboteurs transportant du mazout dans tous les ports de Grande-Bretagne. Certes, le gouvernement les indemniserait pour les navires réquisitionnés et endommagés ou perdus — mais les prix étaient montés en flèche dans la construction navale et grimperaient encore plus vite une fois tous les contrôles levés. En outre, même si d'un coup de baguette magique il avait pu reconstituer toute sa flotte en une nuit, il ne pourrait retrouver ses clients dans une Belgique et une France déchirées par la guerre. Depuis quatre ans on n'avait pas fait de bénéfices. Combien de temps encore faudrait-il attendre, même après le retour des bénéfices, pour recommencer à aller de l'avant?

Et voilà que les canons s'étaient tus.

— Je crois que vous pourriez tout aussi bien prendre le reste de la journée, dit James Alletson. Il semble que tout le monde se mette en vacances.

Maintenant, même le vacarme des cloches et des avertisseurs se trouvait noyé sous les cris de joie qui faisaient fuir d'inquiétude tous les pigeons de Londres. Et Alletson voyait bien que ses employés n'étaient pas moins excités.

— Oh, merci, monsieur Alletson, dit Flowers, l'employé principal. Merci. Je pense qu'on va beaucoup s'amuser, dehors. Venez, mesdemoiselles, venez. Et veillez à bien vous conduire et à vous retrouver ici demain à neuf heures précises.

Elles disparurent au milieu d'éclats de rires et Alletson regarda sa fille.

— Je suppose que *nous* devrions rentrer. Ta mère va se demander ce qui se passe.

— Je suis certaine qu'elle est au courant, papa, dit Brande qui mit son chapeau écossais de velours noir avec une immense plume, assorti à la cape de fourrure noire qu'elle portait pour user sa robe de velours bleu foncé — faite en 1914 et que, comme la plupart de ses bons vêtements, elle portait au bureau puisque c'était la seule occasion.

Elle était heureuse de l'avoir mise aujourd'hui. Car

elle se sentit prise soudain d'un sentiment particulier. Elle n'avait pas été affectée par ses méditations introspectives des trois dernières années. Entre sa vingtième et sa vingt-troisième année, elle avait lu ou entendu dire que c'était l'âge où une jeune femme devait s'imposer, danser et flirter, se montrer à Ascot et à Henley pour, en fin de compte, se retrouver fiancée sinon mariée.

Pour elle, ces années n'avaient été qu'un vide. Elle avait perdu tout contact avec ses amies, et si elle avait rencontré bien des hommes à diverses fêtes ou pique-niques de charité, tous avaient eu en tête des choses à la fois plus graves et plus futiles que le mariage. Aussi, presque sans s'en rendre compte, elle s'était repliée sur elle-même, ajoutant une barrière intellectuelle à la froide image physique qu'elle projetait. Et avait été heureuse qu'il en soit ainsi tandis que la guerre continuait.

Mais maintenant, pour elle aussi, les canons s'étaient tus. Elle avait l'impression de se réveiller d'un profond sommeil, et même si cela devait être un supplice, elle sentait qu'elle *devait* sortir et se retrouver parmi la foule, aussi vite que possible.

— Je préférerais aller me promener, moi aussi, dit-elle.

— Dehors ? Brande, ma chérie...

— J'aime la foule, prétendit-elle. Et *c'est* une occasion unique.

Elle attendit sa permission bien qu'ayant décidé de sortir, en tout état de cause, comme il le comprit parfaitement ; elle allait avoir vingt-quatre ans dans trois semaines mais avait toujours su ce qu'elle voulait.

— Eh bien, sois prudente, lui dit son père, qui ajouta avec un sourire : Et comme l'a dit Flowers, veille à bien te conduire. Je vais fermer.

— Je te retrouve pour le thé, lança-t-elle, filant du bureau avant qu'il lui rappelle qu'on n'en était même pas à l'heure du déjeuner.

Elle dégringola les escaliers, ses bottines de cuir verni

glissant sur des semelles bien usagées, déboucha dans le vacarme de South Audley Street et se trouva immédiatement balayée par une foule se rendant... Dieu savait où. Mais tout le monde riait et criait, s'enlaçait et s'embrassait. En quelques secondes elle fut embrassée plusieurs fois, serrée dans des bras, écrasée, manquant de perdre son chapeau. Elle le retint d'une main, se protégea la poitrine de l'autre, tenta de rire aussi fort que les autres tout en se sentant curieusement incapable de partager l'euphorie générale. Elle fut emportée sur plusieurs pâtés de maisons jusqu'à ce que la foule débouche dans Park Lane. Là, trébuchante, elle put s'appuyer à un lampadaire pour reprendre son souffle et se retrouva en face d'un uniforme de marin quelque peu chiffonné. Un uniforme de la marine américaine, vit-elle. Elle leva les yeux.

— Brent ? Brent Maddox ?

— On dirait que vous venez de passer sous un bus, observa Brent Maddox.

— Vous aussi, dit-elle en rougissant.

Ils s'étaient déjà rencontrés trois fois. Au début de l'été 1917, quand les premiers bâtiments de guerre américains avaient été basés à Douvres. Lady Ashburton avait décidé qu'il convenait de distraire leurs officiers et avait donné une série de réceptions pour les jeunes gens en permission à Londres. Naturellement, Brande Alletson avait été invitée. Elle était très jolie, tout à fait présentable et son père était dans le transport maritime. Brande avait été heureuse de rendre service ; déjà, elle se sentait bien solitaire. Mais elle avait vite découvert que les jeunes officiers de marine américains, pour deux jours à l'abri des dangers et des privations, n'étaient guère différents de leurs camarades britanniques, uniquement intéressés par de brèves et rapides rencontres, mais sans plus. Elle ne pensait pas être prude et voulait bien faire de son mieux pour rendre agréable la soirée de tout marin esseulé, mais son éducation lui avait laissé une claire conscience de l'ordre correct des choses. On

30

pouvait, à la rigueur, se laisser prendre la main et même embrasser, en temps de guerre, au hasard d'une rencontre. Mais pas se laisser peloter. Quant à coucher, ce n'était concevable que dans le mariage.

Les officiers américains, à une seule exception près, avaient vite compris, la considérant comme un colin froid et la traitant comme tel. Et cette seule exception se trouvait maintenant devant elle, l'attirant lentement à lui dans l'intention manifeste de l'embrasser. Dans la rue et en plein jour? Peu importait qu'une douzaine d'hommes au moins l'aient déjà embrassée. Pas *cet* homme. Car Brent Maddox, avec tout son charme physique, son exubérante personnalité et surtout une conscience aiguë de ce qu'il était et de qui il était n'avait pu se satisfaire d'un regard glacial ou d'un calme « Non, non, vous ne pouvez pas faire cela ». A leur deuxième rencontre, elle l'avait giflé... avant de battre vivement en retraite en lisant l'expression de son regard. A leur troisième rencontre, en avril dernier, il lui avait carrément demandé de coucher avec lui, se montrant en outre offensant.

— Jamais on ne m'a giflé sans que j'aie descendu le bonhomme pour le compte, avait-il dit. J'aimerais bien voir si vous êtes aussi douée pour le reste.

Manifestement, la gifle n'avait servi à rien. Là encore, elle s'était détournée et avait filé.

Et voilà qu'elle se retrouvait dans ses bras, embrassée sur la bouche. Et, chose surprenante, il ne paraissait pas avoir bu un seul verre ce matin. Mais il n'était que midi moins le quart.

— Brande Alletson, répéta-t-il, comme tentant de se convaincre que c'était bien elle. Ce doit être la plus grande chance de ma vie.

— En êtes-vous certain? demanda Brande, qui essaya de le repousser, soulagée de voir qu'il se laissait faire.

Mais il lui prit aussitôt le bras et l'entraîna vers Piccadilly.

— Bien sûr que j'en suis certain. Vous ne savez pas à quel point. Mais sans vous tout cela aurait été sans importance.

— Où… où allons-nous ? s'enquit-elle, se demandant si elle ne devait pas se débarrasser de lui au plus tôt.

— Déjeuner. Je meurs de faim. Et d'envie de boire un verre.

Elle aussi, songea-t-elle. Plus troublant encore, en ce grand jour elle ne se sentait pas fâchée contre lui comme elle aurait dû l'être. Et, encore plus troublant, elle prit conscience de l'insidieuse pensée qui lui trottait dans la tête depuis un an : s'il voulait bien renoncer, ne serait-ce qu'un instant, à cette insupportable arrogance et à cette totale assurance, il deviendrait l'homme le plus parfait du monde. Mais aujourd'hui, peu importait même son arrogance qui s'accordait avec l'occasion.

Elle n'allait cependant pas se borner à accepter, comme ça, tout simplement ; Dieu seul savait ce qui pouvait s'ensuivre.

— Ne devriez-vous pas être à bord de votre navire ?

— Non, dit-il, la conduisant habilement à travers la foule, la protégeant d'un regard des velléités d'embrassades. Non, du moins pas sur le navire auquel vous pensez. Je suis en perm. En perm, en perm et en perm.

Il manifestait tant d'exubérance qu'elle se demanda si, après tout, il n'avait pas bu. Sans que cela se sente à son haleine.

— Où allons-nous ? demanda-t-elle.

— Au Savoy. C'est là que je suis descendu. Nous déjeunerons au Grill.

— Au Grill du Savoy ? Mais… je ne peux pas aller au Savoy comme cela, protesta-t-elle avec un regard sur ses vêtements chiffonnés.

— Mais si. Personne ne le remarquera. Pas aujourd'hui.

— Mais… c'est si loin.

— Pas vraiment. Et nous trouverons un taxi.

Ils n'en trouvèrent pas. Tous les chauffeurs de taxi de Londres, semblait-il, de même que les conducteurs de bus, fêtaient l'événement. Et même s'ils en avaient trouvé un, les rues étaient tellement envahies par la foule qu'ils n'auraient pu avancer d'un pas. Mais pour rien au monde Brande n'aurait voulu rater la promenade, descendant Piccadilly jusqu'au Circus, où la foule était plus dense encore, et de là à Trafalgar Square, plus encombré que jamais, au point que l'on pouvait à peine bouger, avant d'atteindre le Strand au milieu d'hommes et de femmes main dans la main, chantant, pleurant ou poussant des cris d'allégresse, assiégeant le moindre uniforme. Brent aussi était en uniforme et il perdit sa casquette avant même qu'ils aient parcouru huit cents mètres ; elle devait tout autant le protéger qu'il la protégeait. Et même ainsi, quand ils se glissèrent enfin dans l'impasse menant à l'hôtel, il avait perdu deux boutons de cuivre et toute une manche.

— Voyez-vous, je crois que je ne suis pas correctement habillé, observa-t-il.

Ils passèrent la porte à tambour, se retrouvèrent dans le hall.

— Je vais me changer, dit Brent. Cela ne vous gêne pas si nous montons dans ma chambre ?

— Nous ?

— Eh bien, je ne voudrais pas vous laisser seule ici. Je pourrais ne jamais vous revoir.

Elle regarda à droite, à gauche. Il y avait autant de monde que dans la rue. Mais elle ne pouvait vraiment pas monter dans sa chambre.

— J'attendrai dans le couloir, dehors.

— D'accord. (Il prit sa clé et un instant plus tard ils se retrouvaient dans l'ascenseur.) Mon Dieu, dit-il, j'ai l'impression de sortir d'une essoreuse. Qu'est-il arrivé à votre jupe ?

— Seigneur !

Quelqu'un avait passé le talon ou un parapluie dans l'ourlet, décousu sur plusieurs centimètres et traînant par terre.

— Non, vraiment, je ne peux pas aller au Grill comme ça. Il vaut mieux que je rentre.

— Je ne veux pas vous perdre maintenant, Brande, dit-il en la prenant par les épaules. Savez-vous que de toutes les femmes de la terre c'est vous que j'ai rêvé de rencontrer un jour comme aujourd'hui ?

Elle le regarda, pas très sûre d'avoir bien entendu. L'ascenseur s'arrêtait.

Il lui prit le bras, traversa le couloir. On était au septième étage, vit-elle. Le meilleur. Mais, bien sûr, Brent Maddox prenait les meilleures chambres, même au Savoy.

— Je vais vous dire. Je vous donne ma parole d'officier, de gentleman et de Brent Maddox, que si vous dites non à quoi que je vous propose ou dise, ou si même vous levez le petit doigt à partir de cet instant, je vous mets dans un taxi, à supposer que j'en trouve un, et je vous renvoie chez vous.

— Oh, Brent, ne soyez pas stupide.

Mais déjà il ouvrait la porte de la chambre 715.

— Ce n'est pas que je ne vous fasse pas confiance, expliqua-t-elle. Mais je ne peux pas entrer dans la chambre d'un homme. Je veux dire, qu'en penserait le personnel de l'hôtel?

— Nous sommes au Savoy. Le personnel est comme les trois singes. Ils ne voient aucun mal, n'entendent aucun mal et, surtout, ne disent aucun mal.

La porte s'ouvrait et il la fit entrer.

Elle pénétra dans la plus vaste des chambres d'hôtel qu'elle eût jamais vue. Ce n'était pas uniquement l'extraordinaire hauteur des plafonds et les immenses fenêtres par lesquelles on avait une vue splendide sur la Tamise, Big Ben et le Parlement ; il y avait aussi le mobilier, les vastes miroirs qui occupaient tout le mur en face de deux lits, toute l'ambiance de la pièce qui ne ressemblait à rien qu'elle eût déjà vu — et puis elle se souvint que *jamais* encore elle n'avait vu de chambre d'hôtel anglais. Et pas tellement sur le continent. Et certainement jamais avec un homme.

Brent avait déjà décroché le téléphone.

— Deux bouteilles de champagne. Et le menu.

— Ici, souffla-t-elle, avec un regard autour d'elle.

— Il nous faut déjeuner, dit-il après avoir raccroché. Et manifestement le Grill n'est pas ouvert. Et il nous faut également boire. Dieu, ce que nous avons besoin de boire.

34

Brande réalisa qu'elle aussi avait besoin d'un verre, et davantage encore que dans la rue. Mais elle ne pouvait certes pas se mettre à boire du champagne dans une étrange chambre d'homme. Il lui fallait le temps de réfléchir.

— Y a-t-il… ? commença-t-elle.

— Ce miroir est une porte.

Pour l'instant, il l'ignorait complètement, ouvrant l'armoire, en tirant un autre uniforme, le levant vers la lumière pour vérifier qu'il était correctement repassé ; il avait sans doute amené bien d'autres femmes dans cette chambre.

— Croiriez-vous que quand je descendais ici, avant la guerre, c'était mon valet qui se chargeait de ce genre de choses ? dit-il, toujours sans la regarder.

Elle passa donc dans la salle de bains, regarda la baignoire qui paraissait assez vaste pour qu'on y nage. Elle allait fermer la porte mais la laissa légèrement entrebâillée en entendant s'ouvrir celle de la chambre.

— Humm, disait Brent, examinant manifestement le menu. Eh bien, nous prendrons la soupe à la tortue et ensuite la salade de homard. Et après cela des mandarines.

Ce qui lui mit l'eau à la bouche. Elle entendit le bruit des bouteilles qu'on tirait de la glace.

— 1905 ? poursuivait Brent. J'imagine que c'est parfait. Ouvrez-en une, voulez-vous ?

— Mais, certainement, monsieur Maddox.

Brande attendit que la porte se referme avant de revenir dans la chambre.

— Un instant, voulez-vous, dit-elle tandis que Brent servait le champagne.

— Vous étiez d'accord pour déjeuner avec moi. Et étant donné les circonstances c'est le meilleur endroit.

— Déjeuner de deux bouteilles de champagne ?

— Nous fêtons un événement. Est-ce que vous réalisez…, dit-il, la prenant par la taille pour la conduire à la fenêtre, que ce jour est un des plus importants de l'histoire de l'humanité ? La fin de la plus grande guerre

35

jamais livrée. N'êtes-vous pas tout simplement heureuse d'être en vie ?

Il avait raison, bien sûr. Elle regarda par la fenêtre le matin londonien — l'après-midi, maintenant. Et il commençait à bruiner. Mais rien ne pouvait refroidir l'enthousiasme de la foule dont le bruit arrivait jusqu'à eux malgré les vitres fermées.

— Et bien, il vous faudra le boire presque en totalité.

— J'en avais bien l'intention, dit-il, la lâchant tandis que la porte s'ouvrait de nouveau sur le garçon qui installa la table devant la fenêtre, soulevant les couvercles d'argent de la soupière et de leurs assiettes pour leur présenter le homard et les mandarines avant de servir la soupe et d'adresser un sourire aimable à Brande. Il ne paraissait pas le moins du monde surpris de la voir là.

— C'est un grand jour, miss.

— Oui, un grand jour.

— Êtes-vous allés au palais ? J'ai entendu dire qu'il y avait une foule immense et que Sa Majesté et la reine Mary sont apparus au balcon.

Peut-être s'appelait-il Alphonse, mais il parlait un anglais parfait.

— Nous n'y avons pas songé, dit Brent. Nous avions faim.

— J'irai dès que je serai relevé de mon service. Dois-je revenir pour servir la salade, monsieur ?

— Je pense que nous nous en accommoderons, Alphonse. Nous préférons ne pas être dérangés, si vous le voulez bien. Mais vous pouvez ouvrir la seconde bouteille. Et prendre un verre avec nous. A la paix, au bonheur et... à toutes sortes de choses, ajouta Brent en regardant Brande.

— Oui, monsieur, c'est vraiment un grand jour, répéta Alphonse qui vida son verre et disparut.

— Dieu sait ce qu'il va penser, dit Brande, goûtant son champagne et sentant l'alcool l'envahir lentement.

— Je crois qu'il comprend parfaitement.

Brent lui avança une chaise.

— Vous avez promis…, commença-t-elle, s'asseyant plus lourdement qu'elle ne le pensait.

— Et je tiendrai ma promesse.

Il remplit le verre de Brande qui, le menton dans la main, l'observait. Sans doute, se dit-elle, parce qu'il pense que je ne dirai pas non maintenant. Eh bien, monsieur Brent Maddox… mais n'avait-il pas raison? N'était-ce pas ainsi qu'elle avait toujours rêvé de vivre? A déjeuner de champagne et de homard dans une magnifique chambre de l'un des meilleurs hôtels de Londres? Et cet homme, quels que soient ses défauts, ne représentait-il pas l'archétype même de tout ce qu'elle avait toujours souhaité? Riche, sain, beau et… pas très sage, supposa-t-elle. Probablement porté sur la bouteille. Et arrogant. Et décidé à se payer du bon temps. Mais ne souhaitait-elle pas, elle aussi, se payer du bon temps? Dans trois semaines, elle aurait vingt-quatre ans. C'était peu et beaucoup à la fois. Et sur ces vingt-quatre années, quatre avaient été un vide absolu. De combien d'autres, identiques, allaient-elles être suivies? On ne pouvait plus lancer dans le monde des jeunes filles de vingt-quatre ans, à supposer que le monde veuille bien d'elles et qu'on puisse financièrement se permettre une telle aventure. Et, de toute façon, la saison londonienne n'appartenait-elle peut-être plus qu'au passé. En fait, elle n'était vraiment devenue qu'une employée dans une compagnie maritime — et peu importait, dans sa situation actuelle, que cette compagnie soit un jour la sienne. En outre, ce n'était pas là ce qu'elle souhaitait.

Évidemment, ces pensées lui étaient inspirées par la deuxième bouteille de champagne. Et si elle continuait à en boire, elle allait se retrouver dans cet immense lit avec lui. Et le regretter toute sa vie.

Son seul espoir était de se lever maintenant, et de partir sans même déjeuner. Mais déjà sa cuillère plongeait dans la soupe de tortue. Avant de la porter à sa bouche, elle avala une autre gorgée de champagne.

Brande avala son quatrième verre de champagne, sa dernière mandarine et sentit que le sol tanguait douce-

ment, comme un navire en mer. Elle s'adossa à son siège
et regarda Brent qui plaçait le seau à glace avec la
seconde bouteille de champagne, à peine à moitié vide,
sur la table de nuit. Puis faire rouler la table pliante
jusque dans le couloir et suspendre le carton *Ne pas
Déranger* à la poignée de la porte avant de la refermer.
Impossible d'entrer ou de sortir de la pièce avant qu'il ne
le décide.

Ou qu'elle le veuille. Elle décida de retirer son chapeau, comme ultime indice, pour elle tout autant que
pour lui, qu'elle allait rester — et remarqua qu'au cours
de la matinée on lui avait arraché sa plume.

Se rendait-elle compte qu'à peine une heure plus tôt
elle eût été furieuse ? Maintenant, cela ne paraissait
avoir aucune importance Toutes sortes de pensées traversèrent son esprit, du soulagement d'avoir mis ses plus
beaux dessous ce matin jusqu'à se demander à quel point
il allait lui faire mal, car elle ne doutait pas qu'il allait lui
faire mal.

Chose surprenante, il se montra très doux. Il se tint au
milieu de la chambre et lui tendit les mains. Elle se leva,
alla à lui et il l'embrassa sur la bouche, très doucement.
Tandis qu'il l'embrassait, ses doigts trouvaient les petits
boutons de tissu qui retenaient le bas de sa tunique. Ce
faisant, il éloigna son visage de celui de Brande. Il se
montrait aussi doux que ses paroles, attendant qu'elle le
repousse. Mais elle ne dit rien et ferma les yeux, jusqu'à
ce qu'elle sente sa tunique tomber de ses épaules ; alors,
à regret elle ouvrit les yeux.

— Voulez-vous défaire vos cheveux ? demanda-t-il.

Instinctivement, elle tourna la tête pour regarder le
miroir et aurait préféré n'en rien faire. Parce que c'était
son propre visage qui la regardait, le rouge aux joues, la
chemise de dentelle ne couvrant que la moitié de ses
épaules — et Brent se trouvait dans le même cadre.
Précipitamment, elle détourna les yeux et leva les bras
pour retirer les épingles de ses cheveux.

— Je... jamais je n'ai fait cela, dit-elle, terriblement
embarrassée.

— Je ne le pensais pas.

Il détachait la ceinture de sa jupe qui glissait sur ses hanches, sur son jupon de flanelle pour atterrir sur ses bottines. Mais Brent s'intéressait davantage au haut de son corps, faisant glisser les bretelles de sa chemise sur ses épaules tandis qu'elle se sentait soulagée d'avoir résisté à la tentation de porter un tricot puis inquiète en sentant les bretelles se tendre. Elle voulut lui dire d'arrêter, craignant qu'elles ne se rompent, mais aussitôt elles glissèrent au-delà de ses coudes, de ses poignets même, et elle se retrouva nue depuis la taille, les seins plus lourds sous l'effet des baleines qui les soutenaient.

— Oh, ma chérie, murmura-t-il. Tu es *merveilleuse*.

Il baissa la tête et elle réalisa qu'il avait l'intention de l'embrasser. Non, voulut-elle crier. Vous ne pouvez pas faire cela. Jamais personne ne l'a fait… Ce… ce n'est pas convenable.

Mais elle le serrait contre elle, pressant son visage contre la chair douce, brûlant soudain de se déshabiller complètement et, plus encore, bien que n'osant pas se l'avouer, de le regarder, *lui*. Jamais elle n'avait vu un homme nu.

— Il vaut mieux que vous me laissiez finir, dit-elle, remarquant avec plaisir le calme de sa voix.

Il la lâcha et elle se retourna pour ôter sa chemise, son jupon, son corset. Et de nouveau elle hésita, sachant qu'il se trouvait derrière elle, tout près, la regardant. Délacer ses bottines devant lui constituait, en quelque sorte, le dernier stade de l'intimité, d'autant qu'elle ne portait plus que ses pantalons et ses bas. Mais c'était absurde étant donné ce qui allait se passer. Elle posa un pied sur la chaise, puis l'autre, délaça ses bottines, s'en libéra, roula ses bas, se redressa pour faire glisser ses pantalons — et de nouveau le sentit tout contre elle.

— Oh, ma chérie. Oh, ma chérie, *chérie*, souffla-t-il, lui prenant la taille, caressant de ses mains les endroits où la chair était le plus marquée par le corset, descendant ensuite jusqu'au haut des cuisses.

Mais il ne pouvait la caresser à cet endroit, non,

vraiment. Elle se raidit, lui prenant le poignet. Il cessa
aussitôt mais dans le même mouvement approcha encore
son corps du sien. Et elle réalisa que lui aussi était nu et
terriblement dur. De nouveau elle ferma les yeux et se
laissa pousser jusque vers les lits. Elle aurait voulu se
tourner, se laisser tomber sur le dos, mais elle ne voulait
pas le sentir contre elle de face, ni le regarder. Pas
encore, pas avant de se faire davantage à cette idée.
Mais lui-même la retournait, s'allongeant aussi, non pas
sur elle mais plutôt à son côté, lui caressant la poitrine,
sa main descendant sur son ventre.

— Non, je vous en prie, non.

— Mais il le faut, ma Brande chérie, sinon tu ne seras
pas assez humide et je vais te faire mal.

Elle ne comprit pas ce qu'il voulait dire. Mais il ne
pouvait pas... elle ouvrit les yeux, car il le faisait, la
possédant de ses doigts, comme jamais elle n'aurait cru
qu'un homme puisse posséder une femme, baissant la
tête pour l'embrasser. Son esprit tournait maintenant
comme un kaléidoscope, totalement incapable de penser
tout en souhaitant désespérément *pouvoir* penser, sentir, savoir ce qui arrivait. Sa main l'avait quittée, réalisa-
t-elle, et il se trouvait sur elle. Et elle ressentit une
douleur, vive et lente à la fois alors qu'elle s'attendait à
une douleur rapide et violente. Puis il l'embrassait, plus
fort que jamais, ses lèvres écrasant les siennes, une main
glissée sous elle pour saisir et serrer les reins. Enfin,
arrivait cette violence à laquelle elle s'attendait, qu'elle
craignait et que maintenant elle désirait plus que tout au
monde.

Mais déjà tout cela était passé et il était étendu sur
elle, immobile à part sa respiration haletante. Elle ouvrit
les yeux, regarda le grand miroir mural où elle se vit, vit
ses genoux et, entre ses jambes, la fixant par-dessus
l'épaule de l'homme, son visage. Mon Dieu, se dit-elle.
Oh, mon Dieu.

Elle ne ressentait que douleur, maintenant, et se
souvenait de n'avoir ressenti que douleur... consciente
cependant que ce qui venait d'arriver était quelque

chose d'énorme, quelque chose qu'elle voulait ressentir de nouveau.

Il se glissa à côté d'elle, demeura là un instant avant de se lever, d'aller emplir leurs verres. Elle se redressa elle aussi et il lui tendit son verre.

— Brande, commença-t-il, … sais-tu…

Mais il ne termina pas sa phrase, changeant sans doute d'avis.

— Dis-moi, supplia-t-elle, soudain follement excitée à l'idée de se retrouver assise dans un lit, nue, buvant du champagne avec un Brent Maddox également nu.

— Cela va durer, dit-il. *Durer*. Brande, veux-tu m'épouser ?

Sa tête se mit à tourner si vite qu'elle en renversa son champagne qui coula sur son sein gauche, glissant sur le mamelon pour dégouliner sur son ventre nu, la faisant frissonner.

— Oups, dit-il, saisissant une serviette pour l'essuyer. Je n'avais pas l'intention de produire un *tel* effet.

C'était Brent Maddox qui lui parlait, songea-t-elle. Le célibataire le plus recherché de New York, un homme qui aurait pu faire son choix parmi les beautés les plus titrées d'Angleterre ou les filles des Quatre Cents Familles de Boston, et qui — sans aucun doute — le savait.

— Je crois que vous avez bu trop de champagne, dit-elle. Nous nous connaissons à peine.

Il lui sourit, elle rougit.

— Enfin… je veux dire…

— Il y a bien autre chose dans la vie que de faire l'amour. Mais un homme et une femme ne peuvent vivre sans cela, non ?

— Brent, vous voulez vous montrer gentleman. Vraiment. Je savais ce que je faisais…, dit-elle, hésitant un instant, poursuivant : C'est peut-être là quelque chose que j'aurais dû faire il y a longtemps. (Un haussement d'épaules.) Je suis plutôt passée à côté de la vie, ces quatre dernières années.

— Dans ce cas, tu devrais la laisser te rattraper. Ou la rattraper toi-même.

— Mais Brent, *pourquoi*? Ne voyez-vous pas que si vous m'épousez simplement parce que, eh bien, parce que vous m'avez fait l'amour, cela pourrait bien se révéler une terrible erreur? Ce n'est pas comme si vous m'aimiez.

Il traversa la chambre jusqu'à son uniforme, posé sur une chaise. Elle le regarda se mouvoir, chacun des muscles de son corps magnifiquement nu saillant sous une chair ferme. Un magnifique animal, un rêve qui se mouvait. Un rêve qui venait juste de lui faire l'amour et qui maintenant... mais elle ne pouvait le laisser faire.

Il sortit son portefeuille de sa poche intérieure, en tira un morceau de papier, traversa à nouveau la pièce, le lui tendit. Elle le prit, l'examina, surprise; c'était une photo découpée dans un journal, une photo qui avait dû représenter plusieurs personnes mais taillée pour ne laisser subsister que le visage de Brande, souriant à l'appareil.

— Dieu du ciel, dit-elle, c'était...

— Au cours du pique-nique de bienfaisance, il y a deux étés. Je l'ai découpée dans le *Daily Telegraph*.

— Mais... c'était...

— Juste après que tu m'as eu giflé. Je ne voulais pas t'oublier. Oh, bien sûr, je sais que je t'avais fait des propositions au cours du printemps. Je ne m'attendais pas à obtenir quelque chose. Je ne *voulais pas* obtenir quoi que ce soit. Je voulais que tu dises non, pour être certain que tu dirais non aux autres. Et la guerre n'est pas le moment idéal pour être sérieux. Mais j'ai toujours eu l'intention de venir te rechercher à l'instant où le casse-pipe serait terminé, et quand je t'ai vue ce matin, eh bien... je dois avouer que même le Destin m'encourageait.

— Brent..., dit-elle, gênée.

— J'essaie de te dire que je t'aime, Brande. Que je t'aime depuis un an. Que je vais continuer à t'aimer bien plus longtemps encore. Toute ma vie.

Elle lui rendit la photo, se laissa glisser, s'allongea sur le ventre. Ce ne pouvait être vrai. Ce n'étaient que des mots. Et puis *elle* ne l'aimait pas. Vraiment? Ou l'aimait-elle? Elle n'avait jamais pensé à lui que comme à un rêve impossible, à écarter rapidement car même s'il devenait effectivement réalisable il serait tout à fait impossible de vivre avec Brent. Mais voilà qu'elle avait permis à ce rêve de lui faire l'amour, et découvert que cette arrogance, peut-être même cette assurance n'étaient que superficielles et dissimulaient un jeune être incroyablement romanesque — un Brent Maddox portant sur lui la photo écornée d'une jeune fille qu'il n'avait rencontrée que trois fois : ce n'était certes pas l'image de lui qu'il affichait en public.

Une fois cette nouvelle nature révélée, il pouvait être le plus parfait des hommes — pourquoi donc se sentait-elle déçue maintenant? Et, en tout état de cause, il demeurait jeune, séduisant, riche, plus riche encore bientôt, et puissant également ; un homme dont l'épouse connaîtrait un style de vie auquel jamais Brande n'avait osé rêver... et qui souhaitait qu'elle devienne cette épouse.

Comment pourrait-elle le devenir alors qu'elle ne l'aimait pas? Ou ignorait-elle seulement ce qu'était l'amour? Elle ignorait même ce qu'était l'amour physique. Maintenant que la douleur disparaissait, toutes sortes d'émotions, de sentiments, de sensations tentaient de s'emparer de ses pensées. Le souvenir de ses lèvres sur sa poitrine, de ses doigts entre ses jambes provoquaient des sensations à peine à demi ressenties dans le passé — et toujours aussitôt refoulées. Mais se permettre de ressentir cela librement, sans la crainte anticipée de la douleur, et plus encore avec l'idée qu'elle pourrait les provoquer chez lui... c'étaient certainement là des pensées à bannir.

Et il avait pris sa virginité. Peut-être était-elle même enceinte, réalisa-t-elle. Les véritables implications de ce qu'elle venait à peine de laisser faire ne l'avaient pas encore consciemment effleurée. Mais elles étaient là, inévitables, et insisteraient bientôt pour se faire entendre. Puisqu'il était l'homme qui avait pris sa virginité, il était de son devoir de l'épouser. Comme si le devoir avait quelque importance.

Cela signifiait quitter l'Angleterre, songea-t-elle. Quitter papa et maman. Quitter Alletson et Compagnie. Oh, comme l'idée lui plaisait. Mais quitter papa, lui faire faux bond… non, ce n'était pas vrai. Ce n'était que pour elle qu'il s'inquiétait de l'avenir de la compagnie. Une fois Brande casée, il pourrait vendre, ou continuer tout doucettement — et elle *serait* casée, pour la vie.

Avec un homme qu'elle n'aimait pas? Mais simplement parce que jamais elle n'avait pensé à lui ainsi.

Il s'agenouilla sur le lit, à côté d'elle.

— Écoute, dit-il. Je ne peux te dire ni pourquoi ni comment pour l'instant, mais je viens d'obtenir une prolongation de permission pour rentrer aux États-Unis vendredi.

— Oh, fit-elle, se retournant, soulagée de pouvoir différer sa décision. Eh bien, dans ce cas…

— Tu viendrais avec moi.

— *Vendredi*?

— Nous serions en pleine lune de miel pendant la traversée.

— Mais… comment?

— Oh, nous serions *mariés*. Je vais chercher une licence spéciale cet après-midi. Nous serons mariés demain. Certainement vendredi. Qu'en dis-tu, Brande?

— Mais… que vont dire vos parents?

— Ils vont t'adorer. Bon sang, tu es dans le transport maritime, toi aussi. Cela va leur plaire. Heston va t'adorer, lui aussi.

— Heston?

— Mon jeune frère. Tu ne savais pas que j'avais un frère cadet?

— Non, dit-elle. J'ignore tant de choses de vous, Brent.

— Eh bien, laisse-moi passer le reste de notre vie à tout t'apprendre de moi.

— Oh, Brent, dit-elle, souriant. Brent et Brande. Tout le monde va prendre cela pour une pièce de vaudeville.

2

Le train fonçait vers le nord, ses vibrations, sur les rails, se répercutant jusqu'au compartiment de première classe, et jusqu'à Brande Maddox. Brande Maddox! Il lui suffisait de regarder son alliance pour s'assurer de la réalité de la chose. Une simple alliance d'or; ils avaient manqué de temps pour autre chose. Et, selon Brent, Tiffany leur offrirait un plus grand choix qu'Asprey, même. Elle évoluait désormais dans un monde de noms qui jusque-là n'avaient été que des mots pour elle.

En fait, ils n'avaient pas eu le temps de faire grand chose. Impossible d'obtenir la licence de mariage avant le lundi après-midi, surtout du fait qu'ils avaient de nouveau fait l'amour avant de s'endormir dans les bras l'un de l'autre jusqu'à six heures. Ils n'avaient pu se marier que la veille au matin, mardi, au cours d'une cérémonie à laquelle n'assistaient que ses parents ainsi que deux témoins: l'une des filles de chez Alletson et le directeur londonien de Brent, Griffith Maynor, un vieux gentleman corpulent et très digne. Brent s'était montré irrité de ce retard mais elle en avait été heureuse. Outre tout ce qu'il y *avait* à faire, cela lui avait laissé deux jours pour réaliser et changer d'avis. Curieusement, elle n'en avait rien fait. Curieusement, il voulait vraiment qu'elle devienne sa femme. Curieusement, il l'aimait. Ou il aimait son corps; elle ne voulait pas en croire davantage. Et cependant... Brent Maddox pouvait avoir tant d'autres corps de femmes, et sans l'obligation du mariage. Comme pour elle.

La pause de deux jours avait également permis à Brent de faire la connaissance de ses parents, et à Brande de les préparer au choc. Ils avaient été stupéfaits et sa mère, du moins, encline à s'y opposer. Son père s'était borné à dire : « Brent Maddox ? Eh bien, eh bien. Tu quittes notre classe sociale, ma petite fille. » Ce qui lui avait donné envie de pleurer et de tout annuler. Mais comment ? Elle appartenait à Brent par toutes ces règles victoriennes selon lesquelles elle avait été élevée. Elle ne parvint pas à avouer à sa mère ce qui s'était passé vraiment — mais on ne pouvait en douter : elle savait. Et ne put, *elle,* se convaincre d'avoir un entretien à cœur ouvert avec sa fille unique. Jamais elles n'avaient trop su se parler à cœur ouvert. En fait, il était parfois difficile de croire qu'elle était vraiment leur fille et non pas une enfant venue d'ailleurs destinée par sa naissance à sortir de leur orbite dès l'arrivée du Prince Charmant. Peut-être papa comprend-il cela, se dit-elle, même si maman se borne manifestement à se demander : « Où a-t-elle pu faire le mal ? »

La hâte, la confusion à la maison, les bagages à faire — et le fait qu'elle vît très peu Brent au cours de ces quelques jours, comme s'il avait des tas de choses à faire avant le départ — avaient également dissipé son sentiment de culpabilité. Ou l'avait plutôt rejeté à l'arrière-plan, où elle était bien décidée à le laisser. Au cours des quatre années de la guerre, elle avait beaucoup réfléchi, du moins en ce qui concernait ses propres problèmes. Le sentiment de culpabilité ressenti à abandonner Alletson et Compagnie n'était que secondaire ; papa s'était montré tout à fait rassurant : « Une compagnie maritime, ce n'est pas un endroit pour une femme. Sauf pour la femme du propriétaire. Quand j'aurai fait reprendre son essor à la compagnie, je vendrai et nous voyagerons, ta mère et moi. Elle a toujours voulu voyager. Peut-être viendrons-nous aux États-Unis. » Mais Brande savait qu'ils n'en feraient rien ; ainsi qu'il l'avait dit un peu plus tôt, elle avait quitté leur classe sociale.

C'était le sentiment de culpabilité quant à ce change-ment qui constituait la menace la plus grande. Depuis un an, elle considérait Brent Maddox comme la perfection masculine — mais, d'ordinaire, les jeunes filles n'épou-saient pas des perfections : elle avait pensé de même de Francis Bushman et s'était retrouvée horrifiée à l'idée de devenir sa femme. Il lui fallait désormais se faire à la réalité. Quant à l'aimer, au sens où l'on ne supporte pas l'absence de l'autre, cela viendrait. Quand seraient réso-lus tous les autres problèmes : répondre à son amour physique particulièrement viril — ils avaient passé la nuit précédente dans la chambre de Brent, au Savoy, en couple légitime — comme elle souhaitait le faire sans trop savoir comment ; dominer sa terreur de la pro-chaine rencontre avec les parents de son mari, piliers de la société new-yorkaise, apparemment ; et plus encore, faire la connaissance de ce Heston étrangement mis sur la touche — « Heston est une carte », avait dit Brent.

L'amour constituait le principal problème car, ma-nifestement, la possession de son corps constituait le ressort principal du désir de Brent. Il lui fallait bien croire que c'était là le début normal d'un mariage d'où naîtraient des sentiments plus profonds qu'*elle* avait toujours associés à l'amour. Mais, pour l'instant, il fallait s'y prêter, et accepter. Non pas qu'elle voulût se refuser, d'autant moins que la douleur s'était révélée moins vive la deuxième fois et la prise de conscience de ce *qu'elle ressentait* beaucoup plus forte.

Mais être aimée par Brent Maddox était beaucoup plus épuisant qu'elle ne l'avait imaginé. Pas un pouce de son corps qu'il ne souhaitât embrasser et caresser, pas une seule fonction qu'il ne souhaitât partager. Le plus curieux, c'était qu'elle en était fondamentalement heu-reuse, sentant que c'était là la meilleure façon, peut-être même la seule, de parvenir à cette véritable intimité de sentiments qu'elle jugeait essentielle entre mari et femme ; il fallait en arriver d'abord à l'intimité physique totale.

Mais comme elle avait toujours vécu, adulte, dans une

absolue solitude, sans même une meilleure amie, moins encore une sœur, elle ne pouvait s'empêcher de se sentir instinctivement choquée et, de ce fait, tendue et presque tentée de refuser. — pour se contraindre enfin à céder parce qu'*il* le voulait. Quand, lors de leur nuit de noce, il avait insisté pour qu'ils se baignent ensemble, plongés face à face dans l'immense baignoire de la chambre 715, elle avait été ravie. Même lorsqu'il avait voulu la savonner — bien qu'un peu anxieuse. Après quoi il avait voulu qu'*elle* le savonne. Ce que, peut-être, elle aurait rêvé de faire dans l'intimité de son lit — si elle avait jamais imaginé qu'on pût se livrer à de telles choses. Et quand, en regardant dans ses yeux...

Du moins était-il tentant de croire qu'elle pouvait également amenée à aimer avant qu'elle y soit tout à fait prête. Et, songeait-elle, peut-être cela arriverait-il plus tôt qu'elle ne le pensait. Elle se trouvait seule dans le compartiment depuis quinze minutes et se sentait déjà anxieuse. Il s'était borné à dire qu'il voulait aller faire un tour puis était parti, la laissant seule avec ses journaux et ses revues. Mais une heure après avoir quitté la gare de King's Cross, elle avait fini de les lire. Elle posa le roman qu'elle avait acheté — *Nocturne,* de Frank Swinnerton —, alla ouvrir la porte du compartiment et regarda dehors. A sa surprise, Brent se trouvait à moins de quatre mètres de là, fumant un cigare et bavardant avec un gentleman à l'air étranger. Quand il la vit, celui-ci dit aussitôt quelque chose et, instinctivement, lissa les crocs de sa moustache.

— Eh bien, Brande, ma chérie, dit Brent en se retournant. Pensais-tu que je m'étais perdu ?

— Bien sûr que non. (Elle s'en voulu de rougir aussi.) Je... je voulais prendre l'air, répondit-elle, regardant le compagnon de Brent qui la fixait.

— Il n'y en a guère, ici, observa Brent. Mais je me montre fâcheusement grossier. Brande, ma chérie, je te présente le comte Dimitri Stologine. Le comte Stologine est également un passager du *Northern Wind.*

Elle tendit la main au comte qui la porta à ses lèvres.

— Je suis enchanté, madame Maddox, déclara-t-il avec un fort accent. Votre mari m'a parlé de votre coup de foudre. Ah, les élans de la jeunesse. Vous voudrez bien m'excuser. Sans doute aurai-je le plaisir de votre compagnie pendant le voyage.

Il s'inclina, un peu raide et ouvrit la porte du compartiment devant lequel ils se tenaient et où se trouvaient, vit-elle, trois autres messieurs apparemment tout aussi étrangers qui la fixaient avec un intérêt quelque peu hostile.

— Un crétin, commenta Brent. Je suis cependant heureux qu'il ait pu faire ta connaissance.

— C'est un de tes amis ?

— Grand Dieu, non. Un client de la compagnie. Et un bonhomme rudement soupçonneux. Sais-tu... ma foi, c'est un dingue.

— Qu'allais-tu dire ? demanda-t-elle, s'asseyant en face de lui.

Il réfléchit un instant puis sourit.

— Les affaires, ma chérie. Je ne peux même pas t'en parler vraiment pour le moment. Très secret. En fait, le comte expédie, eh bien, des marchandises de valeur à New York et, étant russe, il est convaincu qu'un individu sur deux est un assassin bolchevik ou un espion allemand, ou un agent britannique. Il considère mon mariage comme grandement suspect. Oh, grandement.

— Ton mariage ? Quel rapport avec lui ?

— Aucun, comme je viens de le lui faire observer. Mais, vois-tu, à notre dernière rencontre, lorsque nous avons convenu des termes de l'expédition de sa cargaison, j'étais un jeune et gai célibataire et cela ne remonte qu'à une semaine. Et me voilà soudain marié. Donc, pour un esprit comme le sien, tout cela doit être quelque sombre et sinistre machination ourdie par les forces ennemies du tsar en exil et dont nous devons être les représentants.

— Seigneur, as-tu souvent des passagers comme lui ?

— Pas assez souvent, répondit Brent, énigmatique.

— Te voilà bien mystérieux.

— Vraiment? Eh bien, je ne le serai plus, une fois en mer. Promis. Demande et il te sera répondu.

Elle pensa qu'il plaisantait et que, *vraiment,* ça n'était pas ses affaires. Bien qu'espérant que, parfois, il partagerait ses soucis avec elle — après tout, elle en savait au moins autant que lui sur le transport maritime.

Brande somnola après le déjeuner et rêva que les quatre Russes la poursuivaient dans tout le train — ou étaient-ils cinq? Elle s'était trouvée à la table voisine de la leur, au wagon-restaurant, et elle aurait juré que l'un d'eux avait changé.

— C'est bien le cas, lui dit Brent. L'un d'eux est toujours dans le fourgon, à surveiller leur précieuse marchandise.

De plus en plus bizarre, se dit-elle. Mais le rêve était effrayant et elle fut heureuse de se réveiller en sursaut quand le train entra en gare de Lime Street, à Liverpool. Ils avaient quitté Londres avec le beau temps et maintenant il bruinait. Quelle importance? Son excitation alla croissant tandis que le taxi les emmenait sur les quais. Certes, elle avait traversé plusieurs fois la Manche par la malle de Dieppe, en se rendant en Suisse, et elle avait pris la mer, pour un bref voyage, sur un des caboteurs de son père — mais là, elle allait traverser l'Atlantique pour la première fois. Il lui tardait de voir à quoi ressemblait le *Northern Wind* et fut surprise par le nombre de navires dans le port, certains alignés bord à quai à deux ou trois.

— On les rassemblait pour former un convoi, expliqua Brent. Ce n'est plus nécessaire, désormais. Nous pourrons marcher à vitesse normale au lieu de filer douze nœuds.

— Quelle *est* notre vitesse normale?

Ce *notre* était un mot superbe.

— Vingt-quatre nœuds. Le brave vieux n'est peut-être pas un lévrier comme le *Mauretania,* mais il fait la traversée en cinq jours. Qu'en penses-tu?

Brande regarda le navire, à la jetée suivante et ne réalisa que vaguement qu'elle contemplait un immense MADDOX qui s'étalait sur les hangars. Et, derrière, le navire. Elle ne le distingua parfaitement qu'après que le taxi eut contourné le hangar pour arriver sur la jetée et s'arrêter. Et elle descendit avant que Brent pût lui ouvrir la portière.

— Magnifique, dit-elle. Absolument magnifique. Comme doit l'être un navire.

— Quarante mille tonnes. Attends d'être à bord.

Mais pour l'instant Brande se satisfaisait de contempler les immenses hauts-bords bleu foncé qui s'élevaient à quelque dix mètres au-dessus de sa tête, de sorte que les superstructures blanches et les cheminées dorées semblaient toucher aux nues.

— Deux cheminées seulement ? demanda-t-elle.

— C'est suffisant, répondit Brent en souriant. Il ne faut pas croire tout ce que tu vois. Sur les quatre cheminées du *Mauretania,* ou de ce pauvre *Titanic,* deux étaient fausses. Nous, chez Maddox, nous demeurons strictement pratiques. Montons-nous à bord ?

Les autres passagers n'étaient pas encore arrivés et il lui sembla que tous les stewards et grooms du navire se trouvaient réunis à la porte tribord, ouverte à mi-coque sur une passerelle couverte. Et également le commandant et la plupart de ses officiers ainsi que le commissaire du bord venus saluer le vice-président et son épouse.

— Commandant Haliburton, madame Maddox, dit Brent, et Brande lui serra la main comme elle dut serrer la main à tout le comité d'accueil, se faisant l'impression de quelque personnage royal et réalisant qu'elle se trouvait confrontée à une autre réalité à laquelle elle n'avait pas vraiment réfléchi : tous ces hommes étaient américains et leur navire battait bannière étoilée. Elle-même serait désormais considérée comme américaine — ou ne tarderait pas à l'être.

Elle se demanda si elle devait s'en sentir heureuse ou triste.

— Oui, ils sont ici, répondait Brent à une question du commandant Haliburton. Je pense qu'il est préférable que je descende leur souhaiter la bienvenue à bord. A eux et à leur affreuse cargaison. Ma chérie, veux-tu laisser M. Bronson te conduire à notre cabine? Je reviens dès que possible.

— Bien entendu, répondit-elle, cachant sa déception. Elle était Mme Brent Maddox et devait prendre la vie comme elle se présentait, confiante dans le fait que ce ne pourrait être qu'à son avantage.

— Je dois dire, madame Maddox, que c'est pour nous un grand honneur d'avoir à bord l'épouse de M. Brent, observa le commissaire en la conduisant à l'ascenseur. Bien sûr, nous l'espérions tous depuis un certain temps, mais que cela se produise, ma foi, si...

Il réalisa qu'il se fourvoyait.

— Ce fut plutôt soudain, en effet, monsieur Bronson. Mais. M. Brent et moi nous connaissions depuis déjà longtemps, dit-elle, se qui était à peu près vrai.

— J'imagine que monsieur et madame Maddox sont ravis, dit Bronson tandis que l'ascenseur s'arrêtait, que les portes s'ouvraient. C'est par ici.

— J'espère qu'ils le sont, répondit Brande qui dut faire un effort pour conserver sa sérénité.

Brent avait télégraphié à ses parents mercredi, attendant une réponse jeudi. Mais rien n'était arrivé avant leur départ de Londres ce matin. D'un autre côté, lui avait-il rappelé, avec la soudaine fin de la guerre, la confusion la plus totale devait régner au télégraphe. « Nous ne savons même pas si le nôtre est arrivé », avait-il observé. « Et, Brande, ça n'a *pas* d'importance. C'est toi, l'important. »

Cher Brent, se dit-elle. Mais maintenant elle aurait souhaité une réponse.

Ils traversaient un large couloir sur une épaisse moquette et Bronson lui ouvrait une porte. A l'autre bout du couloir, en face, se trouvait, vit-elle, une porte identique.

Bronson sourit.

— Il y en a deux et, eh bien, nous les baptisons selon les passagers. On parle d'un voyage en Europe du président Wilson, par exemple, maintenant que la guerre est finie. Ce sera donc les suites présidentielles.

— Vous voulez dire qu'il va prendre ce navire ?

— Ou le même, le *Northern Dream*. Mais certainement un Maddox.

— Oh, dit-elle, franchissant le seuil.

Encore une fois, des mots qu'on lisait dans les journaux devenaient soudain banalité quotidienne.

— Pour ce voyage, naturellement, c'est la suite nuptiale, dit Bronson.

Brande n'aurait pas cru que puisse exister sur terre ou sur mer quelque chose de plus beau qu'une chambre du Savoy, mais elle en eut le souffle coupé. Certes, le plafond n'était pas aussi haut, mais la cabine apparut tout aussi vaste et claire. Et elle faisait partie d'une suite de... quatre pièces, vit-elle, car derrière le salon où elle se tenait s'étendait un couloir intérieur sur lequel s'ouvraient trois autres portes.

— La salle de bains est au bout, indiqua Bronson. Avec une autre porte qui donne directement sur la cabine, bien sûr. Cette cabine intérieure est, en fait, une pièce supplémentaire, pour les enfants... euh... ou pour servir de dressing, ou ce que vous voudrez. Et voici la cabine principale.

Il ouvrit la porte et se recula. Brande entra, ses pas toujours étouffés par l'épaisse moquette, contemplant l'immense lit double à la tête ouvragée, la coiffeuse avec ses trois miroirs, les rayons de livres et les tables basses, le magnifique dessus de lit blanc et or, mariage de couleurs que l'on retrouvait dans toute la pièce et même, avec des bonheurs divers, dans tout le navire.

— C'est absolument parfait, dit-elle.

— Merci, madame Maddox. Bien entendu, il n'y a pas d'autres cabines de passagers sur ce pont. Plus avant, on ne trouve que la cabine du commandant et les bureaux. Les installations de la première classe proprement dite se situent sur le point inférieur. Vous n'aurez donc pas de pont devant vos fenêtres ; c'est l'intimité totale.

Brande traversa la pièce vers ce qui, vit-elle, *était bien* des fenêtres plutôt que des hublots, avec leurs immenses panneaux de verre renforcé — encore qu'également pourvues de volets d'acier à verrouiller en cas de gros temps. D'une hauteur d'une quinzaine de mètres, elle aperçut, sur le quai, les passagers russes autour de plusieurs caisses qui ressemblaient davantage à des cercueils bien que manifestement plus lourdes et plus solides. Et Brent se trouvait là, lui aussi, discutant avec le comte Stologine tandis qu'on hissait à bord la première caisse.

— Cargaison spéciale, commenta Bronson à côté d'elle. Tout à fait secrète. Sans doute en rapport avec la guerre, je suppose.

— Vous disiez qu'il n'existait pas d'autres installations pour les passagers sur ce pont, monsieur Bronson, mais il y a l'autre suite. Elle n'est pas occupée pendant ce voyage?

— Oh, oui, je crains qu'elle le soit, madame. Par ces messieurs russes, là. Mais je suis convaincu qu'ils seront d'excellente compagnie.

La femme de chambre personnelle de Brande était une jeune femme bien en chair et bavarde du nom de Lucy Pender, qui s'activa à défaire les bagages et à faire couler un bain chaud pour sa maîtresse temporaire.

— Quelle journée, dit-elle. Il a plu sans arrêt. Il pleut toujours en Angleterre. Mais nous allons faire un bon voyage, m'dame. Vous vous rendez compte, plus de black-out, plus de convois… et plus de nuits blanches à attendre les torpilles. Je vais vous dire, m'dame, j'ai eu une de ces peurs cette année. Mais c'est terminé. Nous allons faire un bon voyage.

Brande était plongée dans la mousse. Un bon voyage, se dit-elle. Un voyage vers le Nouveau Monde ; elle s'attendait à entendre la symphonie de Dvorak éclater dans la cabine comme elle éclatait dans sa tête. Car maintenant, pour la première fois, tout cela lui semblait réel. Impossible d'y croire, à Londres, au milieu de tous ces paysages et ces bruits familiers. Même le train, au départ de King's Cross avait été un train anglais, où l'on entendait des accents anglais, où l'on mangeait du rosbif et du Yorkshire pudding. Elle aurait pu voyager, par pure coïncidence, avec le vice-président de la Maddox Line.

Mais sur ce navire, on n'entendait qu'accents américains, on ne verrait pas de Yorkshire pudding et surtout, se dit-elle en sentant de temps à autre bouger le navire, elle serait en mer, avec l'Angleterre derrière elle... pas pour toujours, bien sûr ; en sa qualité de Mme Brent Maddox, elle pourrait sans aucun doute revenir chaque fois qu'elle en aurait envie. Mais jamais plus elle ne rentrerait *chez elle*.

— A quelle heure levons-nous l'ancre ? demanda-t-elle à Lucy qui attendait pour l'envelopper dans une énorme serviette.

— Je crois avoir entendu dire que la marée était pour onze heures juste ce soir, m'dame. Est-ce que vous attendrez ? La plupart des passagers ne vont pas se coucher avant.

— Vous pouvez être certaine que j'attendrai. A quelle heure les passagers embarquent-ils ?

— Oh, le train-paquebot arrive en général trois heures avant le départ. Ils seront là vers huit heures. Les passagers de première, en tout cas. Les autres aussi, mais ils n'embarquent qu'après les rupins. Seuls les plus privilégiés embarquent tout de suite. Comme vous... et ces messieurs étrangers, précisa Lucy, manifestement intriguée par *leur* présence. Elle eut un petit rire et ajouta : Voici monsieur Maddox.

— Si tu veux bien t'habiller, dit Brent. Je vais te faire visiter le navire. Si cela te dit.

— Je serai ravie. Qu'est-ce que je mets ?

— Quelque chose de pratique et de confortable. Tu pourras te changer pour le dîner, plus tard.

Lucy avait sorti une jupe simple et un chemisier, avec un cardigan assorti, mais elle fut quelque peu déconcertée par la diversité des paires de bottines ; restait la solution des escarpins.

— Il faudra faire attention avec ces échelles, m'dame, conseilla-t-elle en les laissant seuls.

— Nous t'achèterons une paire de chaussures de pont à la boutique, dit Brent. J'espère que Pender est bien. Nous avons tant de femmes de chambre qui ressemblent plutôt à des infirmières hospitalières.

— Charmante. Tout va comme tu le veux avec la précieuse cargaison ?

— Aussi bien que possible. Je *vais* t'expliquer tout cela, ma chérie, mais j'ai donné ma parole à cet idiot de Stologine que je n'en soufflerai mot à personne tant que nous ne serons pas èn mer. Si cela peut te rassurer, les seules personnes à bord à être au courant, à part les Russes, quant au contenu de ces caisses, sont le commandant Haliburton et moi. Tu seras la troisième dans le secret.

— Mais je ne *tiens pas* à savoir, Brent, prétendit-elle, l'embrassant sur le nez. Je commence à me prendre pour la huitième femme de Barbe Bleue. Maintenant, viens me faire visiter ton navire.

Elle n'avait pas pleinement réalisé à quel point un transatlantique pouvait être vaste, bien que compact, et surtout totalement autonome. Brent l'entraîna dans une visite très méthodique, descendant d'abord par l'ascenseur au pont promenade des premières classes où se trouvait le complexe commercial avec ses salons de coiffure, librairies, parfumeries, boutiques de spiritueux et de vêtements. En principe, les boutiques ne devaient ouvrir qu'une fois le navire en mer — elles vendaient des marchandises en franchise de taxes — mais chez le chausseur on se fit un plaisir de trouver à Brande une paire de chaussures basses à semelle de crêpe.

— Maintenant tu risqueras moins de te casser une jambe, dit Brent qui l'entraîna vers le pont surplombant la proue.

Il était plus de seize heures et le jour de novembre commençait à décliner ; les nuages étaient toujours bas et il bruinait encore. Ils descendirent une succession d'échelles, Brande se félicitant de ne pas s'être lancée dans cette entreprise en bottines de cuir. Ils arrivèrent sur le pont avant où les écoutilles étaient ouvertes et où l'on embarquait les dernières provisions. Les marins se figèrent au garde-à-vous à l'arrivée de leur patron qui les fit mettre au repos d'un geste de la main — il portait encore son uniforme de lieutenant, étant toujours sous les armes.

Brande demeura bouche bée devant toutes ces carcasses congelées de porcs, de bœufs et de moutons amenées par les grues et disparaissant dans les entrailles du paquebot ; après quoi Brent lui fit descendre d'autres échelles, à l'intérieur de la coque maintenant, traversant des sortes de dortoirs.

— Les installations des troisièmes classes, expliqua-t-il. Ce que l'on appelait l'entrepont. D'ici une heure ce sera plein.

Ils arrivèrent à la chambre froide où étaient pendues les carcasses.

— Au-dessous de nous, les denrées non périssables et la calle principale. Nous sommes juste au niveau de la ligne de flottaison.

Brande contempla les cloisons d'acier, essayant d'imaginer l'énorme pression exercée par l'eau. Mais le *Northern Wind,* bien que vieux de six ans, avait été construit selon les meilleures normes et, sur deux ponts au-dessus de la ligne de flottaison, divisé en compartiments étanches pouvant être hermétiquement clos par des portes d'acier. Ainsi, même en cas de collision entraînant une perforation de la coque, le navire demeurerait à flot — sous réserve que l'on ferme rapidement ces portes. Mais, comme elle le savait, la fermeture était commandée électriquement depuis la passerelle ; seuls pourraient y laisser la vie les hommes qui se trouveraient là au moment de l'accident.

Quelles horribles pensées pour un navire sur le point de lever l'ancre pour son premier voyage en temps de paix depuis quatre ans. A côté de Brent, elle traversa de longues coursives blanches illuminées par des ampoules électriques plus brillantes encore, davantage consciente à chaque pas du bourdonnement constant des générations maintenant tout proches, de cette agitation permanente qui faisait la *vie*. Bientôt, ils se retrouvèrent dans la salle des machines où les mécaniciens saluaient Brent, souriaient à Brande sans quitter des yeux leurs diverses manettes et cadrans de contrôle ; on était *là* dans la salle des générateurs.

— La soute à charbon avant se trouve au-dessous de nous, indiqua Brent. Parce que la salle de la première chaudière est exactement ici.

La cloison étanche était fermée mais l'un des chauffeurs la leur ouvrit et elle avança sur une passerelle à une bonne vingtaine de pieds au-dessus du pont suivant. Elle n'aurait jamais songé qu'un navire pouvait être aussi profond, au-dessous de la ligne de flottaison. La passerelle longeait la chaufferie d'où jaillissait, perdue au-dessus d'eux, la cheminée avant ; on chargeait la chaudière, bien entendu, et la chaleur était intense malgré l'air forcé amené par les ventilateurs. Elle se colla à la rampe et regarda les chauffeurs qui torse nu, muscles luisants, enfournaient le charbon, puis les trimeurs qui véhiculaient le charbon dans des brouettes depuis les soutes et qui avaient pour mission de conserver l'assiette du navire en prenant une même quantité de combustible d'un côté et de l'autre.

— Est-ce qu'ils passent tout le voyage ici ? hurla-t-elle.

— Par équipes de six heures. Mais c'est bien une vie de chien.

Derrière les deux salles de chaudières et la soute à charbon principale se trouvait la salle des machines, silencieuse pour l'instant dans la perfection de sa blancheur ; là, le chef mécanicien, M. Collins, surveillait ses manomètres ; la pression devait être maximale à dix heures et demie ce soir, ni plus tôt ni plus tard. Brent lui fit descendre une échelle jusqu'au niveau de la calle pour lui montrer les arbres de transmission ; le *Northern Wind* avait deux hélices. La chaleur était maintenant insupportable ; elle se sentit fondre, moite de transpiration et fut heureuse d'escalader l'échelle et de sortir par la cloison arrière dans les cuisines où les saluèrent les chefs et boulangers en toque blanche, déjà en pleine préparation du premier dîner.

— Toujours un grand repas, madame Maddox, expliqua Schmidt, le chef cuisinier avec un grand sourire. Après quoi ils ne mangent pas grand-chose pendant deux ou trois jours, d'ordinaire. C'est le temps qu'il faut pour avoir le pied marin, au large de la côte Nord de l'Irlande. Une fois à trente-six heures à peine de New York, ils avalent trois grands repas par jour. Mais je suis sûr que vous ferez vos trois repas par jour, madame Maddox.

— Je l'espère, dit-elle.

Tandis qu'ils poursuivaient leur visite, elle murmura à Brent :

— Pourquoi la côte *nord* de l'Irlande ? Est-ce que ce ne serait pas plus rapide, et plus calme, de traverser la mer d'Irlande et de faire le tour par le *sud* ?

— Plus rapide, oui. Pas forcément plus calme ; la mer d'Irlande peut être diabolique. Mais ce sont les ordres de l'Amirauté, depuis un certain temps ; d'ordinaire, il n'y a pas d'U-boats au nord de l'Irlande.

— Mais… commença-t-elle, la main sur la rampe.

— Nous en reparlerons, coupa Brent vivement en voyant arriver le comte Stologine. Satisfait ? lui demanda-t-il.

— Cela paraît sûr. Mais il faudra nous en tenir à notre plan, répondit le comte avec un de ses longs regards à Brande avant de gravir les marches.

— Eh bien, voilà qui va lui donner une indigestion, fit Brent.

— De m'avoir rencontrée ? Il est misogyne à ce point ?

— De t'avoir rencontrée *ici*. Sous ce pont, juste derrière la salle des machines, se trouve la chambre forte du navire. C'est là que nous avons mis ses caisses. Je parie qu'il pense que j'allais te montrer cela.

— Et tu vas le faire ? demanda-t-elle, le souffle soudain coupé.

— Non, répondit Brent en souriant. Ce n'est pas

souhaitable. Quant à son plan, il consiste, pour lui et ses hommes, à prendre des tours de garde là-dessous, armés jusqu'aux dents. (Un signe de tête en direction des escaliers.) Là derrière, ce sont les quartiers de l'équipage.

— Je pensais qu'ils se trouvaient toujours sur l'avant, observa-t-elle, bien décidée à ne pas se froisser des réserves de son mari.

— Pas sur un navire comme celui-ci. C'est ici qu'il est le plus bruyant ; nous sommes juste au-dessus des hélices.

Encore une succession d'échelles et ils débouchèrent sur le pont des écubiers, les superstructures s'élançant au-dessus d'eux. Sans lui faire visiter les deuxièmes classes, il la remena directement aux premières qui, comme l'avait expliqué Bronson, se trouvaient sur le pont au-dessous de leur suite. Brent lui montra l'immense salon, de style Adam britannique, avec ses cheminées où brûlait du vrai charbon et ses tableaux représentant des courses de chevaux et des chiens. On accédait à la salle à manger des premières par un grand escalier double au-dessus duquel trônait un immense portrait d'un vieux monsieur à la moustache et aux cheveux blancs qui les fixait d'un regard peu amène.

— Il n'a pas toujours l'air aussi désagréable, expliqua Brent, mais il détestait poser.

— Ce n'est pas ton père ? demanda-t-elle, inquiète.

— Oh, que si. Carter Maddox soi-même. Ce n'est pas lui qui a fondé la compagnie, sais-tu ; c'est grand-père. Mais il faut lui rendre cette justice : il en a fait ce qu'elle est aujourd'hui.

Brande sentit ses genoux se dérober. Et si ce vieux monsieur à l'air superbement féroce *n'avait pas* reçu le télégramme de Brent ? Il allait se précipiter pour accueillir son navire et découvrir qu'il avait pêché une belle-fille. Non seulement une belle-fille étrangère mais encore, selon les critères de Carter Maddox, socialement inférieure.

Brent lui montrait le gymnase et la piscine attenante,

intérieure et chauffée, expliquait-il fièrement, bien qu'actuellement déserte — mais elle l'entendait à peine. Il la fit monter sur la dunette, toujours plongée dans une hébétude inquiète, lui montra tous les instruments de navigation et la cabine du radio. Il échangea quelques mots avec le commandant Haliburton, « une sale nuit », disait-il.

— Mieux vaut le mauvais temps d'abord et l'amélioration ensuite, répondit Haliburton. La météo annonce du beau temps de l'autre côté de l'océan, et arrivant par ici.

De retour dans la suite nuptiale, il demanda à Brande ce qu'elle en pensait.

— Magnifique. Absolument magnifique. Brent... essaya-t-elle de poursuivre.

— Je sais, ma chérie, lui dit-il, la serrant dans ses bras. Tout cela est un peu écrasant, non ? Souviens-toi seulement que tout t'appartient. Jusqu'au dernier petit morceau. Ou que cela ne tardera pas. Et qu'il y en a encore trois autres tout à fait pareils.

En fait, Brande n'eut pas à s'habiller pour dîner le premier soir. Ce qui lui fut un soulagement car elle n'avait que trois robes du soir et ne voulait pas mettre deux fois la même. Apparemment, le premier buffet n'était qu'un buffet froid car la plupart des passagers de première classe venaient d'arriver, amenant avec eux des parents et des amis venus leur dire au revoir. Ils flânaient çà et là sur le pont, les hommes pontifiant sur le vent et la rigueur du voyage tandis que les femmes gloussaient, disant : « Mais il ne partira pas, n'est-ce pas, si ce doit être si mauvais ? » Ils passaient dans la salle à manger, entrant et sortant, grignotant au passage, buvant du champagne, encore dans leurs vêtements de voyage. Comme promis par Schmidt, le buffet était somptueux : profusion de jambons au miel, tranches de rosbif, un ensemble impressionnant de crevettes, homards et crabes, de salades, de tartes et de crèmes glacées ; Brande, assise avec Brent à la table du commandant, lui fit honneur.

A cet instant, aucun des passagers ne savait qui ils étaient et se bornaient à un signe de tête condescendant à l'adresse du jeune officier de marine et de celle qui, manifestement, était son épouse.

— Nous deviendrons officiellement leurs hôtes demain soir, dit Brent. Sous réserve qu'il s'en trouve dans la salle à manger.

— La traversée va-t-elle être vraiment mauvaise ?

— Pour un habitué du plancher des vaches, oui. Nous avons un vent de suroît force six avec rafales de force sept sur l'échelle de Beaufort — ce qui fait un peu plus de trente nœuds par moments et nous allons droit dedans. Mais tu n'as pas peur d'une tempête de yachtman ?

— Non, je n'ai pas peur, dit-elle, heureuse de découvrir au moins *une chose* qu'elle ne redoutait pas dans toute cette affaire.

Mais soudain elle se prit à souhaiter d'avoir moins impétueusement dîné. Sans doute l'excitation croissante du départ tout proche. Elle alla s'accouder à la lisse pour regarder embarquer les passagers de troisième classe ; il pleuvait ferme, maintenant, et les pauvres gens étaient entassés dans les hangars, au froid et à l'humidité, depuis plusieurs heures. Malgré cela, ils paraissaient tout aussi heureux et excités que les autres de pouvoir enfin monter à bord. Brande se demanda si *eux* allaient avoir un somptueux buffet avec champagne.

Les gongs se mirent à résonner et les grooms à parcourir les ponts et à annoncer « Tous les visiteurs à terre », tandis que l'orchestre, qui avait interprété de la musique légère et en sourdine pendant le dîner, attaquait maintenant des airs plus vigoureux. Cela, se dit Brande, pour couvrir les sanglots des adieux. Elle se sentit envahie par la chair de poule, Brent l'ayant laissée pour monter sur la passerelle, et reçut un choc en tournant la tête et en découvrant Stologine et un autre Russe près d'elle.

— Eh bien, madame Maddox, vous devez être heureuse de rentrer chez vous, lui dit le comte.

— Chez moi ? Mais... oui, je suppose que ce doit être chez moi.

62

— Vous ne connaissez pas monsieur Maddox depuis bien longtemps, n'est-ce pas?

Le regard du Russe semblait la pénétrer jusqu'au cerveau.

— Depuis des années. Si vous voulez bien m'excuser, répondit-elle, grimpant à l'échelle de la passerelle, tout essoufflée.

— Désolé, madame, lui dit un marin. Les passagers ne sont pas admis ici.

— Mais, je suis madame Maddox.

— Eh bien, ça alors! dit-il en saluant. Je vous prie de m'excuser, madame Maddox. Évidemment, *vous* pouvez monter. Vous seriez surprise de voir le nombre de passagers qui se précipitent ici, surtout à leur arrivée à bord.

Elle lui sourit et pénétra dans l'immense dunette. Tout était calme, tranquille, contrastant étonnamment avec l'intense brouhaha extérieur. Elle se tint dans un coin, tout au fond, à regarder le commandant Haliburton et Brent qui, avec le premier lieutenant Coulson et le pilote regardaient à travers la vitre avant tandis que le quatrième lieutenant Johannson veillait au téléphone intérieur.

— Paré à l'arrière, commandant, dit-il d'une voix calme.

— Monsieur Bronson? demanda le commandant.

— Tous les visiteurs à terre, commandant.

— Amenez les passerelles, monsieur Coulson. Et dites à M. Paston que je passe. Monsieur Lucas?

Signe de tête du pilote qui s'approcha pour prendre la barre.

— Sirène, monsieur Johannson, dit Haliburton.

— Sirène, monsieur Collins, répercuta Johannson au téléphone.

Un instant plus tard, les sirènes sifflaient au-dessus de leur tête et aussitôt après l'immense navire commença à se mouvoir, pas encore seul mais tiré du quai par les remorqueurs. Brande alla à la vitre latérale regarder la jetée disparaître sous la pluie. Son dernier regard sur l'Angleterre, se dit-elle, se demandant pourquoi elle ne pleurait pas, comme tous les autres passagers.

— Vous pouvez dire à M. Paston de récupérer ses amarres, commandant, dit le pilote.

Haliburton transmit l'ordre à Johannson.

— En avant lente, s'il vous plaît, ajouta Lucas.

Un autre ordre et un tremblement de vie agita soudain le navire, les hélices commençant à brasser l'eau.

Lentement, le *Northern Wind* gagna de la vitesse ; les lumières de la côte étaient maintenant tout à fait noyées dans la brume et la pluie. Seule, de temps à autre, une balise du port clignotait, sinistre, dans l'obscurité, avec les feux du bateau pilote qui allait les accompagner jusqu'à la sortie du port pour récupérer M. Lucas.

— Beau travail, commandant, dit Brent qui se retourna, découvrant sa femme.

— Eh bien, ma chérie, je ne savais pas que tu étais là.

— J'espère que cela ne te gêne pas. Je me sens un peu, eh bien... Brent, tout cela est-il réel ?

— Réel et vrai, dit-il en lui prenant la taille. Évidemment que c'est réel. Jusqu'à New York. Excusez-moi, messieurs, ajouta-t-il à l'adresse des officiers. Je crois que je vais accompagner ma femme au lit.

Brande s'éveilla en sursaut, tout à fait incapable, pendant un instant, de réaliser où elle se trouvait. Dans un lit confortable, certes, mais au milieu d'un bruit assourdissant, le ronronnement lointain des moteurs couvert par le rugissement du vent tandis que, périodiquement, un paquet de mer venait cogner aux immenses fenêtres comme si on y jetait des gravillons pour la réveiller.

Elle se redressa, se recoucha vivement alors que le navire semblait se dérober sous elle, avant de se relever, comme sous un choc. Il faisait jour et la pendule électrique, sur la cloison, annonçait six heures à peine passées. Mais on ne voyait pas le soleil et c'était la pluie qui cognait aux fenêtres, par les embruns.

— Gros temps, observa Brent couché à côté d'elle.

Ils avaient fait l'amour la veille, ou ce matin plutôt. Il était minuit bien passé quand ils s'étaient endormis dans les bras l'un de l'autre. La plus merveilleuse nuit de sa vie, pour Brande, car pour la première fois elle s'était *sentie* mariée et avait pu réagir comme elle le souhaitait, comme il le voulait également, car il avait été ravi. Le résultat était que... elle ne savait pas bien comment exprimer cela ni même si elle voulait l'exprimer. Elle savait seulement qu'elle avait voulu que cela continue et continue encore, consciente de son excitation croissante, d'une émotion qui l'envahissait. Après quoi elle avait su qu'elle n'avait pas commis une erreur, qu'elle n'avait pas à se sentir coupable, qu'elle *était bien* Mme Brent Maddox et qu'ils allaient être heureux, glorieusement heureux, à jamais, éternellement. Et elle avait su s'abandonner à la sensation délicieuse de se blottir dans un lit, sur un navire cinglant dans la tempête, sachant que le paquebot et l'équipage qui le menait pouvaient se sortir de n'importe quoi. Et qu'elle était en sécurité. Et riche. Eh heureuse. Et amoureuse.

— Que dirais-tu d'un petit déjeuner? demanda Brent.

— Que c'est une idée merveilleuse. Je crois que j'avalerais un cheval.

— J'imagine que ce vieux Schmidt aura plutôt pensé à des œufs au bacon. Ici ou dans la salle à manger?

— Eh bien... je crois que nous pourrions faire une apparition en bas, sinon on pensera que nous avons le mal de mer.

Comme c'est curieux, se dit-elle, à tout autre instant, elle eût été enchantée de prendre son petit déjeuner dans cette suite élégante, sans avoir à s'habiller. Mais c'était son navire; elle voulait en faire partie et que chacun *sache* qu'elle en faisait partie.

— Bonne idée. Encore que je ne te promette pas qu'il y aura grand monde pour admirer notre appétit. Veux-tu que je sonne Pender?

— Je me débrouillerai, dit-elle. Et si elle est là nous ne pourrons partager la baignoire.

Il lui adressa un autre de ses sourires ravis et l'embrassa sur le front. Ils se baignèrent et s'habillèrent, Brent abandonnant son uniforme pour la première fois pour un pantalon de flanelle et un blazer. Tandis qu'elle finissait de se maquiller, il tira son portefeuille et arriva derrière elle, tenant un morceau de papier rectangulaire couvert d'inscriptions en rouge par-dessus le noir des caractères d'imprimerie et le bleu des annotations manuscrites.

— Sais-tu ce que c'est?

— Hmm, dit-elle, posant son rouge. Ça me paraît être un chèque certifié.

— Bonne réponse. Vois-tu le montant?

Elle le voyait à l'envers dans le miroir, bien sûr, et bien qu'elle pût lire les chiffres, tout cela paraissait dénué de sens.

— Douze *millions* de dollars? demanda-t-elle, se retournant.

— Douze millions et demi.

— Mais... Seigneur. Payables à la compagnie?

— C'est le prix du transport de la cargaison des Russes.

— Le prix du *transport*? Quelle est donc la valeur de la cargaison?

— Deux cents fois plus. Deux milliards et demi.

— Pour quelques objets de valeur?

— Pour toute la fortune de la famille Romanov, précisa-t-il, et il s'assit à côté d'elle pour lui raconter l'histoire.

— Deux *milliards* et demi de dollars, dit-elle quand il eut terminé. En or et en bijoux, sur ce navire? J'aimerais bien les voir.

— Je crains que même moi je ne puisse arranger cela pour toi.

— Donc, tu n'es pas certain que cela se trouve effectivement là.

— Exact. Et je m'en fiche. Parce que, de toute façon, j'ai le chèque. Sais-tu ce que cela représente, ma chérie? A peu près le prix d'un nouveau navire. Songes-y. Plus gros, plus beau et plus rapide que le *Northern Wind*.

Peut-être même pourra-t-il se mesurer à votre Cunard et leur *Mauretania* pour le Ruban Bleu de l'Atlantique. Tu imagines ? demanda-t-il, se levant, marchant de long en large dans son excitation. Oh, oui, mon amour. Je ne peux croire que quiconque, surtout Stologine, puisse se défaire d'une telle somme sans une excellente raison. (Il replaça le chèque dans son portefeuille qu'il glissa dans sa poche intérieure. Je dois dire que me voilà en route pour New York avec les deux cargaisons les plus précieuses du monde. (Il l'embrassa sur les lèvres.) Et il me suffit de les amener à bon port.

Brent ne s'était pas trompé en disant qu'il n'y aurait pas grand monde à la table du petit déjeuner pour ce premier matin en mer. Pas plus d'une demi-douzaine de personnes et aucun Russe, vit-elle avec une satisfaction amusée.

En fait, la matinée était tout à fait à la tempête. On sentait moins le mouvement du navire dans la salle à manger mais davantage les vagues, que l'on pouvait voir à chaque roulis du bateau, le bleu profond de l'eau s'ourlant de crêtes blanches. On entendait davantage le bruit des machines, également, et l'on sentait mieux le navire avancer ; le sucre dans les sucriers et le café dans les tasses penchaient d'un côté, de l'autre, suivant le mouvement du paquebot. De temps à autre on entendait gémir les hélices qui mordaient l'air quand les creux étaient plus profonds que d'ordinaire.

Plus inquiétante encore était cette impression de se trouver isolés du reste du monde par le mur gris qui entourait le navire, peut-être moins proche que la veille — il ne pleuvait plus — mais limitant en tout cas la visibilité à moins d'un mille.

Mais la brume et le sentiment d'isolement cadraient parfaitement avec l'histoire que venait de lui raconter Brent. Elle se sentait presque trop excitée pour manger, considérant ses compagnons de traversée avec une joyeuse supériorité. Que diraient-ils s'ils savaient qu'ils voyageaient avec la plus riche cargaison de l'histoire ?

— Même une visibilité d'un mille est suffisante pour

un tel navire, expliquait un monsieur à moustache blanche, très britannique, assis à la gauche de Brande. Et bien entendu, ma chère petite dame, pour un tel navire cette légère brise ne signifie absolument rien. Quant à notre position, l'officier de navigation dispose de cent moyens de la calculer. Écoutez.

Brande écouta, essayant d'éviter le regard de Brent qui cherchait apparemment à la faire rire.

— J'*entends* quelque chose, dit-elle. Une sorte de gémissement.

— Le phare de Malin Head faisant entendre sa corne de brume. Je l'ai souvent entendu.

Il sembla que Brent s'étouffait avec son café.

— C'est bizarre, remarqua un autre passager. Malin Head devrait se trouver sur bâbord. Et le son vient de tribord.

— Illusion, dit le vieux monsieur moustachu. C'est fréquent, en mer. Le son rebondit sur le mur de brouillard, voyez-vous, et semble alors provenir du côté opposé. C'est bien Malin Head et le commandant va l'utiliser pour faire son point. Vous n'avez rien à craindre, ma chère, ajouta-t-il en tapotant la main de Brande.

— Mais je ne crains rien, vraiment.

— Voilà qui est brave. Au fait, je m'appelle Tennant, major John Tennant.

— Brande Maddox. Et mon mari, Brent.

— Maddox, remarqua Tennant, songeur. Quelle coïncidence. C'est le nom de la compagnie propriétaire de ce navire. Le saviez-vous ?

Bronson se racla la gorge.

— Le père de M. Brent est le propriétaire de la compagnie, major Tennant.

Tennant regarda un instant le commissaire, puis Brent, tandis que ses joues viraient lentement au violet. Après quoi il repoussa sa chaise et se leva.

— Excellent repas, dit-il. Parfait.

— Je crois que ce n'était pas très gentil, observa Brande alors qu'ils remontaient les escaliers, main dans la main.

— C'est une vieille bique pontifiante.

— Oui, mais il est terriblement froissé. Et il semble savoir beaucoup de choses sur la mer.

— Je parierais qu'il ne sait pas distinguer un ketch d'une yole. Malin Head, hein. Mais attention, on peut facilement commettre l'erreur. Ce *devrait* être Malin Head.

— Et ce n'est pas le cas? demanda Brande qui, de nouveau, sentit son cœur battre plus vite tant il y avait de choses, dans ce voyage, qui n'étaient pas ce qu'elles semblaient être.

Il lui fit un clin d'œil, l'amenant jusqu'à l'ascenseur où ils étaient certains de ne pas être entendus.

— C'est le phare de Tuskar Rock.

— Le Tuskar? mais... commença-t-elle, essayant de se représenter une carte de l'Irlande.

— C'est bien cela, ma chérie. Le Tuskar, bien qu'assez loin en mer, marque l'extrémité Sud-Est de l'île d'Émeraude. Dans une heure environ, nous mettrons le cap à l'ouest. Mais personne ne le saura, du fait qu'on ne voit pas le soleil. A moins d'avoir une boussole.

— Vous avez donc descendu la mer d'Irlande. Mais tu m'avais dit...

— Je t'ai dit que selon les instructions de l'Amirauté tous les convois devaient passer au nord de l'Irlande car il était plus difficile pour les U-boats d'y garder la mer. Mais, comme je te l'ai fait observer, c'est également plus long et plus agité. Et nous considérons que nous ne sommes plus tenus d'obéir aux ordres de l'Amirauté britannique maintenant que la guerre est finie. Nous prenons donc l'ancienne route.

— Tu es un petit cachottier.

— Ma foi, quand on transporte le genre de cargaison que nous avons à bord, je pense qu'il est parfois préférable de ne pas faire ce qu'on attend de nous.

— Tu ne penses pas que quelqu'un pourrait essayer de nous couler? demanda-t-elle, rembrunie. La guerre est finie. Et puis qui est au courant?

— Aucune idée. Et c'est là une partie du problème.

Nous ne savons que ce que Stologine nous a dit. Mais, en tout état de cause, je suis enclin à agir comme si cette affaire était connue de bien d'autres personnes, dit Brent qui l'embrassa avant d'ajouter : il n'y a *rien* à craindre, ma chérie. Simple précaution supplémentaire. Et il y a même moins à craindre encore maintenant. Nul n'aura le moindre indice sur la position du *Northern Wind* avant l'arrivée du pilote à bord à New York. Maintenant, montons à la passerelle et je vais te montrer notre position exacte.

Toute la journée le temps demeura maussade, mais, ainsi que Brent l'avait dit, c'était un bien car les passagers ne disposaient d'aucun moyen de connaître la route du navire. Non pas que cela les aurait beaucoup intéressés, se dit Brande ; on était encore moins nombreux au déjeuner car le major Tennant ne se montra pas.

— Je crois que nous devrions faire la paix avec lui, dit-elle, mais Brent se contenta de sourire.

Ils firent l'amour après le repas, puis s'endormirent. La mer demeurait forte et le vent soufflait toujours, mais ils étaient maintenant l'un et l'autre accoutumés au mouvement du navire et au bruit. Plus encore, elle s'habituait au navire et à l'idée d'être Mme Brent Maddox. Jamais elle ne s'était sentie aussi détendue de sa vie et aurait souhaité que le voyage dure éternellement.

— Bien sûr, tu es nerveuse à propos de New York, convint Brent, mais il n'y a vraiment pas de quoi.

— J'aurais seulement aimé que tes parents câblent *quelque chose*. Brent... on peut envoyer un câble depuis le bateau, non ?

— On le peut et je vais le faire, promit-il. Pas aujourd'hui. Mais demain après-midi nous serons à peu près où nous aurions dû être si nous avions fait le tour de l'Irlande comme d'habitude. Vois-tu, si l'on dispose des appareils ad hoc, on peut déterminer la position d'un navire avec ses signaux radio. Si nous câblions maintenant, et à supposer que quelqu'un *s'intéresse* à nos déplacements, il saurait que nous ne sommes pas où nous devrions être.

— Je comprends. Demain, ce sera parfait.

— Écoute. Quand nous câblerons, nous prendrons les dispositions pour leur parler le lendemain. Qu'en dis-tu? Tu l'auras au bout du fil. En morse, bien sûr, et il nous faudra passer par Jermyn, le radio, mais tu auras parlé à mon père. Et à ma mère.

— Oh. Ce serait merveilleux.

— Que dirais-tu d'un thé, maintenant?

— Un thé? Je pensais que les Américains ne buvaient pas de thé.

— C'est exact. Mais ce navire doit nourrir des passagers anglais et ma femme est anglaise. Tu auras du thé si tu le souhaites.

— Je vais me contenter d'une douche et d'une promenade sur le pont.

Il l'attendit et ils allèrent flâner sur le pont promenade des premières classes où ne se trouvaient qu'une ou deux personnes dans des chaises longues, bien protégées du vent par des couvertures, grignotant des biscuits salés et buvant du thé.

— Et nos amis russes? demanda-t-elle.

— J'ai l'impression qu'ils ne sont pas très bien. Tu te souviens de ce que je t'ai dit: l'idée de Stologine est que l'un d'entre eux monte la garde dans la chambre forte pendant tout le voyage. Ils ont dû y renoncer. Ils attrapent tous le mal de mer dès qu'ils descendent. Montons sur la passerelle pour voir comment nous nous en tirons.

Il était quatre heures douze de l'après-midi. Le commandant Haliburton n'était pas de quart et le navire était entre les mains de M. Simmons, le second.

— Nous marchons bien, monsieur Maddox, dit-il. Nous avons passé Fastnet Rock à l'heure prévue, un peu après deux heures. Dans cinq minutes environ, nous aurons laissé la plate-forme continentale pour le plein océan.

Brande regarda les crêtes des vagues qui s'étendaient à l'infini. C'était un peu inquiétant de penser que dans cinq minutes le fond allait s'enfoncer et passer de quelque soixante brasses à six cents ou peut-être six mille.

— Où sommes-nous exactement ? demanda-t-elle.

— A l'estime, madame Maddox, dit Simmons, consultant le livre de bord, les coordonnées sont... eh bien, il est facile de s'en souvenir. Cinquante et un degrés zéro minute de latitude nord, deux minutes de longitude ouest. Soit, exactement, à soixante-deux milles au sud-ouest de Fastnet Rock. (Il marqua la carte d'une petite croix.) Exactement... ici.

Il releva la tête pour lui sourire et un gigantesque coup de tonnerre s'échappa des entrailles du *Northern Wind*.

3

Il sembla à Brande, en y repensant, que le navire avait tremblé *avant* que le bruit de l'explosion leur parvienne : le *Northern Wind* parut vibrer, comme frappé par une vague gigantesque — et cependant, chose surprenante, il ne donna pas de la bande. Brande, malgré ses chaussures de pont, fut projetée contre la table des cartes avec une force qui lui contusionna la cuisse. Elle s'y rattrapa pour recouvrer son équilibre, la carte se froissant sous ses doigts.

— Oh ! cria-t-elle, s'excusant.

Mais nul ne l'écoutait. Simmons avait fait un tour complet sur lui-même avant de tomber à genoux tandis que Brent, vacillant, était allé cogner la cloison ; le maître de manœuvre s'accrochait des deux bras à la barre tandis que le navire... Brande regarda la mer écumante ; les vagues semblaient défiler aussi vite que jamais, mais quand le *Northern Wind* frappa la lame suivante il parut ralentir, donnant de la bande sur tribord — sans se redresser.

— Nous avons été torpillés, lança Brent. Faites mettre les machines en panne et sonnez l'alerte générale. Fermez les cloisons étanches. Lancez un SOS avec notre position exacte.

Il s'accrocha à la fenêtre pour assurer son équilibre, scrutant la mer dans l'espoir d'apercevoir le sous-marin.

Mais il n'y avait pas de sous-marin, se dit Brande,

l'esprit fou. Impossible. Parce que nous n'avons pas gîté sous le choc. Plusieurs navires de son père avaient été torpillés et les survivants avaient toujours parlé d'une gîte initiale consécutive à l'impact.

— Je n'obtiens rien, hurla Simmons, le visage gris d'horreur, pressant des boutons, essayant en vain d'obtenir la salle des machines. Nous avons dû être touchés à la salle du générateur.

Brent le fixa un instant puis se précipita à la barre.

— Filez à l'arrière et mettez en marche les générateurs de secours. Vite.

Simmons hésita, montrant le clinomètre — l'indicateur de gîte du navire — et sortit en courant de la passerelle où arrivèrent tous les bruits de l'extérieur, les cris qui montaient des ponts inférieurs, par-dessus le hurlement du vent. Mais Brande, comme Brent, fixait le clinomètre dont l'aiguille indiquait une gîte de cinq degrés sur tribord, en direction de l'explosion — ce qui était tout à fait normal pour un navire en train de virer en pleine vitesse — mais qui descendait lentement. Était-ce normal, là encore? Le navire continuait à décrire un vaste cercle à pleine vitesse.

— Il va couler, murmura Brent. Dieu Tout-Puissant, il va couler. Redressez, pour l'amour de Dieu, redressez sur bâbord.

Il courut à la porte, s'arrêta pour jeter un coup d'œil par-dessus son épaule.

— Brande, prends un gilet de sauvetage et file au pont des embarcations, lança-t-il.

— Mais, et toi?

— Il faut que je descende dire à Collins de couper la vapeur. Il faut l'arrêter. Ne t'inquiète pas, ajouta-t-il avec son inévitable clin d'œil, je vais revenir.

Brande jeta un regard rapide à l'homme de barre qui tentait vainement de redresser sur bâbord, se mordit la lèvre pour refouler un intense désir de se mettre à hurler, à hurler et fila derrière Brent vers l'échelle. Il faisait presque nuit et l'océan paraissait immensément vide. Et le navire, ce navire prétendument si sûr, *son* navire, allait couler.

Elle s'arrêta au bas de l'échelle, vit plusieurs passagers qui couraient sur le pont, au-dessous, glissant et titubant sous l'effet de la gîte, mais cherchant manifestement à gagner la passerelle pour savoir — il n'y avait pas eu d'alarme — ce qui se passait. Elle ne voulait pas les voir, se retrouver face à face avec eux, expliquer. Elle ouvrit la porte et se précipita dans la coursive entre les deux suites, claquant la porte derrière elle avant de s'appuyer contre la cloison, haletante. Là, tout était calme, familier, luxueux et sûr... sauf, vit-elle, qu'elle glissait le long de la cloison, alors que la gîte augmentait. Le *Northern Wind* allait chavirer.

La peur la poussa en avant et elle atteignit la porte de sa suite, réalisant que celle des Russes était déjà ouverte et battait. Ils avaient dû se précipiter au moment de l'explosion pour descendre voir leurs précieux millions. Tous sauf... elle entendit un gémissement et se hâta à l'intérieur. L'un des hommes, allongé sur le canapé du salon, haletait et vomissait. Il dit quelque chose en russe, chaque mot entrecoupé d'un haut-le-cœur.

— Il faut vous lever, lui dit-elle. Il faut... (Elle essaya de le soulever, il était trop lourd.) Vous allez être *noyé* !

Mais il se borna à vomir encore.

Il lui fallait trouver du secours. Elle le laissa, courut instinctivement à l'ascenseur avant de réaliser qu'il ne fonctionnait pas. Elle ouvrit la porte de cloison tribord, descendit le pont en titubant jusqu'à la rembarde et demeura bouche bée sous l'horreur ; l'eau, semblait-il, se trouvait là, juste au-dessous d'elle, à quelque quarante pieds. Et le bruit était assourdissant, avec la vapeur qui s'échappait des chaudières — du moins cela signifiait-il que Brent avait dû parvenir à la salle des machines et allait revenir — les meubles et la vaisselle qui se brisaient en glissant dans le salon principal et la salle à manger. Et par-dessus tout cela les cris de terreur des passagers dont plusieurs la heurtèrent, l'arrachant à la lisse, la projetant sur les dalots.

— A l'aide, leur cria-t-elle. Il y a un homme là en bas...

Mais nul ne fit attention à elle.

Elle se redressa, se précipita derrière eux vers l'échelle, encombrée maintenant de toute une foule qui poussait, tirait, jurait. Elle se retourna et se retrouva dans les bras de M. Bronson, le commissaire du bord.

— Madame Maddox. Dieu merci! Je vous cherchais.

— Il y a un homme, cria-t-elle. Un des Russes...

— Nous coulons. Il faut quitter le navire, dit-il, la retenant toujours par la taille, regardant l'échelle, hésitant. Où est votre gilet de sauvetage?

— Mon gilet de sauvetage? demanda-t-elle stupidement, songeant que Brent avait, lui aussi, parlé d'un gilet de sauvetage.

— Tenez, prenez le mien.

Il détacha son gilet, le lui passa sur les épaules.

— Mais, je ne peux pas...

— J'en trouverai un autre. Maintenant, une embarcation... hé, hurla-t-il, tandis qu'elle se tournait vers la lisse pour voir une chaloupe de sauvetage avec à peine quelques personnes à bord qui dansait au-dessus de la coque inclinée. Qui vous a dit de mettre à la mer? Vous n'êtes pas pleins.

— Il coule, cria une femme alors que, soudain, la gîte s'accentuait. Il coule.

Bronson hésita puis prit Brande par les épaules.

— Prenez Mme Maddox, cria-t-il.

— Non, je ne peux pas partir, protesta Brande tentant d'apercevoir Brent.

Mais il faisait complètement nuit, maintenant, et elle ne put reconnaître personne parmi les quelques silhouettes qui s'agitaient çà et là. Il devait cependant revenir, comme il l'avait promis.

— Je dois attendre Brent, expliqua-t-elle.

— Il souhaiterait que vous soyez en sécurité, madame Maddox, dit Bronson qui la souleva vers la rambarde.

— Je vous en prie, cria Brande, se débattant, gênée par son gilet de sauvetage.

— Il faut y aller, madame Maddox.

Et il la passa par-dessus la rambarde et la poussa dans

le canot qu'une oscillation ramenait vers le navire. Des mains la saisirent, trop faibles. Elle avait les doigts sur le plat-bord, mais son esprit se refusait à accepter le fait qu'elle quittait le navire alors que Brent demeurait à bord. Ses doigts glissèrent et elle chuta dans l'obscurité plus profonde encore de l'océan.

Son gilet de sauvetage la ramena aussitôt à la surface, mais elle avait avalé de l'eau et elle haletait, crachait, ne sachant plus très bien où elle était, bien que comprenant rapidement qu'à l'abri du navire elle se trouvait quelque peu protégée du vent et des vagues. Mais le navire... Elle leva les yeux sur l'énorme masse sombre au-dessus d'elle, surprise et soulagée de voir le *Northern Wind* déjà si loin — évidemment, il continuait sur son erre. Et elle eut envie de pousser un cri de joie en apercevant soudain une lumière ; Simmons avait dû réussir à mettre en route les générateurs de secours.

Mais la gîte était énorme ; même s'ils pouvaient commencer à pomper immédiatement, le navire ne pourrait jamais se redresser. Et elle se trouvait encore trop près. Elle n'avait pas vraiment envie de vivre, sauf si Brent vivait aussi, mais instinctivement elle nageait, s'éloignant de la coque menaçante — toujours elle avait été bonne nageuse, son père l'y ayant encouragée depuis l'enfance.

— La voilà, cria quelqu'un, et elle vit que la chaloupe dont elle était tombée se trouvait également à l'eau, et toute proche.

— Sortons d'ici, dit une autre voix. Nous allons être submergés.

— C'est madame Maddox, idiot, reprit la première voix.

Un instant plus tard, on lui tendait un aviron qu'elle saisit de ses deux bras et on la hala. Des mains saisirent son gilet de sauvetage et ses vêtements trempés et la hissèrent par-dessus bord.

— Souquez, nom de Dieu, dit l'un des sauveteurs. Faites excuse, mesdames, mais il faut s'éloigner.

— Jimmy, cria soudain une femme. Où est Jimmy? Il était dans la chaloupe. Je sais qu'il était dans la chaloupe.

— Eh ben, il y est plus, m'dame, dit l'un des marins.

— Alors il est tombé. Oh, il est tombé à l'eau.

— Madame, il n'a jamais été dans la chaloupe.

— Il faut rester tout près pour recueillir d'autres personnes, dit Brande, essayant de se redresser.

— Allons, allons, m'dame, dit Lucy Pender. Ça va aller.

— Lucy? Oh, Dieu merci, Lucy.

Brande s'aida du bras de la femme de chambre pour se lever et essaya de voir ce qui se passait. Il n'y avait que douze personnes dans l'embarcation, deux marins et dix femmes, toutes blotties au fond alors que les marins souquaient ferme. Maintenant qu'ils avaient quitté l'abri du navire condamné, ils avaient été pris par le vent et les vagues qui les poussaient vers le nord ; déjà, le paquebot couché semblait être à plus de quatre cents mètres.

— Il faut revenir, cria Brande. Il doit y en avoir d'autres... nous ne sommes pas pleins. Il faut revenir.

— Écoutez, cria l'une des femmes.

Ils scrutèrent l'obscurité. Dominant les faibles cris arriva un énorme craquement.

— Une cheminée qui s'abat, dit l'un des marins.

— Il est perdu, dit l'autre.

— Nous allons être engloutis par la vague quand il va couler, si nous y retournons, madame Maddox, expliqua le premier.

— Nous allons être noyés, brailla l'une des femmes. Nous allons tous être noyés. Ce bateau est en train de couler.

Les marins s'étaient arrêtés de ramer et les vagues se brisaient sur la coque de la chaloupe qui embarquait de l'eau.

— Jimmy! cria la première femme. Où es-tu, Jimmy?

Brande aussi avait envie de hurler. Mais elle ne le put pas. Brent était là-bas, qui l'attendait. Elle repoussa Lucy, gagna l'arrière en trébuchant, empoigna la barre, la poussant de tout son poids.

— Maintenant, ramez.

Les marins obéirent, instinctivement, et la chaloupe se remit à avancer. Mais lorsque la proue se présenta au vent, une vague plus grosse les frappa, embarquant davantage d'eau, déclenchant un nouveau chœur de cris.

— On coule. Oh, on coule.

— Pour l'amour de Dieu, madame Maddox, brailla l'un des marins qui abandonna son aviron pour venir vers elle, comme s'il voulait lui arracher la barre. Nous allons être engloutis.

— Assis et *ramez,* lui cria Brande avec toute l'autorité qu'elle put mettre dans sa voix. Et vous, mesdames, mettez-vous à écoper. Avec vos jupes, vos chaussures, tout ce que vous voudrez. Mais *écopez!*

Le marin la regarda puis retourna à son aviron.

— Il vaut mieux faire ce qu'elle vous dit, conseilla-t-il aux femmes. C'est la femme du patron. Écopez, nom de Dieu.

— Regardez, cria son compagnon. Oh, Seigneur, regardez.

Les têtes se tournèrent pour scruter l'obscurité. Les quelques lumières fournies par les générateurs de secours avaient disparu, tout comme le *Northern Wind.* Seule une immense masse d'écume agitée marquait l'endroit où le paquebot avait chaviré.

L'onde provoquée par le naufrage déferla sur la chaloupe, la balayant jusqu'au creux suivant, ajoutant encore quelques centimètres d'eau à celle qui tourbillonnait déjà au fond. Les femmes crièrent, les marins jurèrent. Lucy Pender se glissa à l'arrière, pour se trouver à côté de Brande. Et Brande s'assit sur la traverse, scrutant l'obscurité.

Elle avait conscience d'avoir froid, de ses chevilles dans l'eau, de l'eau encore qui sans arrêt lui fouettait le visage. Et ne paraissait pas s'en soucier. Elle avait conscience d'avoir mal, où on l'avait tirée par-dessus le plat-bord, mal aux côtes, aux genoux, aux tibias, à la tête. Mais peu importait tout cela, semblait-il.

Le *Northern Wind* avait coulé. En quelques minutes, elle le savait, même si cela lui avait paru une éternité.

— Écopez, pour l'amour de Dieu, écopez, demandaient aux femmes les marins, à genoux au fond de la chaloupe envahie par l'eau, utilisant l'unique écope du bord.

— Il faut y retourner, dit Brande.

Ils levèrent la tête pour la regarder.

— Il doit y avoir d'autres naufragés dans l'eau.

Oh, il devait y en avoir. Brent devait être en train de nager, attendant qu'elle vienne le secourir. Il saurait qu'elle ne pouvait l'abandonner.

— Jimmy, gémit la femme.

Était-ce son mari ou son fils ? se demanda Brande.

— Si nous y retournons, madame Maddox, dit l'un des marins comme s'il s'adressait à un enfant retardé, nous serons engloutis.

En fait, on aurait dit un disque rayé répétant la même phrase, se dit-elle.

— Ils sont comme des fous, quand ils se noient, continua le marin. Ils vont nous envahir.

— Priez pour que j'oublie cette réflexion, dit-elle. Maintenant, aux avirons. Vous aussi, mesdames. Prenez un aviron. Et souquez, nom de Dieu. Souquez. Et les autres, continuez à écoper.

Ils s'exécutèrent, sous la force de sa détermination ; deux des femmes empoignèrent des avirons et tentèrent de ramer, tirant dans le vent et les vagues tandis que les autres écopaient tout en gémissant et en pleurant. L'eau était blanche d'écume autour d'eux et Brande vit un radeau apparaître, tout près, vide. Puis elle aperçut une chaloupe retournée, émergeant comme un rocher de la marée, et elle dut donner un coup de barre pour l'éviter.

— Il n'y a personne, m'dame, chuchota Lucy Pender, qui écopait avec son chapeau. Il n'y a *personne*.

— Ohé ! cria Brande, scrutant l'obscurité. Ohé ! Quelqu'un ?

Le vent emporta sa voix dans la nuit.

— Il ne reste personne, madame Maddox, dit l'un des marins. Ils se sont tous noyés, sauf nous.

La tête de Brande s'affaissa et soudain les larmes inondèrent ses joues glacées. Ce n'était pas possible. Brent, grand, beau, fort, joyeux, confiant, héritier d'un empire maritime, n'était-il plus maintenant qu'un cadavre blafard au fond de l'eau ? Ce n'était pas *possible*.

Son mari. L'homme qu'elle avait aimé. L'avait-elle aimé ? Oh, mon Dieu, se dit-elle, est-ce que je *l'ai* aimé ? Elle allait l'aimer, elle en était sûre. Mais *l'avait-elle* aimé, au moment de sa mort ? Ou n'avait-elle voulu que tout ce qu'il pouvait lui offrir ? Il lui avait donné les six jours les plus excitants de sa vie. Six *jours*.

— On coule, nous aussi, gémit l'une des femmes. L'eau monte.

— Oh, il fait si froid, dit une autre.

— J'ai tellement soif, se plaignit une troisième.

— Madame Maddox, supplia un des marins. On ne peut maintenir ce cap. Il faut la mettre vent arrière.

— C'est idiot, objecta son compagnon. Vent arrière, on ira vers le nord, vers cette foutue Islande. Il va faire de plus en plus froid. On va geler si on ne se noie pas.

Ce qui déclencha un nouveau concert de gémissements.

Brande leva la tête. Six jours, se dit-elle amèrement. Mais elle en était devenue Mme Brent Maddox. Si elle avait aimé se dire, ressentir que le *Northern Wind* lui appartenait, il lui fallait aussi accepter l'horrible responsabilité de la vie de ces gens, et de tous ceux qui s'étaient trouvés à bord du *Northern Wind*. Elle ne pouvait aussi complètement abandonner la mémoire de Brent, de tout ce qu'il avait représenté.

Peut-être était-il encore vivant.

— On garde le cap, dit-elle. Ramez vent debout. Simplement pour rester à flot.

— Mais, madame Maddox, protestèrent les marins. On va geler.

— Si on n'est pas engloutis avant.

Nouveau concert de cris.

— Nous restons ici, cria Brande. Jusqu'au lever du jour. C'est là que les secours s'attendent à nous trouver, s'ils ont pu envoyer un message de détresse. Et si nous devons geler nous gèlerons de toute façon. Nous restons ici et nous verrons si... si quelqu'un se trouve dans les environs, au lever du jour.

Nous ne sommes qu'à soixante-deux milles de la terre, se dit-elle. Nous pouvons le faire. Brent le fera, quand nous le recueillerons. Parce qu'il *devait* être vivant. Elle en était convaincue.

L'aube arriva, brillante, inattendue. Le vent était tombé et la mer ne brisait plus, mais elle demeurait forte, et il faisait si noir dans les creux. Et soudain la chaloupe émergea au sommet de la houle, et il faisait clair, le jour brillait, le ciel était bleu, et pas une goutte de pluie.

— Dieu merci, murmura Lucy Pender. Oh, Dieu merci, m'dame.

Brande se demanda si elle avait dormi, ou avait simplement été plongée dans le coma, les mains rivées à la barre ? Elle eut l'impression que tous les muscles de son corps s'étaient ankylosés, le rendant incapable de mouvement — il lui fallut dénouer ses doigts un à un du bois épais. Depuis longtemps, les marins avaient cessé de ramer, nouvelle preuve que la mer se calmait — car la chaloupe n'embarquait plus d'eau bien qu'elle fût bord aux vagues —, et étaient affaissés sur leurs avirons. Les femmes se trouvaient blotties à l'avant, enlacées, sans se soucier de l'eau dans laquelle elles baignaient. Brande n'en reconnut aucune ; elles n'avaient pas été parmi les rares à avoir pris les deux repas en mer. On voyait là toute l'étendue de la catastrophe — le fait que la plupart des passagers avaient été victimes du mal de mer et incapables de réagir avec la rapidité et la détermination nécessaires pour échapper au naufrage.

Personne alentour. Elle s'agrippa au plat-bord et se leva.

— Pour l'amour de Dieu, m'dame, vous allez basculer.

Brande ne lui prêta pas attention, scrutant l'eau verte. Rien. Un unique gilet de sauvetage qui flottait. Parce qu'ils avaient dérivé pendant la nuit, bien sûr. S'il y avait eu une autre chaloupe, ils l'auraient vue. Tout comme ils auraient pu voir un navire de secours. Mais ils étaient seuls.

Le cri de Lucy avait réveillé les autres rescapés.

— J'ai si soif, gémit quelqu'un.

La pensée des autres rescapés martelait maintenant le cerveau de Brande. Elle ne souhaitait que se jeter au fond de l'embarcation, à côté d'eux, et hurler, hurler jusqu'à s'en briser la voix, et pleurer, et céder au désespoir qui allait les envahir.

Mais elle était Brande Maddox, la femme du vice-président de la compagnie. La veuve du vice-président de la compagnie. Oh, mon Dieu, se dit-elle, *veuve* !

Et une autre pensée cognait aussi dans sa tête. Ils n'avaient pas été torpillés. Elle en était sûre. Ils avaient été coulés, délibérément, avec préméditation. C'était le *Northern Wind* qui avait été condamné à mort, nul autre navire. Ce qui signifiait que tous ceux qui s'étaient noyés avaient été assassinés. Elle était responsable de ces gens, maintenant, car elle était Brande Maddox et que personne d'autre ne pouvait prendre le commandement. De même était-elle responsable de leur survie, jusqu'à ce que les assassins de Brent soient livrés à la justice et sa mort vengée. Ce devait être son seul souci, jusqu'à ce que ce soit fait.

— Vous, dit-elle aux marins, comment vous appelez-vous ?

— Tollman, madame Maddox.

— Henry, madame Maddox.

— Eh bien, Tollman et Henry, n'y a-t-il pas de provisions à bord de cette chaloupe ?

— Oh, oui, m'dame. Dans ce casier, sous votre siège.

Brande tira le verrou, trouva deux barils d'eau et une boîte hermétique contenant des biscuits.

— Faites passer, Henry et Tollman, dit-elle. Deux gorgées d'eau et un biscuit à chacun.

— Nous allons mourir, gémit l'une des femmes. Nous allons mourir.

— Non, nous n'allons pas mourir. Dès que tout le monde aura bu, nous nous mettrons en route vers la terre.

Elle regarda le soleil qui commençait à poindre à l'horizon, promesse d'une bienfaisante chaleur. Puis elle indiqua une direction du doigt.

— Par là. Il n'y a que soixante milles.

— Soixante *milles*! cria l'une des femmes qui se mit à vomir par-dessus bord.

Un biscuit gâché, songea Brande. Car c'était ainsi qu'il fallait penser, durement, avec certitude. Si elle cessait de penser de façon positive, elle allait se retrouver à pleurer au fond du bateau. Brent avait été assassiné. Brent et tous les officiers qui s'étaient montrés si gentils avec elle ; Bronson qui lui avait donné son gilet de sauvetage ; Schmidt, le chef ; le pauvre major Tennant ; Stologine et ses Russes — et leurs cercueils pleins d'or et de bijoux. Tout comme Brent s'était sans aucun doute noyé avec un chèque certifié de douze millions et demi de dollars dans sa poche intérieure. Tous disparus.

Elle redressa la tête. Et peut-être bien, aussi, l'homme qui avait placé la bombe.

Comme si cela avait de l'importance, à côté du fait que Brent était mort et qu'il fallait découvrir le responsable.

Elle replaça l'eau et les biscuits dans le casier, referma le verrou. Elle pensa organiser quelque corvée de toilette, mais apparemment personne n'en éprouvait le besoin pour l'instant — pas elle, en tout cas.

— 'Mande pardon, madame Maddox, dit Tollman, mais la terre n'est certainement pas par là. Comme vous le disiez hier soir, la terre est au sud de nous. L'Irlande. Au nord, il n'y a que l'Islande et le froid.

— Nous allons mettre le cap sur le nord-est, Tollman. Il se trouve que je sais que la terre est par là, à soixante milles à peine. Maintenant, mesdames, nous avons toutes du travail. Cela nous donnera chaud et… cela nous empêchera de penser à autre chose.

Elle dut aller jusqu'à l'avant, avançant péniblement de banc en banc, pour les secouer, les faire asseoir, leur mettre les avirons en main. Comme elles ne bougeaient toujours pas, elle confia la barre à Lucy.

— Mais je n'y connais rien, m'dame, protesta celle-ci.

— Vous pouvez maintenir la proue en direction du soleil. Il y a assez longtemps que vous naviguez pour en être capable, Lucy.

Elle prit place au milieu de la chaloupe, une femme à côté d'elle. Elle plaça Tollman au banc suivant et Henry sur l'avant, chacun avec une femme à côté de lui.

— Les six autres peuvent se reposer, dit-elle. Vous nous remplacerez dans deux heures environ. Maintenant, mesdames, allons-y. Souquez. Souquez vers l'Irlande.

Les avirons plongèrent, ressortirent, accompagnés de gémissements, de respirations entrecoupées, et la chaloupe avança. Brande sut qu'elle avançait car, au-delà du visage de Lucy, grimaçant de détermination, elle voyait le sillage, derrière la poupe. Mais il était difficile de se convaincre qu'ils prenaient une direction quelconque avec cette embarcation qui escaladait une crête pour replonger dans le creux suivant.

Sa voisine pleurait, avec de grosses larmes qui coulaient sur ses joues.

— Il était si *intelligent*, dit-elle. Si gentil. Oh, mon Dieu, il était si gentil. Il était avec moi, voyez-vous, quand je suis montée sur le pont. Et puis nous avons été pris dans la foule et je l'ai perdu. Quelqu'un m'a poussée dans cette chaloupe. Je ne voulais pas. Oh, je voulais rester. J'allais la quitter quand quelqu'un a fait descendre l'embarcation et nous sommes tombés à l'eau. Oh, c'était horrible.

— Moi non plus je ne voulais pas venir, dit Brande. Je voulais rester.

Oh, comme je voulais rester.

Le soleil réchauffa l'atmosphère, alors que la matinée

avançait. Non pas que Brande supposât qu'*elle* aurait jamais chaud de nouveau. Ses vêtements mouillés avaient séché· sur elle pendant la nuit et l'humidité semblait l'avoir pénétrée jusqu'à la moelle. Le gilet de sauvetage la protégeait du vent mais bien qu'elle tirât sur les avirons, sentant la sueur lui dégouliner dans le dos, elle frissonnait. Et si elle desserrait un instant les mâchoires, elle se mettait à claquer des dents.

Et son esprit qui continuait à vagabonder. Elle était éveillée, elle le savait, bien consciente de tous ses désagréments physiques, de ce qui arrivait, de l'endroit où ils se trouvaient et, espérait-elle, de celui où ils allaient. Et cependant elle rêvait : des rêves fantastiques de trésor, d'hommes moustachus, de Brent qui se moquait d'elle, de bulles de champagne qui lui chatouillaient le nez. Un instant, elle fut tout à fait sûre de se retrouver dans la chambre 715, au Savoy, assise sur le lit à côté de Brent, lui souriant. Elle poussa un petit gémissement en découvrant la réalité. Elle jeta un regard rapide sur la femme à côté d'elle, celle qui avait perdu son fils ; mais elle ne pleurait plus, consciente, se dit Brande, de l'endroit où elle se trouvait ou même de qui elle était. Elle continuait simplement à tirer sur les avirons.

Il lui fallait absolument garder l'esprit clair, elle le savait. Il lui fallait réfléchir. Mais ce n'était pas facile avec ce mal de tête et les ampoules qui commençaient à se former sur ses mains. Elle aurait voulu s'arrêter, laisser sa place à quelqu'un d'autre, mais elle n'avait pas ramé assez longtemps et, en outre, elle ne *voulait pas* vraiment s'arrêter. Elle savait que si eile cessait de ramer, elle serait davantage encore la proie de ses fantasmes.

Dans ce cas, il faut penser, bon Dieu, se dit-elle. Réfléchir. Regarder ce sillage et voir à quelle vitesse nous avançons. Deux nœuds, peut-être, estima-t-elle. Cela signifiait trente et une heures. *Trente* et une heures. Oh, mon Dieu, toute la journée d'aujourd'hui et tout l'après-midi de demain, à supposer qu'on ne cesse pas de ramer. Trente et une heures.

Et il fallait penser aux marées. Aux fortes marées. Mais les ressentait-on à soixante milles des côtes? Elle n'en était pas sûre. Elle savait tant de choses sur les bateaux et la mer; mais pas assez, cependant.

— 'Mande pardon, madame Maddox, dit Tollman, mais vous pensez pas qu'on pourrait se relayer?

— Et avaler une gorgée d'eau? ajouta Henry.

— Non. Il est trop tôt.

Ils gardèrent le silence. Tout le monde gardait le silence. Le seul bruit, à part les haut-le-cœur de la femme, à l'avant — elle ne peut pas vomir, se dit Brande, avec un estomac vide — était le bruissement de l'eau sur la coque. Elle regarda Lucy, qui la regarda et, gênée, détourna les yeux. Mais Brande continua à fixer le visage de Lucy, qui ressemblait tant à un bouledogue farouche, avec ces traits qu'elle n'avait pas vraiment remarqués, avant. Mais il y avait là toute la force d'un bouledogue, la détermination et le courage, ainsi que l'expression d'une saine nature, d'une bonne humeur qui rayonnait sur le visage de Lucy. Et voilà qu'elle lâchait la barre, montrait quelque chose du doigt, se levait, se laissait lourdement retomber.

Mon Dieu, songea Brande, elle est devenue folle.

— Lucy! lança-t-elle. Asseyez-vous et barrez.

— Un navire, m'dame, cria Lucy. Un navire.

Brande tourna la tête et aperçut la silhouette élancée d'un destroyer américain.

Brande pensa qu'elle avait dû perdre connaissance car elle ne se souvint de rien d'autre en se retrouvant étendue sur une couchette, sous des couvertures, un marin inquiet portant à ses lèvres une tasse de lait chaud.

— Elle est évanouie, disait-il.

— Elle ouvre les yeux, dit une autre voix et Brande cilla, apercevant un homme à l'épaulette galonnée qui se penchait sur elle.

— Madame Maddox? demanda-t-il. Vous êtes vraiment madame Maddox?

Brande acquiesça avant d'avoir vraiment compris la question. Elle voulut parler mais découvrit qu'elle ne le pouvait pas. Son corps était un vrai champ de bataille, une boule d'épingles et d'aiguilles où la tiédeur du lit et des couvertures le disputait au froid de ses os.

— Reposez-vous, lui dit l'officier quand elle eut avalé le lait. Reposez-vous, et dormez, madame Maddox. Tout va bien, maintenant.

On devait probablement avoir mis quelque chose dans le lait. Quand elle se réveilla, elle se sentit l'esprit presque clair, ayant presque chaud. Elle ouvrit les yeux, regarda l'homme assis à côté de sa couchette. Un autre homme, plus âgé que les autres et avec plus de galons encore. Le commandant.

— Madame Maddox ?...

— Oui, dit-elle, vous...

Elle avait la gorge tellement sèche. Le commandant tourna un peu la tête et l'infirmier lui fit boire encore une gorgée de lait.

— J'ai parlé avec vos hommes d'équipage, dit le commandant. Ils ne tarissent pas de louanges à votre égard, madame Maddox, et vous vous êtes montrée vraiment courageuse. Mais, madame Maddox... je dois vous dire que nous n'avons pas trouvé d'autres embarcations, pas d'épaves. Pas de survivants.

Elle le fixa, se disant qu'il lui fallait penser à des tas de choses, mais sans trop savoir à quoi.

— Avez-vous regardé...

— Nous avons fouillé les lieux sur vingt milles autour de l'endroit où nous vous avons repêchés. Nous n'avons rien vu. Mais je suppose que vous avez dû ramer pendant un certain temps. Avez-vous une idée du lieu exact du naufrage ?

— Mais... vous n'avez pas répondu à un SOS ?

— Oui, si l'on peut dire, madame Maddox. Mais nous n'avons eu qu'un très bref message. Nous n'avons capté qu'un appel de détresse, le nom du navire et le début des coordonnées : Nord, cinquante... puis plus rien.

— C'est alors qu'il a chaviré, murmura-t-elle.

— Nous avons donc mis le cap sur cette direction approximative. Mais des renseignements plus précis devaient suivre ce « cinquante », ainsi que la longitude, car nous vous avons récupérés à 51°10' de latitude nord, dit le commandant, espérant d'autres détails.

Réfléchis, se dit-elle. Oh, réfléchis. Il était facile de se souvenir de la position exacte du naufrage du *Northern Wind* ; M. Simmons la lui avait indiquée, juste avant la catastrophe. Cinquante et un degrés de latitude nord, 11°2' de longitude ouest — soixante-deux milles au sud-ouest de Fastnet Rock. A l'endroit même où les courbes de profondeurs étaient indiquées sur la carte.

Mais *voulait-elle* s'en souvenir, publiquement ? Le *Northern Wind* était au fond, avec Brent et les Russes, et toute sa précieuse cargaison secrète. Rien de ce qu'elle pourrait dire ne leur rendrait la vie, maintenant, et le dire à cet homme ce serait le dire au monde entier. Et pourquoi pas ? Pour la seule raison qu'elle était Mme Brent Maddox et que l'on avait confié le secret à la Compagnie Maddox. Elle ne pouvait donc en parler à quiconque sans en avoir discuté avec les autres Maddox. Avec son beau-père et son beau-frère, des hommes qu'elle n'avait jamais vus. Mais une famille dont elle faisait maintenant partie quand étaient en cause des secrets concernant les Maddox.

Pouvait-elle cependant risquer que quelqu'un — Brent — soit encore en train de nager dans les environs ? Pure folie. Le destroyer avait fouillé une zone de vingt milles autour de l'endroit où il avait découvert la chaloupe. Ils n'avaient pu parcourir plus de huit milles à la rame. Donc, le *Ulysses Grant* avait dû certainement passer, plusieurs fois, sur les lieux exacts du naufrage du *Northern Wind* sans rien trouver. Et il lui fallait se décider.

— Madame Maddox ? demanda doucement le commandant.

— Non, dit-elle. J'ignore la position exacte. Mais ce n'était pas loin de l'endroit où vous nous avez trouvés. Pas plus de dix milles.

Le commandant soupira.

— Dans ce cas, il n'y a pas d'autres survivants, madame Maddox. Je suis désolé.

Douze personnes, pensa-t-elle. Sur quelque quinze cents. Non, treize personnes ; elle avait oublié de se compter.

— Est-ce que miss Pender va bien ?

— Miss Pender ? demanda-t-il, interrogeant du regard l'autre homme qui se tenait derrière Brande.

— La femme de chambre, commandant, dit l'autre homme. Elle va bien.

— Oh, merci, mon Dieu.

— Avez-vous vu le sous-marin, madame Maddox ?

— Le sous-marin ? Il n'y avait pas de sous-marin.

— Mais vous avez été torpillés.

— Non. Nous n'avons pas été torpillés. Nous n'avons ressenti aucun choc. Nous n'avons pas été torpillés.

— Vous n'auriez pas nécessairement ressenti un choc, sur un navire de la taille du *Northern Wind*, fit observer le commandant. Mais... vous pensez ne pas avoir été torpillés ?

— Je *sais* que nous ne l'avons pas été.

— Vous pensez avoir heurté une mine ? demanda-t-il, regardant l'autre officier. Eh bien, madame Maddox, je dois dire que ce serait un grand soulagement si c'était vraiment le cas. Si vous aviez été torpillés, plusieurs jours après la fin officielle de la guerre, eh bien... cela soulèverait toutes sortes de questions quant à la responsabilité. Mais si vous avez eu la malchance de heurter une mine dérivante...

— C'était une explosion interne, dit Brande.

— Voulez-vous répéter, demanda le commandant, les sourcils froncés.

— C'était une explosion interne. Dans la salle du générateur. Et si puissante qu'elle a mis hors service tout le système électrique du navire en même temps qu'elle déchirait la coque. C'est pourquoi il n'y a pas eu de survivants, à part nous. Il a coulé si rapidement parce qu'on n'a pu fermer à temps les cloisons étanches, et il y a eu si peu de rescapés parce qu'il n'y a pas eu d'alarme. Tous ces gens qui étaient en bas y sont restés, tout simplement.

— Vous voulez dire... une bombe ou autre? Assez puissante pour provoquer un trou dans la coque?

Elle le regarda, devinant la question suivante.

— Mais pourquoi, madame Maddox. Dites-moi pourquoi?

Elle ferma les yeux.

— Madame Maddox. Vos soupçons ont-ils un lien quelconque avec le fait que le *Northern Wind* ne se trouvait pas où il aurait dû être?

Elle rouvrit les yeux.

— Par rapport à l'endroit où nous vous avons recueillis, expliqua le commandant. Le *Northern Wind* aurait dû traverser la mer d'Irlande, au lieu de contourner Malin Head. Ce qui allait à l'encontre des instructions de l'Amirauté britannique. En connaissez-vous la raison?

— Non, dit Brande, fermant de nouveau les yeux. J'ignore tout de sa route.

— Vous étiez la femme de Brent Maddox. Voulez-vous dire que M. Maddox ne vous a pas dit ce qu'il faisait? Ou qu'il ignorait la route suivie par le navire?

— Je ne sais pas. Nous ne parlions pas de la compagnie.

— N'est-ce pas plutôt insolite, entre mari et femme?

— Nous étions en pleine *lune de miel*, cria Brande, ouvrant les yeux. Et maintenant il est mort.

Elle n'avait pas l'intention de pleurer mais les larmes coulaient sur ses joues.

— Mort, répéta-t-elle. Et je suis si fatiguée.

— Je suis désolé, madame Maddox, mais plus de mille personnes ont trouvé la mort sur le *Northern Wind*. Peut-être serait-ce un réconfort pour ceux qu'ils ont laissés de savoir comment. Et pourquoi. Je m'excuse de vous presser. Nous serons à New York dans deux jours environ. Peut-être vous souviendrez-vous d'autres détails, d'ici là.

— New York?

— Eh bien, oui. C'est notre destination. Et c'était également la vôtre. Ne voulez-vous pas aller à New York, madame Maddox? Rentrer chez vous?

Sur le pont de l'*Ulysses Grant*, Brande contemplait les gratte-ciel de Manhattan qui se dessinaient à l'horizon ; le temps avait été très beau depuis le naufrage du *Northern Wind* et l'on voyait à des milles de distance. Elle se souvint que le commandant Haliburton avait dit que le temps s'améliorerait, vers l'ouest. Le commandant Haliburton. Mais ses yeux ne s'embuaient plus quand elle pensait à eux, à aucun d'entre eux, même à Brent. Elle avait épuisé ses larmes au cours de ces derniers jours. Maintenant, elle avait autre chose à faire.

Comme elle avait souhaité l'instant de ce premier regard sur sa nouvelle patrie, comme elle en avait rêvé, même ! Car, ainsi que l'avait dit le commandant Merriman, c'était *chez elle*, maintenant. Même veuve de Brent Maddox, c'était ainsi qu'il lui fallait considérer les États-Unis, pensait-elle. Mais elle avait rêvé de Brent à ses côtés, de porter ses plus beaux vêtements, impatiente de rencontrer les parents de Brent. Aujourd'hui, c'était Lucy Pender qui se tenait à ses côtés, et elle portait la robe et le cardigan dont elle était vêtue l'après-midi du naufrage du *Northern Wind* — nettoyés avec amour par l'équipage du destroyer — et elle était inquiète à la pensée de rencontrer les parents de Brent.

— Eh bien, m'dame, dit Lucy Pender, je dois avouer que c'est là un spectacle que je n'espérais plus revoir.

— Qu'allez-vous faire? demanda Brande.

— Aller me faire payer ce que me doit la compagnie, je crois, dit Lucy, haussant les épaules. Et après... (Elle regarda Brande et rougit.) Je vais boire un verre de raide, madame Maddox. Peut-être même davantage.

— La compagnie va vous trouver un autre poste?

— Je crois, oui. Mais ils peuvent le garder. J'en ai assez de la mer, madame Maddox. Pour toujours. *Jamais* plus je ne bougerai du plancher des vaches, de toute ma vie.

— Dans ce cas, qu'allez-vous *faire*?

— Je trouverai quelque chose, dit Lucy avec un nouveau haussement d'épaules.

— Restez avec moi, lui proposa impulsivement Brande.

Lucy se tourna vers elle, surprise.

— Restez avec moi, répéta Brande. Soyez ma femme de chambre, Lucy. Je ne peux pas vous promettre, *moi*, de ne jamais remettre les pieds sur un bateau, mais vous n'aurez pas à le faire. *Cela*, je peux vous le promettre. Mais restez avec moi, Lucy. J'ai besoin d'une amie.

— Eh ben grand Dieu! La femme de chambre de madame Brent Maddox. Ça, c'est quelque chose.

— Non. La femme de chambre de Mme *Brande* Maddox, Lucy. Je ne peux vous offrir davantage.

Des sirènes, la foule, des officiels, des journalistes vociférant tandis que le destroyer arrivait à quai, et l'on lança la passerelle; le commandant Merriman avait télégraphié la terrible nouvelle et il semblait que tout New York était venu accueillir les rescapés. Des fusiliers marins barraient la route aux journalistes, ne laissant passer que les officiels.

— Madame Maddox? Si vous voulez bien nous suivre... lui proposèrent des hommes, tentant de concilier sympathie et efficacité.

— Des clous, dit une voix calme.

Et Brande découvrit Heston Maddox. Elle le sut d'instinct car il était la copie conforme de son frère — mais une copie moins nette que l'original. Alors que le visage de Brent avait été tout en lignes accusées et en angles, celui d'Heston n'était que courbes douces, molles; alors que Brent vous fixait droit dans les yeux, avec un regard à vous paralyser, le regard d'Heston ne se fixait pas plus d'une seconde, avant de se poser ailleurs; alors que Brent avait eu les cheveux bruns et lisses, Heston était châtain clair, frisé, avec des cheveux un peu fous. Alors que Brent se montrait tranchant, Heston paraissait plus hésitant, bien que manifestement un Maddox par la taille, la confiance en soi, la certitude que le monde lui appartenait. Et, à cet instant, Brande lui appartenait. Il se planta devant elle.

— Salut, dit-il.

Elle le regarda, remarqua d'abord ses yeux clairs, liquides, tandis qu'il rougissait et les détournait.

— Salut, répondit-elle.

— Eh bien, je ne sais pas si je dois vous embrasser ou vous serrer la main, dit-il en l'embrassant sur la joue. Maintenant tirons-nous d'ici.

— Un instant, madame Maddox, dit l'un des officiels, un Noir au visage dur. Nous devons recueillir une déclaration de madame Maddox, et...

— Plus tard, Walter, plus tard, coupa Heston. Je pense que Mme Maddox a besoin d'un peu de repos. Et qu'elle souhaite rencontrer mes parents. Je *sais* qu'ils veulent faire sa connaissance. Je l'amènerai à votre bureau demain matin. D'accord?

Walter hésita, puis haussa les épaules.

— Comme vous voudrez, monsieur Maddox. Mais qu'elle ne parle à personne avant cela, d'accord?

— Eh bien, allons-y, dit Heston, prenant le bras de Brande pour descendre la passerelle. Et empêchez ces loups de nous tomber sur le poil.

— Au revoir, madame Maddox, lança Tollman. Et merci.

Elle se retourna.

— De nous avoir sauvé la vie, précisa Henry. On se serait noyés, sans vous.

Les autres femmes ne dirent rien. Elles lui avaient peu parlé, pendant tout le voyage sur le destroyer. Peut-être leur avait-elle sauvé la vie, également, mais elles avaient perdu leurs maris, leurs enfants, leurs vêtements et leurs bijoux avec le navire de *son* mari. Déjà, elles se retrouvaient adversaires, devant le tribunal.

— Je me trouvais là, tout simplement, dit-elle aux

94

marins avant de se tourner vers Lucy qui attendait, l'air gêné. Oh, reprit-elle. Ma femme de chambre.

Heston la regarda, remarqua son uniforme, également fraîchement lavé et repassé.

— Votre femme de chambre? Pour moi on dirait une stewardess de la compagnie.

— Lucy Pender, monsieur Maddox, dit Lucy.

— Désormais, c'est ma femme de chambre, confirma Brande.

— Comme vous voudrez, dit-il, un peu ébahi, puis souriant. On vous prendra en voiture, Pender. Allons à la maison.

Ils fendirent la foule, Brande demeurant sourde aux questions qu'on lui lançait, ainsi qu'à quelques injures.

— Des parents, expliqua Heston en la poussant à l'arrière de la limousine. A la maison, Brownlow.

— Tout de suite, monsieur Heston, dit le chauffeur, se frayant un chemin à coups d'avertisseur.

— Nous avons reçu le câble de Brent, annonça Heston. Vendredi matin.

Et, de nouveau, on était vendredi. Et bien sûr, leur réponse n'avait pu parvenir à Londres avant samedi.

— Nous n'avons pas répondu, dit Heston. Je crois que mon père a été trop surpris. Et aussi... ma foi, ce n'est rien comparé à ses sentiments actuels.

Brande eut l'impression que des doigts glacés lui serraient l'estomac.

— Il faudra nous raconter tout cela, poursuivait Heston. Tout sur tout, ajouta-t-il comme après réflexion.

Il y avait tant de choses qu'elle souhaitait raconter, qu'elle *avait besoin* de raconter, mais pas à ce gamin. Aux Maddox eux-mêmes. Son estomac demeurait de glace — mais Heston Maddox ne semblait pas hostile. Attentif, seulement. La famille pensait sans doute qu'elle allait faire part de quelque revendication. Mais elle n'en ferait rien, une fois vengé le meurtre de Brent. C'était là tout ce qu'elle souhaitait.

Elle ne souffla mot, donc, et il ne la tira pas de ses pensées. Le trajet n'était pas très long, de toute façon, Park Avenue n'étant qu'à huit cents mètres des quais. Et voilà qu'elle passait devant les merveilleux buildings dont elle avait tant entendu parler, sur lesquels elle avait lu tant de choses... et qu'elle avait tant brûlé de voir. Mais elle n'avait d'yeux que pour la maison de grès brun, au milieu d'un terrain immense si l'on considérait les immeubles qui se serraient de part et d'autre — la maison des Maddox n'avait que trois étages.

— Elle est plantée là depuis un moment, expliquait Heston Maddox. Mon grand-père l'a fait construire alors que mon père était gamin. Moi, je n'y habite pas. J'ai mon appartement. Vous feriez peut-être bien d'en faire autant, dès que vous le pourrez. Brent vivait à la maison, voyez-vous. Jusqu'à la guerre. Il aimait bien se trouver près de mes parents. Et ils aimaient bien l'avoir avec eux.

Elle le regarda, surprise par le ton soudain amer de sa voix. Mais elle n'écoutait pas vraiment ce qu'il disait — le moment si longtemps redouté était proche. Un instant plus tard, elle se retrouvait dans un vestibule assez sombre, avec un majordome venu lui prendre avec une certaine répugnance sa capote empruntée à la marine, tandis qu'Heston ouvrait devant elle des doubles portes.

Carter Maddox se tenait devant la cheminée, ressemblant exactement, constata-t-elle avec surprise, à son portrait du *Northern Wind* ; en fait, on aurait pu peindre le portrait à cet endroit même. Des yeux d'un bleu de silex la fixaient, sous une broussaille de sourcils blancs. Des mâchoires serrées. Tout comme son fils, il n'arborait aucun signe extérieur de deuil, bien que ce deuil fût visible dans son expression.

Janine Maddox, qui était assise, se leva à l'entrée de Brande. Elle n'avait pas la haute taille de son mari et de ses fils, semblant presque naine à côté d'eux. Et pas uniquement par la taille, se dit Brande. Heston était *son* fils. On retrouvait les traits estompés, le regard liquide, un regard qui s'embua de larmes tandis qu'elle s'avançait.

— Ma pauvre enfant. Ma pauvre, pauvre enfant, dit-elle, prenant les mains de Brande, l'embrassant sur la joue, l'entraînant dans la pièce.

Elle portait de lourdes perles et ses mains étaient des grappes de bagues. Brande se prit à songer que si elle ne l'avait su, jamais elle n'aurait supposé que Brent pouvait être *apparenté* à ces gens.

— Pourquoi avez-vous épousé mon fils? demanda Carter Maddox, la fixant.

Brande ouvrit la bouche, la referma, regarda Janine Maddox.

— Carter, dit Janine d'une voix douce. Peut-être s'aimaient-ils.

Les genoux de Brande cédèrent et elle s'assit sur le canapé sans attendre qu'on l'y invite. Elle ne s'était attendu à rien d'aussi brutal. Janine s'assit à côté d'elle.

— Connaissiez-vous Brent depuis longtemps, ma chère?

— Environ... environ un an, madame Maddox.

— Ah, dit-elle, regardant son mari. Il n'a jamais parlé de vous dans aucune de ses lettres.

— Et comment est-il mort? demanda Carter Maddox. Que faisait-il sur ce navire? Il n'était pas censé s'y trouver.

Brande respira profondément.

— C'était pour accompagner... commença-t-elle.

— Pour accompagner son épouse à la maison, Carter, coupa Janine. N'est-ce pas évident?

— Et maintenant il est mort, dit Carter Maddox, se détournant pour fixer les flammes.

Pour cacher une larme, espéra Brande. Mais elle en doutait.

— Est-ce qu'il... demanda Janine Maddox qui hésita, de nouvelles larmes coulant sur ses joues.

— Il est mort en essayant de sauver le navire, madame Maddox.

— Mais vous, vous avez survécu, dit Carter Maddox, se retournant vers elle.

Brande se leva.

— Oui, j'ai survécu. Parce que Brent l'a voulu. Il m'a fait embarquer dans l'unique chaloupe mise à la mer. Je suis désolée d'avoir survécu, monsieur Maddox. Si j'avais su que vous préféreriez ma mort, je serais restée avec le navire. Mais puisque je suis là, j'aurais cru que vous souhaiteriez savoir ce qui s'est réellement passé.

Carter Maddox la regarda et Brande se prit à penser que jamais personne ne lui avait parlé ainsi. Sauf ses fils, peut-être.

— Bravo, dit calmement Heston. Père, je pense que tu dois des excuses à Brande.

— Eh bien, que s'est-il passé ? demanda Carter Maddox, tout aussi calmement, continuant à regarder Brande.

Elle se rassit et leur raconta tout ce que lui avait dit Brent de son marché avec les Russes. Nul ne l'interrompit, nul ne dit mot quand elle eut fini, mais Heston siffla doucement entre ses dents.

— Donc, poursuivit Brande, je suis certaine que nous n'avons pas été torpillés, et que nous n'avons pas heurté une mine. Mon père est également armateur, monsieur Maddox. Un armateur moins important que vous, mais il a perdu plusieurs navires pendant la guerre. J'étais sa secrétaire. J'ai lu tous les rapports et parlé à plusieurs hommes dont les navires avaient été coulés par l'ennemi. Ce qui est arrivé au *Northern Wind* ne correspondait à aucun de leur récit. Le navire a tremblé avant qu'on ressente l'explosion. Et cela émanait de la salle du générateur, juste *au niveau* de la ligne de flottaison, pas au-dessous comme cela aurait été le cas s'il s'était agi d'une mine ou d'une torpille. L'explosion a été assez puissante pour déchirer la coque, mais trop faible pour couler le navire si l'on avait rapidement fermé les cloisons étanches. Mais on ne les a pas fermées. Ceux qui se trouvaient sur place ne les ont pas fermées parce que nul n'a su ce qui se passait — ils l'auraient certainement su s'il s'était agi d'une explosion extérieure — et on n'a pu les fermer depuis la passerelle bien que nous ayons essayé, parce que nous avons été privés d'électricité pendant cinq minutes cruciales. Et pendant ce temps le navire a chaviré et coulé.

— Vous voulez me faire croire que mon navire transportait, à mon insu, un trésor de deux milliards et demi de dollars ? C'est impossible. Maynor serait fou. Il se serait bien douté qu'il allait perdre sa place.

— C'est Brent qui en a pris la responsabilité, monsieur Maddox. Et je vous demande de croire que votre fils, et plus d'un millier d'autres innocentes victimes, ont été assassinés.

— Et cela pour cet or russe ?

— C'est la seule raison pour laquelle on aurait souhaité faire sauter le navire.

— En supposant qu'il se soit vraiment trouvé à bord, et qu'il ne s'agisse pas là de quelque folle histoire. Je ne dis pas que vous mentez, miss...

— Elle s'appelle Brande, père, dit Heston.

— Miss Brande. Mais vous ne connaissiez pas bien Brent. Oh, peut-être vous a-t-il épousée sous quelque accès de passion. Il était coutumier de ce genre de choses, mais vous ne le connaissiez pas. Il adorait faire des blagues.

Brande eut du mal à conserver son calme.

— Peut-être m'a-t-il épousée sous quelque accès de passion, comme vous le dites, monsieur Maddox. Mais il m'a montré le chèque des Russes, un chèque de douze millions et demi de dollars, certifié par la banque Baring de Londres. Comment aurions-nous pu avoir un tel chèque s'il ne s'était chargé de la cargaison ?

Maddox la regarda, puis regarda sa femme qui pleurait doucement, puis son fils.

— Monsieur Maddox, poursuivit Brande, je suis consciente que vous n'approuvez pas ce qu'a fait Brent. Je sais que vous ne voulez pas de moi pour belle-fille. Et je sais que vous avez le sentiment que si je n'avais pas été là Brent aurait pu parvenir à en réchapper. Mais tout ce que je vous ai dit est vrai. Et il est facile de le vérifier. Écrivez à M. Maynor à Londres, et demandez-lui de confirmer mon récit. Selon Brent il était au courant de tout.

— Voilà une bonne idée, père, dit Heston.

— Si vous écrivez à M. Maynor, si vous me dites que vous me croyez et que vous allez faire quelque chose pour venger la mort de Brent, la mort de *mon mari*, monsieur Maddox, je vous jure que je passerai cette porte et que jamais plus vous n'entendrez parler de moi.

— Et si tu acceptes cela tu n'es pas un gentleman, dit Heston.

— Veux-tu la fermer, hurla Carter Maddox, et me laisser réfléchir? Ce prétendu sabotage de mon navire, miss Brande, en avez-vous parlé à quelqu'un d'autre?

— Seulement au commandant Merriman, du destroyer.

— Nom de Dieu!

— Mais il ne m'a pas crue. Il pense que nous avons heurté une mine flottante.

— Dieu merci, dit Maddox.

— Est-ce important?

— Et comment! Si le *Northern Wind* a été saboté, au nom de quelque intérêt privé, on demandera des dommages et intérêts à la compagnie, nous connaîtrons des problèmes avec l'assurance. Mais s'il a été coulé par l'ennemi, même par hasard, il s'agit d'un risque de guerre et on ne peut nous en blâmer, expliqua Maddox, faisant quelques pas dans la pièce, avant de s'arrêter devant Brande pour ajouter: Si vous voulez que je vous croie et que je fasse ce que vous me demandez, promettez-moi que rien de tout cela ne sortira de cette pièce.

— Je vous le promets, monsieur Maddox, dit Brande qui n'avait nulle intention de nuire à la compagnie.

— C'est bon. J'écrirai à Maynor ce soir. Il faudra une quinzaine pour avoir sa réponse, je pense.

— Une quinzaine pendant laquelle Brande demeurera à New York aux frais de la compagnie et sera traitée comme l'épouse de Brent, dit Heston.

— C'est *ici* qu'elle doit rester, dit Janine Maddox, s'animant soudain et dont la voix ne semblait guère brisée pour quelqu'un qui avait tant pleuré. Mais bien sûr qu'elle doit rester ici. Vraiment, Cart... songe au scandale si elle descendait ailleurs.

100

— Encore une chose, ajouta Heston. Walt Harragin attend Brande demain matin pour recueillir sa déposition. Que va-t-elle lui dire ?

— Rien du tout, bon Dieu. C'est absolument essentiel, ainsi que je viens de le dire. Rien du tout, entendez-vous, miss... miss... oh, Brande. Vous m'avez donné votre parole.

— Et je la tiendrai, monsieur Maddox. Tant que vous tiendrez la vôtre.

— Nous voilà donc tous complices du délit, commenta Heston en souriant. Maintenant, suivez-moi. Je vais vous conduire à votre chambre. Et demain matin nous irons, vous et moi, acheter quelques vêtements. Aux frais de la compagnie, ajouta-t-il, tournant son sourire vers son père.

— Vous êtes très gentil, lui dit Brande quand ils furent dans le couloir. Est-ce que *vous* me croyez, monsieur Maddox ?

— Heston, lui rappela-t-il. Je ne sais pas si je dois vous croire ou pas, chère belle-sœur ; mais, bon sang, j'espère que tout ce que vous avez dit ce soir *est* vrai.

Brande s'assit sur le lit, à peine consciente des dimensions et de l'aménagement de la pièce, du lavabo avec l'eau courante au lieu d'un broc de toilette, du riche tapis persan, des lourdes tentures, de l'exquise literié... elle était absolument épuisée. Et bien plus encore. Elle ne s'était pas attendue à être accueillie à bras ouverts... mais Carter Maddox... et Janine... « Songe au scandale si elle descendait ailleurs. »

On frappa à la porte qui s'ouvrit, laissant passer une tête : Janine avec une brosse à dents, du dentifrice et autres objets de toilette.

— Je vous ai apporté cela *moi-même*, sachant que vous en auriez besoin. Et j'ai eu le sentiment que... eh bien... ma chère enfant. Ma chère, chère enfant. Il faut excuser mon mari. Le choc a été terrible pour lui... tout, voyez-vous. Et il n'est pas bien. Ça a été un choc terrible pour sa santé.

— Je m'en doute. Et je suis sincèrement désolée pour... eh, bien pour tout.

— Ma chère enfant, répéta Janine qui s'assit à côté d'elle.

Elle avait cessé de pleurer et refait son maquillage avec un tel soin qu'on n'aurait su dire si elle avait vraiment pleuré. Elle regarda Brande dans les yeux et lui demanda :

— Aimiez-vous mon fils, Brande ?

— Je... commença Brande qui sentit le sang lui empourprer les joues. C'était l'homme le plus merveilleux que j'aie jamais rencontré.

Ce qui, du moins, n'était pas un mensonge.

— Oui. L'homme le plus merveilleux que nous ayons tous rencontré, dit Janine avec un soupir. Trop parfait pour vivre bien longtemps. Quand il est parti pour la guerre, j'ai su qu'il ne reviendrait pas. Et puis, quand nous avons appris l'armistice... (Une nouvelle larme perla qui traça un sillon dans le rouge. Elle leva la tête, renifla.) Mais ce qui est fait est fait. Ma chère, est-ce qu'il... est-ce que Brent.., eh bien... est-ce qu'il a pris des dispositions ? Pour l'avenir ? Pour *votre* avenir ?

Brande la regarda, surprise. Elle n'y avait pas vraiment pensé.

— Je sais que ce n'est guère le moment d'aborder les questions matérielles, poursuivit Janine, mais la vie doit continuer, voyez-vous. Quel que soit notre chagrin pour les morts, c'est aux vivants qu'il nous faut penser. Et il y a... eh bien... mon fils *a-t-il* pris des dispositions ?

— Je suis certaine que non, madame Maddox. Nous n'avons jamais parlé de ces choses. Je ne serai pas une charge pour vous. Si vous voulez bien m'avancer le montant de mon passage pour l'Angleterre, mon père vous le rendra. Je partirai dès que possible.

— Certes non. Vous êtes notre belle-fille et nous voulons vous garder avec nous. Apprendre à vous *aimer*, comme Brent a dû vous aimer. Et puis, il vous faudra rester, de toute façon, jusqu'aux résultats de l'enquête. Ce qui prendra plusieurs semaines. Vous voyez donc qu'il faut vous installer et faire partie de la famille.

De toute évidence, Brande avait dit quelque chose qui avait beaucoup soulagé Janine.

— Quant aux dispositions, continua-t-elle, vous êtes la veuve de Brent. Nous veillerons à ce qu'on vous serve une rente. Oui, une rente.

— Vraiment, madame Maddox...

— Il faut m'appeler Janine, ma chère. Vous faites partie de la famille, maintenant, lui dit sa belle-mère, lui passant un bras autour des épaules avec une légère pression. Maintenant, vous allez faire un brin de toilette et vous descendrez dîner. Nous ne nous habillerons pas, ajouta-t-elle, magnanime, puisque vous ne le pouvez pas. Je vous envoie une femme de chambre.

— Mais... j'en ai déjà une. Une stewardess du navire. Miss Pender. Je pense qu'elle doit être arrivée.

Janine fronça les sourcils, manifestement perplexe.

— Comment une stewardess peut-elle être femme de chambre?

— Parce que je le lui ai demandé et qu'elle a été d'accord, répondit Brande qui ajouta : Janine.

— Et ce dîner? demanda Heston Maddox, au volant de sa voiture personnelle ce jour-là — un coupé Hispano-Suiza.

— Et *ce* dîner? demanda à son tour Brande.

— Désolé de n'y avoir pas assisté. J'étais pris par ailleurs.

Avec un frère qui venait de mourir et une belle-sœur affligée qui débarquait, songea-t-elle.

— Le dîner était très bien, se borna à répondre Brande. Nous n'avons pas beaucoup parlé.

— Mon père a raison, vous savez. Il souffre seulement d'avoir toujours eu trop d'argent, dit Heston. (Avec un geste du bras vers les maisons qui défilaient, il ajouta :) Tous ces gens ont toujours eu trop d'argent. Cela leur fausse l'esprit, voyez-vous. Ils ne supportent pas de ne pouvoir simplement payer pour se sortir de toutes les circonstances. Même des catastrophes.

— Et vous, n'avez-vous pas toujours eu trop d'argent, monsieur Maddox?

— Essayez donc de m'appeler Heston, tout simplement. Nous sommes parents, en quelque sorte. Oui, bien sûr, je n'ai jamais souffert de la faim. Mais je ne vais pas laisser la fortune me pourrir. Si j'en ai jamais l'occasion. Dites-moi... est-ce que vous et Brent parliez boutique ? Finances, etc. ?

— Non, répondit Brande, les yeux fixés sur la circulation. Nous n'en avons jamais eu l'occasion. Nous ne nous attendions pas à ce qu'il meure.

Mais elle aurait souhaité l'avoir fait. Janine d'abord, et Heston maintenant, qui se demandaient ce que Brent avait bien pu lui dire.

— Pourquoi ? Y a-t-il quelque chose d'important que je devrais savoir ?

— Peut-être, dit Heston, s'arrêtant devant l'immeuble des services portuaires. Et n'oubliez pas ce que vous avez promis à mon père.

— Oui. Ne pas faire faux bond à la compagnie.

On ne permit pas à Heston de pénétrer dans le bureau où Walter Harragin attendait Brande. Il en fut contrarié, menaçant de faire appel aux avocats de la société, mais Brande fut soulagée qu'il s'en abstienne. Elle s'assit au bureau et rédigea une déclaration, racontant tout ce qui s'était passé sans émettre la moindre hypothèse. Quand elle eut terminé, Harragin la lut avec beaucoup d'attention avant de lever la tête et de lui dire :

— Il y a un ou deux points qu'il pourrait être utile de préciser.

— Il vous suffit de demander, monsieur Harragin.

— Eh bien, dit-il, feuilletant le dossier posé sur son bureau et où figuraient plusieurs autres déclarations manuscrites, selon les deux matelots, Tollman et Henry, vous leur auriez dit de mettre le cap sur le nord-est pour arriver en Irlande, alors que pour eux l'Irlande se trouvait au sud-est. Et il se trouve que vous aviez raison. Mais vous dites que vous ignoriez la position exacte du navire quand il a été coulé.

— C'est exact.

— Vous déclarez aussi que vous ignoriez la route suivie au départ de Liverpool.

— Également exact, dit-elle, soutenant son regard.

— Comment, donc, saviez-vous où se trouvait l'Irlande ?

— Vraiment, je ne m'en souviens pas. Je me souviens de très peu de choses de notre séjour dans la chaloupe. J'étais bouleversée, monsieur Harragin. Je suppose que mon mari a dû dire que la terre se trouvait par là. Je me souviens d'avoir été tout à fait affirmative quant à sa direction. Mais pourquoi j'étais si affirmative, je ne saurais vous le préciser.

Il la fixa plusieurs secondes, son lourd menton dans les mains, puis il reprit sa déclaration.

— Le commandant Merriman, de l'*Ulysses Grant* prétend que vous lui avez dit que vous n'aviez pas été torpillés et que vous n'aviez pas heurté une mine mais que le naufrage était la conséquence d'une explosion interne. Vous n'en faites pas mention, ici, madame Maddox.

— Je me trompais. Je ne me sentais vraiment pas très bien quand j'ai été recueillie à bord du destroyer, monsieur Harragin. J'étais certaine que ce n'était pas une torpille parce que, je suppose, il n'y avait pas trace de sous-marin, ni de sillage. Je me rends compte maintenant que ce devait être une mine flottante, comme en est certain le commandant Merriman.

— Oui, dit-il, après l'avoir de nouveau fixée un long moment. On vous posera vraisemblablement des questions à cet égard au cours de l'enquête, madame Maddox. Les avocats des compagnies d'assurance. Et si les parents des passagers pensent pouvoir en tirer quelque chose. Eh bien… je dois vous demander de bien réfléchir et de me dire si vous voulez modifier quelque point de cette déclaration, ou y ajouter quelque chose.

— Je ne vois pas ce que je pourrais y changer, dit-elle, soutenant toujours son regard.

Harragin haussa les épaules.

— Très bien. Dans ce cas signez-la.

Brande signa.

— L'audience n'aura pas lieu avant plusieurs semaines. Vous devrez vous trouver à New York pour y assister, madame Maddox. Mais je pense que vous aurez beaucoup à faire pour voir clair dans tout cela.

— Voir clair dans quoi?

— Eh bien, vous êtes la veuve de Brent Maddox. Les épouses survivantes sont d'ordinaire héritières, en droit américain, des biens de leur mari. Même en l'absence de testament. Et, connaissant le jeune Brent comme je le connaissais, je suis fichtrement certain qu'il en *a fait* un.

— Ses biens? Quels biens?

Brent devait sans doute avoir un compte en banque, se dit-elle. Et sans doute avait-elle le droit de recueillir ce qui pouvait s'y trouver. Elle n'y avait pas pensé.

— Vous ne manquez pas de sang-froid, madame Maddox. Mais je pense que vous n'en tirerez pas grand-chose, cette fois. Vous avez affaire à forte partie, avec les Maddox. Vous savez ce qu'on dit, à New York: ce n'est pas du sang qui coule dans leurs veines, mais des billets de banque roulés. Certes, ils vont se montrer gentils comme tout avec vous, jusqu'à ce que Brent soit officiellement considéré comme décédé, du moins. Ce sera décidé à l'audience. Mais après, soyez vigilante. Je vois mal Carter Maddox vous laisser empocher les vingt-quatre pour cent de Brent, sa part des actions de la compagnie. Oh, que non!

4

— Un mufle trop zélé, déclara Heston quand ils reprirent la voiture. Ces fonctionnaires minables me hérissent le poil. Un jour, il y aura une révolution, on collera tout ce tas contre le mur et on les fusillera.

— Eh bien, il faudra les remplacer par un autre tas de fonctionnaires minables, fit observer Brande. C'est cela, l'administration.

Heston lui adressa un autre de ses sourires ravis ; de toute évidence il ne cessait d'être surpris, et enchanté, de son empressement à discuter.

— En outre, poursuivit-elle, s'il y avait une révolution, les gens comme les Maddox seraient les premiers à se retrouver contre le mur.

— Pas si ce sont *eux* qui ont organisé la révolution. Est-ce qu'Harragin vous a fait souffrir ?

— Il s'est montré très gentil. Il m'a appris des tas de choses que j'ignorais, dit-elle en lui lançant un coup d'œil. Il semblait être sacrément au courant de vos affaires.

Et que savait-il, ou soupçonnait-il d'autre, se demanda-t-elle ? Mis à part le fait qu'il semblait partager l'opinion commune selon laquelle elle n'avait pas raté la bonne occasion en épousant Brent. Mais il était inutile, désormais, de se laisser aller à en prendre ombrage. En outre, son esprit demeurait confus et pas très à même de saisir toutes les implications de ce qu'il avait dit.

— Chez Sax, expliqua Heston en s'arrêtant devant un magasin. Le meilleur coin de New York pour acheter des vêtements. Et que savait Harragin de nos affaires, par exemple ?

Elle descendit de la voiture, pénétra dans le magasin et dut se dire qu'elle n'avait pas à rentrer dans sa coquille sous le regard d'élégantes jeunes femmes pour sa jupe, son chemisier et son cardigan qui avaient maintenant triste aspect.

— Qu'il semble que je pourrais devenir actionnaire, par exemple. Est-ce là ce que vous alliez dire ? Votre mère m'a posé toutes sortes de questions également, hier soir.

— Je l'imagine, convint-il. Je crois qu'il faut commencer par le troisième étage.

L'ascenseur était plein de monde et ils n'eurent pas le temps de parler. Et pas davantage une fois arrivés au rayon des robes d'où ils passèrent à la lingerie puis au rayon des chaussures et à celui des chapeaux avant de terminer par la *haute couture*. Chose surprenante, Heston ne paraissait pas le moins du monde gêné de se trouver avec elle pendant tout ce temps — la plupart des employées semblaient le connaître — et l'encouragea à acheter tout ce qu'il y avait de plus cher tout en se refusant à lui laisser prendre plus d'une seule robe noire.

— Il vous en faudra *une* pour le service en mémoire de Brent. Mais pas plus. Croyez-moi, Brent ne *souhaiterait pas* vous voir en vêtements de deuil. La devise de notre famille est de regarder vers l'avenir. Voilà qui me plaît, ajouta-t-il en choisissant une robe du soir couleur rouge feu.

— Mais je ne peux pas, protesta-t-elle. Je veux dire... cette robe coûte deux cents dollars. Est-ce que cela ne fait pas quarante livres ?

— A peu près. (Il lui fit un clin d'œil, comme le faisait Brent.) Comme vous l'avez dit, vous êtes actionnaire maintenant.

Un instant, les larmes si soigneusement refoulées

menacèrent de remonter. Son dernier souvenir de Brent était ce clin d'œil.

— Faites porter tout cela à la maison, dit-il à l'employée chargée des expéditions. Et maintenant, madame Maddox, reste une fourrure. Mais je pense que vous voudrez la porter tout de suite.

— Une fourrure? Oh, vraiment, Heston...

Une demi-heure plus tard, elle était enveloppée d'un vison noir.

— Le froid arrive, expliqua-t-il. Et mettez cela sur *mon* compte.

Brande considérait les diverses étiquettes, tentant d'en faire l'addition.

— Heston, murmura-t-elle, nous avons dépensé plus de mille dollars. Sans compter le vison.

— C'est mon cadeau, dit-il, la ramenant à la voiture. Et vous êtes sensationnelle, là-dedans. Il est vrai que vous auriez l'air sensationnelle dans un morceau de sac, Brande.

— Heston, fit-elle, gênée.

— Oh, comprenez-moi bien. La veuve du frère, et toutes ces histoires. Je veux seulement que nous soyons amis. Bons amis.

— Pourquoi cela?

— En voilà une fichue question.

— J'aimerais simplement savoir si cela a un rapport avec la position de Brent comme actionnaire.

— Qu'est-ce qui vous fait dire cela?

— Je ne peux m'empêcher de croire que votre père et votre mère me détestent parce qu'ils soupçonnent que j'ai épousé Brent pour son argent, et que je vais essayer de m'immiscer dans les affaires de la compagnie. Je n'en ai pas le moindre désir, Heston. J'ignorais même l'existence de ces actions avant qu'Harragin ne m'en parle.

— Mais maintenant vous savez que vous possédez, pratiquement, un quart de la compagnie.

— Je peux donc le restituer, n'est-ce pas?

— A qui?

— Quelle importance?

— Vous pouvez être certaine que *ça a* de l'importance, ma chère belle-sœur. Voyez-vous, eh bien, c'est une longue histoire.

— Je veux bien l'écouter.

— Bon... en un mot, papa et grand-père ne se sont jamais vraiment entendus. Grand-père n'aimait pas les humeurs de mon père, son caractère. Il pensait qu'il pourrait se livrer à quelque bizarrerie, un jour. Aussi, quand Brent et moi sommes nés, il a légué vingt-quatre pour cent de la compagnie à Brent, vingt-quatre à moi et cinquante-deux pour cent à papa. Ainsi mon père conserve le contrôle de la compagnie et prend les décisions, mais il ne peut nous évincer, quoi qu'il arrive. Je pense que le vieux bonhomme a eu le nez creux.

— Comment cela ?

— Parce que *moi* je ne m'entends pas avec mon père.

— En quoi donc ?

— Je vais vous le dire. Je ne suis pas d'accord avec la théorie selon laquelle on est nés pour être riches et tout le tremblement. Cela me semble tout à fait anti-américain. Nos ancêtres ont lutté, partant de rien. Ils ne sont pas nés avec une cuillère d'argent à la bouche.

— Cela ne vous gêne pas un peu ? Vous êtes au volant d'une voiture très coûteuse. Et vous venez de m'offrir ce manteau, observa Brande en caressant le vison.

— Si je ne dépensais pas mon argent en voitures et en manteaux, je ne ferais qu'accumuler les intérêts et je deviendrais plus riche encore.

— Je comprends que votre père ne partage pas tout à fait cette opinion, dit-elle, pensive.

— Il pense que je suis complètement cinglé. Quand j'ai refusé d'entrer à Yale, il m'aurait coupé les vivres, s'il avait pu. Mais grâce à grand-père, il n'a pas pu.

— Mais... Si vous êtes tellement contre l'héritage, pourquoi ne pas donner *votre* part ?

— Parce que je ne peux pas, dit-il, s'engageant dans l'allée de la maison, freinant. Aux termes des volontés de grand-père, les parts de la société Maddox ne peuvent être vendues ou léguées qu'à d'autres membres de la famille — sauf consentement unanime des actionnaires actuels, si vous me suivez. Et, ainsi que je l'ai dit, il n'y a aucune chance que mon père accepte jamais *rien* que je puisse avoir l'intention de faire... tout comme Brent.

— Mais... dans ce cas je n'ai aucun droit à la part de Brent.

— Bien sûr que si. Une épouse est sans aucun doute un membre de la famille.

Elle ouvrit la portière mais attendit car il ne fit aucun geste pour descendre.

— Je ne vois toujours pas pourquoi *vous* devez tant vous inquiéter, dit-elle. Votre grand-père semble avoir tout réglé en ce qui vous concerne, avec la mort de Brent.

— Jusqu'à ce que vous arriviez, observa-t-il avec un sourire.

Elle le regarda un long instant.

— Eh bien, merci pour le manteau, dit-elle, pénétrant dans la maison où elle trouva Carter Maddox qui l'attendait dans le bureau, brandissant un télégramme. Il ne paraissait pas furieux, simplement contrarié.

— Au temps pour la vérification de votre histoire, dit-il. Je viens de recevoir cela de Londres. Griffith Maynor est mort.

Brande ne put que le regarder, bouche bée.

— Mort? demanda Heston, à côté d'elle. Mais il n'était pas malade, non?

— C'est terrible, renifla Janine, assise sur le canapé et qui, dès le matin, portait tout son attirail de perles et bagues. Le pauvre homme a été renversé par un bus.

— Tué sur le coup, précisa Carter Maddox. Jamais deux sans trois, dit-on. On peut se demander ce qui va encore nous arriver. Heureusement, ce bonhomme... (Un coup d'œil sur le télégramme.) Portman, son employé principal, semble vouloir prendre les choses en main jusqu'à ce que nous lui trouvions un remplaçant.

Peut-être pourrions-nous le nommer, lui: il travaille chez nous depuis longtemps.

Brande s'assit à côté de Janine. La pièce tournait, révélant des ombres sinistres.

— Renversé par un *bus*? dit-elle. Mais quand cela?

— Euh... (Nouveau coup d'œil de Maddox sur le télégramme.) Samedi dix-sept, au soir. Il semble qu'il sortait juste d'un théâtre. Le dix-sept, répéta-t-il, fronçant les sourcils.

— A quelques heures du naufrage du *Northern Wind*, commenta Heston.

— Eh bien, c'est ainsi. Mon Dieu, c'est une coïncidence, dit Maddox.

— Une coïncidence? cria Brande. Vous pensez qu'il s'agit d'une *coïncidence*?

Ils la regardèrent, tous les trois.

— Si je ne me trompe pas, expliqua-t-elle, se contraignant à parler d'une voix calme, et si le *Northern Wind* a bien été saboté, ce ne peut être que parce que quelqu'un d'autre était au courant, pour le trésor. Et qu'il était bien décidé à s'en emparer, sans se préoccuper du nombre de personnes à tuer pour l'avoir. A l'exception de ceux qui se trouvaient à bord, seul Griffith Maynor connaissait son existence. Et le prétendant au trône du tsar, bien sûr. Mais si l'on avait laissé Stologine s'occuper des détails, *seul* Maynor savait exactement ce qu'il advenait du trésor.

— Et vous, observa Heston.

— Mais nous sommes les seuls à le savoir, dit-elle. Personne ne sait que Brent m'a dit quoi que ce soit, de même que personne ne savait que Brent et moi... avions l'intention de nous marier.

— Ma chère miss... Brande, dit Carter Maddox, vous débordez d'imagination. Vous dites que des gens voulaient mettre la main sur ce prétendu trésor? A quoi leur sert-il au fond de l'océan? Nul ne sait exactement où il gît. Et de toute façon...

Je sais où il se trouve, se dit Brande. Mais quelque chose la retint de l'avouer à cet instant. En outre, cela n'apportait rien à sa théorie.

112

— Oui, ils le savent. Ou du moins ils croient le savoir. Parce que le navire était censé contourner l'Irlande par le nord, par Malin Head ; Brent ne s'est décidé à changer de route qu'une fois à bord et au courant de la météo. S'il s'en était tenu à la route prévue, quittant Liverpool à onze heures du soir, lâchant le pilote à minuit et avançant à vingt-quatre nœuds — ce que tout le monde savait — et en connaissant l'heure exacte de l'explosion de la bombe, il était très simple de calculer où se trouverait le navire à cette heure-là, à un ou deux milles près. Et au large de la côte Nord-Ouest de l'Irlande, il aurait coulé dans quelque trente brasses d'eau. La marée basse aurait presque découvert ses mâts.

— Et vous pensez que la mort de Maynor est liée à cette hypothèse ? Non, tout cela et totalement absurde. Et je ne vois pas comment nous pourrions poursuivre cela plus avant.

— Vous voulez dire que vous n'en avez pas l'intention ?

— Ma jeune dame, je suis armateur, pas détective. Si Maynor a été assassiné, Scotland Yard s'en apercevra sans doute et nous en avisera. On dit que c'est la meilleure police du monde. En attendant, je considérerai la mort de cet homme comme un tragique accident, ce qui est une hypothèse beaucoup plus vraisemblable. Quant au naufrage du *Northern Wind*, il y aura enquête et nous laisserons aux tribunaux le soin de décider de ce qui s'est passé.

— Mais nous n'avancerons nous-mêmes aucune hypothèse...

— Non, petite madame, dit-il en la regardant. Nous avons passé un marché.

— Que vous ne respectez pas en ce qui vous concerne, monsieur Maddox, répliqua Brande, soutenant son regard. Au moins... écoutez, Brent a obtenu une permission spéciale pour convoyer cette cargaison. Il m'a dit l'avoir obtenue de l'ambassadeur lui-même, M. Davis. Donc, M. Davis doit être dans le secret. Si vous vouliez bien lui écrire ; et il y a également le grand-duc Cyrille. Il doit bien savoir, *lui*, quelles instructions il a données quant à cet or. Je vous en prie, monsieur Maddox. Ainsi que vous le dites, nous avons conclu un marché.

Comme d'habitude, Heston vola à son secours.

— Je pense qu'il ne peut être nocif de pousser les choses un peu plus loin, dit-il. Après tout, père, Brande ne veut pas que nous pensions qu'elle a inventé toute cette histoire.

Le regard de Carter Maddox passa de l'un à l'autre, longuement, puis il se dirigea vers la porte.

— J'y réfléchirai, dit-il.

— Mais… commença Brande alors que la porte se refermait.

— Je suis sûre qu'il fera ce que vous souhaitez, ma chère, dit Janine en lui pressant la main. Mais il ne faut pas le bousculer. Il n'est pas aussi solide qu'il y paraît, voyez-vous. Son cœur… si vous saviez combien je m'inquiète. Oh, mon Dieu, quelle catastrophe que toute cette *affaire*.

C'était Heston qu'elle regardait, réalisa Brande. Pas elle.

Carter Maddox admit à contrecœur, un peu plus tard ce jour-là, qu'il avait écrit à la fois à l'ambassadeur Davis et au grand-duc Cyrille et Brande dut s'en satisfaire, en attendant leur réponse. Il lui fallait tenter d'organiser sa vie — n'ayant jamais envisagé pour elle d'autre avenir que celui d'épouse de Brent. Elle écrivit à ses parents pour leur raconter ce qui s'était passé. Dans les jours qui avaient immédiatement suivi la mort de Brent, elle n'avait songé qu'à le venger. Maintenant, il s'agissait d'attendre, et d'essayer de continuer à vivre. Entourée de Maddox. Elle tenta de suggérer qu'elle pouvait aller s'installer à l'hôtel, mais Janine se refusa à envisager cette solution, et Brande se trouvait handicapée par le fait qu'elle ne possédait pas le moindre argent — on ne souffla plus mot de la rente dont avait parlé Janine, pas plus qu'on ne souleva la question de la part d'actions de Brent ; Janine et Heston se bornèrent à l'inviter à passer tout ce qu'elle souhaitait aux frais de la compagnie, ce que, bien sûr, elle n'était pas décidée à faire. Pas plus que de discuter la question plus avant pour l'instant. Ce serait mal venu, pensa-t-elle, du moins jusqu'à ce que l'enquête l'ait officiellement considérée comme la veuve de Brent. Et même alors, elle ne souhaitait pas se mêler des affaires des Maddox — son seul souci était que la mort de Brent, son assassinat comme elle en était certaine, ainsi que celui de toutes les autres personnes à bord, ne soit pas tout bonnement oubliée. Et celle de Maynor, maintenant ; elle ne l'avait rencontré qu'une seule fois, mais il avait été témoin à son mariage. Poussé sous un bus, car elle ne doutait pas que ce fût également le cas.

En fait, il lui convenait parfaitement d'attendre de nouveau les événements sans avoir à prendre de décisions pendant quelques semaines ; elle réalisait lentement, maintenant, que le choc subi avait été plus sévère qu'elle ne l'avait cru sur le coup. Souvent, elle se réveillait la nuit, frissonnante, imaginant qu'elle ramait toujours, le dos douloureux, les mains se couvrant d'ampoules ; elle comprit mieux son état de faiblesse générale quand elle n'eut pas ses règles, attendues la dernière semaine de novembre. Le service funèbre des victimes du *Northern Wind* fut suivi d'un autre pour Brent, dans l'intimité familiale. Pour la première fois, Brande se vit pleurer comme un bébé alors que, pour la première fois également, elle était publiquement reconnue comme belle-fille de Carter et Janine Maddox.

Lucy Pender fut pour elle une extraordinaire source d'énergie, et pas seulement parce qu'elle avait partagé la même expérience, bien que ce fût important. Jamais elles n'en parlèrent, mais elles pouvaient se regarder et savoir exactement ce qu'elles pensaient. Et, avec un sourire fugitif, se soulager du même cauchemar. Mais, également, Lucy était née et avait grandi à New York et connaissait Manhattan comme sa poche. Et Brande souhaitait découvrir cette ville qui allait être la sienne bien que ne sachant trop, pour le moment, ce qu'elle allait décider. Elles passaient ensemble le plus clair de la journée à marcher, à visiter la ville. Et en d'interminables conversations avec Janine Maddox, portant invariablement sur l'enfance et l'adolescence de Brent, ses dons exceptionnels, sa réussite. Ce n'étaient pas là des détails que Brande voulait connaître. De même que jamais Lucy et elle ne songèrent à prendre un ferry pour traverser le port ni même à descendre sur les quais. Parce que sur les quais se trouvaient d'autres souvenirs qu'elles ne souhaitaient pas se voir rappeler.

A la surprise de Brande, Heston se montra également un compagnon attentif. Non pas qu'elle en fût surprise, mais il semblait disposer de tant de temps.

— Et les affaires de la compagnie? lui demanda-t-elle.

— On me laisse à peine passer la porte, lui répondit-il avec un de ses sourires.

— Mais...

— Oh, je suis actionnaire, moi aussi. Tout comme Brent. Mais mon père ne partage pas mes idées. Aussi... expliqua-t-il en haussant les épaules, je suis un associé silencieux.

— Je vois, dit-elle, songeuse, commençant effectivement à comprendre la situation ainsi que la raison pour laquelle la destination des parts de Brent pouvait être si importante. Et vous pensez que si je vous donnais ma part... mais vous ne détiendriez que quarante-huit pour cent de la compagnie.

— C'est une bonne part du gâteau. Je pourrais sans aucun doute exiger un siège au conseil d'administration. Et j'aurais mon mot à dire sur la politique de la compagnie. Et puis, mon père ne va pas vivre éternellement. Il est en sursis, actuellement.

Brande le regarda, comprenant que c'était là l'important pour Heston. Avec vingt-quatre pour cent des actions, il avait déjà tout à fait droit à un siège au conseil d'administration et voix au chapitre dans les affaires de la compagnie — mais malgré tout son brillant esprit de repartie et son apparente indépendance, il avait toujours trop peur de son père pour s'en mêler de quelque façon. Et voilà qu'il ne se montrait pas plus cynique maintenant quant à Carter Maddox que ses parents l'avaient été quant à Brent. Ainsi qu'Harragin l'avait dit, la vie, même de ceux qui leur étaient chers, semblait ne rien signifier pour ces êtres, uniquement intéressés par l'argent et les biens. Et par les bateaux, peut-être, se dit-elle — encore que Carter Maddox n'eut jamais témoigné d'un chagrin excessif à la perte de l'orgueil de sa flotte. Brent *avait-il pu* être comme eux?

— Peut-être pourriez-vous me parler de vos idées? proposa-t-elle.

— Peut-être. Quand je vous connaîtrai mieux.

— Etes-vous vraiment radical?

Il fronça les sourcils, cueilli par surprise, puis sourit.

— Je ne pense pas qu'on ait jamais défini ce qu'était un radical, chère belle-sœur. Vous pouvez parier que nos ancêtres furent considérés comme des radicaux de la pire espèce par le vieux roi George III, en 1776. Si vous entendez par radical quelqu'un qui n'est pas tout à fait d'accord avec la façon dont les choses se passent, alors oui, je suis un radical.

— Vous n'êtes pas d'accord avec la façon dont on mène la compagnie?

— Ainsi que je l'ai dit, lui répondit-il après l'avoir regardée un instant, je vous en parlerai quand je vous connaîtrai mieux.

— Dans ce cas, vous ne pouvez espérer que je vais vous remettre les parts de Brent, non?

— Vous ne les avez *pas encore*, chère belle-sœur, dit-il avec son imperturbable sourire. Il n'est pas légalement mort tant que l'enquête ne l'a pas déclaré décédé. Et nous ne savons même pas qui va hériter. Peut-être a-t-il légué ses parts à papa ou maman. On même à moi. Il va nous falloir attendre l'ouverture de son testament, non?

Mais après cette conversation il cessa de se montrer aussi assidu auprès d'elle.

Voilà, songea-t-elle, que je me suis également fait un ennemi d'Heston. Mais avait-il jamais été son ami ou seulement intéressé par ce qu'il pourrait obtenir d'elle ? Maintenant, ils attendaient tous qu'elle s'en aille, tout simplement. Eh bien, n'était-ce pas là ce qu'elle attendait elle aussi ? De tourner le dos à cette étrange aventure qui l'avait sortie de sa petite existence monotone pour la faire évoluer, pendant une brève semaine, dans un monde de présidents et de tsars. Et partager les étreintes d'une idole de la gent féminine pour voir, en fin de compte, tout cela s'effondrer dans une ruine totale. Elle songea qu'elle serait tout aussi heureuse que jamais que de se glisser à nouveau dans le petit lit de sa petite chambre, chez ses parents à Hampstead.

Mais d'abord il lui fallait attendre des semaines qu'arrive l'audience, avec Lucy pour toute compagnie, prenant ses repas dans un silence de mort ou émaillés de potins et discussions concernant des gens et des sujets dont elle ignorait tout. Elle comprenait parfaitement que les Maddox soient en deuil de leur fils et ne s'attendait certainement pas à ce qu'on donne des dîners ou des réceptions en son honneur, mais elle avait pensé que quelqu'un pourrait se présenter. Et, effectivement, c'est ce que fit le pasteur de la famille, mais les Maddox étant anglicans et elle méthodiste, ils n'avaient pas eu grand-chose à se dire. Et le fait que nul n'appelât ou vînt rendre visite à Janine Maddox, pour présenter ses condoléances à l'occasion de la mort tragique de son fis, témoignait que les Maddox n'étaient pas la famille la plus populaire de New York — de même ne reçut-on pas tellement de cartes, et pour la plupart elles émanaient d'employés ou de relations d'affaires. Elle faillit succomber à la tentation d'inviter sa mère à venir la rejoindre — comme Harriet Alletson s'y était proposée dans sa réponse à la lettre de Brande. Mais elle se dit, après réflexion, que cela ne ferait qu'ajouter crise sur crise ; elle n'imaginait pas que sa mère — qui détestait toute ostentation et vulgarité — puisse avoir besoin de plus d'un seul regard sur Janine Maddox pour concevoir pour elle la plus grande inimitié.

En outre, cela coûterait fort cher et elle devinait, aux lettres de ses parents dans lesquelles ils essayaient d'atténuer son chagrin par des potins ou des nouvelles des affaires, que les choses étaient encore moins brillantes qu'elle ne l'avait supposé pour Alletson et Compagnie. Ce fut la raison pour laquelle elle renonça à leur demander leur aide financière, les laissant croire qu'elle ne manquait de rien. Après tout, son purgatoire n'allait que durer un peu plus longtemps.

On fixa enfin une date pour l'audience : la première semaine de janvier 1919. Ce qui signifiait qu'il lui faudrait passer Noël dans cette atmosphère sinistre. Mais elle était prête à considérer même cela comme quasiment une bénédiction. Elle imaginait que Noël en Angleterre allait se dérouler dans une joie hystérique et elle n'était pas d'humeur à apprécier. Pas plus qu'elle ne voulait jouer les rabat-joie.

Elle se demanda si les Maddox se soucieraient même de fêter Noël, et fut totalement stupéfaite de se voir invitée, le matin du 15 décembre, à rendre visite à Carter Maddox dans les bureaux de la compagnie, près de la Battery. Jamais on ne lui avait demandé de s'en approcher, même. Était-ce là une première ouverture ? Elle ne sut pas très bien comment il convenait de réagir.

A sa grande surprise, et déception, Heston était présent, assis dans l'un des fauteuils qui jonchaient littéralement l'immense pièce, avec sa baie vitrée donnant sur l'East River et les navires à quai, dont l'un des paquebots Maddox.

— Merci, monsieur Arkwright, dit Carter Maddox au secrétaire qui introduisit Brande. Ce sera tout.

Il ne l'invita pas à s'asseoir et elle se sentit tout à fait comme les fois où elle avait été convoquée dans le bureau de la directrice, à son collège suisse, après être rentrée en retard. Elle jeta un regard rapide à Heston puis revint à Carter, assis derrière un immense bureau de noyer et adossé à un mur où s'étalait une grande carte de l'Atlantique Nord piquée d'épingles de différentes couleurs représentant, imagina-t-elle, la position des divers navires de la société.

— Je vous ai priée de venir ici aujourd'hui, miss...
euh... Brande, car j'ai reçu les réponses aux demandes
que, sur votre insistance, j'ai adressées concernant ce
prétendu trésor russe dont vous soutenez qu'il se trouvait à bord du *Northern Wind*.

Il regarda les lettres posées sur son bureau, ramassa
un face-à-main qui se trouvait à côté, se racla la gorge.

— L'une est de Son Excellence John Davis, ambassadeur des États-Unis en Grande-Bretagne, qui dit ceci,
poursuivit-il :

« *Il a été accordé au lieutenant Brent Maddox la permission exceptionnelle de rentrer à son domicile à New
York par le premier moyen disponible eu égard à l'état de
santé de son père, monsieur Carter Maddox, c'est-à-dire
vous-même. Je suis dans l'impossibilité de vous fournir le
moindre renseignement concernant les péripéties de cette
fortune russe dont vous m'entretenez, pas plus que je puis
me convaincre de l'existence d'une telle fortune. Je vous
présente toutes mes condoléances pour la perte tragique
de votre cher fils et je me vois contraint de suggérer que
cette cargaison n'était que le fruit de son imagination. Ou
de celle de son épouse.* »

Carter Maddox leva la tête.

— Eh bien, dit Brande, refusant de céder au désespoir qui s'insinuait dans son esprit, peut-être Brent ne
s'est-il pas confié à lui. Peut-être a-t-il *effectivement*
avancé votre état de santé comme raison justifiant son
retour. Mais avez-vous eu récemment une crise cardiaque, monsieur Maddox ?

Carter Maddox ramassa la seconde lettre, comme si
Brande n'avait rien dit.

— Voici une lettre du secrétaire particulier du grand-
duc Cyrille Romanov, prétendant au trône de Russie. Et
voici ce qu'elle dit : « *Le Grand-Duc ne voit absolument
pas ce que vous voulez dire dans votre lettre, pas plus qu'il
ne peut répondre à votre question. La fortune que la
famille Romanov a pu sauver des ruines de la Sainte
Russie se trouve en sécurité dans les coffres de la banque
Baring de Londres, comme chacun le sait — et c'est là*

qu'elle demeurera. Votre renseignement est manifeste-
ment un canular ou un complot. Dans l'un ou l'autre cas,
cela relève des tribunaux.

Carter Maddox reposa la seconde lettre, plaça le
face-à-main dessus et regarda Brande, qui ne put que lui
retourner son regard. Elle avait l'impression d'avoir reçu
un coup à l'estomac.

— Je n'entends pas, évidemment, suivre le conseil du
grand-duc. Encore que je partage entièrement son opinion. Pour le meilleur ou pour le pire, vous êtes la veuve
de mon fils. Quant aux motifs qui peuvent vous animer
de répandre d'aussi absurdes et dangereuses affabula-
tions, ils m'échappent totalement. Je ne parviens pas à
imaginer ce que vous espériez y gagner...

— Et c'est là tout ce que vous pensez, tout ce dont
vous vous souciez. Ce qu'on a à gagner ou à perdre.
Vous avez perdu un fils et vous n'avez pas gagné une
belle-fille, c'est bien cela ?

— Vous demeurerez notre hôte. Jusqu'après l'audience. Après quoi je vous suggère de rentrer en Angleterre et d'y reprendre votre vie. Je ne vois pour vous
aucun avenir ici à New York. Vous *êtes* la veuve de
Brent. Nous ne l'oublierons pas. Il vous sera servi une
rente viagère convenable. Mais ma femme et moi vous
serions obligés de ne plus abuser de notre charité.

Brande se dressa, la colère se mêlant au désespoir
pour lui obscurcir l'esprit. Son désir de cracher son
mépris l'empêcha de se mettre à pleurer.

— Et vous me considérerez toujours comme une
menteuse et un charlatan.

— Je vous considérerai comme une infortunée jeune
femme dont l'intelligence n'était pas à la hauteur de la
position à laquelle elle est fortuitement parvenue et dont
le caractère n'a pu supporter le choc de la tragédie.

Brande regarda Heston qui eut un petit haussement
d'épaules.

— Vous devez bien admettre que l'histoire est un peu

grosse, Brande, dit-il. Notamment au vu de ces lettres. S'il existait la plus petite preuve que ce que vous dites est vrai !... mais quand on se met à additionner tout cela, *rien* ne tient debout. Vous dites qu'on a dû placer une bombe à bord. Avant le départ du *Northern Wind* ? Ce n'était ni possible ni commode pour le saboteur. On l'aurait certainement découverte, notamment dans un endroit comme la salle du générateur. Par conséquent, on aurait dû la placer une fois en mer. Qui ? Tout le monde est allé au fond avec le navire. Prétendez-vous sérieusement que quelqu'un s'est lancé dans une mission suicide ?

Brande se mordit la lèvre. Elle n'y avait pas réfléchi depuis la chaloupe.

— Tout le monde n'est pas allé au fond, dit-elle.

— Exact. Pas vous, observa Carter Maddox.

Elle ne lui jeta qu'un bref regard.

— Et les deux marins, Tollman et Henry ? demanda-t-elle, se souvenant qu'elle les avait cordialement détestés l'un et l'autre.

— Eh bien... dit Heston, avec un coup d'œil à son père. Il s'agissait de matelots, pas de techniciens.

— Et voilà maintenant que vous voulez accuser deux innocents, dit Carter Maddox. Vraiment, miss, je ne peux l'admettre. Vous voudrez bien vous retirer.

Le regard de Brande passa de l'un à l'autre avec une rage impuissante, s'arrêta sur l'immense carte derrière Carter Maddox, si semblable à celle qui s'était trouvée sur la table de la passerelle du *Northern Wind* quelques secondes avant l'explosion. Elle avança, se plaça juste devant le bureau.

— Je ne mens *pas*, dit-elle. Il existe un moyen certain de découvrir non seulement ce qui a coulé le *Northern Wind* mais aussi la nature de sa cargaison. Et, accessoirement, de récupérer cette cargaison. Faites descendre un scaphandrier.

— Oh, en effet. Si l'on avait la moindre idée de l'endroit où plonger, observa Carter Maddox qui faillit sourire.

— Je peux vous le dire.

— Vous?

— Quinze secondes à peine avant l'explosion, Brent et moi nous trouvions sur la passerelle, à bavarder avec le second, M. Simmons, et il nous a indiqué notre position exacte sur la carte.

— Vraiment? Et il se trouve que vous avez emporté cette carte avec vous quand vous avez quitté le navire, c'est bien cela?

Brande se refusa à perdre son sang-froid sous le mépris du vieux bonhomme.

— Il se trouve simplement que je me souviens des coordonnées, monsieur Maddox.

Carter Maddox la regarda puis regarda son fils.

— Vous vous souvenez de coordonnées qui remontent à près d'un mois? demanda Heston.

— On peut s'en souvenir facilement.

— Eh bien?

— Cinquante degrés zéro minute de latitude nord; onze degrés deux minutes de longitude ouest. Soixante-deux milles au sud-ouest de Fastnet Rock.

Carter Maddox se leva de son bureau pour se tourner vers la carte; Heston traversa vivement la pièce pour venir se placer à côté de lui. A l'aide de la règle à parallèle, il traça une petite marque sur le papier blanc.

— Oui, fit-il.

— Eh bien? demanda Brande, le cœur battant.

— Comme tout le reste de votre histoire, votre position s'effrite quand on tente de s'y accrocher, dit Carter Maddox, se rasseyant. Vous pouvez regarder vous-même, miss. Selon vos chiffres, le *Northern Wind* passait la limite de la plate-forme continentale quand il a coulé.

— Je le sais, M. Simmons nous l'a dit.

— Eh bien, si vous regardez la carte vous observez que la position coupe juste la ligne des cent brasses. Cent brasses, miss. Cent quatre-vingts mètres. C'est plus de trois fois la profondeur à laquelle on ait jamais pu descendre en scaphandre. Et survivre, ajouta Carter avec une grimace.

— Mais… commença Brande, regardant Heston.

— Vous savez… ce serait peut-être possible, dit celui-ci. Certes, personne ne l'a jamais fait. Mais parce qu'on n'a jamais essayé. J'ai lu quelque chose à propos d'expériences, en Italie…

— Foutaises et folies, coupa Carter Maddox. Si tu avais une once de bon sens dans la tête au lieu de tous tes boniments socialistes, tu verrais que cela fait partie de son jeu. Nous raconter une histoire présentée de telle sorte qu'on ne puisse en avoir la preuve. Nous indiquer la position du navire, mais avec la certitude qu'à cette position on ne pourra l'atteindre.

— Mais nous ne *savons pas* qu'il gît par cent quatre-vingts mètres de fond, père, dit Heston. La courbe indique que le fond descend, très rapidement, de trente à cent quatre-vingts mètres. Une erreur d'une minute à peine en longitude et la différence de profondeur serait de quelque soixante mètres.

— Veux-tu, s'il te plaît, *ne pas* m'interrompre, hurla Carter Maddox dont le visage vira au violet. Personne ne descendra sur cette épave du *Northern Wind*. Je ne vais pas risquer d'autres vies, après celles déjà perdues, pour tenter de dépêtrer cette jeune dame de son piège. Je vois votre petit manège, miss, oh oui, je le vois. Vous avez découvert que Brent détenait des parts dans la société. Et vous pensez qu'elles vous appartiennent. Eh bien, non. Jamais. Brent a laissé un testament, que *j'ai* vu. Il se trouve à l'étude de mon notaire. Sous clé. Et il stipule clairement qu'il me lègue tous ses biens, s'il venait à prédécéder. Il l'a rédigé quand il est parti pour la guerre. Et voilà que vous prétendez qu'il a rédigé un autre testament et que ce testament se trouve au fond avec le *Northern Wind*? Cela ne marchera pas, miss, cela ne marchera pas. Je suis prêt à me montrer généreux avec vous, bien que, par Dieu, vous ne méritiez pas un sou. Prenez donc ce que je vous offre et disparaissez de ma vie au plus tôt. Et laissez-moi oublier que mon idiot de fils a été ramasser quelque catin londonienne pour coucher avec et céder à son chantage au mariage.

Brande fut si totalement stupéfaite par cette tirade qu'elle en resta muette. Même Heston parut être choqué.

— Voyons, père, dit-il, c'est aller un peu loin.

— Quant à toi, tonna Carter Maddox, je suis parfaitement au courant en ce qui te concerne, espèce de bon à rien. Tu crois que si tu pouvais mettre la main, d'une manière ou d'une autre, sur la part de Brent, tu pourrais prendre le contrôle de la compagnie à ma mort. Et abandonner le tout à tes amis bolcheviks, hein? Eh bien *jamais* tu n'auras cette compagnie, mon garçon. *Jamais*. Ne l'oublie pas. Jamais...

Il suffoqua soudain et se laissa tomber si lourdement que son fauteuil en craqua, puis il s'effondra en arrière, bras ballants, bouche ouverte.

— Oh, mon Dieu! cria Brande.

— Une crise cardiaque, observa Heston sans paraître troublé. Ça lui arrive, de temps à autre.

— Il est en train de *mourir*. *Faites* quelque chose.

— Eh bien, je crois qu'il y a un flacon dans son bureau...

Il ne tenta pas de faire le moindre mouvement lui-même. Brande se précipita, passa derrière le bureau, ouvrit des tiroirs, éparpilla les papiers, trouva le flacon, le déboucha et versa quelques gouttes du liquide dans la gorge de Carter Maddox. Le vieil armateur haletait terriblement, la respiration sifflante, le visage prenant la teinte la plus horrible que Brande eût jamais vue.

— Si vous lui en donnez trop, ça *va* le tuer, dit Heston, au-dessus d'elle. Et, ma foi, il doit bien mourir un jour.

— Vous *voulez* qu'il meure, souffla-t-elle, levant la tête.

— Pas vous, chère belle-sœur? Si vous vouliez bien y songer un instant? lui dit Heston avec son sourire.

— Brande t'a sauvé la vie, Carter, dit Janine Maddox à son mari. Je pense que tu devrais lui en être reconnaissant.

Carter Maddox, allongé dans son lit, fixait sa belle-fille.

— Quoi qu'elle ait fait, cela fait partie de son plan, dit-il. Quoi qu'elle ait fait.

Brande se tourna et sortit. Janine adressa un sourire d'excuse à l'infirmière et se précipita après elle.

— Il est bouleversé, dit-elle. C'est...

— Un vieux butor haineux. Désolée, Janine, mais vivre ici avec... avec votre mari, c'est plus que je n'en peux supporter. Cela ne peut certainement pas continuer. Vous m'avez offert une rente. Je ne veux pas un centime de votre argent, et je ne peux rester ici un instant de plus. Puisque je *dois* demeurer à New York, jusqu'après l'audience, je vous serais obligée de bien vouloir me trouver un appartement et de prendre les dispositions nécessaires. Et de me donner quelque argent pour me permettre de vivre au cours de ce mois. Croyez-moi, dès que l'audience sera terminée, je rentrerai à Londres par le premier navire en partance.

Janine hésita, se mordant la lèvre.

— Je vais m'en occuper, dit Heston qu'elles n'avaient pas entendu entrer. Le vieux bonhomme s'est montré charmant, comme à son habitude, hein?

— Voyons, Heston, ton père est un homme très malade. Et je peux te dire qu'il n'est pas très content de toi, non plus.

— C'est tout à fait réciproque, mère. Venez, Brande. Allons vous trouver un chez-vous.

Quand ils furent dans la voiture, Heston lui déclara:

— Dites-vous bien que si vous voulez venir habiter avec moi vous êtes la bienvenue.

— Je ne suis pas d'humeur à supporter les plaisanteries. Ni les Maddox.

— Je voulais seulement rendre service.

— Pourquoi? Vous avez entendu votre père, hier. Vous n'avez absolument rien à tirer de moi, maintenant.

— Ce qui ne veut pas dire que je ne souhaiterais pas vous aider, dit-il, souriant.

— Pourquoi ? demanda-t-elle de nouveau.

— Parce que je crois votre histoire.

— Vous avez changé d'avis.

— Bien sûr, j'étais sceptique, au début. Vous voudrez bien convenir que c'était un peu gros. Mais vous vous êtes montrée si affirmative quant à ce qui s'est passé que... Eh bien, hier après-midi, après cette querelle avec mon père, je suis allé à la bibliothèque et j'ai cherché dans les journaux récents. Quand j'ai eu trouvé ce que je cherchais, j'ai acheté un journal et découpé un article.

— Quand vous avez eu trouvé ce que vous cherchiez ?

— Ma foi, je ne savais même pas *ce que* je cherchais, au début. J'avais simplement le sentiment que *si* vous disiez la vérité, on devait pouvoir trouver quelque part quelque chose qui corroborerait votre histoire. *Quelque chose* qui collerait avec ce que vous prétendez.

— Et vous avez trouvé quelque chose ? Je ne vois pas quoi.

— Ceci, simplement, dit-il, tenant le volant d'une main, fouillant dans sa poche, en tirant la coupure de journal.

Ce n'était qu'un bref article, d'une page intérieure manifestement, avec pour titre : DES NAVIRES AMÉRICAINS SE LIVRENT À UNE MYSTÉRIEUSE POURSUITE. Et, au-dessous : *Deux destroyers américains, en patrouille de routine dans les parages de l'île d'Aran, au nord-ouest de l'Irlande ont aperçu hier un navire apparemment en train de chaluter à quelque dix milles de la côte. Le navire ne pouvant être identifié comme un chalutier, les destroyers lui ont demandé de mettre en panne et de recevoir un groupe d'inspection à son bord, mais le bateau a filé dans la brume et n'a pu être de nouveau repéré. Les autorités britanniques s'inquiètent du fait qu'il aurait pu transporter des armes en Irlande pour l'Armée Républicaine, toujours considérée, malgré l'échec du soulèvement de 1916, comme une force encore puissante dans la politique irlandaise. La question se pose de savoir si les navires américains seraient intervenus dans ce qui est une affaire intérieure britannique.*

— Vous voulez dire que c'était peut-être un bateau qui cherchait le *Northern Wind*? s'exclama-t-elle.

— *Peut-être*. Je me suis livré à quelques calculs, et l'île d'Aran se trouve à peu près à l'endroit où le *Wind* aurait coulé s'il avait suivi la route prévue à l'origine.

— Mais… qu'allons-nous faire?

— Pour l'instant, rien, je dirais.

— Est-ce que je ne devrais pas modifier ma déposition à l'audience?

— Vous seriez probablement accusée de faux témoignage. Ce qui n'arrangerait rien. Nous ne *savons* même pas s'il ne s'agissait pas d'un bateau de l'IRA. Simple supposition. Non, non, chère belle-sœur. Je crois qu'il faut laisser les choses en l'état. Parce que si trésor il y a, le grand-duc et ses gens ont nié en savoir quoi que ce soit et par conséquent qu'il leur appartenait; ils ne peuvent prétendre qu'il se trouve à la fois à la banque Baring *et* au fond de la mer. Cette lettre demeure dans les archives de la compagnie. Donc, ce qui peut se trouver dans la chambre forte du *Northern Wind* qui n'a pas de propriétaire, sauf pour nous. Et nous savons où il se trouve. Nous allons donc simplement laisser courir, dirais-je. (Encore un de ses sourires.) Et travailler un peu en coulisses.

Heston redevint un compagnon de tous les instants. Il lui trouva un appartement dans la 37e Rue, s'occupa de son emménagement avec Lucy, lui ouvrit un compte en banque en veillant au dépôt initial et resta dîner. Après quoi, presque tous les soirs, ou bien il dînait avec Brande ou il l'emmenait au restaurant. Soudain, elle était devenue son associée. Et, bien que sachant parfaitement qu'elle ne pouvait lui faire confiance, qu'elle avait été profondément choquée par son attitude à l'égard de son père, elle était heureuse de sa rassurante compagnie. Bien sûr, comme elle était toujours en deuil, ils ne pouvaient aller danser ou dans de grandes soirées — qui faisaient fureur à l'approche du premier Noël de paix et au plus fort des discussions sur la proposition de loi du sénateur Volstead tendant à interdire l'alcool dans les lieux publics — mais Heston se montrait toujours amusant et instructif bien que parfois déchaîné dans ses philippiques contre les nantis de l'Amérique. Ce qui paraissait d'autant plus absurde qu'il débitait invariablement ses tirades avec une flûte de champagne dans une main et un étui à cigarettes en argent dans l'autre, tandis que la lumière des chandelles se réfléchissait dans ses boutons de manchettes de diamant. Elle ne pouvait s'empêcher de penser que c'était là le contraire d'un Brent, encore que maintenant qu'il avait décidé que son histoire pouvait être vraie elle ne pouvait lui reprocher la fougue avec laquelle il tentait de s'y intéresser.

— Il y a cette boîte, en Italie, expliqua-t-il. Connaissez-vous quelque chose à la plongée?

— Rien du tout.

— Eh bien, le problème n'est pas d'approvisionner suffisamment le plongeur en air, contrairement à ce qu'on croit, ni même d'évacuer l'air pollué vers la surface. C'est la pression. Vous savez qu'en ce moment même, alors que nous sommes assis là, chaque centimètre carré de notre corps est soumis à une pression d'environ un kilo.

— J'ai lu cela quelque part.

— Sans gêne aucune parce que nous sommes conçus pour cela. Mais les choses changent quand on descend dans l'eau. Cette pression double tous les dix mètres. Bon, dix mètres, ce n'est pas une affaire. Un homme peut supporter un kilo et demi au centimètre carré. Et même deux kilos, bien que si cela dure trop longtemps il risque de faire une hémorragie pulmonaire. Maintenant, avec des scaphandres comme ceux qu'a inventés Augustus Siebe, en caoutchouc renforcé et avec un casque d'acier, que l'on peut gonfler entièrement avec un air envoyé au plongeur depuis la surface à une pression équivalente à celle de la profondeur, l'homme peut descendre à beaucoup plus de vingt mètres. En fait, il est descendu foutrement pas loin de soixante mètres. C'est-à-dire à six fois la pression de la surface. Mais on est très rarement allé au-delà, et souvent avec un accident mortel au bout. Et ces Italiens ont trouvé un procédé.

— Lequel ?

— Tout simplement de faire descendre le plongeur dans un scaphandre si solide qu'il va *résister* à la pression au lieu de compter sur l'air qui se trouve à l'intérieur.

— Vous voulez dire une cloche ?

— Une cloche n'est pas l'idéal. Certes, on peut construire une cloche qui descendra très, très profond, avec un homme à l'intérieur. Mais sans qu'il puisse travailler depuis cet intérieur. Il ne pourrait que regarder. Pour travailler, il lui faudrait sortir. Et, se faire écrabouiller.

— Oh. Sont-ils vraiment écrabouillés ?

— Aucune idée, mais c'est tout à fait probable. Les cloches faisaient fureur, il y a une cinquantaine d'années, simplement parce qu'elles permettaient à des plongeurs nus, à des plongeurs sans casque ni combinaison appropriée, de rester bien plus longtemps à des profondeurs de dix à quinze mètres. Ils descendaient dans la cloche, la quittaient pour aller travailler et, au lieu de remonter à la surface quand ils manquaient d'air, ils retournaient simplement dans la cloche pour reprendre leur souffle. Mais ce n'est utilisable, comme je le disais, que jusqu'à environ vingt mètres. Non, ce qu'il faut c'est ce que cette firme italienne est en train de mettre au point, un scaphandre individuel aussi solide qu'une cloche.

— On dirait qu'il va leur falloir un blindage.

— Bonne réponse, au premier coup. Sauf, bien entendu, que les articulations devront être tout aussi solides que le scaphandre. Et également que le plongeur ne pourra se servir de ses mains ; aucune partie du corps ne doit être exposée à la pression.

— Et alors, que fait-il ?

— C'est un travail de longue haleine. Il peut à peine

130

plier les coudes et les genoux, et il lui faut manœuvrer un ensemble de pinces, de griffes, depuis l'intérieur des bras de son scaphandre. Mais il *travaille*. Du moins c'est ce qu'ils prétendent.

— A deux cents mètres?

— Euh, ma foi on ne l'a jamais essayé à de telles profondeurs. On l'a testé à cent mètres, je crois, et avec succès. Jusqu'à présent, on ne l'a jamais utilisé lors d'un vrai sauvetage. Mais on va le faire.

— A deux cents mètres? demanda-t-elle de nouveau.

— Cela dépend des Italiens. Mais nous ne sommes pas certains que le *Northern Wind* se trouve à une telle profondeur, comme je l'expliquais l'autre jour. Je crois cependant que l'affaire vaut la peine d'être suivie. Vous êtes d'accord?

— Cela ne peut faire de mal, dit Brande.

— Non. Vous réalisez, bien sûr, que monter une opération de sauvetage sur le *Northern Wind*, même en supposant qu'il gît à cent mètres, coûtera une petite fortune. Et nous savons que la compagnie n'y investira pas un centime.

— Et vous, tout bien pesé, vous ne disposez pas d'économies.

— Je crains que non.

— Eh bien, inutile de me regarder. Je n'ai pas un sou, moi non plus. Et mon père n'est pas riche, il est en train de se battre pour remonter sa compagnie maritime. Ces gens n'accepteraient-ils pas de faire le travail dans le cadre d'un contrat ouvert de la Lloyd? Pas de résultats, pas d'argent, et ils prennent le risque?

— J'imagine qu'ils accepteraient probablement, mais je ne suis pas très chaud pour cette idée. D'abord, si nous leur proposions, il faudrait révéler la position de l'épave. Et nous retirer en les laissant faire. Avec deux milliards et demi de dollars à la clé, j'entends être là, tout le temps. Et, bien sûr, ils prendraient une part bien plus grosse du gâteau que si nous les engagions selon des conditions fixées. Non, laissez-moi voir si je peux trouver quelque chose.

Perspective très excitante, mais elle demeurait moins intéressée par l'or de la chambre forte que par l'idée de faire descendre un plongeur pour prouver que l'explosion s'était produite à l'intérieur du navire. Et, en conséquence, que Brent et toutes les autres personnes à bord avaient été assassinés. Et, ensuite, de contraindre Carter Maddox à faire quelque chose. Peut-être même l'amener à présenter des excuses — elle était furieuse contre ce qu'avait dit le vieux bonhomme, en partie parce qu'elle se sentait coupable, coupable d'avoir *laissé* Brent la ramasser. Mais s'il avait dit vrai, et elle était certaine que c'était le cas, il se rendait chez Alletson et Compagnie pour aller la chercher. De toute façon, rien n'allait changer sa détermination à le venger.

Heston, de son côté, s'enflammait manifestement à des rêves de fortunes fabuleuses — pour un prétendu socialiste, il s'intéressait plus à l'argent qu'aucune personne qu'elle ait jamais connue. Et le jour de Noël, il fit irruption chez elle, brandissant une lettre.

— Ils sont enthousiastes, dit-il. Bien sûr, je ne leur ai livré aucun fait. Je leur ai simplement dit que nous souhaiterions, si possible, descendre sur l'épave et qu'elle pouvait se trouver à une profondeur assez considérable. Ils envoient quelqu'un pour en discuter.

Mais ce jour-là Brande ne se sentait nullement excitée à l'idée de descendre sur le *Northern Wind* : pour la deuxième fois consécutive, elle n'avait pas eu ses règles.

— Cela va tout changer, vous verrez, lui dit Lucy. Même un vieux tyran comme M. Carter devra se montrer moins inflexible quand il saura qu'il va avoir un petit-fils.

Et après ? se demanda Brande. Jamais ils ne pourraient vraiment se réconcilier après ce qui avait été dit ; et, de toute évidence, Janine avait également décidé de laisser les événements suivre leur cours — elle n'avait même pas envoyé une carte, et moins encore un cadeau

symbolique, et Brande n'avait pas été invitée au déjeuner de Noël. La présence d'un petit-fils ne pourrait
qu'ajouter une autre raison de friction — elle ne doutait
pas qu'ils voudraient se mêler d'élever l'enfant. Pas plus
que cela ne contribuerait à améliorer sa nouvelle association avec Heston ; seule l'intéressait la fortune qui, il
en était maintenant convaincu, se trouvait dans la
chambre forte du *Northern Wind*.

— Il ne doit pas savoir, dit-elle.

— Hein ? Mais, miss Brande...

— Personne ne doit savoir. Nous allons assister à
l'audience, la semaine prochaine, et ensuite nous prendrons le premier navire qui nous ramènera en Angleterre.

Elle regarda Lucy qui la fixait, bouche bée.

— Oh, je suis désolée, Lucy. Vous ne serez pas
obligée de venir si vous ne voulez pas reprendre la mer.
Bien que je serais navrée de vous perdre.

— Oh, je viendrai avec vous, miss Brande. Je crois
que je pourrai supporter encore une traversée. Mais,
miss Brande, il est *normal* que les Maddox prévoient
quelque chose pour l'enfant. Et, eh bien, je parierais que
M. Brent l'a fait, dans son testament.

— M. Brent a rédigé son testament avant même de
me rencontrer. Et je ne *veux* pas de leur argent. Nous
nous débrouillerons, Lucy.

Lucy roula des yeux ; manifestement, elle ne voyait
pas comment. Brande non plus, d'ailleurs, encore
qu'elle sût, bien sûr, qu'elle pourrait retourner travailler
pour son père — mais son salaire serait insuffisant pour
les entretenir tous les trois. Et avec son père qui se
trouvait coincé par la conjoncture... là encore, mieux
valait ne pas penser du tout à l'avenir pour se concentrer
sur le présent, et sur l'audience dont on n'était qu'à
quelques jours. Et qui allait certainement être une corvée à plus d'un égard ; Harragin l'appela pour lui rappeler que si elle voulait modifier ses déclarations il fallait le
faire *maintenant*. La chose était tentante, ne serait-ce

que pour mettre Carter Maddox dans le coup. Mais elle lui avait donné sa parole et elle était décidée, quoi qu'il pense d'elle, à ne rien faire qui puisse le conforter dans l'idée qu'elle était bien une aventurière.

En outre, dire la vérité, ce serait révéler la position de l'épave, ce qui signifierait également laisser tomber Heston.

Elle releva donc le menton en se présentant à la barre des témoins et débita sa déclaration devant un Harragin bienveillant, avant de faire face à un homme jeune et énergique qui représentait apparemment un groupe de parents des disparus.

— Vous avez déclaré, madame Maddox, dit-il, que vous ne saviez pas exactement où le *Northern Wind* avait coulé et que vous ne connaissiez pas la route suivie depuis Liverpool pour arriver sur ce lieu. Mais nous avons la preuve, par les déclarations de MM. Tollman et Henry, que vous connaissiez la direction exacte de la côte d'Irlande.

Les deux marins avaient fait leur déposition plus tôt, avant son arrivée. Elle les voyait assis, maintenant, pas ensemble comme on aurait pu s'y attendre, mais en deux endroits opposés de la salle. Tollman et Henry! Si quelqu'un avait placé une bombe, elle était certaine que c'était l'un d'eux. Mais dans toute la fièvre de l'attente de l'arrivée imminente de l'expert italien — et, pour elle, de la découverte qu'elle était enceinte — ni elle, ni Heston n'avaient songé à enquêter plus avant sur eux.

— Madame Maddox? la pressa l'homme.

— Je pense que mon mari m'aura indiqué que l'Irlande se trouvait au nord-est par rapport à nous. A un moment quelconque de la journée.

— Et vous n'en avez jamais douté? A supposer, ainsi que vous le dites... ainsi que vous l'avez prétendu... que ce navire contournait l'Irlande par le *nord*.

Brande se tourna vers le président qui vint à son secours.

— Monsieur Ayscue, dit-il, je vous rappelle que nous ne sommes pas un tribunal et que nous ne faisons pas le procès de Mme Maddox. Pas plus que de quiconque. Nous essayons simplement de tirer au clair ce qui s'est passé sur le *Northern Wind*.

— Bien entendu, votre honneur. Et si je puis formuler ma question différemment, madame Maddox, le fait que la direction qu'il fallait prendre selon vous se trouvait totalement à l'opposé de celle indiquée par votre mari ne vous a pas surprise ?

— Je n'y ai jamais songé, monsieur Ayscue. J'étais en pleine lune de miel.

Ce qui souleva des murmures de sympathie amusée.

— Mais vous y avez pensé quand vous étiez dans la chaloupe ?

— J'ai seulement su, quand il s'est agi de prendre une décision quant à ce qu'il fallait faire, que j'étais *certaine* qu'il fallait nous diriger vers le nord-est.

— Madame Maddox, comme vient de le rappeler son honneur, nous ne sommes pas devant un tribunal. Mais vous avez prêté serment. Je veux dire que vous saviez parfaitement que votre mari et le commandant Haliburton avaient décidé de faire fi des instructions de l'Amirauté britannique et de mettre le cap sur la mer d'Irlande, et que vous craignez de le reconnaître car cela traduirait l'incompétence de votre mari qui a inutilement mis son navire en danger.

On murmura dans la salle et le juge dut faire usage de son maillet.

— Je ne crois pas que vous avez à répondre à cette question si vous ne le jugez pas utile, madame Maddox, dit-il.

— Mais je souhaite y répondre, votre honneur, dit Brande, regardant Ayscue. Mon mari connaissait davantage de choses sur la mer que vous en apprendrez jamais, monsieur Ayscue. S'il a fait traverser la mer d'Irlande au *Northern Wind*, c'est qu'il avait décidé, à la lumière de son expérience d'armateur et de navigateur qualifié mais aussi d'officier ayant servi pendant deux ans à bord d'un destroyer dans ces eaux, que c'était là la route la plus sûre. Je ne sais pas ce que vous tentez de prouver, mais vous semblez omettre un fait singulièrement important : le lieutenant Maddox n'avait pas l'intention de prendre le moindre risque pendant ce voyage, car c'était également sa lune de miel.

— Vous avez été magnifique, lui dit Heston en la serrant dans ses bras. Vous avez parfaitement remis à sa place ce petit morveux d'Ayscue. Je crois même que vous avez réussi à faire sourire mon père.

— Cela, j'en doute.

— Quoi qu'il en soit, c'est terminé. Et la compagnie et ses dirigeants ont été officiellement déchargés de toute responsabilité dans cette affaire.

— Et Brent officiellement déclaré décédé. Du fait d'un accident en mer. Je n'ai donc plus rien à faire ici. Pouvez-vous me procurer un billet pour l'Angleterre ? Et pour Lucy également ? Je crains de ne pas avoir d'argent mais je vous rembourserai dès que possible.

— Brande, dit-il, la prenant par les épaules. Oh, Brande, ne me détestez pas. Je suis avec vous, vous savez ? Et la plongée sur l'épave ? L'expert italien arrive la semaine prochaine. Ne voulez-vous pas au moins bavarder avec lui ? Et je pensais que vous aviez l'intention de faire la balade.

— Eh bien... j'aimerais beaucoup. Mais... en ce moment je ne le peux pas.

— Ce ne sera vraisemblablement pas pour tout de suite. Même si ce type dit que c'est faisable, il me reste à trouver l'argent.

— Et je ne peux traîner par ici en attendant. Il faut que je travaille, que je gagne ma vie.

— La femme de Brent Maddox, gagner sa vie ?

— Oui. Je ne peux pas vivre de souvenirs. Et ne recommencez pas cette vieille chanson à propos d'une rente. Votre père n'acceptera jamais et je n'accepterais pas, de toute façon.

— Écoutez. N'avez-vous pas songé que bien que Brent ait pu faire un testament avant de vous connaître,

136

et quoi que puisse en dire mon père, vous avez un droit *légal* sur ses biens?

Brande fronça les sourcils. Elle n'y avait jamais vraiment pensé.

— Et je parie que vous n'aurez même pas à traîner la famille devant les tribunaux. Trouvez-vous un bon avocat — je vous en trouverai un — et ils seront trop heureux de régler cet aspect du litige. Et de le régler au mieux.

Brande mâchonna ce qu'il lui restait de rouge à lèvres. Elle ne voulait plus rien avoir à faire avec les Maddox et l'idée d'affronter de nouveau ce vieux bonhomme injurieux, même avec un avocat à ses côtés, lui répugnait. Cependant... elle portait l'enfant de Brent et elle *était*, comme Heston le lui rappelait sans cesse, Mme Brent Maddox. Ne serait-ce que pour que son fils — elle ne doutait pas que ce serait un garçon — ait une vie décente, elle se devait de lui assurer *quelque* revenu sur les biens de Brent. Car plus elle examinait la situation, à l'approche de son départ pour l'Angleterre, plus elle lui paraissait peu enviable. Elle avait même fugitivement pensé, au début, qu'elle pourrait se remarier — si elle parvenait à se persuader d'accepter quelqu'un d'autre après avoir connu Brent — mais cela était désormais hors de question, également, maintenant qu'elle allait être mère. Donc...

Mais Heston? Elle le regarda.

— Pourquoi détestez-vous autant vos parents?

— Je ne déteste pas mes parents. Je ne déteste pas du tout ma mère. Et je ne déteste même pas mon père. Seulement ce qu'il représente. Alors, vous allez le faire?

— Ma foi, je crois que je n'ai guère le choix.

— Magnifique. Donc, première chose : assister à l'ouverture du testament de Brent. Demain.

— Non, dit-elle, je ne pourrais pas. Vraiment, je ne le pourrais pas.

— Il le faut, insista doucement Heston. Vous ne pouvez rien demander tant que vous n'aurez pas été officiellement oubliée dans le testament. Et vous ne

pouvez rien revendiquer de solide si vous ne montrez pas
dès le début que vous êtes particulièrement intéressée.
Je passe vous prendre à dix heures.

Carter Maddox, sorti de son lit pour l'ouverture du
testament de son fils, était assis dans un fauteuil de son
bureau, enveloppé d'une robe de chambre marron,
fixant son fils cadet et sa belle-fille.

— Qu'est-ce qu'*elle* fait ici? demanda-t-il.

Brande regarda Heston. C'était son idée et elle ne
souhaitait nullement se trouver engagée dans une nouvelle prise de bec avec le vieux bonhomme.

— C'est la veuve de Brent, père, fit observer Heston.
Brande, je vous présente John Murgatroyd, notre avocat.

En fait, Brande avait déjà rencontré Murgatroyd,
brièvement, au service funèbre, où il n'avait été qu'un
nom. Là, il lui serra la main avec une chaleur surprenante.

— Ce n'est jamais un plaisir, en ce genre d'occasions,
madame Maddox, dit-il. Mais je suis convaincu que ce
sera un plaisir de vous connaître.

Avec ses bajoues un peu lourdes et ses cheveux bruns
qui tombaient, il avait plutôt l'air d'un bon gros chien et
il lui plut immédiatement. Janine Maddox vit comment
tournait le vent et se hâta d'aller prendre les mains de
Brande et de l'embrasser.

— Ma chère enfant, dit-elle. Ma *chère* enfant. J'étais
si inquiète pour vous. Je suis si heureuse que vous soyez
venue. Si heureuse.

— Terminons-en, gronda Carter Maddox.

— Ce ne sera pas très long, dit Murgatroyd, posant sa
serviette sur le bureau et l'ouvrant. Le lieutenant Brent
Maddox a rédigé un testament le 9 avril 1917. Bref et
direct, précisa-t-il en dépliant le document. « *Je, soussigné, Brent Maddox, sain de corps et d'esprit, etc., lègue
par la présente à mon père, Carter Maddox, tous mes
biens meubles et immeubles, le montant de mes comptes*

138

*en banque et toutes mes parts dans la société dite Compa-
gnie Maddox, pour en disposer et en jouir à sa guise.*

Murgatroyd leva les yeux et poursuivit :

— Bien entendu, il partait se battre pour son pays et
n'était pas disposé à voir plus avant.

— Un instant, coupa Heston.

— Je pense que vous devriez me laisser terminer,
Heston, dit l'avocat, tournant le regard vers lui.

— Quoi encore ? demanda Carter Maddox. Je
connaissais le contenu du testament. La question est
réglée. (Puis à Brande :) Vous n'avez plus aucune raison
de demeurer dans cette maison.

Brande se leva, les joues en feu.

— Vous croyez ? dit Heston. Eh bien, laissez-moi
vous dire, père...

— Messieurs, coupa calmement Murgatroyd. Je n'ai
pas encore terminé.

Ils se tournèrent vers lui et, sans qu'elle en eût l'intention, Brande se rassit ; soudain, son estomac se serra.

— Comme je le disais, reprit Murgatroyd, il s'agit là
des dernières volontés et testament de M. Brent Maddox. Toutefois, un peu avant Noël, j'ai reçu de Londres
ce document... (Il tira une nouvelle feuille de sa serviette. Brande constata qu'elle pouvait à peine respirer.)
Il a été rédigé en l'étude de maîtres Greenock et Greenock, notaires à Londres, St James Street, et il est daté
du mercredi 13 novembre 1918. Il ne s'agit pas à proprement parler d'un testament car le lieutenant Maddox
n'était pas, bien sûr, domicilié en Angleterre. Mais, ainsi
que vous le savez, messieurs, maîtres Greenock et Greenock sont mes correspondants à Londres et, en conséquence, ce codicille a été rédigé dans les formes, en
présence de témoins et scellé, et il m'a été adressé pour
tenir lieu de nouveau testament. Étant donné que lorsqu'il m'est parvenu, le lieutenant Maddox était déjà
mort, je préfère le considérer *comme* un codicille.

— Un codicille ? cria Carter Maddox en se redressant,
alors que son visage commençait à virer au violet. Un
codicille ?

— Que dit-il? s'enquit Heston, aux côtés de Brande, lui pressant la main, maintenant.

— Il s'agit, là encore, d'un très bref document. « *Je, soussigné, Brent Maddox, etc., etc., annule et révoque par la présente toutes les dispositions antérieures de mon testament rédigé le 9 avril 1917 et désire faire savoir que je lègue tous mes biens meubles et immeubles, le montant de mes comptes en banque et plus particulièrement mes parts dans la société dite Compagnie Maddox, à ma fiancée, miss Brande Alletson, qui demain deviendra mon épouse.*

Murgatroyd leva la tête pour sourire à une Brande abasourdie.

— Je vous demanderai, évidemment, madame Maddox, d'apporter toute preuve de votre identité et de votre mariage avec le lieutenant Maddox. En ce qui concerne votre identité, votre passeport suffira. Avez-vous une copie de l'acte de mariage?

— Non, dit Brande, incapable de croire que c'était elle qui parlait. Elle a été perdue avec le navire.

— Aucune importance. J'écrirai à maîtres Greenock et Greenock pour leur demander de m'en adresser une copie. Je pense que nous pouvons considérer la question comme réglée.

Un instant, le silence régna dans la pièce. Puis Heston demanda:

— Eh bien, chère belle-sœur, qu'est-ce qu'on ressent à devenir instantanément millionnaire?

— C'est absurde, dit Carter Maddox d'une voix grinçante. Absurde, répéta-t-il en se levant. C'est une imposture. Une conspiration. Vous êtes contre moi, vous travaillez pour cette misérable femme. Vous êtes...

Il avança d'un pas, laissa échapper un immense soupir et tomba la tête en avant sur le tapis. Aussitôt, Murgatroyd se retrouva penché sur lui, mais avant même qu'il soulève la tête de l'armateur, Brande sut que le flacon ne serait d'aucune utilité cette fois. Carter Maddox était mort.

5

— J'ai dressé un inventaire, là, madame Maddox, dit John Murgatroyd. Cela a été fait rapidement et il comporte sans doute quelques omissions mineures, mais je pense que nous pouvons dire que l'essentiel y est. Maintenant, voyons…

Il examina le document tandis que Brande tentait de respirer calmement. L'atmosphère, dans le cabinet de l'avocat, avec ses profonds fauteuils de cuir et ses murs tapissés de rayons de livres, était tout à fait détendue ; c'étaient les premiers instants de détente qu'elle goûtait depuis quarante-huit heures.

— Oui, poursuivit Murgatroyd. Le montant du compte courant du lieutenant Maddox à la First National City Bank ressort à trente sept mille quatre cent douze dollars et huit cents. Peut-être reste-t-il quelques factures ou dettes en suspens, mais si vous voulez bien les prendre à votre charge — elles ne sont vraisemblablement pas très importantes — je vous ferai immédiatement transférer ces fonds, en attendant l'homologation du testament. Je ne prévois aucune difficulté à cet égard. Ensuite, nous avons un compte d'épargne avec la somme de quatre cent quatre-vingt-treize mille dollars et trente-cinq cents.

— Vous avez bien dit *mille* ? demanda Brande.

— Je le crains, oui. Pourquoi Brent manifestait ce penchant à déposer de l'argent sur un compte d'épargne, je n'en ai aucune idée. Mais, comme toute la famille, à part Heston, il était très écureuil. Le plus tôt vous aurez placé ces fonds dans quelque investissement convenable et le mieux ce sera. Voulez-vous que je vous donne le nom des agents de change de Brent ?

Il s'arrêta un instant, mais Brande fixait le vide. Quatre cent quatre-vingt-treize mille dollars, là, tout simplement. Pas loin de cent mille livres.

— Parce que Brent possédait effectivement quelques actions, poursuivit Murgatroyd. Son portefeuille n'est pas le plus excitant du monde, vous pouvez me croire ; là encore, il était enclin à jouer la sécurité et préférait les placements de père de famille aux gros risques. Mais cela représente une somme considérable, euh... un million trois cent quarante-sept mille huit cent cinq dollars, à la dernière évaluation. Qui remonte à 1916. J'imagine qu'elle a dû quelque peu s'apprécier depuis lors.

Brande ferma les yeux. Elle avait du mal à imaginer de tels chiffres.

— Il y a également diverses choses, dont une automobile Duesenberg, une motocyclette Harley Davidson... je doute que cela vous intéresse vraiment, dit-il en souriant. Le *Cœur de Chêne*...

— Le *Cœur de Chêne* ? demanda Brande, ouvrant de nouveau les yeux.

— Un yacht, précisa Murgatroyd, désapprobateur. Brent, comme son frère, était un fin navigateur, encore que moins écervelé. Je vois que le bateau a été évalué à cinquante-sept mille dollars, mais ces choses m'ont toujours paru surévaluées. Il y a également l'Américain Galopant...

— Pardon ?

— Un cheval de course, madame Maddox, dont je suis désolé de dire qu'il n'a jamais gagné une course ni même fini placé, à ma connaissance, et qui vous coûte actuellement trois mille dollars par an en frais d'entretien. Je suppose que vous pourriez en tirer mille dollars.

— Oui, dit-elle, oui.

— Et, bien sûr, nous ne devons pas omettre la collection de cartes de cigarettes de M. Brent...

— Des cartes... de cigarettes.

— Que l'on trouve dans les paquets de cigarettes, oui. C'était un grand collectionneur. Depuis l'enfance. Ce qu'il y a de remarquable, quand on y songe, c'est qu'il n'a lui-même jamais fumé. Mais voilà. Sa collection de joueurs de base-ball, à elle seule, est célèbre dans tout le pays. Je suppose que nous devons évaluer cela à quelque cinq mille dollars.

— Oh, murmura-t-elle.

— Je sais, dit Murgatroyd, compréhensif. Quand on songe au temps et à l'énergie que votre défunt mari consacrait à des choses aussi futiles que les automobiles rapides, les chevaux de course aux pieds plats, la voile sur le Détroit de Long Island, la collection de cartes de cigarettes, et... eh bien, il avait également d'autres passions encore plus dévorantes, comme vous le savez probablement. Je suppose que le fait est que, contrairement à la plupart d'entre nous, il n'a jamais *dû* se préoccuper de bâtir une fortune car il en avait hérité une. Et je sais que c'est de cela que vous attendez que nous parlions.

— Vous voulez dire qu'il y a autre chose ? demanda Brande, avec l'impression que la pièce tournait, tournait...

— Sa part dans la compagnie Maddox, madame : un quart. Vous ne l'avez pas oublié ? Eh bien, il ne s'agit pas exactement d'un quart, mais de vingt-quatre pour cent. Et il est impossible de donner un prix exact pour ces actions sur le marché, ainsi que vous devez le savoir, car aux termes du testament du vieux monsieur Harrison Maddox, on ne peut les mettre sur le marché sans le consentement unanime du reste de la famille. Encore que, vous savez, avec la mort du vieux Carter... hmm. Quoi qu'il en soit, nous n'en sommes pas là pour l'instant. Si nous prenons simplement les parts pour ce qu'elles sont, soit vingt-quatre. pour cent de la valeur totale de la société, je crois que l'on peut avancer le chiffre de trente millions de dollars.

— Trente...

— Songez bien qu'il ne peut s'agir que d'une évaluation comptable. Et je crains qu'elles ne rapportent pas des dividendes en rapport avec leur valeur. Le vieux Carter avait coutume d'adopter, disons des méthodes comptables très prudentes. Et la plus grosse part — et de loin — des bénéfices annuels était prélevée pour être passée au fonds de réserve annuel. Dont j'ai tenu compte, bien entendu, dans mon estimation de la valeur de la société. Ainsi, Brent ne percevait, en fait, que quatre-vingt-seize mille dollars par an de dividendes de ses actions. Et également soixante mille dollars par an en sa qualité de vice-président, mais j'imagine que cela va cesser, avec sa mort. Je pense néanmoins que nous devrions en discuter. Quoi qu'il en soit, cela vous fait un montant net, approximatif bien sûr, de quelque trente deux millions de dollars. Assurant actuellement un revenu de cent soixante-dix mille dollars en dividendes des investissements, part des bénéfices de la compagnie et intérêts de l'épargne. Certes, c'est là un tableau dont on ne peut se satisfaire et, ainsi que je le disais, je ne doute pas qu'on puisse augmenter les revenus.

— Dont on ne peut se satisfaire ? murmura Brande. Dont on ne peut se satisfaire ?

— Je ne sais vraiment pas ce qui va se passer, avec la mort de Carter, dit-il, ajoutant avec un sourire cynique : je crois qu'il va nous falloir organiser une autre réunion de famille quand Janine décidera de sortir de son hystérie. Mais je suis convaincu que l'on pourra trouver pour vous quelque position dans la compagnie, avec une rémunération convenable. Maintenant...

— Mais...

— Oui, bien sûr. Ils vont *essayer* de limiter votre rôle le plus possible, je le sais. Mais vingt-quatre pour cent représentent une part considérable. Ils ne pourront totalement vous ignorer. Évidemment, si vous attendiez un enfant...

— *Quoi ?* s'exclama Brande.

— Eh bien, dit Murgatroyd en rougissant, cela aurait pu arriver. Et dans ce cas vous seriez actionnaire majoritaire.

Brande crut qu'elle allait défaillir.

— Il n'y a aucune raison de garder cela secret, dit Murgatroyd. Puisqu'on le saura à l'ouverture du testament de Carter, de toute façon. Et je suis certain que Janine et Heston en connaissent déjà les termes. Eh bien, en un mot, le testament de Carter Maddox stipule que sur sa part, représentant cinquante-deux pour cent de la société, seize pour cent doivent revenir à Janine et autant à Heston. Et les vingt pour cent restant à Brent. Ce qui, bien sûr, n'est plus possible puisque Brent est prédécédé. Mais le testament précise, en ce qui concerne aussi bien Brent qu'Heston : « ou à leurs descendants légitimes si mes fils venaient à prédécéder ». Je ne pense pas qu'il ait jamais envisagé une situation où ils décéderaient l'un et l'autre à quelques semaines d'intervalle et sans descendance. De même que je ne pense pas qu'il ait envisagé une situation où — pardonnez-moi de le préciser — Brent se marierait et où Carter n'approuverait pas son choix. Tout cela était conçu pour que Brent prenne aussitôt la direction de la compagnie mais avec la faculté, pour sa mère et son frère, de le mettre en minorité s'il entreprenait quelque chose de trop risqué. Non pas que Carter ait jamais supposé que Brent entreprenne quoi que ce soit de périlleux. Selon moi, cette disposition visait Heston pour le cas, par exemple où Janine décédant avant Carter, ses parts seraient allées directement à Brent. Mais tout cela n'est que pure spéculation. C'est cependant une hypothèse amusante, non ? *Si* vous aviez attendu un enfant, madame Maddox, et puisque Carter n'a pas modifié son testament après la mort de Brent, vous contrôleriez maintenant quarante-quatre pour cent de la société contre quarante à Heston et seize à Janine. Voilà qui lâcherait le renard dans le poulailler, non ?

Brande le regarda. Elle ouvrit la bouche, la referma, l'ouvrit de nouveau.

— Mais, monsieur Murgatroyd, dit-elle, *j'attends* un enfant.

Bien qu'elle n'assistât pas aux obsèques de Carter Maddox, Brande portait sa robe noire pour la quatrième fois — elle l'avait mise pour l'audience et pour les services funèbres — pour se rendre chez les Maddox. Le majordome lui ouvrit, manifestant quelque surprise, puis l'introduisit dans le salon et lui offrit un verre de xérès. Qu'elle accepta. Elle allait en avoir besoin, elle en était certaine. Puis il la laissa seule.

Elle alla à la fenêtre, revint. Sa première réaction avait été de fuir, fuir. John Murgatroyd l'en avait dissuadée. Mais le sentiment demeurait, vif. Jamais elle n'avait recherché ni les responsabilités ni les conflits — mais, curieusement, elle avait toujours su, en sa qualité de fille unique de Jimmy Alletson, qu'un jour elle hériterait d'une compagnie maritime. Une compagnie maritime qui serait un canard boiteux — elle y avait renoncé avec un simple regret fugitif. Et voilà qu'elle avait hérité d'une des plus importantes et des plus prospères compagnies maritimes du monde. Pour son fils. Murgatroyd avait bien insisté sur ce point. Elle n'avait pas le droit, avait-il répété, quels que soient ses sentiments personnels, de refuser cet héritage à son enfant, garçon ou fille.

Elle se demanda pourquoi Murgatroyd s'y intéressait tellement. Certes, il pouvait gagner lui-même une petite fortune en s'occupant de ses affaires. Mais, soupçonnait-elle, il devait également vouloir contrecarrer les vues d'Heston.

Mais qui pouvait prendre la compagnie, à part Heston ? Elle ne doutait pas qu'*elle* puisse la diriger, si on lui laissait le temps. Mais pas avec un bébé. Quant à voir Janine à la tête de la société, c'était aussi effrayant que ridicule. Murgatroyd songeait-il à se faire nommer président lui-même ?

C'était à elle qu'appartenait la décision, en dernier ressort. Hier matin encore, elle n'aurait jamais cru pouvoir se détendre un peu. Et aujourd'hui, le monde se trouvait, presque littéralement, à ses pieds. Si elle avait le courage de s'en saisir. Et de faire face à une ou deux petites circonstances désagréables.

Mais elle le voulait, au plus profond d'elle-même, plus que tout au monde. Elle était demeurée éveillée la plus grande partie de la nuit, à penser. A l'argent, bien sûr. Trente millions de dollars dont deux étaient déjà disponibles. Elle pourrait réaliser quasiment tous ses rêves. Elle pourrait, certainement, mettre un terme aux soucis financiers de son père. Pour toujours. Jamais plus elle n'aurait à s'inquiéter de rien.

Mais elle souhaitait bien autre chose que de vivre sans soucis et dépenser sans compter. Elle voulait *être* la veuve de Brent. Non pas seulement pour la fortune — bien que sachant que sans la fortune elle n'aurait pas la confiance en elle — et certainement pas pour la position sociale qu'elle impliquait. Mais elle voulait que Brent soit fier d'elle, où qu'il soit, fier de Mme Maddox. Et elle savait posséder le courage et la détermination nécessaires pour y arriver, si seulement elle les trouvait en elle au moment opportun.

Maintenant, par exemple. Elle entendit la voiture arriver dans l'allée et, un instant plus tard, des pas et des voix dans l'entrée. Elle dut se passer un mouchoir dans le cou pour essuyer la transpiration qui, soudain, l'envahit. Et finir son xérès pour remettre son estomac en place. Mais Murgatroyd devait être là avec eux ; il l'avait promis.

— Madame *Maddox* ? demandait Janine au majordome qui lui ouvrait la porte. Quelle...

Son regard tomba sur Brande. Comme toujours, son visage ne révélait pas qu'elle eût pleuré, bien que Brande fût certaine qu'elle avait dû verser des larmes copieuses sur la tombe. Comme à son habitude, également, on aurait dit une bijouterie ambulante, les pierres jetant des feux presque sinistres sur le noir de sa robe.

— Et bien, observa-t-elle. Vous ne vous êtes même pas souciée d'attendre.

— C'eût été pure hypocrisie de ma part, lui rétorqua Brande.

— Oui, mais vous avez été incapable d'attendre pour venir négocier le prix de vos actions, n'est-ce pas? Eh bien, il vous *faudra* attendre jusqu'à ce que j'aie discuté de la situation avec les experts financiers.

Brande regarda Murgatroyd. Son intuition féminine lui confirmait que c'était maintenant qu'il fallait agir, que l'heure avait sonné. L'avocat l'en avait convaincue et il lui fit un petit signe de tête rassurant. Puis il regarda Heston. Celui-ci souriait à Brande, comme toujours, mais son regard demeurait vigilant.

Elle respira profondément ; pendant quelques instants il allait lui falloir se montrer aussi dure que l'acier — et le montrer à tous, Murgatroyd y compris. Mais dans le même temps il lui fallait les *gagner,* non s'en faire des ennemis.

Ce fut cependant la dureté qui se révéla d'abord.

— Je pense que vous devriez vous convaincre, Janine, dit-elle d'une voix aussi calme et assurée que possible, que mes parts ne sont pas négociables.

— Pardon? demanda Janine qui faillit en renverser le verre de xérès que venait de lui servir son fils. Voyons, ma chère enfant...

— Je pense que vous devez également savoir que j'attends un enfant de Brent.

— Vous...

Là, le verre glissa des mains de Janine, le xérès se répandant sur le tapis et le fauteuil sans que personne ne le remarque.

— Quand avez-vous découvert cela? demanda Heston. Après avoir bavardé avec Murgatroyd?

— Je l'ai su le jour de Noël.

— Mais vous ne me l'avez jamais dit. Vous ne l'avez jamais dit à personne.

— Je l'ai dit à Lucy Pender. Je n'en ai parlé à personne d'autre à l'époque car personne ne semblait se soucier de moi le moins du monde. Sauf pour ce qui concernait mon départ.

— Et vous pensez vraiment que nous allons croire cette... cette plaisanterie, lança Janine d'une voix aiguë.

148

— Je suis sûr, madame Maddox, que la jeune Mme Maddox acceptera de se soumettre à un examen médical, dit Murgatroyd. En fait, c'est important pour sa santé et pour celle de l'enfant.

— J'ai subi cet examen ce matin, monsieur Murgatroyd, précisa Brande qui avait suivi ses instructions à la lettre. Le Dr Allen m'a promis les résultats des tests pour cet après-midi. Mais il ne paraissait pas avoir le moindre doute quant au résultat.

— Allez-vous prétendre qu'il s'agit de l'enfant de *Brent* ?

— Cette question me paraît tout à fait déplacée, madame Maddox, observa Murgatroyd.

Janine rougit.

— Eh bien... Vraiment, que cette gamine vienne réclamer la moitié de la société de mon pauvre mari, comme ça, tout simplement, eh bien... c'est indécent. C'est impossible. Et quand je pense... à ce que je pourrai dire sur elle, dit Janine, regardant Brande.

— Je crois que Janine parle de l'audience, monsieur Murgatroyd. Quand j'ai juré que je ne connaissais pas la position du *Northern Wind*. Ce n'était pas vrai. Mais Janine a probablement oublié que je suivais les instructions de Carter Maddox.

— Je présume que ce que vous dites là s'adresse à l'ami, pas à l'avocat, dit Murgatroyd en souriant. Et que Carter avait une bonne raison.

— *Nous* avions une excellente raison, dit Heston.

— Que je vous révèlerai dès que possible, ajouta vivement Brande.

— Tout cela est dénué de sens, brailla Janine. Je ne l'accepterai pas. Vraiment, John, vous êtes notre avocat. Vous devez *faire* quelque chose.

— Je pense que c'est Brande qui doit *faire* quelque chose, dit Heston qui paraissait avoir retrouvé son sang-froid. Dites-nous quoi, chère belle-sœur.

Brande le regarda, puis regarda Murgatroyd.

— Je crois que la première chose à faire est d'avoir une conversation en privé avec Janine.

149

Heston eut un mouvement brusque de la tête tandis que Murgatroyd paraissait tout à fait inquiet.

— Donc, si vous voulez bien nous excuser, messieurs, dit Brande.

Heston et Murgatroyd se regardèrent.

— Madame Maddox, étant votre avocat, je crois devoir vous conseiller…

— Étant mon avocat, maître, vous me permettrez sans doute de vous dire quand j'aurai besoin de vos conseils.

Il ouvrit la bouche, la referma, se tourna, gagna la porte.

— Voulez-vous que j'attende dehors? demanda-t-il d'un ton glacé.

— Je pense que vous pourriez retourner à votre cabinet. Je passerai vous voir cet après-midi si je peux.

Le visage de l'avocat se décrispa un peu.

— J'en serai heureux, madame Maddox. Au revoir, Janine.

Il quitta la pièce.

— Et *moi*? Dois-je aller au coin? demanda Heston, irrité et sarcastique.

— Peut-être aura-t-on besoin de vous. Pourriez-vous attendre dans la bibliothèque?

Au son tour, il la regarda, bouche bée, s'apprêta à dire quelque chose, se ravisa. Il referma la porte derrière lui.

— Eh bien, observa Janine, quelle maîtresse femme! Qu'avez-vous à me dire, miss? Pour moi, vous êtes le mal. *Le mal!* Votre présence a été un désastre pour ma famille. Un désastre. Brent qui est mort, et maintenant Carter… Dieu sait ce qu'il va arriver ensuite.

— J'allais vous le dire, dit Brande, qui s'assit et croisa les jambes. Tout d'abord, Janine, vous perdez votre temps, à me détester. Je conviens que les choses ont tourné à mon avantage, mais je n'ai aucune intention de vous léser, ni de léser la compagnie. Je ferai tout ce qui est en mon pouvoir, et *pour* vous et pour la société, si vous le permettez. Et si vous mettez un terme à votre mauvaise foi et à votre hypocrisie, et si vous reconnaissez que malgré tout votre chagrin à la perte de Brent, et votre prétendu chagrin à la perte de votre mari, vous êtes beaucoup plus soucieuse de continuer à vivre comme vous en avez l'habitude. Depuis votre naissance, non ?

— Eh bien, vous...

— Je crois que vous devriez aussi admettre que vous avez plutôt eu de la chance, quand Brent a choisi une épouse. J'aurais *pu* être une aventurière, ou une catin, comme l'a dit votre mari. Beaucoup plus vraisemblablement, j'aurais pu être une fieffée idiote. Mais il se trouve que j'en connais au moins autant que vous tous dans le domaine du transport maritime. Alors, pourquoi ne pas vous asseoir et avoir un entretien cœur à cœur avec moi ?

— Vous n'avez pas encore le contrôle de la compagnie, savez-vous, aboya Janine. Vous prétendez que vous êtes enceinte ? Peut-être même l'êtes-vous vraiment. Ce qui ne signifie pas que vous aurez obligatoirement l'enfant.

— Que pensez-vous faire ? Me donner des coups de pied au ventre ?

Janine la regarda, mais comme Murgatroyd et Heston elle réalisa qu'elle était confrontée à un caractère beaucoup plus fort que le sien. Elle éclata en larmes et s'effondra à demi sur le canapé à côté de Brande.

— Vous arrivez, sanglota-t-elle, alors que mon pauvre mari est à peine froid dans sa tombe, et vous vous mettez à me bousculer, à me harceler...

Elle hésita, attendant sans doute d'être interrompue, mais Brande ne dit rien. Elle leva donc la tête, méfiante.

— Que *voulez-vous* ? cria-t-elle.

— Une attitude rationnelle, pour commencer. Et ensuite votre avis quant à la capacité éventuelle d'Heston de diriger la compagnie.

— Heston ? questionna Janine qui se rembrunit.

— Je suppose que vous ne souhaitez pas faire appel à un étranger comme président, observa Brande. Je serais toute disposée à prendre la présidence moi-même, mais je vais être très occupée pendant un an environ.

— *Heston?* s'écria Janine. C'est... c'est un *bolchevik*.

— Il pourrait vous entendre, même depuis la bibliothèque, lui rappela Brande. Et je suis sûre que ce n'est pas vraiment un bolchevik. Que dit le vieux dicton, déjà? Si vous n'êtes pas radical à vingt-cinq ans, vous n'avez pas de caractère. Si vous n'êtes pas libéral à trente-cinq, vous êtes un fanatique. Et si vous n'êtes pas conservateur à quarante-cinq ans, vous êtes un raté. Heston n'a pas encore vingt-cinq ans.

— Et vous voulez en faire le président de la société? Ma chère, vous ne le *connaissez* pas. Il a renoncé à ses études supérieures, passant son temps à faire de la voile quand il n'assiste pas à des réunions politiques radicales, s'encanaillant avec des criminels russes, avec Marx et Lénine comme livres de chevet... Savez-vous qu'il aide même financièrement des organisations de gauche? Des sommes énormes. La moitié de ses revenus, m'a dit Carter. C'est lui, plus que quiconque, qui a ruiné la santé de son père. Président du conseil d'administration, lui? Vous devez avoir perdu l'esprit.

— Je pense pouvoir l'amener à lâcher Marx et Lénine. Et le fait de devenir président du conseil d'administration suffira peut-être. N'oubliez pas qu'à nous deux nous pouvons nous opposer à ses décisions, à tout moment. J'aimerais proposer une réorganisation du conseil d'administration. En fait, j'ignore *de qui* il est composé actuellement.

— Oh... fit Janine, avec un geste de la main. Il y avait Carter, Brent et moi, ainsi que John Murgatroyd et Bill Clements, le directeur financier, et Peter Smithers, le directeur maritime.

— Mais pas Heston.

— C'était un élément perturbateur, avec ses idées absurdes. Il rendait Carter enragé. Carter aimait tout diriger lui-même, bien qu'écoutant Brent ou John, à l'occasion. Jamais je n'ai assisté à aucune réunion. Brent non plus, depuis la guerre, évidemment. Et Smithers et

Clements se bornaient à approuver tout ce que décidait Carter.

— Vous dites qu'il écoutait Murgatroyd?

— Pour les questions juridiques. Carter et lui ne se sont jamais vraiment entendus. Mais son père était l'avocat de grand-père, et il a pris la suite.

— Eh bien, Janine, désormais vous devrez assister aux réunions du conseil d'administration, ne serait-ce que pour voter comme je vous le dirai, annonça Brande qui se leva, alla à la porte et appela: « Pourriez-vous venir un instant, Heston? »

— Eh bien? demanda Heston, souriant comme toujours, mais le regard froid, vigilant. Vous ne pouvez agir sur moi ni sur mes parts, vous le savez, Brande. Pas même vous.

— Pourquoi ne pas nous servir un verre de xérès? Et vous asseoir. Votre mère et moi avons quelque chose à vous dire.

— Je resterai debout, si vous le voulez bien.

— A votre guise.

— Je vous faisais confiance. Parce que je vous aimais bien et que j'étais navré pour vous. Vraiment, je vous aimais bien. Et c'est *moi* qui vous ai suggéré de rester pour la lecture du testament. Et voilà que vous me traitez comme un orphelin sans le sou.

— Personne ne va vous traiter comme quoi que ce soit, Heston. Et vous venez de nous rappeler que personne ne peut vous laisser sans le sou, non plus. Mais votre mère a certaines réserves à émettre quant à votre influence sur la compagnie si nous devions vous offrir un poste de responsabilité.

— Un poste de responsabilité? Vous voulez dire que vous voulez que je travaille pour *vous*? Rien à faire.

— Je crois que vous pourriez au moins entendre ce que nous avons à dire. Qu'est-ce qui doit être fait, selon vous, à la compagnie?

— Vous voulez vraiment le savoir?

— Oui. Oui, nous voudrions le savoir.

— Pour commencer, j'augmenterais les salaires. Mon père donnait à ses marins à peine de quoi vivre. C'est pour cela qu'il ne pouvait avoir les meilleurs. On pourrait même arguer sur le fait que s'il y avait eu des hommes plus efficaces dans la salle du générateur, ils auraient pu fermer les cloisons à temps et empêcher le *Wind* de couler. Vous-même pensiez que Tollman et Henry ne valaient pas grand-chose. Eh bien, ils étaient tout à fait représentatifs du reste de l'équipage. Ensuite, on devrait les couvrir avec un bon régime d'assurance. Et leur ouvrir un droit à une retraite au lieu qu'ils se retrouvent à la rue dès que mon père, ou quelqu'un d'autre, juge qu'ils ne sont plus bons à rien.

— Est-ce que c'est vraiment arrivé ? demanda Brande à Janine.

— Nous ne gérons pas un régime de sécurité sociale, répondit Janine. Ce qu'il propose, c'est du délire socialiste.

— Ça me semble plutôt raisonnable, dit Brande.

— Et sur quoi va-t-on payer cela ? Sur les bénéfices ? Et avec quoi vivrons-*nous* ?

— On peut augmenter les bénéfices de la compagnie, dit Heston. S'ils sont en baisse, c'est que nous faisons naviguer des navires dépassés. Je l'ai dit et redit, à papa et à Brent, mais ils n'ont rien voulu savoir.

— Et avec quoi paierons-nous ces nouveaux navires ? demanda Janine. Selon la dernière estimation de ton père, cela coûtait douze millions de dollars. En 1916.

Brande se souvint d'avoir entendu Brent dire que le chèque du frêt des Russes permettrait à la compagnie d'avoir un nouveau navire fanion. Elle aussi *souhaitait* cela.

— Je pense qu'Heston et moi avons une idée pour ce qui est de trouver cet argent, dit-elle.

Heston lui lança un regard où la surprise se mêlait à la joie ; il avait été convaincu que c'était la fin de leur accord.

— Heston, reprit Brande, que diriez-vous de la présidence du conseil d'administration ?

154

— Président? Moi? demanda Heston, un instant bouche bée.

— Votre mère et moi serions disposées à vous offrir ce poste, à trois conditions.

— Je savais qu'il y aurait un piège.

— Je ne pense pas que vous les trouverez abusives. Nous souhaitons d'abord pouvoir décider entièrement de la composition du conseil d'administration. Je ne pense pas que ce soit déraisonnable. Et nous en serions membres, bien sûr.

— Poursuivez, dit Heston, songeur.

— Deuxièmement, nous souhaiterions que vous lanciez un programme d'économies et de renforcement de nos fonds propres, où devrait être versée la moitié de votre salaire.

— Vous avez l'intention de me traiter comme un gamin. Ce que je fais de mon argent, ce sont mes affaires.

— Ce seront *nos* affaires quand vous dirigerez la compagnie, Heston, fit observer Brande avec un sourire. Ne voulez-vous pas entendre notre troisième condition?

— Pourquoi pas?

— Nous voulons, comme objectif prioritaire de la compagnie, que vous lanciez une opération de sauvetage sur le *Northern Wind*, à la fois pour s'assurer de la cause exacte de son naufrage et pour récupérer ce qui pourra l'être dans la chambre forte.

— Quelle a été sa réaction? demanda John Murgatroyd.

— Son dernier mot a été « Youpi! ». Après quoi il m'a embrassée.

— Remarquable conquête, dit Murgatroyd. Avez-vous songé que le jeune Heston pouvait avoir ses idées sur la façon dont vous et votre enfant — et la compagnie, par conséquent — pouviez être contrôlés?

— Heston? Allons donc.

Elle se tenait au bord du quai, regardant les pontons et

la yole de cinquante pieds immédiatement au-dessous d'elle.

— Tout simplement magnifique, dit-elle, songeant que toute sa vie elle avait rêvé d'un bateau comme celui-là. Est-ce que je peux monter à bord?

— Croyez-vous que ce soit recommandé, dans votre état? Perdez ce bébé et vous perdez tout.

— On ne risque rien à grimper une échelle, dit-elle, descendant les échelons étroits, posant soigneusement chaque pied, laissant sa jupe flotter sous la brise d'hiver. Murgatroyd suivit, l'aidant à passer dans le cockpit, débloquant et faisant glisser l'écoutille.

— Berk. Les navires au mouillage sentent toujours la morgue, pour moi, dit-il.

Brande descendit dans une cabine haute d'un mètre quatre-vingts, puis se glissa dans la cuisine et la cabine avant, encombrée de tout un tas de sacs à voiles. Et derrière, la cabine, la cabine du maître du bord, superbement décorée de chêne.

— D'où son nom, le *Cœur de Chêne* expliqua Murgatroyd. La coque proprement dite est en teck de Birmanie. Le bateau est très rapide, je crois, malgré son poids. Je pense que Brent a dû plusieurs fois obtenir la meilleure position sur la ligne de départ, dans des régates, bien qu'il ne fût pas excellent dans les handicaps. Évidemment, il vous faudra — un équipage...

— On peut le mener à deux, dit Brande, montant sur le pont pour inspecter les systèmes de treuillage des voiles. Pas en course, peut-être, mais certainement en croisière.

— Deux? demanda Murgatroyd, préférant ne pas discuter après ce qu'il avait vu la veille. Vous voulez dire que vous avez l'intention de le garder?

— Je le crois. Un an ou deux, du moins. (Elle lui posa la main sur le bras et ajouta:) Je suis *désolée* pour hier. Mais j'ai eu le sentiment qu'il me fallait absolument préciser que c'était *moi* qui commandais, et tout de suite.

— Oh, vous avez parfaitement réussi. Personne n'avait tout à fait remarqué la poigne de fer qui se dissimulait sous cette charmante apparence, madame Maddox.

— Une poigne que vous ne reverrez plus. Dites-moi donc que vous me pardonnez. Et essayez de m'appeler Brande.

Il la regarda un instant, sourit, haussa les épaules.

— Comment pourrais-je refuser ?

Elle l'embrassa sur la joue.

— Parce que vous et moi allons devoir travailler très étroitement ensemble. Il me semble que ce directeur financier et ce directeur maritime ne sont pas des caractères particulièrement énergiques. Quant à Janine, ce n'est pas exactement un modèle de détermination. Et je ne veux pas avoir à opposer constamment mon veto aux projets d'Heston. S'il doit diriger la compagnie avec quelque chance de succès, il faut lui laisser la bride sur le cou, jusqu'à un certain point. Je vous propose donc que nous formions tous les trois, vous, lui et moi, une commission exécutive qui puisse discuter toutes ses propositions et idées avant de les soumettre au conseil d'administration. Ainsi pourrons-nous le persuader de renoncer à ses projets les plus extrémistes, s'il en propose. De cette façon, je n'aurai qu'à faire appel à Janine s'il s'entête.

— Mmmm. Vous réalisez qu'il nourrit vraiment des idées extrémistes en ce qui concerne les salaires, les assurances et autres.

— Je ne pense pas qu'elles soient absurdes.

— Mon Dieu, ne me dites pas que vous êtes socialiste, vous aussi.

— Je ne pense pas être socialiste, John. Mais j'essaie de me montrer humaine.

— Encore une chose. Vous réalisez aussi, j'espère, que si Janine et Heston devaient se liguer contre vous, ils l'emporteraient ?

— Eh bien, John, dit-elle en souriant, il vous appartient de faire que cela ne se produise pas.

— Je vois que vous aimez vivre dangereusement. En tant qu'avocat, je dois vous mettre en garde... Cette

157

vente de toutes vos actions pour en transférer le montant en Angleterre...

— Il s'agit de mon argent personnel, John. Je l'utilise donc à ma guise, non? Et Alletson a désespérément besoin d'une transfusion d'argent frais.

— Cela vous laisse sans aucun capital d'investissement susceptible d'être réalisé.

— Mais non. Mon père n'acceptera jamais, sauf sous forme de prêt. J'investis donc dans une autre compagnie maritime, c'est tout. Et puis, même sans ce revenu, j'ai bien plus qu'il ne m'en faut. La compagnie va continuer à me payer le salaire de Brent, et si l'on y ajoute les dividendes cela fera cent cinquante mille dollars par an. Que diable voulez-vous que je fasse de tant d'argent?

— Je suis sûr que vous n'aurez aucun mal à le dépenser. Vous êtes jeune et belle. Vous ne pouvez passer le reste de votre vie dans l'affliction.

— Je n'en ai pas l'intention. Mais je n'ai jamais eu des goûts dispendieux. Je m'en sortirai, croyez-moi. Même avec une misérable somme de cent cinquante mille dollars par an.

— Quant à votre tentative de sauver le *Northern Wind*... commença-t-il, sans relever son humour.

— Pas le navire. Seulement la cargaison.

— Mais vous êtes bien décidée. Croyez-vous vraiment qu'il y ait une fortune au fond?

— J'en suis convaincue. Brent l'était aussi. Et puis je suis tout aussi désireuse de savoir ce qui a coulé le navire.

— Avez-vous une idée de ce que cela peut coûter? Et *là*, il s'agit de l'argent de la compagnie.

— Non. J'ignore ce que cela va coûter. Mais je suis sûre que ce signor Castaldi va nous le dire.

Mario Castaldi était un homme de petite taille, soigné de sa personne, très précis, parlant un excellent anglais et débordant d'une immense confiance.

— On appelle ce scaphandre un « duc de fer »,

158

expliqua-t-il. Fondamentalement, madame Maddox, il s'agit d'une grosse coquille métallique, en deux parties, que l'on boulonne ensemble au milieu une fois le plongeur à l'intérieur.

Il déposa dessins et plans sur le bureau, devant Brande.

— Les joints, voyez-vous, sont constitués d'un système d'emboîtement, comme des tenons et des mortaises, rendus étanches par du caoutchouc. Le plongeur descend avec son air dans des cylindres et cet air, une fois expiré, passe sur une solution de potassium sodium pour le débarrasser de son dioxyde de carbone et le rendre à nouveau respirable. Ainsi, l'homme peut demeurer plusieurs heures sur le site.

— Et il manœuvre ces mains en forme de griffes depuis l'intérieur, commenta Heston. Je dois dire que cela paraît plus encombrant que je le pensais.

— C'est encombrant, madame Maddox, convint Castaldi. Mais cela marche à des profondeurs où aucun scaphandrier ordinaire n'ose se risquer. J'ajoute que plus la profondeur augmente et moins il devient encombrant. J'ai vu, d'après votre correspondance, que le plongeur devrait peut-être descendre jusqu'à plus de cent mètres.

— Très probablement, dit Heston.

— Mais le *poids,* observa Brande. Cela doit peser plusieurs centaines de kilos.

— Trois cent cinquante-huit, exactement. Mais le plongeur n'a pas à l'utiliser en surface, madame Maddox. Le poids ne compte plus, une fois qu'il est au fond.

— Je pensais à l'appareil de levage nécessaire.

— Rien d'excessif. Et le scaphandre possède des ballasts pour le contrôle du mouvement vertical, au fond. C'est là, autour de la taille, dit Castaldi, tapant du doigt sur le dessin. On a pensé à tout. Et il a été testé, en Méditerranée, à cinq cents pieds. *Cent soixante-cinq mètres*, madame Maddox.

Brande regarda Heston.

— Oui, dit celui-ci. Eh bien, espérons seulement que l'épave gît plus haut, n'est-ce pas?

— Mais, j'ai cru comprendre que vous saviez exactement où se trouvait l'épave.

— Effectivement.

— Peut-être voudriez-vous me montrer l'endroit sur cette carte ?

— Non, signor Castaldi, dit Heston. Nous n'en ferons rien.

L'Italien se rembrunit.

— Dans ce cas, comment allons-nous plonger ?

— Nous vous conduirons sur le site, dit Heston.

Castaldi se rembrunit davantage encore.

— Vous voulez dire... que nous utiliserons votre propre navire ?

— Non. Nous ne possédons pas de remorqueur de sauvetage dans notre flotte, expliqua Brande. Nous souhaitons louer les services de votre firme, signor, ainsi que votre bateau, votre « duc de fer » et vos plongeurs. Mais nous nous occuperons de la navigation et nous vous dirons où commencer vos plongées.

— *Louer* ma firme ? Ma chère madame Maddox, vous ne voyez pas ce que vous proposez. Nous sommes prêts à entreprendre toute opération de sauvetage dans le monde sur la base d'un contrat « pas de résultat, pas de rémunération ». C'est là un système internationalement accepté. Quand nous sortirons ce qui peut bien se trouver dans la chambre forte de votre navire, nous accepterons une décision arbitrale. Ce qui est également de pratique internationale courante. Au fait, *qu'y a-t-il* dans la chambre forte de votre navire ?

— Cela nous regarde, dit Heston. Et le genre de contrat que vous proposez ne nous intéresse pas. Nous voulons louer vos services. Et si cela ne vous convient pas, nous nous adresserons ailleurs. Mais les termes sont ceux que vient de définir ma belle-sœur. C'est nous qui nous chargeons de la navigation, et personne d'autre. Et vous plongez où l'on vous dit de plonger.

— Mon cher monsieur, le coût...

— C'est ce que nous attendons de connaître, dit Brande.

160

— Eh bien… on ne pourrait compter moins de cinq mille dollars par jour. Et une opération de sauvetage de cette nature, à une telle profondeur, peut prendre des années.

— Je ne pense pas qu'il faudra aussi longtemps, dit Brande. Le *Northern Wind* a chaviré en coulant, ce qui signifie qu'il gît pour le moins sur le côté et *peut-être* la quille en l'air. Il s'agit simplement de tailler dans la coque et de se frayer un chemin jusqu'à la chambre forte, juste derrière la salle des machines. Nous voulons également que votre plongeur pénètre dans la salle du générateur et détermine exactement la nature et la direction de l'explosion qui a percé le navire. C'est-à-dire si l'explosion s'est produite vers l'extérieur ou vers l'intérieur. Mais cela n'implique pas que l'on retire quoi que ce soit.

Castaldi se tira doucement la lèvre.

— Vous devez avoir là-dessous quelque chose de grande valeur, madame Maddox.

— Pour nous, oui, signor Castaldi. Vous avez parlé de cinq mille dollars par jour. Est-ce un prix ferme ?

Le regard de l'Italien passa de l'un à l'autre.

— Il me faudra consulter mes associés. Il s'agit d'une proposition inhabituelle, comprenez-vous ? Il va nous falloir réfléchir… quand souhaitez-vous commencer ?

— Dès que le temps le permettra, dit Heston.

— Je ne sais si nous pourrons être prêts si vite. Il faut du temps pour préparer cela.

— Nous ne plongerons pas avant l'année prochaine, dit Brande.

— Pas avant… dirent-ils, la regardant l'un et l'autre.

— Je souhaite accompagner le navire de sauvetage. Et je ne pourrai le faire avant l'année prochaine, expliqua Brande, regardant Heston qui rougit et détourna les yeux. Vous avez donc tout le temps de préparer votre bateau, de faire vos calculs et de tester encore vos scaphandres. A cinq cents pieds. Mais, signor, il s'agit d'une entreprise privée et secrète. Si un mot filtre de ce que nous vous proposons, le marché est rompu. Je vous demanderais de ne pas l'oublier.

— Un an, c'est ridicule, dit Heston, furieux. Et cela fera plus d'un an. On ne peut plonger au large du Fastnet en janvier. Cela fait donc le printemps prochain au plus tôt, si l'on compte bien. Quinze mois.

— Eh bien, nous attendrons quinze mois, dit Brande, patiemment.

— Quinze mois pendant lesquels quelqu'un d'autre aura trouvé l'épave et enlevé le trésor.

— Impossible de trouver le *Northern Wind.* Sauf hasard exceptionnel. Et si quelqu'un le trouvait, il ne saurait pas ce qu'il y a à bord. Et s'il le trouvait et savait ce qu'il y a à bord, il ne pourrait le récupérer. Ces Italiens ne sont-ils pas la seule société possédant le matériel nécessaire ?

— Nous n'en sommes pas certains, grommela Heston.

— Eh bien, moi je dirais que nous en sommes quasiment certains, dit Brande qui lui posa la main sur le bras, ajoutant : Heston, oh Heston. Pas de querelle à ce sujet. Mon mari se trouve là-bas.

— Pensez-vous qu'on le reconnaîtra encore, dans un an ?

— Je ne pense pas qu'on puisse le reconnaître maintenant, dit-elle, refusant de baisser le regard. Mais sa mort, son *assassinat,* c'est cela qui m'intéresse. J'entends me trouver *là* quand on découvrira ce qui s'est passé. Vous devez pouvoir le comprendre.

Il hésita un instant puis lui sourit.

— Bien sûr que vous voulez être là, sœurette, dit-il en lui pressant la main. Je crois que je m'emballe un peu, c'est tout. Quand je pense à ce que l'on pourrait faire avec cet argent... mon Dieu ! Je charge Read et Miller, les architectes navals, de dessiner les plans de deux nouveaux *Northern.* De quarante-cinq mille tonnes chaque, Brande, et capables d'une vitesse de croisière de plus de trente nœuds. Songez-y.

— Combien diable cela va-t-il coûter ?

— Quinze, vingt millions pièce, répondit-il avec un haussement d'épaules. Des cacahuètes, quand nous aurons récupéré ce trésor.

C'était un bonheur de voir son enthousiasme, comme celui qu'il mettait à tous les aspects de la direction de la compagnie. Même Brande, qui s'était toujours dit que son socialisme n'était qu'une façade, une réaction, peut-être, à son incapacité comparée à l'âpreté de son père et au brillant de Brent, fut surprise de le voir passer dix, quinze heures par jour au bureau, s'intéressant au moindre aspect de l'affaire. Dans quelques semaines, il allait partir pour l'Angleterre, voir par lui-même la situation sur place et décider si Portman était l'homme qui convenait pour remplacer Maynor. Inutile de préciser qu'il invita Brande à l'accompagner et que la tentation fut très forte, ne fût-ce que pour revoir son père et sa mère. Mais sur le conseil de John Murgatroyd, soutenu par le Dr Hennessey, elle y renonça. Elle aurait tout le temps de revoir l'Angleterre quand le bébé serait né. Comme Murgatroyd ne cessait de le lui répéter, perdre son enfant c'était tout perdre.

Et outre demeuraient certains aspects de la personnalité d'Heston, qu'elle ne savait très bien définir et qui la troublaient ; elle ne souhaitait aucunement se retrouver seule avec lui pendant longtemps. Et puis elle se dit, lorsqu'il rentra avec uniquement des éloges sur Portman et rien d'autre en tête que les affaires, qu'elle se trompait sur lui, comme tous les autres. En fait, il se refusa même à participer à la dernière beuverie que s'offrit le pays, à l'approche de la loi sur la prohibition, beuverie qu'elle observa avec une consternation amusée. Comme sa grossesse commençait à se voir et qu'elle souffrait de nausées, elle n'aurait pu donner de réceptions ou passer des soirées dans des boîtes, même si elle l'avait voulu. Mais le spectacle de tout un pays s'enfermant volontairement dans une camisole de force était terrifiant. Elle n'imaginait pas ce que seraient les prochaines années et ne s'en souciait pas vraiment. Elle avait découvert le mode de vie idéal, visant des objectifs limités. Elle allait donc se considérer comme étant toujours en deuil jusqu'à ce qu'on ait atteint l'épave du *Northern Wind* et prouvé au monde que le naufrage avait été consécutif à un acte délibéré de sabotage.

Et découvrir ensuite le coupable ? Ni Tollman ni Henry n'avaient sollicité un autre emploi à la compagnie. Mais il n'y avait là rien d'insolite, lui assura John Murgatroyd. Après une expérience comme celle qu'ils avaient vécue, dit-il, ils avaient probablement décidé d'abandonner la mer. En tout état de cause, s'ils *étaient* coupables, ils ne présentaient d'intérêt que comme fils conducteurs menant à l'homme ou aux hommes qui les avaient employés. Mais Murgatroyd ne voulut même pas lui permettre de louer les services de détectives privés pour les retrouver.

— Vous êtes la seule personne au monde à croire que le *Wind* ait été coulé par une explosion interne, lui dit-il. La conclusion officielle a été : mine dérivante. Si vous continuez, seule, à poursuivre des gens, les implications juridiques vont se révéler effrayantes. Mais si vous pouvez apporter une preuve, comme une photo de la brèche, alors nous pourrons y aller.

Qu'il crût ou non sa théorie, il était prêt à soutenir Heston et elle-même à présenter le projet au conseil d'administration, malgré le fait que la société Castaldi eût finalement fixé son prix à six mille dollars par jour. Bill Clements, le directeur financier, et Smithers, le directeur maritime, en furent consternés. D'autant qu'ils étaient persuadés que la plongée avait pour *seul* objet de préciser la cause du désastre. Brande n'était pas particulièrement heureuse à l'idée de tromper deux hommes manifestement honnêtes et capables. Elle ne pouvait qu'insister de temps à autre sur le fait que l'opération serait de très courte durée et fut reconnaissante à Murgatroyd pour son soutien sans faille.

Ils passèrent beaucoup de temps ensemble car avec la grossesse de Brande qui avançait, il s'occupait de plus en plus de ses affaires, toujours avec une indéfectible bonne humeur, bien qu'elle sût que plus d'une fois elle l'irritait

164

terriblement avec son apparente incapacité à comprendre que sa tâche consistait à faire tout ce qui était en son pouvoir pour doubler puis doubler encore son capital.

— On ne demeure pas immobile dans ce milieu. On avance ou on dégringole, avait-il coutume de dire en faisant régulièrement croître le portefeuille qu'il tentait de reconstituer à la suite de sa liquidation, quelques mois plus tôt — et dont le montant avait été accepté avec reconnaissance, comme un prêt, par un Jimmy Alletson cerné de toutes parts.

En fait, Murgatroyd était le seul à lui rendre régulièrement visite ; elle continuait à habiter le petit appartement trouvé par Heston, sans aucune intention d'acquérir une maison à elle avant la naissance du bébé. Janine, soudain libérée de l'accablante présence de Carter Maddox, passait son temps dans les magasins, ne passant qu'occasionnellement voir sa belle-fille. Quant à Heston, bien qu'il vînt la voir au moins une fois par semaine pour son compte rendu de la marche de la compagnie, il paraissait de plus en plus gêné par l'état de Brande — à bien des égards, il demeurait par essence un petit garçon, se dit-elle — et il pouvait toujours invoquer l'excuse du travail. A part eux, nulle autre personne ne semblait savoir qu'elle existait.

— Vous n'avez pas rendu publique le fait que vous contrôlez virtuellement la Compagnie Maddox désormais, expliqua Murgatroyd. Et comme vous l'aurez sans doute compris, le vieux Carter n'était pas particulièrement homme à donner des réceptions, ou à y aller. Quant à Janine, eh bien... comme vous l'avez immédiatement compris également, ce n'est pas exactement le dessus du panier. En fait, elle était la secrétaire de Carter, jusqu'à ce qu'il l'eût mise enceinte et épousée. Ce qui, je le suppose, constitue l'une des raisons pour lesquelles elle s'est montrée si méfiante à votre égard.

— Brent n'avait pas d'amis ?

— Des centaines. Surtout des am*ies*, dont pratiquement chacune pensait être *celle* qu'il allait épouser. Vous conviendrez donc qu'à leurs yeux vous n'êtes pas la personne la plus populaire du monde.

— Et Heston est considéré comme un socialiste.

— Bien pis, dans certains milieux. Avez-vous lu ce qu'a écrit le *Wall Street Journal* à propos de sa nomination au poste de président de la société?

— En fait, je ne lis aucun journal, avoua-t-elle. En quoi est-ce que ça les regarde *qui* est président du conseil d'administration?

— En rien, en réalité, puisqu'il s'agit d'une société privée. Mais ils en font tout un plat parce que la Compagnie Maddox est la société maritime la plus importante du pays. S'il apparaît qu'il s'en tire parfaitement, le *Journal* devra faire amende honorable.

— Et les mondanités?

— Quand vous aurez eu votre bébé, et que vous en aurez envie, disons l'été prochain, donnez une réception monstre.

— Comment, dans un pays devenu « sec »?

— Sec en public, Brande. En privé, il est plus humide que jamais.

— Et vous pensez que quelqu'un viendra?

— Tout le monde viendra, croyez-moi. Ne serait-ce que pour vous déchirer à belles dents. Mais ils ne pourront pas, car vous serez la femme la plus belle, la mieux habillée et que vous servirez ce qu'on peut trouver de mieux comme alcools. Et comme cuisine. Et d'ici là, je l'espère, vous vivrez dans le meilleur hôtel particulier que New York ait à offrir.

— Vous me dites toujours que je n'ai pas assez d'argent pour cela.

— Eh bien, la société vous le fournira. J'y veillerai. Et, de toute façon, avec le boom de la bourse, vous *l'aurez*.

— Cher John, dit-elle, posant sa main sur le bras de Murgatroyd. Vous êtes vraiment solide comme un roc. Je suis si heureuse que vous soyez là.

Il rougit et lui prit la main dans les siennes.

— Savez-vous que je serai *toujours* là?

Elle le regarda, surprise de ne pas être surprise par sa proposition. Mais ce n'était vraiment pas le moment.

Il rougit davantage encore en le comprenant et il lui lâcha la main.

— Je sais qu'en ce moment, eh bien, vous n'avez guère envie de penser à autre chose qu'au présent, Brande. Et je crois que vous avez raison. Mais cette période, cette très difficile période, va heureusement se terminer. Vous aurez alors toute la vie devant vous et… eh bien… vous savez, je n'ai jamais rien dit de tel à une femme.

— Dans ce cas, ne le dites pas maintenant. Comme vous l'avez précisé, j'ai diverses choses en tête. Mais l'an prochain à cette époque…

Ce n'était que pure couardise et fieffé mensonge : il était encore moins vraisemblable qu'elle soit amoureuse de John Murgatroyd dans un an qu'à cet instant. Mais jamais elle ne s'était trouvée dans une telle situation. Brant l'avait littéralement désarçonnée, sans lui laisser le temps de peser le pour et le contre. Et elle savait que même si elle avait eu le temps, elle aurait dit oui. John Murgatroyd n'était pas Brent Maddox. D'abord, il avait au moins quinze ans de plus qu'elle. Elle ne pensait pas que cela comptait vraiment, mais en outre il se montrait prudent et réfléchi alors que Brent était follement romanesque et enthousiaste — elle se disait que ce contraste devait se retrouver également dans leur façon de faire l'amour.

Sans parler du problème principal. En fait, elle n'éprouvait aucun désir de jamais refaire l'amour, avec aucun homme. Elle avait passé une semaine dans les bras de Brent Maddox. A partir de là, la route de la sexualité ne pouvait que se révéler descendante, décevante et morne. Selon Lucy, elle n'avait cette impression que parce qu'elle était enceinte de plusieurs mois. Et l'été fut très chaud et peu agréable dans tout le pays, alors que se dissipait l'euphorie de la victoire dans des querelles apparemment sans fin entre les Alliés d'hier quant à la façon dont il convenait de redécouper la carte de l'Europe et de faire payer aux Allemands vaincus des dommages susceptibles de satisfaire tout le monde. Et les conséquences réelles de la prohibition devenaient évidentes. Mais Brande était convaincue qu'elle conserverait le même état d'esprit pour le reste de sa vie.

En outre, envisager d'épouser un autre homme n'améliorerait pas ses rapports avec Heston. Malgré toute son emprise sur la compagnie, elle savait qu'elle ne la maintiendrait que tout autant qu'elle garderait son emprise sur Heston. S'il prétendait ne pas détester sa mère, il n'était certainement pas très proche d'elle ; il serait contraint de s'en faire une alliée, ce qu'il n'envisagerait pas tant qu'il sentirait Brande solidement derrière lui. Elle n'avait pas le sentiment qu'Heston fût vraiment capable d'être proche de quiconque ; les rejets dont il avait souffert au début de son âge mûr avaient fait de lui un être trop indépendant pour cela — la froideur de ses sentiments avait été l'une des premières choses qu'elle eût remarquées chez lui. Cependant, elle pensait que cette froideur ne s'étendait pas à elle. Il la traitait tout à fait comme une sœur et c'était ce qu'elle souhaitait, de même qu'elle pensait qu'il convenait de maintenir ce rapport ; elle pouvait également discerner, dans son attitude immature face à la vie en général, qu'il souhaitait qu'elle soit *sa* sœur, et non pas l'épouse de quelqu'un d'autre. Selon elle, il serait contrarié d'une telle situation, même si le mari devait être l'avocat de la famille. A cet instant, elle souhaitait seulement que les choses continuent sans heurt jusqu'à la naissance du bébé et jusqu'à ce qu'on ait découvert les secrets du *Northern Wind*. La vie recommencerait, alors, elle le savait. Et il serait bien temps de penser à ses diverses relations.

Et le bébé arriva, moins facilement qu'elle ne l'aurait cru. Elle était solide et avait toujours joui d'une excellente santé ; mis à part quelques accès de nausée matinale, elle n'avait connu aucun problème au cours de

168

toute sa grossesse. A un point tel que, de nouveau, elle avait refusé la proposition de sa mère de traverser l'océan et de venir passer avec elle les deux derniers mois. Si sa mère avait toujours été quelque peu une étrangère pour Brande Alletson, elle ne saurait certainement pas mieux comment prendre Brande Maddox, vice-présidente de la Compagnie Maddox. En outre, on avait sans doute beaucoup plus besoin d'elle en Angleterre, aux côtés de papa. Quant à l'accouchement, elle était certaine, avec le Dr Hennessey, qu'il n'y aurait pas le moindre ennui. Aussi, quand se manifestèrent les premières douleurs, le soir du 8 août 1919 — elle était en train d'offrir un verre à John Murgatroyd chez elle — elle fut ravie. John appela un taxi — il n'avait pas assez confiance en lui pour la conduire lui-même — et l'accompagna, tout comme Lucy, et elle lui sourit et lui déclara :

— Appelez-moi au petit déjeuner et vous serez le premier à savoir si c'est une fille ou un garçon.

Au petit déjeuner, le travail se poursuivait, dans une souffrance considérable.

— Ce sera un solide gaillard, lui dit Hennessey en lui serrant la main tandis que Lucy lui essuyait le front.

— Pouvez-vous me donner quelque chose ? supplia Brande.

— Il faut m'aider, madame Maddox. Je sais qu'il existe des drogues dont on prétend qu'elles aident à l'accouchement mais, franchement, je n'y suis pas favorable. Ce ne sera qu'un peu plus long. Tenez bon.

Mais la matinée s'écoula et elle était de plus en plus épuisée et de moins en moins capable de pousser. Elle soufflait, haletait, gémissait, laissait parfois échapper un cri. Elle finit par perdre toute notion de ce qui l'entourait ou de ce qui se passait, seulement consciente d'un océan de douleur qui sembla ne pas même devoir prendre fin quand elle entendit le bébé vagir. Alors, enfin, Hennessey lui administra un sédatif et elle s'endormit, se réveillant pour voir la chambre pleine de visages souriants, l'infirmière, Lucy, Hennessey lui-

même, et Heston, et John Murgatroyd. Dès qu'on la vit
réveillée, on lui mit le bébé dans les bras.

— Quatre kilos six cent vingt, lui annonça Hennessey. Un beau bébé. Je crains d'avoir à vous placer un ou
deux points.

— N'est-il pas magnifique ? dit Lucy.

Brande baissa les yeux sur le petit visage, ratatiné et
vaguement mécontent.

— Vous avez dit « il » ? souffla-t-elle.

— Oh, oui, bien sûr.

— Il a faim, le pauvre petit, dit la sœur infirmière. Je
le laisserais téter un peu, madame Maddox. Et cela fait
monter le lait.

— Le dernier des Maddox, dit Murgatroyd, d'un ton
entendu car la position de Brande était désormais solide.
Comment allez-vous l'appeler ?

— Mais, Brent bien sûr. Brent Junior.

Tout cela était-il réel ? Réellement terminé ? Elle avait
du mal à le croire et voulut soudain montrer l'enfant à
Heston, se demandant pourquoi il n'était pas venu à son
chevet, le voyant chuchoter quelque chose à Hennessey.
Le médecin hésita, puis hocha la tête et fit sortir les
infirmières et Lucy.

— Je vais prendre Brent, madame Maddox, dit la
sœur, qui semblait ne pas approuver.

— Mais... commença Brande qui ne voulut pas le
lâcher, son regard passant d'un visage à l'autre.

— Les affaires, dit Heston, refermant la porte derrière la sœur outragée. Il y a un petit problème et nous
avons eu le sentiment que vous deviez être mise au
courant au plus tôt.

— Des problèmes ? dit-elle, regardant Murgatroyd,
se disant qu'elle n'en voulait aucun, qu'elle était trop
fatiguée, qu'elle ne désirait que tenir son bébé dans ses
bras.

Il avait dû lire ses pensées.

— Je sais que ce n'est pas le moment, Brande. Mais
Heston, eh bien, a insisté.

— Parce que c'est important, dit Heston. Brande... je
crains que Bill Clements ait donné sa démission.

170

Pendant un instant, le nom ne lui dit même rien. Son regard passa d'un visage à l'autre.

— Bill Clements... mais pourquoi?

— Cela couvait depuis quelque temps, expliqua Heston en soupirant. Vous savez qu'il pensait que l'on était passé au-dessus de lui en décidant de donner suite au contrat italien.

— J'avais arrangé cela, dit Brande. Je le sais.

— Eh bien, il nourrissait peut-être quelque ressentiment. Quoi qu'il en soit, quand il a découvert que j'avais poursuivi mon idée et commandé la pose de la quille du *Northern Sun*...

— Vous avez fait *quoi*? cria Brande, dont le cerveau s'éveilla soudain.

Elle voulut se redresser, retomba.

— Du calme, lui dit Murgatroyd. Il ne faut pas vous fatiguer.

— Je vous ai montré les plans, protesta Heston. Vous avez convenu que nous allions avoir les plus magnifiques navires de tous les temps.

— Évidemment. Mais vous n'aviez même pas de devis ferme.

— Il est arrivé, il y a deux jours.

— Pour quel montant?

— Eh bien... vingt millions de dollars chaque. J'ai donc pensé jouer la sécurité et je n'ai commandé que le *Sun* et pris le risque que l'inflation rende le *Moon* plus cher dans deux ou troix ans. Je ne pense pas que cela ait tellement d'importance, de toute façon.

— Vingt millions de dollars? murmura Brande. Vous avez engagé la compagnie pour vingt millions de dollars, comme cela, tout simplement. Je ne suis pas surprise que Clements ait démissionné.

— Un instant, intervint Murgatroyd. Vous m'avez dit que Brande était au courant.

— Eh bien, elle l'était. Elle a vu les plans et donné son accord de principe. Tout le conseil d'administration

171

a été d'accord sur le principe, convenant que la politique de la compagnie devait être d'œuvrer pour la construction de deux navires modernes dès que ce serait possible. Bon sang, il faut remplacer le *Wind*.

— Bon Dieu, oui, dit Murgatroyd. Je m'en souviens. Mais je pensais que dès que possible signifiait dès que nous aurions récupéré l'or du *Wind*.

— C'est ce qui a été décidé, dit Brande. Quant au remplacement du *Wind*, je pensais que nous nous mettions sur les rangs pour avoir l'un des paquebots confisqués aux Allemands.

— Cela prendra des mois, des années peut-être. Et que ferait-on d'un minable navire allemand d'avant-guerre ? Et puis, pour ce qui est de l'or du *Wind*, c'est comme si c'était fait.

— Ça n'est sacrément pas près de l'être, cria Brande qui, de nouveau, retomba sur ses oreillers, épuisée. Pourquoi avoir poursuivi sans nous le dire ?

— Je suis le président du conseil d'administration ou pas ? Et puis je voulais vous le dire mais je n'ai pu vous trouver. J'ignorais que vous étiez ici. Nul ne s'est soucié de me dire que vous étiez en train d'accoucher.

Brande regarda Murgatroyd.

— Je ne vois vraiment pas pourquoi tout le monde s'excite. Il ne s'agit que de deux millions maintenant et de cinq quand la quille sera posée. C'est-à-dire pas avant la fin de l'année prochaine. Le reliquat est payable dans les deux ans et à cette époque l'argent affluera. C'est déjà le cas, vous savez. Les bénéfices montent en flèche. Vous avez vu les chiffres, Brande. On dirait que tous les gens qui peuvent se payer le voyage veulent aller en Europe, maintenant que la guerre est finie. Nous devons refuser du monde. Si l'on avait ces deux gros navires maintenant... ça vous met l'eau à la bouche. Je vais vous dire : peu importe qu'il n'y ait que de la sciure dans la chambre forte du *Wind*. Nous pourrons tout de même financer le *Sun*. Et l'on ne poursuit pas avec le *Moon* tant que le *Sun* ne sera pas payé. Si les choses continuent comme cela, ce sera pour la fin de l'année prochaine.

De nouveau, Brande regarda Murgatroyd. L'avocat haussa les épaules. Il était difficile de critiquer la confiance enthousiaste d'Heston.

— Mais M. Clements, dit-elle. Après toutes ces années à la compagnie... et qui va le remplacer?

— J'ai l'homme qu'il faut, dit Heston. Geoffrey Kliny. Vous connaissez Kliny, John.

— J'ai entendu parler de lui, répondit Murgatroyd, prudent. Il est un peu jeune pour prendre la direction financière de la Compagnie Maddox, non?

— Nous sommes dans un monde de jeunes, dit Heston qui lui sourit. Ne diriez-vous pas que je suis un peu jeune pour être président du conseil d'administration?

— Ma foi... convint Murgatroyd en tirant sur son nez.

— Kliny a déjà sa propre société. C'est un véritable génie quand il s'agit d'argent. Je le connais depuis des années. Sœurette, c'est l'homme qu'il nous faut et dont nous avons besoin. Croyez-moi.

Brande se sentait trop épuisée pour réfléchir davantage. Elle ferma les yeux.

— C'est cela, dit Heston. Reposez-vous. Et revenez-nous en pleine forme dès que possible. Pensez seulement à ce qui nous attend au fond de l'eau.

Là encore, Brande ne voulait pas penser plus avant. Elle ne souhaitait que s'étendre dans son lit et goûter le plaisir de sentir le petit Brent dans ses bras. Passant outre aux protestations de Lucy, elle décida de le nourrir, pendant un mois ou deux au moins; la sensation de ces deux petites gencives sur ses mamelons était la plus merveilleuse qu'elle eût jamais connue. Cela aurait dû être une période heureuse. Ce *fut* une période heureuse. Même Janine parut ravie du bébé comme elle parut verser des larmes authentiques en se disant combien son fils, son mari même, auraient été fiers.

Mais Brande pouvait à peine esquisser un sourire, semblant vivre avec un nuage de dépression au-dessus d'elle et sur lequel elle ne pouvait mettre un nom.

Certes, elle avait espéré créer une société vraiment heureuse. Mais, non moins certainement, elle avait eu conscience que des changements dans le personnel se révéleraient inévitables. Ne serait-ce que parce qu'il ne plairait pas à tout le monde de voir le jeune M. Heston prendre la direction de la boîte, avec à ses côtés quelqu'un de totalement inconnu — une femme, par-dessus le marché. Dès le début, Clements n'en avait pas été heureux. Dressé par Carter Maddox selon les bonnes vieilles et rigoureuses méthodes, il avait été atterré par les salaires et le régime d'assurance instaurés par le nouveau président — et bien conscient que tout ce que faisait Heston devait avoir au préalable l'approbation de Brande. On ne pouvait douter, donc, qu'elle eût approuvé la décision d'Heston de commander le *Sun*. C'était là le plus inquiétant.

Mais, ainsi que l'avait dit Murgatroyd, elle avait donné sa chance à Heston ; elle devait lui permettre de continuer jusqu'à ce que les choses tournent vraiment mal. Et il n'y avait nulle raison de craindre que son coup de poker ne réussisse pas. Ce n'était certes pas elle qui pouvait maintenant commencer à s'inquiéter de ce qui se trouvait, ou ne se trouvait pas, au fond de l'eau.

Ce fut cependant Murgatroyd lui-même qui tenta de nourrir ses doutes.

— Clements est venu me voir, lui dit-il un soir, assis au début de l'automne devant un cocktail avant d'aller au théâtre. Il semble qu'il ait beaucoup réfléchi à tout cela depuis quelque temps.

— Et maintenant il voudrait reprendre son poste.

— Non. Mais il pense que nous devrions savoir que les prévisions de dépenses avaient été faites une bonne quinzaine avant qu'Heston prenne sa décision. Clements le sait car Heston les avait passées à Smithers pour lui demander un avis de professionnel sur le prix.

— Eh bien, voilà qui me soulage considérablement.

— Vraiment ?

— Eh bien... cela signifie qu'il n'a pas simplement cédé à un caprice subit. Il s'est décidé après mûre réflexion.

— Cela signifie également que lorsqu'il a dit qu'il voulait vous en parler et n'a pu le faire parce que vous étiez en train d'accoucher, il mentait.

— Il s'est probablement quelque peu mélangé dans les dates, dit-elle, les sourcils froncés.

— Sur une quinzaine ?

— Mais... pourquoi ? Je veux dire que s'il était venu nous trouver, qu'il nous avait montré les chiffres et dit que selon lui nous devions poursuivre, et compter sur l'or pour nous sortir de là si, soudain, le boom devait brutalement prendre fin, eh bien... n'aurions-nous pas été d'accord avec lui ? Je sais que je l'aurais été.

— Peut-être l'aurions-nous été. Mais nous y aurions aussi réfléchi, nous aurions soumis l'affaire au conseil d'administration, amorti le choc, en quelque sorte.

— Heston n'est pas un champion pour ce qui est d'amortir les chocs, dit-elle en lui envoyant un baiser. Je ne vois toujours pas en quoi le fait qu'on ait donné les estimations quinze jours plus tôt que ne le prétend Heston soit nécessairement de mauvais augure. Car c'est bien là ce que vous laissez entendre, non ?

— Peut-être. Et également le fait qu'il a insisté pour venir vous parler de l'affaire à l'hôpital, sachant que vous veniez d'accoucher et que vous seriez épuisée.

C'était certainement exact. Mais elle ne pouvait toujours pas l'imaginer.

— Eh bien, dites-moi pourquoi.

— La seule explication possible, selon moi, est qu'Heston a profité de toute cette affaire pour *contraindre* Clements à partir.

— Mais... si c'était là ce qu'il voulait, pourquoi ne pas lui avoir simplement demandé sa démission ?

— Impossible. Il n'aurait pu que demander au conseil d'administration de le prier de donner sa démission. Auriez-vous accepté *cela* ?

Brande mangea le rouge de sa lèvre inférieure.

— Je pense que non, répondit-elle.

— En manœuvrant ainsi, en plaçant simplement Clements devant le *fait accompli,* sans en référer au conseil d'administration, mais aussi en laissant entendre que vous étiez au courant, Heston savait qu'il provoquerait une certaine agitation et que, probablement, Clements *démissionnerait* sur-le-champ.

— Mais *pourquoi*? Ils semblaient parfaitement s'entendre.

— Il n'y a qu'une seule raison possible. Au lieu d'un conseil d'administration composé uniquement de nous et des hommes de son père, il a maintenant un directeur financier choisi par lui.

— Kliny? Avez-vous quelque chose contre lui? A part son âge?

— Rien. Sauf, comme vous le dites, son âge, et le fait que c'est un ami d'Heston. Je n'ai rien pu trouver d'autre. Mais…

— Voilà que vous accusez les gens sans preuve, maintenant?

— C'est bon, je suis donc de nature méfiante. Mais je vais vous dire, Brande. Si vous le voulez bien, je viendrai avec vous quand nous irons rechercher le *Northern Wind*.

6

Toute cette affaire continuait à ne pas paraître très logique à Brande, sauf dans son aspect le plus prosaïque : Murgatroyd n'aimait guère l'idée de la voir partir pour un long voyage en mer avec Heston ; la fin de l'année, époque à laquelle elle avait promis de lui donner sa réponse, pourrait bien arriver alors que l'opération de sauvetage serait encore en cours.

En fait, les inquiétudes de Murgatroyd dissipaient un peu les siennes. Croire l'avocat, ce serait croire qu'Heston était un calculateur, un intrigant, et elle n'en avait aucune preuve. Bien au contraire, en fait, car plus elle y pensait et plus elle croyait comprendre l'attitude de son beau-frère. Il *était* bien déterminé à *être* le président et, bien sûr, il n'appréciait guère d'avoir à la consulter et à consulter un homme dont il devait savoir qu'il souhaitait l'épouser, chaque fois qu'il voulait faire approuver un de ses projets. Elle interdit même à Murgatroyd d'en reparler — mais elle était secrètement heureuse qu'il *vienne*, lui aussi.

L'excitation, à l'approche de l'opération de sauvetage, menaçait de passer au premier plan des préoccupations, y compris même avant le petit Brent. Brande, bien décidée à ce que cela ne soit pas, couvrit l'enfant de cadeaux pour Noël — passé avec Janine, Heston et John Murgatroyd, à parler sauvetage — et l'emmena en Angleterre en janvier avec Lucy, sous le prétexte de voir les grands-parents, mais en partie du moins pour s'occuper l'esprit jusqu'à ce que le temps s'améliore suffisamment pour commencer les opérations. Elle avait également besoin d'échapper aux invitations qui commençaient à affluer à chaque courrier. Les New-Yorkais avaient apparemment décidé qu'elle était là pour y rester, qu'elle était à la fois belle et très riche, qu'elle n'était plus enceinte et que, partant, ils n'avaient aucune raison de bouder la *veuve* de Brent Maddox. Mais elle ne souhaitait pas se distraire en mondanités tant que l'opération de sauvetage ne serait pas terminée. Alors, seulement, elle serait vraiment prête à envisager de recommencer sa vie.

Sa visite en Angleterre, toutefois, se révéla perturbante. Même avec l'aide d'un prêt sans intérêts d'un quart de million de livres, Jimmy Alletson ne réalisait pas le rétablissement rapide qu'il avait espéré. La somme n'avait permis l'achat que d'un seul nouveau caboteur tandis que les salaires et le combustible avaient atteint des taux astronomiques avec la fin de la guerre. En outre, toute l'Angleterre semblait être devenue bien morne, soudain. Brande n'avait connu que les derniers feux de la splendeur edouardienne et l'excitation de la guerre elle-même, qui avait rendu acceptables et même plaisantes les restrictions les plus drastiques. Maintenant elle se trouvait profondément consciente de l'existence d'un nombre considérable d'anciens combattants au chômage, du fait que tout le monde semblait manquer d'argent, et que, en conséquence, tout le monde paraissait mécontent et malheureux. Elle se rendit tristement compte, aussi, que son père buvait de plus en plus et que sa mère la considérait plus que jamais comme une fille qui ne pouvait être la sienne. Brande se sentait grotesquement déplacée avec son vison et ses bijoux, sa voiture avec chauffeur et même la présence de Lucy, encore que celle-ci acceptât de grand cœur de jouer également le rôle de nurse pour Brent.

Pour couronner le tout, elle n'avait aucune sympathie pour Portman, le nouveau directeur des bureaux de

Londres. Comme d'habitude, elle ne pouvait dire pourquoi. C'était un gentleman corpulent, à l'air prospère, qui de toute évidence connaissait bien des choses en matière de transport maritime. Nul n'aurait pu se montrer plus ardemment désireux de rendre service et d'être agréable : il en était presque obséquieux. Mais c'était précisément cette servilité qui la gênait le plus — elle se rendit compte qu'il se conduisait en véritable tyran avec son personnel — et elle ne pouvait s'empêcher de penser que tout cela n'était que comédie et que, en fait, il la méprisait.

Et puis elle se prit à songer qu'elle n'avait pas eu davantage de sympathie pour le nouveau directeur financier, Geoffrey Kliny ; manifestement, il lui était difficile de se faire aux nouveaux personnages accédant à d'importantes fonctions. Jamais deux hommes n'auraient pu être aussi différents : Kliny vif en paroles et exalté, Portman lent et réfléchi dans tout ce qu'il faisait. Et Heston qui, tout aussi certainement, les jugeait parfaits l'un et l'autre. Mais elle fut heureuse de se retrouver à bord du *Northern Express* pour son voyage de retour. Quand ils furent aux environs de Fastnet Rock, elle passa plusieurs heures sur le pont, dans le vent glacial, à regarder la mer agitée, à se souvenir de cet horrible après-midi, dix-huit mois plus tôt, sentant l'adrénaline l'envahir à la pensée que dans quelques mois à peine seraient révélés les secrets du *Wind*.

Elle ne s'était pas vraiment attendue à ce que les Italiens puissent garder le silence sur la plongée mystérieuse, en un lieu non précisé, pour laquelle on les avait embauchés. Et elle s'était préparée à fournir toutes explications si la presse venait à en avoir vent. Mais Castaldi tint parole et se borna à dire à son équipage qu'on les avait *embauchés*. Non pas que le commandant Monticelli appréciât la situation. Il examina Heston des pieds à la tête quand les Américains embarquèrent sur le remorqueur dans le port de Lisbonne, conscient peut-être que le pull et le pantalon « de travail » sortaient de chez Altman.

— C'est vous qui allez diriger mon navire ?

— Disons le piloter, commandant, répondit Heston. Je vous indiquerai le cap quand nous serons en mer.

Castaldi était occupé avec ses associés, qui étaient également ses plongeurs, deux jeunes gaillards qui lorgnèrent Brande avec une admiration non dissimulée.

— Vous venez aussi, madame Maddox ? demanda-t-il.

— C'est exact. Ainsi que ce monsieur, M. Murgatroyd.

Qui eut droit à des regards plus sceptiques encore ; il s'était décidé pour une tenue de yachtman, sans oublier la casquette blanche. Brande, plus simplement, était vêtue d'une salopette, bien qu'ayant également apporté des cirés, pour parer à toute éventualité. Elle fut ravie de ce qu'elle vit quand Castaldi lui fit faire la tournée d'inspection du navire. Beaucoup plus gros que les remorqueurs ordinaires, le navire italien demeurait traditionnel par ses énormes diesel parfaitement entretenus, capables de mener le bateau par toutes les mers, et par l'expérience manifeste de son équipage de dix-sept hommes. Et doté d'un matériel impressionnant. Mais Brande reporta surtout son attention sur le « duc de fer », en pièces détachées sur le pont, pareil à quelque monstre éclaté venu de Mars.

— Vous voulez l'essayer, signora ? demanda l'un des plongeurs dont le nom était, avait-elle cru comprendre, Jacopo.

L'autre, plus âgé s'appelait Leonardo.

— Euh. Je n'entrerai pas là-dedans pour mille livres.

— Nous, nous le faisons, dit Leonardo en riant. Mais pas à moins.

— Ça ne vaut rien de se hâter pour ce genre de choses, dit Castaldi en hochant la tête. Les opérations de sauvetage exigent du temps et de la préparation.

— Vous avez eu plus d'un an pour vous préparer, observa Heston.

— Sans savoir exactement ce que nous préparions, lui rappela le commandant Monticelli. Je ne sais même pas combien de temps durera le voyage.

— Trois jours, répondit Heston.

Échange de regards entre Castaldi et Monticelli.

— Trois *jours* ? Ce navire a du combustible et du ravitaillement pour trois *mois* de mer.

— Parfait, dans ce cas. J'estime que nous passerons un mois sur le site. Ensuite, ajoutez, disons quatre jours pour traverser l'Atlantique.

— Vous avez l'intention de rentrer directement ?

— Oui, dit Brande. Dès que nous aurons ce que nous sommes venus chercher.

Inutile de prendre le risque de relâcher dans un port européen avec le pont couvert de lingots d'or.

— Vous... dit Castaldi, levant les bras en un geste de désespoir. Vous croyez qu'il s'agit tout simplement d'aller quelque part, de trouver l'épave, de faire descendre un plongeur, de ramasser un coffre ou autre et de rentrer. Comme si vous alliez faire des courses à l'épicerie.

— Eh bien, oui, signor, dit Heston. Ça ne devrait pas être plus difficile que ça, si nous pouvons nous y mettre.

— Vous ne devriez pas les énerver, dit Brande à Heston ce soir-là après le dîner.

Accoudés à la lisse, ils regardaient disparaître à l'horizon les lumières de Cascais et du cap Raso par une soirée superbe. Ils n'auraient pu souhaiter un temps plus favorable, avec sa légère brise d'est et sans changement prévu pour les jours à venir — l'anticyclone des Açores, normalement centré au milieu de l'Atlantique Nord d'où il rejetait les dépressions et les vents forts qui les accompagnent sur l'Europe occidentale, s'était apparemment décalé de plusieurs centaines de milles vers le nord pour faire bénéficier les îles britanniques d'un été précoce.

— Ils m'ennuient, à voir des difficultés où il n'y en a pas, répondit Heston.

— Espérons qu'ils n'iront pas plus loin, observa Murgatroyd. Avez-vous songé que nous sommes totalement en leur pouvoir ?

— Pas totalement, corrigea Heston avec un sourire. J'ai donné des instructions pour que tout paquebot de la Maddox à destination de Southampton ou en revenant passe sur la position de l'épave et demeure également en contact radio permanent avec nous tant que nous serons en mer. Cela signifie que nous ne serons jamais bien loin de nos amis.

— Mais... cela signifie que vous avez donné notre position.

— Qu'importe ? Nous serons sur place dans deux jours. Et puis tout le monde pense que nous plongeons seulement pour découvrir la cause du naufrage. Nous sommes les seuls à savoir ce qui se trouve dans la chambre forte.

— Si vous ne vous trompez pas quant à ce qui se trouve dans la chambre forte, observa Murgatroyd, le grand-duc et ceux qui ont coulé le navire le savent également.

— Mais personne ne peut y accéder avant nous, maintenant.

— Je pense que vous vous inquiétez inutilement, John, dit Brande. Je suis d'accord avec Heston. Personne ne peut nous prendre de vitesse, maintenant. Quant au signor Castaldi et à ses hommes, je les trouve absolument charmants. Bonsoir messieurs.

Brande n'arrivait pas à dormir. Malgré toute sa prétendue confiance, elle se rendait compte de son état de nervosité. En partie parce qu'elle avait si longtemps attendu ce moment. Et en partie parce qu'elle se trouvait séparée du petit Brent pour la première fois, bien que certaine que la séparation serait de courte durée — et sachant qu'il se trouvait dans les meilleures mains, avec Lucy. Mais surtout parce que Brent était là-dessous. Elle avait l'étrange sentiment qu'elle allait le retrouver, retrouver son mari — sentiment qui se mêlait à celui plus troublant encore, que tout cela avait été trop facile, *était* trop facile, que ce n'était peut-être que le fruit de son imagination, que peut-être aucun navire ne gisait là au fond, ou encore qu'il gisait dans d'insondables profondeurs.

Craintes nocturnes, qui disparurent avec le brillant soleil du lendemain, tandis qu'elle observait, sur le pont, les plongeurs qui examinaient et préparaient leur équipement. Maintenant, le commandant connaissait la position, tout comme l'équipage, de toute évidence. On s'occupait beaucoup de la carte, et Monticelli et Castaldi scrutaient les courbes de profondeur, avec Heston et John Murgatroyd à leur côté.

— Comme vous le dites, signor Maddox, observa Castaldi, une erreur d'une minute ou deux et cela pourrait signifier que votre navire se trouve à moins de soixante-dix mètres de fond. Mais également, avec une erreur dans l'autre sens, qu'il pourrait bien se trouver à plus de deux cents mètres.

— Et vous pensez que votre duc de fer peut descendre à deux cents mètres ?

— On ne l'a testé qu'à cent cinquante, dit Castaldi, regardant Leonardo.

Celui-ci, comme d'habitude, sourit à Brande.

— Ce scaphandre descendra aussi loin que le souhaitera la signora. Et nous avec, dit-il.

— Je ne pense pas qu'il y ait la moindre erreur, dit Brande. M. Simmons était un officier tout à fait compétent.

— Eh bien, nous n'allons pas tarder à le savoir, observa Monticelli, le moins excité de toutes les personnes à bord maintenant qu'il savait où il allait et ce qu'on attendait de lui.

Mais personne ne mangea beaucoup, ce soir-là — Murgatroyd avait maintenant le mal de mer et les autres étaient beaucoup trop tendus.

Même ceux de l'équipe de sauvetage, malgré toute leur expérience des opérations au large des côtes méditerranéennes, réalisaient qu'ils pourraient bien avoir à descendre bien plus profondément que quiconque avant eux.

Que quiconque qui soit remonté vivant à la surface.

Brande passa la plus grande partie de la nuit sur sa couchette, éveillée, essayant de lire, puis sombrant dans un sommeil agité un peu avant l'aube. Elle fut réveillée par Heston qui cognait à sa porte.

— Nous y sommes, dit-il d'une voix que l'excitation faisait trembler. Nous y sommes.

Brande ramassa ses vêtements sans même prendre le temps de se laver le visage ou de se brosser les dents et elle fila sur le pont. Il faisait déjà grand jour, même à sept heures du matin et le remorqueur, le *Maria Christina*, après avoir filé à toute vapeur pendant trente-six heures, avançait maintenant à vitesse à peine suffisante pour garder son cap tandis que le commandant Monticelli vérifiait ses relevés. Puis il les rejoignit sur le pont.

— Nous sommes à environ deux milles du point que vous avez indiqué, signor Maddox, dit-il. Je pense qu'il est temps de commencer notre dragage.

Oui, fit Heston de la tête, manifestement trop ému pour parler. Brande elle-même se sentit soudain prise d'un léger accès de mal de mer et descendit voir comment John s'en tirait.

— Nous y sommes.

— Est-ce que je dois monter ? demanda-t-il sans enthousiasme, le visage gris.

— Restez allongé. Je vous appellerai quand nous trouverons quelque chose.

Elle alla faire sa toilette, passa un pull par-dessus son chemisier pour se protéger de la brise d'est frisquette, prit une boîte de biscuits salés dans la cuisine et remonta sur le pont. La mer était calme, à part l'inévitable houle de l'Atlantique, avec des creux de quinze pieds mais longue, très longue — trois, quatre cents mètres entre les crêtes — et lente, et par conséquent à peine perceptible. Et un océan absolument désert. Elle s'assit sur une chaise longue et regarda vers le nord-est, s'attendant presque à apercevoir les falaises de la côte irlandaise, mais là non plus il n'y avait rien à voir. Et cependant, si Monticelli avait suivi une route précise, ils se trouvaient en présence de bien des gens. Elle frissonna, serra ses bras autour d'elle.

On avait descendu les dragues, maintenant, traînées

184

en poupe et lestées pour atteindre le fond tandis que le remorqueur avançait lentement, cap à l'ouest. Heston apporta une autre chaise longue pour s'asseoir à côté d'elle.

— Cinquante mètres, dit-il avant de demander en souriant : peur ?

— Peur ? répéta-t-elle, n'y ayant pas songé. Oui, peut-être. Je me demande peut-être si nous ne nous attaquons pas à quelque chose qui dépasse les possibilités humaines.

— Balivernes ! Où serions-nous si Christophe Colomb avait eu le même sentiment ?

— Deux cents pieds, annonça le matelot à l'arrière.

Castaldi émergea de la passerelle.

— Nous sommes à la limite de la plate-forme continentale, dit-il. Nous devrions avoir le contact à tout instant.

— Deux cent cinquante !

Brande mâchonna un biscuit.

— Trois cents !

— S'il y a quelque chose là-dessous, bien sûr, observa Castaldi avant de rentrer.

— Trois cent cinquante !

Elle se leva, alla s'accouder à la lisse, découvrit Heston à côté d'elle, ses grosses pattes se refermant sur les siennes.

— Quatre cent cinquante !

— Il y a une faille, dit-il.

— Six cent cinquante !

— Mon Dieu !

Ils se tournèrent vers Monticelli et Castaldi.

— Plus de fond !

— Ces dragues descendent à mille pieds, dit Monticelli. On a l'*océan*, là-dessous, non ?

— Mais... et maintenant ? demanda Brande, sentant revenir le mal de mer.

Monticelli haussa les épaules.

— Nous faisons un nouveau passage, à cinq cents mètres plus au nord, signora. Il faut du temps.

Le jour s'écoulait. Le *Maria Christina* revint à la plate-forme et, de nouveau, avança lentement vers l'ouest. Et encore. Dans la salle des cartes, on disposait maintenant d'un canevas. Les falaises sous-marines étaient sans doute abruptes, mais elles descendaient sur près d'un kilomètre avant de plonger dans les abîmes. Tout dépendait du fait que le *Northern Wind* s'était arrêté sur un plateau ou avait glissé au fond de l'abîme.

— Deux cents !

Murgatroyd apparut sur le pont, vêtu comme s'il allait débarquer au Groenland.

— Rien ? demanda-t-il. (Puis, pointant le doigt :) Qu'est-ce que c'est que ça ?

Tout le monde tourna la tête pour regarder glisser le paquebot à l'horizon, vers l'est. Ils avaient été si absorbés par ce qui pouvait se trouver sous les vagues qu'ils ne s'étaient pas intéressés à la surface.

— C'est le *Star* qui rentre, dit Heston. A l'heure pile. Et sur la route exacte. Appelez-le, commandant.

Monticelli regagna la passerelle, envoya son message et le *Star* répondit, passant à cinq cents mètres à peine, ses ponts pleins de passagers faisant des signes, criant.

— Il nous répond bonne chance et bonne chasse, dit le commandant.

— Nous aurons au moins besoin de la chance, observa Castaldi, l'air sombre tandis qu'arrivait, pour la cinquième fois, le « Plus de fond ! ».

Il leva les yeux sur le ciel qui s'assombrissait et demanda :

— Est-ce qu'on a le temps de faire une nouvelle passe aujourd'hui ?

— Encore une, dit Monticelli.

Le steward leur apporta des verres de vin et ils demeurèrent à la lisse à écouter les annonces : « Deux cents ! Deux cent cinquante ! Trois cents ! Trois cent cinquante ! ».

— On dirait qu'on a trouvé une pente plus douce, dit Heston.

— C'est quand même une pente, signor, fit observer Castaldi. Et abrupte.

— Quatre cent cinquante!

Monticelli soupira et se tourna pour regagner la timonerie.

— Contact métallique!

Monticelli se retourna brusquement; Brande et Heston se précipitèrent à la poupe, manquant renverser Castaldi. Même Murgatroyd se hâta.

— Coupez les moteurs! hurla Monticelli dans son tube acoustique. Rapport de contact?

— Le grappin a accroché une grosse masse métallique, commandant, lança Leonardo en approchant.

Il avait personnellement supervisé le dragage pendant la plus grande partie de la journée. Maintenant, il grimpait l'échelle menant à la passerelle.

— Je crois que nous avons trouvé votre navire, signora, dit-il à Brande. Demain, Jacopo et moi nous descendrons.

Il restait encore beaucoup à faire. Le *Maria Christina* refit encore deux passages, établissant qu'ils se trouvaient certainement au-dessus d'une épave longue de plusieurs centaines de pieds et gisant à une profondeur de cent soixante mètres.

— A peine cent soixante mètres, dit Heston, ouvrant la caisse de champagne qu'il avait apportée pour cette occasion. C'est du gâteau, non, Castaldi?

— Il devrait être possible de l'atteindre, signor, répondit Castaldi, prudent.

Et Brande se rappela que ces hommes n'étaient jamais vraiment descendus à de telles profondeurs, opérationnellement.

— C'est du gâteau, comme vous dites, signor, assura Leonardo.

Pendant ce temps, tandis que le jour tombait, le commandant Monticelli mouillait quatre ancres, deux avec deux cents mètres de chaîne et les deux autres avec une même longueur de câble.

— Ce n'est pas bon, dit-il. Il faudrait deux fois cette

longueur pour chaque ancre, mais ça marchera tant que le temps se maintiendra au beau. S'il se gâte, eh bien il nous faudra nous éloigner et revenir quand nous le pourrons.

— Cessez donc de vous inquiéter, dit Heston. Nous savons maintenant où il se trouve.

Personne ne dormit cette nuit-là. Les Italiens, du moins, feignirent de gagner leurs couchettes, mais les trois Américains restèrent devant une bouteille de champagne. Ils ne parlèrent guère. Il n'y avait rien à dire. Il fallait attendre l'aube. Brande attendait maintenant depuis dix-huit mois. Mais ces dernières heures furent les plus longues.

Le jour se leva et, aussitôt, on s'affaira à bord. Encore une journée tout simplement magnifique, avec une houle encore plus plate que la veille ; ils n'auraient pu souhaiter de meilleures conditions. Leonardo descendait le premier et Brande demeura sur le pont à le regarder se faire boucler dans son scaphandre — elle ne put s'empêcher de penser qu'il semblait être enfermé dans quelque instrument de torture médiéval. Mais les marins chantaient en travaillant, riaient, lançaient des plaisanteries et Jacopo était là pour vérifier chaque boulon, chaque joint. Quand il fut satisfait, il leva le pouce à l'adresse de Leonardo dont on distinguait à peine le visage derrière l'énorme épaisseur du verre de son hublot. Puis il fit signe à l'équipe du treuil. On mit le moteur en route et le câble d'acier commença à grincer sur son tambour tandis que l'énorme scaphandre inerte était soulevé du pont et passé par-dessus bord.

— Comment communique-t-il avec nous ? demanda Brande.

— Il ne le peut pas, sauf par signaux. Vous remarquerez une corde de sécurité qui descend à côté du câble et qui est attachée à son poignet. Là-bas se trouve un matelot qui maintient la corde aussi tendue que possible et qui surveille le moindre mouvement, car quand Leonardo atteindra l'épave, il le signalera par des secousses. Une secousse signifie qu'il faut donner davantage de mou, deux signifient « Arrêtez ». Trois secousses signifient qu'il souhaite remonter.

— Et comment signale-t-il qu'il a des ennuis?

— Leonardo n'a jamais d'ennuis, signora.

— Le petit déjeuner, annonça le steward.

Ils le regardèrent à peine et l'homme le remporta.

Le scaphandre blindé de Leonardo plongea dans l'eau bleue et glacée puis disparut lentement. Des minutes s'écoulèrent. Brande s'aperçut qu'elle s'était rongé l'ongle de l'index jusqu'à la chair. Heston alluma une cigarette, sans se servir de son fume-cigarette, pour la première fois. Murgatroyd en avait oublié son mal de mer. Et Brande elle-même, se dit-elle.

— Un coup, dit Monticelli. Il cherche.

Quelques minutes plus tard arrivèrent deux coups. Puis un seul, puis deux de nouveau. La corde était graduée et elle indiquait maintenant plus de cent soixante mètres, mais, comme l'expliqua Jacopo, cela ne signifiait pas que son compagnon était descendu à cette profondeur. Cela signifiait simplement qu'il montait et descendait le long de la coque du navire. Il semblait, certes, avoir trouvé quelque chose d'intéressant. Plus d'une heure s'écoula avant qu'arrivent les trois tractions sur la corde et le câble commença à remonter. Une demi-heure plus tard, on déverrouillait le scaphandre et on aida un Leonardo trempé de sueur à s'en extraire. Il souriait aux visages anxieux qui l'entouraient.

— C'est bon, dit-il. Sans l'être vraiment.

— Que diable voulez-vous dire? demanda Heston. Ne me dites pas que ce n'est pas le *Wind*.

— Oh, c'est bien votre navire, signor. On lit clairement le nom. Mais on m'a dit que l'épave avait chaviré en coulant et reposait probablement sur le flanc ou à l'envers. Ce n'est pas le cas. Elle est debout, sur ce qui paraît être une vaste plate-forme rocheuse. En cela nous avons de la chance.

— Mais... debout? demanda Brande. Comment cela?

— Je crois que le navire a bien pu couler la quille en

l'air, signora. Ses mâts, ses cheminées et sa timonerie sont tout écrasés. Mais je pense qu'il a dû heurter les falaises au-dessus de l'endroit où il gît et se retourner à nouveau en descendant plus au fond. Nous avons beaucoup de chance qu'il soit posé sur sa quille, bien fermement pour autant que je puisse en juger, sur une plate-forme. Car il aurait pu passer à côté et descendre jusqu'au fond de l'océan. Ce qui n'est pas bon, c'est que nos grappins ont accroché le pont *supérieur* du navire. Les cales et la chambre forte se trouvent maintenant à vingt mètres plus bas, selon votre plan.

— Cent soixante-seize mètres, dit Murgatroyd, regardant Castaldi.

Lequel regarda Leonardo tandis que Brande sentait un autre de ses ongles se briser tant elle crispa le poing. Leonardo lui adressa un clin d'œil.

— Qu'est-ce que trente pieds de plus ou de moins ? demanda-t-il.

Ils prirent leur petit déjeuner tandis que l'on bouclait Jacopo dans son scaphandre.

— Je me suis seulement assuré de la position et de l'identité du navire, expliqua Leonardo. Jacopo va descendre sur le côté et examiner la coque elle-même.

— Les deux côtés sont-ils facilement accessibles ? demanda Heston.

— Non. Mais là encore nous avons eu de la chance. Il gît contre une muraille rocheuse, de plusieurs dizaines de mètres de haut, mais côté bâbord. Vous m'avez dit que l'explosion s'était produite sur tribord, non, signora ?

— Oui, confirma Brande.

— Donc, nous pourrons l'examiner sans difficulté. Quant à la chambre forte, nous devrons trouver la meilleure solution après avoir examiné la coque. Ces scaphandres, voyez-vous, ne valent rien pour travailler à l'intérieur du navire, dans un espace confiné. Et il sera probablement nécessaire de percer un trou sur le côté. Jacopo nous le dira.

190

— Y avait-il des corps? demanda Murgatroyd.

— Je n'en ai pas vu, signor, mais je n'ai pas pénétré dans le navire. Et puis, s'il y a des corps, ils ont dû être réduits en bouillie par la pression.

Et, de nouveau, ce fut une attente qui noua les estomacs. Mais pas très longtemps, cette fois. Jacopo disparut sous les vagues et après quelques minutes arriva la traction sur la corde demandant davantage de mou. On lâcha de la corde mais quelques secondes plus tard à peine arrivèrent les trois secousses suivies, après un très bref instant, par trois autres.

— Des ennuis. Ramenez-le, ordonna Monticelli.

Les treuils gémirent tandis que remontait le câble métallique et que Leonardo, penché sur la rambarde, silencieux, avait perdu toute sa bonne humeur — Jacopo et lui plongeaient ensemble depuis des années. Le duc de fer creva la surface et fut hissé à bord. Presque avant qu'il ne touche le pont, Leonardo dévissait l'épais hublot, regardant son ami.

— Que s'est-il passé? demanda-t-il.

Jacopo haletait, le visage pâle comme la mort.

— Il a commencé à craquer et à céder. Le duc a commencé à craquer. Il allait céder, Leonardo.

Brande vit qu'elle tenait la main d'Heston. Leonardo finit de libérer son ami et examina le scaphandre.

— Il me paraît très bien, à moi.

— Il a craqué, dit Jacopo. Je te le jure. Comme si les plaques étaient poussées vers l'intérieur, contre moi. Je l'ai senti.

— A quelle profondeur étiez-vous? demanda Murgatroyd.

— A mi-chemin de la quille, signor.

— Disons cent soixante-cinq mètres, dit Heston qui regarda Castaldi et lui demanda: Vous avez dit qu'on avait testé le duc à cette profondeur.

— Oui, répondit sèchement Castaldi. N'est-ce pas, Leonardo?

— Évidemment. Jacopo, tu es une vieille femme. Il n'a pas craqué. Ce sont tes oreilles. (Leonardo fit un signe aux matelots.) Je vais redescendre et voir ce qui a craqué.

— Non, dit Brande.

Tous les regards se tournèrent vers elle.

— Je veux dire... est-ce qu'il ne serait pas plus prudent de faire descendre le scaphandre vide, simplement pour avoir confirmation.

— Cela ne prouverait rien, dit Leonardo. Nous ne saurions pas à quelle profondeur il est descendu.

— Mais le câble...

— Le duc pourrait se poser sur le pont et le câble continuerait à se dérouler. En outre, il n'y a aucune raison de s'inquiéter, signora. *Mes* oreilles ne vont pas craquer. Je vais descendre, et trouver ce trou. Et après j'examinerai la coque derrière la salle des machines et je verrai ce qu'il faut faire pour pénétrer dans la chambre forte. Et cela je le ferai pour vous, signora, ajouta Leonardo en lui baisant les doigts.

On était à la mi-matinée quand Leonardo redescendit. Il n'y avait pas un seul nuage dans le ciel et le soleil brillait ; la brise était tombée et la houle semblait même se calmer. Mais Brande avait froid. Elle ne parvenait pas à imaginer ce qu'on ressentait à se trouver là-dessous, à cinq cents pieds sous la surface, travaillant sur un gigantesque cercueil qui reposait sur la pente d'une plus gigantesque montagne.

Une traction sur la corde.

— Il a atteint le pont, dit Castaldi.

On lâcha du mou et on attendit. Dix minutes passèrent, puis quinze. Puis une demi-heure. Enfin arrivèrent deux secousses.

— Il a atteint la quille, dit Monticelli. Cinq cent trente pieds sur l'étalonnage.

Brande regarda Jacopo dont le visage se crispait sous l'anxiété.

De nouveau, la corde trembla, convulsivement, puis se tordit un peu.

192

— Un coup, dit Castaldi. Donnez-lui du mou.

— Non, dit vivement Jacopo. Deux coups. Peut-être même trois.

— Il n'y en a eu qu'un seul, Jacopo, dit Heston.

— Leonardo a des ennuis. Je le sais. Je le sens, là, dit Jacopo en se frappant la poitrine. Ce premier coup n'était pas une demande de davantage de ligne. C'était trop sec.

Castaldi regarda Monticelli.

— Remontez-le, décida Monticelli. Au moins de quelques mètres, et ensuite attendez. S'il veut rester au fond, il nous le signalera.

Le treuil grinça et l'épaisse haussière remonta lentement.

— Suffit, dit le commandant. Attendez là.

Ils regardèrent la corde de sécurité ; elle demeura inerte dans l'eau.

— Remontez-le ! hurla Jacopo. Remontez-le !

— Remontez-le, ordonna Monticelli qui s'avança jusqu'à la lisse pour regarder dessous.

Brande arriva à côté de lui, Murgatroyd et Heston derrière elle. Lentement, le câble remontait. L'eau était si claire, avec le soleil brillant qui pénétrait, qu'ils distinguèrent le scaphandre blindé à trente pieds sous la surface. Nul ne souffla mot.

Le duc de fer creva la surface et se balança. Jacopo le montrait du doigt, bouche bée. Le joint du genou gauche était arraché, la jambe d'acier ne tenant plus que par quelques rivets tordus ; l'acier semblait maculé de rouille. Brande ne comprenait toujours pas ce qui s'était passé. Elle entendit Murgatroyd murmurer « Mon Dieu ! » en un long soupir, vit le scaphandre se balancer au-dessus de sa tête puis descendre lentement sur le pont, s'affaissant lentement, lentement, jusqu'à être tout plat.

Pendant un instant, personne ne bougea. Puis Jacopo bondit pour dévisser le hublot et, tout aussi vivement recula en titubant, hurlant d'horreur ; il n'y avait rien dans le casque, à l'exception d'une bouillie ressemblant à une soupe rougeâtre qui, maintenant, dégoulinait sur le pont.

Brande se rendit compte qu'elle avait failli perdre connaissance, qu'on l'asseyait dans une chaise longue, qu'on lui donnait un verre de brandy. Et elle prit conscience du silence. Le *Maria Christina* demeurait à l'ancre, doucement bercé par la houle. Les générateurs du navire bourdonnaient. Plus personne ne parlait ni ne chantait. Et nul ne plongeait.

— Vous imaginez, dit Heston, assis à côté d'elle, regardant l'eau. Vous *imaginez* ce qu'il a dû ressentir ? Il a dû savoir, dès que le joint du genou a cédé, ce qui allait arriver. Et alors...

— Ça a dû être très rapide, dit Murgatroyd. Il n'a eu que le temps de tirer une fois et demie sur la corde.

— A peu près une seconde, donc. Mais vous imaginez cette seconde ?

— Non, dit Brande. Je ne *parviens* pas à imaginer. Je ne sais pas ce qui s'est *passé*.

— Ce qui s'est passé ? Simplement que la rotule de son scaphandre, le joint renforcé, a cédé sous la pression. Cela signifie qu'il n'était plus protégé *contre* cette pression ; plus de dix-sept atmosphères pénétrant par cette ouverture. Imaginez un poids de cent soixante-dix kilos appliqué sur *chaque centimètre carré* de son corps. Ce qui lui aura réduit en bouillie le genou, puis la jambe, pour remonter sur le torse... pour le, eh bien, l'écrabouiller, littéralement.

— C'est... c'est trop horrible à imaginer, souffla Brande.

— C'est ce qui est arrivé.

— Après quoi, il s'est tout simplement écoulé par le joint brisé du genou, dit doucement Murgatroyd. Jusqu'à ce qu'il ne reste de lui que deux cuillères à soupe de bouillie dans son casque. Mon Dieu !

Brande leva les yeux sur Castaldi.

— Signora, signori, dit Castaldi. J'ai discuté de la

situation avec le commandant Monticelli et avec Jacopo, et nous en sommes arrivés à une décision unanime. Nous voulons mettre un terme à ce contrat.

— Mettre un terme… dit Heston en se levant. Attendez voir.

— Signor, même si nous voulions poursuivre, le duc de fer est endommagé et il faudra le réparer. Nous ne disposons pas de matériel nécessaire à bord du remorqueur.

— C'est bon, dit Murgatroyd. Dans ce cas, allons le faire réparer quelque part et revenons.

— Pour quoi faire, signor ? Pour que je puisse envoyer Jacopo à la mort comme Leonardo ? Le scaphandre ne tiendra pas à cinq cent trente pieds et c'est donc terminé.

— Vous ne *savez* pas si c'est bien la pression qui a brisé ce joint. Leonardo est peut-être tombé et l'aura déchiré sur quelque chose.

— Vous avez raison, signor, je ne *sais* pas ce qui a provoqué la tragédie. Mais je sais bien que je ne vais pas en risquer une nouvelle. Ce navire gît trop profondément. Sa cargaison est irrécupérable. Aucun plongeur au monde, à part Leonardo, n'aurait risqué de descendre sur la quille, et maintenant il est mort. Je vais vous rendre votre argent, signora. Je ne vous réclame rien. Mais vous n'avez rien à me réclamer, non plus. La cargaison est irrécupérable. Elle est au fond jusqu'à la fin des temps. Il faut l'accepter, signora.

Brande, assise sur le pont du *Northern Express*, buvait un brandy et regardait les vagues grises qui se brisaient, sentant parfois les embruns sur sa joue ; le glorieux mois de mai s'était terminé en fanfare. Mais le vent et la pluie constituaient un temps normal au sud-ouest de Fastnet Rock. Et le linceul qui convenait au *Northern Wind* et aux hommes et aux femmes à qui il servait de tombeau.

Mais chaque fois qu'elle fermait les yeux, le gris se maculait de rouge. De bouillie rouge.

— Ça ne sert pas à grand-chose de vous faire du souci, lui dit Murgatroyd qui la laissait ruminer depuis quinze jours et jugeait cela suffisant. Et puis c'était un espoir fou, de toute façon, ajouta-t-il en lui pressant la main quand elle refusa de lever les yeux sur lui. Il faut penser à ce que nous allons faire maintenant. Il faut cesser de rêver et nous mettre au travail. Avec une dette de vingt millions de dollars au-dessus de la tête.

Cela à l'intention d'Heston.

— Oh, foutaises, dit celui-ci, qui s'était montré encore plus abattu que Brande et avait passé tout le voyage de retour à Lisbonne enfermé dans sa cabine. A Londres, où ils étaient revenus, il avait disparu plusieurs jours. Même Murgatroyd n'avait pu découvrir où il était allé. Sans doute prendre une cuite monumentale, pensait-il, encore qu'il n'en eût guère porté les stigmates quand il avait reparu. Mais Brande avait décidé de lui pardonner, de toute façon, du fait de sa jeunesse et de l'énorme responsabilité qui avait pesé sur ses épaules et bien qu'il les eût laissés, John et elle, affronter la presse. Castaldi n'avait pu, n'avait pas voulu, garder le secret plus longtemps et tout le monde savait qu'ils étaient descendus sur l'épave du *Northern Wind* et que cela s'était terminé en catastrophe. Ils s'étaient cependant refusé à révéler ce qui se trouvait dans la chambre forte, reconnaissant seulement qu'ils avaient voulu découvrir la cause de l'explosion, se laissant clouer au pilori de Londres à New York et de Tokyo à Moscou comme des capitalistes cyniques qui risquaient — et perdaient — la vie d'un homme simplement pour vérifier une hypothèse. Brande avait fait face. Elle en avait décidé ainsi car elle se refusait à croire qu'*un jour* on ne pourrait accéder à de telles profondeurs en toute sécurité.

Peut-être aurait-elle admis qu'à cet instant elle ne se montrait pas très rationnelle. Car elle *avait tué* un homme. Tout comme, lui semblait-il, son émergence de l'obscurité s'était accompagnée de tant d'autres morts. On pouvait presque penser qu'elle *était* le mal, ainsi que l'avait dit Janine Maddox. Mais renoncer maintenant...

196

en outre, son obsession avait pris une autre forme. Jamais plus elle n'enverrait quelqu'un à la mort. Elle y était bien déterminée. Ce serait elle la prochaine personne à descendre sur l'épave du *Northern Wind* — même s'il lui fallait dix ans pour y parvenir.

Ce n'était pas là un rêve qu'elle pouvait partager avec John ou avec Heston. Ils l'auraient fait déclarer aliénée mentale. Il lui fallait donc garder cette détermination pour elle seule, tout comme elle avait dû supporter le fardeau de sa culpabilité pour avoir décidé seule cette expédition, consciente qu'on la considérait comme une femme insensible et vindicative. Consciente aussi que pour la première fois de sa vie elle s'était même aliéné la sympathie de son père. Consciente enfin que ce n'était qu'à l'instant où son troisième brandy lui embrumait le cerveau qu'elle pouvait commencer à se détendre.

Et consciente que New York se trouvait toujours devant elle.

Heston, descendu dans l'abîme, avait apparemment tout à fait recouvré son calme, parvenant à chasser de son esprit la catastrophe et — apparemment aussi — toute pensée des millions qu'il venait de perdre. Maintenant, c'était le bon vieux Heston qui leur souriait.

— J'ai réfléchi à la situation, dit-il. Je suis toujours convaincu que nous pourrons faire face au remboursement du prêt sur les bénéfices et faire également construire le *Moon*. Mais ce sera une entreprise longue et ardue. Pendant laquelle nous ne pourrons rien faire d'autre.

— Vous voulez dire que vous ne pourrez plus payer vos équipages cinquante pour cent de plus que les autres compagnies ? dit Murgatroyd.

— Exact, répondit calmement Heston. Et je n'ai nulle intention de changer de politique. Il me semble qu'il faut également commander le *Moon* dès que nous serons à New York. Ainsi, nous aurons dans deux ans les deux paquebots les plus récents, les mieux conçus et peut-être même les plus rapides de l'Atlantique Nord. Alors, nous raflerons vraiment des bénéfices.

— En empruntant quarante millions de dollars? demanda Murgatroyd. Je ne vous suis pas très bien. En supposant même que nous puissions obtenir une telle somme.

— Nous pouvons obtenir bien davantage. Sans emprunter un sou.

Même Brande leva la tête pour le regarder. Heston leur sourit.

— Je pense que la Compagnie Maddox devrait vendre ses actions en Bourse.

Ce n'était pas si absurde qu'il y paraissait à première vue. Heston y avait mûrement réfléchi et avait des réponses à presque toutes leurs objections. Son idée était qu'ils conserveraient à eux trois — Brande, Janine et lui — cinquante et un pour cent des parts et, par conséquent le contrôle effectif. Le reliquat de quarante-neuf pour cent serait offert à l'achat en Bourse. Il ne doutait pas qu'on le leur permettrait, puisqu'il s'agissait de la compagnie maritime la plus importante des États-Unis. Pas plus qu'il ne doutait qu'on se jetterait sur les actions, pour cette même raison.

Murgatroyd dut convenir qu'il avait probablement raison.

— Mais il va vous falloir faire de la publicité à ce projet, observa-t-il. Plus de décisions ni d'engagements secrets. Vous devrez aller en Bourse et annoncer exactement ce que vont financer les actions, deux nouveaux navires, et laisser le public décider s'il est intéressé ou pas.

— Cela me convient parfaitement.

— Quant au *Northern Wind*...

— Nous n'en parlerons à personne, coupa Brande.

Ils la regardèrent.

— Ce n'est pas indispensable. C'est le passé. Comme l'a dit le signor Castaldi, l'or est irrécupérable, en l'état actuel des techniques de plongée. Cela ne regarde donc personne. Ce n'est que si nous décidons de tenter à nouveau de le récupérer, avec l'argent de la société, que nous devrons en aviser les actionnaires.

— Ma foi... dit Murgatroyd, et Heston approuva de la tête car ils étaient conscients, l'un et l'autre, que leur projet ne pourrait aboutir qu'avec l'assentiment de Brande ; de toute évidence, Janine suivrait.

— Qui serait le président ? demanda Brande.

— Eh bien, je continuerais, je pense. Tant que cela vous convient.

Brande contempla la mer. Elle avait espéré transférer toute la société à Brent Junior, avec le temps. Mais il s'agissait de vingt ans au moins. En 1940. Nul ne pouvait prédire ce qui se passerait d'ici là. Et ce projet se traduirait au moins par le fait qu'il hériterait du *contrôle* de la compagnie. Elle soupira, haussa les épaules.

— Je crois que c'est la meilleure formule, dit-elle.

En fait, elle ne voulait pas penser à la compagnie ni à ses finances, pour un temps. Ses cauchemars continuaient à la hanter ; elle réalisait qu'elle n'était pas aussi solide qu'elle l'avait cru. Elle ne voulait qu'aller se perdre quelque part avec le petit Brent, et se reposer, et réfléchir. De nouveau, Murgatroyd se montra ferme comme un roc, l'aidant à se protéger de la presse quand ils arrivèrent à New York, ce qui lui évita toute aventure désagréable mais permit également aux journalistes d'interpréter à leur guise ses raisons de refuser toute interview. Heureusement, la plupart se contentèrent de l'opinion du reste du monde, c'est-à-dire qu'elle avait, avec une certaine légèreté, tenté de prouver que son navire avait été saboté et, avec tout autant de légèreté, sacrifié une autre vie pour cela. Seul Walter Harragin se montra troublé par l'illogisme de ce qui était arrivé. Il se présenta chez Brande deux jours après son retour, regarda les valises bouclées, dans le salon, et commenta :

— On arrive et on repart, hein ?

— Je suis un peu lasse, monsieur Harragin. Je pars en vacances avec mon fils et miss Pender.

— Où cela ?

— Dans la mesure où cela vous regarde, monsieur Harragin, je vais où chacun se rend en été, apparemment : au Cap Cod.

— C'est très joli, là-haut, convint-il. Quand avez-vous décidé que votre témoignage, à l'audience, n'était peut-être pas conforme à la vérité après tout ?

— Je ne pense pas avoir décidé quoi que ce soit à ce sujet.

— Vous avez simplement eu envie de retourner sur l'épave, c'est cela ?

— Eh bien, oui, monsieur Harragin, dit-elle, soutenant son regard. Ce navire est une partie de moi-même. Son naufrage a été l'événement le plus important de ma vie. Je voulais y retourner, comme vous le dites. Aussi, quand j'ai appris qu'une société italienne acceptait de descendre à ces profondeurs, j'ai loué ses services. Y a-t-il une loi qui l'interdise ?

— Il existe une loi contre la dissimulation de preuves.

— S'il s'agissait de quelque crime ou délit. Je ne suis pas certaine que ce soit le cas. Je ne pense pas que je le saurai jamais, maintenant.

— Madame Maddox, cessez de me raconter des histoires. Qu'y a-t-il, là-dessous ?

— Un navire, monsieur Harragin, dit-elle, toujours sans baisser les yeux. Et plus d'un millier de cadavres réduits en bouillie. Et des poissons. Et de la pression. Beaucoup, beaucoup de pression.

Il prit congé et ce même après-midi, Lucy, Brent Junior et elle quittèrent New York par le train pour le Massachusetts. Elle savait qu'elle s'enfuyait, laissant les choses sinon dans une totale pagaille, du moins dans l'incertitude. Selon les prévisions de Geoffrey Kliny, compte tenu de l'ahurissante augmentation des salaires et autres avantages pour lesquels tous les marins du pays se précipitaient pour venir travailler à la Maddox, les bénéfices pour l'année n'excéderaient pas deux millions de dollars. Ce qui suffirait à peine à honorer le premier paiement du contrat pour le *Northern Sun* ; il ne resterait rien pour servir des dividendes à la famille cette année. Heston s'était montré quelque peu optimiste en prévoyant un boom, et bien que Kliny espérât également une année 1921 meilleure, il ne pouvait prévoir plus de quatre millions de bénéfices. Et il faudrait au moins trois fois cette somme pour le *Sun* à la fin de l'année. Ainsi était-il donc manifestement impossible de financer la construction d'un paquebot moderne sur les seuls bénéfices. Certes, on aurait pu emprunter l'argent aux banques, mais les intérêts auraient presque autant entamé les bénéfices et, bien sûr, un gros emprunt se serait traduit par un effet défavorable sur leurs projets en Bourse. On en était donc réduit à cela, et aux services compétents de John Murgatroyd. Il se montrait vraiment parfait, respectant ses humeurs, se gardant de la presser de ses sentiments personnels, se déclarant satisfait qu'elle eût fait tout ce qui était en *son* pouvoir pour aider la compagnie en persuadant Janine d'accepter le projet. Maintenant, il dépendait de lui de le faire aboutir, et elle ne doutait pas qu'il y parvienne.

Donc, grâce à Dieu, John Murgatroyd est là, se dit-elle en rentrant à New York. S'il lui demandait de nouveau de l'épouser, elle dirait probablement oui. Il ne s'agissait pas de l'aimer, ou d'aimer quiconque. Elle aimait Brent Maddox. Il s'agissait de se sentir en sécurité, avec quelqu'un de solide et de capable en permanence auprès d'elle, qui servirait d'amortisseur entre elle et ce monde de la finance et de la critique internationale dans lequel elle s'était trouvée si brutalement précipitée et qu'elle jugeait si écrasant.

Mais, d'abord, tout un été de repos et de détente. Jamais elle ne quittait la maison en location sur la plage, sauf pour se baigner ou jouer sur le sable avec Brent. Lucy faisait toutes les courses au village, et c'était Lucy, encore, qui traitait avec les divers journalistes qui arrivaient jusqu'au Cap Cod à la recherche de copie.

Pour Brande, on aurait dit qu'elle s'éveillait d'un profond sommeil agité de cauchemars. Ainsi s'était-elle assoupie le matin du 11 novembre 1918. Non, se disait-elle, farouchement. Elle avait été pleinement éveillée, car elle était toujours Mme Brent Maddox, quoi qu'il fût arrivé. Le sommeil avait commencé à quatre heures et quart de l'après-midi, le samedi 16 novembre 1918 et avait duré jusqu'au matin du 12 mai 1920. Maintenant, elle était étendue, à demi éveillée, mais sentant la réalité qui prenait lentement forme autour d'elle. Elle n'était toujours pas certaine de *vouloir* se lever et de recommencer à vivre — mais elle savait qu'il lui fallait le faire, ou devenir un légume. Et l'hiver prochain elle aurait vingt-six ans.

Mais il s'en fallait encore de plusieurs mois, et restait encore plusieurs semaines d'oisiveté estivale devant elle. Des semaines à lézarder au soleil, à ne pas avoir à se souvenir ou à faire des projets, et même à essayer d'oublier qui elle était, ce qu'elle était à part une mère ; à s'éveiller un après-midi alors que, allongée sur le sable, une ombre tombait sur elle : un Heston souriant, une flûte de champagne dans chaque main.

Brande se redressa, remontant les genoux, les serrant de ses bras ; jamais encore Heston ne l'avait vue en maillot de bain, et pour quelque obscure raison elle s'en sentit gênée.

— Heston ? Que diable... ?

— C'est fait, dit-il, s'agenouillant à côté d'elle et lui tendant une des flûtes. Nous avons l'acceptation. John est en train de s'en occuper et il pense que toutes les actions mises sur le marché seront vendues à Noël ; il y a trois banques dans le coup. La souscription se composera d'un million d'actions ordinaires à cent dollars de nominal. Cinq cent dix mille pour nous, le même pourcentage qu'actuellement. C'est-à-dire que vous et le jeune homme en recevrez deux cent vingt-quatre mille quatre cents chacun, à cent dollars de nominal, ce qui fait que vous pèserez vingt-deux millions quatre cent mille dollars.

Elle fronça les sourcils tout en buvant son champagne.

— La dernière fois, il s'agissait de trente-deux millions, *sans* la part de Brent.

— Des actions que vous ne pourriez jamais négocier, lui rappela-t-il. Mais, à ce stade, nous sous-évaluons volontairement le capital. Nous y incluons la valeur des cargos avec celle des paquebots car ils commencent à se faire vieux. Nous visons une hausse et rien d'autre. Évidemment, vous valez bien davantage que vingt-deux millions, car dès que les actions seront sur le marché, elles dépasseront certainement le nominal. L'important, c'est que le reliquat de quatre cent quatre-vingt-dix mille va produire un capital de quarante-neuf millions de dollars. Ce qui couvrira le coût des deux nouveaux navires et bien au-delà. Nous sommes donc tout à fait à l'abri.

Brande essayait toujours de se faire à tous ces zéros.

— Mais... pour servir un dividende de dix pour cent, il va nous falloir faire un bénéfice de dix millions par an, observa-t-elle. Et Kliny prétend que ce n'est pas possible.

— Les financiers professionnels sont pessimistes par nature. Cela fait partie de leur formation. Il a peut-être raison, avec notre flotte actuelle. Avec les deux nouveaux paquebots, et les nouveaux cargos que nous projetons de lancer également, nous réaliserons le double. Et *alors*, vous verrez grimper la valeur des actions. Cessez de vous inquiéter, sœurette. C'est fait. Maintenant, allez vous habiller et nous allons débarquer en ville.

— Débarquer en ville?

— Il doit bien exister quelque chose. Je suis passé devant un relais en arrivant ici. Nous irons voir ce qu'ils ont à nous offrir. Pour l'amour de Dieu, sœurette, voilà trop longtemps que vous êtes allongée sur cette plage. Il est l'heure de fêter ça. Et, bon sang, c'est bien ce que nous allons faire.

Soudain, elle eut envie de sortir. Il était certainement temps de s'éveiller complètement et de recommencer à vivre. Et, pour cela, elle ne pouvait rêver mieux qu'Heston, pétillant de gaieté confiante. En outre, avec Heston elle ne risquait pas d'avoir à prendre de décisions personnelles: il était son beau-frère.

Il était arrivé de New York dans son Hispano, et maintenant ils se rendaient au relais qu'il avait repéré. On y trouvait de la bière, à défaut d'autre chose, jusqu'à ce qu'Heston glisse un billet de cinq dollars au garçon. Alors, on les invita à se rendre aux toilettes, ensemble, à passer par-derrière, à franchir une autre porte pour se retrouver dans un bar aussi bien fourni que bien achalandé où l'on pouvait boire tout ce qu'on voulait. Brande prit un brandy-soda, mais se rendit soudain compte qu'on la regardait, surtout un groupe d'hommes assez jeunes tout au bout de la salle. Ils n'avaient pas l'air désagréables; en fait, ils étaient extrêmement séduisants, dans le genre bourru, mais on ne pouvait douter qu'ils l'avaient reconnue — ce qui n'était guère surprenant du fait que sa photo avait paru dans plusieurs journaux depuis son retour de l'opération de sauvetage.

— Heston, je crois que nous devrions partir.

— Oh, allons. Nous venons juste d'arriver, dit-il, repoussant les verres sur le comptoir et demandant au garçon : la même chose, Joe.

— Dites-moi, vous n'êtes pas Brande Maddox, la femme armateur? demanda un homme à côté d'elle.

Brande le regarda sans vraiment le voir. Elle avait envie de hurler de fureur et de frustration et de le gifler. Mais elle se borna à ramasser son sac et à filer vers la porte.

— Hé, appela Heston, courant après elle, Brande...

Elle se retrouva dans un couloir, passa une autre porte, arriva dans la cour, s'appuya au mur et respira profondément. Elle savait qu'elle se conduisait de manière absurde; elle ne pouvait continuer à fuir le reste de sa vie chaque fois que quelqu'un s'adressait à elle. Elle était une célébrité, ou une femme célèbre, et il fallait vivre avec. Mais elle n'y était pas prête, à cet instant même.

— Brande. Oh, Brande, disait Heston près d'elle.

— Je suis navrée. Vraiment, Heston. C'était une erreur de sortir. Je crois que je n'y suis pas encore prête.

— Et alors? Je vous ramène, dit-il, passant un bras

autour de sa taille, la raccompagnant à sa voiture. Pour rien au monde je ne voudrais vous chagriner, ~~petite~~ belle-sœur.

Il ouvrit la portière, l'aida à s'installer. Elle se laissa aller dans le siège et ferma les yeux, entendit le moteur se mettre en route, sentit la voiture faire marche arrière pour sortir du parking.

— Vous savez, c'est bizarre, mais j'ai l'impression de vous avoir connue toute ma vie, observa-t-il. Cela fait combien de temps, maintenant?

Un arrêt de la voiture, un changement de vitesse, un nouveau démarrage. Brande soupira.

— Près de deux ans, je pense. Cela fera deux ans en novembre.

— Et quelles années exaltantes. Vous savez, eh bien... je ne pourrais pas en dire plus. Avec la mort de Brent et vous qui étiez décidée à descendre sur l'épave. Mais, que diable, tout cela est terminé. Il faut simplement nous en convaincre. On ne peut continuer à vivre avec le passé.

La voiture passa sur quelque chemin un peu défoncé et s'arrêta de nouveau. Brande ouvrit les yeux, aperçut des arbres, comprit qu'ils avaient dû s'arrêter dans un chemin partant de la route.

— Vous et moi, nous sommes des associés naturels, expliquait Heston. Des associés à travers Brent et dans les affaires, et, bon Dieu, des partenaires physiques également. Je veux dire que nous aimons les mêmes choses, nous pensons de façon identique, nous...

Sa main se posait sur la poitrine de Brande, déboutonnant son chemisier. Elle se redressa, totalement consternée et un bouton céda.

— Houps, dit-il. Il va falloir que je vous offre un autre chemisier.

Sa main se glissa par l'ouverture, ses doigts se frayant un chemin sous la combinaison pour se poser sur un sein.

— Oh, Brande, Brande, dit-il, je vous adore tant.

Ses lèvres brûlèrent celles de Brande quand elle tourna la tête, le cerveau un instant totalement paralysé; elle n'avait tout simplement pas cru possible ce qui arrivait, pas avec Heston. Puis elle lui saisit le poignet et tenta d'arracher sa main, mais il se borna à serrer son sein plus fort.

— Heston! souffla-t-elle. Heston, arrêtez. Vous me faites mal.

Il la lâcha mais l'embrassa de nouveau, sur la bouche, forçant ses lèvres tandis que sa main descendait sous la jupe, tombant sur la petite bride du porte-jarretelles, s'insinuant à travers le tissu.

— Heston, cria-t-elle, le repoussant de toute sa force. Vous êtes fou? Nous sommes... nous sommes...

— Pas parents du tout. J'ai demandé un avis autorisé, dit-il en souriant. *Pas* à Murgatroyd. En fait, nous pourrions nous marier, savez-vous? Personne ne pourrait y trouver à redire. Ma foi, on pourrait trouver des tas de choses à redire, mais on ne pourrait rien y *faire*. Et si vous ne vouliez pas vous remarier, Brande, nous pourrions toujours nous aimer. Nul ne sait ce que nous faisons quand nous sommes seuls ensemble, simplement pour des questions d'affaires. En fait, bien des gens pensent que nous sommes déjà amants. Brande, oh, Brande...

Soudain, il glissa sa main sous ses cuisses, lui saisit les reins pour la soulever de son siège, l'attirer à lui, tout en libérant quelque manette qui permit à *son* siège de basculer. Ainsi, elle se retrouva sur sa poitrine, les jambes autour du levier de vitesses et de la colonne de direction. Maintenant, les mains d'Heston glissaient sur le dos de ses cuisses pour remonter la jupe jusqu'à la taille, chercher ce qui se trouvait dessous. Et elle qui dans sa joie de pouvoir s'habiller à la dernière mode avait abandonné les sobres pantalons de son enfance pour une culotte beaucoup plus réduite.

— Heston, cria-t-elle, songeant combien il ressemblait à Brent et combien il était différent.

Il y avait là toute sa confiance et sa vigueur, mais rien de sa douce persuasion.

— Heston...

206

Elle réalisa avec horreur qu'il avait trouvé la ceinture élastique et tirait, descendant le vêtement. Furieuse, elle le gifla, se redressa, le frappa de ses poings fermés. Il poussa un grognement de surprise et de douleur et essaya de se redresser également. Elle roula, retomba sur son siège et il essaya de l'empoigner.

— J'ai toujours pensé que tu étais très bonne, dit-il. Viens Brande, viens te battre avec moi. Te battre avec moi !

De nouveau, il tenta d'agripper son chemisier et, dans le mouvement que fit Brande pour l'éviter, le vêtement se déchira du cou jusqu'à l'épaule.

— Heston ! Cessez et ramenez-moi à la maison.

Il sourit et lui dénuda l'épaule. De nouveau, elle le frappa tout en ouvrant la portière et chuta à moitié dans l'herbe. En le voyant arriver sur elle, elle roula rapidement sur le côté et tenta de se relever, mais il lui avait saisi une cheville. Il voulait *vraiment* une lutte, qui se terminerait par un viol. Il semblait ne pas douter qu'elle y prendrait plaisir. Elle lui lança un coup de pied quand il la tira à lui, un coup de pied si fort qu'elle s'en déchaussa. Et, de nouveau, la main d'Heston sur ses cuisses, descendant frénétiquement sa culotte sous ses genoux. Elle lança un nouveau coup de pied et, cette fois, l'atteignit au visage. Il retomba, la libérant et elle se tourna, se releva, trébucha sur l'élastique en travers de ses chevilles, se débarrassa d'un coup de pied du vêtement gênant et fila vers la route en boitillant sur son unique chaussure.

Elle sentit l'asphalte sous son pied nu, regarda à droite, à gauche, ne vit rien.

— Viens te battre, cria Heston en se relevant. Je vais te *battre*, Brande, et après...

Des lumières ! Elle courut sur la route, ne s'arrêtant que pour se débarrasser de son autre chaussure, escalada une petite barrière, y déchirant sa jupe, repartant, se rendant compte qu'elle approchait du relais qu'ils venaient de quitter ; Heston n'avait dû rouler qu'une centaine de mètres avant de s'arrêter. Elle hésita, se mordant la lèvre, se retourna, le vit escalader la barrière derrière elle, se remit à courir, décidant qu'elle serait en sécurité si elle parvenait à gagner les toilettes des dames, au moins jusqu'à ce qu'elle puisse réfléchir. Et elle tomba tout droit dans les bras d'un homme qui venait de sortir par la porte latérale. Bouche bée, elle leva son regard tandis qu'il baissait le sien.

— Brande Maddox! s'exclama-t-il, surpris.

C'était l'homme qui s'était adressé à elle un peu plus tôt dans le bar.

7

— Hé, brailla Heston, arrivant en courant. Lâchez ma sœur.

L'homme regarda Brande qui le regardait. Il avait des cheveux d'un blond surprenant et des traits qui avaient dû être parfaitement réguliers avant qu'il se casse ou se fasse casser le nez, ce qui donnait à son visage un air légèrement asymétrique. Solide, plus grand même que Brent, les épaules plus larges — mais une poigne remarquablement douce qui, certainement, rappelait Brent.

— Hé, dit de nouveau Heston en approchant.

L'homme l'avait maintenant bien regardée, avait remarqué ses pieds nus, son chemisier déchiré.

— C'est vraiment votre frère ? demanda-t-il.

— Non. Je vous en prie, voulez-vous me reconduire chez moi ?

— Bien sûr.

— Un instant, dit Heston.

— On ne veut pas de vous, dit l'homme.

Heston le regarda, le jaugeant, de toute évidence.

— Nous parlerons de tout cela à la maison, dit-il en s'éloignant dans l'obscurité.

— Ma voiture est par ici, indiqua l'homme, la conduisant à une Ford modèle T extrêmement délabrée. Où voulez-vous que je vous conduise ?

Elle se mordit la lèvre, fixa l'obscurité où Heston avait disparu. Il *allait* l'attendre chez elle et, comme il était aussi furieux qu'elle, cela se traduirait par une sévère querelle.

— Simplement dans un coin tranquille, pour quelques instants.

Il lui lança un regard curieux, lui ouvrit la portière, se glissa derrière le volant. Elle réalisa qu'elle lui faisait totalement confiance. Un homme qu'elle ne connaissait même pas.

Il se dit probablement la même chose car il se présenta.

— Tom Prendergast. Et vous êtes Brande Maddox, l'armateur. Exact ?

— Oui, dit-elle, attendant la critique ou tout au moins le commentaire.

— Je ne voulais pas me montrer grossier, au bar, dit-il. Je voulais seulement vous poser une question. Ou deux. Mais je crois que c'*était* grossier.

Elle eut un serrement de cœur à la pensée que ce pouvait être un journaliste ; on allait adorer cela, dans la rubrique des potins. Elle se demanda si elle pouvait avouer qu'elle ne portait pas de culotte.

— On me pose toujours des questions, dit-elle, fixant les rubans de lumière des réverbères qui défilaient.

— Je le crois volontiers.

— Eh bien, allez-y. Je vous dois bien cela.

— Qui est ce type ?

Elle hésita. Mais il pourrait le découvrir, sans trop de peine. Et elle n'était pas d'humeur à laisser Heston hors du coup ; si elle devait de nouveau faire les titres des journaux, il se retrouverait avec elle.

— Mon beau-frère, Heston Maddox.

— Le président de votre compagnie ? Et vous voulez dire qu'il... eh bien...

— Oui, dit-elle. Il m'a agressée.

— Dites-moi, vous avez froid ?

— Oui.

Il arrêta la voiture, descendit, tira une couverture du coffre et la lui tendit.

— Où allons-nous ? demanda-t-elle.

210

— Ma foi, je le saurai quand vous me le direz. Moi, je vais à Miami.

— Vous allez *où* ?

— C'est une ville. En Floride.

— Je sais où c'est. Mais... nous sommes dans le Massachusetts.

— Ouais, eh bien, je n'avais pas l'intention de partir avant demain matin. Je prenais simplement le verre de l'adieu avec des types que j'ai entraînés et je pensais trouver un hôtel pour la nuit, quelque part en route. Voyez-vous, madame Maddox, je suis plongeur. Moniteur.

— Plongeur ? dit-elle, tournant la tête pour le regarder.

— Ouais. Oh, pas de la classe de Castaldi, je crois. Mais j'aimerais certainement bien savoir ce qui a cloché dans cette tentative sur le *Northern Wind*. Je ne pense pas que les journaux aient dit la vérité.

— Monsieur Prendergast, dit Brande dont le regard revint sur la route, combien de temps vous faut-il pour arriver à Miami ?

— Je ne sais pas. Trois jours, peut-être. Je n'ai pas l'intention de me presser.

Brande prit son souffle et demanda :

— Si je venais avec vous, est-ce que vous m'apprendriez à plonger ?

— Dites-moi, vous êtes dingue ou quoi ? demanda Prendergast.

— Pourquoi serais-je dingue ?

— Eh bien... les femmes ne plongent pas.

— Pourquoi pas ?

— Ma foi... elles ne plongent pas, c'est tout. C'est dur, la plongée. Physiquement.

— Je pensais que le poids ne comptait pas, sous l'eau.

— Ouais. Eh bien...

— Monsieur Prendergast, une première chose : voulez-vous me conduire à New York ? C'est sur votre chemin. Je pourrai y prendre des vêtements, et passer un coup de fil.

— Nous n'y serons pas avant demain matin.

— Nous nous reposerons en arrivant. Je vous empêcherai de vous endormir. Je vais vous raconter une histoire.

Elle était en train de faire confiance à un homme qu'elle venait juste de rencontrer, et dont elle ne savait rien. Un parfait inconnu. Et elle se trouvait dans sa voiture en pleine nuit, à moitié nue et enveloppée dans une couverture. Sa couverture.

Elle ne lui faisait pas totalement confiance, bien sûr. Elle ne lui dit rien de ce qui se trouvait dans la chambre forte du *Wind*. Mais elle lui raconta tout le reste. Tandis qu'ils continuaient à rouler, pour arriver à son appartement le lendemain, en plein milieu de l'heure de pointe du matin. Tom Prendergast prit une douche tandis qu'elle téléphonait à Cap Cod.

— Oh, madame Maddox, dit Lucy. Nous avons été si inquiets, tous. M. Maddox a été dehors toute la nuit, avec la police, à vous rechercher. Oh, madame Maddox...

— Eh bien, vous pouvez lui dire de faire cesser les recherches, Lucy. Je vais très bien. Je pars pour quelques jours. Dites-lui que je veux réfléchir. Pouvez-vous ramener Brent?

— Bien sûr, madame Maddox, mais... vous êtes sûre qu'on ne vous a pas enlevée, ou...?

Brande regarda Tom Prendergast qui sortait de la salle de bains, drapé dans une serviette, et ressentit une curieuse sensation.

— Tout à fait sûre, dit-elle. Embrassez Brent pour moi. Je serai absente une semaine environ.

Et elle raccrocha.

— Que fait-on, maintenant? demanda-t-il.

— Je vais prendre une douche, moi aussi. Ensuite je nous préparerai un petit déjeuner. Après quoi nous dormirons, je crois. Deux heures environ. Pas plus, car Heston va se précipiter en ville dès qu'il saura d'où venait cet appel.

212

Il s'assit dans la cuisine tandis qu'elle se douchait et s'enveloppait dans une robe de chambre.

— Vous savez que vous êtes une sacrée bonne femme, lui dit-il en la regardant cuisiner.

— Allez prendre une autre douche, lui conseilla-t-elle. Je ne suis pas d'humeur à cela.

Ce qui était faux. Car soudain elle sut que cet homme serait doux. Et tout aussi soudainement elle se rendit compte que ses instincts sexuels étaient moins atrophiés qu'elle ne l'avait cru. Heston l'avait éveillée, totalement, tout autant qu'il l'avait d'abord effrayée et dégoûtée, avec ses jeux de mains immatures... mais elle ne pouvait tout simplement ramasser quelque moniteur de plongée itinérant et l'amener dans son lit. *Là*, elle serait bien la femme que tout le monde supposait.

Il était cependant le premier homme pour qui elle eût préparé le petit déjeuner — et le premier homme à avoir jamais pris une douche dans son appartement.

— Ce n'est pas dans ce sens que je l'entendais, madame Maddox, dit-il en rougissant. Bien que vous le soyez également dans ce sens, si vous voyez ce que je veux dire. Non, je voulais dire que j'ai réfléchi à ce que vous m'avez dit. Bon Dieu... excusez-moi, cela m'a échappé, dit-il, rougissant encore.

— J'ai déjà entendu jurer. Je suis adulte, monsieur Prendergast. Qu'*avez-vous* pensé de ce que je vous ai dit ?

— Eh bien... je pense que vous devez être l'une des femmes les plus riches du monde.

Il attendit un commentaire qui ne vint pas — jamais elle n'avait vu la question sous cet angle.

— Et malgré cela vous vivez ici, dans ce petit appartement, et vous voulez apprendre à *plonger*...

— Donc, comme tout le monde, apparemment, vous pensez que je suis dingue.

— Bon Dieu, non. Je pense que vous êtes formidable.

Elle le regarda, servit les œufs et demanda :

— Vous allez m'apprendre à plonger ?

— Je peux vous apprendre à plonger, madame Maddox. Mais ça ne vous servira pas à grand-chose si vous pouvez descendre sur cette épave. Cent quatre-vingts mètres, cela dépasse toutes les possibilités.

— Désolée, mais je ne le crois pas. Si le duc de fer était sûr jusqu'à cent soixante mètres, il doit certainement être possible de le rendre un peu plus solide.

— Je ne pense pas qu'il était sûr à cent soixante mètres. Je ne crois pas que Castaldi l'ait jamais testé à cette profondeur. Mais, même si c'était le cas, ces scaphandres sont inefficaces, quand on arrive sur place. Ainsi qu'il vous l'a dit, on ne peut les utiliser à l'intérieur d'un navire ; ils sont trop gênants. Et, avec ces griffes, ils ne peuvent vraiment attraper rien de plus petit qu'un madrier. Non, non, madame Maddox, vous auriez fait tout aussi bien avec une cloche, et il n'y aurait pas eu de victime.

— Une cloche ?

— Une chambre d'observation, tout simplement. On peut y pomper de l'air à la pression de l'eau, autour, et vous, ou vous et quelqu'un d'autre, pouvez rester là à regarder.

— Mais on ne pourrait quitter la cloche et *faire* quelque chose.

— Non. Mais il ne s'agit pas de *faire* quelque chose, madame Maddox. Vous dites que vous voulez simplement examiner un trou dans la coque. Vous pourriez dire, je pourrais certainement dire, par un simple coup d'œil, si l'explosion s'est produite à l'intérieur ou à l'extérieur. C'est ce que vous pourrez obtenir de plus proche d'une preuve.

Elle le regarda, fort tentée de lui parler de l'or. Mais il fallait garder ce secret jusqu'à ce qu'il soit vraiment décidé à plonger, s'il l'était jamais. Elle se rendait compte, bien sûr, qu'il avait raison en ce qui concernait l'inefficacité du duc de fer. Même si Leonardo avait pu se frayer un chemin jusqu'à la chambre forte, jamais il n'aurait pu récupérer des poignées de pierres précieuses avec ces énormes griffes. Peut-être pourrait-on concevoir quelque système de seaux, de paniers, pour ramener le trésor à la surface. Mais il faudrait toujours un homme pour les remplir.

C'était donc sans espoir. Elle soupira.

— Est-ce qu'une telle cloche existe ? demanda-t-elle.

— Non, dit Prendergast en souriant. Je ne connais pas de cloche qui soit descendue à cent soixante mètres. Bon sang, madame Maddox, c'est une sacrée pression.

— Je sais. J'ai vu ce que cela pouvait faire, sur un homme.

— Ouais. Moi j'ai seulement lu ça. Mais pensez aussi à l'effet sur votre navire. Oh, bien sûr, un paquebot conçu pour affronter un ouragan, peut-être, ne va pas être réduit en bouillie comme ça, mais il faut penser que toute partie faible aura cédé. Comme ce trou, quand on y réfléchit. Peut-être que je ne pourrais même pas, moi, préciser le sens de l'explosion après deux ans au fond.

— Eh bien, apprenez moi à plonger, Tom. Je veux savoir ce que c'est. Il n'y a que comme cela que je pourrai imaginer ce qu'il faut faire ensuite. Voulez-vous m'apprendre à plonger ?

Il haussa les épaules. Puis sourit.

— Madame Maddox, si vous vouliez marcher sur la lune, j'essaierais de vous apprendre à le faire, bon Dieu.

Brande en était arrivée au stade où, si Tom Prendergast lui avait fait des avances, ou même s'il l'avait suivie dans sa chambre, après le petit déjeuner, sans dire un mot, elle aurait tout accepté de lui avec seulement un murmure de plaisir. Mais il s'allongea sur le canapé du salon, apparemment sans songer à autre chose. Et elle, nue sous ses draps, se demandant s'il allait venir, se prit bientôt à espérer qu'il ne vienne pas. Elle ne savait tout simplement pas comment elle réagirait. Et le fait était qu'elle l'avait effectivement ramassé, si l'on pouvait dire. En outre, restait toujours le lendemain, et le jour suivant. Et la Floride, ensuite qu'elle ne connaissait que par ouï-dire.

De nouveau, elle sut qu'elle fuyait, et que c'était

totalement absurde. Elle se remettait entre les mains d'un homme d'une classe sociale bien différente de la sienne, dont elle ne connaissait rien. Peut-être prenait-il son plaisir en battant les femmes, tout comme Heston. Mais elle savait qu'il n'était pas comme cela, d'instinct. Et il s'agissait d'une aventure où il n'y avait pas de responsabilité à prendre. Elle en avait trop pris, dans sa vie.

Tom Prendergast était bien plus qu'un gentil garçon. C'était aussi un gentleman accompli, de même qu'il nourrissait manifestement un respect révérentiel pour sa fortune, sa célébrité, sa position. Les employés des hôtels pouvaient bien lui lancer des regards en coin quand ils s'arrêtaient, mais Tom l'inscrivait toujours sous le nom de Mme Maddox, prenait deux chambres, et bien qu'elle fût convaincue qu'on les épiait, sur le coup de minuit, les voyeurs en furent toujours pour leurs frais. Et elle? Elle ne pouvait toujours pas se décider, continuait à se dire qu'elle se montrait incroyablement stupide de seulement y penser. Elle allait apprendre à plonger. En cela, il y avait une certaine logique. Se lancer dans une aventure sentimentale, ou même physique, avec un homme comme Tom Prendergast serait une catastrophe.

Et puis elle se disait qu'elle en était bien consciente, qu'il n'y avait pas de mal à y *penser*. Il serait bien temps de se décider en Floride.

Mais la Floride n'était pas davantage un lieu pour les décisions. Elle n'avait jamais connu pareille chaleur, en août, et il faisait délicieux, avec une tiède brise de mer arrivant de l'Atlantique et la magie des Bahamas à l'est. Et elle n'avait pas vraiment prévu une telle situation. Car l'École de Plongée Prendergast ne se trouvait pas à Miami même, mais dans les Keys — le chapelet d'îles au sud de la péninsule. Et Tom n'était pas le seul à s'en occuper. Il y avait également là son père et ses frères, et sa sœur avec son mari. C'était en outre une affaire prospère, avec déjà une douzaine d'élèves plongeurs qui y résidaient. On y menait une vie que jamais encore

Brande n'avait connue, où l'on passait la journée en maillot de bain, passant simplement quelque chose le soir, toujours pieds nus, sans maquillage et où ses bagues et bijoux semblaient une absurdité. On y laissait de côté toute pruderie, sans se soucier de ce que l'on exposait de son corps, sans un seul instant de solitude, d'abattement ou de responsabilité — de sa part du moins — et où chacun semblait jouir d'une parfaite santé et être tout à fait heureux. Tom la présenta comme Brande Maddox et n'en dit pas davantage. Certes, tout le monde savait qui elle était et elle supposait qu'il avait dû fournir quelques explications. Mais les Prendergast la traitaient délibérément comme un de leurs élèves, même si, comme femme, elle constituait déjà une curiosité suffisante.

— Ma foi, je n'ai jamais vu une femme plonger, dit Jim Prendergast, qui ressemblait à son fils en plus solide encore. Mais si vous voulez essayer, vous êtes la bienvenue, madame Maddox. Bon sang, mais Lynette plonge.

— Mais tu ne considères pas Lynette comme une femme, non, 'pa ?

Tom se mit à rire, bien que la réflexion fût injuste à l'égard d'une très jolie fille, même si, comme ses frères, elle était plutôt bâtie comme une déesse nordique.

Ce fut Lynette qui accompagna Brande à la petite hutte qui devait être son chez-elle, et Lynette encore qui fit le seul commentaire sur sa position.

— Je crois que c'est un peu différent de ce à quoi vous êtes habituée, madame Maddox. Mais c'est tout ce que nous avons. Il faut que je vous dise que nous lavons nous-mêmes notre linge et que nous faisons nos lits. Mais vous n'aurez pas à faire la cuisine. Je m'en charge.

— Mais, je serais ravie de vous aider, dit Brande, décidant de ne pas préciser qu'elle avait suivi le cours de « cordon-bleu » en Suisse.

Lynette sourit.

— Eh bien, parfait. Et, dites-moi, je vous appelle Brande, hein ? Madame Maddox, ça fait beaucoup à prononcer, plus d'une fois par jour.

Pour commencer, avant qu'on lui permette de s'approcher de l'eau, il y eut les cours, qui traitaient de l'équipement qu'elle utiliserait, de tout ce qui pourrait clocher dans cet équipement et — plus important encore — des effets de la pression sur le corps humain et sur l'air qu'il contient.

— Comme vous le savez tous, je suppose, dit Jim Prendergast, l'air se compose d'un peu d'oxygène, de moins encore de dioxyde de carbone et d'une sacrée quantité d'azote. Le problème, avec la plongée, n'est pas vraiment la pression sur le corps humain car nous pouvons fournir au plongeur de l'air à la même pression que le milieu ambiant. Ce n'est pas, non plus, de faire descendre l'air ni même de se débarrasser du dioxyde de carbone rejeté sans cesse par la respiration, car ce ne sont là que des questions pratiques. Le problème, c'est la nécessité de faire parvenir au plongeur de l'air *à* la pression du milieu ambiant, qui augmente, comme vous le savez, avec la profondeur. Il faut pas mal de temps à cette pression pour affecter l'oxygène, ou le dioxyde de carbone. Mais elle précipite sacrément l'azote en solution dans le sang. Pas de problème tant qu'on est au fond. Mais quand on commence à remonter et que la pression diminue, il *faut* pas mal de temps pour que l'azote se recombine à l'air. Si vous remontez trop vite, ce qui est facile, l'azote du sang forme des bulles, et quand ces bulles atteignent vos articulations, il faut se méfier. Ça fait un mal de chien. Quand elles commencent à atteindre le cerveau et le cœur en quantité suffisante, c'est la mort. On appelle ça la maladie de la compression, mais on lui donne un nom plus commun : le nœud, ou la bulle.

Il s'arrêta un instant pour regarder les visages quelque peu inquiets et leur sourit.

— On a découvert les bulles il y a vingt, trente ans, à peine. Avant cela, les plongeurs prenaient un aller simple pour une infirmité permanente, quand ils survivaient. Mais la parade est tout aussi simple, comme vous

218

l'imaginez vous-mêmes. Il suffit de ne pas remonter trop vite, laisser le temps à l'azote de quitter le flux sanguin tandis que la pression diminue. Plus on descend profondément, plus on reste de temps au fond et plus la remontée doit être lente. Il y a environ dix ans, un Britannique du nom de Haldane a mis tout cela en chiffres. C'est ainsi, par exemple, que si vous devez travailler à vingt brasses, ce qui est à peu près la moyenne pour les travaux de récupération ou de pose de fondation — ce que font d'ordinaire les plongeurs — et que vous passez quinze minutes au fond, il faut s'arrêter à cinq brasses de la surface, s'arrêter encore à trois brasses et demie, et encore à une brasse et demie. Et la remontée ne doit pas durer moins de dix-sept minutes. Ce n'est pas une affaire, mais on ne peut faire grand-chose en quinze minutes. Si vous faites un vrai boulot complet au fond, disons pendant une heure et quart, il vous faut deux heures trois quarts pour remonter, avec paliers à huit et demie, six et demie, cinq, trois et demie et une et demie. Ce qui peut être lassant. Pour cette raison, et deux ou trois autres, on admet généralement que la profondeur maximale à laquelle peut travailler un scaphandrier, dans un scaphandre normal, en respirant de l'air comprimé, est d'environ quarante-deux brasses, disons quatre-vingts mètres, et seulement pendant un très court laps de temps. Heureusement, personne ne va construire des quais sous quatre-vingts mètres d'eau ni ne souhaite le nettoyage d'un port à cette profondeur. Les navires qui coulent à des profondeurs supérieures sont généralement considérés comme définitivement perdus.

De nouveau il s'arrêta, regardant Brande, maintenant.

— Je me rends compte que ce serait une tâche immense pour un plongeur. Mais est-ce *vraiment* impossible, monsieur Prendergast? demanda-t-elle.

— La réponse est à la fois oui et non, madame Maddox. Je pourrais envoyer un plongeur à cinq cents pieds, peut-être même six cents, et lui fournir l'air nécessaire pour équilibrer la pression. Je pourrais le ramener, en une semaine environ s'il était prêt à le supporter. Et je ne doute pas que je trouverais des hommes prêts à le faire si le prix était convenable. Le problème est que le corps humain ne peut le supporter. Quand le professeur Haldane a donné ses chiffres, il pensait, comme tout le monde, qu'ils étaient de portée générale et que le seul facteur de risque serait le temps de la remontée. Mais nous savons maintenant que ça ne colle pas. Au-dessous de cinquante brasses, c'est-à-dire à l'équivalent de dix atmosphères, des choses commencent à se produire chez ces éléments jusque-là inertes de l'air que sont l'oxygène et le dioxyde de carbone. Ils se mettent à s'accumuler. Ils se sont accumulés pendant toute la descente, mais le corps peut s'accommoder de légers accroissements des proportions de l'un et de l'autre. Et l'accroissement n'est que de un pour cent environ pour chaque atmosphère de pression. Ce n'est pas beaucoup. Mais à dix atmosphères, à cinquante brasses, le corps doit s'accommoder de dix pour cent de dioxyde de carbone contre un pour cent dans cette pièce en ce moment. On ne peut vivre sans dioxyde de carbone ; c'est le rejet de ce gaz qui fait fonctionner les poumons, qui vous contraint à respirer. Mais en trop grande quantité il vous rend plus ivre qu'un docker un samedi soir et vous ne savez plus ce que vous faites. Au fond, cela peut être fatal. L'oxygène est encore plus dangereux. Vous savez que quand vous sortez un poisson de l'eau, il se noie littéralement dans l'oxygène. Il y en a trop pour lui. Eh bien, croyez-le ou pas, nous ne pouvons pas supporter trop d'oxygène nous non plus. N'oubliez pas que Darwin a prétendu que nous étions tous des poissons, jadis. Je n'adhère pas tellement à ces théories, ajouta-t-il en souriant. La Bible me suffit. Mais le fait est que quand le taux d'oxygène dans le sang devient trop élevé, on s'empoisonne lentement. Tout le système circulatoire se paralyse, on est pris de vertiges, de nausées, de crises d'épilepsie et on finit par se noyer, dans l'oxygène. Et quand on reste là à attendre un jour ou deux la dissolution de l'azote, on meurt également.

— Et vous ne pensez pas qu'on puisse éviter cela ? demanda Brande.

— Madame Maddox, je crois fermement à l'ingéniosité humaine. Il doit certainement exister un moyen d'éviter cela. Mais cela signifie trafiquer l'air lui-même et personne n'a encore trouvé la solution. Maintenant, allons plonger.

Brande effectua ses premières plongées dans le caisson de Prendergast, où elle pouvait descendre jusqu'à sept mètres dans des conditions de maîtrise parfaite. On ne l'autorisa à plonger directement dans l'océan que lorsque Jim Prendergast fut convaincu qu'elle se sentait à l'aise dans l'encombrant scaphandre et qu'elle comprenait le maniement de tous les harnachements, soupapes et câbles, et également qu'elle avait le cran nécessaire.

Jamais elle n'avait soupçonné qu'un tel monde pût exister. Un monde d'anticipation, tandis que le bateau de pêche des Prendergast quittait le quai pour les eaux claires et vertes du golfe du Mexique. Et un monde d'exaltation aussi, qui commença quand Tom et son frère Bill l'enfermèrent dans le scaphandre de caoutchouc renforcé et lui vissèrent le casque sur la tête. Un monde où elle se sentit toute désorientée quand on lui dit de respirer et qu'elle découvrit qu'elle le pouvait ; cela paraissait plus spectaculaire là-dedans que sur la terre ferme. Un monde d'incertitudes quand elle tenta d'avancer vers le bord du bateau et découvrit que les semelles de plomb la retenaient fermement au pont — elle n'avait pas eu besoin d'un tel poids pour ses plongées d'entraînement dans le caisson. Un monde d'anxiété quand on fixa les câbles à son harnais, que le mât de charge se mit en marche et qu'elle fut balancée par-dessus bord et contempla l'eau verte. Et, enfin, un monde d'absolue fascination quand la mer se referma au-dessus d'elle et qu'elle descendit, descendit, jusqu'au fond, à six brasses au-dessous du bateau. Où elle fut rejointe par Tom et un autre des élèves pour s'avancer au milieu d'un monde merveilleux de coraux aux formes curieuses, d'anémones et d'éponges, de langoustines, de crabes, de requins-anges, de sergents-majors, de poissons-perroquets, d'épinéphèles hautains et laids. Elle aperçut même, fugitif, un barracuda à la mâchoire féroce. Mais aucune des véritables terreurs des profondeurs : pas de requins ni de calmars géants dans ces eaux ensoleillées au large des Keys.

— Il y en a, dans le coin, lui dit Tom. Des requins, en tout cas. Mais ils ne gênent pas les plongeurs. Pour eux, un homme totalement immergé n'est qu'un autre gros poisson à l'aspect inquiétant. Les requins sont peut-être vicieux, mais à moins de crever de faim ou d'avoir peur ils ne s'attaquent pas à une proie qu'ils ne sont pas sûrs de battre.

Tout cela parut passer beaucoup trop vite. On les remonta dans le bateau, on dévissa leur casque et, de nouveau, elle respira l'air pur.

— Ça vous plaît ? lui demanda Tom.

— Fantastique, tout simplement. Quand pourrai-je descendre plus profondément ?

— Je ne pense pas que ce soit indispensable. Pour quoi faire ? Si vous descendez davantage, il va vous falloir attendre à ces paliers dont parlait papa. C'est des trucs pour professionnels.

— Et pour vous je n'ai pas la pointure d'une professionnelle ?

— Non. Et c'est inutile. Vous êtes Brande Maddox. Vous êtes armateur. Vous êtes toujours en haut de l'échelle et vous dites à des types comme moi ce qu'ils doivent faire.

Elle ne voulut pas en discuter, pour l'instant. Elle était trop heureuse d'avoir découvert un monde et des gens avec d'authentiques sentiments, d'authentiques émotions. Bien sûr, il avait raison, la connaissant si peu. Et ne soupçonnant même pas qu'elle était plus résolue que jamais. Car maintenant elle savait qu'on pouvait le faire. Et qu'on le ferait bientôt.

Elle s'assit donc sur le gaillard d'avant avec les autres

élèves, goûtant le soleil et la brise tandis que le bateau rentrait au bruit de son teuf-teuf. Pas même inquiète, amusée plutôt, elle aperçut deux hommes qui l'attendaient sur le quai.

— Brande, aboya John Murgatroyd, que diable faisiez-vous?

— Je plongeai, lui dit-elle, se laissant embrasser sur la joue, regardant Heston qui rougissait mais tentait de lui adresser son sourire habituel.

— Je vous présente Tom Prendergast, ajouta-t-elle. Le sourire d'Heston s'effaça.

— Prendergast, mais vous êtes..., commença-t-il avant de se mordre la lèvre.

— Exact, monsieur Maddox, dit Tom d'un ton égal. Nous nous sommes déjà rencontrés.

Il ne lui tendit pas la main.

— Filer comme ça, gémit Murgatroyd, confirmant à Brande qu'Heston n'avait pas raconté à l'avocat ce qui s'était passé exactement.

Son regard la suppliait maintenant de garder leur secret.

— J'en avais envie, se borna-t-elle à dire.

— Mais vraiment, ma chère petite, nous nous sommes tellement inquiétés...

— Et vous avez demandé à un détective de me retrouver?

— Oh, non. Heston, là, a deviné ce que vous deviez faire. Nous avons visité presque toutes les écoles de plongée du pays. Mais, Brande, vous devriez être à New York. J'ai prévu des conférences de presse, vous devez assister à plusieurs réceptions, et Dieu sait quoi encore. On ne lance pas des actions sur le marché simplement en mettant une annonce dans le journal.

— Oh. Eh bien...

— Nous avons eu grand plaisir à vous avoir parmi nous, madame Maddox, dit Tom Prendergast.

— Oh, je reviendrai, Tom. Je veux plonger encore.

— Une femme qui plonge, grommela Murgatroyd, tandis que leur train remontait vers le nord. Je n'ai jamais rien entendu d'aussi absurde. Le danger...

— Il n'y a pas le moindre danger. Je ne suis descendue qu'à six brasses. Je voulais le faire, John. Il *fallait* que je le fasse. Est-ce que vous pouvez comprendre cela ?

— Eh bien... je crois que oui. Vous êtes une femme tout à fait remarquable, Brande..., dit-il, jetant un regard à Heston assis en face de lui.

Mais Heston ne réagit pas le moins du monde et Brande lui en fut reconnaissante. Car voilà qu'elle replongeait dans le monde des décisions — et elle n'était pas plus décidée à en prendre. Il le fallait, cependant. Du fait de la décision que, plus que tout autre, elle voulait prendre : rester en Floride et plonger, nager, pêcher — avec Tom Prendergast. Mais c'était impossible. Elle était Brande Maddox, actionnaire principale de la Compagnie Maddox. Ce que tout le monde savait, et Tom Prendergast plus que quiconque. Elle ignorait si elle lui plaisait le moins du monde, mais si c'était le cas il considérait de toute évidence que ce ne pouvait être qu'un rêve. Et, par conséquent, pour elle aussi. Ne serait-ce que pour Brent Junior. Un rêve que briserait le moindre contact avec la réalité — mais qui pourrait bien se réaliser. Un jour.

Les décisions, donc. Heston, d'abord. Qui, dès qu'il le put, l'entretint en privé.

— Merci de n'avoir rien dit à Murgatroyd. Brande... je suis vraiment terriblement désolé pour l'autre soir.

— Oui, dit-elle. Vous pouvez l'être. Mais si jamais, *jamais*, Heston, vous posez de nouveau un doigt sur moi, j'achète un pistolet et je vous tire dessus. Dans les noix.

Il se rembrunit un instant, puis sourit.

— A vous entendre, on jurerait presque que vous le feriez.

— Essayez.

— Pas question. J'allais vous donner ma parole, de toute façon, que cela ne se renouvellerait pas. C'est seulement que... je vous adore, sœurette. Je voudrais sincèrement vous épouser.

Non, fit-elle de la tête.

— Parce que vous êtes en colère ?

— Parce que je ne veux pas *vous* épouser.

— Je vois. Vous allez épouser Murgatroyd, c'est ça ?

— Non. Je ne vais épouser personne, Heston, et vous avez ma parole.

Ce qui signifiait que la décision avait été également prise en ce qui concernait Murgatroyd. Mais celui-ci parut connaître sa réponse avant qu'elle la lui donne. Et il en parut même quelque peu soulagé, se dit-elle. Depuis quelque temps, il avait sans doute réfléchi au fait que, pour un avocat pondéré et respecté, une femme aussi imprévisible que Brande Maddox pouvait se révéler quelque peu gênante, aussi riche et belle qu'elle fût. Il demeura son meilleur ami, continua à s'occuper de son portefeuille de titres, au point même qu'elle ne savait guère quelles actions elle détenait — toutes semblaient très bien marcher — tandis qu'Heston s'efforçait de devenir son deuxième meilleur ami ; ils se trouvaient toujours là l'un ou l'autre comme cavalier servant quand il fallait se rendre quelque part. Et si elle demeura sur ses gardes les premières fois qu'elle sortit avec Heston, il parut avoir retenu la leçon et se comporta toujours en parfait gentleman. A un point tel que l'été suivant elle lui permit même d'aller faire de la voile le dimanche sur le *Cœur de Chêne* dans le détroit de Long Island, encore que la plupart du temps Lucy et Brent Junior fussent également de la sortie.

Seule Lucy s'inquiétait de la vie monacale de sa maîtresse.

— Vous devriez vous remarier, lui disait-elle souvent. Ou au moins vous trouver un petit ami. Vous êtes trop belle et trop pleine de vie pour gâcher simplement votre existence. Et vous n'en ressentez jamais le *besoin* ?

Lucy était une jeune femme très émancipée, toujours

avide de suivre toutes les modes, même celle de se faire couper les cheveux et de porter ces jupes courtes qui commençaient soudain à envahir le pays — et *elle* en ressentait manifestement le besoin, encore que par loyauté pour sa maîtresse elle refusât également de se marier. Mais Brande se contentait de sourire et répondait :

— Je n'ai pas le temps.

Ce qui était exact à bien des égards. Sa vie devenait de plus en plus pleine tandis qu'elle s'autorisait à sortir de son deuil. Avec sa beauté, son argent, son élégance et son goût pour s'habiller, elle fut bientôt très demandée par les dames de la société new-yorkaise. D'autant qu'elle renonça finalement à son appartement pour s'acheter un superbe hôtel particulier sur la Cinquième Avenue ainsi qu'une maison de campagne à Long Island, pour le week-end, d'où elle partait pour ses promenades en mer. Mais, outre les mondanités, elle commença à s'intéresser de plus en plus à la compagnie et accepta le poste de vice-président exécutif avec, bien sûr, un siège au conseil d'administration. Il lui fut impossible, en fait, de ne pas demeurer fascinée par le monde des navires et du trafic maritime, comme elle l'avait toujours été. Au moins une fois par an, elle prit l'habitude de se rendre à Londres où la recevait et la sortait un Portman de plus en plus obséquieux et où elle pouvait juger par elle-même de l'évolution d'Alletson et Compagnie. Mais elle revenait chaque fois de plus en plus déprimée de ces visites. Tous comptes faits, son père n'avait pas vendu et s'en tirait très bien, en fait ; mais il n'avait, semblait-il, aucune ambition, aucun désir de s'étendre. Et de cela elle se sentait entièrement responsable. Le rêve d'Alletson s'était effondré avec la guerre, et pas seulement avec l'éclipse du Parti Libéral : elle avait fait partie de son rêve et avait choisi quelque chose de plus vaste. Il se trouvait dans la triste situation de ne pouvoir rivaliser avec sa fille, et à chacune de ses visites elle se rendait compte que jamais plus elle ne pourrait être proche de lui. Quant à sa mère, elle y avait depuis longtemps renoncé. L'un et l'autre la considéraient maintenant comme un être à part, prêts à accepter l'image d'elle que donnaient les journaux : celle d'une femme dure et impitoyable — la façon dont elle avait arraché la Compagnie Maddox à une veuve éplorée était devenue un classique des commérages dans les clubs — et ils se demandaient s'il ne convenait pas de faire la révérence quand elle pénétrait dans leur salon.

Toujours heureuse de rentrer à New York, elle filait aux chantiers de construction pour regarder prendre forme les immenses coques qui, un jour, deviendraient le *Northern Sun* et le *Northern Moon*. Elle connut l'un de ses plus grands instants de fierté ce jour de printemps de 1923 où elle brisa la bouteille de champagne sur l'étrave du *Sun* et entendit les cris d'allégresse tandis que l'immense paquebot glissait lentement de sa rampe de lancement dans l'East River. De même fut-il impossible de ne pas ressentir un orgueil croissant devant les performances de la compagnie et de son personnel, la hausse constante des actions Maddox et par conséquent de sa propre fortune — comme si, par son succès, elle rachetait l'échec relatif de son père.

Elle savait que la plus grande part de ce succès revenait à Heston et elle ne la lui marchanda pas. Sous sa bienveillante vigilance, les équipages des navires de la Maddox devinrent les plus favorisés du monde, de même que les passagers des *Northern* bénéficiaient des meilleurs vins, de la meilleure table et du plus grand luxe, même si on leur promettait des plaisirs plus grands encore une fois le *Sun* en service. Le coût de sa construction dépassait déjà les vingt millions de dollars initialement prévus, mais peu importait, car les bénéfices semblaient croître, croître sans cesse, comme l'économie de tout le pays. Et Heston, là encore, bien loin d'afficher ses penchants pour le socialisme — qu'il semblait avoir surmontés — se révéla une surprise agréable. Il persista à refuser de servir des dividendes, s'appliquant au contraire à accroître les réserves qui, comme il l'expliquait inlassablement, permettraient de construire de

nouveaux navires dans les dix ans à venir. Les actionnaires l'adoraient, étaient suspendus à ses lèvres lors de
l'assemblée générale annuelle où il témoignait d'une
confiance totale, emportant leur adhésion quasi unanime pour tous ses projets. Elle put se dire que si le
mérite en revenait à Heston, il était également le sien
pour l'avoir d'abord installé à ce poste. Même Janine,
qui consacrait entièrement sa vie à sa garde-robe, ses
bijoux et ses croisières autour du monde, parut se montrer plus chaleureuse à l'égard de son fils.

Cependant, Heston demeurait une énigme. Malgré
toute sa gaieté et sa confiance, Brande le soupçonnait de
ne pas être heureux. Parfois, elle se demandait s'il ne
l'aimait pas vraiment et si ce n'était pas son refus qui lui
faisait mener une vie de solitaire. Car malgré toutes ses
préoccupations professionnelles, il disparaissait totalement, par périodes, une nuit entière parfois, mais
d'autres fois pendant toute une semaine. Ce qui dé-
concertait les autres membres du conseil d'administration et notamment Murgatroyd qui grommelait sombre-
ment à propos d'alcoolisme. Mais jamais on ne put
soupçonner, dans le comportement, la tenue ou l'haleine
d'Heston, qu'il buvait plus d'un verre de vin par repas.

— Eh bien, il doit se droguer, disait Murgatroyd.

Là, Brande n'en savait rien. Elle se souvint de sa
disparition, pendant presque une semaine, après la mort
de Leonardo. Mais il revenait toujours de son exil dans
le meilleur état d'esprit et avec une confiance renouve-
lée. Naturellement, elle s'en sentait un peu responsable
et discuta de la situation avec Geoffrey Kliny, qui semblait être le meilleur ami d'Heston et l'accompagnait
souvent lors de ses voyages réguliers à Londres ou sur le
continent pour superviser le travail des bureaux locaux.

— Je ne pense pas qu'il vous faille vous inquiéter le
moins du monde, madame Maddox, lui dit Kliny.
M. Maddox aime être seul de temps en temps, tout
simplement. Il travaille plus dur que j'aie jamais vu
travailler quelqu'un et je suppose qu'il a besoin de
dételer complètement de temps à autre.

228

Ce qui, venant d'un drogué du travail comme Kliny, parut assez rassurant.

Et puis Brande ne pensait pas devoir se sentir responsable de la vie privée d'Heston, tant qu'il faisait son travail. Car bien que sa vie devînt de plus en plus pleine alors que Brent Junior commençait à marcher, la plongée et le sauvetage demeuraient au centre de ses rêves. Elle étudia toutes les opérations de récupération célèbres, depuis celle de l'*Hamillia Mitchell* en 1868, jusqu'à celle du *Laurentic* en 1917 en passant par l'*Orinoco* dans les années 1880 et l'*Empress of Ireland* en 1914. La récupération de l'or dans la chambre forte du *Laurentic* ne fut véritablement achevée qu'en 1921, après que Brande eut été contrainte de renoncer à la tentative sur le *Northern Wind*. Dans ce cas particulier, le navire avait commencé à se briser et l'or à s'éparpiller au fond et l'on avait dû monter une gigantesque opération d'aspiration. Quelque chose dont il fallait s'inspirer pour le *Wind* — mais l'*Empress of Ireland*, l'épave la plus profonde, ne s'était pas trouvée à plus de trente brasses, et même cette opération avait coûté une vie par écrasement.

Et puis, le 22 mai 1922, l'*Egypt*, un paquebot de la Pacific and Orient fut éperonné à l'ouest d'Ushant et coula par soixante-six brasses. Il transportait un certain nombre de millions en or et le monde des entreprises de sauvetage s'enflamma avec un enthousiasme à la mesure du magot qui pouvait être récupéré. Là encore, on parla beaucoup de ducs de fer, mais après la tragédie du *Northern Wind*, certes vingt-deux brasses plus bas, nul ne parut très bien savoir comment s'y prendre. Une chose était sûre, cependant, se dit Brande. Si quelqu'un découvrait une technique pour accéder à la chambre forte de l'*Egypt*, on pourrait certainement s'en inspirer pour le *Wind*. En attendant, elle gardait son secret et fit promettre à Heston de garder le sien. Mais Heston, semblait-il, avait rayé le *Wind* et sa cargaison de ses rêves puisque c'était un rêve impossible.

Brande admit que c'était sans doute exact. Mais parce que ce rêve était lié à un autre de ses rêves impossibles, elle se refusa à abandonner. Chaque année, donc, elle descendait dans les Keys de Floride pour plonger avec les Prendergast, nager avec eux, s'étendre au soleil et rire avec eux, *sentir* la présence de Tom et prétendre qu'elle ne se trouvait là que pour se tenir au courant des dernières évolutions de la récupération sous-marine. En 1923, elle persuada même Heston de descendre avec un équipage, jusqu'à Miami avec le *Cœur de Chêne* et de l'y ancrer, ce qui lui donna une raison supplémentaire de se rendre dans le Sud pour faire de la voile chaque fois qu'elle pouvait trouver quelques jours. En général, Heston l'accompagnait. Non seulement, il était le meilleur des compagnons et un excellent navigateur — ne s'inquiétant même pas des courants souvent tumultueux du Gulf Stream juste à l'est des Keys — mais elle le soupçonnait aussi d'avoir deviné les sentiments de sa belle-sœur et décidé d'ouvrir l'œil.

Des sentiments qu'elle se refusait résolument à admettre. Mais ils existaient. Elle *était bien*, comme Tom lui-même l'avait dit, l'une des femmes les plus riches du monde, et quand le *Northern Sun* partit finalement pour ses essais en mer au cours de l'hiver de 1924 — après plusieurs mois de retard dus à une grève — elle n'était qu'à six jours de son trentième anniversaire. Et n'avait connu qu'une semaine d'amour dans toute sa vie. Impossible d'attendre davantage. Elle savait qu'existait un homme qu'elle *pourrait* aimer. Et, bien qu'au cours de toutes ces années Tom ne l'eût jamais touchée que pour l'aider à entrer dans son scaphandre ou pour en sortir, elle était certaine qu'il pourrait l'aimer, lui aussi, si seulement il parvenait à faire fi de leur différence de position sociale et de fortune.

La question, se dit-elle sur la passerelle du *Sun*, sentant l'immense navire se mouvoir seul pour la première fois, était de savoir si elle aurait le cran de faire elle-même quelque chose dans ce sens.

8

L'un des charmes de Tom Prendergast — et non le moindre — était l'*intérêt* qu'il portait aux diverses choses de la vie, et notamment à la plongée, mais surtout aux ambitions de Brande. Jamais il ne faisait état de son opinion personnelle quant à la possibilité d'atteindre le *Northern Wind*. Il n'évoquait pas davantage l'aspect moral où l'on risquait des vies humaines simplement pour rechercher les causes d'un naufrage et, peut-être, vérifier une hypothèse. Et Brande avait continué à garder le secret bien qu'elle se demandât pourquoi aucune des parties en cause, que ce soit le grand-duc Cyrille ou ceux qui avaient ordonné le sabotage n'eût jamais tenté de recouvrer ce qui devait être l'un des plus grands trésors de la terre ; ils doivent le considérer comme perdu à jamais, en concluait-elle. Ou bien ils savaient qu'il n'était pas là, que jamais il n'y avait été. Mais c'était là une éventualité qu'elle se refusait à envisager. Non pas qu'elle eût besoin d'argent, mais seule la récupération de la fortune du tsar pouvait *justifier* une telle entreprise. Et, se disait-elle, seule la récupération de la fortune du tsar révélerait qui étaient les assassins de Brent.

Inutile d'avouer cela à Tom avant que la plongée soit du domaine du possible. Elle ne savait même pas comment il réagirait à l'idée de récupérer deux milliards et demi de dollars.

Dès que le *Northern Sun* eut terminé ses essais en mer, elle se précipita à l'École de Plongée Prendergast. Les Keys étaient son refuge, où elle pouvait se retirer chaque fois que devenait trop oppressante l'idée d'être Brande Maddox, trop envahissants les caméras, appareils photo et la foule épiant chacun de ses mouvements ou les questions qu'on lui posait. Par exemple, pensait-elle que John Davis, ancien ambassadeur en Grande-Bretagne allait battre le vice-président Calvin Coolidge à la présidence des États-Unis — ce qu'il ne fit pas, et de loin — ou encore quel était son avis sur la mode féminine, de plus en plus « courte ». Une semaine ou deux en Floride lui rendraient sa confiance. Une semaine ou deux à travailler côte à côte avec Tom au fond de l'océan — elle plongeait maintenant à quarante et cinquante pieds — et elle se sentirait moins solitaire. Car elle se sentait seule, même avec une douzaine d'hommes papillonnant autour d'elle à un cocktail brillant. Et une semaine à faire la cuisine et le ménage côte à côte avec Lynette lui rappellerait qu'elle n'était qu'une femme, après tout.

Mais cette fois Tom se montra plus excité qu'elle ne l'avait jamais vu.

— L'hélium, dit-il.

— Pardon ?

— Ce gaz qu'on appelle l'hélium. Vous en avez peut-être entendu parler.

— Je crois, répondit-elle prudemment.

— Eh bien, il se trouve dans l'atmosphère, là-haut dans le ciel. Au-dessus de huit cents kilomètres. Avec l'hydrogène. C'est le gaz le plus léger qu'on connaisse. Croiriez-vous que l'hélium pèse deux cent cinquante *mille* fois moins que l'oxygène ?

— Non, dit-elle. Je ne parviens pas à imaginer quelque chose d'aussi léger.

— Eh bien, vous pouvez me croire sur parole.

— Et on peut utiliser l'hélium en plongée ?

— Ma foi... j'ai lu un article sur les possibilités

offertes, il y a à peine une semaine. Voyez-vous, madame Maddox, l'hélium est un gaz totalement inerte ; et, en outre, sa densité est sept fois plus faible que celle de l'azote. Il est également virtuellement insoluble. Rien ne peut donc lui arriver, rien ne peut modifier sa nature, même au-dessous de cinquante brasses. L'idée est de faire respirer à un plongeur un mélange d'hélium et d'oxygène. Apparemment, c'est faisable, et cela signifierait que si la densité de l'oxygène augmente, comme d'habitude, jamais elle n'atteindrait un niveau suffisant pour provoquer un empoisonnement — en quelque sorte il repousserait l'hélium. Ce qui signifierait que le plongeur pourrait remonter du fond théoriquement sans aucun risque.

— Voulez-vous dire que, pratiquement, il serait possible de descendre à cent quatre-vingts mètres en scaphandre ?

— Vous allez toujours trop vite, lui dit-il en souriant. Je vous ai dit que j'ai lu un article sur le sujet. Et l'on parle d'expériences menées en Grande-Bretagne et ici. Mais nous sommes sacrément loin de voir plonger un homme alimenté par un mélange d'hélium et d'oxygène. Il reste encore des tas de problèmes à résoudre.

— Lesquels ?

— Eh bien… l'hélium n'est pas si commun sur terre. Il coûte une fortune.

— Et alors ?

— D'accord, pour vous pas de problème, dit-il avec un haussement d'épaules. Et, en fait, on a découvert de l'hélium au Texas et les prix devraient donc baisser. Reste la question du mélange exact. Lorsqu'il s'agit de telles profondeurs, la plus petite erreur peut se révéler désastreuse ; trop d'hélium et on s'étouffe en eau peu profonde, pas assez et l'on court le danger d'un empoisonnement par l'oxygène, au fond. Et puis, bien sûr, plus on descend et plus on produit de dioxyde de carbone et il faut s'en débarrasser. Ajoutez-y le fait que l'on juge peu sûr d'envoyer de l'air à un homme en plongée à plus de cent brasses. Donc, s'il veut descendre plus bas, il lui faut emporter son ravitaillement. Et il y a un autre problème. Une bouteille ordinaire de vingt-cinq mètres cubes d'hélium-oxygène ne fournirait que deux minutes d'air. Ce qui veut dire que le plongeur devrait respirer sans cesse le même mélange et, *donc,* qu'il faudrait retirer chaque fois le dioxyde de carbone.

— Mais on *peut* faire tout cela.

— Eh bien… on le pense. Avec le temps.

— Et dans ce cas à quelle profondeur pourrait descendre un scaphandrier en toute sécurité ?

— Ils disent qu'il n'y a pas de limite.

— Pas de limite, souffla-t-elle. Pas de limite.

— Ce n'est pas encore pour demain, madame Maddox.

— Mais si. Si l'on investit suffisamment d'argent dans la recherche. Tom, qui s'occupe de ces expériences aux États-Unis ?

— La marine, surtout, madame Maddox. Ils ne vont pas apprécier que vous vous en mêliez.

— Eh bien, et les Britanniques ?

— Je crois que c'est une société privée. Mais les Britanniques ont un problème que nous ne connaissons pas : ils n'ont pas du tout d'hélium naturel. Et cela coûte quelque chose comme sept mille cinq cents dollars le mètre cube s'il ne jaillit pas d'un forage dans votre jardin. Multipliez cela par soixante-quinze à chaque plongée et vous allez rencontrer inévitablement un problème de financement.

Brande fixa l'océan qui chatoyait. Il avait raison de se montrer prudent, bien sûr, mais après tout, cela se faisait. Elle pourrait bien se retrouver sur la paille si elle essayait de le faire seule, mais le jeu en vaudrait la chandelle… et comment pourrait-elle se trouver ruinée avec deux milliards et demi qui attendaient qu'on les ramasse ?

Mais il y avait bien plus grave. Combien de fois avait-elle douté de la réalité de son rêve ? Sans raison.

234

Cette découverte allait lui permettre de le réaliser, et elle avait toujours su qu'un jour on ferait une telle découverte. Ainsi, *tous* ses rêves allaient se réaliser, si seulement elle le voulait. Si elle avait assez confiance pour le vouloir.

Comme elle l'avait toujours voulu. Il s'agissait seulement de savoir comment. Et puis elle se souvint qu'aucun des membres du conseil d'administration de la Maddox ne serait à bord du *Sun,* pour son voyage inaugural. Décision surprenante, se disait-elle. Elle avait proposé d'y aller elle-même, mais à sa grande surprise Heston avait catégoriquement refusé.

— Si l'un de nous y allait, expliqua-t-il, cela laisserait entendre que nous n'avons pas confiance dans le navire. Non, non, pour nous ce ne doit être qu'un voyage de routine.

Raisonnement pas tout à fait convaincant. Mais maintenant il apparaissait seulement comme un nouveau témoignage que la chance se trouvait de son côté.

Il allait être furieux. S'en souciait-elle vraiment? Brent lui pardonnerait, sans aucun doute. En fait, Brent étant Brent, il l'applaudirait, depuis son nuage ou son enfer.

Elle n'allait pas se laisser le temps de réfléchir et peut-être de changer d'avis.

— Tom, dit-elle, voudriez-vous vous charger de quelque chose pour moi?

— Cela dépend, madame Maddox. A part la plongée, je ne connais pas grand-chose.

— Il *s'agit* de plongée. Je voudrais que vous partiez pour l'Angleterre, voir ce que vous pouvez trouver à propos de cette histoire d'hélium-oxygène. Et voir également si l'on peut y investir quelque argent pour hâter les choses.

— Moi, madame Maddox?

— Ne voyez-vous pas que vous saurez si c'est réalisable ou pure utopie? Le voyage serait aux frais de la Compagnie Maddox, Tom. Dites-moi, vous pourriez prendre le *Northern Sun.* Son voyage inaugural est prévu pour le mois prochain. Feriez-vous cela pour moi, Tom? demanda-t-elle, posant sa main sur son bras et le regardant dans les yeux. Je vous en serais si reconnaissante.

Bien sûr, Heston grogna.

— Je n'ai jamais vraiment approuvé votre amitié avec un homme comme Prendergast, dit-il. Mais l'envoyer tous frais payés en Angleterre...

— Vous ne voyez pas que c'est peut-être là l'ouverture que nous attendions? La découverte qui pourrait nous permettre de descendre sur le *Wind*? répliqua Brande.

— La découverte que *vous* attendiez. Il y a longtemps que j'ai renoncé à cette idée folle. Et comment diable vais-je justifier une telle dépense auprès des membres du conseil d'administration sans leur raconter toute l'histoire?

— Eh bien, laissez tomber. C'est *moi* qui paierai son voyage et ses frais. Je présume, bien entendu, que si je ramène un trésor de deux milliards et demi de dollars, vous n'en voulez pas une part. Exact?

Il la fixa quelques instants, puis son regard sembla la fuir.

— Oh, c'est bon, allez-y. Et mettez cela sur le compte de la compagnie. Je trouverai quelque chose. Mais vous pourriez au moins envoyer un expert.

— Tom *est* un expert.

— Dieu me préserve des femmes qui nourrissent une obsession, gémit-il avant d'aller parler à Murgatroyd.

Une obsession, se dit Brande. Il avait raison. Sauf qu'il ne s'agissait plus simplement d'atteindre le *Northern Wind*. Il s'agissait de toute sa vie, maintenant, de tous les moments de désir solitaire qu'elle avait connus depuis la perte de Brent. Une obsession. Une folie. Un homme qui ne pouvait rien avoir de commun avec elle sauf la passion du fond des mers.

Elle passa tour à tour de l'écœurement le plus profond pour ce qu'elle faisait à la folle griserie, à la crainte glaciale d'un humiliant rejet possible et à la faiblesse quasiment physique à la pensée de se retrouver dans ses bras. Mais elle ne se laisserait pas vaincre par ses craintes. Elle était Brande Maddox. Il avait été pénible, douloureux, d'apprendre à devenir Brande Maddox. Vivre au-dessous de cette condition constituerait une trahison personnelle.

Elle retint son passage par l'intermédiaire de Smithers, le directeur maritime, la seule personne de la société à qui elle fît totalement confiance — peut-être parce qu'elle était la seule personne du conseil d'administration à qui *il* faisait totalement confiance.

— Je souhaite voyager incognito, Pete, expliqua-t-elle. Outre les instructions de M. Maddox, j'aurais la presse sur le dos si l'on apprenait que je me rends en Angleterre pour étudier les techniques de plongée profonde. Je serai donc Mme Allen et je prendrai une cabine ordinaire de première, pour une personne.

— Il faudra mettre le commandant Wishart au courant, fit-il observer. Et tous les officiers le seront aussi, dès l'instant où ils vous verront.

— Je n'ai pas l'intention d'être vue avant que nous soyons en mer. Mais on peut le dire au commandant, si vous êtes sûr qu'il peut garder un secret. Allons, Pete, vous n'allez pas me laisser tomber.

Il soupira, mais elle savait qu'il ne l'abandonnerait pas. Même s'il se sentait dans l'obligation de lui faire la morale.

— Ça ne marchera pas, madame Maddox. Ce mélange oxy-hélium, je veux dire. Personne n'arrivera jamais à descendre sur cette épave. Il vous faudra accepter ce fait, un jour. Et peut-être, alors, pourriez-vous commencer à revivre normalement.

— J'y penserai, Pete, promit-elle.

Cette fois encore, elle trompait un ami sincère, mais il lui parut que sa vie n'était qu'une suite de tromperies — peut-être, aussi, se trompait-elle elle-même.

La seule personne totalement dans le secret était Lucy, qui s'occuperait de Brent Junior. Et Lucy était tout excitée, même si elle n'approuvait pas le choix de Brande pour l'homme, ou qu'elle voyage sans femme de chambre. Cela, du moins, elle était prête à l'accepter, non seulement parce que cela allait de pair avec le personnage de Mme Allen, mais aussi parce qu'elle comprenait que *quelqu'un* devait s'occuper de l'enfant. Mais à l'idée que Tom Prendergast…

— Vraiment, m'dame, dit-elle. Un *plongeur*?

Mais Lucy n'était jamais allée en Floride et n'avait jamais rencontré Tom. Et la fièvre de tout cela éclipsa tout le reste. Brande ne dit à personne d'autre qu'elle quittait les États-Unis. Lucy serait trop heureuse de se débrouiller d'Heston et de Murgatroyd — qu'elle n'aimait pas — une fois le *Sun* parti. Et puis, Brande serait de retour dans une quinzaine ; le *Sun* devait faire la traversée en quatre jours. Brande continua à vivre normalement jusqu'au matin du 17 mai, jour du départ. Où elle passa à la première phase de son plan : se rendre chez son coiffeur et se faire couper les cheveux. Elle ne put imaginer une rupture plus totale avec le passé, même si en se regardant dans le miroir elle eut l'impression de se retrouver toute nue au milieu de la Septième Avenue. Mais les cheveux courts allaient avec les vêtements qu'elle avait achetés au cours de ces dernières semaines, le même genre de robes, jupes, chemisiers et robes du soir, mais radicalement différents sur deux points : les jupes, même celles des robes de bal, s'arrêtaient juste au-dessus du genou et aucune n'était destinée à être portée par-dessus un corset ou autre système de maintien du buste qui devait, autant que faire se pouvait, apparaître le plus « garçonnier » possible. Jamais elle n'avait eu de petits seins et ils s'étaient épanouis avec la maternité ; là encore elle se sentit nue avec deux minces tissus entre elle et le monde, mais Lucy la jugea fantastique.

— Oh, il va être *fou*, s'écria-t-elle. Un *plongeur!*

Le navire devait lever l'ancre à minuit et, s'agissant

d'un voyage inaugural, toutes les cabines étaient retenues et un grand nombre de personnalités étaient venues assister au départ, y compris tous les dirigeants de la Maddox. Heston téléphona pour lui dire qu'il passerait la prendre à sept heures et demie, mais Lucy prit la communication et lui répondit que Brande avait quitté la ville pour un jour ou deux. Surpris et contrarié à la fois, il raccrocha, fâché. Murgatroyd appela à son tour ; Heston avait dû se plaindre à lui. Lucy étant passée maîtresse dans l'art de s'accommoder des coups de fil importuns, se débarrassa également de lui.

En fait, Brande se trouva à bord dès midi. Enveloppée dans un nouveau vison, portant voilette et nouvelle jupe courte, ce qu'elle n'avait jamais fait en public, elle se présenta à la passerelle d'embarquement bien avant les autres passagers. Le commandant Wishart, avisé par Smithers, avait prévenu le commissaire du bord qu'une Mme Allen était autorisée à embarquer de bonne heure et ne devait pas être dérangée. Aux coups d'œil échangés par les hommes d'équipage, ils devaient sans doute penser, se dit-elle, qu'elle était la maîtresse de Wishart. Elle s'était glissée dans sa cabine single du pont B, avait tiré les rideaux et s'était allongée sur la couchette avec un livre, tantôt lisant et tantôt sommeillant, mais écoutant le plus souvent les bruits qu'elle connaissait si bien d'un grand paquebot se préparant à appareiller.

À huit heures, l'orchestre se mit à jouer et elle sut que les passagers de première classe embarquaient. Tom serait parmi eux, découvrant un luxe qu'il n'avait jamais connu, sans doute avec son habituel sourire tranquille et se demandant pourquoi elle n'était pas dans les environs. Tandis qu'Heston, Murgatroyd, Janine et les autres devaient se trouver sur le pont, à boire leur champagne, à se faire photographier tout en critiquant à voix basse son manque total de responsabilité. Et que Smithers devait prier pour qu'elle sache ce qu'elle faisait. Ma foi, ils ont sans doute raison, se dit-elle, en buvant elle aussi son champagne et en mangeant ses sandwiches à la dinde dans sa cabine, servie par un steward qui la regardait sous des sourcils froncés, lui trouvant sans doute un air familier. Mais quelle merveilleuse sensation que de se sentir totalement irresponsable pendant une quinzaine. Elle retrouvait les mêmes impressions que lors de son premier voyage en Floride avec Tom. Elle n'avait pas su ce qu'elle voulait, alors. Maintenant, elle n'avait plus le moindre doute.

Peu après le souper, elle alla se coucher et s'endormit, même, tandis que le navire bourdonnait comme une ruche et qu'embarquaient encore les passagers de deuxième et troisième classes, que l'on passait devant sa porte avec des rires et des cris, se demandant où pouvait bien se trouver la cabine de chacun. Quelqu'un essaya même de tourner sa poignée, mais elle avait pris la précaution de boucler sa porte. L'atmosphère, comme d'habitude, ressemblait davantage à celle d'un grand hôtel pour le réveillon du jour de l'an. Mais elle connaissait déjà tout cela, qui évoquait pour elle des souvenirs désagréables. Elle fut heureuse de se rendormir, puis de se réveiller, sous des coups légers frappés à la porte, sur une morne journée de mai tandis que le navire poursuivait sa route dans une mer assez grosse à l'est du phare d'Ambrose, sans aucune terre en vue.

— Avec les compliments du commandant, madame Maddox, lut le steward. Il demande si...

Il leva la tête de son message, la regarda :

— Madame *Maddox* ? Oh, madame Maddox, je vous prie de m'excuser. Mais..., ajouta-t-il, jetant un coup d'œil sur sa liste.

— Mme Allen, dit-elle. Vous ne pouviez le savoir. Que désire le commandant Wishart ?

— Eh bien..., bredouilla le pauvre homme, totalement confus. Il voulait savoir si vous prendriez votre petit déjeuner avec lui dans son salon.

— Dites-lui que j'arrive dans cinq minutes.

Inutile, bien sûr, de tenter de faire jurer le secret au

steward. Et, de toute façon, le secret était désormais inutile. Ainsi que le fit observer le commandant Wishart, un homme petit et carré.

— Je puis vous assurer que nul, à New York, n'avait la moindre idée que vous vous trouviez à bord madame Maddox.

— Et vous avez, je l'espère, résisté à la tentation d'envoyer un message radio.

— J'ai résisté, madame. Bien que, connaissant M. Maddox, je dirais que cela va me coûter cher en rentrant.

— Je prendrai tout cela sur moi, promit-elle.

— Je n'en ai jamais douté, madame Maddox. Et, si je puis me permettre, c'est un honneur de vous avoir à bord. Et un soulagement.

— Un soulagement?

— Eh bien... je n'ai jamais vu de voyage inaugural sans au moins *un* membre du conseil d'administration. Je commençais à me demander s'il n'y avait pas quelque chose que j'ignorais, sur ce navire. Mais maintenant... savez-vous que nous avons une bonne chance de battre le record et de ravir le Ruban Bleu aux Britanniques?

— On ne vous a donné aucune instruction à cet égard, commandant.

— Mes instructions sont de maintenir ma meilleure vitesse de croisière. Étant donné le temps, que la météo nous promet au beau pour demain soir, nous *pourrions* y arriver. Et maintenant, vous plairait-il de déménager pour l'une des suites, là-haut?

— Ne sont-elles pas toutes prises?

— Nous en avons gardé une de libre, dit-il en souriant. Le commandant Smithers a pensé que vous préféreriez le pont A, une fois en mer.

Elle hésita. Mais il était *inutile* de jouer davantage la comédie.

— Puisque c'est libre, commandant, dit-elle, et une heure plus tard elle était installée dans la meilleure des six suites, immédiatement après les appartements du commandant. Restait encore une chose. Elle sonna le steward.

— Voulez-vous trouver M. Prendergast ? Et lui demander de venir prendre le café avec moi à onze heures ?

Tom s'arrêta sur le seuil pour la regarder.

— Madame Maddox ? Mais...

— Je sais. Ne dites rien. Vous n'aimez pas ma nouvelle coiffure ?

— Je pense qu'elle est magnifique. Mais...

— Il fallait que je vienne, Tom. C'est son voyage inaugural. Mais je ne pouvais l'annoncer à personne, dit-elle, décidée à s'en tenir à son mensonge. Si la presse savait que j'allais m'intéresser aux techniques de plongée, après ce qui est arrivé à Leonardo, ils me cloueraient au pilori.

— Ouais. Je crois bien qu'ils le feraient.

— Eh bien, vous n'allez pas entrer ?

Il hésita, puis referma la porte derrière lui.

— Ça, c'est un navire, madame Maddox. Je n'ai jamais rien vu de semblable, et encore moins navigué dessus.

— Je vous le ferai visiter plus tard, dit-elle, servant le café.

— Est-ce qu'il ressemble à celui qui a coulé ?

— Fondamentalement, je suppose que oui. Nous avons essayé de tout améliorer, non pas de tout changer. Mais celui qui a coulé était magnifique, également. Le meilleur que nous avions, à l'époque.

— Ouais, dit-il, s'asseyant avec précaution sur le canapé blanc et or. Je crois que je commence à comprendre pourquoi vous êtes si désireuse de savoir ce qui l'a coulé. Mon père pense que vous êtes dingue, vous le savez ? ajouta-t-il avec un regard qui semblait s'excuser.

— Tout le monde pense que je suis dingue, Tom, dit-elle, s'asseyant en face de lui, les jambes croisées.

242

La surface de peau ainsi découverte au-dessus du genou attira ses yeux comme un aimant, bien qu'il les détournât rapidement. Brande Maddox, se dit-elle, tu es tout à fait *effrontée*. Mais c'était pour cela qu'elle se trouvait ici.

— Et vous ? lui demanda-t-elle. C'est cela qui m'importe.

— Je l'ai peut-être pensé. Plus maintenant. Perdre quelque chose comme ce navire… bon Dieu, je mettrai la main sur le type qui a fait ça, même si cela devait me prendre toute la vie.

— Cela ne *me* prendra pas autant.

— Ouáis. Dites-moi, madame Maddox, je me suis un peu renseigné et je crois avoir quelques réponses. Bien sûr, au bout du compte tout dépend de l'exact mélange d'oxygène et d'hélium, comme je vous l'ai dit. Mais à propos de cet autre problème — faire descendre tout cet air au fond — écoutez ça : il y a, en Angleterre, une société qui a fait breveter une cloche, une chambre plutôt, fondée sur la vieille conception Davis d'avant-guerre, mais plus efficace. On descend vraiment dans des conditions de confort, on respire de l'air à la pression ordinaire et, ce qui est plus important, il n'y a pas à tirer sur des cordes et autres stupidités de même nature ; on est en contact téléphonique constant avec la surface. Il s'agit d'une vaste double chambre. On s'installe dans le compartiment supérieur jusqu'à ce qu'on trouve ce qu'on cherche et qu'on soit juste dessus. Ensuite, on met son casque, on fixe les bouteilles d'oxy-hélium ou Dieu sait quoi et on sort par la porte du sas formé par le compartiment inférieur. Jules Verne a décrit quelque chose comme ça dans *Vingt mille lieues sous les mers*.

— Il s'agissait d'un roman, lui rappela-t-elle. Est-ce que la cloche ne se remplirait pas immédiatement d'eau à la sortie des plongeurs ?

— Non. Le compartiment inférieur, dans lequel on pénètre par un sas, est alimenté en air à la pression convenable. Et, comme dans un scaphandre, l'eau n'entre pas, même quand on ouvre la trappe. Donc, le plongeur sort, fait ce qu'il a à faire et revient. Il gagne peut-être une heure d'air, à la descente et à la remontée et dans la recherche de ce qu'il doit faire. En fait, dès qu'il est hors de la chambre, il travaille. Ce qui signifie qu'on peut réduire le temps de décompression de soixante-dix, quatre-vingts pour cent. Cela signifie également que quand il est prêt à remonter, on peut comprimer toute la chambre à l'atmosphère de la profondeur où il se trouve et, par conséquent, il peut attendre la décompression dans des conditions de confort relatif et de totale sécurité, sans cesser de bavarder avec la surface. Qu'en dites-vous ?

— Cela paraît merveilleux. Où pouvons-nous voir cette chambre ?

— Euh... en fait on ne l'a pas encore construite.

Elle le regarda.

— Mais il existe un prototype, madame Maddox. Assez bon pour être accepté par le bureau des brevets. Et tout cela *paraît* faisable, également. Je pense qu'il ne s'agit que d'une question de financement.

— Oui, dit-elle, se levant, impatiente, allant jusqu'aux hublots pour regarder la mer. Ce que vous venez de me décrire fonctionnerait sûrement *sans* le mélange oxy-hélium. Je veux dire avec l'air dont nous disposons actuellement.

— Certainement. Mais ce serait beaucoup plus sûr et on pourrait rester beaucoup plus longtemps si l'on pouvait avoir les deux.

Elle se tourna vers lui, excitée au point d'en être presque prise de nausées. *Tout* s'arrangeait.

— Dans ce cas nous aurons les deux, Tom. Je devrais faire apporter une bouteille de champagne. Bon Dieu, je vais le faire, dit-elle en sonnant le steward.

— Du champagne, madame Maddox ? A onze heures et demie du matin ?

Il n'était guère plus tard quand elle avait pris son premier verre avec Brent.

— Il n'y a pas d'autre heure pour le boire. En outre, nous allons fêter ça.

Il lui adressa son petit sourire.

— On fête quelque chose qui ne s'est pas encore produit.

— On fête des choses qui *vont* se produire, Tom. Des tas de choses. La première étant que, désormais, vous allez m'appeler Brande.

Comme d'habitude pour le premier jour en mer, les passagers n'étaient guère nombreux au déjeuner, et très peu paraissaient savoir exactement où ils se trouvaient. Après le repas, Brande fit visiter le navire à Tom, ravie de son intérêt et de son émerveillement devant ce prodige de la construction navale.

— Comme je vous l'ai dit, sa conception est assez voisine de celle du *Wind,* expliqua Brande. Je veux dire que tout se trouve à peu près à la même place. Mais mieux conçu, peut-on espérer. Le changement le plus important est que le navire fonctionne au mazout et plus au charbon. Le vieux Carter n'a jamais voulu de navires actionnés par le mazout qu'il jugeait trop dangereux. Mais les avantages sont fantastiques. On peut faire monter la vapeur en beaucoup moins de temps ; le ravitaillement en carburant est plus rapide et plus propre ; il faut moins de personnel dans la salle des machines — il n'y a vraiment pas de comparaison.

De la salle des machines, ils passèrent dans la salle du générateur.

— Et c'est là que s'est passé Dieu sait quoi, la dernière fois, dit-il, regardant les circuits, les fils, les commutateurs. Vous n'avez jamais pensé que ce pouvait être une explosion accidentelle ?

— Nous ne connaissons pas d'explosions accidentelles, monsieur, dit le second chef mécanicien Roberts, un peu sèchement.

— Et il aurait fallu une extraordinaire coïncidence, dit Brande. Mettre hors d'usage le système électrio dont tout dépendait.

— Cela arrive, les coïncidences. Si vous me montriez le système de secours ?

— Ne me dites pas que vous êtes électricien en même temps que plongeur, dit-elle en le conduisant à l'arrière.

— Ça paie d'avoir plusieurs cordes à son arc. Je m'occupe de tout ce qui est électrique, au centre de plongée. Supposez qu'une explosion se produise dans votre salle du générateur à cet instant même. Est-ce que cela mettrait de nouveau hors d'usage votre circuit électrique ?

— Jusqu'à ce que l'on mette en marche les groupes de secours.

— Ce qui prendrait encore suffisamment de temps pour couler votre navire.

— Pas cette fois. Nous avons ce système de secours. Vous voyez, toute une gamme de batteries, suffisante pour mettre en route les groupes électrogènes de secours simplement en appuyant sur un bouton depuis la passerelle. Chat échaudé...

Ils remontèrent sur le pont supérieur, respirant l'air pur après l'atmosphère confinée de la salle des machines.

— Avez-vous pensé, demanda-t-il, que si quelqu'un voulait saboter votre navire et peut-être le couler en plaçant une charge explosive dans la salle du générateur, comme vous croyez qu'on l'a fait pour le *Wind,* il sectionnerait d'abord les câbles menant de la passerelle au groupe de secours ?

— Il prendrait le grand risque d'être découvert. Nous vérifions ce système très fréquemment.

— Pas un si grand risque. Sa principale charge serait vraisemblablement une bombe à retardement. Il ne sectionnerait le circuit de secours qu'un peu avant l'explosion.

— Vous me faites froid dans le dos. En fait, il n'y a aucune *raison* de saboter ce navire.

— Y en avait-il une de saboter le *Wind* ?

— Eh bien..., dit-elle en se mordant la lèvre, la

246

guerre venait juste de se terminer, nous avions toutes sortes de passagers étrangers, des Russes et... et toutes sortes de gens. Je vais prendre une douche et me reposer un peu. On se retrouve au salon avant le dîner.

Pour l'instant, elle ne voulait pas songer à ce genre de chose.

— Je pensais ne pas venir dîner, dit-il.
— Pourquoi cela?
— Eh bien..., commença-t-il en rougissant. Je n'ai pas de nœud papillon. Ni de smoking pour aller avec.
— Mais c'est idiot. Je décrète que dorénavant il ne sera pas utile de s'habiller pour le dîner au cours de ce voyage, dit-elle avec une pression de la main sur son bras. Nous nous occuperons de cela à Londres, pour le retour.
— Dites-moi... vous pouvez *faire* des trucs comme ça?
— Pourquoi pas? C'est mon navire. (Elle balaya du regard la mer, le ciel.) Et quand je suis dessus, c'est également mon océan.

Parce que tel était son bon plaisir, et il fallait qu'il continue à en être ainsi. Elle devait être Brent, pour lui. Et en supporter les conséquences.

Il lui fallait également se décider à garder le dernier secret du *Wind*. Il serait bien temps de le partager avec lui si tout se passait bien.

Ses instructions provoquèrent quelques froncements de sourcils, mais nul ne souhaitait discuter avec Mme Maddox. En fait dès qu'on apprit qu'elle se trouvait à bord, après tout, elle fut assaillie d'invitations à prendre un verre avec divers acteurs de cinéma, membres de la noblesse britannique ou industriels américains tandis que M. Walsh, le commissaire, était également assailli de demandes de places à la table du commandant. On fit un choix satisfaisant, chaque nom étant soumis à Brande pour approbation; en fait, elle se souciait peu de savoir qui partageait sa table — elle se trouvait à la droite du commandant Wishart et Tom à sa gauche à *elle*.

— Un *plongeur*? demanda lady Mallinshaw quand on lui eut expliqué qui il était. Comme c'est intéressant.

— Envisagez-vous sérieusement une nouvelle tentative de renflouement du *Northern Wind*, madame Maddox? demanda Sa Seigneurie.

— Je n'ai jamais sérieusement envisagé de *renflouer* le *Northern Wind,* my lord, répondit Brande avec un sourire. Il gît trop profondément pour un sauvetage. Mais la Compagnie Maddox a certainement pour intention de se tenir au courant des techniques de plongée. M. Prendergast se charge de cette tâche pour nous.

— Je vois, dit lord Mallinshaw, qui manifestement ne voyait pas pourquoi ce bonhomme ne dînait pas avec l'équipage.

Tom non plus, d'ailleurs.

— Je ne devrais pas me trouver ici, observa-t-il tandis qu'ils dansaient, après le dîner.

Curieusement, il dansait très bien, Lynette le lui ayant appris quand il était tout jeune.

— Vous êtes chez vous ici. Vous êtes la personne la plus importante du navire, du moins pour moi.

Sa main se resserra fugitivement sur l'épaule de Brande tandis qu'il baissait les yeux pour la regarder et elle se sentit les joues brûlantes. Mais elle se refusa à détourner le regard et il rougit à son tour — et décida de volontairement mal comprendre.

— Bon sang, madame Maddox, je ne garantis rien.

Mais elle l'avait dit, et il avait compris. Il serait catastrophique d'hésiter, maintenant. La musique s'arrêtait. Mais quand ils retournèrent à la table, elle se borna à ramasser son étole.

— Nous allons faire une promenade, dit-elle au commandant, avec un grand sourire à l'adresse de Mallinshaw et de son haussement de sourcils. C'est la seule façon de digérer, en mer.

Le vent souleva sa jupe, lui ébouriffa les cheveux, assez courts pour flotter sans être tout à fait dérangés ; le froid était assez vif pour qu'elle se drape plus étroitement dans son étole.

— Madame Maddox, dit Tom, mal à l'aise. Je pense que ces gens...

— Je croyais que vous deviez m'appeler Brande.

— Eh bien, je crois que je vais le faire, si vous le souhaitez vraiment. Mais ces gens...

— Pensent que nous sommes amants.

Elle avança le long du pont ; sa suite se trouvait au niveau supérieur. Et elle ne savait comment poursuivre, avec subtilité. Jamais elle ne s'était trouvée dans une telle situation. Brent l'aurait simplement invitée à prendre un dernier verre dans sa cabine et elle s'y serait retrouvée avant même d'avoir le temps de dire non. Mais, en premier lieu, jamais il n'aurait fait une réflexion pareille.

— Eh bien..., dit Tom, toujours à côté d'elle.

— J'aimerais autant que nous soyons amants, dit-elle, appelant l'ascenseur.

Le liftier la regarda, regarda l'homme qui l'accompagnait.

— Pont A, dit-elle.

Et elle attendit. Tom hésita un instant puis la suivit dans l'ascenseur. Ils se regardèrent, pendant que l'ascenseur montait et demeurèrent dans le couloir jusqu'à ce que les portes se fussent refermées derrière eux.

— Cela me plairait plus que tout au monde, Tom, dit-elle alors.

Il la regardait toujours. Mais, curieusement, on ne lisait aucun rejet sur son visage, à cet instant. Il paraissait abasourdi, comme incapable de croire ce qui lui arrivait.

— Mais si ce n'est pas votre sentiment, je crois que je ferais mieux de vous souhaiter bonne nuit.

Elle se retourna, avança dans le couloir, respirant lentement mais profondément, attendant... et entendant ses pas derrière elle.

— Madame Maddox, dit-il. Brande... comment...
je veux dire, vous...

Elle s'arrêta, se retourna pour lui faire face.

— Je suis une femme, Tom.

— Vous êtes Brande Maddox. Vous êtes riche et
célèbre, vous claquez des doigts et vous avez ce que
vous voulez. Vous avez des hommes tout autour de
vous...

Les mots étaient sortis, spontanément, mais maintenant il prenait garde de ne pas dire quelque chose
d'impardonnable.

Elle ouvrit la porte de sa suite.

— Et aucun ne m'a jamais touchée. Il n'y a eu que
mon mari jusqu'à présent.

Ce qui était un mensonge. Il y avait eu Heston. Mais
Heston ne comptait plus. Même le *Northern Wind* et
Brent ne comptaient plus. Tom Prendergast, après
tout, l'avait désirée tout autant qu'elle l'avait désiré.
Une vague de passion réciproque parut déferler sur
eux tandis qu'ils se tenaient enlacés sur le seuil, tandis
qu'il l'embrassait comme jamais encore on ne l'avait
embrassée. Puis il l'emporta sur le lit et lui fit l'amour,
presque tout habillés l'un et l'autre, la première fois.
Ses chaussures tombèrent, sa robe céda et elle goûta
pleinement cette sensation. C'était elle qui avait fait
craquer sa robe car Tom, comme elle le savait, se
montra doux. Mais plein d'expérience, également —
bien plus que Brent ; elle ne put s'empêcher de se
demander s'il ne faisait pas régulièrement l'amour
avec ses élèves femmes.

Mais elle était la seule femme qu'il eût jamais eue
comme élève. Et voilà que de nouveau elle était son
élève, alors qu'elle avait pensé être le maître. Sans
utiliser ses doigts, comme Brent l'avait fait la première
fois, il l'amena cependant toute prête à le recevoir puis
à l'orgasme par une parfaite maîtrise de lui-même, par

ses poussées lentement croissantes, la laissant haletante sur le lit tandis qu'il se levait pour finir de se
déshabiller. Elle n'avait rien à découvrir de son corps,
vraiment, car si souvent devant elle il n'avait porté
qu'un maillot de bain des plus réduits. *Elle* avait
davantage à lui révéler et elle finit de se dévêtir,
achevant la ruine de sa robe, toujours étendue sur le
dos. Après quoi elle serait restée là, à demi endormie,
plongée dans son extase, le reste de la nuit, ou jusqu'à
ce qu'il la veuille de nouveau. Mais à sa grande surprise, un peu inquiète même, il voulait la reprendre
tout de suite, s'allongeant à côté d'elle et, *maintenant,*
l'effleurant et la caressant de ses mains, l'amenant à
son deuxième orgasme, avant de la pénétrer de nouveau pour une troisième extase complète. Alors seulement il s'allongea à côté d'elle tandis qu'elle se levait
et allait tirer de son réfrigérateur une bouteille de
champagne qu'elle y avait placée un peu plus tôt ce
soir-là.

Il la regarda, debout sur le seuil du salon.

— Sais-tu, dit-elle, que je n'ai jamais encore ouvert
une bouteille de champagne ? N'est-ce pas l'aveu d'une
jeunesse gâchée ?

Il lui prit la bouteille des mains, la déboucha sans
effort. Elle se rendit compte qu'il n'avait pas dit un
mot depuis qu'ils étaient entrés dans sa suite. Elle se
sentit les genoux faibles et se laissa tomber sur le
canapé.

— Jamais je n'aurais cru qu'il était possible de
connaître trois fois le plaisir, comme ça.

— Une femme peut connaître presque autant d'or-
gasmes qu'elle le veut, dit-il, s'asseyant à côté d'elle,
lui tendant un verre.

Il n'en avait empli qu'un, qu'il avait déjà bu. Il
émanait de lui une intimité qu'elle n'avait jamais
connue.

— Vraiment ? demanda-t-elle.

— Je l'ai lu dans un livre. Je crois qu'il y a des
femmes qui peuvent en avoir douze.

— Je croyais que tu ne t'intéressais qu'à la plongée.

— Tandis que pour les hommes, trois fois c'est exceptionnel.

Il sourit et lui refit l'amour.

Ce n'était pas là quelque chose dont il convenait de parler. Les mots étaient inutiles. Il suffisait de ressentir.

Pour la première fois de sa vie, Brande sut qu'elle était amoureuse, totalement et sans réserve. Elle *tenta* de conserver des réserves. Elle se dit qu'un homme qui pouvait faire connaître à une femme le plaisir par quatre fois en une soirée, en le connaissant lui-même trois fois, allait nécessairement la laisser bouleversée et elle se rappela que l'on ne vivait pas exclusivement d'amour physique. Mais c'était tout aussi déplacé que ce qu'allaient dire Heston, ou Murgatroyd, ou Janine, ou même Lucy à son retour. Elle *connaissait* la puissance de cet homme, depuis quatre ans. Elle n'avait qu'*espéré* qu'il parviendrait aussi à chasser le souvenir de Brent de sa mémoire. Il y avait là quelque chose de plus, une confirmation de son amour et de celui de Tom. Le couronnement de tout ce qu'elle souhaitait.

Certes, des problèmes l'attendaient. De même qu'ils ne parlèrent pas de leur amour, ils ne prononcèrent pas les mots tabous: Southampton, New York, la Floride — et le mariage. Ils souhaitaient que le voyage dure éternellement, et il restait encore, bien sûr, trois jours entiers, des jours au cours desquels ils se promenèrent ensemble, parlèrent, prirent leurs repas ensemble, des soirs où ils dansèrent ensemble — et des nuits où ils dormirent ensemble. Ils ne firent aucun mystère de leur amour, et tout le navire était probablement au courant. Mais elle était Brande Maddox, vice-présidente de la société, et, plus important encore, son actionnaire principal. Même les Mallinshaw durent arborer un sourire bienveillant, certains du moins d'avoir de quoi régaler leurs amis de potins d'après-dîner pendant vingt ans. Si, par moments, leurs regards interrogateurs se croisaient, ils pouvaient sourire et s'embrasser dans l'absolu délice de savoir que malgré tout ce qui assombrissait leurs pensées, ils pouvaient du moins les partager sans un mot. Et il n'y avait aucune raison de se montrer sombres, car aucun de leurs problèmes n'était insoluble, elle en était persuadée. Elle était millionnaire, lui plongeur. Mais elle se fichait totalement de la société dans laquelle elle était contrainte de vivre, et lui n'aspirait à rien de particulier. Il faudrait probablement qu'elle lui apprenne à porter un smoking et qu'elle le persuade qu'il convenait de le porter, de temps en temps. Mais elle n'avait nulle intention de le persuader de vivre à New York. Elle avait plutôt l'intention de déménager pour la Floride. Non pas d'abandonner la compagnie. La compagnie appartenait à Brent Junior et jamais elle n'abandonnerait cela. Mais Heston et Murgatroyd pourraient lui apporter les papiers qu'elle aurait à signer et elle pourrait se rendre à New York pour les réunions du conseil d'administration. C'était aussi simple que cela.

Et l'on cesserait bientôt de se poser des questions et de chuchoter. Car tel était le monde.

Mais on parlerait de tout cela au retour. D'abord, même en cette troisième nuit, restaient encore vingt-quatre heures à passer en mer, dans un crescendo d'excitation alors qu'on savait, en général, que le *Northern Sun* était dans les temps du record du *Mauretania* et allait certainement ravir le Ruban Bleu pour les États-Unis.

Après ce triomphe, qu'elle entendait pleinement savourer, il y aurait une semaine en Angleterre, à apprendre leurs goûts à faire des projets, des expériences, à mettre à exécution ces projets d'avenir avant même d'envisager l'avenir. C'était le temps de vivre et d'être heureux, de rester étendus nus dans les bras l'un de l'autre. Ce qu'ils faisaient pour leur troisième nuit en mer quand ils furent réveillés par une énorme explosion.

En fait, Brande était en train de rêver, comme si souvent en mer, d'explosions et de charivari. C'était un cauchemar avec lequel elle avait appris à vivre. Maintenant, soudain, elle sut que c'était de nouveau une réalité.

Elle se redressa, dans une obscurité totale. Manifestement, on était au milieu de la nuit, mais jamais, cependant, un navire ne se trouve plongé dans l'obscurité absolue. Elle sut instinctivement ce qui s'était passé, son esprit remontant ces six années et demie. Et même si elle se refusait à admettre la réalité, elle envisagea la *possibilité* qu'une fois encore *les deux* circuits électriques aient été mis hors service.

Car il n'y avait aucune autre explication. Elle fut prise d'une irrépressible envie d'abandonner, de se recoucher dans les bras de Tom, d'attendre que l'eau se précipite tout autour d'eux et de glisser avec lui tout au fond de l'océan où se trouvait son autre amant.

Mais elle s'était glorifiée du fait que c'était son navire, et que quand elle était à bord, l'océan lui appartenait. C'était elle qui le régissait, pas le contraire. Si elle le croyait vraiment, le moment était venu de le prouver. En outre, elle se rendit soudain compte qu'elle était plus furieuse qu'horrifiée, ou même effrayée.

Mais si elle devait battre l'océan, il lui fallait de nouveau être Brent. Elle savait tout ce qu'il convenait de faire — ce qui n'avait pas été fait à temps sur le *Northern Wind*. Et il fallait qu'elle le fasse elle-même. Elle ne pouvait envoyer Tom à la mort. Ni lui laisser voir qu'elle-même risquait sa vie.

Pensées qui lui traversèrent l'esprit dans le centième de seconde qui suivit l'explosion.

— Tom, cria-t-elle.

Il était déjà debout, manœuvrant l'interrupteur et jurant sous la colère et la frustration.

— Monte à la passerelle, lui dit-elle. Va dire au

commandant Wishart de faire mettre les embarcations à la mer et d'évacuer les passagers. Mais précise-lui qu'il faut les *informer*. Vite.

— Le générateur de secours, fit-il. Quelqu'un a sectionné les câbles. Il vaudrait mieux que je descende *là-bas* d'abord.

Elle l'entendit sortir en trébuchant.

— Tom ! hurla-t-elle. Non. Tu vas être noyé.

Brande courut derrière lui, ramassant instinctivement sa robe de chambre sur la chaise où elle l'avait posée la veille, sans avoir le temps de l'enfiler alors qu'elle heurtait des passagers terrorisés et hurlant dans l'obscurité de la coursive.

Cette obscurité parut se faire plus dense alors qu'elle dégringolait des escaliers, escaladait des échelles, toujours bousculée par les passagers fuyant. Sa parfaite connaissance du navire lui permit de trouver son chemin sans risque d'erreur.

Des lumières ! Des lampes-torches dans le noir. Et M. Clay, le troisième lieutenant qui lui lança :

— Madame Maddox ! La salle du générateur. Il y a un trou dans la cloison, assez gros pour y faire passer une voiture. Nous coulons, madame Maddox. Les portes étanches...

Il fallait oublier Tom pour l'instant. Il risquait sa vie pour sauver son navire — mais il ne réussirait pas si elle laissait le navire s'enfoncer autour de lui.

— Il faut fermer ces portes. Mettez-y tous les hommes dont vous pouvez disposer. Les portes avant également.

— Mais... nous abandonnons le navire, madame Maddox.

— Rien du tout ! Bouclez ces portes. C'est un ordre, monsieur Clay. Et donnez-moi une de ces lampes, dit-elle en lui arrachant une torche des mains, descendant une autre échelle, atterrissant sur le derrière, se relevant sur la passerelle de la chambre des machines.

Des lumières brillaient, là aussi, et lorsqu'elle y arriva les moteurs s'arrêtèrent — grâce aux chaudières à mazout ; l'immense salle s'emplit du sifflement de la vapeur qui s'échappait et auquel s'ajoutait le brouhaha des ponts supérieurs — et aussi l'horrible bruit de la mer qui pénétrait dans la coque.

On avait déjà de l'eau jusqu'à la cheville, dans la salle des machines. Des hommes arrivaient vers elle, grimpant à l'échelle.

— Arrêtez, cria-t-elle. Fermez les portes. Il faut fermer les portes.

Elle s'éclaira le visage de sa lampe pour qu'ils puissent la reconnaître et elle descendit l'échelle pour les rejoindre.

— Nous avons fermé les portes, madame Maddox, lui dit, haletant, le chef mécanicien Naylor. Mais l'eau continue à entrer. Je ne pense pas qu'on en ait fermé d'autres. Le navire peut couler d'un instant à l'autre.

— Les autres *sont* fermées, affirma-t-elle, éclairant la porte de la cloison qui les séparait de la salle du générateur.

L'eau s'infiltrait probablement par les interstices et elle put presque distinguer l'acier qui se gondolait. Mais ce devait être son imagination.

— Les générateurs..., dit Naylor.

— On les a sabotés, dit Brande. Mais on est en train de rebrancher le circuit de secours. Nous n'allons pas tarder à avoir de la lumière. Il faut étayer cette porte, monsieur Naylor. Étayez-la et restez à côté.

— Si cette porte cède, madame Maddox, le navire va couler comme une pierre.

— Il ne *coulera pas,* lui cria-t-elle. Pas si vous l'étayez.

Il la regardait et elle se rendit compte que sa lampe l'éclairait, et qu'elle tenait toujours sa robe de chambre dans sa main gauche. Elle se maîtrisa, enfila le vêtement, lui sourit.

— Trêve de distractions, monsieur Naylor. Étayez. Je reviens dès que possible.

De nouveau elle escalada l'échelle, ressentant la gîte maintenant, titubant contre les cloisons, obligée de s'agripper aux rampes des escaliers pour gagner les ponts supérieurs. Un homme courut vers elle, une lampe à la main et elle reconnut Walsh, le commissaire.

— Abandonnez le navire, criait-il. Abandonnez le navire. Aban...

Il s'arrêta de crier, la regarda, consterné.

— Madame Maddox ? Vous devriez être dans une embarcation. Tous les passagers ont évacué. Nous coulons, madame Maddox. Nous allons chavirer. Il faut quitter le navire.

Elle le retint par la manche alors qu'il allait repartir.

— Vous avez bien dit que tous les passagers avaient évacué ?

— Mais oui. Je crois. Dépêchez-vous, madame Maddox. Dépêchez-vous.

— Je veux que vous vérifiiez toutes les cabines. Demandez aux stewards de venir avec vous. Je veux être certaine que tous les passagers *ont bien* quitté le navire, mais je ne veux plus qu'aucun membre de l'équipage ne l'abandonne.

— Madame Maddox, le navire est en train de couler.

— Il ne coule pas, bon Dieu. Allez-y.

Elle arriva au pont supérieur, estima la gîte à quarante degrés environ. Impossible de redresser à moins de pomper rapidement une partie de l'eau. Et si la gîte atteignait quarante-cinq degrés, ils allaient certainement chavirer. Elle ne pouvait que prier pour que les autres cloisons étanches tiennent. Mais du moins, à la différence de la dernière fois, la mer était calme.

Elle tituba sur la passerelle, la trouva déserte ; le commandant Wishart et le premier lieutenant Llewellyn, tout au bout, regardaient les embarcations à la mer.

— Madame Maddox ! cria le commandant. Je vous croyais dans une chaloupe.

— Eh bien je n'y suis pas. Où est M. Prendergast ?

— Je ne l'ai pas vu. Madame Maddox, je vous suis

reconnaissant de demeurer jusqu'au bout, mais je crois que nous avons évacué presque tout le monde. Je pense que ce navire n'en a pas pour plus de cinq minutes. Il y a deux chaloupes qui attendent, là. J'envoie quelqu'un chercher M. Prendergast, mais il faut que vous partiez maintenant.

— Je veux que vous sortiez les pompes à main, monsieur Wishart. Je veux que tous les hommes disponibles aillent les actionner, y compris tous les membres de l'équipage qui se trouvent dans ces embarcations le long du navire. Je veux aussi que l'on ramène des hommes pour aider à étayer les cloisons, au-dessous.

— Madame Maddox...

— C'est un ordre, commandant Wishart.

Elle se retourna pour regarder la passerelle qui s'anima soudain ; elle entendait le ronronnement des générateurs de secours. Des cris de joie montèrent de la mer, tout autour, tandis que l'immense navire s'éclairait de la proue à la poupe.

— Par Dieu, dit Wishart.

— Par Tom Prendergast, rectifia Brande. Où est M. Lundy ?

— Je l'ai fait évacuer, dit Llewellyn. Il semblait inutile qu'il reste puisque nous n'avions plus de courant.

— Faites-le revenir. Dites-lui que je veux qu'on lance une demande d'assistance. A tous, monsieur Llewellyn. D'assistance seulement. Pas un SOS.

— Pas un SOS ? Mais, madame Maddox, ce navire est en train de couler.

Brande montra le clinomètre. L'aiguille restait fixée sur quarante degrès, pas plus ; les cloisons étanches tenaient, pour le moment.

— Non, monsieur Llewellyn, il ne coule pas. Vous avez du courant, maintenant. Mettez ces pompes en marche.

— Laissez-nous au moins envoyer un SOS, madame Maddox, supplia le commandant Wishart.

— Un SOS signifierait que mon navire coule,

commandant. Ou que des vies humaines sont en grave
danger. Je sais que nous avons perdu quelques
hommes. Mais, par Dieu, nous n'allons pas en perdre
davantage. Et nous n'allons pas couler, non plus.

— Vous ne pouvez en être sûre, insista le commandant. Le danger demeure.

— Commandant, à quelle distance sommes-nous de
la côte anglaise?

— Un millier de milles, environ.

— Il n'y a que quatre cents milles jusqu'à la côte
d'Irlande. Nous allons y amener le *Sun,* commandant.
Nous l'échouerons, s'il le faut. Mais je pense l'amarrer
près de la plus proche cale sèche. On ne s'en tirera pas
en me faisant sauter deux fois.

9

Maintenant qu'elle pouvait voir, on pouvait également la voir. Elle retourna à sa suite, passa une jupe et une vareuse, remonta sur la passerelle. A sa colère se mêlait — sans la remplacer — une farouche détermination. Elle allait sauver son navire. Elle et Tom. Elle le trouva sur la passerelle.

— C'est une sacrée gîte, observa-t-il, s'appuyant à la table des cartes. Tu ferais mieux de gagner l'un des bateaux, Brande.

— C'est *cela* mon bateau, lui dit-elle. Mais merci d'avoir réparé ces câbles. (Elle passa dans la salle du radio et lui demanda :) Un contact, monsieur Lundy ?

L'opérateur était toujours trempé ; il avait dû tomber à la mer en regagnant le navire. Mais il paraissait assez joyeux.

— Des douzaines, madame Maddox. Il y a des navires tout autour de nous. Le destroyer britannique *Havock* est en route, et également l'*Aquitania,* de la Cunard. Ils se trouvent tous les deux à deux cents milles environ. Il y a aussi un remorqueur hollandais qui demande si nous accepterions de signer le contrat de sauvetage de la Lloyd. Après quoi il est prêt à nous prendre en remorque.

— Dites-leur de ne pas y compter, répondit Brande qui retourna sur la passerelle. Je voudrais un compte rendu des pertes, commandant Wishart, dit-elle, tout en

écoutant le bruit des pompes et celui de l'eau évacuée
par-dessus bord.

Le clinomètre indiquait une gîte de trente-huit degrés.

— Nous sommes en train de gagner. Pour le moment,
convint Tom.

— Mettez des projecteurs en place, monsieur Llewellyn, ordonna Brande. Braquez-les sur les chaloupes. Et
donnez-moi un mégaphone.

Des hommes se précipitèrent et les chaloupes arrivèrent vers les lumières, pareilles à des insectes gi-
gantesques glissant à la surface de l'eau.

— C'est Brande Maddox qui vous parle, cria-t-elle
dans le mégaphone, sa voix tonnant dans la nuit. Vous
pouvez constater que nous avons subi de sérieux dégâts.
Mais je veux que vous sachiez que nous n'allons pas
couler. Vos vêtements et vos objets de valeur seront en
sûreté. Maintenant, écoutez-moi. Nous ne pouvons vous
faire regagner le bord à cause de la gîte. Mais les
chaloupes vont approcher l'une après l'autre et nous
allons vous distribuer d'autres couvertures et du café
chaud ; des navires vont venir vous recueillir à l'aube. En
attendant, nous allons continuer à pomper. Bonne nuit
et bonne chance. Nous nous reverrons en Angleterre.

Elle reposa le mégaphone, s'adressa à Llewellyn :

— Vous vous occuperez des chaloupes. Que tous vos
cuisiniers regagnent le bord et mettez-les au travail.

Wishart arriva près d'elle.

— Je suis certain que tous les passagers ont évacué.
Pour l'équipage, on ne peut le dire avec précision tant
que nous ne savons pas exactement qui se trouve dans les
chaloupes, mais je crois que toute l'équipe de la salle du
générateur est parmi les disparus. Et il est certain que
plusieurs de ces cloisons ont été fermées manuellement,
de l'*extérieur,* sur des compartiments déjà envahis par
l'eau. Aucun de ces hommes n'a pu survivre. Des
hommes braves, madame Maddox.

— Je le sais, commandant. Et je ne l'oublierai pas.
Combien avons-nous de compartiments inondés ?

— Six.

On estimait que le navire sombrerait avec plus de neuf compartiments inondés.

— C'était tangent.

— Ça l'est toujours, madame Maddox. Si le temps se lève…

— La météo a prévu qu'il ne se lèverait pas, vous vous souvenez? C'est assez calme, pour l'instant.

— Mais ces cloisons… vous imaginez la pression de l'eau?

— Oui, dit-elle. J'imagine. Est-ce qu'on les a étayées?

— Avec tout ce dont nous disposons. Madame Maddox, M. Sparks me dit que vous avez refusé de signer un agrément de sauvetage.

— Exact, répondit Brande, soutenant son regard.

— J'élève les plus vives protestations contre une décision aussi irresponsable. Je vous rappelle également que si vous représentez les armateurs de ce navire, je suis le commandant.

— J'en suis consciente, commandant. Vous avez le choix : me boucler dans ma cabine, comme vous avez légalement le droit de le faire. Renoncer à votre commandement et quitter le navire avec les passagers. Ou m'aider à le sauver. Car on peut le sauver, commandant. Nous *allons* le sauver. Nous pouvons gagner sur l'eau. Nous sommes déjà remontés à trente-cinq degrés.

— Vous ne pourrez descendre au-dessous de vingt-cinq, madame Maddox. Il y a des milliers de tonnes d'eau dans la coque.

— Vingt-cinq degrés, ça ira, commandant Wishart. A vingt-cinq degrés, les hélices vont toucher l'eau, ainsi que le gouvernail.

— Le… Vous voulez dire que vous voulez *faire naviguer* ce navire. Vous avez perdu l'esprit?

— Quel est le port le plus proche disposant d'installations lourdes?

— Eh bien… Plymouth, en Angleterre, je crois.

— Dans ce cas, c'est là que nous allons l'emmener. Que *vous* allez l'emmener, commandant Wishart. Par ses propres moyens.

— Madame Maddox, c'est impossible. Ces cloisons ne tiendront jamais si on augmente la pression dessus. Et c'est ce qui va se passer si le navire avance.

— Il avancera à la même vitesse que s'il était en remorque.

Elle décrocha le téléphone, appela la chambre des machines.

— Vous tenez, là en bas, chef?

— Tenir, madame Maddox? Nous sommes presque au sec.

Brande leva la tête et regarda Tom. Est-ce que je suis en train de tenter l'impossible, Tom? lui demandèrent ses yeux. Suis-je en train de me suicider et de t'entraîner avec moi?

Tom lui sourit et leva le pouce.

— Eh bien, faites monter la vapeur, chef.

A l'aube, il apparut que le *Northern Sun* se trouvait au milieu d'une véritable armada. Le destroyer *Havock* était arrivé, ainsi que l'*Aquitania* qui embarquait des passagers. Mais il y avait également plusieurs bateaux de pêches venus de ports irlandais ainsi que deux remorqueurs de sauvetage, croisant lentement — comme des requins, se dit Brande.

A l'aube également, elle avait terminé son inspection du navire. Le *Northern Sun* piquait de la proue et gîtait de vingt-cinq degrés sur tribord. Ces deux angles étaient provoqués par le poids de l'eau dans les compartiments inondés, et sans gros compresseur on ne pouvait espérer pomper suffisamment d'eau de la coque pour redresser davantage le navire. Les remorqueurs de sauvetage disposaient des compresseurs nécessaires, bien sûr... mais elle était déterminée à sauver le navire elle-même et à ne jamais payer des indemnités de sauvetage. C'était là l'instinct de l'armateur, mais elle savait que c'était possible. Le *Northern Sun* flottait toujours et le chef Naylor avait de la vapeur. En fait, l'équipage avait magnifiquement répondu à son appel — mais il y avait

264

également ceux, comme l'avait fait observer le commandant Wishart, qui étaient restés pour fermer manuellement les cloisons avant et qui avaient été noyés... bien avant qu'elle ait pris le commandement. Comme Heston l'avait prédit, un bon équipage, un équipage heureux, faisait un navire plus sûr.

— Holà, du *Northern Sun,* les héla le destroyer. Ici le commandant Cholmondeley. Je voudrais vous dire, au nom de nous tous, que c'est bien joué.

— Merci, répondit Brande au mégaphone.

— Je voudrais maintenant que vous suiviez ces instructions : coupez vos chaudières, conservez un équipage restreint, pas plus de dix hommes, tous volontaires pour demeurer à bord. Nous emmènerons les autres. Votre navire va être pris en remorque, et avec l'aide de Dieu il pourra s'en sortir.

Brande regarda les officiers et les marins groupés autour d'elle. Puis elle reprit le mégaphone.

— La Maddox n'a pas abandonné le commandement de ce navire, commandant, lança-t-elle.

— Je n'attends pas que vous le fassiez. C'est pour cela que je permets à un équipage réduit de demeurer à bord. Mais j'ai l'intention de prendre le commandement des opérations de sauvetage.

— Il n'y a pas d'opération de sauvetage. Ce navire va se diriger par ses propres moyens, et avec son propre équipage, vers le port le plus proche où il pourra passer en cale sèche pour être réparé. Selon nous, c'est Plymouth, en Angleterre. Et c'est là notre destination.

— Je ne puis vous autoriser à tenter cela. Le risque est trop grand.

— Comment pensez-vous nous en empêcher, commandant Cholmondeley ? Nous sommes dans des eaux internationales.

Suivit une brève pause dans la conversation tandis que le commandant réfléchissait à ce qu'il venait d'entendre. Puis il reprit :

— Nous allons immédiatement prendre contact avec vos armateurs et leur demander de vous communiquer les instructions utiles par radio. Je vous conseille vivement de ne rien tenter tant que vous n'aurez pas reçu ces instructions.

— Commandant, dit Brande, *c'est* l'armateur de la Maddox qui vous parle. Et ce que je viens de vous dire n'est que la confirmation des instructions que j'ai données à mon équipage et qui sont en cours d'exécution.

Un nouveau silence, puis le commandant reprit :

— Madame Maddox, je ne peux vous empêcher de vous suicider, comme vous venez de me le faire observer. Mais je peux vous empêcher de pénétrer dans les eaux territoriales britanniques, et d'entrer dans un port britannique dans l'état où se trouve votre navire. Et je vous en empêcherai.

— Je mets le cap sur Plymouth, commandant. Quand nous y serons, arrêtez-nous si vous le voulez. Mais si vous le faites, je fais faire demi-tour à mon navire pour le ramener à New York. Et, par Dieu, je ferai en sorte que le monde entier soit au courant. C'est tout, commandant.

Brande tendit le mégaphone à Llewellyn puis le lui reprit.

— Mais il a raison sur un point, dit-elle. Seuls des volontaires doivent demeurer à bord. Ouvrez le téléphone sur la salle des machines, commandant Wishart. Maintenant, écoutez-moi. Nous avons un voyage de plusieurs jours qui nous attend, en avançant au ralenti, jusqu'au port de Plymouth. A tout moment, les cloisons peuvent céder et le navire couler en quelques secondes. Je veux que chacun le comprenne bien et je veux que nul ne reste à bord s'il n'est volontaire. Je vous donne ma parole d'honneur que ceux qui quitteront le navire n'entendront aucune critique, ne subiront aucune discrimination. Vous vous êtes tous comportés en héros, hier soir. Je ne puis en demander davantage à aucun de vous. Deux embarcations attendent ceux qui souhaitent quitter le bord pour gagner le destroyer. Vous avez quinze minutes pour rassembler vos affaires et quitter le navire. Une fois ces quinze minutes écoulées, nous continuerons notre voyage.

Elle posa le mégaphone, regarda les officiers.

— Cela est également valable pour vous, messieurs, dit-elle, ajoutant à l'intention de Tom, avec un sourire : Et notamment pour les passagers.

Le commandant Wishart monta à la passerelle, et s'adressa aux quatre marins qui attendaient dans les embarcations, le long du flanc du navire :

— Remontez. Et faites remonter ces chaloupes.

Après un instant d'hésitation, les marins se précipitèrent pour accrocher les élingues et treuiller les chaloupes hors de l'eau tandis qu'un tonnerre d'acclamations montait des ponts et même du téléphone depuis la salle des machines.

Pour la première fois depuis l'explosion, Brande pleura.

Le temps se maintint au beau et Brande *savait*, tout simplement, qu'elle allait réussir. La réaction qui s'abattit sur elle fut accablante ; elle ne souhaitait qu'une chose : aller au lit et y demeurer, à supposer qu'elle pût y rester avec la gîte du navire, et ne s'éveiller qu'à l'arrivée à Plymouth. Mais c'eût été tout abandonner.

La colère demeurait, et la détermination de venger les victimes. Mais une détermination accompagnée d'un énorme « pourquoi ? » Le navire ne transportait rien qui eût une valeur extraordinaire — elle était allée voir elle-même dans la chambre forte pour s'en assurer. Et, en tout état de cause, si le navire avait coulé sur les lieux de l'explosion, il ne se serait pas agi de quelques centaines de pieds mais d'un millier de *brasses*. Tout cela était insensé. Et le fait était que le saboteur, cette fois encore, devait être un membre de l'équipage et, par conséquent, se trouver encore à bord. Elle parcourut le navire, s'adressant à chacun. Elle le leur devait bien, mais elle scruta également les visages, en cherchant un de familier. Tollman, ou Henry, par exemple. Sans les trouver. Cependant, il fallait bien que ce soit la même main que celle qui avait coulé le *Northern Wind* ; les circonstances étaient identiques. Mais *pourquoi ?*

Ce n'était pas là quelque chose qu'elle pouvait partager avec Tom. En fait, ce n'était pas là quelque chose à quoi elle voulait le *mêler*. C'était un épouvantable cauchemar. Qui s'ajoutait aux messages radio dont elle était bombardée.

Vous êtes folle, mais magnifique. Je vous aime. Murgatroyd. Oh, ma chère, chère enfant. Janine.

Les cloisons tiendront si la vitesse n'excède pas cinq nœuds. A la grâce de Dieu. Smithers.

C'est un suicide. Vous ordonnons d'abandonner le navire et d'évacuer l'équipage. Heston.

Offrons vingt-cinq mille dollars pour exclusivité. POST.

Offrons cinquante mille dollars pour exclusivité. TIMES.

Offrons cinquante mille dollars pour exclusivité. NEWS.

Permission rejoindre Plymouth accordée. Amirauté.

Toute l'Amérique vous regarde le souffle suspendu. Avec vous de tout cœur. Coolidge.

Demandons nouvelles de Tom. Prendergast.

Prenez bien soin de vous m'dame. Lucy.

Brande laissa Tom répondre à son père. Elle n'envoya elle-même qu'une seule réponse.

Maddox président Cie Maddox New York. Annulez instructions ou démissionnez poste président Maddox.

Brande et Tom passèrent pratiquement ensemble chacun des instants de ces trois jours que leur prit le voyage jusqu'à Plymouth. Ils n'avaient guère envie de se perdre de vue. Ils savaient les dangers qu'ils couraient, savaient combien craquaient, grinçaient et laissaient filtrer l'eau les cloisons, savaient que les pompes devaient marcher jour et nuit ; l'une des portes céda, la deuxième nuit. Mais ils avaient vu venir le risque et renforcé le compartiment suivant, mettant les pompes en route avant même l'arrivée de l'eau. La situation fut cependant des plus inquiétantes car, de nouveau, la gîte passa à trente-cinq degrés et Brande fit mettre les chaloupes à la mer, pour parer à toute éventualité, jusqu'à ce que le navire se redresse. Malgré sa résolution, elle fut secrètement reconnaissante au destroyer de les suivre à un demi-mille de distance. Et même heureuse de voir les deux remorqueurs qui traînaient derrière, attendant avidement.

L'heure n'était pas à faire l'amour ; ils étaient l'un et l'autre trop épuisés. Mais ils pouvaient *ressentir* leur amour même si l'avenir s'annonçait plus sombre encore. Tom ne put s'empêcher de se rendre compte que bien des choses pesaient sur l'esprit de Brande, des choses qu'elle n'était pas disposée à partager avec lui ni avec quiconque. La tentation de tout lui avouer fut énorme. Mais elle ne voyait pas en quoi cela pourrait aider et, en outre, elle se sentait encore trop confuse et trop furieuse. Elle était certaine qu'existait un dessein plus vaste que le simple sabotage de deux navires de la Maddox, un dessein qu'elle sentait, là, tout proche de sa prise de conscience mais qui lui échappait cependant chaque fois qu'elle tentait de le saisir. Un dessein qui *devait* avoir un rapport avec le trésor de la chambre forte du *Northern Wind* et qui, d'une façon ou d'une autre, englobait également le *Northern Sun*. C'était ce lien qui lui échappait. Impossible d'imaginer que celui qui avait coulé le *Wind* en espérant aller récupérer son trésor dans des eaux relativement peu profondes eût été à ce point furieux de le voir perdu sous une centaine de brasses — du fait du changement de route de Brent — qu'il en ait nourri quelque insensé désir de vengeance après six ans et demi et tenté de tuer encore deux mille personnes pour assouvir ce désir. Il faudrait supposer que le monde entier était fou. Mais il semblait simplement n'exister aucun lien logique. Avouer tout cela à Tom aurait entraîné encore de nouvelles spéculations, de nouvelles explications, aussi compliquées que jamais par la seule importance de la fortune qui gisait au sud-ouest de Fastnet Rock. Et elle ne voulait pas de cela avant d'avoir dormi pendant toute une semaine, d'avoir eu l'occasion de réfléchir, d'éclaircir certains points la concernant — il venait juste d'apprendre à l'accepter comme une millionnaire qui pouvait demeurer une femme ; une milliardaire, ce serait peut-être trop pour lui.

A supposer qu'il soit jamais possible de dormir pendant toute une semaine. Épuisée comme elle se sentait quand le *Northern Sun* approcha de la côte britannique, sa propre épreuve ne faisait que commencer. Elle en eut une vague idée quand Plymouth fut en vue et que le paquebot donnant de la bande fut entouré d'une immense flotte de navires et bateaux, du bâtiment de guerre au caboteur et au bateau de plaisance, sous les sirènes et les acclamations. Qui se firent plus intenses encore quand le *Northern Sun* mouilla l'ancre, comme Brande l'avait décidé, à proximité d'une cale sèche où, on pouvait l'espérer, il subirait des réparations lui permettant de retraverser l'Atlantique. C'était l'instant qu'elle avait attendu, l'instant où elle allait se mettre au lit pendant une semaine. Au lieu de quoi, il y eut le maire de Plymouth et tout un groupe d'amiraux ; un écuyer porteur d'un message du roi George ; l'ambassadeur des États-Unis et plusieurs attachés navals ainsi que son père et sa mère, arrivés en toute hâte de Londres pour la serrer dans leurs bras en pleurant. Et Portman, bien sûr, qui tentait de s'occuper de tout, répétant sans cesse qu'elle avait couru un risque insensé mais qu'il était fier d'elle. Et, naturellement, des centaines de journalistes accompagnés de leurs photographes ainsi que la BBC, tous posant des questions d'une incroyable ineptie.

Et des officiels du ministère du Commerce. Cela ne les regardait pas vraiment puisque « l'accident » s'était produit sur un navire américain et en haute mer, mais ils n'en voulaient pas moins savoir comment et pourquoi... et puis qui ? Question à laquelle Brande ne put que répondre qu'elle ne savait pas. Dans toute cette confusion, elle perdit même Tom de vue pendant trente-six heures, découvrant ensuite que Portman avait réservé pour elle une suite sur le prochain paquebot de la Cunard en partance.

— Mais j'ai à faire, ici, cria-t-elle.

— Il faut rentrer, madame Maddox. Vous aurez à répondre à des enquêtes, des interviews. Vous êtes même invitée à Washington, à prendre le thé avec le Président. Il faut rentrer au plus tôt. Ce sont les ordres de M. Maddox.

— Au diable, M. Maddox, lança-t-elle, tout en sachant qu'ils avaient raison l'un et l'autre.

Les techniques de plongée devraient attendre jusqu'à ce que cette confusion se dissipe. Mais, réalisait-elle, les techniques de plongée devenaient désormais sans intérêt. Car si *seule* l'intéressait la preuve que Brent avait été assassiné, le *Northern Sun* en constituait une parfaite.

— Dans ce cas, trouvez-moi M. Prendergast, dit-elle. Et assurez-vous qu'il sera sur le même navire.

— M. Prendergast ?

— Mon plongeur. Trouvez-le, monsieur Portman. Et assurez-vous qu'il occupera une cabine voisine de la mienne.

Maintenant, enfin, elle pouvait se reposer, prenant ses repas dans sa cabine, dormant, évitant de rencontrer des gens ; le commandant et l'équipage se montrèrent pleins de sollicitude. Et Tom était là. Un Tom qui avait le temps de réfléchir et d'additionner deux et deux, sans toutefois approcher la solution... mais de plus en plus convaincu qu'elle détenait cette solution.

D'autres, apparemment, commençaient à en arriver à la même conclusion, même si les journaux, du fait des lois relatives à la diffamation, devaient se montrer prudents dans leurs analyses et se contenter d'observer : *On n'aura certes pas oublié que, déjà, un paquebot de la compagnie Maddox, le* Northern Wind, *a été perdu après une mystérieuse explosion dans l'Atlantique Nord en 1918. A l'époque, la catastrophe qui coûta plus d'un millier de vies, avait été attribuée à une mine dérivante. Mais il est tout à fait certain qu'il n'existe plus de mines dérivantes dans l'Atlantique Nord. Mme Brande Mad-*

dox se trouvait également à bord du Northern Wind. *De toute évidence, il s'agit là de faits dont devra tenir compte l'enquête sur la catastrophe du* Northern Sun.

— Ils n'ont pas tort, dit Tom.

— En effet, convint Brande.

Il hésita quelques secondes puis demanda :

— Tu dois bien avoir quelques idées.

— Aucune qui soit sensée.

— Dis-moi.

— Je t'en prie... je ne préfère pas.

— Ce qui signifie que ça ne me regarde pas, dit-il, plus blessé que fâché.

— Ce qui signifie que j'aimerais qu'elles m'apparaissent sensées avant que je les impose à quiconque.

— Tu aurais dû me laisser en Angleterre. Je n'ai pas eu la moindre occasion de parler à ces plongeurs. Et je ne suis pas certain de t'être de quelque utilité ici.

— Je veux que tu sois là, dit-elle farouchement. Je veux que tu sois à mes côtés, Tom. Maintenant et toujours. Mais il faut me faire confiance quelque temps encore. Quelque temps seulement, Tom.

Il lui passa le bras autour des épaules pour une pression rassurante.

— Toujours, ça ne fait que quelque temps, ma chérie, dit-il.

A New York, ce fut Plymouth qui recommença sauf qu'il n'y avait plus de navire, plus d'officiers, plus d'équipage pour distraire l'attention sur quelqu'un d'autre que Brande. A la descente du paquebot, une escouade de policiers dut la protéger des journalistes qui braillaient tout autour d'elle, des photographes et même d'une caméra de cinéma tandis que le metteur en scène essayait vainement d'éloigner la foule devant l'objectif.

Et il y avait Walter Harragin.

— Madame Maddox, dit-il, il faut que nous ayons une petite conversation, vous et moi. Puis-je passer demain ?

— Demain, d'accord.

Et Heston, aussi. Un Heston plus furieux qu'elle l'eût jamais connu. Un Heston absurdement furieux, en fait.

272

— Je n'ai jamais rien vu de plus fou, de plus insensé, aboya-t-il dès qu'ils furent à l'abri dans la limousine de la compagnie. Risquer votre vie et celle de tout l'équipage... et pourquoi? Pour ramener un tas de ferraille à demi noyé à un chantier britannique?

— Le *Sun* est réparable, dit-elle.

— Oh, bien sûr. Et qui va payer?

— Mais... l'assurance...

— L'assurance! Selon Murgatroyd, ce sera un procès qui pourrait bien durer jusqu'au-delà de 1950. L'assurance! Vous réalisez ce que vous avez fait? Vous avez sauvé le navire. Ainsi, tout le monde sait maintenant qu'il s'agit d'une explosion interne. Et provoquée par quoi? Tout le monde parle de sabotage.

— Évidemment qu'il s'agit d'un sabotage, lança-t-elle. Et j'ai l'intention de trouver le coupable.

— La belle affaire. Vous pensez que les assureurs vont payer avant qu'on *sache* qui a placé la charge? Vous ne voyez pas que les passagers réagissent déjà, nous attaquant parce que leur vie a été mise en danger, leur santé menacée, leurs nerfs éprouvés, leur voyage interrompu...

— Nous avons sauvé le navire. Et toutes les vies. Et tous leurs biens. Pas un seul d'entre eux n'a perdu la moindre babiole. Le pire qui leur soit arrivé a été de passer une nuit à la belle étoile. La moitié d'une nuit.

— Vous essaierez de dire cela au tribunal. Bien sûr que vous avez sauvé leur vie. Vous *deviez* vous limiter à cela.

— A vous entendre, on croirait que vous *auriez souhaité* que le navire coule, monsieur Maddox, observa Tom, assis de l'autre côté.

— C'eût été la meilleure solution. S'il était allé par le fond, on aurait beaucoup réfléchi, on aurait même beaucoup parlé, mais personne n'aurait pu *prouver* ce qui s'était passé. Les compagnies d'assurance auraient dû payer. Pour tout.

— Tout comme pour le *Wind,* observa Brande.

— Oui, tout comme pour le *Wind.* Nous avons eu

273

foutrement de la chance de nous en sortir sans perdre notre chemise. Nous serons moins heureux cette fois.

— Voilà une attitude sacrément curieuse, remarqua Tom. Il y a des choses plus importantes dans la vie que l'argent.

— Ouais! Parce que vous n'en avez jamais eu. Demandez à Brande. Ou demandez-vous ce que vous faites ici. Ça, c'est une autre question. Traîner ce gigolo tout en muscles à travers la moitié de la planète pour que nul n'ignore ce qui se passe...

— Faites attention à ce que vous dites, prévint Tom en se penchant en avant.

— Oh, arrêtez, cria Brande, se penchant aussi. Vous vous conduisez comme deux gamins.

— *Lui,* sûrement, dit Heston. Pourquoi ne pas lui avouer la véritable raison pour laquelle vous le voulez près de vous, Brande?

— La véritable raison. Je... commença Brande, rougissante, regardant Tom.

Mais Tom se rembrunit.

— A quelle *véritable* raison pensez-vous, monsieur Maddox?

— Seigneur, mais vous êtes aveugle. Vous pensez qu'elle se soucie le moins du monde de *vous*? Tout ce qui l'intéresse, c'est deux milliards et demi de dollars.

Tom se rembrunit davantage encore.

— Deux milliards et demi... de quoi diable parlez-vous?

Heston lui adressa un sourire, mais sans le moindre humour dans le regard.

— Vous voulez dire que pendant tout ce temps que vous vous amusiez ensemble elle ne vous l'a pas dit? Il y a deux milliards et demi de dollars en or qui attendent dans la chambre forte du *Northern Wind.* Elle a déjà envoyé un homme à la mort pour essayer de les récupérer. Personne d'autre ne mettra la main dessus. Mais elle s'imagine que vous pourriez réussir. Si elle parvient à vous rendre amoureux d'elle, elle s'imagine que vous pourrez tenter n'importe quoi. Même plonger à six cents pieds pour elle.

— Est-ce que ce qu'il dit est vrai? demanda Tom, regardant Brande.

— Oh... il est exact que l'or s'y trouve, oui. Je veux descendre sur le *Northern Wind* un jour. Ou j'y suis descendue. Peu importe, maintenant. Ce n'est pas l'or qui m'intéresse. Je voulais découvrir exactement ce qui a coulé le navire. Mais maintenant je le sais. Il me suffit de regarder le *Sun*.

— Et pour toi l'or n'a pas d'importance? demanda Tom.

— Non. Pas vraiment.

— Mais tu ne m'en as jamais parlé.

— Eh bien...

Tom cogna sur la vitre qui les séparait du chauffeur.

— Arrêtez. Je vais aller à pied.

La voiture s'arrêta et Tom descendit.

— Bon voyage, dit Heston. Maintenant, sœurette...

— Pourquoi ne crevez-vous pas? cria Brande, sautant de la limousine, elle aussi.

Mais Tom avait déjà disparu dans la foule.

Et elle ne put le retrouver. Mais elle refusa de céder à la panique. Manifestement, il allait retourner en Floride. Elle allait l'y retrouver. Et lui expliquer. Tout cela était si absurde — et tellement sa faute. Et celle d'Heston. Foutu Heston, se dit-elle. Un jour elle lui tordrait le cou.

Mais elle avait d'autres soucis en tête. Il y avait Brent Junior et Lucy, qu'elle voulait serrer dans ses bras et embrasser, son lit dans lequel dormir, l'épuisement qui la gagnait et contre lequel il fallait lutter encore... et le lendemain matin, aux aurores lui parut-il, Walter Harragin.

— Chaque fois que je passe ici, on dirait que je tombe en pleins préparatifs de départ, dit-il, regardant la valise de Brande près de la porte.

— Je pars pour la Floride. Un jour ou deux, simplement. Je serai de retour pour votre audition.

— Ah. Il y aura donc une audition des témoins ?

— Que voulez-vous dire ?

— Il va y avoir une *enquête*. Sur la mort des membres de l'équipage du *Northern Sun* qui ont péri dans l'explosion. Mais il n'y aura enquête que si le coroner le juge utile, et il n'en décidera ainsi que si vous lui apportez la preuve que vous soupçonnez un sabotage.

— Mais je...

Il leva le doigt pour l'arrêter.

— Ne dites rien, madame Maddox. Je voudrais que vous réfléchissiez très sérieusement avant de faire la moindre déclaration officielle devant quiconque. Je ne sais pas *pourquoi* je suis de votre côté. Mais je le suis. Peut-être parce que vous avez un joli minois. Peut-être parce que je sais que vous n'êtes pas l'inébranlable veuve noire pour laquelle on vous prend généralement. Et peut-être que j'ai le sentiment que vous vous aventurez dans une jungle que vous ne comprenez pas vraiment. Mais écoutez-moi simplement un instant. On parle. On parle beaucoup, on parle énormément. Certes, on parle toujours quand se produit une mésaventure comme celle qui est arrivée à votre navire. Notamment lorsque c'est le deuxième navire auquel cela arrive. Mais est-ce vraiment le cas ? La précédente enquête a conclu à une mine dérivante. Une nouvelle enquête ne peut arriver aux mêmes conclusions. Nous avons le *Sun,* que vous avez si bravement et magnifiquement ramené. Nous pouvons l'examiner. Nous *savons* que cela a été provoqué par une explosion interne. Tout comme *vous* savez que le *Wind* a également été coulé par une explosion interne.

De nouveau il leva le doigt au moment où elle allait intervenir.

— Ce que je vous dis est tout à fait officieux, pour l'instant, madame Maddox. Soyons donc francs l'un avec l'autre. Je suis franc avec vous. Je suis franc avec vous. Dans les bureaux des compagnies maritimes et, ce qui est beaucoup plus grave, dans les bureaux des compagnies d'assurance, on parle de baraterie.

— De *baraterie* ? Vous voulez dire qu'il y a des gens

qui prétendent que j'ai coulé mon propre navire ? Est-ce que *vous* croyez cela ?

— Eh bien, madame Maddox...

— Vous voulez dire que des gens pensent que j'ai noyé mon mari ? Pour l'amour de Dieu, le *Wind* ne m'appartenait même pas, à l'époque. Je n'étais qu'une passagère. Et à quoi aurait servi de faire sauter le *Sun* et de le ramener ensuite au port ?

Elle se leva, furieuse, se servit un verre de brandy et, après réflexion, lui en servit un également.

— Personne ne *vous* accuse d'escroquerie à l'assurance, madame Maddox. Ainsi que vous le dites, cela ne tiendrait pas debout. Mais le fait est... à combien estimez-vous le remplacement d'un nouveau *Sun* si celui-ci était bon pour la ferraille ?

— Oh, je ne sais pas exactement. Disons vingt-cinq millions de dollars.

— Il est assuré pour trente-cinq.

Brande vida son verre, regarda Harragin.

— Les compagnies d'assurance ont accepté cette évaluation. Elles n'ont aucune raison légitime de brailler s'il leur faut payer. Mais elles braillent tout de même et vont continuer à brailler, et recueillir tous les bois dont elles pourront faire flèche pour prouver l'escroquerie si cela leur est possible. C'est pourquoi il vous faut vous montrer très prudente dans ce que vous direz, et ferez.

— Vous voulez dire que le *Sun* a été délibérément sur-assuré... dit Brande qui se rassit. Et que... je ne peux y croire. Qui diable... demanda-t-elle en le regardant. Vous voulez dire... *Heston* ?

Harragin haussa les épaules.

— Je n'ai cité personne, madame Maddox. Et je ne vais citer personne. Tout le monde a le droit d'assurer ses navires, ou de s'assurer personnellement, ou d'assurer sa maison, ou son chien, si l'on veut, pour le maximum accepté. C'est une bonne affaire quand on est prêt à payer les primes. Mais lorsqu'on tente d'en percevoir frauduleusement le montant, eh bien, on peut avoir des ennuis. Maintenant, madame Maddox, nul ne sait ce qui est arrivé au *Northern Wind* et nul ne le saura jamais. Nous avons une décision officielle selon laquelle il s'agit d'une perte de guerre. De même que nul ne sait ce qui est *arrivé* au *Sún*. Une puissante explosion s'est produite dans la salle du générateur. Elle *aurait pu* être accidentelle. Accumulation de gaz, étincelle électrique, quelque chose comme cela — on considère l'électricité comme une source d'énergie volatile. Les compagnies d'assurance pourront se battre pendant des années contre cette hypothèse mais je doute qu'elles puissent *jamais* prouver le contraire si c'est là ce que vous soutenez lors de l'enquête et que vous n'en démordez pas. Mais si vous commencez dès maintenant à hurler au sabotage et que vous portez l'affaire devant les tribunaux, il va falloir répondre à dés questions bien gênantes. Il est certain qu'on va reparler du naufrage du *Northern Wind* et qu'il vous faudra naviguer à travers un champ de mines pour éviter de vous retrouver accusée de faux témoignage. D'accord ?

Il finit son verre et se leva.

— Excellent brandy. Je vous ai raconté ma petite histoire, entre nous. Si vous voulez passer à mon bureau, je serai heureux de vous y recevoir quand vous voudrez. Mais désormais ce sera à titre officiel.

— Merci, murmura Brande qui ajouta, levant la tête : Et mes problèmes ?

— Pour l'instant, ce sont des problèmes intérieurs. La plupart des sociétés préfèrent laver leur linge sale en famille. On appelle cela protéger l'intégrité de la boîte.

Elle n'aurait pas voulu revoir Heston, du moins pas avant d'avoir arrangé les choses avec Tom. Mais la question était trop importante. Elle demanda à Lucy de faire reporter sa place de train au lendemain. Puis elle téléphona à Heston pour lui dire de passer. Il arriva une demi-heure plus tard, l'écouta répéter ce que lui avait dit Harragin. Il demeura impassible.

— Harragin est pratiquement un flic, dit-il lorsqu'elle eut terminé. Il suffit qu'un gamin frotte deux bâtons pour qu'il voie déjà la fumée d'un incendie. Dites-vous bien...

— Heston, qui a sur-assuré ce navire?

— C'est Kliny qui s'occupe des assurances. Mais j'ai approuvé.

— Vous le reconnaissez?

— Évidemment. Tous nos navires sont assurés au-dessus de leur valeur. C'est la politique de la compagnie. Depuis un certain temps.

— Comment se fait-il qu'on ne me l'ait jamais dit?

— Je ne peux *tout* vous dire, Brande, répondit-il avec un haussement d'épaules. Je suis le président de la société, vous vous en souvenez? Vous êtes vice-présidente. Bien sûr, vous avez probablement le pouvoir de me faire virer à la prochaine assemblée des actionnaires. Ce ne sera pas facile, de toute façon. Et soyez sûre que je leur ferai savoir *pourquoi* on me demande de démissionner.

Elle le regarda, pleine d'une fureur impuissante et essaya une autre tactique.

— Mais vous admettez que le navire a été saboté?

— Je considère que c'est une possibilité. J'allais vous le dire.

— Et qu'allez-vous y faire?

— Trouver le coupable. Entre nous. Car Harragin avait raison, à ce propos. Il nous faut des preuves avant d'aller devant les tribunaux. Sinon ce serait un coup d'épée dans l'eau. Mais je trouverai le responsable, sœurette. Vous avez ma parole.

Elle se leva, impatiente, marchant de long en large. Il lui était impossible de dire ce qu'elle avait à dire. Cependant, il lui *fallait* le dire.

— Écoutez, reprit Heston. Je suis désolé pour Prendergast. Non, bon Dieu, je ne suis pas désolé du tout. Brande, vous vous êtes vraiment conduite comme une sotte. D'accord, vous vous en tirerez pour cette fois. Vous êtes une grande et magnifique héroïne pour ce que vous avez fait, en ramenant le *Sun*. Mais continuer avec ce péquenaud, non, Brande, il n'est pas fait pour vous.

Elle s'arrêta, immobile au centre de la pièce.

— Heston... pourquoi aucun des dirigeants de la

compagnie ne se trouvait à bord du *Sun* pour son voyage inaugural ?

Heston se rembrunit.

— Mais... vous y étiez. Heureusement, comme l'a montré la suite.

— Vous ne saviez pas que j'y serais, Heston.

Il se rembrunit davantage encore puis prit un air plus dégagé.

— Essayez-vous de dire que c'est *moi* qui ai placé la bombe ?

— Je veux que vous me disiez que vous ne l'avez pas fait.

— Vous pensez que je tenterais de couler un de mes propres navires ? Que je tenterais de tuer deux mille personnes ? Et vous pensez que j'ai eu quelque responsabilité dans le naufrage du *Wind* ? Avec la mort de mon propre frère ? Mais quel esprit malade est le vôtre ?

Elle était d'accord avec lui. Mais il ne l'avait toujours pas dit et elle était déterminée à le lui faire dire sans quoi elle ne retrouverait jamais le sommeil.

— Vous n'avez pas répondu à ma question, insista-t-elle.

— Par Dieu, mais vous êtes exactement tout ce qu'on prétend. Vous n'avez pas de cœur, là, mais une énorme pierre. Quand je pense que je voulais vous épouser...

— *Dites*-le, lui cria-t-elle.

Il respira profondément, comme si elle venait de le gifler.

— Si vous étiez un homme, je vous démolirais. Non, belle-sœur chérie, je n'ai rien à voir dans cette histoire de bombe.

Brande hésita, puis courut à la bibliothèque, en tira une Bible, la lui tendit.

— Répétez-le.

Heston prit la Bible dans ses deux mains.

— Je n'ai rien à voir dans cette histoire de bombe, chère belle-sœur, dit-il. Maintenant retournez dans votre trou et laissez-moi tirer la compagnie de la panade dans laquelle elle s'est mise.

— En fait, avoua Lynette, Tom ne veut pas vous voir, madame Maddox. Il a été drôlement secoué, je crois. Oh, il m'a tout raconté, ajouta-t-elle avec un sourire triste. C'est mon petit frère, vous savez. Et maintenant il a l'impression... eh bien, qu'on s'est servi de lui.

— Je suis ici pour le convaincre que c'est faux.

— Et comment avez-vous l'intention de vous y prendre exactement ? demanda Lynette dont le regard pénétrait jusqu'au fond de l'âme.

Mais Brande savait en avoir autant à sa disposition et ne baissa pas les yeux.

— Je ne partirai pas d'ici avant de l'avoir vu.

— Vous le trouverez sur le quai, dit Lynette, haussant les épaules.

Il travaillait sur le moteur du bateau. Sur le circuit électrique, vit-elle.

— Heureuse de voir que tu ne perds pas la main, dit-elle.

Il leva les yeux, se redressa, essuya avec un chiffon ses doigts pleins de graisse et de rouille.

— Pour celui-ci, c'est l'âge, pas un sabotage, dit-il.

— Tom... commença Brande, grimpant dans le bateau. Je sais que tu as l'impression que je ne t'ai pas fait confiance. Tu as raison. Enfin, pas exactement. Ce n'est pas que je ne te faisais pas confiance ; je voulais seulement éviter de te mêler à tout cela.

— Tu aurais préféré que je me contente de remonter ce qui se trouve au fond, sans poser de questions.

— Crois-tu vraiment que je t'aurais laissé descendre à cinq cents pieds sans l'assurance que tu allais remonter ? Crois-tu vraiment que je t'aurais laissé descendre tout seul ? Pourquoi crois-tu que j'aie appris à plonger ? C'est *moi* la prochaine personne qui se tiendra sur le pont du *Northern Wind,* Tom. Mais je serais si heureuse que tu y sois près de moi.

— Tu as toujours l'intention d'aller chercher cet or ?

— Oh, je ne sais pas. Peut-être un jour. Quand ce sera faisable, et sûr.

— Ton beau-frère disait donc la vérité?

— Tom, j'ai hérité de cette situation, littéralement.
Parfois je reste des nuits sans dormir, et parfois j'ai envie
de hurler. Mais je me suis faite à cette idée maintenant.
Je suis Brande Maddox. Cela me colle à la peau. Je veux
que nous partagions. Sincèrement. Tout, de toutes les
façons. Mais... oh, je crois que j'essayais de t'y amener
doucement. Je sais maintenant que c'était une erreur.
Tom...

— Madame Maddox, comme vous venez de le dire
vous avez commis une erreur. En remarquant un plouc
comme moi, d'abord. Je ne fais pas partie de votre classe
et je ne crois pas que je veuille en faire partie. Comme
vous le dites, vous êtes Brande Maddox. Quand l'un de
vos navires est endommagé, peut-être même en train de
couler, vous redressez le menton et vous virez le président de votre société s'il ne suit pas la ligne, vous défiez
la Royal Navy et vous dites au commandant de votre
navire ce qu'il doit faire. Peut-être même que vous
défiez un petit peu Dieu. Mais vous êtes Brande Maddox. Vous vous tirez de tout et cela se termine par votre
photo dans les journaux pendant que vous prenez le thé
sur la pelouse de la Maison Blanche. Après quoi vous
cherchez à relever quelque nouveau défi. Je crois que si
je devais vivre de cette façon j'attraperais des ulcères.
Madame Maddox, avec vous j'ai connu une sacrée aventure, dans tous les sens du terme. Je ne vais pas oublier
cela de sitôt. Mais, par Dieu, je vais essayer, ne serait-ce
que pour ne pas mourir fou. Maintenant, tirez-vous de
mon bateau et laissez-moi retourner au travail.

Elle le regarda. Personne ne lui avait jamais tout à fait
parlé ainsi, encore qu'à son avis bien des gens en aient eu
envie, de temps à autre, y compris ses parents. Mais là
c'était Tom, avec qui elle avait partagé tant de choses et
ardemment souhaité en partager bien davantage. Dont
elle était amoureuse et certaine qu'il l'aimait, lui aussi. Il
lui suffisait d'avouer son amour et de le répéter sans
cesse, jusqu'à ce qu'il cède. Certainement.

Mais l'ennui c'était que chacun des mots qu'il avait

282

prononcé était exact. Elle quitta le bateau et regagna la voiture qui l'attendait.

Murgatroyd l'attendait à New York. Il la regarda, dans la pénombre du quai de la gare du Grand Central.
— Brande? Ça va?
— Je suis soûle comme une grive. Quelle heure est-il? lui demanda-t-elle, avançant en chancelant vers la voiture.
— Quatre heures.
Elle cligna des yeux au soleil suspendu au-dessus de la 42e Rue.
— Du matin ou de l'après-midi?
— Pour l'amour de Dieu, Brande, comment est-ce que ça pourrait être le matin?
— Eh bien, ça devrait. Et pour moi, bon Dieu, je vais faire que ce soit le matin.
Elle se laissa tomber sur la banquette et il s'assit à côté d'elle.
— Vous connaissez toutes les boîtes de nuit, John, lui dit-elle. Faites-moi faire la tournée des grands-ducs.
— A quatre heures de l'après-midi?
— Vous avez douze heures pour faire que je ne sois plus une honnête femme.

A un moment, il y eut une descente de police dans la boîte où ils se trouvaient. Coups de sifflet, éclairs de flash tandis qu'elle escaladait une fenêtre, avec l'aide de Murgatroyd. Peu après cela, elle se souvint d'avoir été malade. Et puis une longue obscurité qui se terminait par son réveil dans son lit, partageant apparemment une solide migraine avec Murgatroyd couché à côté d'elle.
Elle tituba jusqu'à la salle de bains, prit un Alka-Seltzer, vomit de nouveau, prit une douche froide, vomit encore, prit une autre douche froide et s'allongea à même le sol qui tanguait comme un navire dans la tempête.

283

— Seigneur, murmura Murgatroyd. Quelle nuit.

Brande se redressa, adossée au mur, conclut qu'elle avait pris une sage décision en refusant de l'épouser. Comme première vision matinale, un John Murgatroyd nu ne constituait pas le gage d'un avenir serein et tangible.

Mais elle n'avait pas d'avenir tangible. Elle ne *voulait* pas d'un avenir tangible.

— Désolé, Brande, dit-il, tombant à genoux à côté d'elle. Vraiment, je suis désolé. Je vous aime tant, et... une chose en a simplement entraîné une autre.

Elle se rendit compte qu'il ne s'attendrissait pas sur Tom. Et, pour la première fois, que *ni l'un ni l'autre* ne portait le moindre vêtement. Elle haussa les épaules.

— Je crois que je vous ai fait attendre assez longtemps.

— Épousez-moi, Brande. Je vous en prie, épousez-moi.

Ses yeux s'étaient fermés tout seuls. Maintenant ils s'ouvrirent avant qu'elle puisse les en empêcher. Son brave gros toutou bien dressé.

— Désolée, dit-elle.

— Mais... ce plongeur? Je pensais que c'était fini.

— Oh oui. C'est fini.

— Et vous allez rester veuve le reste de votre vie?

— Rectification. Je vais rester ivre le reste de ma vie. Et, Johnnie mon vieux copain, jamais, *jamais* je ne vais prendre de décision ou me charger de quoi que ce soit ou dire à quiconque ce qu'il convient de faire, tant que je vivrai. Vous pouvez le répéter.

Cela n'amusa pas du tout Heston. Il avait, comme d'habitude, surmonté sa colère contre ses accusations et il jouait de nouveau les beaux-frères ulcérés — et les présidents de la société. Il lui brandit au nez une liasse de journaux.

— Savez-vous combien de fois vous avez été photographiée, la nuit dernière? Sept fois. Regardez ces

photos. En train de danser... de remuer votre derrière...
de découvrir assez de vos jambes pour provoquer une
émeute... en train de boire. Seigneur Dieu, en voilà une
où vous envoyez promener votre culotte.

— J'ai fait cela?

— Vous ne le savez pas?

— Ma foi... je ne l'avais plus quand je me suis réveillée. Mais je pensais...

— Très drôle, aboya-t-il. Vous savez quel est le titre
le plus indulgent? Brande Maddox en train de noyer son
chagrin avec son avocat. Avec *son avocat*!

— Il est venu me chercher à la gare.

— Vous voulez dire...

— Que ça aurait pu être le boueux. Ou même vous,
Heston. Mais vous n'êtes jamais où il le faut quand il le
faut.

— Eh bien, vous feriez mieux d'y être, nom de Dieu.
Nous avons des ennuis, chère belle-sœur. A commencer
par l'assemblée générale extraordinaire que l'on vient de
convoquer.

— Foutaises. Ils nous adorent l'un et l'autre.

Et le plus curieux c'est qu'elle avait raison. Sans aucun
doute, la plupart des actionnaires avaient lu les journaux
et vu les photos et les titres. Mais le temps de convoquer
l'assemblée, ils avaient également lu les rapports et vu
les photos d'une Brande Maddox posée et à jeun, retenant ses larmes dans un effort manifeste tandis qu'elle
apportait son témoignage à l'enquête sur la mort des
marins du *Northern Sun* et recevait les louanges du
coroner pour avoir sauvé le navire. Elle apparut également devant eux dans son état normal et correctement
vêtue. Et lorsque le commandant Wishart eut fini sa
lecture du livre de bord, où chaque événement avait été
consigné avec une scrupuleuse honnêteté, dans une
prose dépouillée et laconique, ils les acclamèrent debout, elle et le commandant. Après quoi ils étaient prêts
à suivre Heston, même quand il leur eut peint le tableau
le plus sombre: les compagnies d'assurance refusaient de
payer tant que n'avaient pas été établies avec une quasi-

certitude les causes de l'explosion ; en conséquence de quoi les réparations ne pourraient commencer sur le *Sun* avant plusieurs mois au plus tôt — ce n'était pas là une question d'argent mais il fallait conserver une preuve éventuelle ; que la compagnie était traînée en justice par la plupart des passagers — mais que, là encore, il faudrait attendre les conclusions de l'enquête ; qu'étant donné toutes ces circonstances les bénéfices seraient des plus réduits cette année, tout comme les dividendes.

— Bien entendu, leur dit-il, la compagnie est aussi solvable qu'elle l'a jamais été. Le *Moon* a déjà été lancé et doit être achevé dans dix-huit mois. Nous disposons également de quarante-sept millions de dollars de réserves. Si j'avais le sentiment qu'il faille vous convaincre ou vous chouchouter, je déclarerais, ici et maintenant, que nous pouvons servir un dividende de vingt pour cent. Mais je suis confiant dans la décision unanime de cette assemblée d'approuver mon intention de ne pas toucher à ces fonds, simplement pour le cas où les choses tourneraient mal avec ces enquêtes. Une fois payée en totalité l'assurance du *Sun,* nous pourrons décider, croyez-moi, de servir un dividende record. Ce n'est qu'une question de mois.

L'assemblée générale, unanime, lui vota sa confiance ; après quoi on fit la queue pour serrer la main de Brande.

De nouveau, Brande se trouva prise dans ce sentiment d'incertitude quant à ce qui était rêve et ce qui était réalité, quant à savoir où finissait le rêve et où commençait la réalité. Maintenant, elle avait aimé deux fois et deux fois elle avait perdu. Impossible d'aimer une troisième fois ; elle n'était pas près d'envisager une telle hypothèse.

En fait, elle n'était pas disposée à envisager quoi que ce fût. Il lui semblait que sa vie suivait désormais un canevas de rapports personnels catastrophiques — et de succès matériel croissant. Rien de ce qu'elle pouvait faire ne parvenait à tourner mal, sauf quand elle tentait d'approcher quelqu'un avec son cœur. Selon Murgatroyd, sa fortune personnelle, indépendamment de sa participation dans la société, se montait à quelque cinq millions de dollars — non compris le prêt d'un million consenti à son père et qui n'avait jamais été remboursé mais que l'on pouvait considérer comme une participation dans la Compagnie Alletson ; chaque action qu'elle achetait semblait doubler de valeur dans les six mois. L'alcool qu'elle ingurgitait ne paraissait pas affecter sa santé — encore que, n'ayant pas le tempérament d'une véritable alcoolique, elle ne tardât pas à y renoncer : elle ne trouvait aucun plaisir à passer la nuit à vomir ni à se demander, le lendemain matin, si elle marchait sur la tête ou sur les talons.

Pas plus qu'elle ne trouvait de plaisir à se réveiller à côté d'hommes nus, même s'il s'agissait de vieux amis. Ce qui lui posa un problème car John Murgatroyd, assez légitimement, présumait que s'était établie entre eux une certaine relation, même si elle ne souhaitait pas l'épouser. En fait, elle essaya encore, une ou deux fois, par pur désespoir, pour découvrir qu'elle avait préféré la première fois, alors qu'elle était inconsciente. Après avoir été aimée par Brent Maddox et Tom Prendergast, elle savait que n'existait *personne* qui puisse vraiment la bouleverser. Elle se mit à voyager. Brent Junior avait maintenant sept ans, se montrait brillant et intelligent et commençait déjà à ressembler à son séduisant papa. Avec Brande et Lucy, ils partaient, lors des vacances scolaires, s'embarquant sur un cargo de la Maddox, pour l'Europe en général. Ils visitèrent l'Italie, la Suisse, les îles grecques, la France... mais parfois parcouraient les Caraïbes ou traversaient le pays jusqu'en Californie. En fait, Brande ne choisissait jamais un endroit, se bornant à piquer au hasard une carte du monde avec une épingle — encore qu'elle eût une idée assez précise de l'endroit où elle piquait. Cette forme de prise de décision constituait le maximum qu'elle se permît. Toute autre décision, tous projets ou ambitions de naguère étaient bannis. De temps à autre, feuilletant un magazine, elle tombait sur un article concernant le sauvetage d'épaves ou la plongée en eau profonde — l'offensant journal était aussitôt condamné aux flammes.

Mais quand, le matin du 9 septembre 1926, elle apprit que la Floride avait été dévastée par l'ouragan le plus violent du siècle, elle prit le premier train pour Miami, prétendant aller jeter un coup d'œil sur le *Cœur de Chêne* que, miraculeusement, elle trouva intact. Elle apprit également, après plusieurs jours de demandes infructueuses — toutes les routes et voies ferrées reliant les Keys ayant été coupées — qu'il en était de même pour le Centre de Plongée Prendergast. Elle rentra chez elle.

De même refusa-t-elle de s'occuper de la compagnie plus que ne l'exigeait le strict minimum indispensable, refusant même d'assister à la cérémonie de départ du *Northern Moon* pour son voyage inaugural en mai 1927. Comment imaginer une *telle* chose? Mais, là encore, tout le monde comprit. Comme on pouvait s'y attendre, les enquêtes et recherches sur la catastrophe du navire-frère du *Moon* avaient pris bien plus de temps que prévu et les experts qui, pendant des mois, avaient envahi le *Northern Sun,* ne finirent par se mettre d'accord qu'un peu avant le premier voyage du *Moon.* Alors, comme l'avait prévu Walter Harragin, ils s'accordèrent sur le fait qu'on *ne pouvait* s'accorder sur la cause de l'explosion. Les assureurs se hâtèrent de proposer le paiement de dix millions de dollars pour prix des réparations du navire, et de dix autres millions pour régler le montant de tous les dommages et intérêts demandés par les passagers. Heston refusa aussitôt — le navire avait été assuré pour cent millions — et une nouvelle bataille juridique s'engagea qui ne put s'ouvrir avant le printemps 1928. Là encore, Brande refusa de s'en mêler bien qu'elle fût tout à fait tentée d'accepter l'offre et d'arrêter là les pertes de la compagnie. Mais elle ne put lutter contre les arguments d'Heston: « Non seulement cela nous mettrait tout bonnement en faillite », déclara-t-il, « mais ce serait aussi pratiquement reconnaître une certaine responsabilité de notre part. Leur offre revient à dire : nous *savons* que vous êtes responsables mais nous ne pouvons le prouver. Eh bien, par Dieu, ils ne s'en tireront pas comme ça. »

Comme d'habitude, elle ne put s'empêcher d'admirer sa farouche détermination, son inflexibilité — l'aspect le plus Maddox de son caractère. Quand il lui apporta la coupure de journal déclarant qu'un certain William Brown, ex-membre de l'équipage du *Northern Sun,* avait été retrouvé pendu dans sa chambre, elle en fut horrifiée.

— Vous aviez dit qu'il fallait l'avoir, lui rappella Heston.

— Mais... il est mort. Il s'est suicidé ! Et qui était-il, après tout ?

— L'homme que nous recherchions. Il s'est tué parce que les détectives que j'avais lancés à sa poursuite allaient le coincer. Nous avions toutes les preuves. C'était un électricien faisant partie de l'équipe de la salle du générateur, mais, évidemment, il n'était pas de service quand la bombe a explosé. Il n'avait pas d'amis parmi les membres de l'équipage, son casier judiciaire faisait état de quelques délits mineurs, *et* il s'est comporté de façon suspecte pendant le voyage, faisant d'étranges allées et venues entre sa cabine et la salle du générateur. On a remarqué, par exemple, qu'il n'était pas dans sa couchette quand l'explosion a eu lieu alors qu'il aurait dû s'y trouver puisqu'il n'était pas de service et qu'on était en pleine nuit. Manifestement, il était en train de sectionner les fils des générateurs de secours. Oh, je sais qu'il est regrettable qu'il...

— Regrettable ? souffla Brande.

— Eh bien, jamais nous ne pourrons le traîner devant les tribunaux et nous avons perdu l'occasion d'apprendre qui l'employait. Et je ne vois pas, non plus, comment il pourrait nous servir de preuve contre les assureurs puisqu'il est mort. Mais nous l'avons eu. C'est déjà quelque chose.

Elle devait lui être — supposa-t-elle — immensément reconnaissante de s'occuper de tout. Si elle ne pouvait s'empêcher de le considérer comme un être profondément détestable, elle devait bien admettre que comme président de la société il s'était révélé un choix parfait. Leurs rapports personnels conservèrent un aspect bien singulier. Elle savait qu'il la désirait plus que toute autre femme au monde — autant pour sa fortune que pour son corps, présumait-elle — mais elle savait également que, tout comme Murgatroyd, il avait peur de son caractère imprévisible et de la force de ce caractère. Il craignait qu'un jour ou l'autre la Brande qu'il avait connue puisse renaître de ses cendres, se mettre à donner des ordres et dire à chacun, lui y compris, ce qu'il convenait de faire et comment. Elle demeurait actionnaire majoritaire tout comme elle demeurait la chérie des autres. Aussi cherchait-il à lui être agréable de toutes les façons possibles et continuait-il à lui rappeler qu'il l'aimait, insistant pour lui rendre visite chaque semaine afin de la tenir au courant des affaires de la compagnie. Et, malgré les procès et quelques problèmes de croissance du *Northern Moon* dont les moteurs refusaient de développer la puissance nécessaire pour battre le record de l'Atlantique Nord qui avait tant paru à la portée du *Sun,* ces affaires semblaient marcher aussi bien que jamais — même si l'on avait dû encore reporter à plus tard le dividende record promis — malgré le peu d'intérêt qu'elle feignait de leur porter. Et Brande, de son côté, se comportait avec lui comme une petite fille gâtée, attendant de lui qu'il soit toujours là ; même quand elle ne dissimulait pas son ennui devant les faits et les chiffres qu'il exposait, devant ses espoirs et ses craintes, le recevant vêtue de sa robe de chambre ou moins encore, simplement parce qu'elle savait à quel point il désirait la tenir dans ses bras.

Mais, en fait, elle en arrivait lentement à réaliser qu'Heston était le seul homme qui pouvait vaguement la ramener à la vie. Elle ne l'aimait guère mais appréciait cependant sa compagnie, son habitude de se présenter aux heures les plus insolites du jour ou de la nuit avec deux bouteilles de champagne frappées, ou des billets pour un concert de jazz dont elle n'avait jamais entendu parler, ou une invitation pour une soirée dans quelque arrière-salle à laquelle on ne pouvait accéder qu'avec un mot de passe et où, soudain, elle se retrouvait côte à côte avec des truands et leurs petites amies, avec des membres de la Famille et même parfois, se disait-elle, avec certaines de leurs futures victimes. Tous semblaient connaître Heston et connaître également Mme Brande Maddox, la belle mondaine un peu débauchée qui lui tenait lieu de belle-sœur.

Elle ne lui faisait pas confiance mais il demeurait cependant la seule personne avec laquelle elle pouvait partager ses pensées les plus intimes, parce qu'il savait tant de choses d'elle. Elle avait conscience de le craindre, également — la façon dont il avait traqué l'infortuné William Brown et provoqué sa mort était sans commune mesure avec la fureur de Brande, au début, pour l'horrible crime commis par Brown — mais il n'y avait rien de plus rassurant au monde que le sentiment de pouvoir dominer une telle puissance inflexible, car elle en était l'auteur. Elle ne partageait avec lui aucune intimité physique tout en partageant cette intimité fantastique consistant à savoir que l'autre attendait de bondir ; il lui baisait l'oreille ou même les lèvres tandis qu'ils dansaient joue contre joue, il la mettait au lit quand elle avait trop bu, sans jamais tenter de l'y rejoindre. C'était comme son alter ego, comme la représentation de ce qu'elle deviendrait si elle ne se reprenait pas. Et cependant, parce qu'il était là — son seul contact avec la réalité — elle ne nourrissait aucun désir de se reprendre. Être Brande Maddox s'était révélé trop pour elle, après tout. Trop *grand* pour elle. Comme elle se l'était dit une fois sans y croire, après Brent la vie ne pouvait que se révéler décevante, désastreuse. On ne pouvait s'en consoler, occasionnellement, qu'au fond d'une bouteille de brandy.

Il était manifeste, pour l'un comme pour l'autre, qu'ils avançaient sans cesse vers un dénouement, vers quelque résolution de leur rapport amour-haine. Et, après tout, on les avait tant de fois photographiés ensemble, tant de fois on avait parlé d'eux dans les potins — Murgatroyd ayant totalement disparu du tableau, plus affecté que furieux — qu'elle pensait que l'ultime solution allait être le mariage. La pensée d'épouser Heston tenait soit du cauchemar, soit du défi, selon l'humeur de Brande. Elle imaginait qu'il était le seul homme susceptible de lui donner du plaisir comme l'avaient fait Brent ou Tom ; et, cependant, la pensée de ses caresses, de ses attouchements sadiques — elle ne se souvenait que trop de cette soirée au Cap Cod — l'emplissait toujours de dégoût. De même que lui paraissait horrifiante l'idée de se retrouver légalement en son pouvoir — bien que sachant qu'il lui donnerait toute la force dont elle avait besoin pour développer sa propre puissance. L'important, se disait-elle pour se rassurer, était qu'il appartiendrait à Heston de faire le premier pas, et il ne semblait guère pressé. La nature actuelle de leurs relations, même si Brande savait que cela ne durerait pas, lui convenait mieux.

Le procès contre les assureurs s'ouvrit au printemps de 1928 et dura un an. S'il fit sensation au début, il fut bientôt éclipsé par les élections, même si ne semblait pas exister le moindre doute que les Républicains, avec Herbert Hoover, allaient être reconduits pour quatre années de prospérité sans égale. Quand le tribunal rendit enfin son jugement, en avril 1929, seuls les avocats représentant les passagers prétendument lésés se souvenaient du *Northern Sun*. Et la compagnie, bien entendu, car le tribunal stipula qu'en tout état de cause la Société Maddox devait se satisfaire des vingt millions de dollars offerts pour règlement de tout compte.

Heston se présenta chez Brande, comme d'habitude, ce soir-là, avec deux bouteilles de champagne et ses verres frappés.

— En fait, on nous demande de tout accepter, nom de Dieu, dit-il en servant. Et de convenir également avec les assureurs que nous avons les mains sales, plus ou moins. Vingt millions... nous avons dépensé la moitié de cette somme en honoraires d'avocats. Le *Sun* n'est plus qu'une foutue ruine pourrissante... cela va nous coûter deux fois ce prix pour le remettre en état. Je pense qu'on ferait tout aussi bien de le détruire et de repartir de zéro. Et le *Moon* qui ne rapporte pas encore de bénéfices, non plus. Et les passagers du *Sun* qui font la queue pour *leur* livre de chair. Tout cela me rend malade. Pourquoi, mais pourquoi ne pas avoir laissé couler ce foutu rafiot ?

— Allons, Heston, vous n'allez pas remettre ça.

— Oh, vous êtes pardonnée, lui dit-il en souriant. Je suis las, tout simplement. Je vais vous dire, Brande... si nous prenions des vacances ? Juste vous et moi ?

Elle fronça les sourcils par-dessus son verre. Voilà qui lui tombait dessus plutôt soudainement.

— Le *Cœur de Chêne*, dit-il. Vous vous rendez compte que cela fait des années qu'il est amarré en Floride, à ne rien faire ? Je l'ai fait entretenir chaque année, savez-vous ? En fait, la facture de cette année pour la mise en cale et la peinture vient d'arriver. C'est ce qui m'y a fait penser. A la façon dont les choses tournent, sœurette, nous pourrions bien ne plus pouvoir nous le permettre bien longtemps. Que diriez-vous d'une dernière croisière, tous les deux ?

Son sourire était enfantin, comme celui de Brent. Puis il se leva, alla à la porte, ramassa le paquet qu'il y avait déposé en entrant et le lui tendit. Elle l'ouvrit, découvrit un petit revolver.

— Pour me tirer dans les noix, vous vous souvenez ? Si je deviens trop familier.

10

Lucy, qui détestait tout bonnement Heston et ne comprenait pas comment sa maîtresse pouvait avoir *le moindre* rapport avec un tel homme fut épouvantée à cette idée.

— Il va vous faire sa proposition, dit-elle. Quand vous vous retrouverez toute seule dans ce yacht, il va vous poser la question. Et qu'est-ce que vous ferez ?

— Je n'ai pas encore pris de décision, répondit Brande, ce qui laissa Lucy plus scandalisée que jamais.

Elle était presque heureuse que cela se produise enfin. Dans six mois, elle allait avoir trente-cinq ans. C'était certainement le moment de décider de ce qu'elle allait faire de la seconde moitié de sa vie. Et l'idée de n'avoir pour seule compagnie qu'une bouteille, les voyages, les affaires, ou même Brent Junior, devenait de moins en moins séduisante. Tandis qu'au cours des dix années écoulées, et bien qu'ils se fussent détestés et combattus de temps à autre, Heston et elle avaient vécu dans une intimité remarquable bien que limitée. Ils se connaissaient, sans bien se connaître vraiment, se disait-elle. Il la tenait pour la plus grande garce au cœur froid du monde — et elle savait que s'il se trompait probablement *à ce sujet,* elle devait se tromper aussi. Une chose était certaine : avec Heston, la vie ne serait jamais triste.

Il était des plus élégants tandis qu'ils descendaient vers la Floride dans son Hispano, plein d'esprit et prodigue, possessif sans jamais être envahissant. Mais le seul voyage vers la Floride constituait un traumatisme, pour Brande. Elle n'était pas retournée à Miami depuis 1926 et était terrorisée à l'idée de tomber de nouveau sur Tom, même si cela n'était guère vraisemblable puisqu'ils ne descendaient pas vers les Keys : le *Cœur de Chêne* se trouvait dans une marina à Miami même. Et le bateau était tout à fait prêt à prendre la mer ; Heston avait téléphoné pour qu'on fasse le plein de combustible et qu'on l'approvisionne, y compris en champagne, inséparable de son image.

— Je pense que vous voudrez la cabine arrière, dit-il. Je coucherai à l'avant puisque je suis l'équipage. Maintenant, que diriez-vous d'une soirée en ville avant le départ ?

— D'accord, dit-elle, consciente de l'excitation croissante qui courait dans ses veines, car sa proposition ne faisait plus aucun doute. Et plus qu'une proposition encore. Manifestement, il avait bien l'intention de se retrouver dans cette cabine arrière à leur retour à Miami — elle était curieuse de savoir comment il s'y prendrait tout en conservant son image nouvelle d'urbanité sophistiquée. Quoi qu'il arrive, elle était presque décidée à le suivre.

Ils partirent à l'aube, larguant les amarres et mettant sous voiles avec un léger manque de précision, mais la brise marine dissipa bientôt les quelques nuages et la journée s'annonçait magnifique.

— Où allons-nous ? demanda-t-elle.

— J'avais pensé aux Bahamas.

— Mais n'est-ce pas horriblement loin ?

— Pas vraiment. Certes, l'archipel se trouve à plusieurs centaines de milles, mais Bimini n'est qu'à quarante-cinq milles plein est de nous. A cette allure... (Bonne brise de sud, toutes voiles dehors) nous pourrions y être pour déjeuner.

— Mais nous n'y serons pas ?

— Eh bien, je pensais sauter Bimini et poursuivre sur Nassau. Vous vous rendez compte que la moindre goutte de véritable alcool que vous avez bue depuis neuf ans venait de Nassau ?

— Non. Je l'ignorais. Expliquez-moi cela.

— C'est très simple. Les habitants des Bahamas doivent être les plus grands entrepreneurs de toute l'histoire. Ils ne font pas grand-chose d'autre. Ils ont commencé comme pirates, il y a deux cents ans. Quand on a mis fin à la piraterie, ils se sont faits un peu naufrageurs, mais ils se sont surtout dorés au soleil, tout en pêchant, pendant plus de cent ans, jusqu'à la guerre de Sécession. Ce qui les a fait se lever, tout excités. Ils se sont donc mis à importer des armes dans les États Confédérés et à exporter du coton. Quand 1865 est arrivé, ils sont retournés dormir. Jusqu'en 1920. Maintenant, ils font entrer de l'alcool dans tous les États ayant une façade atlantique. Et ils y réussissent très bien. Je crois que ça vaut bien une visite.

Brande fut d'accord. Et jugea l'idée excitante car tout, dans ce voyage, était excitant pour elle. Heston, malgré tous ses défauts, était un homme excitant. Elle se disait qu'elle n'en devait pas demander davantage.

A l'heure du déjeuner, comme il l'avait prédit, ils avaient passé les turbulences du Gulf Stream et pénétré dans les eaux plus calmes du passage nord-ouest des Bahamas, ayant suivi une route nord-est qui avait laissé Bimini comme un nuage à l'horizon. Maintenant, la mer était vide, le ciel dégagé.

— Où sont tous ces contrebandiers de rhum ? demanda-t-elle tandis qu'il lui passait la barre pour aller préparer un repas froid, avec champagne bien entendu.

— Au large de New York, dit-il.

Brande fut surprise qu'il ne suggère pas, après le repas, de trouver un port pour la nuit. Car une chose était sûre, dans un voyage en mer avec deux membres d'équipage seulement : on n'avait guère le temps de se livrer à des fantaisies, notamment dans des eaux difficiles comme celles des Bahamas, car quelqu'un devait demeurer sans cesse à la barre. Quand elle alla faire sa sieste, Heston resta à veiller ; quand elle revint pour prendre la barre à quatre heures, ce fut lui qui descendit pour deux petites heures. Il faisait nuit quand il remonta, lui montrant une lumière clignotante à l'horizon, vers le sud, déjà bien sur leur arrière.

— Le phare du Grand Isaac, dit-il. Ensuite nous allons voir les Berry. Là.

Par tribord devant apparut une autre lumière.

— Vous voulez dire qu'on ne s'arrête pas ?

— J'ai pensé que nous pourrions continuer. La nuit va être splendide, regardez. La brise mollit, également. Ne vous inquiétez pas, je prendrai le quart de minuit.

— Et les bancs de sables et les récifs, dans le coin ?

— Pas de problème. Nous sommes dans un chenal d'eau profonde. Pas loin de mille brasses sous la quille, jusqu'au bout. Nous maintenons simplement le cap à l'est, avec ces deux phares par tribord, ou simplement le Récif du Grand Étrier, celui-ci derrière nous, jusqu'à ce qu'on repère le phare du Trou dans le Mur au sud d'Abaco. Après quoi, cap au sud-est jusqu'à apercevoir le phare d'Egg Island, à la pointe nord-ouest d'Eleuthera. Ensuite, cap au sud, sur Nassau. Mais il fera jour alors, je pense. Nous passerons la nuit prochaine à Nassau. C'est un sacré coin, Nassau. On y allume les cigares avec des billets.

— Ça me paraît formidable, dit-elle, sirotant le champagne-cocktail qu'il venait de préparer, une main reposant légèrement sur la barre car la brise continuant de mollir, la yole avançait pratiquement toute seule.

— Parce que *c'est* formidable. Comme la vie est formidable, vous ne croyez pas, sœurette ? Ou elle devrait l'être.

Nous y voici, songea-t-elle. Mais il était curieux qu'il commence à faire ses avances par ici où ils n'y pouvaient rien au lieu d'attendre d'être à l'ancre à Nassau.

— Je ne vais pas discuter, dit-elle, prudente.

— C'est comme vous et moi, insista-t-il. Nous faisons une paire formidable... mais nous n'avons pas encore commencé.

— Essayez de me convaincre que nous ne sommes pas sur le point de finir.

Il rit et elle se rembrunit. Jamais encore elle n'avait entendu ce rire, où se mêlaient la nervosité et l'anxiété, bizarrement sous-tendues d'arrogance. Mais il faisait presque nuit, maintenant, et assis où il l'était, tout au bout de la cabine, elle ne pouvait très bien distinguer son visage.

— Pas si vous m'épousez, dit-il.

— Ma foi, je n'en sais rien. Persuadez-moi que cela en vaut la peine, répondit-elle, pensant qu'il fallait se mettre au même diapason.

— Eh bien... que diriez-vous de devenir le patron de la plus grande entreprise maritime du monde ?

— Ne me dites pas que Cunard vous a fait des propositions ? Je ne pense pas désirer retourner vivre en Angleterre.

— Cunard, dit-il, la voix pleine de mépris. Ce sera de la petite bière comparé à ce que je vous offre.

— Je ne comprends pas. Est-ce que nous fusionnons avec une autre compagnie ?

— En aucun cas, une société capitaliste comme la Maddox, ou même un groupe de sociétés capitalistes comme Maddox, Cunard, la Transat et la Pacific and Orient réunies, ne pourraient égaler un organisme d'État. D'abord, si nous tentions de *mettre sur pied* quelque chose dans ce genre-là, on nous opposerait les lois antitrusts, on nous accuserait de monopole ou autre.

Soudain, elle retrouvait le Heston d'il y avait *bien* longtemps, emphatique et déchaîné contre les maux du système capitaliste. Dans quelques instants, il allait remettre ça avec la nécessité d'une révolution. Mais cela faisait des années qu'il n'avait pas parlé ainsi, pas depuis qu'il était devenu le président du conseil d'administration. Peut-être avaient-ils bu trop de champagne, l'un et l'autre. Mais ils n'avaient bu que deux verres chacun. Elle posa son deuxième verre par terre, contre le casier du siège arrière, décidée à conserver un ton léger à la conversation.

— Essayez-vous de me dire que le gouvernement veut nous nationaliser ?

— *Ce* gouvernement? Hoover comprend moins encore que Coolidge la façon dont il faudrait faire marcher les affaires. Mais *un* gouvernement m'a offert un poste. Pour créer une compagnie maritime d'État. Pensez-y, Brande. Pas de problèmes de crédits, pas d'actionnaires, pas de passagers qui vous traînent en justice... simplement des navires. Des navires de plus en plus gros. Et des navires plus rapides.

— Je suis complètement perdue. Quel est le nom de votre merveilleuse compagnie?

Il hésita un instant, comme craignant de le lui avouer. Puis il dit :

— L'Union soviétique.

— Vous trouvez ça drôle? demanda-t-elle, scrutant l'obscurité.

— J'ai accepté. Nous partons la semaine prochaine.

— Nous?

— Geoff Kliny et moi. Mais j'aimerais que vous veniez.

— Un instant. Vous êtes sérieux? Laissez-moi comprendre. Est-ce que vous essayez de me dire que vous démissionnez de votre poste de président de la compagnie?

— C'est exact. Ici et maintenant. Mais nous ne rendrons la chose publique que le mois prochain. Je vais partir pour un voyage d'affaires dont je ne me soucierai pas de revenir. Geoff m'accompagnera.

— Je vois. Et Kliny démissionne également de son poste de secrétaire?

— Exact, là encore. Et vous démissionnez de votre poste de vice-présidente.

— Merci de m'en informer. Mais il va falloir m'expliquer. Ou est-ce un jeu, comme une ronde enfantine?

— Ce n'est pas un jeu, chère belle-sœur. Si nous ne sommes pas sortis du pays à la fin du mois, nous allons nous retrouver en prison. Mais tout est prêt depuis longtemps. Depuis que vous m'avez offert le poste de président. Cette offre aussi a été mise sur la table à l'époque, sous réserve que je mène à bien certaines

300

obligations. Ma foi... j'y suis parfaitement parvenu, grâce à vous. Mais je ne peux retarder davantage, maintenant, ou nous allons tout perdre. Ils comprennent cela.

Ce qui paraissait de l'hébreu, pour elle.

— Ils? Vous voulez dire que *vous êtes* communiste?

— Évidemment. Je ne l'ai jamais nié. Je suis membre du parti depuis que j'ai quitté le lycée.

— Mais... président de la Maddox...

— Ils en ont été ravis. Ma foi, ce fut mon idée, dès que vous me l'avez demandé. Voyez-vous, on m'aurait toujours regardé avec quelque suspicion... je m'appelle Maddox, vous savez. Mais quand j'ai proposé de travailler pour eux, comme président de la société, ils ont jugé cela parfait. Ils s'intéressaient surtout au trésor à l'époque, bien sûr. Il ne leur est simplement pas venu à l'idée que Brent pourrait ne pas suivre les instructions de l'Amirauté. Ils étaient tout prêts à ramasser le paquet... ma foi, vous êtes au courant. Mais le trésor était perdu, à jamais pensaient-ils. Ils sont tombés des nues quand je leur ai dit que j'allais le récupérer pour eux. Savez-vous que quand nous sommes allés en Angleterre, après ce fiasco, j'avais une peur bleue. Je savais qu'ils voudraient me voir. On m'a conduit devant l'homme qui dirige toute l'Europe occidentale, et toutes les cellules des États-Unis également...

— Mon Dieu, dit-elle, réalisant enfin qu'il était sérieux. Quand vous avez disparu pendant toute cette semaine? Nous avons pensé que vous écumiez les bars de Londres.

— Moi? dit-il en riant. J'avais peur. Mais ce personnage s'est contenté de rire. Il m'a tapé sur l'épaule et m'a conseillé d'oublier tout cela. « C'est un de ces hasards. Si *nous* ne pouvons récupérer cet or, les Blancs ne l'auront pas non plus. Donc, on recommence. Et vous êtes bien placé, monsieur Maddox, pour aider la cause. » C'est lui qui a recommandé que nous vendions les actions sur le marché. C'est son plan que j'ai suivi depuis le début. Il voulait cent millions de dollars. Il savait que je pouvais le faire. Tous le savaient. Lénine lui-même m'a écrit une lettre. Je vous la montrerai quand nous rentrerons. Et, bon Dieu, j'ai failli réussir. J'aurais réussi, sans votre intervention.

Brande fut soudain prise d'une irrépressible envie de hurler. Mais elle se contraignit à respirer profondément.

— On dirait que vous pensez que ce sont les bolcheviks qui ont placé la bombe qui a coulé le *Wind*.

— Bien sûr que ce sont eux.

— Mais... commença-t-elle, avec l'impression qu'on venait de l'assommer. Comment ont-ils *su*?

— Par Portman. Croiriez-vous que c'est un grand bonhomme dans le parti? Je ne l'ai pas cru, tout d'abord. Je pensais impossible qu'un homme comme Portman, vous voyez, un pilier de tout ce qu'on déteste chez vos conservateurs britanniques pouvait être l'un des nôtres. Et un chef. Mais il l'était.

— Oh, mon Dieu, dit Brande. Et vous l'avez confirmé dans son poste?

— Eh bien, il le fallait. Je crains que, ma foi... autant que vous soyez au courant. Je travaille pour lui, et non pas lui pour moi, depuis 1920.

— Oh, Seigneur. Et Kliny? Mon Dieu, mais qui...

— Tollman. Vous l'avez soupçonné, vous vous souvenez? Ce n'était peut-être qu'un simple matelot, mais il avait subi une formation complète en matière d'explosifs et d'électricité. Et il a été facile pour lui de devenir l'ami de l'équipe du générateur; il leur a dit qu'il allait passer des examens pour être des leurs, au prochain voyage. Bon sang, il en savait plus, en matière d'électricité, que tous ces minus. Mais, bien sûr, nous nous sommes très gentiment débarrassés de lui. Nous l'avons poussé sous un bus.

— Poussé... dit-elle, comprenant que ce devait être Portman qui avait assassiné Maynor. Ce bonhomme qui paraissait toujours si obséquieux. Et... Heston, ajouta-t-elle. Ces gens ont assassiné votre *frère*.

— Eh bien, il n'aurait pas *dû* se noyer avec le navire, voyez-vous. Et, de toute façon, jamais il n'aurait accepté de devenir membre du parti.

Brande déglutit, bougea les pieds et brisa le verre de champagne. De nouveau, l'envie de hurler revenait, plus forte, tandis que soudain tout s'expliquait. Les étranges disparitions d'Heston, ses…

— Le *Sun* ! souffla-t-elle.

— Là, vous n'avez pas été gentille, convint-il. Outre que vous avez risqué votre vie en ne me disant pas que vous alliez faire le voyage, vous avez ramené le navire…

— Vous avez décidé, délibérément, d'assassiner *deux mille* personnes ?

— Deux mille capitalistes. Seuls des capitalistes peuvent se permettre de voyager par la Maddox. Mais je ne voulais pas les tuer, sœurette. Oh, bien sûr, je pensais bien qu'un ou deux pourraient y passer, mais je savais que le *Sun* ne coulerait pas aussi vite que le *Wind*. Il était beaucoup mieux conçu, notamment en ce qui concernait les compartiments étanches, et son équipage était beaucoup plus compétent et beaucoup plus loyal. J'y ai veillé. Seul nous intéressait vraiment l'argent de l'assurance. Pas de tuer des gens. Et vous avez tout fichu par terre.

Un ou deux pourraient y passer, se dit-elle. Des êtres humains. Des membres d'un équipage « beaucoup plus compétent et beaucoup plus loyal » parce qu'ils travaillaient pour Heston Maddox, la coqueluche des syndicats de marins.

— Mais je crois pouvoir les persuader de vous pardonner, poursuivait Heston. Est-ce que vous vous rendez compte que si nous *avions* ramassé tout le paquet, pour le *Sun,* ajouté aux réserves, nous aurions eu ces cent millions ? Cela fait une sacrée somme. On aurait déroulé le tapis rouge pour ça.

— Les réserves, murmura-t-elle, tandis que son cerveau essayait de s'accommoder de ces coups de marteau successifs. Oh, Seigneur ! Mais les experts-comptables…

— Préparaient les livres pour l'assemblée générale de mars. Ils savaient que Kliny et moi faisions solder les comptes à la First National. Nous leur avons dit que nous n'étions pas satisfaits de leurs services. Cela n'a pas été difficile. Ils ont tout avalé.

— Et vous avez sorti l'argent du pays?

— C'est en cours. Sans grand problème, vraiment. Nous avons notre propre banque. Le parti, j'entends. Personne ne l'aurait jamais su. C'est la banque la plus conservatrice du pays. Avec la politique de prêt la plus rigoureuse. Mais elle blanchit notre argent; c'est à cela qu'elle sert. C'est pour cela qu'il nous faut être en Russie à la fin du mois. Nous ne pouvons pas dissimuler davantage le fait que l'argent n'est plus là; Murgatroyd prétend que les tribunaux pourraient bien demander un dépôt de garantie en attendant le règlement des procès intentés par les passagers. Et quand on découvrira que nous sommes fauchés, ça va faire du bruit. Mais ils ne peuvent nous extrader de Russie, ajouta-t-il en souriant.

— Heston, dit-elle, tentant désespérément de garder un ton calme, vous n'êtes pas bien. Vous ne comprenez pas? C'est de la Compagnie Maddox que vous parlez. La compagnie de votre famille. Fondée par votre grand-père, que votre père a fait fructifier. Heston...

— Je détestais mon père. Je crois que je détestais mon grand-père, aussi. Et vous voulez que je vous dise? Je détestais Brent plus que tous les autres. Vous n'auriez jamais été heureuse avec lui, sœurette. Vous avez eu le plus grand coup de veine de l'histoire quand il a choisi de mourir en héros.

Brande finit par perdre son sang-froid.

— Vous êtes *cinglé,* hurla-t-elle, sa voix balayée par la brise. Fou! Complètement fou! Et vous pouvez rester assis là à me raconter tout cela. A *moi!*

— J'aimerais sincèrement que vous veniez avec moi. Si vous restez, vous irez en prison car personne ne croira que vous ignoriez ce qui se passait. Cela mis à part, je vous *veux.* Vous êtes la seule femme au monde que j'aie jamais aimée, Brande. La seule *chose.* Ce n'est pas simplement physique. C'est tout, en vous. Votre force, peut-être. Vos tripes. Votre... tout.

— Et vous avez cru qu'en m'amenant ici, sous la lune des Bahamas... (Elle leva les yeux car il n'y avait pas de lune.) vous pourriez me convaincre de déserter la

compagnie, d'abandonner votre mère et tous nos actionnaires et de filer avec... un criminel avoué? En *Russie*?
Oh, Seigneur... ne me dites pas que Murgatroyd est dans
le coup, lui aussi.

— Là, j'*aurais* été cinglé, dit-il, apparemment ̣ère
ému par son éclat. Murgatroyd? Mais, Brande chérie, je
voulais vous parler en un lieu où nous ne risquerions pas
d'être interrompus. C'est une affaire sérieuse.

— Une affaire sérieuse, répéta-t-elle.

— Il faut envisager l'avenir, même si vous réussissez à
éviter la prison. L'avenir du petit Brent, également. Il
n'y en a pas aux États-Unis, savez-vous. Nous nous
employons à renverser le capitalisme partout où il existe,
et où existe-t-il mieux qu'à Wall Street? Oh, nous avons
connu des revers, je ne le nie pas. Parce que tout le
monde s'est ligué contre nous, que nous avons eu des
problèmes internes, la mort de Lénine, le trouble dans le
parti... mais les choses bougent. Staline va les faire
bouger. Je reconnais qu'à l'origine j'étais un partisan de
Trotski. Je voulais la révolution mondiale *tout de suite*.
Mais, bien sûr, j'ai compris que ce serait une erreur. Il
faut se hâter lentement pour des choses aussi sérieuses
que la révolution mondiale. Il faut d'abord que la Russie
soit forte. Je crois donc que je ne pourrai jouer le rôle
que j'espérais dans la révolution aux États-Unis. Mais du
moins pourrai-je faire de la marine marchande russe la
meilleure du monde. C'est l'occasion d'une vie, Brande,
et je veillerai à ce que Brent en ait sa part.

Réfléchis, se dit-elle. Réfléchis! Où se trouvait le port
le plus proche où le livrer à la police! Sans éveiller ses
soupçons en changeant de route! Ce devrait être Nassau.

Comme d'habitude, il sembla lire dans ses pensées.

— Bien sûr, il m'est venu à l'esprit que vous pourriez
ne pas être intéressée. Que vous pourriez même souhaiter vous comporter sottement.

Elle leva la tête, scruta l'obscurité.

— Car, bien sûr, pour autant que je vous aime, pour
autant que je vous *adore*, si vous avez l'intention de faire

la sotte, eh bien... c'est le meilleur endroit pour régler cela, vous ne croyez pas? Après tout, si vous ne voulez pas venir vivre avec moi, quelle raison ai-je de vous laisser la vie?

Elle le fixa, ne pouvant toujours pas clairement distinguer son visage dans l'obscurité, et elle donna un violent coup de barre.   La yole quitta la brise. La barre, toujours sur tribord, se mit à tourner, le bateau à virer lof pour lof. Les guis se rabattirent violemment sans provoquer de dégâts car ils frappèrent le gréement — le vent demeurait faible — mais avait assez de force pour que le yacht donne de la bande pendant quelques instants et pour envoyer promener les bouteilles sur le sol de la cabine.

Brande lâcha la barre et se précipita vers l'écoutille. Le revolver qu'il lui avait donné se trouvait dans le tiroir à côté de sa couchette. Heston, surpris par son geste, tenta de l'empoigner au passage mais rata son coup et elle dégringola l'échelle, atterrissant à quatre pattes, se relevant, se précipitant dans la cabine. Elle ouvrit le tiroir, saisit le revolver et se tourna pour lui faire face au moment où il apparaissait.

— Heston, je ne veux pas vous blesser, mais vous venez d'avouer des meurtres, détournement de fonds, baraterie, trahison et Dieu sait quoi encore. Je n'en crois pas un mot. Je me souviens que vous avez juré sur la Bible que vous n'aviez rien à voir avec le naufrage du *Sun*.

Elle parlait, essayant de le calmer comme on le ferait avec un chien enragé. Car, bien sûr, s'il *était* communiste, et comme ils avaient aboli toute religion, un serment sur la Bible ne signifiait rien pour lui.

— Je pense que vous êtes épuisé, c'est tout, poursuivit-elle. Et las de tous ces coups du sort que nous avons connus. Mais vous et moi allons conduire ce bateau à Nassau, et de là nous retournerons à New York et je jetterai un coup d'œil sur les livres, simplement pour être sûre.

306

— Tout à fait cette vieille Brande, dit-il. Toujours prête à prendre le contrôle de la situation et à commencer à donner des ordres.

— Heston, je suis sérieuse. Et s'il le faut je vous *tirerai* dessus.

— Chère sœurette, croyez-vous que je vous aurais laissé une arme avec de *vraies* balles ?

Elle baissa les yeux sur le revolver. Parce qu'elle lui avait fait confiance. Les années passant, elle en était arrivée à lui faire de plus en plus confiance. Certes, jamais elle n'avait songé à vérifier les balles.

Heston s'approcha, lui arracha l'arme de la main, la jeta sur le sol de la cabine. De son autre main il lui saisit le poignet, s'assit sur la couchette et l'attira vers lui.

— C'est bizarre, voyez-vous, dit-il. Je voulais vraiment que vous veniez en Russie avec moi. Je vous voulais vraiment, totalement. Mais, savez-vous, j'ai toujours nourri un petit espoir que vous *diriez* non. Que vous réagiriez exactement ainsi. Parce que, voyez-vous, si je dois vous tuer, et vous comprenez qu'il le faut, maintenant, je peux faire avec vous, d'abord, ce que j'ai toujours rêvé faire. Et on pourrait écrire tout un bouquin là-dessus. Si vous *saviez* toutes ces nuits que j'ai passé éveillé, à rêver de vous mettre en pièces, morceau par morceau...

Le gréement se mit à claquer tandis que le bateau revenait lentement au vent, s'inclinant et faisant une embardée. Brande essaya de conserver une voix égale. S'il était fou, et il fallait qu'il soit fou, seule la calme raison pouvait la sauver.

— Vous allez nous faire couler si vous ne faites pas quelque chose avec ce bateau, dit-elle.

— Oh, oui. Le bateau. Il ne faut pas qu'il arrive quelque chose au bateau.

Il la tira dans le salon, trouva une longueur de corde, lui lia les poignets devant elle avant de les attacher à la rampe qui courait tout le long de la cabine, au niveau du pont.

— Avez-vous jamais songé qu'un yacht en mer constitue l'instrument idéal pour un meurtre ? Quand j'en aurai terminé avec vous, il me suffira de vous balancer par-dessus bord, convenablement lestée. Même si on trouve jamais votre corps, il aura été tellement dévoré par les poissons et les crabes qu'on sera incapable de dire ce qui vous est arrivé. Bien que, savez-vous, je vais vous jeter à l'eau vivante, pour que vous vous noyiez vraiment. On trouvera de l'eau dans vos poumons, si jamais on y regarde. Ainsi, nul ne pourra mettre en doute mon histoire selon laquelle vous serez tombée par-dessus bord et que j'aurai passé toute la nuit à vous chercher avant d'abandonner. Ce sera la tragédie de l'année, sœurette. Et vous voulez que je vous dise ? Je vais *pleurer* à votre service funèbre.

Il l'embrassa sur le nez.

La tentation fut immense de lui donner un coup de pied au ventre. Mais elle savait qu'il n'allait pas s'agir d'une dispute sur la banquette avant d'une voiture. Il allait la *tuer*. Et il n'hésiterait donc pas à lui faire sérieusement mal, avant. Quand elle commencerait à se battre, il lui faudrait être certaine de l'emporter. Et pour cela elle aurait besoin de ses mains. Mais il ne pouvait la violer convenablement — si l'on pouvait dire — alors qu'elle était debout sur un yacht en train de rouler.

— Je n'en ai pas pour longtemps, dit-il, passant sur le pont.

Il avait vraisemblablement l'intention de mettre le bateau en panne, de l'amener au vent, de fixer la grande voile et la voile de misaine à des angles différents, cap au vent, de sorte que si le bateau tirait un bord d'un côté, l'autre voile se gonflerait, affalant la première. Ainsi, ils n'avanceraient jamais à plus d'un demi-nœud ni ne fileraient au vent mais demeureraient pratiquement stationnaires, dérivant simplement avec le courant — et il n'y avait guère de courant dans les Bahamas.

Mais pour mettre le bateau en panne, Heston devrait d'abord lui faire gagner assez de vitesse pour le ramener au vent. Brande calcula qu'elle aurait environ cinq minutes pour se libérer, si possible. Désespérément, elle frotta ses liens sur la rampe polie, arrachant le vernis et entamant même le bois, mais sans grand effet sur la corde. Cependant, ses liens *devenaient* plus lâches. Encore quelques secondes, se dit-elle, la transpiration lui dégoulinant sur les joues tandis qu'elle tirait d'un côté, de l'autre.

— Holà ! dit Heston.

Elle tourna la tête, haletante, et il s'approcha, se collant contre elle, promenant ses mains partout où, apparemment, il avait rêvé de les promener, remontant son pull pour caresser ses seins, détachant sa ceinture pour que son pantalon glisse sur ses cuisses.

— Dieu, dit-il, comme j'ai attendu cet instant.

Il tourna la tête, à droite, à gauche, cherchant un endroit.

— Je crois que nous allons vous prendre sur la table de la cabine, décida-t-il, la lâchant pour soulever les deux abattants de la table et les fixer en place. Ainsi, expliqua-t-il, je pourrai vous attacher sur le dos. Encore un instant.

Il retourna sur le pont et elle se remit à scier de toutes ses forces, ne pensant à rien d'autre qu'à se libérer, s'arrêtant quand elle le vit redescendre l'échelle avec quelques longueurs de cordes et un couteau bien affûté.

— Ça ne va pas être très confortable pour vous, mais si vous n'êtes pas installée confortablement vous allez remuer. Et je veux que vous gigotiez, sœurette. Vous pouvez crier, aussi, vous savez. J'aimerais assez vous entendre crier, et il n'y a personne à moins de cinq milles d'ici.

Brande prit une longue inspiration. Car elle ne voulait pas crier. Désespérément. Mais il allait falloir qu'il la libère, maintenant, pour l'emmener à la table. Il allait... non, il n'allait pas le faire. Il lui retira ses chaussures, son pantalon, sa culotte, laissant de nouveau ses mains errer, sur ses reins et entre ses cuisses, tout en lui souriant. Elle savait qu'elle n'allait pas pouvoir tenir plus longtemps et banda ses muscles pour lui décocher un coup de pied. Mais, comme d'habitude, il devina ce qu'elle allait faire et il lui sourit.

— Essayez et je vous fous le feu aux poils, dit-il. *Et* je vous prendrai ensuite.

Elle eut le souffle coupé quand il lui souleva les jambes pour les étendre sur la table ; il allait les lui attacher avant de libérer ses poignets, afin de s'assurer qu'elle demeurerait impuissante. Maintenant, elle était étendue, presque parallèlement au sol de la cabine, en travers de la table. Il lui libéra la jambe droite et entreprit de lui attacher la cheville gauche avec une écoute.

— Comme cela, voyez-vous, expliqua-t-il, nous pourrons attacher les deux poignets et les deux chevilles à la table et vous serez aussi impuissante qu'une dinde prête à farcir. Je pense que cela devrait très bien marcher.

Elle n'obtiendrait rien par la patience. Peu importait ce qu'il allait lui faire ensuite, ça ne pouvait être pire que la torture qu'elle allait endurer si elle le laissait faire. Sa jambe droite était libre, pour l'instant. Elle frappa de toute sa force, lançant la jambe latéralement pour atteindre le bras d'Heston. Il grogna de surprise, lâcha la jambe gauche qu'elle lui lança en pleine poitrine, l'envoyant bouler contre le divan-couchette. Elle suivit, les liens de ses poignets cédant dans le mouvement.

Elle atterrit sur la poitrine d'Heston, cognant des pieds et des poings, ressentant un élancement de douleur au moment où s'ouvrait un de ses doigts. Elle se dégagea et courut vers l'échelle. Si elle parvenait à refermer l'écoutille, se donner le temps de gagner la trousse à outils dans le coffre arrière, elle y trouverait un marteau. Elle se dit qu'elle aurait plaisir à cogner sur Heston avec un marteau.

Elle glissa sur les barreaux tandis qu'il hurlait sa fureur et arrivait derrière elle. Elle lança un coup de pied en atteignant l'écoutille, mais il lui saisit la cheville et tira. Elle s'accrocha à deux bras à l'écoutille, lança son autre pied et l'atteignit au visage. De nouveau il grogna et la lâcha. Elle sauta sur le pont, se tourna pour lui faire face tandis qu'il débouchait de l'écoutille, tenta de bondir en arrière pour l'éviter cette fois encore. Elle sentit son

310

talon se prendre dans le rail, la rambarde la heurter derrière les genoux. Elle perdit l'équilibre, et attendit un horrible instant avant de tomber à l'eau dans un grand bruit.

La mer, étonnamment tiède, sembla l'enlacer tandis qu'elle descendait, descendait. Mais c'était également une mer traîtresse, pleine des poissons les plus dangereux. Désespérément, elle joua des jambes et remonta à la surface pour découvrir que la yole se trouvait déjà à une trentaine de mètres, bien qu'en panne. Mais on manœuvrait de nouveau le yacht, Heston envoyant les voiles sur tribord pour ramener le bateau.

— Brande! hurla-t-il. Vous êtes là, Brande?

La mer, avec ses requins et ses barracudas — ou Heston? Elle s'enfonça dans l'eau, ne laissant apparaître que les yeux et nez au-dessus de la surface et elle vit la proue du yacht arriver sur elle.

— Brande! criait Heston. Brande!

Elle se laissa couler, se laissa repousser par le sillage de l'étrave. Il avait calculé avec précision et ramenait maintenant le yacht au vent pour faire chapelle — droit dans le vent — et le freiner. Puis il braqua une torche sur l'eau. Mais s'il avait deviné où elle devait être, il ne savait toujours pas où elle se trouvait *vraiment*. La lumière dansa sur l'eau à plusieurs mètres d'elle. Après avoir pris une longue inspiration, elle se laissa de nouveau couler, jouant des jambes pour s'éloigner davantage encore. Que *fais-tu?* se demanda-t-elle. Tu te trouves au moins à cinq milles de la terre la plus proche, dans un océan infesté de requins, en pleine nuit, et il y a là un bateau — mais à bord du bateau l'attendait une mort plus certaine encore que dans l'eau.

— Ne soyez pas idiote, Brande! hurlait Heston tandis que le yacht dérivait encore d'une trentaine de mètres. Vous allez vous noyer, ou vous faire prendre par un poisson. Ne soyez pas stupide. Écoutez, nous allons passer un marché, Brande. Je n'avais pas vraiment

311

l'intention de vous faire du mal. Je ne faisais que plaisanter. Brande ?

Il voulait s'assurer de sa mort, d'une façon ou d'une autre. Il ne pouvait y avoir aucun doute car il était arrivé exactement à ce qu'il avait prévu, même s'il n'avait pas eu le temps de s'amuser avec elle d'abord. Mais elle était passée par-dessus bord et si elle se noyait elle allait rester au fond quelque temps. Elle allait disparaître, sans aucun doute. Ainsi, elle *devait* disparaître, et lui laisser croire qu'elle était morte. Elle regarda le yacht faire demi-tour pour revenir vers elle. De nouveau elle plongea et refit surface au-delà de la portée de la torche d'Heston. Elle pouvait le voir, qui arpentait le pont, se tenant aux haubans pour se pencher et scruter l'eau. Comme se serait drôle s'il devait perdre l'équilibre, se dit-elle. Car là, dans l'eau, elle pourrait rivaliser avec lui, étant bien meilleure nageuse.

— Brande… lança encore Heston dont la voix fut emportée dans la nuit.

Mais l'appel était moins pressant, maintenant. Il ne parvenait pas à croire qu'elle n'aurait pas cherché secours si elle l'avait pu. Et sans doute se disait-il que si elle se trouvait en train de nager près du bateau, elle allait se noyer une fois qu'il serait parti. Cinq minutes plus tard, les voiles se gonflaient et le *Cœur de Chêne* cinglait vers l'ouest, retournant vers le phare du Grand Isaac et Miami. Et pour une horrible histoire où Heston raconterait comment sa bien-aimée belle-sœur était tombée par-dessus bord. Et s'était noyée.

L'histoire pourrait bien être vraie, si Brande n'était pas pleinement déterminée. Et si elle n'avait pas une chance insensée.

Elle se sentait déjà fatiguée de ses plongeons pour s'éloigner du bateau. Elle fit la planche, regardant le ciel et les étoiles. Elle avait pris soin de devenir experte en navigation et put reconnaître la Grande Ourse et l'Étoile Polaire, et par conséquent en déduire assez facilement où se trouvait le nord. Elle savait qu'il y avait des terres tout autour d'elle. Restait à décider laquelle était la plus proche — et à ne pas penser à ce qui se trouvait entre elle et cette terre. Mais la terre la plus proche devait être l'une des îles Berry. Le Récif du Grand Étrier, l'avait appelée Heston. En outre, si elle approchait, elle verrait le phare. Ce serait un point de repère, de quoi stimuler son courage.

Surtout, elle ne devait pas paniquer. Ne penser à rien d'autre qu'à y arriver. Lancer un bras devant l'autre, avec un mouvement régulier des pieds et, quand elle serait fatiguée, se laisser porter jusqu'à ce que ses forces reviennent. Elle pouvait parcourir cinq milles à la nage. Elle *savait* qu'elle pouvait le faire.

Et, certes, elle avait été capable de nager cinq milles, naguère. Le diable emporte chacun des verres de brandy qu'elle avait avalés depuis quatre ans. Mais il *fallait* faire ces cinq milles maintenant ou se noyer. Et elle allait le faire. Il lui restait trop de choses à accomplir. Trop de choses à venger, également.

Plus tard, Brande fut incapable de dire quelle distance elle avait parcourue à la nage cette nuit-là. Ce fut un cauchemar, de souffrance et de détermination, d'eau venant lui frapper le visage et contre laquelle il fallait farouchement résister. L'eau devint son unique ennemie. Elle consacra toujours son énergie à battre la mer. Il y avait là quelque chose qui semblait déplacé. Elle se dit parfois que ce serait un soulagement d'être happée par un requin. Mais elle n'allait pas se noyer.

Son pull devint une gêne, trempé et lourd comme il l'était et elle le retira — pour le regretter bientôt car elle eut froid. La nuit parut se faire plus noire et elle chercha en vain la lueur du phare du Récif du Grand Étrier. Il devait être là, cependant, comme elle l'avait vu depuis la cabine du yacht, juste avant… Le monde entier semblait s'être écroulé. Elle pouvait maintenant repasser dans son esprit tout ce qui lui avait paru bizarre chez Heston et comprendre combien tout collait avec le même dessein. Et combien elle avait été sotte. Dès le début, il s'était révélé tel qu'il était et elle ne l'avait pas cru. Janine s'était montrée stupéfaite quand Brande avait suggéré d'en faire le président de la compagnie et elle ne l'avait pas crue. Murgatroyd s'était montré soupçonneux quant au remplacement de Clements par Kliny et elle ne l'avait pas suivi. Tous ses instincts l'avaient portée à ne pas trouver Kliny et Portmán sympathiques, à ne pas leur faire confiance, et elle n'avait pas cru ses instincts.

Et Harragin lui avait pratiquement dit qu'Heston avait préparé le sabordage du *Sun* et elle ne l'avait pas cru, lui non plus.

Contre tous, elle avait cru Heston. Parce que lui seul lui avait témoigné de la gentillesse depuis le début. Parce qu'il avait si volontiers accepté ses projets en ce qui le concernait et parce qu'il avait soutenu celui de plonger sur le *Wind* alors que tous les autres pensaient qu'elle était folle. Tout cela sur ordre de Moscou.

Mais, surtout, elle l'avait cru parce que cela lui convenait parfaitement. Parce que, comme Tom le lui avait dit, elle pensait que le monde devait se plier à ses désirs et pas le contraire.

Maintenant, elle allait mourir du fait de ses erreurs.

Bon Dieu non, se dit-elle, se sentant de nouveau envahie par la fureur, par une fureur qui la réchauffait presque. Si elle pouvait atteindre la terre et retourner à Miami... il n'était pas encore parti. Même l'argent n'était pas encore sorti du pays, selon ce qu'il avait dit. On pouvait encore l'arrêter. On *allait* l'arrêter. Il... elle entendit un bruit, un grondement sourd. Un moteur. Ce devait être un moteur.

Elle s'arrêta de nager, se dressa sur l'eau, tenta de se soulever pour voir. Et au lieu d'un bateau elle aperçut la terre. Des palmiers qu'agitait doucement la brise, à moins d'un mille. Et, entre elle et les palmiers, un friselis d'écume sur les récifs. Le bruit qu'elle avait entendu. Des récifs, cela signifiait des coraux, se dit-elle, tranchants comme des lames de rasoir. Et les vagues... mais la nuit était calme. Du moins ne serait-elle pas précipitée sur les pointes. Et que faire d'autre ?

Elle continua à nager, se contraignant à ne penser qu'au sable qui l'attendait, aux gens qui allaient la recueillir, l'envelopper dans une couverture, lui faire boire quelque chose qui la réchaufferait... et qui lanceraient les messages permettant d'arrêter Heston et de le traduire en justice.

Elle fut prise par une petite houle. Désespérément, elle lutta pour ne pas se trouver propulsée trop rapidement. Elle tourna le dos à la terre et nagea contre le courant, descendit dans le creux suivant et toucha le rocher. Maintenant, elle nageait plus vite, en sens inverse, avant d'être cueillie par la vague suivante, s'entaillant les pieds sur les coraux, trébuchant sur ses genoux, les bras et les jambes lourds comme du plomb, écoutant le grondement derrière elle. Elle fut projetée par la vague et sa jambe droite heurta un récif avec une telle force qu'elle en devint insensible. Mais elle découvrit ensuite qu'elle flottait, ne touchant plus rien, et que les palmiers ne se trouvaient qu'à quelques mètres.

A quelques centaines de mètres. Elle ne pouvait plus se servir de sa jambe droite et ne lutta donc qu'avec la gauche et les bras. L'épuisement la gagnait en vagues plus fortes que celles du ressac et elle coula, respira, s'étouffa, lutta de nouveau pour remonter à la surface. Elle se mit sur le dos et se propulsa de sa jambe intacte, aspirant l'air. Mais sa jambe gauche devint bientôt trop lourde et coula. Et Brande avec elle — puis elle se redressa.

Elle se propulsa en avant, tombant où elle avait pied, se releva, avança en titubant jusqu'à la plage et s'effondra, face contre terre.

Quand elle reprit connaissance, le soleil était haut dans le ciel et elle se sentit prise d'une soif dévorante, d'une douleur lancinante à la plante des pieds, aux orteils, aux genoux, là où la chair avait été lacérée par les coraux. Le sang avait séché mais un nuage de phlébotomes l'assaillaient. Elle les frappa de ses mains, regarda l'étendue de la plage, à gauche, à droite. Elle se redressa, retomba, s'assit. Des gens. Il devait y avoir des gens. Il suffisait de leur faire savoir qu'elle était là.

Elle palpa sa jambe droite. Curieusement, elle ne paraissait pas brisée, malgré le volumineux hématome. Elle se força à se lever, partit en boitillant vers les arbres. Si elle ne trouvait pas quelque chose à boire, elle allait mourir.

Il y avait des noix de coco, à deux mètres cinquante au-dessus d'elle. Et, de toute façon, elle n'avait pas de couteau, aucun moyen d'entamer l'écorce épaisse pour arriver au lait, à l'intérieur. Elle avança jusque dans les fourrés, marcha sur des épines, se mit à gémir et à pleurer tout en continuant. Il devait y avoir... les fourrés s'écartèrent et elle arriva en titubant sur une autre plage. *Une autre* plage? Elle avait dû traverser l'île. Mais c'était impossible, en quelques minutes. Elle s'assit, regardant de nouveau dans toutes les directions, ne vit que du sable, des arbres et des fourrés. Et, devant elle, une vaste étendue d'eau manifestement peu profonde, à perte de vue. Elle se trouvait sur un petit récif au bord d'un vaste banc de sable, recouvert de deux mètres d'eau à peine, estima-t-elle. Elle se releva avec difficulté, scruta le halo de chaleur, se tourna pour regarder l'île. Son île. Elle pouvait voir les deux extrémités, mainte-nant. Elle devait faire quatre cents mètres de long. Quatre cent mètres de sable, de fourrés et de cocotiers. Mais pas de maison. Et personne.

Et aucune autre terre à l'horizon.

Un instant, elle faillit renoncer. Folie et désespoir l'envahirent. Il lui fallut un effort, un élan presque physique pour revenir à la réalité et à sa détermination.

Impossible d'accepter d'avoir nagé pendant des heures et atteint la terre pour mourir de soif. Elle s'y refusa. Et elle était toujours aussi épuisée qu'assoiffée. Quand elle s'éveilla... elle était étendue sur le sable, sentant la chaleur qui brûlait son corps nu, vaguement consciente qu'elle allait prendre un formidable coup de soleil, mais sans pouvoir se contraindre à se lever ou à gagner l'ombre. En outre, elle avait toujours froid de sa longue immersion — le soleil la réchauffait.

Elle s'éveilla sous des nuages lourds, un léger frais soudain, puis une pluie battante. Elle en cria de joie, s'allongea sur le dos, la bouche ouverte, recueillant l'eau au creux des mains — et pas encore rassasiée quand l'orage passa. Mais son cerveau fonctionnait de nouveau. Il y avait des rochers, découverts par la marée, et qui disait rochers disait creux, flaques. Elle y rampa, trouva les flaques espérées, but et s'endormit de nouveau.

A un moment quelconque, elle dut s'éveiller alors qu'il faisait nuit. Puis le jour revint, et la soif. Elle mourait de faim, également. Mais il n'y avait rien à manger. Allongée à plat ventre sur les rochers, elle guetta les crabes qui se précipitaient de-ci de-là sous la surface. Elle savait pouvoir les attraper. Mais après ? La pensée de manger du crabe cru lui donnait la nausée.

L'après-midi, d'ordinaire, il pleuvait. Ou n'était-ce qu'un seul long après-midi ? Elle n'en avait aucune idée. Elle savait qu'elle tremblait sans cesse, même quand le soleil s'abattait sur elle. Elle s'étendait à plat ventre, les yeux bien fermés, jusqu'à ce qu'elle sente la pluie lui frapper le dos. Après quoi elle retournait en rampant vers le creux des rochers. Mais après un certain temps elle ne quitta plus les rochers ; elle n'en avait plus la force.

Il y eut un orage, avec de grands coups de tonnerre accompagnés d'éclairs qui semblaient frapper la mer à quelques pas d'elle à peine. Elle était revenue sur le *Northern Sun,* sentant le navire exploser sous elle... ou était-ce le *Northern Wind* ? Puis arriva la pluie, plus forte que jamais, cognant avec une telle intensité que quand elle roula sur le dos pour la recueillir dans sa bouche, elle lui emplit les narines et Brande crut qu'elle allait se noyer. C'était donc le *Northern Wind,* après tout, se dit-elle, car elle était dans l'eau et en train de couler, avec Brent qui lui souriait et avec qui, manifestement, elle était morte. Car même après que la douleur eut cessé et que le soleil fut revenu lui cuire le corps, il la tenait toujours dans ses bras et lui souriait.

11

Le visage ne bougea pas, Brande songea que s'il disparaissait, elle pourrait céder au désespoir total qui envahissait sa conscience — seul son subconscient conservant quelque réalité. Son subconscient et le visage de Tom Prendergast. Tout le reste était vague, dans l'ombre. D'autres visages, des visages noirs, des visages blancs, d'autres voix. Des planches dures et des lits mous. Encore d'autres visages, coiffés de blanc amidonné ou portant de petites moustaches, des stéthoscopes autour du cou. A tous les visages elle parla d'Heston qui apparut dans son subconscient. Ils ne semblaient guère se soucier d'Heston et demeuraient là à l'entourer.

Parfois, ils partaient et elle restait seule, dans l'obscurité. Alors, elle sentait la mer gagner ses pieds, ses chevilles, l'emporter. Et elle se mettait à crier. Quand elle criait, la lumière revenait immédiatement, ainsi que les visages. Et parmi eux, d'ordinaire, Tom. Quand elle voyait Tom, elle souriait et lui parlait. Mais, à sa grande déception, il ne répondait jamais, ne lui retournait même pas son sourire. Il avait le visage le plus triste qu'elle eut jamais vu.

De nouveau il fit nuit et la mer revint, pleine de crabes qui grouillaient çà et là sur ses jambes, essayant de mordre ses orteils. Elle les chassa d'un coup de pied, comme elle le faisait d'habitude, et ouvrit la bouche pour crier. Puis elle ouvrit les yeux et découvrit le visage de

Tom, réalisant qu'elle n'avait pas crié et que Tom n'était pas là. Et qu'elle ne se trouvait nullement au bord de la mer mais dans une chambre où bourdonnait un appareil de conditionnement d'air, allongée sous des draps blancs et amidonnés, vêtue d'une chemise de nuit de coton — et qu'elle avait chaud, enfin. Et, soudain, la mer, les crabes, les voix, les visages n'eurent plus aucune réalité, de même que son subconscient n'avait aucune réalité.

Mais elle ne voulait pas que les visages disparaissent. Manifestement, elle avait déliré. Car elle avait eu une sorte de fièvre. Elle se souvint de s'être trouvée étendue sur la plage, tremblante, puis de la pluie. Elle avait eu beaucoup de chance, se dit-elle, ou ils avaient fait très vite, car elle savait que le soleil était en train de la brûler à la dessécher — et malgré cela elle ne souffrait guère vraiment.

Mais s'ils étaient venus très vite, Tom... En effet, son visage n'avait pu être un rêve. Il lui fallait savoir, au moins. Elle dégagea sa main du lit, heurta un verre d'eau qu'elle renversa.

— Bon Dieu, dit-elle, surprise et ravie par le son de sa voix. Dans ses rêves, bien qu'elle eût beaucoup parlé, jamais elle n'avait vraiment entendu ce qu'elle disait. Un instant plus tard, elle toucha une lampe, trouva l'interrupteur. La soudaine lumière lui fit mal aux yeux, mais elle put voir la sonnette. Elle appuya et on aurait pu croire que toute cette nuit n'avait attendu que cela. Sa porte s'ouvrit brusquement, une infirmière entra en trombe.

— Elle a sonné, ma sœur, lança-t-elle par-dessus son épaule. Je sais qu'elle a sonné.

— Allons donc, dit la religieuse. Mais...

Ensemble, elles s'arrêtèrent pour regarder Brande qui brûlait de se redresser et retombait car elle venait de découvrir qu'elle était faible comme un bébé.

— Madame *Maddox* ! cria la sœur, se précipitant pour la redresser. Chère madame Maddox... Infirmière, allez me chercher du lait.

Brande réalisa qu'elle avait *très* soif.

— Et le Dr Spillman, continua la sœur. Il voudra la voir. Et...

— Et M. Prendergast, dit Brande.

Elles la regardèrent.

— Il est ici, n'est-ce pas? demanda Brande, refusant d'en douter.

— Eh bien... en fait, oui. Du moins est-il à Miami. Mais, chère madame Maddox, il est trois heures du matin. M. Prendergast se trouve à son hôtel.

— Il acceptera qu'on le réveille. Et c'est très important. Où suis-je?

— Eh bien, à Miami, ma chère enfant.

— Miami, répéta Brande, songeant que c'était beaucoup plus intéressant que Nassau. Ecoutez, M. Maddox! Est-il toujours ici?

— M. Maddox? Oh, non. Je crois qu'on a essayé de le joindre, mais il est en voyage d'affaires et on ne peut le toucher. Mais, bien sûr, il sera fou de joie d'apprendre...

— Je vous en prie, faites venir M. Prendergast.

Seul Tom pourrait lui expliquer tout cela. Car Heston ne pouvait être encore parti. Il lui fallait répondre à des questions, des enquêtes, et... de toute façon il n'avait pas projeté de partir avant la semaine prochaine. Ce qui ferait... Elle essaya de calculer. Ils avaient quitté Miami le jeudi 16 mai, et c'était ce même jour qu'elle était tombée à l'eau. Elle avait donc atteint l'île le vendredi 17 et y avait passé toute la journée car il avait plu l'après-midi, et puis la nuit était tombée, et le jour était revenu. Et Tom n'était arrivé que le lendemain, samedi donc. Après quoi tout était devenu flou et elle avait perdu la notion du temps. On devait vraisemblablement être lundi, ou plutôt presque mardi matin, selon la sœur. Elle n'avait aucun souvenir du dimanche. Mais Heston n'avait pas prévu de partir avant vendredi. Encore, bien sûr, qu'il avait pu fuir le pays dès qu'il avait appris qu'elle n'était pas morte, après tout.

Mais il ne pouvait être arrivé en Russie. C'était cela l'important.

La sœur, qui était sortie avec l'infirmière, reparut.

— Nous appelons M. Prendergast, dit-elle. Nous allons lui faire savoir que vous êtes réveillée et que vous l'avez demandé. Mais nous ne lui permettrons pas de vous voir avant demain matin. Vraiment, madame Maddox, il faut vous reposer, et ne pas vous agiter. Vous êtes très, très faible. Après ce que vous avez enduré, la faim, le froid, les morsures des crabes, des brûlures au premier degré, et tout ce temps passé au lit, c'est un miracle que vous ayez survécu. Vous êtes une femme très solide. Mais il ne faut pas abuser de cette force. Voici du lait chaud et un sédatif. Demain matin nous vous baignerons avec une éponge et nous vous rendrons tout à fait…

— Tout ce temps ? Depuis combien de temps suis-je ici ?

— Eh bien, madame Maddox, cela fait cinq semaines que vous êtes dans ce lit. Quand M. Prendergast vous a retrouvée, voyez-vous, il y avait six jours que vous étiez sur cette île, en plein soleil. Vous n'aviez rien mangé pendant tout ce temps. Et pendant deux jours au moins vous n'aviez rien bu non plus. Vous avez été très, très malade, madame Maddox. Vraiment.

Six semaines ! On lui montra un calendrier ; on était le 2 juillet 1929.

Tom s'assit à côté du lit et lui prit la main.

— J'ai toujours su que tu t'en tirerais.

— Tu m'a recherchée ? Pendant une semaine ?

— Eh bien… quand ton espèce de beau-frère est rentré à Miami et qu'il a annoncé que tu étais tombée par-dessus bord… je me suis dit que je ne pouvais pas y croire. Pas après tout ce à quoi tu avais échappé. J'ai donc loué un bateau et je suis parti moi-même à ta recherche. Nous avons dû ratisser chaque centimètre carré de ce détroit, plusieurs fois… Tout le monde pensait que j'étais cinglé, ajouta-t-il en souriant.

— Deux cinglés, murmura Brande, heureuse.

— Bon Dieu, j'ai bien failli abandonner. Nous étions déjà passés à ce récif sur lequel tu te trouvais. Il m'a paru logique d'aller y voir car c'était la terre la plus proche de la position indiquée par Maddox. Mais nous ne t'avons

322

pas trouvée. Je me suis imaginé que j'allais te retrouver au bord de l'eau, ou que tu pourrais répondre à un appel. Ce n'est qu'après avoir envisagé toutes les éventualités, compte tenu du vent, du courant et de la marée la nuit de ta disparition, que nous sommes revenus à ce récif et que je t'ai trouvée, en traînant sur les rochers. Et, là, j'étais certain que tu étais morte. Mais je crois qu'il n'est pas si facile de te tuer, madame Maddox. Encore que tu aies eu beaucoup de chance. Nous avons eu une semaine de temps diabolique. Il n'avait pas plu autant sur les Bahamas depuis des années. Si la pluie ne s'était pas abattue sur toi, presque sans arrêt tous les jours, te protégeant du soleil, jamais tu n'aurais survécu.

Elle lui sourit. De la chance. Oh, oui, j'ai de la chance, se dit-elle. Il allait lui revenir, bientôt, et elle pouvait attendre. Car il était parti à sa recherche. Après tout ce qui s'était passé, après quatre ans, il n'en avait pas moins tout abandonné pour partir à sa recherche.

Mais ce n'était pas le moment de flemmarder, même à l'ombre de l'amour de Tom Prendergast.

— Tom, dit-elle. Heston... il a essayé de me tuer.

Il fronça les sourcils.

— C'est ce que tu as dit, quand tu étais inconsciente. Mais Brande...

— Il a essayé de me tuer. Et la sœur m'a dit qu'il avait fui le pays.

— Ma foi, je ne dirais pas qu'il a fui. Il est parti à l'étranger pour un voyage d'affaires.

— Il a fui. Est-ce que Kliny n'est pas parti avec lui?

— Je n'en sais absolument rien.

— Et la compagnie n'a pas connu un énorme scandale?

— Pas que je sache. Mais je sais que ce Murgatroyd, ton avocat, est venu ici plusieurs fois. Il a demandé qu'on l'informe dès que tu reprendrais connaissance.

— Eh bien, appelle-le, Tom. Et fais-le venir. C'est terriblement important.

De nouveau, il fronça les sourcils.

— Tu veux dire... que tu vas accuser Maddox d'avoir tenté de te tuer?

— Entre autres choses, oui, dit-elle, serrant plus fort les doigts de Tom. Je ne suis pas folle, vraiment. Il se passe quelque chose de terrible, et Heston est au centre de tout. Je t'en prie, aide-moi, Tom. Et, je t'en prie, crois-moi.

— Je ne mettrai plus ta parole en doute, jamais.

Lucy et Brent Junior vinrent la voir, cet après-midi-là ; depuis qu'on l'avait retrouvée, ils étaient chez les Prendergast, dans les Keys.

— Espèce de voyou, dit Brande, souriant, serrant l'enfant dans ses bras, lui ébouriffant les cheveux tandis que Lucy pleurait et que Tom lui souriait, l'enveloppant d'une aura de protection. Maintenant et à jamais.

Murgatroyd arriva le lendemain. Il aurait voulu que Tom les laisse seuls, pour parler en privé avec Brande, mais elle insista pour qu'il reste. Et elle leur raconta tout ce dont elle se souvenait, ce qu'Heston lui avait dit, ce qu'il avait tenté de faire. Quand elle eut terminé, il y eut un bref silence.

— Eh bien ? demanda-t-elle.

— Il avait raison sur un point, dit Murgatroyd. On a *bien* demandé à la compagnie un dépôt de garantie en attendant la fin des procès. Ils ont vraiment insisté, mais j'ai réussi à m'en débarrasser en leur disant qu'Heston et Kliny étaient à l'étranger pour conclure une affaire importante et que les fonds seraient déposés dès leur retour. Seigneur, s'il est exact qu'on a détourné ces réserves... il faut que je rentre tout de suite. Il me faut un ordre de vous, Brande, pour que je puisse examiner les comptes.

Elle lui signa une feuille en blanc.

— Mettez-y ce que vous voudrez. Vous voulez dire que personne ne s'est demandé pourquoi il ne s'est pas précipité ici quand on m'a retrouvée ?

— Eh bien... oui. Mais il m'a écrit pour me dire toute sa joie et qu'il reviendrait dès que possible, mais qu'il était sur le point de signer un fabuleux contrat de transport de courrier.

— Avec qui?

— Il ne l'a pas précisé.

— D'où venait la lettre? demanda Tom.

— Eh bien, de Leningrad, en fait. Mais j'ai pensé que le contrat intéressait l'un des pays scandinaves.

— John, il faut le faire revenir, dit Brande.

— S'il est décidé à demeurer en Russie? Je ne pense pas que ce soit possible. Il n'existe aucune convention d'extradition entre ce pays et l'Union soviétique. Franchement, il est difficile d'imaginer un Américain demandant l'asile politique en Russie, si tout ce qu'on raconte est vrai. Ou que les Soviétiques veuillent de lui, en fait.

— Heston voyage avec quelque chose comme cinquante millions de dollars dans sa serviette. Davantage, peut-être. Je ne sais pas *combien* il a réuni sur ce compte. Il paye son droit d'entrée.

— Ouais, dit Murgatroyd en se levant.

— Et Portman, dit Brande. Il faut faire arrêter Portman.

— Sous quelle accusation?

— Eh bien... le meurtre de Griffith Maynor. Ce *doit* être lui.

— Je doute qu'on ait la moindre preuve. Mais laissez-moi faire, dit l'avocat en lui tapotant la main. Occupez-vous de retrouver votre santé, aussi vite que possible. Nous allons avoir besoin de vous.

— En attendant, dit-elle, trouvez-moi un policier, ou un juge d'instruction ou autre pour que je puisse faire une déclaration.

— Brande... vous ne voulez pas attendre? Simplement un peu?

— Attendre? Il a tenté de me *tuer*. Et il a avoué avoir tué Dieu sait combien d'autres personnes.

— Quand on apprendra la nouvelle, cela va faire du bruit et des éclaboussures d'ici à Moscou. Et quand vous l'aurez dit à un policier, on *apprendra* la nouvelle. Attendez, je vous en prie, jusqu'à ce que j'aie l'occasion de vérifier les livres et de savoir *exactement* ce qui se passe.

On ne put garder secrète la nouvelle que Brande Maddox avait repris conscience. Apparemment, tout le pays avait été en émoi quand on avait appris qu'elle avait été retrouvée vivante alors qu'on la croyait morte. Mais cela n'avait duré que neuf jours, comme d'habitude. Là, on connut encore neuf jours d'agitation, avec des journalistes plein les couloirs de l'hôpital, dans l'espoir d'une interview ou, mieux encore, d'une photo. Tom parvint enfin à persuader les médecins que, bien qu'encore faible — et son état s'était encore aggravé avec l'angoisse et l'excitation de sa rencontre avec Murgatroyd —, elle serait beaucoup mieux cachée dans les Keys. Il la transporta lui-même, enveloppée dans une couverture, en pleine nuit.

Son Shangri-La. Ce fut comme un retour à la maison, car Lynette, Bill Prendergast et leur père l'accueillirent comme à l'un de ses retours chaque année, ainsi qu'elle avait coutume de le faire. Et, bien sûr, Lucy et Brent étaient là également. Et Tom. De nouveau revenait le temps des mots, des projets. L'avenir apparaissait plus menaçant que jamais tandis qu'étendue au soleil elle regardait Tom qui apprenait à ses élèves à plonger.

Ce ne fut cependant qu'une fois en sécurité à l'École de Plongée Prendergast qu'elle réalisa à quel point elle l'avait échappé belle. Elle était tombée de ses cinquante-huit kilos habituels — son poids de forme, bien que légèrement excessif, à quarante-cinq ; on lui voyait les os et sa poitrine était plate comme celle d'une gamine.

— Pas de problème, déclara Lynette. Deux semaines de cuisine familiale et nous allons vous retaper.

Lynette était même décidée à faire quelque chose pour sa peau. De face, cela allait à peu près, encore que chaque pouce de son corps fût marqué d'une entaille ou d'une coupure.

— Cela va guérir et disparaître, assura Lynette.

Mais elle demeurait inquiète pour le dos de Brande, exposé au soleil pendant une semaine et sur lequel, malgré la pluie salvatrice, l'épiderme avait été détruit sur deux, parfois trois couches.

326

— Dites-vous bien que cela va repousser plus beau que jamais, lui dit-elle cependant. Bon sang, vous avez des femmes qui paient une fortune pour faire détruire la couche superficielle de leur épiderme avec des aiguilles pour avoir une plus jolie peau. Mais, pour l'instant, je dirais que vous avez tout de ces serpents sur le point de muer.

Elle passait des heures à masser Brande avec des crèmes et une grande patience, lui disant combien cela s'améliorait. Elle proposa même de lui teindre les cheveux car au milieu de l'or commençaient à apparaître de minuscules fils d'argent. Mais Brande refusa. Elle ne voulait rien oublier de ce qui s'était passé. Rien de ce qu'avait provoqué Heston.

Comme si on allait le lui permettre. Car, évidemment, la police voulut l'entendre. Cela ne concernait pas vraiment la police de Miami car cette affaire s'était passée dans les eaux territoriales des Bahamas, mais un inspecteur de police anglais, courtois et charmant, arriva spécialement de Nassau pour lui parler, accompagné par un inspecteur de la police de Miami, en observateur. Elle savait qu'ils arrivaient et elle téléphona à Murgatroyd la veille.

— Dites-leur la vérité, conseilla l'avocat d'une voix morne. Nous allons avoir besoin de toute l'aide que nous pourrons trouver. J'arrive dans deux ou trois jours.

L'inspecteur Ryson écouta son histoire, le visage long, prenant des notes.

— Je vais faire rédiger un procès-verbal que je vous serais obligé de bien vouloir signer, madame Maddox, dit-il. A partir de quoi nous inviterons M. Maddox à prendre contact avec nous.

— L'inviter ? cria-t-elle.

— Ma foi, madame Maddox, sauf votre respect, votre déclaration est en totale contradiction dans tous ses détails — mis à part le fait que vous êtes tombée par-dessus bord — avec celle de M. Maddox à son retour à Miami. Ce sera donc votre parole contre la sienne et, franchement, bien que je sois enclin à vous croire, le juge d'instruction ne manquera pas de penser que si l'affaire arrive en justice, la défense répétera sans cesse au jury que vous étiez en état de choc et d'épuisement, avec tout ce que cela peut impliquer de... euh, confusion mentale. Non, non, je ne crois pas qu'on puisse lancer un mandat d'arrêt contre M. Maddox à ce stade de l'enquête.

Il se permit un petit sourire et ajouta :

— A supposer que nous puissions le faire parvenir en Union soviétique.

— Et *vous*, ne pouvez-vous rien faire ? demanda Brande à l'inspecteur Godolphin.

— Quand M. Maddox rentrera, nous ne manquerons pas d'en aviser l'inspecteur Ryson. Mais à notre connaissance il n'a commis aucun crime ou délit aux États-Unis. Pour l'instant.

— Mon Dieu, mon Dieu, mon Dieu, s'écria Brande quand ils furent partis. Voilà que ça recommence exactement comme en 1918. Personne ne va me croire, non plus, avant qu'il ne soit trop tard.

— Du calme, dit Tom. Attendons de voir ce que va nous apprendre Murgatroyd.

Elle n'avait jamais vu Murgatroyd faire un aussi long visage.

— Je crains que ça ne soit pas mauvais, mais catastrophique, dit-il. On a fait sortir du pays l'intégralité des réserves.

— Nous allons poursuivre la banque, décida Brande.

— Je ne crois pas que ce soit tout à fait possible. Peut-être Heston vous a-t-il dit qu'elle était contrôlée par les communistes, mais il n'en existe aucune preuve tangible. Vous ne ferez qu'ajouter un procès en diffamation à tout ce que vous avez déjà sur le dos. Quant aux fonds, lorsqu'ils en ont fourni la contre-valeur en devises étrangères, ils ont agi selon des instructions signées par Geoffrey Kliny, secrétaire général de la compagnie et contresignées par Heston Maddox, président de la compagnie. Le transfert pouvait être nécessaire pour payer des navires commandés par Heston en Russie. Je ne crois pas que la banque ait eu le choix. Mais ce ne sont pas là tous nos ennuis.

— Je ne vois pas comment il *pourrait* y avoir pire, grommela Brande.

— Écoutez cela ; on a réussi à détourner les fonds du bureau de Londres ; Portman a également disparu.

— Quelle affaire !

— Et le dernier paiement pour le *Moon* n'a jamais été effectué.

— *Quoi ?*

— Nous devons toujours dix millions. L'argent a également disparu. Ça, c'est un autre pépin, c'est sûr. Mais cela signifie que nous ne sommes même pas propriétaires du navire. Et maintenant, le plus grave.

Brande le regarda, totalement incrédule.

— Un compte spécial a été ouvert pour recevoir le virement de l'assurance du *Sun*. Vingt millions, vous vous souvenez ? Partis, également. Heston a emporté cinquante millions avec lui. Et nous n'avons pas un centime pour faire face à nos obligations, qui pourraient représenter la moitié de cette somme quand les avocats en auront fini avec nous.

Brande ferma les yeux. On aurait dit qu'elle plongeait de plus en plus profondément dans un cauchemar dont elle ne pouvait se réveiller.

— Donc, étant donné les circonstances, dit Murgatroyd, j'ai cru devoir demander la réunion d'une assemblée générale extraordinaire pour le quinze du mois prochain. Brande... je crains qu'il vous faille y assister.

Une fois, se souvint Brande, elle avait dit à Heston qu'ils pouvaient raconter n'importe quoi aux actionnaires car ceux-ci les adoraient. Ce n'était désormais plus vrai.

Elle présidait, assise à l'estrade dominant la salle, vêtue d'un nouveau tailleur sombre suffisamment ajusté pour révéler sa maigreur, même si la cuisine de Lynette lui avait permis de reprendre quelques kilos. Elle ne portait aucun bijou, à part son alliance et avait les cheveux assez longs pour laisser dépasser quelques mèches de sa cloche de feutre — des cheveux plus longs qu'ils n'avaient jamais été depuis 1925 — et en révéler le gris. Si elle voulait l'emporter, il fallait faire flèche de tout bois et elle était prête à aller jusqu'au bout.

Autour d'elle, ce qui restait du conseil d'administration : Peter Smithers, le directeur maritime, l'air consterné, à côté de John Murgatroyd, l'avocat de la compagnie, plus gros toutou que jamais — mais un gros toutou qui avait perdu son flair. Les trois assesseurs, choisis parmi les actionnaires, étaient assis côte à côte au bout de la table, manifestement décidés à présenter un front uni. Les sièges réservés au président, au secrétaire général et à Janine Maddox étaient vides — Janine était en pleine dépression nerveuse.

Brande et Murgatroyd avaient passé toute la nuit à supputer le nombre de parts et les voix possibles. Elle détenait ses deux cent vingt-quatre mille parts et une procuration pour les quatre-vingts mille de Janine. Les deux cent mille parts d'Heston n'interviendraient sans doute pas — nul n'avait de procuration. John Murgatroyd en détenait quarante mille, comme Smithers. Donc, si l'on faisait également abstraction des quarante mille de Kliny, elle pouvait peut-être compter sur trois cent quatre-vingt-quatre mille parts sur un total de sept cent soixante mille. Mais il lui en fallait bien davantage, et pas seulement parce que Smithers ne leur avait pas vraiment dit ce qu'*il* pensait de tout cela ; la seule façon de s'en sortir était d'obtenir un vote de confiance unanime.

Car l'important, ce n'était pas les voix, ce n'était pas qu'elle garde le contrôle de la compagnie. C'était la compagnie elle-même. La compagnie qu'elle avait héritée et qu'elle allait passer à Brent Junior. Une compagnie mortellement blessée. Et que seul un miracle pourrait sauver.

Mais le miracle était là, accessible — si elle avait le culot de le provoquer.

En face d'elle, une mer de visages, des visages naguère toujours souriants et qui avaient toujours affiché un formidable enthousiasme pour les grands hommes et femmes assis en face d'eux mais qui, aujourd'hui, se bornaient à la fixer — et bien plus nombreux que d'habitude — quiconque possédait une seule action de la Maddox était accouru.

La responsabilité de la lecture du rapport incombait à Murgatroyd. Jamais sa voix ne trembla tandis qu'il considérait cette foule d'hommes et de femmes par-dessus ses lunettes.

— Voilà donc, mesdames et messieurs. Je puis ajouter que de toute ma carrière, jamais je n'ai eu à faire face à une telle situation. Mais il demeure certains facteurs rassurants. La Compagnie Maddox n'est pas en faillite. Elle dispose d'un capital suffisant, avec ses divers navires, pour couvrir son passif actuel. Bien entendu, il nous faudra obtenir d'importants prêts bancaires pour nous remettre à flot, mais je ne doute pas qu'on puisse les obtenir. L'autre facteur rassurant est la valeur de l'action. Elle a remarquablement résisté...

— Avez-vous lu le *Journal* de ce matin? lança une voix dans l'assistance.

— Certes, un ou deux pessimistes ont tenté de vendre en toute hâte. Ce qui a provoqué un glissement, répondit Murgatroyd. Mais, mesdames et messieurs, l'avenir dépend de nous. Car ce que nous déciderons aujourd'hui conditionnera la poursuite de la baisse ou, au contraire, traduira notre confiance que la société peut conserver son intégrité et se relever de ce désastreux épisode.

— Peut-on savoir pourquoi aucune action judiciaire n'a encore été intentée contre les coupables? demanda quelqu'un.

— Parce qu'aucune convention d'extradition n'existe entre ce pays et l'Union soviétique, répondit Murgatroyd. Nous ne reconnaissons même pas l'existence du gouvernement soviétique.

— Et *elle*? lança un petit bonhomme à la moustache rousse frisée en désignant Brande.

— Cher monsieur! protesta Murgatroyd.

— Est-ce que vous espérez qu'on va rester assis là et croire que Mme Maddox ignorait ce qui se passait?

— Vous avez lu les journaux, vous savez ce qui s'est passé.

— Nous avons lu que Mme Maddox accuse son beau-frère de tentative de meurtre. Mais nous avons également lu d'autres journaux, monsieur Murgatroyd. Nous nous souvenons tous de ce qu'ils racontaient. Mme Maddox courant les boîtes de nuit avec M. Maddox. Mme Maddox faisant de la voile avec M. Maddox. Mme Maddox aux courses avec M. Maddox. Ils se sont entendus comme larrons en foire pendant dix ans. C'est un fait bien connu qu'ils ont été *amants* pendant dix ans. Et vous pensez que nous allons croire que cette préten-due tentative de meurtre n'était pas une comédie ?

Le vacarme se déchaîna dans la salle et Murgatroyd jeta un regard désespéré à Brande. C'était elle qui présidait.

Brande respira profondément et se leva. Lentement, le brouhaha s'apaisa. Mais l'homme aux moustaches rousses demeura debout.

— Vous, monsieur, vous êtes un menteur, dit Brande.

— Ce n'est pas en m'insultant que vous arrangerez vos affaires.

— Je ne vous insulte pas. J'énonce un fait. Ce que vous semblez incapable de faire. M. Maddox et moi n'avons *jamais* été amants. Et si vous pensez qu'existait quelque collusion entre lui et moi, je vous invite à lire les rapports médicaux concernant mon état quand on m'a retrouvée. Si je *jouais la comédie*, monsieur, je n'aurais nul besoin de me tenir là devant vous. Je pourrais gagner une fortune à Hollywood.

— Eh bien…

— Assis ! cria une voix depuis le fond de la salle et immédiatement reprise.

— Assis !

— Assis !

— Laissez parler Mme Maddox !

Le rouquin s'assit et Brande leur sourit.

— Je vous remercie. Croyez-moi, j'aimerais *pouvoir*,

par un claquement de doigts, faire revenir les quatre-vingts millions de dollars qu'on vous a volés. Je ne peux le faire, mais...

— Mme Maddox, dit une femme qui se leva, nous ne sommes pas ici pour critiquer votre vie privée, pas plus que pour vous jeter la pierre. Mais vous avez parlé de faits. Ne conviendrez-vous pas que, depuis quatre ans, vous, le vice-président exécutif et actionnaire principal de la compagnie, n'avez accordé que peu d'attention aux affaires de la société?

— Eh bien..., commença Brande, rougissante.

— Et, donc, poursuivit la femme, ne conviendrez-vous pas que bien qu'ignorant peut-être ce qui se passait, et je vous crois quand vous le prétendez, vous *auriez dû* être au courant?

— Oui, dit Brande en la regardant. J'aurais dû être au courant.

— En conséquence, madame Maddox, ne conviendrez-vous pas également que la famille Maddox s'est révélée incompétente lorsqu'elle n'était pas criminelle? Depuis neuf ans que cette compagnie est devenue publique, nous, les actionnaires, nous sommes contentés d'en laisser le contrôle entre les mains d'un conseil d'administration pratiquement nommé par vos soins. Nos représentants n'ont jamais été là que pour vous approuver, car ils savaient qu'ils auraient été battus par vous, votre beau-frère, votre belle-mère, votre fidèle avocat et votre directeur maritime. Nous avons toujours accepté cela. Voilà des années que les Maddox dirigent des compagnies maritimes. Et je crois comprendre que vous êtes vous-même issue d'une famille d'armateurs. Qui étions-nous pour vous dire comment il convient de gérer une compagnie maritime? Nous avons donc accepté tout ce que vous nous racontiez, même la catastrophe du *Northern Sun*. M. Maddox nous a assurés que tout allait très bien se passer. Et lorsqu'il a dit cela, madame Maddox, vous étiez assise là et vous avez manifesté votre accord.

— Oui, dit Brande. En effet.

— Et maintenant, je suppose que vous allez sortir de grands projets pour remettre cette compagnie à flot. Eh bien, madame Maddox, cette compagnie *peut* se remettre à flot. Mais pas sous votre direction. Madame Maddox, vous vous êtes révélée un désastre, pour la compagnie et pour nous tous. Soyez assurée de notre sympathie pour ce qui vous est arrivé. De notre respect pour la façon dont vous avez sauvé le *Sun* du naufrage et lutté récemment pour votre vie. Mais, madame Maddox, vous n'aurez plus notre soutien. Je pense que vous devriez démissionner. Je pense que tout le conseil d'administration devrait démissionner et nous laisser le remplacer par des gens qui savent ce qu'ils font.

— Oui, oui, cria-t-on un peu partout.

Et Brande, horrifiée, vit que Smithers approuvait. Et voilà qu'un autre homme se levait.

— De quoi *parlons-nous* ? cria-t-il. On croirait, à vous entendre, que cette compagnie a connu un revers mineur dû à l'incompétence de sa direction. C'est ce que vous avez dit, brailla-t-il en désignant la femme. Chère madame, cette compagnie est en faillite, ruinée, sans le sou, elle ne vaut plus un radis. Puis, se tournant vers John Murgatroyd : Ne vous laissez pas prendre à tout son baratin. Cette compagnie n'a tout simplement pas un centime. Tout a été raclé. On nous dit que nous devons dix millions pour le seul navire susceptible de nous procurer quelque revenu, un navire dont on nous a dit qu'il avait été payé, tout comme on nous annoncerait que nous devons quinze dollars à l'épicerie du coin — mon Dieu, on aurait dû les payer la semaine dernière mais nous avons oublié. On nous a dit aussi que nous sommes attaqués en justice pour une somme qui pourrait atteindre cinquante millions de dollars ou même davantage. Et nous ne pouvons espérer gagner ces procès, compte tenu des accusations portées par Mme Maddox contre son beau-frère. Nous pouvons la croire lorsqu'elle prétend que c'est le plus grand bandit de l'histoire, mais il n'en demeure pas moins qu'en tant que président de cette compagnie il a tenté de couler son propre navire. C'est indiscutable. Donc, quoi qu'il arrive, il va s'écouler cinq, dix, peut-être vingt ans avant que soit payé un seul centime de dividende sur une action Maddox. Et à supposer que l'on ne découvre pas de nouvelles catastrophes. En tout état de cause, il faut chasser Mme Maddox du conseil d'administration. Ainsi que John Murgatroyd, Peter Smithers et Janine Maddox. Je suis tout à fait pour. Mais, pour l'amour de Dieu, ne vous laissez pas abuser par quelque stupidité selon laquelle le conseil d'administration pourrait sauver la situation. Débarrassez-vous d'*elle* et de ses copains, et nommez un syndic. Sauvons une partie de notre argent pendant que nous le pouvons.

Suivit un silence stupéfait quand l'homme se rassit. Brande était restée debout. Et maintenant elle était furieuse, aussi furieuse que la nuit de l'explosion à bord du *Northern Sun*.

— Vous vous êtes tous exprimés, dit-elle. Peut-être pourrai-je maintenant le faire *sans être interrompue*. Je pense que vous me devez au moins cela.

On entendit des mouvements de pieds embarrassés.

— Cette dame a raison, poursuivit Brande. Je me suis montrée incompétente. Je me suis permis de mêler ma vie personnelle à mon devoir envers la compagnie. Mais, par Dieu, j'en ai souffert, plus que vous tous. Et ce monsieur a également raison, en ce sens que nous ne pouvons en aucune manière *gagner* de quoi nous sortir de là. Mais *nous* pouvons nous en sortir. *Je* peux nous en sortir. Et je vais vous dire comment.

Murgatroyd jaillit brusquement de son siège, car il venait soudain de réaliser ce qu'elle projetait.

— Brande... murmura-t-il.

— C'est la seule solution, lui répondit-elle, refusant de baisser la voix, faisant face à la salle. Certes, j'ai accusé Heston Maddox de tentative de meurtre, et d'être un agent communiste. Je ne pense pas devoir *l'accuser*, en plus, d'escroquerie et détournement de fonds. Mais je n'ai dit à personne ce qui était à l'origine de tout cela. Une simple petite affaire de deux *milliards* et demi de dollars.

Elle s'arrêta un instant, se rendant compte qu'ils lui accordaient une attention sans partage.

— Je vais maintenant vous en parler. Et vous dire comment sauver cette compagnie.

Quand elle eut fini de parler, une demi-heure plus tard, le silence absolu régna pendant quelques secondes. Elle s'attendait à une attaque de la part de l'homme aux moustaches rousses, ou même du partisan du dépôt de bilan, mais l'attaque vint d'une partie totalement inattendue : Peter Smithers.

— Espérez-vous vraiment qu'une assemblée de personnes adultes avale un tel conte de fées, madame Maddox ? demanda-t-il.

Sa voix sembla libérer la salle. De nouveau, ce fut le brouhaha tandis qu'on l'interpellait. Mais ils s'interpellaient également entre eux, ce qui, se dit-elle, était bon signe. Elle se dressait, toute droite, attendant que diminue ce chahut.

— Il se trouve que c'est la vérité, dit-elle.

De nouveau, moustache rousse se levait, encouragé par le soutien de l'expert.

— Votre propre directeur maritime, et votre ami, en doutent. Et vous espérez que *nous* allons vous croire ? Pouvons-nous croire que jamais M. Smithers a été mis au courant de l'existence de cette fortune ? Ou qu'on n'a jamais tenté de la récupérer ?

— On a tenté de la récupérer, monsieur. Ce qui a coûté la vie d'un des plongeurs de Castaldi, comme vous vous en souvenez peut-être.

De nouveau, ce fut le silence, car ils se souvenaient.

— Et on ne l'a pas dit à M. Smithers parce que nous avons décidé de garder la chose secrète au sein de la famille, puisqu'il semblait que le trésor était perdu à jamais. Je suis désolée, Peter, ajouta-t-elle en se tournant vers le directeur maritime, mais il nous a paru préférable, à l'époque, d'oublier simplement toute cette affaire.

Il ne répondit rien mais parut profondément offensé ; à juste titre, se dit-elle tristement.

Le syndic en herbe était également debout.

— Et maintenant, on peut le récupérer, comme ça, tout simplement?

— Maintenant, les techniques de plongée ont avancé à un stade où je crois la récupération possible, lui répondit Brande.

— Vous *croyez*, railla-t-il.

— Je suis prête à y aller et à le *faire*. Mais à une condition.

— Oh oui, dit-il. Que nous apportions tous notre contribution à la compagnie. Savez-vous, madame Maddox, ce que coûtera une telle opération?

— Entre trois et quatre millions de dollars, je dirais.

— Mon Dieu, pour vous ce ne sont que des zéros, n'est-ce pas? Où voulez-vous que la compagnie trouve trois ou quatre millions de dollars en ce moment? Nous n'avons même pas trois ou quatre millions de *centimes*.

— *J'ai* cinq millions de dollars. Ma fortune personnelle. Je financerai la récupération du trésor sur le *Northern Wind*.

Ce qui les fit taire, définitivement.

— Mais, ajouta Brande, avant cela je veux être nommée présidente de la compagnie jusqu'à ce que l'or soit récupéré ou que j'y renonce.

Elle regarda chaque visage. Puis leur sourit.

— Je vous offre tout ce que je possède, pour avoir une chance de maintenir cette compagnie à flot. Il vous reste la solution de rentrer chez vous, de prendre vos actions et de les déchirer. Pensez-vous que ce soit là une solution?

Elle n'eut pas à compter les voix, après tout.

Après la séance, Brande fila aux bureaux de la compagnie Maddox. Elle savait que sa journée commençait à peine et remercia Dieu d'avoir insisté pour que Tom demeure en Floride, avec Brent et Lucy, et n'arriva que le lendemain. Notamment pour qu'elle puisse dire et faire ce qu'elle voulait, sans savoir qu'il écoutait. Mais il lui fallait également encaisser seule le choc résultant de ce qu'elle avait dit.

John Murgatroyd arriva le premier. Il la suivit au bureau.

— Brande, vous êtes complètement folle, s'exclamat-il. Ce n'est pas parce que la compagnie risque de faire faillite que vous devez aussi vous ruiner. Ce portefeuille représente tout le capital que vous ayez au monde si vos actions Maddox deviennent sans valeur. Et vous allez tout simplement le jeter ?

— Je n'ai nulle intention de le jeter. Je le remplacerai au centuple, en mille fois plus même.

— *S'il* y a quelque chose au fond. Et *si* vous pouvez jamais y arriver.

— Dressez un état de tous mes biens. Nous pouvons également hypothéquer la maison. Mettez en vente le *Cœur de Chêne*. Oh, et la collection de cartes de cigarettes. J'ai également pas mal de bijoux.

— Écoutez, Brande, étant votre avocat...

— Puisque vous êtes mon avocat, John, je vous serais *infiniment* reconnaissante de faire ce que je vous demande.

Peter Smithers, patiemment, attendait son tour.

— Je dois vous rendre cette justice, madame Maddox, dit-il. Vous devriez faire de la politique. Mes félicitations, donc. Mais je démissionne du conseil d'administration ainsi que de la compagnie.

— Mais *pourquoi* ? Nous allons la sauver, Peter. Je le sais.

— Je suis peut-être trop vieux pour me voir impliqué dans ce genre de projets. Et peut-être pas assez généreux pour oublier qu'on m'a menti, qu'on s'est joué de moi, qu'on m'a mené par le bout du nez pendant toutes ces années. Désolé, madame Maddox, mais je ne reviendrai pas sur ma décision.

Dans le courant de l'après-midi, une foule de journalistes se trouvaient dans le couloir et refusaient d'en partir. Elle les reçut donc et donna une conférence de presse.

— Deux milliards et demi de dollars? dirent-ils. Allons, madame Maddox, avouez maintenant que vous avez simplement inventé ce chiffre.

— C'est là le chiffre indiqué à mon défunt mari par le représentant du tsar. Je pense qu'il s'agit d'une évaluation d'avant 1914.

— Et c'est resté là pendant toutes ces années? Comment savez-vous que personne ne l'a récupéré?

— Parce que c'était impossible. Nous le savons car nous avons essayé.

— Quand il y a eu un mort lors de l'opération Castaldi?

— C'est exact.

— Mais pensez-vous pouvoir réussir maintenant?

— Je le crois.

— Et peu vous importe le nombre d'hommes que vous allez encore envoyer à la mort, hein? Avez-vous déjà choisi votre première victime, madame Maddox?

— Oui, dit Brande, le regardant droit dans les yeux. J'ai l'intention de descendre moi-même sur l'épave du *Northern Wind*.

Après quoi il suffisait d'attendre que l'histoire se répande. Brande dîna seule, se demandant si on téléphonait beaucoup. Elle dormit bien, heureuse d'être de nouveau maîtresse de la situation. Mais le téléphone avait fonctionné davantage que prévu. Quand elle arriva au bureau le lendemain matin, un représentant de la famille Romanov en exil l'attendait.

— J'ai été contacté par Son Excellence le grand-duc Cyrille, lui dit-il. Et il m'a demandé de vous transmettre ce message : vous rendez-vous compte que ce trésor, si on peut le récupérer, appartient aux Romanov?

Il se tenait là, devant l'immense bureau en noyer de Carter Maddox. Brande lui indiqua un des fauteuils ultra-rembourrés ; elle pensait qu'il en aurait besoin. Puis elle prit la lettre qu'elle avait sortie du dossier et la lui montra.

— Je crains bien que non, comte Rasimov. Le grand-duc affirme que tout cela n'est que mensonge. En conséquence, s'il y a quelque chose au fond, cela appartient à la compagnie Maddox.

Une heure plus tard, elle eut la visite d'un représentant du gouvernement soviétique.

— Vous rendez-vous compte, madame Maddox, déclara-t-il depuis le même fauteuil que le représentant tsariste, que tout trésor ayant pu appartenir au soi-disant tsar de Russie appartient désormais au peuple russe et devra lui être restitué ?

— Balivernes, lui répondit Brande en le regardant droit dans les yeux. Mais je vais vous dire, commissaire, je vous l'échange contre les quatre-vingts millions de dollars que vous devez à ma compagnie.

Après quoi arriva l'avocat représentant les compagnies d'assurance.

— Vous rendez-vous compte, madame Maddox, demanda-t-il suavement, que nous sommes bien obligés de croire que le paiement, pour le *Northern Wind*, a été obtenu frauduleusement ? Nous avons fait droit à votre requête en toute bonne foi, considérant que le navire avait heurté une mine flottante et que vous étiez assurée contre les risques de guerre. Si ce que vous avez raconté au cours des dernières vingt-quatre heures est exact, votre navire n'a pas heurté une mine mais a été coulé à la suite d'un acte délibéré de sabotage. Et vous le saviez à l'époque de votre demande de remboursement.

— Je ne *savais pas* que c'était faux. Je m'en doutais. L'enquête en a décidé autrement. Nous ne *saurons* jamais, tant qu'on n'aura pas examiné la brèche dans la coque du *Wind*.

— Reste aussi la question du *Sun*. Là encore, le règlement a été obtenu frauduleusement. Vous ne pouvez espérer conserver une somme versée en toute bonne foi pour un navire dont vous prétendez maintenant qu'il a été sabordé, ou qui devait l'être, par le président de la compagnie propriétaire. Je suis désolé, madame Maddox, mais nous estimons que vous nous devez quarante millions de dollars, outre les intérêts afférents au règlement du *Northern Wind* pour plusieurs années. Nous avons l'intention de demander cinquante millions aux tribunaux.

— Il vous faudra faire la queue, monsieur Ayscue, lui dit-elle en souriant.

— Vous pensez que tout cela n'est qu'une grande farce, n'est-ce pas? Parce que vous êtes sur le point de vous déclarer en faillite.

Brande ne sourit plus. Elle se pencha en avant.

— Au contraire, monsieur Ayscue, c'est une affaire très sérieuse. Mais de même que vous avez attentivement suivi toutes mes déclarations, je pense que vous devriez au moins vous souvenir que j'ai l'intention de rembourser le moindre centime dont la compagnie est redevable.

— En allant chercher votre mythique trésor du tsar.

— Comme vous dites, monsieur Ayscue. Je vous suggère d'attendre, pour intenter votre procès, que ce soit fait. Mais je vais vous dire: je vais vous rapporter la preuve formelle de ce qui a coulé le *Wind*. Et quand ce sera fait, à supposer que j'aie raison, je vous ferai un chèque de vos cinquante millions de dollars. Est-ce que ça ne vous plairait pas?

Enfin arriva Walter Harragin.

— Pouvez-vous me donner une seule bonne raison, madame Maddox, ou même une raison acceptable pour ne pas vous avoir arrêtée pour faux témoignage?

Brande soupira.

— Je viens juste d'en terminer sur le même chapitre avec Harry Ayscue, dit-elle.

— Je le sais. Je l'ai rencontré en arrivant.

— Vous n'avez donc aucune raison de m'accuser de quoi que ce soit pour le moment, monsieur Harragin. Je *soupçonnais* que l'on avait saboté le *Wind*. Comme vous le savez depuis un certain temps.

— Vous pensez qu'on l'a coulé à cause du trésor. Et *cela*, bon sang, je l'ignorais.

— Je suis désolée. Mais, oui, si on l'a saboté c'était pour le trésor.

— Et vous n'avez pas parlé du trésor à l'enquête, madame Maddox, fit-il triomphalement observer. Rétention de preuves, pour le moins.

— Je n'en ai pas parlé, monsieur Harragin, parce qu'on m'a dit et répété que j'étais idiote de croire qu'il se trouvait là. Nous avons essayé de le savoir, vous pouvez me croire. Tenez, lui dit-elle en lui montrant les lettres de l'ambassadeur Davis et du grand-duc. Le vieux Carter Maddox m'a traitée pratiquement de menteuse congénitale.

— Mais vous saviez bien que vous ne mentiez pas.

— Je ne *savais* rien, monsieur Harragin. Mon mari m'avait raconté une histoire. La plupart des veuves croient ce que leur disait leur mari, du moins quand elles sont mariées depuis une semaine. Après quoi il est mort. Et si son histoire était vraie, on l'a assassiné. Mais personne ne m'a crue, sauf Heston. Et je sais maintenant qu'on lui a *dit* de me croire. Mais je ne *sais* toujours pas ce qui se trouve là-dessous. Je ne sais toujours pas s'il y a *quelque chose* là-dessous.

— Mais vous avez enveloppé vos actionnaires de belles paroles et vous les avez trompés pour les convaincre.

— Belles paroles, oui ; trompés, non, monsieur Harragin. C'est ma peau qui se trouvera au bout du câble, pas la leur. Ils pourront toujours se déclarer en faillite quand on m'aura déclarée morte.

Harragin la regarda un long instant puis lui dit :

— Vous êtes la femme la plus étonnante que j'aie jamais rencontrée. Je crois qu'un homme ne rencontre une femme comme vous qu'une seule fois dans sa vie. Et je pense que c'est aussi bien pour la gent masculine. Que diable, je peux parfaitement vous poursuivre quand vous remonterez. *Si* vous remontez. Et, dites-moi, vous permettez que, jusque-là, je vous appelle Brande ?

Mais restait Tom. Elle avait été portée par une vague

342

de détermination euphorique, la même qu'elle avait ressentie après le sabotage du *Sun*. Maintenant comme alors, elle prenait conscience d'un épuisement qui la gagnait, d'un doute, presque d'une crainte quant à ce qu'elle avait fait, augmentée encore par le fait qu'elle savait qu'il arrivait. Ce soir-là, ayant décidé de ne pas aller l'attendre à la gare, elle se servit un brandy-soda, s'assit sur le canapé de son bureau et entendit les pas et les cris d'excitation de Brent. Elle se leva quand ils firent irruption dans la pièce.

— Maman, maman, cria Brent, nous avons vu l'oncle John. Il dit que tu es la présidente du conseil d'administration.

— Oui, dit Brande qui l'embrassa.

— Félicitations, m'dame, dit Lucy, pleurant abondamment comme toujours en de telles occasions.

— Merci, Lucy.

Mais Brande regardait Tom qui déposait soigneusement une énorme pile de journaux sur la table. Du moins était-il là.

— J'ai pensé que tu aimerais les lire, dit-il. C'est une leçon instantanée sur la façon de faire la une à soi tout seul. Ils pensent que tu es dingue. C'est l'opinion unanime.

— Comme d'habitude, dit-elle, attendant la suite.

— Viens, Brent, dit Lucy. Allons voir ce qu'il y a pour dîner.

La porte se referma derrière eux.

— Je suis désolée, Tom.

— De quoi?

— Eh bien... expliqua-t-elle avec un haussement d'épaules. De ne pas t'avoir dit ce que j'allais faire, je pense.

— Comme d'habitude. Je crois qu'il va me falloir m'y habituer.

— Tu veux dire que je suis pardonnée?

— J'ai dit que je n'allais plus me mettre en colère contre toi. Je risque de faire des ulcères, comme je l'ai également dit. Mais je crois que cela en vaut la peine. Et, attention, je crois que tu es cinglée, moi aussi.

— C'est-à-dire que c'est impossible?

Il alla au buffet, se servit un scotch.

— Je ne dirais pas cela. Tu pensais à la cloche, j'imagine.

— La cloche? Tu veux dire celle à laquelle on s'intéressait en 25? Celle qui n'a jamais été construite?

— Tu me fais marcher. Tu ne savais pas qu'on en avait testé une? demanda-t-il, fronçant les sourcils.

— Non, dit-elle, son cœur battant plus vite. Je ne le savais pas.

Il se rembrunit davantage encore.

— Tu veux dire que tu as foncé et fait ta déclaration comme cela, au hasard?

— Oui. Je crois que je suis vraiment dingue, répondit-elle. (Elle s'assit et lui demanda:) Parle-moi de la cloche.

— Je sais seulement qu'on l'a construite, dit-il, s'asseyant à côté d'elle. Et essayée, jusqu'à mille pieds.

— Mille pieds? Oh, Tom...

— Sans personne dedans.

— Oui, mais si elle est remontée intacte...

— Bien sûr. Donc il semble qu'on puisse enfin descendre et jeter un coup d'œil. Nous sommes encore bien loin de découper la coque et de récupérer un quelconque trésor. Mais je suis d'accord sur le fait que ça paraît possible. Là où je pense que tu es dingue, mis à part que tu l'ignorais quand tu as parlé de récupérer cet or, c'est quand tu dis que *tu* vas y descendre.

— Mais je vais y descendre, Tom. Et personne ne m'en empêchera. Et, comme je te l'ai déjà dit, je serais très heureuse que tu sois à mes côtés.

— Tu sais, dit Tom en lui adressant un clin d'œil, lorsque tu as voulu revenir et affronter la foule toute seule, j'ai pensé que tu avais en tête quelque chose comme cela. Quand j'ai regardé les chiffres de Murgatroyd, j'ai su qu'il n'y avait pas d'autre solution pour sauver la compagnie. J'ai donc envoyé quelques câbles avant de quitter la Floride. Il y a un expert qui arrive de Londres pour en parler.

12

John Murgatroyd s'occupa de l'entrevue avec les banquiers; les premiers banquiers de la compagnie.

— Évidemment, nous avons lu tous les journaux, madame Maddox, dit Humphrey Marcuse, qui occupait le fauteuil de président. Vous avez vraiment le sens de la publicité, et vous savez obtenir ce que vous voulez. (Avec un sourire glacial, il ajouta:) Maintenant, dites-nous donc ce que vous attendez de nous.

— M. Murgatroyd va vous fournir les chiffres.

— Eh bien, en fait, leur dit Murgatroyd, le tribunal nous fait obligation de déposer dix millions de dollars à titre de garantie pour le règlement des procès en cours, c'est-à-dire les procès intentés par les passagers du *Northern Sun* ainsi que par les compagnies d'assurance au titre du remboursement des sommes versées, à tort prétendent-ils, pour le *Sun* et le *Northern Wind*.

Marcuse nota quelque chose sur son bloc.

— Vous allez également demander, je présume, un fonds de roulement. J'ai cru comprendre que vous ne disposiez plus d'aucune liquidité.

— C'est exact. Il nous faut environ sept millions de dollars par mois. Bien entendu, une partie de cette somme est immédiatement couverte par les rentrées, mais je crains que la contre-publicité faite depuis la découverte de cette affaire n'ait quelque peu affecté provisoirement notre position sur le marché. Nous allons rétablir la situation, bien sûr, mais...

— Et le *Northern Moon*? demanda Marcuse qui prit d'autres notes puis leva la tête, les sourcils froncés.

— J'y arrive. Il nous faut également dix millions de dollars pour finir de payer l'achat de ce navire.

— Il s'agit donc, eh bien, d'une centaine de millions de dollars, monsieur Murgatroyd, à supposer qu'il vous faille un an pour vous redresser. Avec, en plus, les procès en attente. Puis-je vous demander quelles garanties vous offrez?

— La flotte Maddox. Estimée à cent cinquante millions.

— Et, bien entendu, le remboursement immédiat à la récupération du trésor dans la chambre forte du *Northern Wind*, ajouta Brande.

— Oui, dit Marcuse, sceptique. Et pour combien de temps estimez-vous qu'il vous faille cette somme considérable?

— Jusqu'à la récupération.

— A supposer que le trésor se trouve bien là, et à supposer qu'on puisse y arriver, observa Marcuse. J'ai pris la liberté de demander quelques avis autorisés. Les experts ne sont pas optimistes.

— Les experts ne le sont jamais.

Nouveau sourire glacial de Marcuse.

— Je voudrais également vous rappeler que tous les comptes de votre compagnie ont été plutôt péremptoirement retirés de nos banques il y a à peine six mois. En invoquant que la qualité des services n'était pas satisfaisante.

— Cela faisait partie du plan de détournement des fonds, monsieur Marcuse, fit observer Brande.

— Oui. Certes. Combien de temps prendra cette opération de sauvetage, selon vous?

— Pas plus de six mois. Malheureusement, nous sommes déjà en septembre et nous ne pouvons en aucun cas commencer les opérations de plongée au large de Fastnet Rock avant mai prochain, au plus tôt.

— Je vois, dit-il, avec un regard à ses confrères, bien qu'il eût manifestement déjà discuté de la question avec eux et obtenu leur accord. Eh bien, madame Maddox, compte tenu de tout ce qui s'est passé et de votre décision de risquer votre fortune personnelle dans cette aventure, nous sommes prêts à vous accorder ce que vous demandez, pour une période limitée. Nous fournirons à la compagnie Maddox les sommes nécessaires à son fonctionnement et prendrons ses dettes à notre compte à concurrence de cent millions de dollars, et ce jusqu'au 31 décembre 1930, soit dans quinze mois. Nous sommes disposés à revoir la situation à cette date, mais je dois vous aviser que si les opérations de récupération sur le *Northern Wind* n'ont pas commencé, et s'il apparaît que la cargaison du navire n'est pas le trésor dont vous faites état, nous demanderons la liquidation de la compagnie pour mettre un terme à la transaction. Je voudrais que cela soit bien clair dans votre esprit.

— Ils vous mangent dans la main, dit Murgatroyd qui jubilait. Si vous leur aviez demandé cinq millions de plus pour financer l'opération de plongée, ils vous les auraient accordés sans un murmure. Je suis surpris que vous ne l'ayez pas fait.

— Parce que je pense que ma décision de tout risquer pour la compagnie, comme l'a dit Marcuse, constitue un facteur important dans le fait qu'ils me mangent dans la main.

— Peut-être. Quoi qu'il en soit, c'est inutile pour l'instant. Nous trouverons l'argent au sein de la compagnie, maintenant que nous disposons du crédit nécessaire.

— Non. En aucun cas. J'ai dit que j'allais risquer ma fortune et j'ai bien l'intention de le faire. Avez-vous préparé cet état que je vous ai demandé?

— Pas encore. Parce que c'est idiot, et inutile. Brande…

— Je veux cet état sur mon bureau demain matin, John.

Il soupira, haussa les épaules.

— C'est bon. Comme vous voudrez. Mais promettez-moi une chose ; vous ne vendrez qu'autant qu'il le faudra. Pour l'amour de Dieu, vous dites vous-même que vous ne pouvez commencer à plonger avant mai prochain. Attendez jusque-là. Le fait est que, eh bien, le marché se comporte un peu curieusement en ce moment. On a assisté à une ou deux tentatives de prises de bénéfices importantes et cela n'a pas marché, si bien qu'on note une tendance générale à la baisse. Cela va se tasser, bien sûr. Mais ce n'est vraiment pas le moment de vendre. Attendez jusqu'à ce que ce soit indispensable.

Il paraissait si angoissé qu'on aurait pu croire qu'il s'agissait de son argent. Brande sourit.

— C'est bon, John. Je ne vendrai rien si je n'y suis pas obligée. Mais dès que je vous dirai de vendre, faites-le aussitôt.

En fait, elle s'intéressait davantage à l'arrivée imminente de l'expert britannique qu'à d'importantes prises de bénéfices. Elle se revoyait en 1919, attendant d'apprendre ce que dirait le signor Castaldi. Avec Heston.

Maintenant, elle attendait avec Tom.

Edgar Fairchild arriva le 5 octobre et il apparut d'une jeunesse inquiétante. Ce qui n'était que le reflet du fait qu'elle allait avoir trente-cinq ans dans deux mois, se dit-elle. Mais il manifestait certainement une grande assurance, avec son visage juvénile et ses manières de gamin, même si Tom et elle furent plutôt déconcertés par ce qu'il devait leur dire.

— En fait, la cloche n'est jamais descendue à mille pieds dans l'océan, bien sûr, madame Maddox, expliqua-t-il. Je veux dire que cela aurait nécessité la location de remorqueurs de haute mer et Dieu sait quoi encore. Ce qui aurait entraîné un coût colossal pour un essai. Mais elle a été *testée* à une pression atmosphérique équivalente, en caisson.

— En caisson, répéta Brande.

— Tout à fait. En fait, il a été très simple de construire un caisson dans lequel on pouvait contrôler la pression représentant pratiquement toutes les profondeurs souhaitées. Je dois dire que la cloche n'a pas bronché à soixante atmosphères.

— Et l'homme, à l'intérieur? demanda Tom.

— Eh bien, en fait il n'y avait pas d'homme, à l'intérieur. Nous prévoyons un essai pour après Noël.

— Dans le caisson?

— Oui, bien sûr.

— Et envisagerez-vous un essai en mer?

— Eh bien... dit Fairchild en regardant Brande. C'est, en fait, une question de financement. J'ai cru comprendre, d'après votre lettre, que vous seriez intéressée.

— Monsieur Fairchild, si vos essais en caisson avec un homme à l'intérieur se révèlent concluants, je financerai l'essai en mer. Cela pourra faire partie du plan de plongée sur le *Northern Wind*.

— Un instant, protesta Tom.

— Il ne s'agit que de six cents pieds, Tom, dit-elle. Et si nous devons faire descendre la cloche avec quelqu'un à l'intérieur, autant que ce soit sur un site utile.

— Ah, dit Fairchild. Voilà qui paraît prodigieusement intéressant. Mais, vraiment, je crois que M. Prendergast a raison. Je pense qu'il faut sérieusement y réfléchir et que la préparation... je veux dire que cela *pourrait* être dangereux. Je ne vois pas comment je pourrais demander à quiconque de prendre un tel risque.

— C'est *moi* qui essaierai votre cloche, dit Brande. Personnellement.

— Oh, je... je veux dire, je sais que c'est ce que vous avez dit aux journaux, mais vous ne pouvez pas être *sérieuse*.

— Je suis toujours sérieuse lorsqu'il s'agit du *Northern Wind*.

— J'accompagnerai Mme Maddox, dit Tom. La cloche peut prendre deux personnes, non?

— Oh, certes. Davantage, même. Jusqu'à quatre personnes, pour de brèves périodes, bien sûr. Je dois dire que cela me paraît tout à fait passionnant.

— Il nous faudra également un autre matériel, dit Tom. Que nous vous laisserons le soin de prévoir. Un gros remorqueur, pour commencer. Un chalumeau oxy-acétylénique puissant, des tuyaux de gros diamètre capables de résister à ces profondeurs, et des compresseurs d'air assez puissants pour aspirer le trésor ; nous n'aurons pas un plongeur qui se tiendra là avec un panier.

— Oui, oui, dit Fairchild, dressant des listes. Le prix...

— Faites-moi savoir la somme qu'il vous faudra, et pour quand, coupa Brande.

— Oui, certes, dit Fairchild, plus enthousiaste encore.

— Il va également nous falloir quelques scaphandres.

— Pour descendre à six cents pieds, madame Maddox ? C'est un peu beaucoup.

— Et si la cloche fonctionne, tu n'en auras pas besoin, dit Tom. Ceux qui se trouveront à l'intérieur, toi et moi, pourront diriger les grappins et les tuyaux par téléphone. C'est là toute la beauté de la chose.

— Et pour ce qui est de découper la coque ?

— Eh bien... on devrait pouvoir actionner les chalumeaux à distance, également, dit Tom qui regarda Fairchild.

— Oh, oui, tout à fait. Cela devrait être faisable.

— *Devrait* être faisable, observa Brande. Mais nous l'ignorons. Nous ne savons pas ce que nous allons trouver au fond, Tom. Nous ne savons pas si la cloche *va* marcher. Cette fois, je n'abandonne pas tant que les caisses ne sont pas remontées.

— Vous vous rendez compte, madame Maddox, que si vous envoyez un plongeur à six cents pieds, eh bien, s'il devait y demeurer un certain temps il faudrait plusieurs jours de décompression. Vous vous rendez compte des risques ?

— Et l'oxy-hélium ?

— Ce n'est qu'une hypothèse, madame Maddox.

— Je suis prête à vérifier cette hypothèse, également, monsieur Fairchild. Procurez-vous tout ce que vous pourrez.

Fairchild prit congé dans un état de folle excitation. Tout comme Brande. Enfin, cela arrivait. Ils allaient descendre sur l'épave du *Northern Wind* et voir ce qui s'était vraiment passé, et elle ne doutait pas qu'ils récupéreraient l'or, également. Elle voulait maintenant rattraper tout ce qu'elle avait négligé de lire depuis quatre ans, tout comme elle voulait voir où en était sa plongée. Murgatroyd convint qu'on pouvait difficilement l'accuser de négliger les affaires de la compagnie en allant plonger, alors que tout l'avenir de la compagnie dépendait de ce qu'elle pourrait réussir sous l'eau. Elle laissa donc Brent avec Lucy à New York et alla passer deux semaines merveilleuses au soleil de Floride à plonger dans le golfe du Mexique, retrouvant toute la magie qu'elle avait connue, et retrouver également la magie des bras de Tom. De nouveau, l'avenir s'annonçait sombre et incertain. Mais, là encore, c'était un avenir axé sur un seul événement, l'événement qui depuis dix ans dominait sa vie et en était devenu une sorte d'obsession. C'était ainsi qu'elle voulait que les choses fussent, et maintenant, pour la première fois — elle le sentait vraiment, pleinement — il s'agissait d'un avenir qu'ils pourraient affronter ensemble. Car, pour cela, il fallait l'un et l'autre.

Et Edgar Fairchild, bien sûr. Avec lui, semblait-il, ils avaient trouvé un homme selon leur cœur, à en juger par l'énergie avec laquelle il se mit au travail. Sa lettre arriva à l'École de Plongée le lundi 28 octobre, retransmise depuis New York. Déjà, il avait entamé les négociations pour la location d'un remorqueur et avait pris contact avec les gens qui fabriquaient de l'oxy-hélium. Il faisait tester et retester son matériel et avait pris les dispositions utiles pour que l'essai « habité » soit mené à bien dans une quinzaine.

Presque gêné, il rappelait à Brande que tout cela coûtait de l'argent et lui demandait si elle pouvait lui faire un premier versement d'un quart de million de livres.

Elle passa quinze minutes au téléphone avec Murgatroyd.

— Je veux que vous vendiez pour un million et demi de dollars d'actions, lui dit-elle. Et que vous vous occupiez de faire transférer cette somme à Fairchild et compagnie, à Londres.

Pas de réponse au bout de la ligne.

— Vous m'entendez, John ?

— Oui. Est-ce qu'il faut que ce soit fait tout de suite, Brande ? Dès aujourd'hui ? Lorsque nous en avons parlé, nous étions convenus que l'an prochain ce serait suffisant.

— C'est *vous* qui avez parlé de l'an prochain, John. J'ai dit que j'attendrais jusqu'à ce que je doive vendre. J'ai besoin d'un million et demi maintenant. Demain, en tout cas.

Un autre silence.

— John ?

— Je préférerais attendre un jour ou deux, Brande. Vous vous souvenez que je vous ai dit que le marché était un peu volatile ? Eh bien, on a enregistré des ventes importantes, ces deux ou trois derniers jours, et tout le monde s'excite beaucoup à ce propos. Je pense que ce ne serait pas bon du tout de déverser sur le marché pour un million et demi de dollars d'actions en ce moment. Vous n'en obtiendrez pas le meilleur prix.

— Et *quand* vendrons-nous ?

— Eh bien, nous avons déjà connu ce genre de passes. Je dirais que les choses vont s'améliorer dans une semaine environ. Votre Fairchild peut attendre une semaine, bon Dieu.

— Je le suppose, dit-elle, de plus en plus consciente que Murgatroyd ne semblait pas dans son état normal — et qu'il ne lui disait pas toute la vérité. Mais je pense que nous pourrions discuter de l'état du marché avec Ernest

Brown dès que possible? Je prends le train qui arrive mercredi matin de bonne heure. Voulez-vous convenir d'un rendez-vous avec Brown pour, disons, onze heures?

— Voyons, Brande, il n'y a pas de quoi vous exciter. Croyez-moi. Et il est inutile, également, que vous interrompiez vos vacances.

— Je ne suis *pas* en vacances. Et je ne suis *pas* excitée. Je veux seulement voir par moi-même ce qui se passe. Je voudrais que vous veniez me chercher au train mercredi matin, John. Et que vous preniez ce rendez-vous avec Brown.

Elle se rendit compte qu'elle transpirait abondamment, car il se passait incontestablement quelque chose, et elle en ignorait tout.

La radio et les journaux étaient interdits, au Centre de Plongée Prendergast, ce qui constituait l'un des charmes du lieu. Mais dès qu'elle arriva à Miami, le mardi matin 29 octobre pour prendre le train remontant vers le nord — Tom l'accompagna en voiture, mais il ne partait pas car elle ne pensait pas que son absence serait bien longue — Brande acheta un journal et fut surprise de ce qu'elle lut. Apparemment, les transactions boursières étaient importantes depuis quelques jours et le marché avait considérablement baissé. Comme d'habitude, elle ne savait pas bien quelles actions elle détenait, Murgatroyd se chargeant de la gestion de son portefeuille. Mais il semblait, à voir l'indice Dow Jones, qu'elle avait bien pu perdre plusieurs centaines de milliers de dollars. Et Murgatroyd qui avait dit de ne pas s'exciter. Elle manifesta son ennui d'un claquement de langue, tandis que le train la ramenait vers le nord, et lut attentivement le journal. Ils *auraient dû* tout vendre le mois dernier, lorsqu'elle en avait eu l'intention. Maintenant, ou bien elle acceptait cette perte, ou bien elle attendait jusqu'à l'année prochaine, probablement; elle ne voyait pas le marché se reprendre en une semaine ou deux comme l'avait annoncé Murgatroyd.

Elle passa l'après-midi à sommeiller, comme elle le

faisait d'ordinaire dans le train. Elle se réveilla à leur
arrivée à Washington pour découvrir qu'il faisait déjà
nuit et que les vendeurs de journaux parcouraient les
quais en criant.

— Toutes les nouvelles! Toutes les nouvelles! L'indice Dow Jones chute de quarante-trois points en une
seule journée. Toutes les nouvelles!

En hâte, elle se pencha à la fenêtre, acheta un journal,
le lut dans une stupéfaction silencieuse. Cela paraissait
impossible. Mais tout le monde, dans tout le pays,
semblait vendre jusqu'à sa dernière action. Et elle était
coincée dans un train. Et il ne servait à rien de descendre
et de tenter de téléphoner; la Bourse était fermée pour
la nuit. Au moins serait-elle à New York au petit jour.
Mais maintenant elle avait perdu plus d'un million de
dollars, pour autant qu'elle puisse l'évaluer. Au moment
où elle avait le plus besoin d'argent.

Elle dormit profondément, comme toujours; comparée à certaines crises qu'elle avait récemment surmontées, la perte d'un million de dollars était plus irritante
que catastrophique, même si elle avait remarqué que les
actions de la Maddox dégringolaient. Mais cela n'avait
rien à voir. Que les timorés s'en aillent. Ils s'en mor-
draient les doigts quand elle reviendrait avec le trésor.

Elle fut surprise et contrariée de ne pas voir Murgatroyd à la gare. Elle décida de ne pas passer chez elle
d'abord et se rendit tout droit au bureau, arrivant avec
les femmes de ménage. Son chauffeur de taxi lui avait
demandé, assez sérieusement, si elle était maintenant
ruinée ou simplement pauvre. Pensant qu'il voulait se
montrer offensant, elle lui avait répondu ruinée. Maintenant, les femmes de ménage la regardaient comme si
elles voyaient un fantôme. L'une d'elles éclata en larmes
et lui dit:

— Madame Maddox, oh, madame Maddox, qu'est-ce
que nous allons tous devenir?

Elle ne sut pas quoi répondre, ignorant ce qui s'était
passé pendant la nuit. Elle arriva à son bureau et appela
Murgatroyd chez lui. Au bout d'un long moment, une
curieuse voix d'homme annonça le numéro.

— Qui est à l'appareil? demanda-t-elle.

— Qui êtes-vous? demanda la voix.

— Je suis Mme Brent Maddox. Je voudrais parler à M. Murgatroyd. C'est très urgent. Voulez-vous me le passer, je vous prie.

— M. Murgatroyd n'est pas là pour l'instant, madame Maddox, annonça la voix après une hésitation. Nous vous rappellerons plus tard.

On raccrocha et elle regarda l'appareil, consternée. Il se passait quelque chose de bizarre. Elle consulta son agenda, mais aucun rendez-vous n'était prévu pour la matinée. Il était 8 h 30. Elle appela le numéro de son agent de change et n'obtint que le signal « en dérangement ». Elle eut l'étrange sentiment d'être le seul être vivant dans tout New York, sentiment renforcé par le souvenir des rues désertes traversées depuis la gare. Elle ne pouvait pas rester au bureau avec personne à contacter. Autant rentrer chez elle et s'assurer que Lucy et Brent allaient bien. Elle ouvrit la porte et tomba sur le secrétaire par intérim de la compagnie, qui arrivait.

— Madame Maddox, s'exclama-t-il. Oh, Dieu merci vous êtes là, madame Maddox. Je ne sais quoi vous dire.

— A quel propos?

— Eh bien... tout.

— La Bourse, vous voulez dire? Oui, je suis très inquiète à ce sujet. Et j'ai très faim. Où est John Murgatroyd?

— Mais... commença Alexander, tout pâle. Vous n'êtes pas au courant? M. Murgatroyd s'est suicidé hier soir.

— Madame Maddox? dit Ernest Brown, prenant la main de Brande dans les siennes et la faisant entrer dans son bureau. C'est terrible. Affreux. Je suis désolé pour le téléphone. Mais vous pouvez imaginer... les appels... et que pouvais-je dire? Que pouvais-je *vous* dire?

En fait, Brande n'avait rencontré Brown qu'une ou deux fois, mais Murgatroyd lui avait toujours dit qu'il était l'un des agents de change les plus sérieux de New York. Et son bureau avait toujours bourdonné comme une ruche à ses précédentes visites. Aujourd'hui, il était silencieux et apparemment presque vide.

— Mes employés sont à la corbeille, expliqua-t-il. On ne peut plus travailler par téléphone. Tout va trop vite. Asseyez-vous, madame Maddox. Brandy ?

— Il est 10 h 30 du matin, monsieur Brown.

Brown s'en versa un verre.

— Je ne pense pas que cela va s'améliorer dans la journée, dit-il, s'asseyant à son bureau. Voyons...

— Parlez-moi de John Murgatroyd.

— Eh bien... je ne pense pas que ce sera le seul. John avait surinvesti... mais, bien sûr, vous le saviez.

— Non, je ne le savais pas, dit-elle, sentant son estomac se nouer.

— Oh mais... commença Brown, rembruni. Il m'a dit que vous étiez au courant, et que vous aviez approuvé.

— Moi ? Pourquoi aurais-je dû approuver les placements en Bourse de John ?

— Eh bien, parce que comme la plupart des gens il achetait à crédit et gageait votre portefeuille.

Brande le regarda, consternée. Il avait laissé le flacon de brandy dehors. Sans un mot, il se leva et lui en servit un verre. Sans un mot, elle le prit et l'avala.

— Naturellement, quand la chute a commencé, j'ai informé John, comme je devais en informer tous nos clients, que nous pourrions être amenés à solder son compte. Il avait accumulé une belle fortune et c'était un homme très riche, mais, bien sûr, riche en papier, et tout en actions très volatiles, comme ses garanties. Les vôtres. Les vôtres étaient entièrement payées, bien sûr. Il m'a donc demandé d'attendre jusqu'à ce qu'il puisse prendre contact avec vous... Est-ce qu'il ne l'a pas fait ?

— Je lui ai parlé lundi matin, mais il ne m'a rien dit de ses problèmes personnels.

— Et je l'ai vu samedi pour la dernière fois, soupira Brown. Oui. Eh bien, comme nous tous, je suppose, il attendait que la baisse se calme, ou du moins priait-il pour que cela arrive. Mais hier… savez-vous, madame Maddox, que le Dow Jones n'avait *jamais* baissé de quarante-trois points en une seule journée ? Ma foi, je n'avais pas le choix, il m'a fallu réaliser ses garanties. Il avait une procuration, savez-vous, madame Maddox ?

— Oui, je le sais. Je la lui avais donnée.

— Oui. Eh bien la chute est devenue trop importante pour l'arrêter, même en injectant vos cinq millions. Bien sûr, il s'agissait de la valeur-papier. Quand nous avons réalisé, nous n'avons pu en obtenir que cent quarante-trois mille dollars.

— Mon portefeuille a été vendu pour cent quarante-trois mille dollars ? s'exclama Brande avant de vider son verre. Alors qu'il y en avait pour cinq *millions* ?

— Chère madame, nous avons eu beaucoup de chance. Je doute que vous en obtiendriez quatorze mille aujourd'hui. Quoi qu'il en soit, c'est ce que nous avons fait. John s'est retrouvé avec cinq millions de dettes envers vous, et cinq millions envers moi. Mais je dois dire que je ne m'attendais pas à ce qu'il a fait. Je veux dire que nous sommes tous dans la même galère.

— Pas tout à fait, dit Brande, tendant son verre. Je venais de lui dire que j'avais besoin de ces fonds pour financer la plongée sur le *Northern Wind*.

— Oh, mon Dieu. Mon Dieu, mon Dieu. Mais il ne faut pas vous le reprocher, madame Maddox. Ce n'était pas votre faute.

— C'*était* ma faute.

Pour avoir fait confiance à ce salopard, d'abord, se dit-elle. Pour avoir fait confiance à tous ces foutus salopards. Que lui avait dit Harragin ? Qu'elle n'était qu'une innocente égarée dans un monde qu'elle ne comprenait pas ?

De nouveau, Brown soupirait et remplissait son verre.

— Quoi qu'il en soit, madame Maddox, nous en sommes là. Je crois que personne ne pensait qu'une pareille chose pouvait arriver. Certes, le marché va se reprendre. Il doit…

Il ne parvenait même pas à se convaincre qu'il y croyait.

— Eh bien, dit Brande, je suppose qu'il va me falloir garder mes actions Maddox. Monsieur Brown...

Brown renversa un peu de brandy sur le devant de sa chemise ; il ne parut pas s'en rendre compte.

— Je sais. Elles ont baissé, également. Elles étaient à cent dix-sept la dernière fois que j'ai consulté la cote. Ce n'est plus les cent cinquante-six d'avant qu'Heston file. Mais... dit-elle, se préparant au pire, donnez-moi le chiffre, monsieur Brown.

Brown tira un mouchoir pour s'éponger le front. Après quoi il poussa un long soupir.

— Madame Maddox, je ne pourrais vendre une action Maddox pour un cent.

— Qu'est-ce que vous voulez dire ?

— Je veux dire qu'elles ont pratiquement donné le signal. Tout le monde s'en est débarrassé aussi vite que possible. Mais il n'y avait tout bonnement pas d'acheteurs.

— Je n'ai pas vendu les miennes. Janine n'a pas vendu les siennes. John... commença-t-elle, hésitant.

— C'est par la mise de ses actions sur le marché que Murgatroyd a lancé la dégringolade.

Brande se leva.

— Voulez-vous me dire, monsieur Brown, demanda-t-elle, ce que je vaux en ce moment ?

— Eh bien, madame Maddox, dit-il, l'air vraiment abattu, vous possédez toujours vos vingt-deux pour cent du capital de la Maddox, mais je ne peux vous dire ce que cela représente exactement en ce moment. Je ne pense pas que quiconque aille acheter de la compagnie maritime avant un mois ou deux et ce que vous pourrez tirer de la vente devra être versé à titre de garantie du fait de tous ces procès qui vous sont intentés. Et il y a votre maison. Mais l'immobilier a autant baissé que le reste. Et puis il y a votre yacht, mais franchement, madame Maddox, je ne vois pas tellement de candidats à l'achat d'un yacht en ce moment non plus. (Son visage s'illumina.) Vous devez avoir des disponibilités ?

Brande le regarda.

— Retirez-les, dit Brown. On se précipite sur les banques. Retirez-les pendant que vous le pouvez, madame Maddox. Ou elles risquent de ne plus être là quand vous en aurez besoin.

Brande se dit qu'elle devrait verser une larme sur John Murgatroyd. Après tout, il avait été son ami et son confident pendant dix ans — pendant qu'il se servait de son argent pour bâtir une fortune. Il avait aussi couché avec elle, en trois occasions.

En fait, elle avait envie de pleurer. Mais pas sur Murgatroyd. Elle se sentait envahie par une vague mais croissante sensation d'épuisement total, par une sensation qu'elle ne pouvait plus repousser. Elle se souvint de cette même sensation quand elle avait entendu le grondement des vagues et compris que les récifs se trouvaient entre elle et la terre, en mai dernier. Était-ce vraiment en mai dernier ?

Mais elle avait continué à nager, alors. Si elle s'arrêtait maintenant, elle allait également se noyer.

On faisait la queue à la banque sur deux pâtés de maisons, une queue qui se mêlait à celle de deux autres banques dans un amalgame de gens qui s'interpellaient, comparaient des notes, se plaignaient tandis que d'autres pleuraient doucement. Brande donna son nom à un gardien et fut rapidement conduite, par une voie détournée, jusqu'au bureau de Humphrey Marcuse.

— Je ne sais quoi vous dire, madame Maddox, dit Marcuse. Je ne sais vraiment pas quoi dire, répéta-t-il, comme tout le monde aujourd'hui, semblait-il. John Murgatroyd...

— Je sais, coupa-t-elle. Saviez-*vous* qu'il avait détourné tout mon portefeuille ?

— Eh bien... dit Marcuse, haussant les épaules, il n'aurait pas valu grand-chose, de toute façon. Savez-*vous*, madame Maddox, qu'il y a trois jours *je* valais trois millions de dollars ? Maintenant je vaux ce que me paie la banque. A supposer qu'elle puisse continuer à me payer.

— Monsieur Marcuse, lui rappela-t-elle, il y a une

semaine je valais pas loin de *quarante* millions de dollars, nom de Dieu. Maintenant je ne vaux même plus ce que la compagnie me paie car je ne vois pas comment la compagnie pourrait continuer à me payer quoi que ce soit, même avec vos prêts.

— Le prêt, dit-il, s'essuyant le front. Je crains, madame Maddox, eh bien… les circonstances ont changé.

— Ce qui veut dire que vous ne disposez plus de fonds nécessaires ?

— Ce qui veut dire que vous ne disposez plus des garanties nécessaires, madame Maddox. J'ai pris conseil à cet égard. Ma foi, il le fallait, et on estime qu'en ce moment vous auriez du mal à vendre les navires de la compagnie Maddox à la ferraille.

— Je n'ai pas l'intention de vendre mes navires, à la ferraille ou autre, monsieur Marcuse. Et la compagnie a passé un accord avec votre banque.

— Je crains qu'il nous faille le dénoncer, madame Maddox. Je suis désolé, mais c'est ainsi. Il nous est tout à fait impossible de vous accorder cent millions sur des garanties qui pourraient bien ne pas valoir le dixième de cette somme et, soyons francs, sur un revenu qui, en ce moment, est pratiquement inexistant.

— Je vois. Peut-être pourriez-vous me dire ce que cela signifie, en langage clair.

— Eh bien, je crains qu'il vous faille fermer. Je suis désolé de vous le dire ainsi, mais vous avez demandé une réponse directe. Vos créanciers pourraient même demander la liquidation. Il va nous falloir réunir une assemblée à ce propos, pour que nul n'ignore ce qui arrive. Je crains que nous nous présentions *comme* créanciers, étant donné que quelque six millions ont déjà été retirés du montant du prêt. Dieu merci, les dix millions dus pour le *Moon* et les sommes demandées par les tribunaux n'ont pas été payés. Il va leur falloir maintenant prendre leur tour, comme tout le monde. Cependant, madame Maddox, je voudrais que vous sachiez que nous sommes avec vous, notamment du fait que trois millions demeurent encore au compte de la

compagnie. Nous nous opposerons donc à la liquidation
et demanderons un délai pour voir comment évoluent les
choses le printemps prochain. Je ne pense pas que nous
puissions les faire attendre davantage, encore que j'aie
personnellement le sentiment qu'ils seraient parfaitement idiots de demander la liquidation tant que demeure
la moindre chance d'une amélioration. Car, en ce moment, ils n'obtiendraient pas quinze pour cent de ce
qu'ils demandent. Mais il règne une telle panique...

— Oui, dit Brande.

Tout comme dans la cabine, avec Heston — était-ce
vraiment en mai dernier? — elle eut conscience d'une
folle envie de hurler. Mais elle n'avait pas hurlé, alors, et
elle avait survécu.

— Peut-être pourriez-vous me donner le relevé de
mon compte personnel?

— Ah, dit-il, soulagé, demandant à l'interphone les
renseignements qu'apporta une secrétaire. Voyons,
vous avez cinquante-trois mille dollars sur votre compte
courant et trente-quatre mille sur votre compte de dépôt. Je crains que Murgatroyd ait eu l'habitude d'investir
chaque mois, très régulièrement, ce qui se trouvait en
dépôt.

— Je devrais donc tomber à genoux et remercier le
Ciel que le krach ait eu lieu le 28 octobre et pas le
1er novembre, c'est bien cela?

— Vous réalisez, madame Maddox, que, eh bien,
avec quatre-vingt-sept mille dollars vous demeurez une
femme riche, étant donné les circonstances actuelles?

— A qui le dites-vous. Je vais établir un chèque de
retrait.

— Madame Maddox, je dois protester.

— Vous avez l'argent, ou vous ne l'avez pas?

— Eh bien... dit-il en rougissant. Bien entendu, nous
avons l'argent. Mais, madame Maddox, il serait particulièrement dangereux de vous promener dans les rues
de New York avec quatre-vingt-sept mille dollars dans
votre sac.

— J'ai l'intention de filer des rues de New York dès

que possible. Et essayez-vous sérieusement de me faire croire que l'argent serait plus en sécurité ici? Vous avez vu cette foule, dehors?

— Ils ont perdu confiance, madame Maddox, dit-il en soupirant. Dans tout le système bancaire et d'investissement. Ce sont des gens comme vous qui doivent leur *redonner* confiance, en ne paniquant pas, en ne retirant pas tous vos fonds, en affrontant l'avenir avec détermination, en...

On lui avait probablement écrit tout cela, se dit-elle, méprisante. Mais il cherchait à se faire prendre en amitié.

— Monsieur Marcuse, vous avez tout à fait raison. Ce sont des gens comme moi qui doivent ramener le pays à sa prospérité. Et pas en filant, n'est-ce pas? Je sais que je ne peux espérer que vous accordiez cent millions à la Maddox sans garantie et, comme vous le dites, avec peu de revenus. Mais me prêterez-vous cinq millions pour récupérer ce trésor et remettre la compagnie à flot? Les navires doivent bien valoir *cela*.

— Cinq millions? dit-il, se rembrunissant. Je crains que ce soit tout à fait hors de question, madame Maddox. Il s'agit moins de garantie que de simples disponibilités. Quant à prêter de l'argent à quelqu'un pour aller à la chasse au trésor en ce moment, mon conseil d'administration devrait en conclure que j'ai perdu l'esprit. Non, madame Maddox, je crains que, comme nous tous, il vous faille attendre des jours meilleurs.

— C'est bien ce que je pensais, monsieur Marcuse. Donc, si vous le voulez bien, je vais prendre mes quatre-vingt-sept mille dollars en liquide et filer.

— Je vois. Eh bien, si tel est votre désir, madame Maddox, je pense qu'il va me falloir vous demander de virer le montant de votre compte à un compte d'attente jusqu'à la réunion des créanciers.

— Certainement pas, lui répondit Brande.

— Madame Maddox, dit Marcuse, la menaçant du doigt, si vous touchez à un seul centime de cet argent, je vous ferai jeter en prison.

— Monsieur Marcuse, dit Brande en se levant, cet argent fait partie tout à fait légitimement des disponibilités de la compagnie. Jusqu'à la réunion des créanciers, et jusqu'à ce qu'on me retire le contrôle de la compagnie pour le remettre entre les mains d'un syndic, je peux disposer de ces fonds à toute fin *légale* qu'il me plaira. Et si vous refusez d'honorer les chèques de ma compagnie quand on vous les présente, c'est moi qui vous traînerai devant les tribunaux. Je vous verrai à la réunion, ajouta-t-elle avec un sourire.

Oh, m'dame, dit Lucy, qu'est-ce que vous allez faire ? Vous avez entendu les nouvelles ? Et ce pauvre M. Murgatroyd...

— Oui. Maintenant, Lucy, je voudrais que vous m'écoutiez très attentivement. Nous allons fermer la maison et descendre en Floride pour quelque temps. Je voudrais que vous alliez chercher Brent à l'école, que vous fassiez vos bagages et les siens et que vous preniez le train de ce soir. Voilà de l'argent. Je vais vous écrire une lettre pour M. Prendergast.

Lucy la regarda, les yeux pleins de larmes.

— Mais, m'dame...

— Tout va très bien se passer. Croyez-moi, Lucy.

Tout va très bien se passer, se dit Brande en s'asseyant à son bureau. Si seulement cela pouvait être vrai. Mais plus rien ne pourrait jamais bien se passer. Elle avait quatre-vingts mille dollars, plus une maison et un yacht, et une compagnie maritime, tous les atours de la richesse et de la puissance, et se trouvait dans un gouffre qui se creusait à chaque instant. La compagnie disposait de trois millions pour faire face, chaque mois, à des dépenses deux fois plus importantes. Trois millions qu'elle n'osait pas toucher malgré la bravade que, furieuse, elle avait affichée devant Marcuse. Rien, ni dettes ni catastrophes, n'avait pu l'atteindre tant qu'elle avait pu envisager de plonger sur l'épave du *Northern Wind*. Mais maintenant... elle ne savait tout bonnement pas quoi faire. Elle était épuisée et sentait les larmes monter; toute la matinée, elle n'avait tenu que sur les nerfs. Désormais, elle ne savait où aller, elle ne savait quoi faire. Après Brent arrivaient la ruine et le désastre. Pendant dix ans, ruine et désastre avaient été présents en la personne d'Heston et nul ne s'en était rendu compte. Mais pour Heston, en ce mercredi 30 octobre 1929, la compagnie Maddox, avec les cinquante millions de dollars de son fonds de réserve, constituait sans doute l'affaire la plus intéressante de tous les États-Unis.

Et voilà qu'elle était veuve, avec quatre-vingts mille dollars. Le 11 novembre 1918, elle ne possédait pas le dixième de cette somme. Et elle était raisonnablement heureuse. Mais, un mois plus tôt elle possédait cinq cents fois cette somme. Il lui suffisait de claquer les doigts pour obtenir ce qu'elle voulait, car elle se trouvait entourée de l'impénétrable aura de la fortune. Et son fils allait entrer tout droit dans un monde dont il aurait pu dire qu'il lui appartenait. Maintenant... peut-être lui faudrait-il trouver un emploi, ne serait-ce que pour payer les frais de scolarité de son fils. Alors qu'elle aurait souhaité fermer les yeux et dormir, et... Elle se demanda si Murgatroyd s'était trouvé dans le même état d'esprit quand il avait tiré le pistolet du tiroir de sa table de nuit.

Le téléphone sonna. Elle ne voulait pas répondre car on ne pouvait lui annoncer de bonnes nouvelles. Mais elle décrocha tout de même.

— Brande? demanda Tom. Brande?

— Oui, je suis là.

— Dieu merci. J'étais si inquiet. J'ai appris, pour Murgatroyd. Brande, est-ce à ce point catastrophique?

— C'est cent fois pire que ce qu'écrivent les journaux. Tom, je suis complètement fichue. Comme tout le monde. Mais cela ne m'arrange pas pour autant.

— Ne bouge pas. Ne pense même pas. J'arrive par le prochain train.

— Non. Ne fais pas cela. Je descends dès que j'aurai réglé une ou deux questions. Et cesse de t'inquiéter. Je ne vais pas me suicider. Tant que tu voudras bien me recueillir.

364

— Te recueillir?

— Terminée, l'opération de plongée, Tom. Il n'y a tout simplement plus un sou.

— Il y a un sacré paquet d'argent qui t'attend au fond de la mer, Brande.

— Les gens veulent bien davantage que des promesses, Tom.

— Quels gens?

— Eh bien, les plongeurs, et...

— Écoute, tu as ici toute une équipe de plongeurs qui t'attendent.

— Voyons, Tom...

— Tu ne trouveras pas mieux dans le monde entier, Brande. Lynette vient aussi. Et entre nous tous, nous disposons d'assez d'argent pour commencer à payer un remorqueur. Nous ne pourrons peut-être pas nous permettre tout le super matériel de Fairchild, mais nous pouvons faire les essais de sa cloche pour lui.

— Tom, dit-elle, mais son cœur chantait malgré les larmes qui ruisselaient sur ses joues.

— Donc tu descends et nous allons réfléchir à tout cela. Dis-moi, ton père pourrait peut-être nous dépanner, pour le remorqueur.

Mon père, se dit-elle. Il me doit un million de dollars. Assez pour qu'ils puissent commencer. Et il pourrait s'arranger pour qu'ils empruntent le reste, certainement. Jimmy Alletson allait dépanner sa fille unique, même s'ils n'avaient pas été très proches, ces derniers temps. Et elle qui s'était sentie abattue. Elle avait tout simplement oublié tout ce qu'elle pouvait encore faire.

Faire des tas de choses, des tas de choses, dit-elle en y songeant.

— Brande? demanda Tom. Tu es toujours là, Brande?

— Oui, je suis toujours là, Tom. Est-ce que tes parents veulent vraiment plonger avec nous?

— Et comment!

— Mais je ne peux accepter d'argent de leur part.

— Pourquoi pas? Tu les rembourseras avec ce que nous remonterons du *Wind*.

— Oh, Tom. Oh, Tom, je t'adore.

— Eh bien, quand descends-tu ?

— Pas avant une ou deux semaines. Brent et Lucy arrivent demain. Veille sur eux pour moi.

— Et tu restes ? pour quoi faire ?

— J'ai des choses à faire. Oh oui, j'ai des choses à faire.

Elle appela Ernest Brown.

— Vous avez bien dit que les actions Maddox ne valaient pas un sou ?

— Je le crains, madame Maddox.

— Mais on les a proposées à la vente ? Sans quoi vous n'en sauriez rien, n'est-ce pas ?

— Oh, bien sûr, on les a proposées. Mais, comme je vous l'ai dit, il n'y a pas d'acheteurs. Si l'on ajoutait les vôtres au paquet, ça ne ferait que...

— Je ne vends pas les miennes. Je veux que vous achetiez tout ce qui est disponible.

— Quoi ?

— Monsieur Brown, je veux que vous achetiez deux cent quatre-vingt-dix mille actions de la Maddox pour moi. Combien pensez-vous que cela va coûter ?

— Eh bien... pas plus de quinze mille dollars. Mais, madame Maddox, ce titre ne vaut vraiment rien.

— Pas pour moi, monsieur Brown. Avec deux cent quatre-vingt-dix mille actions, je vais de nouveau avoir le contrôle total de la compagnie. Et c'est ce que je veux.

— Madame Maddox, expliqua-t-il d'un ton las, dans quelques jours il n'y aura *plus* de compagnie Maddox.

— Je le sais. Mais, par Dieu, il y en aura de nouveau une dans quelques *mois*, et j'ai l'intention de l'avoir.

Il soupira.

— Il y a, bien sûr... eh bien, la petite question des quinze mille dollars. Je dois vous dire, madame Maddox, que je ne peux même pas m'engager pour cette modeste somme sans l'argent.

— J'ai l'argent. Je passe à votre bureau dans une demi-heure. Vous pouvez aller me chercher ces actions, monsieur Brown.

Après quoi elle téléphona à Peter Smithers, chez lui. De nouveau, elle retrouvait toute son énergie. Tom était à ses côtés. Ainsi que la famille de Tom. Donc, tout était possible.

— Madame Maddox? dit-il, semblant profondément surpris.

— Pete, j'ai besoin de votre aide.

— *Vous?* De *mon* aide?

— Désespérément. Voulez-vous me retrouver au bureau?

— Madame Maddox, j'ai démissionné de mon poste de directeur maritime, lui rappela-t-il. Je n'ai plus rien à voir avec la compagnie Maddox.

— Retrouvez-moi au bureau.

Elle attendit car elle savait qu'il viendrait ; elle avait également appelé James Alexander, qui était suffisamment jeune pour ne pas s'effrayer de ce qui arrivait.

— Pete, dit-elle, je pense que vous savez que la société est fauchée?

— J'ai lu cela.

— Provisoirement.

— Vous le croyez?

— Je le sais, Pete... Il faut que je parte pour L'Angleterre, pour mettre en route l'opération sur le *Wind*. Je pars dès que j'aurai réussi à réunir les créanciers. Je sais qu'ils vont demander la liquidation. Je vais tenter de gagner du temps, mais en tout état de cause nous ne pouvons plus faire marcher la compagnie car on ne peut tout simplement plus avoir de crédit. Mais nous aurons tout ce qu'il nous faut, dans un an.

— A supposer que vous trouviez ce trésor.

— *Quand* j'aurai trouvé ce trésor. J'ai donc besoin que vous m'épauliez. James vous aidera, mais vous êtes le seul à pouvoir le faire. Je ne peux même pas vous offrir un salaire. Mais je voudrais que vous soyez là à l'arrivée des navires. Pour veiller à ce qu'ils soient convenablement désarmés. On ne peut régler les équipages, mais dites-leur, Pete, que leur travail les attend, que leurs salaires en retard les attendent et qu'ils les auront.

— Vous croyez que cela aura la moindre influence sur des hommes qu'on vient de laisser sans le sou? Vous pensez qu'ils vont vous croire?

— C'est pour cela que j'ai besoin de vous, Pete. Ils *vous* croiront. Je vous en prie.

Mais elle dévorait son rouge à lèvres en attendant sa réponse. Car il avait raison pour ce qui était des hommes. Ils ne pouvaient rentrer les mains *vides*. Qu'importait, même une condamnation à la prison une fois qu'elle aurait atteint le *Wind*?

— Et vous allez les payer, ajouta-t-elle. James, Il y a trois millions de dollars à notre compte. Retirez-les et payez tous les salaires en retard, jusqu'à la fin octobre.

— Mais, madame Maddox, ces fonds...

— Nous n'avons pas encore été déclarés en faillite, James. Retirez ces fonds aujourd'hui. Je vais contre-signer le chèque.

Elle revint à Smithers.

— Et quand je rentrerai, il y aura des primes pour tout le monde. Dans moins d'un an, Pete. Dans moins d'un an. Mais il faut que mes navires soient prêts à appareiller. Il faut qu'ils soient à l'abri des pillards et des émeutiers. Il faut qu'on veille sur eux, Pete. Ils représentent l'avenir.

— Vous êtes sûre de ne pas filer rejoindre votre beau-frère à Moscou? demanda-t-il en soupirant. Seigneur, il doit sourire de toutes ses dents.

— Vous pensez que je ferais cela, Pete?

— Non, non, dit-il, rougissant. Je ne crois pas, ma-dame Maddox. Je vous prie de m'excuser. Nul n'a le droit de douter de votre cran ni de votre honnêteté. Je vous épaulerai, madame Maddox. Bon Dieu, je n'ai rien d'autre à faire. Et je vais vous souhaiter bonne chance.

Conformément à la loi, il fallait un préavis de quinze

jours au moins pour réunir l'assemblée extraordinaire et, pendant deux semaines, donc, Brande dut attendre à New York. Pendant ce temps, l'indice Dow Jones chuta encore de cinquante points et l'on ne parlait plus d'une reprise imminente. Le pays et, plus important encore, l'administration, semblaient totalement abasourdis par ce qui était arrivé. Certes, on avait déjà connu des effondrements de la bourse, mais c'était avant la guerre, de l'histoire ancienne, et à une époque où seuls jouaient ceux qui pouvaient se le permettre ; le pays dans son ensemble n'avait jamais été tellement affecté par les banqueroutes ou même les suicides ayant touché ceux qui ambitionnaient de devenir millionnaires. Mais depuis 1919, pendant les années de grand boom, quiconque possédait de l'argent ou des économies — et bon nombre qui n'en avaient pas — avaient sauté sur l'occasion de s'enrichir rapidement, du moins sur le papier ; maintenant, le papier était sans valeur et le boom terminé.

Elle évita le plus possible de sortir, sauf pour les courses indispensables et pour assister aux obsèques de John Murgatroyd ; elle pensa lui devoir au moins cela, bien qu'il ait pu se prévaloir de sa qualité d'avocat de la compagnie pour tenter de couvrir ses pertes avec l'argent de la Maddox. Elle passa également à la demeure des Maddox, sur Park Avenue, où elle fut frappée par l'aspect presque sordide d'un intérieur d'ordinaire propre et bien tenu — apparemment, la gouvernante était partie. Janine paraissait toujours plongée dans sa dépression nerveuse, encore que, comme d'habitude, Brande eut du mal à faire la part de la réalité et celle de la comédie. Elle ne put que lui prodiguer quelques paroles rassurantes — n'osant pas avouer à Janine ce qu'elle allait faire — et laissa à la vieille dame dix mille de ses précieux dollars, qui fondaient rapidement, pour lui permettre de subsister pendant quelques mois. Elle ne pouvait faire plus.

Elle régla tout ce qu'elle devait — fort heureusement, Lucy l'avait toujours fait, et il ne restait que des sommes peu importantes. Elle téléphonait à Tom tous les deux jours, simplement pour entendre sa voix, mais aussi pour coordonner leur projets. Les Prendergast fermaient boutique et se préparaient à partir pour l'Angleterre par le premier navire ; elle souhaitait qu'ils soient partis avant la réunion des créanciers, pour le cas, simplement, où les choses tourneraient vraiment mal.

Il refusaient de se laisser abattre et avaient retiré toutes leurs économies — ils faisaient partie de ces veinards, ou de ces sages, qui jamais n'avaient acheté une action de leur vie et dont on s'était moqué pour leur naïveté provinciale.

La seule pensée de ces gens lui redonnait son courage. Car elle eut des lettres très désagréables à écrire : à Edgar Fairchild, pour lui expliquer qu'elle ne disposait pas des sommes envisagées à l'origine, qu'elle ne pouvait lui offrir qu'une association — dix pour cent de ce qui serait récupéré en échange de l'utilisation de sa cloche et de son matériel. Il lui fallut également écrire à son père et lui demander s'il pouvait lui rembourser le million de dollars qu'il lui devait. Ni l'un ni l'autre n'avait répondu au jour où elle dut affronter les actionnaires et les créanciers.

Elle savait que la réunion allait se révéler une épreuve plus pénible que la précédente, mais elle était soutenue par deux facteurs connus d'elle seule ; Brown s'était débrouillé pour obtenir les actions nécessaires et elle se retrouvait maintenant, pour la première fois, avec le contrôle de la société à elle seule — et elle avait retenu sa place, sous un autre nom, sur un paquebot de la Cunard qui quittait New York le lendemain soir. Une nouvelle fois, elle serait Mme Allen.

Rien n'allait donc l'arrêter maintenant. Elle accueillit chacun avec un sourire, bien que quelque peu surprise par le nombre réduit des participants ; pas un seul actionnaire de la compagnie Maddox — et il en restait encore pas mal — ne s'était soucié de venir. Restait, simplement, un groupe d'hommes d'affaires et d'avocats parmi lesquels, bien sûr, et Ayscue et Marcuse — et aucun ne souriait.

370

James Alexander l'avait accompagnée et il lut l'état fourni quant à la situation de la société. A peine en avait-il terminé que se dressait l'avocat représentant le procureur.

— Il y a six mois, le tribunal a demandé à la compagnie Maddox un dépôt de garantie de dix millions de dollars au titre des procès en cours. La compagnie a sollicité un délai qui lui a été accordé compte tenu de l'état de santé de Mme Maddox et de la perturbation provoquée par la démission de M. Heston Maddox de son poste de président. Mais la somme n'a toujours pas été versée. Et si l'on en juge par la déclaration que l'on vient de nous lire, on ne peut *espérer* qu'elle le sera, par prélèvement sur les revenus ou le capital, dans un avenir prévisible. En conséquence, le procureur a l'intention de demander que la direction de la compagnie Maddox soit retirée à l'actuel conseil d'administration et confiée à un syndic nommé par le tribunal afin que soient vendus, à due concurrence du montant de cette dette et autres qui pourraient apparaître, les navires et autres biens.

— Voyons, voyons, dit Ayscue.

— Je ne suis pas certaine que chacun, ici, soit d'accord, dit Brande, regardant Marcuse.

Ils ne s'étaient pas parlé depuis leur rencontre dans le bureau du banquier et elle ignorait sa position présente, mais il représentait sa seule chance. Il affichait un visage de marbre.

— Ma banque a décidé de voter la liquidation, madame Maddox, dit-il. Elle a également décidé de poursuivre la compagnie Maddox pour utilisation illégale de biens, à savoir un retrait récent de trois millions de dollars de la trésorerie de la société.

Des visages se tournèrent, consternés.

— Toutefois, poursuivit Marcuse, j'observe qu'aucun des membres du conseil d'administration de la compagnie Maddox ne s'est soucié d'assister à cette assemblée.

— Parce que le conseil d'administration n'existe plus, dit Brande. J'ai mis fin à leur mission.

— Vous ? s'exclama Ayscue. Mais, chère madame…

— Car je détiens désormais cinquante et un pour cent des parts de la société, lui dit Brande avec un sourire. En conséquence, c'est moi qui nommerai les membres du prochain conseil d'administration.

— Vous... commença le représentant du procureur, sincèrement stupéfait. Vous avez *acheté* les actions Maddox?

— C'est exact, maître. Quant aux trois millions retirés de nos comptes, ils ont été destinés à payer nos marins à leur retour. J'ai considéré que mes employés étaient prioritaires par rapport aux autres créanciers.

— *Vous* avez considéré? s'exclama Marcuse. Mais, chère madame...

— J'ai conscience que cela peut poser un problème juridique, monsieur Marcuse, mais je vous ferai cependant observer que lorsque j'ai signé ce chèque j'étais, comme je le suis toujours, la seule responsable des affaires de la compagnie. Aucune décision de liquidation n'avait encore été prise.

— Mais vous saviez qu'une telle décision devait être prise, madame Maddox, fit observer le représentant du procureur. Ce qui pourrait constituer une tentative délibérée de soustraire une partie des biens de la société qui seraient consignés en vue d'une liquidation.

— *J'ignorais* que la liquidation était inévitable.

— Allons, voyons, madame Maddox, intervint Marcuse. Je vous avais dit...

— Vous m'avez conseillé de cesser toute activité et de convoquer une assemblée des créanciers, monsieur Marcuse. Vous m'avez également donné d'autres conseils que j'ai jugés inacceptables. J'ai donc décidé de ne suivre *aucun* de vos conseils.

— Vous *saviez* que votre société était en faillite, insista l'homme du procureur, mettant subtilement l'accent sur le point essentiel.

— Eh bien, poursuivez-*moi*. Mais personne d'autre.

— Hum, commença le représentant des chantiers navals chargés de la construction du *Northern Moon*. Je pense qu'il me faut préciser que ma société entend reprendre le *Northern Moon* et...

— Il vous faudra attendre avec les autres créanciers, monsieur Thomas, lança Ayscue. Ce navire a été construit, en partie au moins, avec des fonds frauduleusement obtenus des assureurs.

— Messieurs, dit Brande, je sais que je ne puis vous empêcher de demander la liquidation judiciaire, si vous en décidez ainsi. Mais je vous prierais de réfléchir. On estime que si tous les navires de la Maddox étaient mis en vente en ce moment, on en tirerait à peine vingt millions de dollars, *si* l'on trouvait preneur. Tandis que si vous patientez un peu plus, vous monsieur... (Elle s'adressait à l'avocat représentant les passagers du *Northern Sun*.) vous devez espérer obtenir davantage pour vos clients. Vous, monsieur Ayscue, vous estimez que je vous dois cinquante millions de dollars. Allez-vous vous contenter d'une part de ces vingt millions alors qu'en patientant encore quelques mois...

— Je suis désolé, madame Maddox, coupa Ayscue. En tout état de cause nous nous contenterons de ce que nous obtiendrons.

Soudain, elle n'eut plus envie de se battre, même si elle avait cru avoir la plus petite chance de l'emporter ; son esprit brûlait de suivre son cœur vers les eaux agitées au sud-ouest de Fastnet Rock. Elle les regarda.

— Dans ce cas, existe-t-il une majorité en faveur de la liquidation ? demanda-t-elle.

— Il y a unanimité, madame Maddox, dit Humphrey Marcuse.

— Salut ! dit Walter Harragin.

Brande, qui traversait le couloir, s'arrêta, surprise. Elle n'avait même pas remarqué qu'il était présent à l'assemblée ; il était demeuré discrètement assis au fond de la salle.

— Vous venez également réclamer votre livre de chair, monsieur Harragin ? demanda-t-elle.

— Je viens vous offrir à déjeuner.

Il expliqua, devant des pizzas dans une petite trattoria de Broadway :

— Voyez-vous, la première chose que vont demander ces types, c'est une décision du tribunal vous interdisant de quitter le pays.

— Est-ce qu'ils *peuvent* faire cela ?

— Bien sûr, s'ils parviennent à convaincre le juge qu'existe la moindre chance que vous ayez fait un usage illégal de ces trois millions. Vous voudrez bien vous souvenir que les juges sont tout prêts à bondir en entendant le nom de Maddox, désormais, notamment lorsqu'il s'agit de questions financières.

— Merci de me prévenir. Quand pensez-vous qu'ils pourraient obtenir une telle décision ?

— Demain matin, je pense. Quand partez-vous ?

Elle le regarda. Il sourit.

— Je suis de votre côté, vous vous souvenez ? Et je ne pense pas que vous ayez plus rien à faire dans les parages.

— Je prends le *Mauretania* demain soir.

— N'est-ce pas un peu trop ostensible ?

— Je voyage en deuxième classe, monsieur Harragin, dit-elle en haussant les épaules. Je ne peux m'offrir mieux. Et je voyage sous un autre nom.

— Eh bien… ils peuvent vous confisquer votre passeport. Je crois que vous feriez mieux de passer la nuit avec moi.

Elle le regarda.

— Je suis assez vieux pour être votre père, Brande. Et, en général, c'est le sentiment que j'ai. Faites donc ce que je vous dis ; rentrez chez vous tranquillement, faites *une seule* valise, prenez votre passeport et ce que vous pouvez avoir comme argent et disparaissez. Tenez, dit-il en lui écrivant l'adresse de son domicile. *Personne* n'ira vous chercher là, et pas seulement parce que je travaille pour l'administration portuaire.

Elle fit des œufs brouillés pour leur dîner, réalisant que c'était la première fois qu'elle préparait un repas dans l'appartement d'un homme. Et réalisant également que lui aussi faisait sa valise.

— Vous filez vous aussi ? demanda-t-elle.

374

— Je me retire. Bon Dieu, je vais avoir soixante ans en mars et je suis sur le point de prendre ma retraite. J'ai de la chance. Ma pension est calculée sur mon salaire et ils n'ont pas eu le temps de changer cela. Vous savez qu'il est question de procéder à des coupes sombres dans le service ? Dans tous les services, je crois.

— C'est dur.

— Ainsi que je vous l'ai dit, je ne me plains pas. Mais vous savez, je suis certain que vous ne savez pas ce que je vais faire maintenant. La vie me paraît soudain bien monotone. Ou elle le serait si vous n'existiez pas. Je parie que vous ignorez qu'avant de travailler pour l'administration portuaire je commandais un remorqueur sur ce fleuve.

Brande fronça les sourcils.

— J'ai toujours mon brevet. Le premier qu'on ait jamais donné à un Noir. Et j'en suis fier. Et devinez ? J'ai réussi à trouver une couchette de seconde à bord du *Mauretania,* moi aussi. Bon sang, il n'y a pas grand monde sur ce navire.

— Je ne vois pas du tout de quoi vous parlez, monsieur Harragin.

— Si vous quittez les États-Unis demain, j'imagine que ce n'est pas pour partir en vacances, lui dit-il en souriant. Il se trouve que je sais aussi que le Centre de Plongée Prendergast a fermé, pour la première fois, à ce que m'ont dit les copains de Floride. Je sais encore que vous n'avez pas l'argent nécessaire à la location de tout ce qu'il faut. Mais je pense que vous avez toujours l'intention de plonger. D'après ce que je sais des abords occidentaux des îles Britanniques, vous allez avoir besoin d'un commandant compétent, surtout si vous opérez à partir d'un rafiot.

— Mais, comme vous venez de le dire, monsieur Harragin, lui dit Brande dont le cœur recommençait à chanter, je ne peux pas vous payer.

— Bon Dieu, madame, je n'ai pas besoin d'être payé. J'ai ma pension. Je veux seulement *être* là quand vous trouverez cette épave.

13

Brande s'était quelque peu inquiétée de la réaction des Prendergast à la vue de Walter Harragin, mais beaucoup moins qu'à la nouvelle qu'il allait voyager avec eux, et comme commandant ; c'étaient de bons sudistes, nés dans le Sud où ils avaient grandi. Mais, en l'occurrence, les appréhensions de Brande se révélèrent sans fondement.

— Heureux de vous avoir avec nous, commandant Harragin, dit Jim Prendergast.

Et ses fils lui serrèrent la main.

En fait, le comité d'accueil fut des plus importants à leur arrivée par le *Mauretania* à Southampton ; Tom n'avait pas perdu son temps au cours de cette semaine où il l'avait précédée en Angleterre. Même Harriet Alletson était là avec son mari, comme, bien sûr, Edgar Fairchild. Et les choses se présentaient beaucoup mieux que Brande n'avait jamais osé l'espérer malgré un début inquiétant.

— Je ne peux pas te rendre ton million, Brande, lui dit son père. Malgré tout mon vif désir. Je ne dispose tout simplement pas de cette somme.

— Mais tu peux nous cautionner pour un prêt.

— J'ai essayé, dit-il, soupirant. Et ça ne marche pas. Mes navires sont déjà hypothéqués jusqu'à la quille, et l'avenir immédiat ne s'annonce guère brillant. On raconte beaucoup que votre catastrophe américaine risque de déclencher une récession mondiale, avec une baisse corrélative du commerce. Plus sérieusement, on parle déjà de « se » protéger, et on en parle partout. Si les Français, les Belges et les Hollandais dressent des barrières douanières et que nous faisons comme eux, eh bien, je n'aurai plus de travail. Je crois qu'on pourrait dire que nous nous trouvons embarqués dans la même galère, toi et moi.

— Oui, convint-elle, tout en sachant que ce n'était pas tout, comme elle pouvait le voir au sourire sur le visage de Tom.

— Cependant, poursuivit-il, j'ai un remorqueur. Pas très gros mais capable de faire le travail, je pense, si le temps est convenable. Malheureusement, je n'ai pas d'équipage. Il a fallu que je le désarme à cause de la baisse des affaires. Et c'était *avant* le krach de Wall Street. Cela fait environ un an qu'il est désarmé, mais on peut le faire réarmer.

— Et j'ai amené mon propre équipage, dit Brande, serrant son père contre elle. Ce qui te met dans le coup pour une part du trésor.

— J'espérais que tu dirais cela.

Elle regarda Fairchild, qui lui sourit.

— Oh, comptez sur moi, madame Maddox. En fait, je n'ai même pas pu me permettre d'effectuer les essais habités dont je vous ai parlé ; le caisson n'était que loué. Si vous pouvez faire transporter la cloche ici et la faire embarquer à bord du remorqueur de votre père...

— Nous ferons l'essai en mer. Vous êtes dans le coup, monsieur Fairchild. Et le reste du matériel ?

— Ma foi, c'était le remorqueur, le plus coûteux. On peut obtenir les tuyaux pour pas très cher. Pour ce qui concerne un compresseur assez gros pour faire le travail, je ne sais pas...

— Il y a un très gros compresseur sur le remorqueur, dit Alleston.

— Youpi ! s'écria Brande.

— Et nous avons apporté nos scaphandres, dit Tom. Alors qu'attendons-nous ?

— Euh... commença Fairchild en les regardant l'un après l'autre. Je crains que nous n'ayons pas de chance avec le mélange oxy-hélium. Tout le projet a été abandonné, étant donné les circonstances.

Brande regarda Tom, qui haussa les épaules.

— Je crois qu'il va nous falloir espérer que nous n'aurons pas à quitter la cloche, dit-il. Nous n'allons certes pas nous laisser arrêter par cela.

Ils se mirent au travail sur le remorqueur, le *Gigantesque* — volontairement bien mal nommé pour un petit bateau de soixante-dix pieds — pour le trente-cinquième anniversaire de Brande, ce qu'elle considéra comme un bon présage. A part les trois hommes de la famille Prendergast, Lynette, Walter Harragin et Brande, Jimmy Alletson put leur assurer l'aide de plusieurs de ses mécaniciens et metteurs au point ; Brent et Lucy demeurèrent à Hampstead avec la grand-mère de Brent, qui allait prendre les dispositions utiles pour qu'il fréquente l'école en janvier car Brande n'avait aucune idée de la durée de son absence. Ils se retrouvèrent tous à Portsmouth pour Noël — Brande ne leur donna même pas congé ce jour-là, encore qu'ils firent un somptueux déjeuner dans le salon du remorqueur.

C'était bien plus que la simple impatience qui la poussait. C'était la prise de conscience que le temps ne jouait pas en sa faveur, même si ce sentiment tenait davantage d'une menace non précisée que de faits réels. Cependant, les bribes d'informations qui leur parvenaient étaient assez sinistres. Peter Smithers écrivit pour lui annoncer que l'ordre de liquidation avait été donné et que les bureaux de la compagnie devaient être saisis au début janvier. Tous les navires de la Maddox étaient rentrés, à cette époque, et se trouvaient à quai, côte à côte, à leur jetée de l'East River. Peter avait payé tous les marins et en avait persuadé une douzaine de rester pour monter la garde et s'occuper de la maintenance des sept navires de la compagnie ; le *Northern Moon*, qui faisait l'objet d'une décision séparée du tribunal, était gardé par des policiers.

Elle s'était attendue à tout cela, même si les choses étaient arrivées plus vite que prévu ; elle devait ne pas oublier que si le syndic était tenu d'obtenir le meilleur prix possible pour tout ce qu'il vendrait, c'était à *lui* qu'il appartenait de juger de ce meilleur prix. A tout instant, il pouvait décider de vendre l'un des navires, ou même les bâtiments abritant la compagnie Maddox, pour dix dollars. Plus inquiétant encore était le fait que, le syndic étant intervenu et vérifiant tous les livres, l'affaire des trois millions envolés avait soudain pris un caractère officiel. On en discutait toujours, Smithers et Alexander ayant pris sur eux de confier leurs intérêts à un avocat. Et ils continuaient à soutenir, autant que faire se pouvait, que lorsqu'elle avait ordonné le retrait de ces fonds elle avait agi de bonne foi, en qualité de président de la société ayant des dettes à régler. Attaquant cette position, tous les créanciers, le procureur en tête, soutenaient qu'elle savait parfaitement qu'elle se trouvait en faillite, qu'il ne s'agissait que d'une question de jours et, en conséquence, qu'existaient des créanciers ayant priorité, même sur les équipages de ses navires. Smithers avait le sentiment que le procureur pourrait bien l'emporter et obtenir un mandat d'arrêt contre elle pour fraude. De toute évidence, elle pourrait se défendre contre une extradition de Grande-Bretagne, en l'absence de preuves, mais les autorités britanniques l'empêcheraient sans doute de prendre la mer en attendant une décision.

Il fallait donc se hâter, même si l'on devait affronter les tempêtes hivernales qui soufflaient encore.

Elle s'inquiétait également du fait qu'il était évidemment impossible de garder le projet secret bien longtemps. La presse avait plutôt perdu la trace de Brande Maddox au cours du traumatisme du krach, mais dès qu'un journaliste entreprenant eut découvert ce qui se passait au tribunal, elle fit à nouveau les titres :

L'HÉRITIÈRE DE L'EMPIRE MADDOX S'ENFUIT AVEC TROIS MILLIONS DE DOLLARS, annonçaient-ils, apparemment prêts à risquer un procès en diffamation car ils étaient assurés qu'elle n'aurait pas les moyens de les poursuivre en ce moment.

LA CHASSE AU TRÉSOR EST OUVERTE, affirmaient d'autres publications. Ou encore : BRANDE MADDOX DISPARAIT !

Mais elle ne disparut pas longtemps. Ils savaient qu'elle était la fille de Jimmy Alletson et bientôt on vit des foules qui voulaient passer les grilles pour accéder au quai où l'on préparait le *Gigantesque,* tandis que les titres disaient : A PORTSMOUTH BRANDE MADDOX SE PRÉPARE POUR LA GRANDE AVENTURE.

Ce qui signifiait que le ministère de la Justice, l'ambassade des États-Unis et Scotland Yard savaient exactement où la trouver. Dès que l'on avait embarqué la cloche de Fairchild, arrivée d'Ecosse, elle put se débarrasser des journalistes en emmenant le remorqueur à un mouillage dans le port, encore que bientôt, dans de petits bateaux, ils passèrent des heures inconfortables à faire sans cesse le tour du navire, essayant de prendre des photos sous la pluie ou la neige. Plus gênantes étaient les attentions des gens de la capitainerie du port qui venaient les voir au moins une fois toutes les douze heures pour s'assurer, expliquaient les fonctionnaires polis, que tout se passait bien.

Et les fonds manquaient de plus en plus. L'argent de Brande était quasiment épuisé, comme celui des Prendergast. Mais par ailleurs, il y eut peu de choses à faire au *Gigantesque.* Leur plus grosse dépense fut l'achat de deux ancres supplémentaires et de suffisamment de chaîne pour mouiller le navire dans six cents pieds d'eau — Brande ne se rappelait que trop combien le *Maria Christina* avait été mal équipé à cet égard. Les moteurs du remorqueur, deux énormes diesel de trois cents chevaux, avaient été amoureusement protégés avec le plus grand soin, et Walter Harragin se montra aussi compétent en matière de moteurs que pour manœuvrer un navire. En vingt-quatre heures, il les fit ronronner et ce fut un vrai rêve que de voir ensuite évoluer le remorqueur alors qu'une tempête de force dix balayait le port. Ils eurent davantage de mal avec le compresseur, que l'on avait laissé sur le pont, mais les Prendergast s'employèrent, avec burettes d'huile et chiffons, et bientôt il marchait. Le pont inférieur était le domaine de Lynette et de Brande. Le *Gigantesque* était, au sens propre du terme, un remorqueur portuaire, bien que ses réservoirs puissent contenir assez de mazout pour une traversée de l'Atlantique et retour ; mais il n'avait été conçu que pour un équipage de sept hommes. D'un autre côté, ses installations étaient relativement luxueuses : cabines séparées pour le commandant, le second, le mécanicien, ainsi qu'un spacieux dortoir de quatre couchettes pour l'équipage. Brande attribua à Walter la cabine du commandant et à Lynette celle du mécanicien. Les trois Prendergast et Fairchild se montrèrent heureux de partager les quartiers de l'équipage, encore que Tom passât la plupart de ses nuits avec elle ; ils ne voyaient aucune raison de cacher la nature de leurs rapports. Toutes les cabines, ainsi que le salon, étaient regroupées au centre, à côté de la cuisine et tout de suite, devant la salle des machines, la plus vaste surface fermée du navire. Au-dessus, la passerelle et la salle des cartes. Sur l'avant, un bref pont surbaissé où était monté le compresseur, avant l'accès à la haute proue renforcée, en lourdes plaques d'acier comme la plus grande partie du bâtiment, et qui abritait l'atelier et les magasins. Derrière les superstructures, sur près de la moitié du navire, les plans de travail, ouverts et bas — et par conséquent exposés aux intempéries — mais équipés d'une énorme grue, de treuils massifs et de puissants câbles d'acier destinés à tirer les paquebots de leur mouillage ; ce qui laissait largement la place d'installer la cloche, beaucoup plus grosse que ne le pensait Brande. Haute de quelque trois mètres, elle se composait de deux chambres où un homme était censé pouvoir se tenir debout. Il ne fut pas facile d'assurer la fixation de la cloche, mais on y parvint enfin. On embarqua les provisions de bord — nourriture et eau parcimonieusement mesurées — pour trois mois ainsi que tout le mazout possible.

— C'est juste, dit Brande. Je crois qu'il ne nous reste que quatre cents dollars à nous tous.

— Quand avez-vous l'intention de lever l'ancre? demanda Tom Prendergast. Le temps ne sera pas particulièrement beau avant six semaines encore.

On était le 16 mars. Brande regarda Harragin.

— Que diriez-vous de demain?

— Comme le dit Jim, on ne pourra pas plonger. En fait, on prévoit du mauvais temps. Mais si vous voulez prendre la mer, il n'y a pas à s'inquiéter pour le bateau. Il est prêt. Et il se trouve que demain j'aurai soixante ans.

— Dans ce cas, nous partons demain soir, décida-t-elle. Le temps de parvenir sur le site, la tempête sera passée et nous pourrons peut-être même procéder à une plongée préliminaire. De toute façon, je crois que nous serons plus en sécurité là-bas qu'ici. Donc, il nous reste vingt-quatre heures et quatre cents dollars. Si nous descendions à terre pour une petite fête en l'honneur de l'anniversaire et du départ?

— Je me demandais quand vous alliez le proposer, dit Bill Prendergast avec un sourire.

Brande téléphona à son père et lui demanda d'amener sa mère, Brent et Lucy pour leur dire au revoir puis se prépara à prendre un peu de bon temps. L'équipage se montrait joyeux, confiant, et excité maintenant. C'étaient aussi les meilleures personnes qu'elle eût jamais rencontrées. Et *elle* était plus heureuse que jamais. Même avec ses ongles cassés et maculés de peinture, en permanence semblait-il, ses mains calleuses et son teint hâlé. Car rien n'est plus excitant que d'apprêter un navire pour un long voyage en mer, notamment avec l'aventure au bout de ce voyage. Et la santé? Soudain, pour la première fois depuis son départ d'Amérique, ses nerfs craquèrent. Car s'il n'y avait rien, là-dessous...

Tom, assis à côté d'elle au bout de la table du restaurant-bar-taverne où ils dégustaient leurs crabes et langoustes tout en buvant leur muscadet, lui pressa la main.

— Tu as l'air épuisé, lui dit-il.

— Je le suis peut-être, Tom...

— Je sais. Nous sommes tous dans cet état, Brande. Mais il est là. Il faut qu'il y soit. Il ne faut penser à rien d'autre.

— Oui. Il *faut* qu'il y soit.

Elle se rendit aux toilettes des dames, le cœur battant. Comment pourrait-il ne pas se trouver là alors que Brent lui avait dit qu'il y était, lui avait montré le chèque ? Il fallait qu'il y soit, à les attendre, et ces dix années d'efforts et de désastre n'auraient pas été vaines. Deux milliards et demi de dollars. Deux mille cinq cents millions de dollars — sur lesquels elle devait la somme colossale de cent millions. Un chiffre terrifiant...

Et demain soir... Elle quitta les toilettes, traversa le couloir conduisant au restaurant et s'arrêta croisant un homme qui lui dit :

— Tiens, bonsoir, madame Maddox.

Même dans la pénombre, elle reconnut Portman.

Dans le même instant, elle vit l'homme et le petit pistolet automatique. Elle se jeta désespérément de côté. Le pistolet claqua, claqua encore, mais elle ne ressentit aucune douleur. Elle se redressa sur les genoux, le regardant qui s'encadrait dans la lumière tandis que s'ouvrait la porte derrière elle. Personne n'avait dû entendre le bruit des détonations, assez faible — ce fut par hasard que deux autres femmes se rendirent aux toilettes.

Elles aussi virent Portman et le pistolet. Elles poussèrent un cri et il leur tira dessus, la balle s'enfonçant dans le bois. Mais il avait déjà perdu son sang-froid. Il tira encore sur Brande, rata de nouveau sa cible. Puis il ouvrit la porte latérale par laquelle il était entré et disparut dans la nuit.

Brande s'appuya au mur, haletante, attendant toujours de ressentir une douleur, de voir le sang couler... Mais Tom la serrait dans ses bras au milieu d'un brouhaha, de gens qui criaient. On porta à ses lèvres un verre de brandy et avant qu'elle puisse recouvrer tous ses esprits, un inspecteur de police s'assit à côté d'elle à la table du dîner débarrassée en hâte.

— Bien sûr, nous allons coincer le type, madame Maddox. Mais tous les renseignements que vous pourriez nous fournir seront les bienvenus. Voyons… dit-il, regardant son sergent qui avait ouvert un calepin, vous dites qu'il s'appelle Portman?

— J'ai dit cela? demanda-t-elle, l'alarme commençant à sonner dans sa tête. Elle regarda Tom.

— Je crains que oui, dit-il. Quand nous sommes arrivés, vous avez crié le nom de Portman. Plusieurs personnes l'ont entendu.

— Je ne comprends pas tout ce mystère, dit l'inspecteur. Il s'appelle Portman ou non? Le connaissez-vous, madame Maddox?

— Je le connais, inspecteur, soupira-t-elle. Il s'appelle bien Portman, et c'était le directeur de mes bureaux de Londres, jusqu'en mai dernier.

— Mais oui, se souvint l'inspecteur. On l'a accusé d'être un agent communiste et un escroc. Et il avait disparu. Mais pourquoi aurait-il tenté de vous tuer, madame Maddox?

— C'est moi qui l'ai accusé, dit-elle, soutenant son regard.

— Hmm. Je suppose que ce pourrait être cela. Mais il avait quitté le pays pour la Russie, si je me souviens bien. Madame Maddox, êtes-vous certaine que cet incident n'a aucun rapport avec votre chasse au trésor, de quelque trésor russe disparu?

— Évidemment que j'en suis sûre. Comment cela *pourrait-il* avoir un quelconque rapport?

— Ma foi… mais vous n'aviez pas l'intention de partir avant que le temps s'améliore, n'est-ce pas?

— Il n'est pas vraiment commode de plonger au large de Fastnet Rock avant mai.

— Parfait. On peut espérer que cela sera réglé d'ici là. En attendant, je dois vous demander de *ne pas* tenter de partir sans m'en aviser. Pas même si le temps s'améliorait.

— Bien entendu.

— Je vous remercie. Maintenant, je vous suggère d'aller vous coucher.

— Je ne comprends pas, dit Harragin tandis qu'ils regagnaient le *Gigantesque*. Vous voulez dire que nous ne partons pas demain, après tout?

— Comment le pourrions-nous? demanda Fairchild. Après la tentative d'assassinat de Mme Maddox? C'est un témoin capital.

— Dans ce cas, nous pourrions rester coincés ici pendant *des mois,* dit Lynette

— Quand espérez-vous cette éclaircie, Walter? demanda Brande.

— Eh bien… je dirais que la voilà, répondit-il, scrutant la pluie à travers les vitres de la passerelle.

— Dans ce cas, en route.

— Hein? dit-il, surpris, mais la main déjà sur la clé de contact.

— Voyons, Brande, dit Tom, cela ne va pas nous arranger de violer la loi ici comme nous l'avons fait aux États-Unis. Nous pouvons tenir encore deux semaines. Bon Dieu, nous mangerons les provisions du bord, comme si nous étions en mer.

— Et nous perdrons tout?

— Je ne te comprends pas.

— Il n'y a qu'une seule raison pour que Portman ait tenté de me tuer.

— La vengeance, cela ne me semble pas tellement absurde, dit Lynette.

— C'est un chef de cellule communiste, expliqua Brande. Ce qui signifie qu'il *n'a pas* de sentiments. Aucun qu'il ne laisse apparaître, en tout cas. S'il est venu pour me tuer, ce qui impliquait un retour dans ce pays sous un faux nom, je pense, et le risque d'une longue peine de prison, c'est qu'on lui *a dit* de le faire. Et Moscou n'a pas de temps à perdre en vengeance, non plus. Ils voulaient ma mort parce qu'ils ont décidé d'aller

386

chercher le trésor, eux aussi. Bon sang, avec toute la publicité faite autour de cette affaire, le monde entier doit être au courant.

Soudain, elle venait de comprendre quelle vague terreur pesait sur elle depuis des mois.

— Mais... est-ce qu'ils savent où plonger? demanda Tom.

— Même *moi* je l'ignore, se plaignit Harragin. Vous dites que vos commandants le savaient, mais ils n'ont pu le dire, certainement.

— Parce que c'étaient des commandants de la Maddox, dit Brande, fièrement. Mais quelqu'un d'autre sait exactement où plonger. C'est Heston, vous vous souvenez? Donc, vous mettez vos moteurs en route, Walt, et nous allons sur place avant qu'il y arrive.

Les moteurs démarrèrent en grondant tandis que Brande scrutait, à travers la nuit et la pluie les lumières de la côte. Mais on ne pouvait, de là, voir ce qu'ils faisaient. Et elle n'allait même pas pouvoir dire au revoir à sa mère, à son père, à Brent et à Lucy.

— Larguez cette amarre, lança Harragin.

Tom et Bill se rendirent à l'avant, drapés dans leurs cirés jaunes et libérèrent la chaîne d'amarrage; le remorqueur, jusque-là poussé dans tous les sens par le vent, fut aussitôt pris en main par Harragin. Le vent soufflait à trente nœuds, estima Brande — des conditions presque identiques à celles de la nuit où le *Northern Wind* avait quitté Liverpool pour son dernier voyage — mais dans le port de Portsmouth, abrité par la Solent, le vaste lac marin formé par l'île de Wight au sud, la mer demeurait calme. Et avec l'incessant trafic portuaire, un petit remorqueur passant les forts gardant l'entrée n'avait rien d'extraordinaire. Brande fut cependant surprise de voir Harragin abattre sur bâbord, vers les deux derniers forts gardant la dernière extrémité des eaux fermées, mais l'extrémité *est*.

— Ne serait-il pas préférable de prendre par l'ouest?

demanda-t-elle. Et de profiter d'une trentaine de milles à l'abri avant la haute mer?

— Pas nous, Brande. C'est ce que tout le monde pense que nous ferions. Et s'ils décidaient de nous arrêter, ils pourraient facilement envoyer une patrouille dans le chenal des Aiguilles. Ainsi, nous allons disparaître dans la *Manche*. Ils ne nous trouveront pas de sitôt.

Deux heures plus tard, ils passaient la pointe est de l'île de Wight et on sentait déjà le clapot court de la mer. Mais le *Gigantesque* franchit les vagues assez facilement.

— Je crois que vous pourriez aller un peu plus vite, suggéra Brande qui, comme les autres, était trop excitée pour songer à aller au lit.

— C'est sa vitesse de croisière normale, dit Harragin.

— Mais... dit Brande, scrutant la nuit, noire comme de la poix.

Les lumières de la côte avaient déjà disparu, à part un phare de temps à autre, mais à en juger par l'écume des vagues qui défilaient, ils n'allaient pas très vite.

— A quelle vitesse avançons-nous? demanda-t-elle.

— Sept nœuds.

— *Sept* nœuds? Combien de temps va-t-il nous falloir pour arriver sur le site, à cette allure?

— Dites-moi exactement où c'est et je vous dirai quand on y sera. Hé, Tom, prenez la barre. Vous voyez ce phare? C'est celui de Sainte-Catherine, le point le plus au sud de l'île de Wight. Laissez-le sur bâbord à angle droit, je vous donnerai la route ensuite, dit-il en suivant Brande dans la salle des cartes. Maintenant, où est votre navire?

— Cinquante et un degrés zéro minute nord, onze degrés deux minutes ouest, répondit-elle.

Les chiffres étaient gravés dans son cerveau.

— Soixante-deux milles au sud-ouest du Fastnet, et en plein milieu d'une mer qui est parmi les plus mauvaises du monde. J'aurais dû deviner.

Il consulta le chronomètre du navire. Deux heures et quart, lundi matin. Harragin se mit au travail avec son compas et lui sourit.

— Cela ne pourrait être plus simple, dit-il. Compte tenu de l'angle des îles Sorlingues, c'est exactement à quatre cent quatre-vingt-dix milles d'ici. Soixante-dix heures. Nous y serons mercredi vers midi.

— Et si le temps devient plus mauvais?

— Si vous pouvez le supporter, pas de problème, dit-il avec un clin d'œil. Ce remorqueur n'est peut-être pas aussi rapide qu'un deux-cheminées de la Maddox, mais il est conçu pour passer partout, toujours à sept nœuds. Et il ne doit consommer que cinq litres de mazout à l'heure, avec les deux moteurs. C'est un rêve. Maintenant, il faut organiser les quarts. Nous allons adopter le système des trois quarts, je crois, c'est-à-dire que chacun sera de repos huit heures et de quart quatre heures. Ainsi, personne ne sera fatigué et personne n'aura à prendre deux quarts de minuit consécutifs. Donc, si nous vous excluons, cela fait moi et Fairchild — je ne crois pas qu'il connaisse grand-chose à la mer — disons Tom et sa sœur, et Bill et le père Prendergast. Qu'en dites-vous?

— Rien à faire. Pourquoi serais-je exclue? Lynette se charge de la cuisine. Donc, nous la gardons en réserve, pour un cas de nécessité absolue. Je prendrai le quart avec Tom, à partir de tout de suite. Vous pouvez prendre Fairchild, et Bill sera avec son père.

— Voyons, Brande, ainsi que vous l'avez dit je suis le commandant...

— Et moi l'armateur.

— Vous êtes la *plus foutue* bonne femme... C'est bon, je vais me coucher. Quand vous serez à la perpendiculaire de Sainte-Catherine, cap ouest-sud-ouest jusqu'au Lizard. Mais je vous relèverai à six heures.

Elle se tint à côté de Tom tandis qu'il scrutait la nuit.

— Tu veux que je te relaye?

— Je suis heureux que tu sois là, simplement.

— Est-ce que nous sommes fous, Tom? Je veux dire vraiment et complètement?

— Nous sommes *vivants*. Et pour tous ceux qui sont debout sur leurs pieds, et morts, nous sommes dingues. Accroche-toi. Voilà de l'écume.

389

Le navire plongeait maintenant dans le courant au large de Sainte-Catherine. Des vagues arrivaient sur eux de partout, se brisant sur la coque, projetant des embruns par-dessus la passerelle. On entendait le choc des vagues par-dessus le gémissement du vent, le ronronnement des moteurs et la pluie qui cinglait le toit de la timonerie. Mais c'était un sentiment merveilleux que de savoir qu'ils dirigeaient un navire qui *passait* partout. Et le courant de Sainte-Catherine n'était qu'un avant-goût de ce qui les attendait pendant la longue journée et demie dans la Manche, au cœur de la tempête.

Le vent mollit enfin quand ils passèrent le phare du Lizard, qui marquait le point le plus méridional de la Grande-Bretagne proprement dite, et aperçurent les Sorlingues et leurs récifs avant de pénétrer dans le Canal Saint-Georges qui sépare la Grande-Bretagne de l'Irlande ; mais la mer demeurait grosse, se brisant en une houle plus grosse encore.

— Et ce n'est qu'une accalmie entre deux dépressions, les avisa Harragin. Le temps sera encore plus mauvais derrière.

Malgré cela, tout le monde, à bord, était heureux d'être enfin en route, même Fairchild après avoir surmonté son mal de mer du début. C'étaient elle et Fairchild les vrais novices ici, réalisa-t-elle ; pour les Prendergast comme pour Harragin, la mer était plus familière que la terre ferme. Lynette s'occupait de la cuisine, trois repas chauds par jour, tandis que Tom, Bill et leur père examinaient et réexaminaient le matériel, passant des heures dans la cloche, se familiarisant avec tous les équipements. Brande passa également quelque temps dans la cloche, mais le mouvement et la claustrophobie eurent raison de son cerveau et de son estomac.

Tandis qu'Harragin, solide comme un roc, prévoyait avec une mystérieuse exactitude ce que la mer allait faire, pleinement à l'aise, apparemment, pour faire le point dans cette situation, même si le ciel ne se dégageait pas suffisamment pour lui permettre d'apercevoir le soleil. Il fit un point sur le phare du Lizard puis un autre une demi-heure plus tard et répéta la procédure quand ils repérèrent le phare de Bishop Rock, au-delà des Sorlingues. Chaque fois, la position indiquée se situait à un demi-mille à peine de son estimation. Il écoutait également la radio, où l'on parlait surtout d'eux. La police de Portsmouth avait pris contact avec le Home Office et le Home Office avec l'Amirauté, tandis que celle-ci prenait contact avec le commandement en chef, à Plymouth — incontestablement, il se passait des choses, même avec toute la lenteur de la justice britannique.

— Mais on n'y échappe jamais, rappela Harragin à Brande. Nous allons avoir un bâtiment de guerre dans les parages, bientôt. Qu'avez-vous l'intention de faire, alors ?

— M'en soucier quand cela se produira. Encore faut-il qu'ils nous trouvent.

Personne n'alla se coucher ce soir-là après le dîner, bien que le temps se détériorât. Harragin le surveillait, regardant le baromètre et écoutant les conversations des autres navires.

— C'est vraiment méchant, annonça-t-il. Le baromètre tombe comme une pierre. Vous savez, Brande, nous pourrions bien rester là à danser pendant un mois avant de pouvoir plonger.

— C'est toujours mieux que rester au port avec une demi-douzaine de policiers pendus à nos basques. Et je pense que nous sommes davantage en sécurité.

En fait, elle était surprise du calme avec lequel elle réagissait après qu'on lui eut tiré dessus. Elle se souvint d'avoir été terrifiée, sur le coup, mais ensuite tout s'était passé si vite... Bien sûr, en quittant Portsmouth aussi précipitamment, elle savait qu'elle fuyait tout autant les Russes que sa peur de se trouver coincée par la justice britannique, mais elle avait fui dans la direction qu'elle souhaitait.

Elle savait cependant que lorsque tout cela serait

terminé, si cela devait jamais se terminer, elle allait devoir faire face à une terrible réaction.

Ils se trouvaient sur la passerelle tous les sept, chacun avec une paire de jumelles tandis qu'ils gagnaient le point du naufrage, presque comme s'ils pensaient voir apparaître le *Northern Wind* avec un équipage fantôme, Brent à la barre et Leonardo près de lui, souriant. Elle dut secouer la tête pour en chasser ces images folles ; elle ne pouvait se permettre de craquer avant que ce *soit* fini.

— Une lumière, annonça Tom.

— *Quoi?* s'exclama-t-elle, se précipitant vers la vitre tribord où il se tenait.

Des embruns frappaient déjà la vitre tandis que l'étrave plongeait dans des creux de plus en plus profonds pour remonter, labourant la mer, alors que la visibilité ne dépassait pas un mille.

— Tu as dû rêver, ajouta Brande.

— J'ai vu une lumière.

— Moi aussi, confirma Lynette.

— Le diable emporte la Royal Navy, grommela Harragin. Ils ont dû arriver les premiers.

— Ce n'est pas possible. Ils ne savaient pas *où* aller.

— Ma foi... dit Harragin, retournant dans la salle des cartes, allumant la radio sur la fréquence de détresse et d'appel — 2 182 kilohertz — sur laquelle un navire de guerre les appellerait certainement pour leur ordonner de mettre en panne.

Et toutes les têtes se tournèrent, même celle de Jim Prendergast à la barre, quand ils entendirent la voix avec un accent étranger :

— Mayday, mayday, mayday, position cinquante et un degrés zéro minute latitude nord, onze degrés deux minutes longitude ouest, navire russe *Komsomol* embarquant l'eau dans mer grosse et en train de couler. Mayday, mayday, mayday...

— Bon Dieu de bon Dieu, beugla Harragin. Il ne nous manquait plus que ça. Il faut aller à leur secours, Brande. Il le faut. Les lois de la mer et tout le tremblement.

— Un hasard? murmura Brande. Une coïncidence? A ce point là, ça n'existe pas.

— Seigneur, dit Tom. Ils sont là pour le *Wind*.

— Regardez, cria Lynette.

Ils se tournèrent pour voir une fusée rouge traverser la pluie et la nuit. Le navire russe avait manifestement vu leurs feux.

— Au diable les lois de la mer, éclata Jim Prendergast. Laissons ces salopards se noyer. Ils ont envoyé Portman vous tuer, Brande. Ils ont envoyé Heston vous tuer, avant cela. Ils ont d'abord coulé le *Wind* et essayé de couler le *Sun*!

Brande regarda Harragin qui attendait, le visage impassible. Ainsi qu'elle le lui avait rappelé la nuit où ils avaient quitté Portsmouth, c'était elle l'armateur. Elle soupira

— Dites-leur que nous avons aperçu leur signal, commandant. Dites-leur que nous venons leur porter assistance.

— *Komsomol, Komsomol*, appela Harragin. Ici remorqueur *Gigantesque*. Nous sommes à un mille de vous. Faites-nous savoir si vous êtes sur le point de sombrer ou si nous pouvons vous prendre en remorque.

Il n'y eut pas de réponse immédiate. Brande scrutait la nuit à travers la vitre maculée d'embruns. La mer était très grosse, maintenant, avec des creux de près de sept mètres. Et, en fait *elle* n'avait pas encore repéré les feux du navire russe bien qu'ayant vu la fusée de détresse. Mais il était quasiment impossible de voir quoi que ce fût car le *Gigantesque*, avec ses seuls soixante-dix pieds, plongeait tout au fond de chaque creux dans cette énorme houle. La nuit devenait terrifiante et partout où se posait son regard, elle ne voyait que d'immenses murailles d'eau surmontées de crêtes blanches sous lesquelles le petit navire semblait devoir être étouffé. Mais les diesel continuaient à ronronner et le remorqueur à escalader chaque vague, projetant des embruns et parfois des masses d'eau verte sur sa droite et sa gauche, suspendu un instant avant de replonger dans un autre creux. Au sommet de la vague suivante, Tom pointa son doigt et Brande aperçut finalement le navire russe, considérablement plus gros que le *Gigantesque*, avec une gîte prononcée sur tribord et déjà bien bas sur l'eau.

Ce fut également à cet instant qu'ils répondirent enfin.

— Niet! annonça la voix laconique. C'était une erreur. Nous n'avons pas besoin d'assistance. Je répète, nous n'avons pas besoin d'assistance.

— C'est un optimiste, murmura Bill Prendergast qui vit une vague se briser sur le Russe.

— Il sait qui nous sommes, dit Brande, en se rendant au radio-téléphone, prenant le micro des mains d'Harragin. *Komsomol*, ici Brande Maddox. Votre navire est en train de couler. Heston, vous êtes là ? Vous *coulez*. Vous allez vous noyer si vous refusez l'assistance.

Elle se demanda pourquoi elle s'en souciait. Il avait essayé de *la* noyer et l'avait abandonnée à son sort.

— Nous allons nous approcher et vous recueillir, continua-t-elle. (Puis, se tournant vers Harragin :) C'est faisable ?

— Bien sûr.

— Comment cela ? Je n'aime pas beaucoup l'idée de nous mettre bord à bord.

— Nous n'aurons pas à tenter cela, dit Harragin. Passez-moi le micro. Maintenant, écoutez-moi, vous autres. Si vous pouvez ouvrir les cuves et libérer le mazout, faites-le. Laissez l'huile glisser sous le vent. Je vais faire comme vous, ici, et me mettre sous le vent également, pour m'approcher aussi près que possible. Dès que l'huile commencera à calmer ces vagues, descendez vos chaloupes et venez vers moi. Nous vous attendons. Compris ?

Un silence, de nouveau. Brande pouvait imaginer la chaude discussion en cours.

— Eh bien, nous allons le faire, de toute façon. Ça va, à la barre, Jim ?

— Je pourrai me débrouiller, dit Prendergast.

— Approchez doucement. Essayez de passer aussi près que possible, mais pas trop, hein ?

— Et comment, dit Jim, ses mains agrippant fermement la barre.

Harragin, les deux jeunes Prendergast et Fairchild descendirent. Il leur fallait fixer les tuyaux aux robinets de remplissage et mettre le compresseur en route pour aspirer le mazout dans les réservoirs et le déverser sur les vagues ; ce qui signifiait qu'il fallait se risquer sur le pont découvert. Brande les regarda s'activer, anxieuse, souvent presque ensevelis sous les vagues qui passaient par-dessus la proue, s'agitant avec de l'eau jusqu'à la taille. La poupe du remorqueur était presque continuellement sous l'eau. Mais ils étaient en train de réussir, et bientôt lui parvint l'odeur du mazout qui coulait, épais, brun — et apaisant.

De nouveau elle regarda le Russe, très proche maintenant — à moins d'un mille — et piquant droit sur eux. Et la radio qui reprenait :

— Nous maîtrisons notre voie d'eau. Écartez-vous ou nous ouvrons le feu sur vous.

— Seigneur ! dit Brande, se tournant vers Jim.

— Il faut qu'il soit dingue, dit celui-ci, alors qu'un instant plus tard apparaissait, en face d'eux, un éclair puis un autre.

Impossible de dire où se perdirent les balles car le navire montait, redescendait, roulait, tanguait tandis que le vent hurlait.

— Et vous allez secourir ces *types-là* ? demanda Jim, écœuré.

Harragin reparut sur la passerelle, puant le mazout.

— Cela devrait suffire. Et nous sommes assez près. Nous allons les frôler, dit-il en retournant à la radio.

— Ils nous ont tiré dessus. Vous le saviez ? demanda Lynette.

— J'ai vu, dit Harragin qui poursuivit dans le micro d'une voix calme : c'était parfaitement idiot, bande d'abrutis. Il y a tout un tas d'huile sur l'eau. Si vous tirez encore, je vous éperonne. Maintenant, mettez vos chaloupes à la mer.

Brande alla se coller à la vitre pour observer le Russe à

travers ses jumelles. Les deux navires étaient si proches que malgré la pluie et l'obscurité elle pouvait voir des hommes s'agiter sur le pont, certains essayant sans doute de libérer les embarcations et d'autres de les en empêcher.

— Les idiots, dit Harragin, à côté d'elle. Il ne leur reste pas beaucoup de temps.

Le *Gigantesque* passait sous la poupe du *Komsomol* pour l'abriter du vent et ils pouvaient voir maintenant que toute une partie de la lisse et des bordages avait été arrachée sur tribord.

— Mais qu'est-ce qui a pu se passer? demanda Brande.

— Panne de moteur d'abord, je crois. Et quand il n'a plus pu se diriger et s'est mis par le travers, quelque chose a été emporté. Sans doute un gros compresseur, ou une cloche comme la nôtre. Mais beaucoup plus grosse, je dirais. Et elle a emporté une partie du pont.

— Mon Dieu. Est-ce que la nôtre va tenir?

— Nos ponts sont en acier, répondit Harragin en souriant, pas en bois. Et nos moteurs ne vont pas s'arrêter. Mais s'ils ne se dépêchent pas...

Le *Komsomol* se trouvait visiblement plus bas sur l'eau, maintenant, et chaque vague frappait ses superstructures. Mais quand il se trouva plongé dans le mazout du *Gigantesque*, tout autour, les crêtes des vagues cessèrent de briser et bien que le navire demeurât manifestement proche de sombrer, ses ponts n'étaient plus balayés par l'eau.

— Il ne vous reste pas beaucoup de temps, dit Harragin à la radio. Je vais braquer mon projecteur sur vous. Et n'oubliez pas, si vous tirez je vous coupe en deux.

Il fit un signe de tête à Tom qui alluma le puissant projecteur monté sur la timonerie du *Gigantesque*. Le remorqueur britannique se trouvait maintenant dans des eaux calmées par le mazout qui flottait et Tom put braquer le projecteur sur les superstructures du Russe où des hommes discutaient toujours et s'apostrophaient; la chaloupe du navire, à moitié descendue, avait sa quille qui heurtait l'eau chaque fois que le *Komsomol* plongeait dans la houle.

— Mettez-la à la mer, ordonna de nouveau Harragin dans la radio.

La chaloupe tomba dans les vagues, abritée du vent par la coque du Russe. Mais déjà des crêtes blanches recommençaient à apparaître entre les deux navires tandis que la couche d'huile se déchirait ; ce qui aurait dû être une étendue calme d'un quart de mille redevenait une mer agitée.

— Pour l'amour de Dieu, dépêchez-vous, brailla Harragin dans le micro.

Des hommes grimpèrent, sautèrent dans la chaloupe tandis que d'autres demeuraient toujours sur le pont. La chaloupe s'ébranla et Lynette poussa un cri d'horreur, montrant au-delà du navire en train de couler une vague beaucoup plus grosse que toutes les autres, qui déferlait au-dessus du Russe. Au-delà de la nappe de mazout, la vague était surmontée d'une crête blanche que Brande estima à plus de trois mètres. On aurait dit que l'océan, plein de ressentiment pour les humains pour avoir utilisé le mazout contre lui, répliquait en envoyant une vague monstrueuse pour achever son œuvre.

— Seigneur Dieu, s'exclama Harragin qui, d'un bond, alla rejoindre Jim Prendergast à la barre ordonnant : Mettez-le au vent. Et *maintenez*-le.

Brande s'accrocha des deux bras à l'étançon le plus proche tandis que Tom et Bill manœuvraient la barre. A travers la vitre, elle vit la muraille d'eau ourlée de blanc atteindre le *Komsomol*, semblant le repousser de côté, puis s'abattre, l'engloutissant complètement. Puis elle vit la chaloupe se faire prendre et rejeter comme un enfant l'aurait fait avec une boîte d'allumettes vide, avant que la vague atteigne le *Gigantesque*. Harragin mit les moteurs en avant toute. Le petit navire pénétra dans le maelström, les vitres de la passerelle disparaissant sous la masse verte. Mais les vitres de verre renforcé tinrent bon et Harragin était maître de la situation. Au moment où la proue s'enfonçait dans la vague, les hélices

397

battant l'air, il ramena les gaz ; les moteurs reprirent leur ronronnement et le *Gigantesque* émergea de la montagne d'eau, glissant dans un immense creux derrière elle.

— Mon Dieu, souffla Jim Prendergast. Je n'ai jamais rien vu de pareil.

— Moi oui. Une fois. Dans un ouragan, dit Harragin.

Brande regarda la vague suivante, très haute mais presque une ride comparée à celle qui venait de déferler.

— La cloche est toujours là ? demanda Harragin d'un ton désinvolte.

Brande lâcha sa barre et se précipita à la vitre arrière. La cloche, toujours sur le pont, dégouttait d'eau comme un rocher que découvre la marée.

— Elle est là, confirma-t-elle, haletante.

— Mais plus le Russe, observa Jim Prendergast avec une certaine satisfaction.

— Ramenez le navire, ordonna Harragin. Le projecteur marche toujours, Tom ?

— Non, répondit Tom laconiquement après avoir manœuvré l'interrupteur et regardant l'eau s'écouler à travers une fissure du toit de la timonerie. Je crois qu'il a été emporté.

— Là, cria Lynette qui n'avait pas bougé de la vitre et qui voyait une lueur phosphorescente apparaître puis disparaître.

— Des gilets de sauvetage, dit Tom. Viens.

Brande le suivit, descendant l'échelle en trébuchant, arrivant sur le pont arrière, avec de l'eau jusqu'aux genoux tandis que Jim faisait virer le navire pour le ramener vent debout.

— Là, cria de nouveau Lynette qui était descendue avec eux.

Jim avait également aperçu la lueur des gilets et ramenait le navire. Lentement, ils s'approchèrent des hommes, trois en tout, accrochés à quelque épave. Mais pas l'épave d'une chaloupe ; la chaloupe avait disparu. Harragin avait rejoint Jim à la barre et, à eux deux, ils amenèrent le remorqueur au vent pour protéger les hommes dont ils s'approchèrent autant qu'ils l'osèrent. Bill et Tom lancèrent alors des cordages avec des boulines à larges boucles ; manifestement, les hommes avaient les mains trop gelées pour pouvoir s'y accrocher, mais ils purent passer les boucles par-dessus leurs épaules et se faire remonter, haletant, étouffant sous le mazout toujours à la surface de l'eau. Lentement, on les hissa par-dessus bord. D'abord un homme à la barbe brune, avec une veste d'uniforme. Le commandant russe, se dit Brande. Puis un homme plus jeune, ne portant qu'une chemise mais serrant pathétiquement le pavillon du navire sur sa poitrine, haletant et claquant des dents de froid et de peur. Le dernier homme à être hissé à bord était Heston Maddox.

14

Heston Maddox, assis sur le sol du salon, enveloppé dans une couverture comme ses compagnons, vomissait du mazout et de l'eau de mer, avalant entre deux hoquets des gorgées de soupe chaude que lui tendait Lynette.

— Vous devriez être *morte*, dit-il à sa belle-sœur.

— On pourrait en dire autant de vous, jeune homme, observa Harragin. Et *vous* ne *méritez* même pas d'être vivant.

Heston continuait à fixer Brande.

— Qu'est-il arrivé à Portman ? demanda-t-il.

— Dans une prison britannique, j'imagine. Ce n'était pas vraiment l'homme de la situation. Mais il vous racontera tout cela quand vous le rejoindrez.

— Vous et votre or, railla Heston, le visage déformé. Il n'y a rien, *là*.

— Vous êtes descendu ? demanda Brande, le cœur serré.

— Je n'ai pas eu à descendre. Je sais qu'il n'y a rien. Il ne peut rien y avoir. Je le leur ai dit. Mais ils ont lu la nouvelle de votre tentative et ils m'ont dit de le faire. Par Dieu... et s'il y *a* quelque chose là-dessous, personne ne l'aura jamais. Pas dans ce maudit océan, ajouta-t-il, vomissant de nouveau.

Brande regarda Lynétte qui haussa les épaules.

— Oh, il va survivre, dit-elle, méprisante. Il s'agit

seulement d'évacuer tout ce mazout. Qu'avez vous l'intention d'en faire?

— Veiller à ce qu'*il* passe en justice, pour commencer. Dès que nous rentrerons.

— Je voulais dire pour le moment.

Brande regarda Harragin. Ils n'avaient même pas un
pistolet à bord.

— Je demande qu'on me débarque aussi vite que
possible, dit le commandant russe en se levant. Pour être
rapatrié dans mon pays.

— Nous vous débarquerons dès notre arrivée au prochain port, répondit Harragin. Ce qui risque de ne pas se
produire avant deux mois. Alors, autant vous rasseoir et
en profiter. Et à votre place je ne serais pas *tellement*
pressé. Vous voudrez bien vous souvenir que vous nous
avez tiré dessus.

— Vous ne pourrez jamais le prouver.

— Et également que votre incompétence et votre
indécision ont été cause de la mort de la plus grande
partie de votre équipage. Vous êtes aux arrêts. Nous
allons vous boucler dans la cale avant, poursuivit Harragin avec un sourire à Heston. Ce n'est pas l'endroit le
plus confortable du monde en ce moment, monsieur
Maddox, mais c'est mieux que de nager. Allons, venez.

Bill et Tom retirèrent de la cale avant tous les objets
de valeur et tout ce qui pouvait servir d'armes. Et on y
boucla Heston et les deux Russes. C'était la partie la plus
secouée du navire car Harragin avait ralenti les moteurs
à trois nœuds et était remonté au vent pour se mettre
pratiquement en panne afin de ne pas trop s'éloigner de
la position.

— Maintenant, il n'y a plus qu'à attendre, dit-il à
Brande.

Allongée sur sa couchette, elle regardait le plafond,
sentant le navire monter et redescendre sous elle, pensant à Heston bouclé à l'avant, probablement toujours
vomissant et avec le monde qui venait de s'effondrer
autour de lui. Comme toujours depuis qu'il travaillait
pour *ces* maîtres. Le plus triste se dit-elle, c'est qu'il

n'était même pas un escroc ni un bandit, faciles à condamner et à haïr. Ce n'était qu'un homme jeune qui se trompait dans ses convictions — selon elle. Selon ses amis et tous les gens qu'elle connaissait. Selon pratiquement toute l'Amérique. Mais l'Amérique défendait le droit, pour quiconque, d'avoir des opinions différentes du commun.

Mais pas de tuer et de voler au nom de ces opinions.

Tom s'assit au bord de la couchette ; elle ne l'avait pas entendu entrer.

— Il a seulement peur et il en a marre, tu sais, dit-il. Nous y arriverons.

— Vraiment, Tom ?

— Dès que le temps se calmera. Et devine. Harragin pense que le vent mollit.

— Combien d'hommes devait-il y avoir à bord du *Komsomol* ?

— Oh, une vingtaine peut-être. C'était un assez gros navire.

— Et maintenant le navire et ses vingt hommes, ou dix-sept en tout cas, sont au fond, avec les quinze cents du *Northern Wind* et Leonardo.

— Tu n'as pas peur ?

— Bien sûr que j'ai peur, répondit-elle avec un sourire. Mais ce n'est pas cela qui va m'arrêter. Encore que je ne puisse m'empêcher de penser que nous nous attaquons à quelque chose pour quoi nous ne sommes pas faits.

— Seuls les ratés pensent ainsi. J'ai toujours pensé que j'en étais un. Mais j'ai toujours su que tu étais le contraire. Et tu sais, Brande ? Depuis que toi et moi sommes ensemble, je me suis mis à penser que je pouvais en être, moi aussi. Un gagnant, j'entends. Nous y arriverons. Dès que le vent tombera.

— Eh bien, voilà le soleil, dit Harragin.

Déjà, il s'activait avec son sextant, le dos contre la porte de la passerelle, les pieds bien assurés contre la houle. Car c'était là ce qu'offrait l'océan aujourd'hui. Impossible d'imaginer qu'à peine une semaine plus tôt il avait tenté de les saisir, de les détruire. Et il y était parvenu, avec les Russes. Tout comme il était difficile de se rendre compte que pendant cette semaine ils avaient été ballottés, tentant de conserver leur position, mangeant, buvant et dormant, permettant aux prisonniers de monter sur le pont deux heures par jour, s'efforçant d'ignorer leurs menaces, tendus dans l'attente — de ce jour.

Le soleil *brillait,* enfin, et la mer était aussi calme qu'elle le serait jamais dans ces eaux. On avait ouvert la cloche et Fairchild et Tom se trouvaient à l'intérieur, s'activant aux derniers préparatifs. Tandis que même Heston et les Russes, sur le pont pour leur promenade quotidienne, paraissaient presque gais ; assis sur le pont arrière, ils regardaient la cloche, surveillés par Bill, un long morceau de tuyau de plomb à la main, mais également surveillés par le reste de l'équipage. Et Harragin leur avait bien laissé entendre qu'il leur casserait la tête s'ils tentaient quoi que ce soit ; il pouvait se montrer remarquablement agressif quand il le voulait.

Brande se tenait à côté de lui sur la passerelle. Le vent de mars demeurait froid et elle portait trois pulls ainsi que des caleçons de laine longs sous sa salopette. Et elle avait roulé ses cheveux sous une casquette de laine. Avec ses chaussettes de laine et les pieds dans ses bottes de caoutchouc, elle avait chaud, et ne se sentait même pas excitée. Cela allait arriver et son cœur semblait battre plus lentement. L'excitation serait pour plus tard.

Harragin grogna sa satisfaction puis rentra prendre des notes.

— Cap à l'est pendant deux heures, Jim, dit-il à Prendergast. Ensuite nous descendrons les grappins.

— Sommes-nous si proches ? demanda Brande.

— Je le crois.

Elle regarda le bleu profond de l'eau, le bleu le plus profond qu'elle ait vu, qui se mouvait doucement, sans aucune crête d'écume en vue, sous une houle qui ne dépassait pas quinze pieds. Exactement comme le jour où Leonardo avait plongé depuis le *Maria Christina,* mais plus froid.

De toute façon, il faisait toujours froid, à six cents pieds de profondeur. Elle frissonna et serra ses bras contre elle.

Les dragues descendirent à onze heures, raclant le fond au bout de leurs longs câbles d'acier. Tom se trouvait aux jauges et aux palpeurs tandis que Brande attendait avec lui, sur le pont arrière ; on avait réexpédié les prisonniers dans la cale.

— Quatre, annonça Tom. Quatre, quatre cinquante, cinq, cinq cinquante, six, sept... essayez une autre passe.

— On y va, répondit Harragin.

Le remorqueur se dirigea vers le sud sur un demi-câble, une centaine de mètres, avant de faire demi-tour pour commencer une autre passe.

— Quatre, quatre, quatre cinquante, six, plus de fond, annonça Tom.

Ils draguèrent toute la journée sans rien trouver de métallique. A la tombée de la nuit, Harragin mouilla sa massive ancre de proue dans trois cents pieds d'eau, à l'extrémité intérieure de leur dernier passage. Trois cents mètres de chaîne partirent à la mer.

— Vous savez combien de temps il va vous falloir pour remonter tout cela ? demanda Harragin avec un sourire. Mais au moins nous saurons où nous sommes.

Il leur fallut deux heures le lendemain matin pour remonter l'ancre, et à neuf heures le lent dragage reprit.

— Quatre, quatre, quatre cinquante, cinq, cinq cinquante, six, six cinquante... plus de fond, dit Tom qui soudain fronça les sourcils alors que le remorqueur commençait à faire demi-tour. Il regarda le palpeur et annonça : Contact métallique.

— *Sept* cent pieds ? s'exclama Brande.

— Coupez les moteurs, dit Harragin à Jim.

Les moteurs passèrent au point mort tandis qu'Harragin descendait à l'échelle.

— Ça doit être autre chose, dit Tom.

— Espérons, dit Harragin, qui se pencha pour regarder, comme s'il pouvait voir le fond. Oublions ça, ajouta-t-il, remontant sur la passerelle.

Les moteurs reprirent leur ronronnement normal tandis qu'il faisait faire demi-tour au navire.

— Que crois-tu que ce soit, *là* ? demanda Brande à Tom.

— Dieu seul le sait. Un gros contact.

Ils avaient avancé d'une centaine de mètres plus au sud pour revenir de nouveau vers la plate-forme continentale.

— Vous vous concentrez ? demanda Harragin.

— Trois, annonça Tom. Trois, trois cinquante, quatre... contact métallique.

— Point mort, brailla Harragin, se précipitant de nouveau à l'arrière. Qu'est-ce qui se passe maintenant, *bon Dieu* ? On m'a dit que ce navire gisait sous cinq cent cinquante pieds d'eau.

— Je ne sais pas, répondit Brande, envahie par le désespoir. Je n'en sais rien. Il se trouvait *bien* à cinq cent cinquante pieds. Pensez-vous qu'il aurait pu se briser en deux ?

— Bien sûr qu'il aurait pu se briser, dit Harragin. Et un morceau aurait pu glisser de deux cents pieds. Mais en aucun cas l'autre moitié n'aurait pu *remonter* de cent pieds.

— Eh bien, il n'y a qu'un seul moyen de s'en assurer. Prêt à essayer votre cloche, Ed ? demanda Tom.

— Je crois que pour la première plongée Ed et moi descendrons, dit Tom.

— Non, répliqua Brande.

— Voyons, écoute...

— Nous avions décidé que je descendrais. Ou alors nous pouvons tous rentrer.

Tom regarda Harragin qui haussa les épaules.

— C'est elle le patron. Vous ne le savez pas encore ?

406

Et ce n'est pas idiot. Ed *devrait* rester ici la première fois. Comme cela, si quelque chose tourne mal nous aurons son expérience.

— Walt Harragin, je vous adore, dit Brande. Eh bien, allons-y.

Elle pénétra dans la cloche par la trappe du compartiment inférieur qui faisait un mètre quatre-vingts de haut et de large. On l'amènerait à la pression de la profondeur où se trouverait la cloche et les plongeurs l'utiliseraient pour entrer et sortir, s'ils devaient opérer à des profondeurs où l'on pouvait envisager de sortir. La chambre supérieure, accessible par une échelle au travers d'un sas, serait maintenant à la pression de la surface pendant toute l'opération, à supposer que la cloche soit assez solide pour supporter l'énorme pression extérieure. On y trouvait deux fauteuils confortables, ressemblant à des sièges d'avion, avec une table réglable sur chacun, et deux hublots de verre renforcé, actuellement recouverts de volets d'acier contrôlés électriquement. On les ouvrit pour qu'ils puissent voir. Le téléphone était monté entre les deux sièges. A part cela, on trouvait peu de manettes de contrôle dans la chambre, si ce n'étaient des valves pour régler avec plus de précision l'alimentation en air et des interrupteurs pour les éléments de chauffage électrique et les lumières ; la cloche n'était strictement qu'une chambre d'observation ainsi qu'une éventuelle chambre de décompression pour les plongeurs — sa seule mobilité était fournie par le navire, au-dessus. Brande regarda les formidables câbles qui non seulement allaient les tenir suspendus et les faire avancer mais encore transporter l'électricité et l'air dont toute leur vie allait dépendre. Elle songea à l'épée de Damoclès.

— Ça va ? demanda Fairchild qui était entré avec elle.

— Bien, dit-elle en s'asseyant.

— On l'a testée et retestée, madame Maddox. Je ne doute pas qu'elle résistera à toutes les profondeurs où vous descendrez aujourd'hui. Quatre cents pieds, ça devrait être du gâteau. Mais si quelque chose, la plus petite chose vous inquiète, refermez les volets d'acier et demandez qu'on vous remonte. D'accord ?

— Et comment !

Il sortit et Tom vint s'asseoir à côté d'elle.

— C'est parti, dit-il en lui serrant la main.

— C'est parti, souffla-t-elle, écoutant le bruit des trappes que l'on fermait. Allez-y, demanda-t-elle au téléphone.

Déjà, l'air entrait en sifflant dans la chambre. La première réaction de Brande fut de retenir à demi son souffle puis de se mettre à haleter, mais elle s'y habitua bientôt. La cloche, soulevée par l'énorme mât de charge, demeura un instant suspendue au-dessus de l'eau. Par le hublot, Brande regarda les visages tendus d'Harragin, de Fairchild et des Prendergast. Puis on les descendit et ils entrèrent dans l'eau avec à peine un léger choc. L'eau verte monta autour des hublots et instinctivement elle prit la main de Tom.

— Dix pieds, dit-il, se voulant rassurant.

Elle avait plongé plus profond que cela en scaphandre. Mais maintenant ils descendaient très vite. Il y avait une jauge à l'intérieur de la cloche, comme sur le navire, et il était donc inutile de parler à ce stade de l'opération. Brande pouvait voir les poissons qui soudain apparurent, lui retournant son regard à travers le hublot tandis que la lumière du soleil s'estompait et qu'ils commençaient à pénétrer dans la nuit la plus profonde. Aussitôt, Tom alluma les projecteurs et ils purent découvrir une surface étonnamment vaste. Plus d'une quinzaine de mètres, estima-t-elle. Toute tension s'était maintenant évanouie. Elle aperçut plus de poissons qu'elle n'en avait jamais vus de sa vie, des gros et des petits, attirés par la lumière ; instinctivement, elle se recroquevilla sur son siège quand s'approcha un gros requin qui toucha presque la vitre de sa gueule, laissant apercevoir ses terrifiantes dents acérées avant de s'éloigner de nouveau.

Aucun bruit à part le léger sifflement de l'air, provoqué à la fois par l'arrivée de l'oxygène et par l'absorption du dioxyde de carbone.

Trois cent cinquante pieds et pas de problème, annonça Tom au téléphone. Vous pouvez commencer à ralentir.

Ils se trouvaient sans aucun doute proches du fond ; des cimes rocheuses se dressaient au-dessous d'eux et ils évoluaient maintenant dans un monde d'anémones qui ondulaient doucement et d'algues fantastiques.

— Là, dit Tom.

Brande retint son souffle. A la lisière de la surface éclairée, un éclat métallique. La poupe d'un navire, réalisa-t-elle... elle scruta l'obscurité tandis que Tom demandait à Fairchild d'avancer lentement vers le sud-est.

— *Komsomol,* lut-il sur la poupe du navire. Je pensais bien qu'il pouvait se trouver par là.

Le cœur de Brande se serra tandis que la cloche avançait lentement sous la quille du *Gigantesque,* s'approchant du vaisseau russe. Le *Komsomol* gisait sur son tribord, cheminée et mats effondrés. Des poissons commençaient à entrer et sortir, curieux, par les portes et les hublots défoncés par la pression.

— Mais... commença-t-elle, se mordant les lèvres.

— Amenez-nous vers l'autre contact, demanda Tom. Et préparez-vous à nous descendre à sept cents pieds.

— Il serait peut-être préférable de remonter à la surface d'abord, suggéra Fairchild. Et me laisser procéder aux vérifications avant de tenter de descendre davantage.

Tom regarda Brande qui lui fit non de la tête. Il était impensable de remonter à la surface maintenant.

— Nous sommes bien, là-dessous, dit-il.

De nouveau, la cloche avança, lentement, s'éloignant du navire russe. Pendant plusieurs minutes ils glissèrent au fond de l'océan. Mais ce n'était pas le fond de l'*océan,* se dit Brande. Il s'agissait de la plate-forme continentale, simple antichambre des profondeurs. Soudain disparut le sol inégal, parsemé d'algues et de rochers et ils ne fixaient plus que le noir tandis que le roc continuait à decendre sur la droite.

409

— Doucement, dit Tom. Continuez sur cent pieds et ensuite plus bas. Mais préparez-vous à avancer encore.

Brande se rendit compte que, de nouveau, elle retenait son souffle. Du fait de la forme de la cloche, ils ne pouvaient voir exactement au-dessous d'eux mais seulement obliquement depuis les hublots. Maintenant apparaissaient d'un côté le rocher en pente, éboulé — et de l'autre rien, à part quelques rares poissons.

Elle vit qu'elle tenait la main de Tom tandis qu'ils descendaient lentement.

— Que crois-tu qu'il s'est passé? demanda-t-elle, heureuse d'entendre sa voix.

— Il a basculé, dit Tom. Il nous faut trouver où il gît et comment.

Il montra du doigt le rocher au-dessous d'eux, la saillie où s'était tenu Leonardo quand son scaphandre avait cédé. La jauge indiquait exactement six cents pieds.

— Avancez de cent pieds, demanda Tom.

— Tout va bien? demanda Fairchild. Vous passez les six cents pieds.

— Je le vois bien, mon vieux, répondit Tom, dont la brusquerie insolite de la voix révélait qu'il était tout aussi tendu que les autres.

Maintenant, la paroi était davantage rocheuse encore. Et maintenant, également, ne subsistait plus rien de vivant, ou du moins rien d'animé tandis qu'ils continuaient à descendre. Brande eut l'impression de pouvoir presque *sentir* l'intensité pesante des profondeurs, où aucun homme, de par sa nature, n'était destiné à parvenir.

— Six cent cinquante, annonça Fairchild.

— Continuez, dit Tom, d'une voix de nouveau calme. Encore cinquante pieds.

La muraille s'éloigna mais ils en distinguaient toujours la silhouette. Et soudain ils entendirent un craquement sourd, suivi de plusieurs autres.

— Oh, Seigneur, souffla Brande.

Tom regardait à droite et à gauche. Aucune trace d'infiltration d'eau. Mais, se souvint-elle, ils n'auraient

410

pas le temps de s'en rendre compte, à ces profondeurs. Ils seraient morts en quelques secondes si quelque chose cédait. Les quinze secondes les plus longues de l'éternité tandis qu'ils se liquéfieraient.

— Tu veux remonter ? demanda-t-il.

— Non. Pas maintenant.

Il lui tapota la main. Mais les craquements continuaient.

— Sept cents, annonça Fairchild. Je crois vraiment que cela suffit pour...

— Arrêtez, lança Tom.

A travers la vitre, Brande contemplait le *Northern Wind*. Inutile de découvrir le nom pour le savoir. Mais l'immense navire, en glissant de l'avancée rocheuse, s'était de nouveau retourné et gisait maintenant la quille en l'air, ses ponts supérieurs écrasés contre la coque, plongés dans la vase du fond. Quant à la déchirure de l'explosion, si elle subsistait, elle se trouvait de l'autre côté. Ils ne voyaient, pour l'instant, que l'immense quille et les arbres de transmission d'où les hélices de bronze avaient depuis longtemps été rongées par l'action électrolytique. La quille elle-même était cabossée, avec de grands trous dans les tôles ; elle s'était brisée en plusieurs endroits.

Brande regarda Tom, mais il était à peine conscient de sa présence ou même, apparemment, du bruit continu du métal torturé tout autour de lui.

— Plus près, dit-il, consultant son compas. Est, trente pieds. Nous avons le contact visuel.

Il ne pouvait diriger les projecteurs extérieurs que sur une portée limitée et il braquait maintenant deux des faisceaux sur une grande déchirure qui s'étendait de la quille elle-même jusque sur le côté de la coque. Brande regarda et sentit son cœur se serrer. Cet endroit avait été la salle principale des machines. Ce n'était plus qu'une masse de métal tordu, même plus retenue au plancher ou aux cloisons par ses boulons mais arrachée et effondrée sur une dizaine de mètres en emportant deux ou trois ponts. Tom, le plan du navire étendu sur sa table, braquait les projecteurs davantage vers l'arrière, mais Brande ne voulait plus regarder. Derrière la salle des machines s'était trouvée la chambre forte, et l'or. Mais ce pont aussi, ainsi que les cloisons d'acier avaient été déchirés comme feuilles de papier, éparpillant tout à travers le navire.

— C'est bon, dit Tom. Vous pouvez nous remonter.

Brande s'assit sur le pont et aspira de grandes goulées d'air pur tandis que Lynette, debout à côté d'elle lui tendait une tasse de cacao. Fairchild grimpa sur la cloche.

— Je suppose que vous ne pouvez pas déterminer exactement l'origine du bruit ? demanda-t-il.

— Non, répondit Tom.

Les deux Russes et Heston se trouvaient également sur le pont, comme d'habitude, observant les Américains, le visage impassible, regardant Tom déployer son plan.

— Pour quelle raison pensez-vous qu'il ait basculé ? demandait Jim. Il n'y a pas de mouvement de vagues, là-dessous.

— Mais il y *a* du mouvement, de temps à autre, fit observer Harragin. N'oubliez pas que cela fait dix ans qu'il se trouve là. Disons qu'une éruption volcanique en Islande aura engendré des ondes de choc qui l'auront certainement fait basculer. Quelles sont nos chances maintenant d'après vous, Tom ?

— Eh bien, dit Tom en soupirant, il est certain que nous n'aurons pas à tailler dans la coque pour pouvoir y pénétrer. Mais je pense qu'il va nous falloir un homme avec un panier, après tout. Ce trésor doit être éparpillé sur tous les ponts possibles, s'il est toujours là. Le navire est ouvert comme si on l'avait autopsié, ajouta-t-il en montrant le plan.

— Seigneur, Seigneur, dit Harragin. Sept cents pieds. C'est un vrai suicide.

Tous regardèrent Brande. Ils allaient accepter sa déci-

sion, se dit-elle. Mais quelle décision prendre ? Elle avait
envisagé que quelqu'un — elle-même — pourrait quitter
la cloche pour une ou deux plongées rapides afin de fixer
les tuyaux où il convenait, vérifier où il fallait tailler ou
autres petits problèmes susceptibles de se présenter. Elle
savait le risque qu'il faudrait prendre et l'horrible in-
confort d'avoir à passer des heures et des heures à
remonter lentement, outre le risque d'empoisonnement
— et elle s'était dit que le jeu en valait la chandelle. Mais
jamais elle n'avait prévu plus de dix minutes de plongée,
ce qui impliquait dix heures de décompression.

Pour récupérer l'or, maintenant, si jamais on parvenait à le localiser, il faudrait plusieurs *heures* à chaque
plongée, avec plusieurs *jours* de décompression avant le
retour à la surface, chaque seconde accroissant le risque
d'empoisonnement par l'oxygène ou d'ivresse due au
dioxyde de carbone.

Elle s'aperçut qu'elle fixait les scaphandres des Prendergast, qu'on avait apportés sur le pont. Mais cette
seule pensée...

— Si vous descendez là-dedans, vous êtes folle, observa Heston.

Elle tourna la tête. Tout le monde tourna la tête. Il
n'avait guère parlé depuis son éclat lorsqu'on l'avait
remonté à bord. Et voilà que soudain reparaissait le vieil
Heston, souriant et confiant.

— Vous n'y survivrez jamais, ajouta-t-il.

— Oh, la ferme, dit Harragin, qui le savait sans doute
également mais ne voulait pas l'entendre dire par Heston Maddox.

— J'essayais seulement de rendre service, dit Heston.

— De rendre service ? s'exclama Tom.

— Et de conclure un marché.

— Un marché ? Vous ? s'exclama à son tour Lynette.

— Si vous pensez vraiment que l'or est là, Brande, dit
Heston, ignorant les Prendergast, et que vous avez
vraiment trouvé l'épave, je peux vous dire comment
faire descendre quelqu'un en toute sécurité et le ramener.

— Allez-y.

— D'abord le marché. Pas de procès, plus de bou-
clage dans la cale. Rapatriement en Russie pour mes
compagnons et moi, et cinquante pour cent de tout ce
qui sera récupéré.

— Vous pouvez crever, dit Tom.

— C'est mieux que rien, observa Heston avec un
haussement d'épaules. Ou que deux autres cadavres.

Brande se mordit la lèvre. Mais il avait raison. S'il
pouvait les aider...

— Si vous pouvez faire descendre et remonter un
homme — ou une femme — dit-elle en souriant, marché
conclu. Mais à ces conditions : nous vous débarquons
quelque part d'où vous pourrez regagner la Russie, mais
le mandat d'arrêt lancé contre vous aux États-Unis
demeure ; vous transférez à mon nom toutes vos parts de
la Maddox ; vous partagez dans les mêmes conditions de
nourriture et de confort que nous la suite de cette
aventure ; et l'on vous donne vingt-cinq pour cent de
tout ce qui sera récupéré, *au-delà* du premier quart de
million de dollars.

— Laissez tomber, dit-il.

Ce fut elle qui haussa les épaules, maintenant.

— Dans ce cas, autant rentrer à la maison. C'est-à-
dire à New York, pas à Portsmouth. Il y a pas mal de
gens qui sont très désireux de vous parler à New York,
Heston. C'est bon, commandant Harragin, c'est terminé. Préparez une rcute...

— Attendez, coupa Heston. Si nous acceptons, le
marché tient malgré les risques d'accidents ? Je veux dire
que je peux vous indiquer comment y arriver mais les
choses peuvent toujours mal tourner.

— Le marché tient, sans considération des accidents.
A supposer, d'abord, que nous soyons convaincus que
c'est faisable, dit Brande.

Il la regarda un instant puis passa aux Prendergast et à
Harragin.

— Et eux ?

— Ils ont entendu ce que j'ai dit.

414

— Dans ce cas, belle-sœur chérie, c'est tout à fait simple. L'oxy-hélium. Vous vous souvenez ?

— L'oxy-hélium ? s'exclama-t-elle, écœurée. Où allons-nous le trouver ? On a abandonné les expériences, pour autant qu'on le sache. En Angleterre, en tout cas.

— Pas en Russie, fit-il doucement observer. Et il y a un sacré tas de bouteilles dans la cale avant du *Komsomol.*

On reporta la plongée sur le *Komsomol* au lendemain — on était déjà à la mi-après-midi et Ed Fairchild voulait procéder à une vérification complète de la cloche. Il ne trouva aucune trace de dommages et en conclut qu'il devait s'agir de quelque processus de tassement. Le lendemain matin, Brande fut heureuse de le laisser descendre avec Bill Prendergast. Elle voulait seulement se préparer, mentalement, pour la grande aventure. Car l'aventure recommençait. Le fait, pour un plongeur, de posséder une bouteille d'oxy-hélium, ne rendait pas sa tâche plus facile, ni même moins dangereuse quand il s'agissait de plonger à sept cents pieds. Mais cela signifiait qu'il, ou elle, pourrait survivre à la remontée. Elle ne pouvait en demander plus.

A supposer, bien sûr, que le *Komsomol* ne se soit pas déchiré comme le *Wind* et qu'on *puisse* récupérer les bouteilles.

— Le navire est solide, dit Heston, à côté d'elle, regardant la cloche disparaître dans les profondeurs.

En remontant le temps, ils auraient pu se trouver à bord de la *Maria Christina,* deux jeunes gens avec le monde à leurs pieds, seulement soucieux de savoir si un jour ils deviendraient amants.

Il était trop facile d'oublier ce qui s'était passé entre-temps.

Et Tom n'en avait certainement pas l'intention. Il se tenait tout près.

— Il ne s'est pas comporté comme un navire très solide dans cette tempête, observa-t-il.

— La camelote est là, affirma Heston, confiant, se tournant au moment où la sonnerie retentit.

— Vous pouvez envoyer les chalumeaux, dit Fairchild.

— Faites attention, lança Heston décrochant l'appareil. Je sais que l'hélium n'explose pas comme l'hydrogène, mais on ne peut pas dire qu'il n'explosera pas du tout.

— Nous ferons attention, assura Fairchild.

Le matériel passa par-dessus bord, suivi bientôt des grappins et des énormes paniers de grillage. Brande ne doutait pas un instant qu'ils allaient réussir à remonter les bouteilles. Sa confiance était totalement revenue. Elle leva la tête pour sourire à Harragin qui descendait de la passerelle où, comme d'habitude, il était en train d'écouter la radio.

— Qu'est-ce qui se passe ? demanda-t-elle.

— Beaucoup de choses. Le temps se gâte de nouveau, dit-il, montrant dans le ciel les nuages en queues de cheval, signe certain de vent. Et, poursuivit-il, désinvolte, un navire de guerre britannique arrive.

— Oh, mon Dieu, s'exclama Brande. Où ?

— Sur la position qu'il vient de donner. A environ vingt milles de nous. Nous devrions apercevoir sa fumée dans une demi-heure.

— Et vous pensez qu'il nous cherche ?

— Je *sais* qu'il nous cherche car il nous appelle sans cesse, à intervalles réguliers. Il donne sa position et nous demande de répondre. Je n'ai pas encore répondu.

— Il s'agit peut-être d'un message urgent.

— Sans doute. Mais aussi l'indice qu'ils sont décidés à nous arrêter. Nous avons filé de Portsmouth sans autorisation, alors qu'on vous avait bien précisé de ne pas quitter le pays.

Brande se mordit la lèvre et scruta l'horizon, à l'est. Certes, la marine britannique ignorait leur position exacte, mais ils savaient que cela se situait quelque part au sud-ouest de Fastnet Rock, sur plus de trois cents pieds mais à moins de mille pieds de fond. On avait

416

abondamment commenté les difficultés et possibilités de l'opération. Elle se dit qu'elle devrait être reconnaissante au mauvais temps de leur avoir laissé une semaine de répit. Mais maintenant... Elle regarda Harragin.

— Je ne pensais pas vraiment que vous aviez réfléchi à ce que nous allions faire, dit-il. Mais il est certain qu'on ne peut échapper à un destroyer, même si nous n'avions pas la cloche en plongée. Mais j'ai réfléchi. Que dites-vous de ça ?

Il l'emmena à sa cabine et lui montra deux plaques, en belles lettres noires sur fond blanc, annonçant KOMSO-MOL.

— Je les ai fabriquées quand nous sommes sortis de cette tempête, expliqua-t-il.

— Je ne suis pas certaine de bien comprendre.

— Eh bien, faites simplement ce que je vous dis, demanda-t-il, transportant sur la passerelle les plaques portant le nom du navire. Rassemblement. Je veux que tout le monde, à bord, prenne des pinceaux et passe au noir le nom du *Gigantesque*. Outre la poupe, on le trouve en quatre endroits. Nous allons en effacer deux et remplacer ceux de la passerelle par ceux-ci. Quant à celui de la poupe, nous allons le peindre en noir. Il devrait y avoir quelque chose, là, mais comme nous avons des plongeurs au fond nous pouvons faire traîner tout un tas de matériel. Je veux qu'on suspende à l'arrière tout ce que nous avons comme chaînes et haussières. Après quoi je veux qu'on amène le pavillon britannique et qu'on hisse à la place le pavillon soviétique.

— Vous croyez que ça va marcher ? demanda Heston, méprisant.

— Je crois qu'ils pourront marcher quand ils se trouveront en contact radio avec un authentique commandant russe. Qu'en dites-vous, Ivan ?

— Je m'appelle Dimitri, rectifia sèchement le Russe.

— C'est encore mieux. Vous voulez jouer le rôle ? Nous sommes associés, non ? Et n'oubliez pas que si nous sommes arrêtés vous le serez aussi. Quand nous vous associerons à Portman et à la tentative de meurtre sur Mme Maddox, vous allez avoir des ennuis.

417

Le commandant russe regarda Heston, qui hésita puis haussa les épaules.

— Comme il le dit, nous sommes associés.

— Eh bien, allons-y, pour l'amour de Dieu, pressa Brande, montrant la fumée qui apparaissait à l'horizon.

— Ça va, les gars? demanda Tom au téléphone.

— Bien, répondit Bill. Nous apercevons les bouteilles, mais il va nous falloir agrandir le trou et il nous faudra peut-être un certain temps pour les sortir. Nous attendons vos instructions.

— Non, ne bougez pas. Préparez votre intervention. Nous sommes à vous dès que possible.

Déjà, on avait passé à la peinture noire le mot *Gigantesque* partout où il apparaissait sur l'accastillage tandis qu'on dissimulait les bouées de sauvetage et qu'Harragin fixait les deux plaques avec les faux noms de chaque côté de la passerelle. Le jeune marin russe, qui s'appelait bien Ivan, *lui,* envoya fièrement le pavillon rouge frappé de la faucille et du marteau après avoir remis à Brande, avec un certain mépris, le pavillon britannique.

— Maintenant, essayez cela, dit Harragin au commandant, lui tendant une veste d'uniforme et une casquette. Je pense qu'il faut que je reste à l'intérieur car j'imagine que vous n'avez pas de Noirs en Russie.

— Exact, dit Dimitri.

— Vous êtes « racialistes » ou quoi?

Dimitri le regarda et Harragin sourit.

— C'est une blague. A vous de jouer, Trotski. Et je n'aurais jamais pensé me fourrer dans de tels draps. C'est parti.

— *Gigantesque, Gigantesque,* parlez, annonça la radio.

Le destroyer se trouvait encore trop loin pour une identification et pensait simplement qu'il s'agissait bien du remorqueur, compte tenu de sa description.

— Cessez toute activité et mettez en panne. Et préparez-vous à recevoir de la visite.

Harragin regarda Dimitri qui prit son souffle et le micro.

— Ici remorqueur russe *Komsomol*. Commandant Ascherine qui vous parle. Je ne comprends pas vos instructions, mais voulez-vous passer au large s'il vous plaît. J'ai des plongeurs au fond.

Il n'eut pas de réponse immédiate car le commandant du destroyer devait méditer ce qu'il venait d'entendre ; mais le navire de guerre continua d'approcher sans modifier sa vitesse.

— Au *large,* répéta sèchement Ascherine. J'ai des plongeurs au fond. Vous mettez leur vie en danger. Au large ou j'en réfère à mes supérieurs.

Le destroyer réduisit enfin sa vitesse, l'écume de l'étrave se fit moins haute et sa cheminée cracha moins de fumée ; il se trouvait maintenant à deux milles environ et avec de puissantes jumelles on pouvait lire le nom sur la passerelle du remorqueur. Ascherine, qui manifestement s'amusait beaucoup, sortit sur le pont. Avec sa barbe, sa veste d'uniforme et sa casquette, il avait vraiment tout d'un officier russe.

Tandis que le destroyer, sur le vu du nom et du pavillon, semblait prêt à accepter l'évidence.

— Nous recherchons le remorqueur britannique *Gigantesque*. On nous a informés qu'il pouvait se trouver dans les parages. L'avez-vous vu ?

— Non, mais nous avons connu un très mauvais temps la semaine dernière. Il est peut-être rentré. Ou il a coulé.

— Oui, répondit le destroyer, sceptique. Puis-je vous demander sur quoi vous plongez ?

— Non. Cela ne regarde pas le gouvernement britannique. Et vous êtes trop proches. Je subis vos tracasseries dans des eaux internationales. Vous provoquez un incident diplomatique.

— Vous avez encore du mauvais temps qui arrive, commandant. Soyez vigilants, dit le destroyer qui fit demi-tour et fila à toute vapeur.

— Il va vérifier avec sa liste des navires, dit Ascherine. Il va voir les dimensions du *Komsomol* et revenir.

— Peut-être, dit Harragin. Sauf qu'il n'est pas facile

d'avoir une liste des navires soviétiques, même pour l'Amirauté. Et s'il prend contact avec votre ambassade à Londres, ne va-t-on pas lui répondre que ce n'est pas ses affaires ou qu'il y a *bien,* par ici, un navire du nom de *Komsomol*? De toute façon, nous aurons gagné du temps. (Il descendit l'échelle arrière et demanda au téléphone:) Comment ça va, là-dessous?

— Nous avons compté vingt bouteilles, répondit Bill Prendergast. Et il y en a d'autres. Prêts à poursuivre le découpage?

— Bien sûr. Pendant que vous regardez le paysage, nous *travaillons,* nous, ici.

Avec les chalumeaux et les grappins contrôlés à distance depuis la cloche, il leur fallut trente-six heures, en travaillant sans arrêt, pour remonter toutes les bouteilles du *Komsomol*. Mais le vent se remit à souffler, la mer à grossir, et pendant quatre jours ils ne purent que subir la tempête. De nouveau, cependant, ce fut un équipage joyeux, les Russes y compris, partageant l'espace limité pour dormir et faire leur toilette, se réunissant autour de la table pour apprécier l'excellente cuisine de Lynette.

Tous à l'exception de Fairchild dont l'appréhension se faisait plus vive en pensant à ce qui les attendait. Il vérifia le matériel russe avec le plus grand soin, le trouva en parfait état mais ne cessa de s'inquiéter.

— Je présume que tout cela a été parfaitement essayé? demanda-t-il à Heston.

— Je crois.

— Vous voulez dire que vous ne le *savez* pas? s'exclama Fairchild, stupéfait.

Il respira quelques bouffées du mélange sous le regard attentif des autres.

— Cela *semble* parfait, dit-il enfin. Encore que je n'aime pas beaucoup l'idée d'utiliser ces cristaux de carbonate de sodium hydraté pour absorber le dioxyde de carbone.

— Ce n'est pas efficace? demanda Brande.

— Oh, c'est parfaitement efficace. Et caustique, également, si c'est exposé à l'eau. La plus petite fuite, dans l'un des compartiments, et vous vous brûlerez les poumons.

— Eh bien, assurons-nous qu'il n'y aura pas de fuite, dit Brande.

Mais même son optimisme inquiéta Fairchild.

— Ce n'est pas aussi simple que vous le pensez, madame Maddox. Par exemple, vous devez vous souvenir que si vous passez *cinq minutes* à ces profondeurs, il va vous falloir plusieurs *heures* de décompression. Et vous n'allez pas pouvoir faire grand-chose, en cinq minutes.

— Mais nous pouvons utiliser la cloche comme chambre de décompression, lui rappela Tom. Donc, les plongeurs pourront retirer leur scaphandre et vivre dans un certain confort, à respirer de l'oxy-hélium, même pendant deux jours, tandis que vous remonterez lentement la cloche et réduirez la pression. Ce n'est pas à cela que sert l'oxy-hélium ?

— Si, mais la pression sur la cloche va être énorme. Et la tension sur l'esprit des plongeurs. Et supposez que le temps se gâte, comme maintenant, pendant la décompression ?

— Il ne faut pas que l'arbre vous cache la forêt, observa Harragin. Comment allez-vous maintenir la pression de la chambre à, disons, dix atmosphères ? Seulement en y envoyant de l'air à cette pression, non ? Mais vous pouvez le faire tout aussi bien, mieux même, tandis qu'ils attendront ici, sur le pont.

— Vous savez, je n'y avais pas pensé, dit Fairchild.

— Laissez-moi donc réfléchir à la question pour ce matériel, décida Harragin. Je m'inquiète davantage de ce fond. D'après ce qu'en ont dit Brande et Tom, il a l'air plutôt mou. Supposez qu'ils sortent de la cloche et continuent à s'enfoncer, dans des sables mouvants, ou quelque chose comme ça ?

— Il y a peu de chances, dit Fairchild. Je dirais que le fond doit être constitué d'une pellicule de vase, disons d'un mètre d'épaisseur environ, qui recouvre le rocher.

— Mais vous n'en *savez* rien.

— Je peux le déduire assez facilement, insista Fairchild. Car le navire est toujours là, non ? Et si les ponts supérieurs ont été écrasés, comme le dit Tom, c'est qu'il doit reposer sur quelque chose de ferme, en fin de compte.

Brande fut heureuse de leur laisser le soin de discuter. Elle allait plonger.

— Vous êtes *dingue*, lui dit Heston qui la rejoignit sur le pont après le dîner. Mais *pourquoi,* pour l'amour de Dieu ? Ces Prendergast sont des professionnels. Si l'or est là au fond, ils le remonteront. Pourquoi risquer votre vie ? (Il croisa son regard et rougit.) C'est bon... je ne voulais pas vous blesser, vous savez, sœurette, je voulais seulement... Bon Dieu, c'est toujours pareil quand je vous regarde. Je vous adore. Quand j'ai cru que vous vous étiez noyée, j'ai pleuré. Vous voulez que je vous dise ? J'ai pleuré jusqu'à Miami.

— Heston, il se trouve que nous avons conclu un marché, et vous allez vous tirer d'une accusation de meurtre parce que je veux cet or pour réparer tous les torts que vous avez causés. Mais, Heston, je n'ai pas à vous aimer, jamais plus. Alors taisez-vous.

— Je pense que tu es folle de faire confiance à ces types, lui dit Tom cette nuit-là, alors qu'ils s'appuyaient le dos contre la cloison pour éviter de tomber.

— Je ne leur fais pas confiance. Mais je m'en tiendrai à notre accord, jusqu'à ce qu'ils nous fassent changer d'avis. Et ils ne peuvent pas faire grand-chose, Tom. Nous sommes sept contre eux.

— Peut-être. Mais je ne vais pas les quitter des yeux quand nous remonterons cet or.

— Ce n'est plus « si » ?

— « Quand », dit-il en l'embrassant sur le nez. Plus de « si ».

On pouvait retirer tout le plancher de la chambre inférieure, pour en faire une de ces anciennes cloches

422

dans laquelle on pouvait faire entrer ou sortir l'eau simplement par la pression de l'air. Ce qui prit plusieurs heures car il fallut faire sauter au marteau les rivets massifs et retirer doucement les énormes joints en caoutchouc renforcé. Pendant ce temps, Fairchild fit la leçon à Tom et à Brande, déjà dans leur scaphandre, à part le casque.

— Souvenez-vous bien que cette fois nous allons pressuriser votre cabine à la pression extérieure que vous trouverez au fond. Vous allez rester là, tout à fait à l'aise, jusqu'à atteindre la profondeur désirée. Après quoi vous mettrez vos casques et utiliserez le sas pour passer dans la chambre inférieure. Vous resterez sur la plate-forme pendant que vous fixerez les bouteilles. La pression empêchera l'eau de pénétrer. J'ai réglé les bouteilles pour sept cents pieds afin qu'elles conservent la pression exacte de la cloche. N'oubliez pas de prendre les trois : le mélange, le carbonate de sodium et cette petite bouteille d'air comprimé ordinaire. Elle vous permettra de remonter sous la poussée si vous en avez besoin rapidement. Mais souvenez-vous qu'il n'y en a pas beaucoup ; utilisez-la seulement en cas d'urgence. Et n'oubliez pas le reste du matériel.

Il les avait dotés, l'un et l'autre, d'une hache et d'une petite scie spécialement trempée pour couper le métal tout comme le bois, pour le cas où ils devraient se frayer un chemin à travers des planches ou des parois métalliques pour accéder à la chambre forte.

— Mais, pour l'amour de Dieu, n'allez pas en essayer le tranchant sur vos gants. J'espère ne pas avoir à vous rappeler ce qui arrive si ce caoutchouc est percé et que s'échappe l'air pressurisé.

— Il croit que c'est la première fois que nous faisons cela, dit Tom à Brande, avec un clin d'œil.

Fairchild ne releva pas la réflexion.

— Maintenant, il est vital de vous souvenir que quand vous aurez quitté la cloche vous ne serez plus reliés à la surface. Vous ne pourrez nous parler et, donc, nous ne pourrons vous apporter aucune aide. Nous ne pourrons

que continuer à vous envoyer Je l'oxy-hélium dans les
chambres. Il faut donc faire le plus vite possible. Et en
aucune circonstance vous éloigner de la cloche pendant
plus de soixante minutes. Si vous ne pouvons vous
contacter passé soixante minutes, nous serons contraints
de supposer qu'il s'est passé quelque chose. Quand vous
retournerez à la cloche, retirez vos bouteilles et pendez-
les à ces crochets, là. Ensuite, grimpez dans le sas et de là
dans la cabine supérieure. Vous allez un peu manquer
d'air pendant les quatre-vingt-dix dernières secondes,
mais il y en aura assez dans vos scaphandres. Ensuite,
vous retirerez vos casques, mais sans aucune gêne car
vous serez toujours à la pression atmosphérique. Après
quoi vous appelez au téléphone car il nous faut savoir si,
par hasard, vous êtes descendus plus bas qu'indiqué par
la jauge. D'accord?

— D'accord, dit Tom.

— Vous pouvez sortir de la cloche pendant une
heure. Ce qui implique environ trois jours de décompression. Nous mettons dans la cabine assez de
sandwiches et d'eau pour soixante-douze heures. Je ne
pense pas que vous aurez envie de champagne et de
caviar. Des questions?

— Pendant ces trois jours, est-ce que nous pouvons
faire quelque chose? lui demanda Tom en souriant.

— Tout ce que vous aurez envie de faire, lui répondit
Fairchild, impassible. Souvenez-vous seulement de fermer les volets avant car vous serez là, sur le pont.

Brande ne se doutait pas qu'il possédait autant d'humour. Elle lui tira la langue et on fixa les attaches à son
scaphandre. Après quoi on la souleva du pont pour la
passer par une autre trappe ouverte dans le toit de la
chambre car il lui était évidemment impossible d'escalader l'échelle, dessous, avec ses semelles de plomb.
C'était là tout ce qu'elle pouvait faire pour atteindre le
fauteuil et s'asseoir. Tom suivit et l'on referma la trappe.
Brande entendait maintenant le sifflement du mélange
d'oxy-hélium qui pénétrait dans la chambre et elle retint
instinctivement son souffle pendant un instant, se rappe-

424

lant que non seulement on l'avait correctement testé mais encore de la mise en garde de Fairchild à propos du carbonate de sodium. Quelques secondes plus tard elle respirait normalement tandis qu'on les hissait de nouveau et qu'on les descendait dans les profondeurs.

L'envie de plaisanter avait disparu, maintenant, alors que l'eau passait du vert au bleu, puis au noir. Ils savaient l'un et l'autre que cette fois était la bonne. Même les craquements de la cloche ne les inquiétèrent pas ; ils étaient à la bonne pression et, en outre, ils avaient leurs scaphandres.

— Six cent cinquante, annonça Fairchild tandis que Tom montrait l'échine déchirée du navire.

— C'est bon, dit Tom, et la descente s'arrêta. Je vais sortir annonça-t-il à Brande. Toi, tu descends jusqu'au fond.

— Voyons, Tom...

— Brande, il faut que quelqu'un leur dise où poser la cloche. On ne peut pas simplement remonter à la nage.

Elle savait qu'il avait raison. Chacun vérifia le casque de l'autre puis il se glissa dans l'autre chambre, par le sas, en se tenant aux poignées fixées à la paroi. Là, il endossa sa bouteille d'oxy-hélium, de carbonate de sodium et sa bouteille destinée à la propulsion. Il régla les valves et les embouts, attacha sa hache et sa scie puis leva les yeux et sourit à Brande. Il saisit la corde qu'il utiliserait pour contrôler sa descente et se laissa glisser dans l'eau. Le projecteur de la cloche, braqué vers le bas, éclairait la coque, à trois mètres au-dessous, estima Brande, et au-delà — elle pouvait voir l'ouverture qui marquait l'énorme fissure. Elle regarda Tom atterrir sur les plaques d'acier, se dégager d'un coup de pied et descendre lentement dans le trou d'où déjà plongeait sa corde. Quelques instants plus tard, il y eut une secousse sur la corde qui pendit, libre. Il avait pénétré dans la coque et découvert une prise.

Le casque de Brande était pourvu d'un dispositif qui lui permettait, tant qu'elle était dans la chambre, de pouvoir parler au téléphone.

— Avancez de trente pieds puis descendez, demanda-t-elle.

Lentement, la cloche s'éloigna du navire, vers le fond. Pas trace de Tom bien qu'elle dirigeât le faisceau du projecteur sur la fissure, exactement à côté d'elle, paraissant beaucoup plus grande qu'ils ne l'avaient d'abord cru. Ce dont elle fut heureuse, car elle imaginait Tom en train de se glisser au milieu de morceaux d'acier tordus qui saillaient de l'orifice.

La cloche était maintenant à moins de deux mètres du fond.

— C'est bon, dit-elle. Vous pouvez garder cette position, Ed ?

— Bien sûr.

— Dans ce cas, je sors. A tout à l'heure.

Elle ne ressentait aucune peur, pas même une grande excitation, en pénétrant dans le sas ; la chambre ouverte était brillamment éclairée par les lampes braquées vers le bas et elle put endosser ses trois bouteilles et accrocher ses outils sans difficulté avant de passer sur la plate-forme et se laisser tomber dans l'eau pour se poser doucement au fond. Elle avait plongé sous la cloche et s'en éloigna, poussant le bouton de sa torche de ses gants épais qui recouvraient ses mains, avant de réaliser qu'elle devait être le premier être humain à se trouver sous six cents pieds d'eau. Un instant, cette pensée lui tourna la tête puis elle se souvint qu'elle avait une tâche à accomplir. Elle s'éloigna de la cloche et leva les yeux sur l'énorme masse de l'épave qui se dressait au-dessus d'elle.

Alors, elle connut la peur. Sa torche ne portait qu'à une immense cathédrale d'acier rouillé et déchiré dont des morceaux déchiquetés saillaient vers elle comme des monstres grotesques. A environ sept mètres de là, sous les voûtes d'acier, elle vit quelque chose qui ressemblait à un dinosaure préhistorique émergeant du sable mou. Ce qui restait des moteurs et chaudières, réalisa-t-elle.

Elle s'avança sous l'immense voûte laissée par les machines effondrées, braqua sa torche vers le haut,

426

cherchant Tom. Les ponts supérieurs étaient tellement écrasés — les installations de la première classe avaient également disparu — qu'elle pensa se trouver déjà au salon des deuxièmes classes, au-dessous. Un instant plus tard, elle repéra un escalier qui descendait — qui montait, en fait — vers les cuisines où Brent lui avait présenté les chefs — et où ils avaient rencontré le comte Stologine qui revenait de jeter un coup d'œil à son or. La dernière fois qu'elle avait vu le comte, se dit-elle. Cela lui semblait être hier, et elle fut horrifiée de constater que plusieurs des énormes fourneaux ne s'étaient *pas* détachés mais demeuraient encore fixés aux cloisons, les portes des fours béantes.

La chambre forte se trouvait immédiatement sous les cuisines, mais au-delà de la portée de sa torche. Elle aperçut cependant une lueur, indiquant la présence de Tom. Elle jeta un coup d'œil à la lourde montre de plongée fixée à son poignet par-dessus le scaphandre et vit qu'ils étaient dehors depuis cinq minutes à peine — elle, du moins. Tom, lui, était dehors depuis dix minutes. Elle pensait qu'il aurait pu lui dire, maintenant, qu'il n'y avait pas la moindre trace d'or — elle pouvait s'en rendre compte car le plafond de la chambre forte — le plancher des cuisines — saillait follement, comme tout le reste. Et s'il n'avait rien trouvé là-haut, elle ne voyait pas où ils trouveraient quelque chose. Elle pressa le bouton pour libérer l'air comprimé qui allait la faire monter jusqu'à lui, fut troublée de voir que rien ne se produisait et se rendit compte qu'elle s'était enfoncée dans le sable presque jusqu'aux genoux en demeurant immobile. Il ne s'agissait pas de sable mouvant mais il n'en était pas moins très mou. Elle dégagea ses pieds et commença à s'élever presque aussitôt. Sensation des plus insolites, mais ô combien stimulante également, car elle put remonter de quelques pieds puis, fermant la valve, redescendre lentement. Une autre pression sur la valve et elle remonta. Ainsi put-elle balayer du regard l'étendue de chaque pont, vers l'arrière à partir de la déchirure, au-delà des cabines arrachées, certaines ayant encore des débris de leurs couchettes accrochés aux montants, des lavabos pendants, formant des angles bizarres avec les cloisons dont ils avaient été presque arrachés. Et, avec un sursaut d'horreur, les restes d'une veste d'uniforme, ondulant, coincée par une poutrelle d'acier qui l'empêchait de s'élever ou de retomber. Elle eut soudain la nausée à l'idée que cette veste avait contenu un homme, M. Simmons, ou le commandant Haliburton — ou Bronson, le commissaire, qui lui avait donné son gilet de sauvetage alors qu'il aurait peut-être pu s'en tirer.

Quelque part, à l'intérieur de ce tombeau déchiqueté, devait se trouver le blazer de Brent, flottant peut-être de la même manière. A jamais. Mais pas Brent. Comme celui à qui appartenait cet uniforme et comme les quinze cents autres personnes que la bombe russe avait entraînées dans la mort, il s'était depuis longtemps liquéfié.

De nouveau, elle se rappela qu'elle avait une tâche à accomplir, qu'elle n'était pas là pour évoquer des souvenirs, ni pour broyer du noir. Mais c'était cette tâche qui la rendait malade, également, malade de désespoir. Elle braqua sa torche dans toutes les directions possibles, sans jamais tomber sur de l'or. Rien d'autre que de la rouille et des bernaches, et des algues, et la terrifiante preuve d'une vie si brutalement arrachée.

Son casque heurta quelque chose et elle ressentit un coup au cœur en réalisant qu'elle n'avait pas prêté attention à ce qui se trouvait au-dessus d'elle. Elle ferma la valve et commença à redescendre. Elle leva les yeux pour constater qu'elle avait effleuré une pointe d'acier tordu. Avec son casque. Si la pointe avait accroché sa manche et déchiré le tissu... mais elle se trouvait presque au niveau de la chambre forte et la lampe de Tom brillait en face d'elle. Elle ne semblait pas avoir bougé depuis que Brande était arrivée. Donc, il... Son cœur se mit à battre la chamade tandis que, de nouveau, elle s'élevait et braquait sa torche sur l'ouverture béante qui avait été la chambre forte. Elle distingua Tom, face à elle, qui essayait d'arborer un sourire sur son visage tendu. Car dans le même instant elle vit que le pied de Tom avait glissé de la poutrelle d'acier pour se coincer entre celle-ci et une autre poutrelle, déplacée sous le choc pour venir le bloquer tandis que les bords déchiquetés de l'acier rouillé mordaient dans le caoutchouc renforcé du scaphandre, à hauteur de la cuisse.

Les dents acérées du métal mordaient si fort dans le caoutchouc, en fait, que Brande fut sûre qu'elles y avaient déjà pénétré. C'était impossible, comprit-elle, car Tom était toujours vivant. Mais le moindre mouvement *allait* déchirer le caoutchouc, comme Tom s'en rendait parfaitement compte. Aussi n'avait-il pu prendre le risque d'essayer de se libérer seul. Et depuis dix minutes il était là, dans l'impossibilité de faire quoi que ce soit sinon attendre, confiant dans le fait qu'elle viendrait.

Elle posa son pied sur la poutrelle, s'accrochant de ses mains gantées à d'autres morceaux d'acier qui pendaient. Elle voyait les lèvres de Tom qui remuaient et elle sut qu'il lui disait d'être prudente. Lentement, elle avança le long de la poutrelle, jusqu'à se trouver à trente centimètres de lui. Elle s'accroupit et regarda plus attentivement.

Il ne pourrait survivre que si on le libérait, et vite, avant qu'épuisé par la tension il bouge et déchire son scaphandre. Elle leva la tête, le regarda, montra sa scie. Oui, lui fit-il de la tête, lui envoyant un baiser. Mais elle savait qu'il devait songer qu'au moindre dérapage des dents d'acier, tranchantes comme des rasoirs, il serait mort. Elle devait ne pas l'oublier, également, mais sans laisser cette pensée jouer sur ses nerfs. Elle lui sourit, utilisa d'abord son couteau pour ôter autant de bernaches qu'elle le put afin de se ménager un espace pour s'asseoir — leurs coquilles aussi pouvaient percer même le caoutchouc renforcé — puis se pencha sur l'acier et se mit à tailler, commençant à une bonne trentaine de centimètres de la cuisse coincée. L'acier se trouvait là depuis dix ans et l'autre poutre avait pratiquement rouillé aussitôt. Si seulement elle pouvait briser également celle-ci… mais encore fallait-il qu'elle se brise dans le bon sens. Il fallait qu'elle tombe *au-delà* de la jambe de Tom car on ne pouvait risquer la moindre perforation du scaphandre.

Tom conserva le faisceau de sa lampe braqué sur elle et elle put donc éteindre la sienne et se concentrer sur ce qu'elle faisait, tenant la poutrelle d'acier de sa main gauche et sciant de la droite, sentant son corps glisser en avant et en arrière dans le mouvement, songeant qu'il fallait également en tenir compte ; car même sur du métal lisse l'effet de friction pouvait percer le scaphandre. Et *cette* poutrelle, malgré toute son épaisseur de rouille, ne paraissait pas près de céder. La rouille obscurcissait l'eau, autour de Brande, diminuant la visibilité. Mais elle continuait de scier, sentant la sueur lui dégouliner dans le dos sous sa tunique de laine. Elle avait à peine scié la moitié des trente centimètres de la poutrelle quand soudain elle glissa. Elle se rattrapa immédiatement, reprit sa position et constata, horrifiée, que sa scie s'était brisée en deux.

Elle connut un instant de désespoir puis vit Tom qui lui tendait sa scie. De nouveau, il lui envoya un baiser d'encouragement et elle se remit au travail. Maintenant, elle se trouvait pratiquement contre lui et il pouvait l'empêcher de glisser en la retenant par la taille. Mais maintenant, aussi, les dents de la scie n'étaient plus qu'à quelques centimètres de la cuisse de Tom et elle n'osait plus utiliser l'outil. Elle l'accrocha à sa ceinture, poussa sur la poutrelle sans aucun résultat. Avec précaution elle se redressa, leva la jambe, cogna la poutrelle du pied, toujours sans résultat. Elle regarda Tom qui lui indiqua la scie des yeux.

Elle hésita, se mordant la lèvre.

— Vas-y, le vit-elle articuler.

Elle reprit la scie, se remit à tailler. Elle sentait presque les ampoules à travers ses gants et la tête lui tournait un peu ; sous l'effort, elle évacuait davantage de dioxyde de carbone que sa bouteille ne pouvait en éliminer. Mais il ne restait que cinq centimètres à tailler. De nouveau, elle voulut accrocher sa scie à sa ceinture avant de cogner de son pied. Elle rata son coup, la scie lui glissa des doigts et descendit, descendit jusque dans le sable. Elle leva la tête, horrifiée. Tom lui sourit et lui cria :

— Va la chercher.

Il faisait montre d'une patience et d'un courage extraordinaires. Si seulement elle ne se sentait pas si épuisée, sans parler des vertiges provoqués, savait-elle, par l'excès de dioxyde de carbone. En fait, il aurait fallu retourner à la cloche, se reposer, reprendre sa respiration. Mais elle ne pouvait abandonner Tom, assis là à attendre la mort.

Elle leva le pouce à son intention, rampa le long de la poutrelle et descendit jusqu'au fond, trouva la scie arrêtée par une autre poutrelle transversale à un mètre quatre-vingts du sable. Elle la saisit, l'attacha fermement cette fois, appuya sur le bouton pour se propulser vers le haut à l'aide de son air comprimé — et rien ne se produisit : Fairchild l'avait mise en garde : la bouteille ne contenait assez d'air que pour des déplacements de secours et elle l'avait inconsidérément utilisé pour inspecter le navire.

Elle leva les yeux vers la lampe de Tom, à une dizaine de mètres au-dessus d'elle. Une dizaine de mètres qu'il allait lui falloir escalader, par-dessus des poutrelles rouillées incrustées de bernaches. Une dizaine de mètres à escalader alors qu'elle se sentait totalement épuisée et envahie du désir croissant d'envoyer promener ses bottes et de simplement monter, monter.

Elle savait qu'elle souffrait d'une intoxication au dioxyde de carbone, qui allait certainement empirer. Si elle ne se reprenait pas, ils allaient mourir tous les deux. D'une manière ou d'une autre, il lui fallait escalader ces dix mètres et se remettre à scier et… elle serra les dents, empoigna la première prise, leva les yeux, vit une poutrelle d'acier qui lui arrivait dessus. Elle sut qu'elle cria, le cri semblant résonner dans toute sa tête. L'acier la heurta à l'épaule, l'envoyant bouler dans le sable, se posant en travers de ses cuisses. Seigneur, se dit-elle, je suis fichue. Nous sommes fichus l'un et l'autre. Oh… elle leva les yeux et vit Tom descendre vers elle. C'était sa poutrelle qui avait fini par se rompre.

Elle eut envie de crier de joie, d'arracher son casque et de danser. Mais elle ne pouvait bouger, coincée qu'elle était par la masse d'acier qui l'enfonçait dans le sable mou. Tom avait compris ce qui se passait et un instant plus tard il la dégageait et la ramenait à la cloche, la tirant et la portant à la fois. Tout se fondit dans un kaléidoscope de lumières brillantes et clignotantes et Brande ne reprit vraiment ses esprits qu'une fois assise dans l'un des sièges de la chambre, son casque retiré, respirant librement enfin.

— Mon Dieu, dit-elle. J'ai failli y passer. Le dioxyde de carbone…

— Oui. Je l'ai vu à ton visage.

— Tu m'as sauvé la vie.

— Tais-toi.

Ils se sourirent et le téléphone sonna.

— Vos soixante minutes sont écoulées, dit Fairchild. Vous êtes là ? Tom ? Madame Maddox ?

— Nous sommes là, répondit Tom. Nous venons de rentrer. C'est fou comme le temps passe.

— Vous avez trouvé trace du trésor ?

Ils se regardèrent. Ils avaient oublié le trésor. Mais ils n'en avaient *pas* trouvé trace. Il n'était tout simplement pas là.

— Non, dit Tom, les épaules affaissées sous la déception. Je crois que vous pouvez nous remonter.

— Attendez, cria Brande, montrant quelque chose par le hublot.

La poutrelle d'acier qui l'avait coincée dans le sable avait presque disparu.

— Regarde, cria-t-elle. Tout ce qui a pu tomber de la chambre forte a dû simplement s'enfoncer dans le sable. Si trésor il y avait, c'est là qu'il se trouve.

432

— Il n'y a guère de chances, dit Tom. Cela fait dix ans qu'il s'enfonce dans cette vase.

— Non. Ed prétend qu'elle ne fait que quelques pieds de profondeurs, sans quoi tout le navire aurait disparu. Ne nous remontez pas, Ed. Descendez les tuyaux.

— Mais il faut commencer votre décompression. Maintenant.

— Vous pouvez tout aussi bien nous décompresser ici que là-haut, lui rappela Brande. Faites descendre les tuyaux et dites à Walter de s'ancrer sur cette position. Nous allons draguer un peu.

Ils mangèrent des sandwiches, burent de l'eau et attendirent que les tuyaux arrivent, regardant les énormes ancres descendre également, dangereusement proches de la cloche, semblait-il, s'enfoncer dans le sable. Ils passèrent trois heures fastidieuses à faire avancer et reculer les aspirateurs jusqu'à ce que Brande pense qu'ils se trouvaient au bon endroit pour aspirer le sable de dessous la chambre forte. En fait, ce ne fut pas fastidieux du tout car ils étaient l'un et l'autre trop conscients de la joie simple qu'on ressentait à être vivants — et de leur excitation de savoir qu'ils se trouvaient enfin là.

Seul l'avenir le leur dirait ; il n'existait aucune preuve que le trésor était bien là, perdu dans le sable. Cependant, s'il s'était trouvé à bord, il ne pouvait être nulle part ailleurs.

— Vous êtes prêts, là-haut ? demanda Brande.

— Prêts, confirma Fairchild. Les vannes sont en position.

— Eh bien, commencez à pomper. Et faites-nous signe quand il commencera à se passer des choses.

Ils attendirent, conscients qu'on réduisait lentement leur pression, assis au fond à regarder le navire, à regarder la vase se troubler sous l'énorme succion imprimée depuis la surface. Ils avaient commencé leur plongée à huit heures du matin et on avait commencé à pomper à trois heures de l'après-midi. Leur seule crainte était maintenant que le temps ne tourne.

— Le temps est beau, annonça Harragin, rassurant.

— Il y a quelque chose qui sort, à votre bout?

— Un sacré paquet de vase. Bonne nuit.

Leurs montres indiquaient neuf heures du soir. Ils retirèrent leur scaphandre, s'installèrent aussi confortablement que possible et s'endormirent, trop épuisés pour faire autre chose que se tenir la main. Brande s'éveilla à six heures, comme elle le vit en consultant sa montre.

— Allô, là-haut, appela-t-elle.

— Allô, là en bas, répondit Bill Prendergast, étouffant un bâillement.

— Quelque chose d'intéressant?

— Ça pue, ce truc-là, si c'est ce que vous voulez dire.

— Cela fait quinze heures qu'ils pompent sans arrêt, dit Tom. Ce n'est pas trop bon signe, Brande.

— Eh bien, nous allons changer les pompes de place.

— Il vaut peut-être mieux laisser faire encore un peu, objecta Tom qui avait allumé les projecteurs et montrait le chantier où, après quinze heures, seule avait été dégagée une surface de quelque deux mètres carrés sur, peut-être, la même profondeur sous le navire. Il y a un sacré tas de vase, poursuivit-il. Et le trésor sera descendu jusqu'au fond.

Brande regarda le trou. Fairchild avait dit qu'il n'y aurait guère plus d'un mètre quatre-vingts de vase, et ils ne devaient donc pas être loin du fond rocheux. Par conséquent, si l'or était bien là...

— Dites voir, annonça Jim Prendergast dans le téléphone. Dites voir... Dites voir!

— Eh bien, *dites-le*, pour l'amour de Dieu! hurla Brande, oubliant qu'elle s'adressait à son futur beau-père.

— Quelque chose. Il y a quelque chose. Dites, vous croyez que c'est de l'or?

— Et comment que c'est de l'or, nom de Dieu, hurla Harragin dans l'appareil. Un sacré tas. On dirait qu'il a été pulvérisé, les lingots se sont transformés en une masse informe. Et ce n'est pas très pur. Qu'est-ce que c'est que ces foutues taches?

434

— Ces taches sont des rubis, madame Maddox, annonça Fairchild. Toute la cargaison semble s'être fondue et, pour ce qui est de l'or et des pierres, cela arrive sous forme presque liquide. Je suppose que c'est la pression qui a provoqué cela car ça commene à se solidifier dès que ça arrive ici. Et, bien sûr, les pierres ne sont en rien affectées par la pression. Madame Maddox, je crois que nous avons trouvé ce que nous cherchions.

Brande et Tom se jetèrent dans les bras l'un de l'autre, l'esprit en liesse. Après tout....

— Et ce type qui disait que nous n'aurions pas envie de champagne, observa Tom. Dis-moi, tu te rends compte que nous avons encore deux jours à passer dans cette cellule?

— Mais pas obligatoirement là au fond, dit Brande qui demande, au téléphone: Je crois que vous pouvez nous remonter.

— C'est parti, annonça Fairchild. Je dois dire, madame Maddox, que ça c'est quelque chose!

Deux heures plus tard, environ, ils se retrouvaient fixés sur le pont du remorqueur et pouvaient voir leurs associés ainsi que la vase et l'eau qui jaillissaient des tuyaux et se déversait dans l'immense treillage tendu à l'arrière. La plus grande partie de la vase et l'eau filtraient à travers les mailles pour laisser subsister divers petits cailloux et objets de toute taille et forme. Au milieu s'activaient Lynette et Heston, allant et venant, ramassant ce qui leur paraissait de quelque valeur pour l'ajouter au tas de métal jaune qui s'accumulait près de l'écoutille de la salle des machines et où apparaissaient par endroits des reflets de lumière. Le tas, encore petit, augmentait sans cesse.

Harragin grimpa à l'échelle extérieure de la cloche pour venir leur adresser un sourire et envoyer un baiser à Brande. Même les deux Russes souriaient tandis qu'au téléphone Jim Prendergast leur fournissait un commentaire incessant sur chaque once du trésor récupérée.

— Je crois qu'il faudra pas mal de temps pour tout récupérer, dit-il. Beaucoup de temps. On pourrait dire des années.

— Nous avons tout le temps, dit Brande. Sortez, disons, pour vingt-cinq millions, cette fois ; ce qui nous remettra dans la légalité et permettra à la compagnie de redémarrer. Nous ne manquerons pas de commanditaires à notre retour à New York avec cela à bord.

— C'est bon. Pour vingt-cinq millions, ça ne devrait pas prendre trop longtemps.

Ce fut Brande qui décida d'arrêter les pompes, cette nuit, pour que chacun aille se reposer. Le trésor était là et le temps bien établi.

— Un bain chaud, dit-elle à Tom le lendemain matin. Il n'y a rien que je désire plus au monde. Et à Lynette, au téléphone : Un bain chaud.

— Vous aurez votre bain chaud dès demain matin, promit Lynette.

Car il leur restait encore vingt-quatre heures à passer dans la cloche, vingt-quatre heures pendant lesquelles le trésor continuait à s'accumuler.

— A combien en sommes-nous, d'après vous ? demanda Brande, le soir.

— Difficile à dire, répondit Harragin. Nous ne savons même pas le nombre de pierres incrustées dans ce truc. Mais à vue de nez, et compte tenu du temps, cela fait plus de huit ans.

— Huit ans à un million de dollars par jour ? Je crois qu'il y a des moyens moins agréables de gagner sa vie.

Ils se regardèrent. Sans qu'ils l'aient voulu, l'avenir venait soudain de s'assombrir.

— Tom, dit Brande, tu sais que j'ai des choses à faire.

— Je crois que Brande Maddox aura toujours des choses à faire.

— Pas tant que cela. Quand ce sera fait, c'est-à-dire dès que j'aurai remis la société à flot et liquidé toutes ces dettes...

— Bon sang, c'est-à-dire vers la Noël.

— C'est exact. Alors, je prends ma retraite et je viens en Floride avec toi.

Il l'embrassa sur les lèvres.

— Tu veux que je te dise ? Je crois que cette nuit nous allons fermer ces volets, après tout.

Jamais elle ne dormit mieux, mais la nuit prit brutalement fin sur une sonnerie du téléphone.

— C'est l'heure de vous réveiller, sœurette chérie, annonça Heston. Vous pouvez sortir, maintenant. Et pas de bêtises, hein, car nous vous attendons.

— Oh, mon Dieu, gémit Brande.

— Seigneur, Seigneur. Je les avais oubliés. Et je crois que les autres aussi, dit Tom.

Brande ouvrit les volets, cilla sous la lumière du jour. On n'avait pas remis les pompes en marche, mais Heston et les deux Russes attendaient sur le pont arrière, armés de morceaux de tuyau. Heston tenait le téléphone.

— Soyez raisonnables, dit-il.

— Où est le commandant Harragin? Et les autres? demanda Brande.

— Ligotés et bouclés. Il a suffi de s'occuper de l'homme de garde — les autres dormaient. Mais nous allons agir en gens civilisés. Vous allez donc sortir. Et vous réalisez que nous pourrions parfaitement vous balancer par-dessus bord et vous laisser là. Et balancer également tous vos amis. Mais je suis prêt à me montrer généreux.

— Rien à faire, murmura Tom. Personne n'est généreux *à ce point*. Que crois-tu qu'il mijote?

Brande se sentit bouillir d'une formidable colère. Car il y avait assez pour tous. Plus qu'assez.

Mais pas pour Heston. Il voulait *tout*.

— Il veut mettre la main sur moi autant que sur l'or, dit-elle. C'est une espèce de cinglé, j'en ai peur.

— Une espèce? dit Tom.

— Mais il a toutes les cartes en main. Nous ne pouvons demeurer ici. Comme il le dit, il peut tout simplement nous balancer par-dessus bord.

— C'est juste, convint Tom qui prit le téléphone et annonça: C'est bon, Maddox, nous sortons.

— Sortez bien gentiment.

— Eh bien, ouvrez l'écoutille. (Tom raccrocha l'appareil et demanda à Brande :) Tu sais qu'à part toi ces types vont tuer tout le monde quand ils seront prêts ?

— Oui, dit-elle, le souffle soudain coupé.

— Donc, c'est eux ou nous. Tu me suis ? Je parle de mort d'hommes, Brande.

Elle se mordit la lèvre puis acquiesça :

— Oui.

— Donc, tu t'occupes d'Ivan, décida Tom, tirant de son fourreau son couteau de plongée de trente centimètres de long, dont vingt de lame, et le plaçant dans sa main droite, dissimulé par la face interne du poignet.

— Qu'est-ce que tu vas faire ? demanda Brande, le cœur battant.

Heston et le commandant russe étaient à peu près du même gabarit que Tom et s'attendaient à des ennuis — et ils étaient armés de barres de fer.

— J'ai un hobby, expliqua-t-il. Je n'en suis pas très fier mais je me défends très bien. Souviens-toi, Brande, c'est eux ou nous.

L'écoutille s'ouvrait et Ivan les regardait. Maintenant, il redescendait précipitamment l'échelle.

— Vous d'abord, Brande, dit Heston.

Oui, fit Tom de la tête, lui envoyant un baiser. Elle escalada l'échelle intérieure, s'assit au bord de l'écoutille, respirant la pureté de l'air marin pour la première fois depuis trois jours. Et la mort qui planait. Pour les uns ou les autres. Elle passa les jambes par-dessus la trappe et descendit.

— Brave fille, dit Heston. A vous, maintenant, Prendergast. Et souvenez-vous : tout doux. A la moindre entourloupette je casse la tête à Brande.

Brande regarda Tom sortir puis descendre, lentement. Il leur tournait le dos, les mains sur les barreaux ; on ne voyait que la face externe de ses poignets.

— Qu'allez-vous faire ? demanda-t-elle à Heston.

— De vous ? demanda-t-il, se collant à elle, promenant ses mains, trouvant apparemment du plaisir à la caresser même à travers trois pulls et des caleçons longs. Vous venez avec moi en Russie. C'est ce que j'ai tou-

438

jours voulu. Et je pense que nous avons récupéré assez d'or pour convaincre même Joseph Staline que ça vaut la peine d'envoyer ici un gros navire. Pour ce qui est des autres, eh bien, le problème c'est qu'ils sont six et nous trois. Et que nous n'avons pas d'armes, seulement ces barres de fer. D'un autre côté, nous ne voulons pas vraiment tuer vos amis à coups de barre de fer ; pensez au gâchis. Mais nous ne pouvons certainement pas prendre le risque de les avoir à bord jusqu'à notre arrivée en Russie. J'ai pensé les mettre tous dans la cloche, maintenant que vous en êtes sortie, et les couler. Je crois que ce serait plutôt amusant et pas sale du tout. Et tellement plus humain, non ? Ils seront ensemble et auront pas mal de compagnie, là-dessous.

— Salaud.

Elle lança sa main vers lui et il se mit à rire en lui saisissant le poignet. Mais il ne faisait plus attention à Tom qui avait atteint le bas de l'échelle. Brande le vit se retourner avec un geste de la main droite au moment où le commandant Ascherine s'avançait. La lame du couteau brilla au soleil du matin, projetée avec une force et une précision terrifiantes, et s'enfonça jusqu'à la garde dans la poitrine d'Heston. Celui-ci fit entendre un cri de surprise étouffé et le sang jaillit de sa bouche.

Brande se libéra, se retourna et, dans le même instant, se lança sur Ivan. Il s'écroula sur le pont et elle se pencha sur lui, les deux poings serrés ensemble pour le frapper de toutes ses forces au visage. Il poussa un grognement et sa tête heurta l'acier du pont.

Tom, serrant le poing énorme qui venait de lancer le couteau, avait déjà assommé le commandant russe du même mouvement. Tout s'était déroulé si rapidement que Brande sentait encore l'étreinte d'Heston sur sa main. Mais il gisait sur le pont, dans une mare de sang, déjà mort. Et cette issue, réalisa-t-elle, était inévitable. Ces gens avaient tenté de s'opposer à eux, qui avaient défié l'élément le plus terrible de la terre et l'avaient vaincu.

— C'était son idée, haleta Ascherine. J'aurais respecté notre accord.

— Qui ne tient plus, dit Tom. Vous et votre jeune ami allez passer le reste du voyage en cale. Venez.

Brande les suivit. Elle ne pensait pas que Tom aurait besoin d'aide mais elle ne voulait plus jamais le quitter des yeux.

— Désolé, dit-il, une fois la porte de la cale bouclée, mais cela devait arriver.

— Oui, dit-elle, cela devait arriver.

— Voyons donc comment survivent les autres. Ensuite… je crois que tu souhaiteras faire les valises, pour cette fois.

Brande le regarda puis regarda la mer d'un bleu profond, puis revint à Heston gisant sur le pont. Tout un kaléidoscope de souvenirs semblaient se bousculer dans son esprit. Mais Heston avait littéralement creusé sa propre tombe. Et maintenant tous les Maddox étaient morts ; Janine ne faisait pas vraiment partie de la famille. Mais elle était bien vivante, tout comme Brent Junior. Tout ce qui était arrivé n'était pas seulement arrivé pour lui mais aussi et d'abord à cause de lui. Ce serait bafouer les dix années qui venaient de s'écouler que de l'oublier.

— Nous faisons les valises, dit-elle. Dès que nous aurons sorti du trésor l'équivalent de vingt-cinq millions, pour cette fois. Libère l'équipage et occupe-toi du cadavre d'Heston pendant que je mets ces pompes en marche. •

Épilogue

L'arrivée inattendue de Brande Maddox à New York, à bord d'un petit remorqueur britannique dont le pont arrière était littéralement jonché d'or, constitua la plus grande sensation d'une vie pleine de sensations. On la plaça aussitôt sous mandat d'arrêt pour escroquerie, mais lorsqu'il devint manifeste que le trésor jusque-là récupéré dépassait trente millions de dollars, qu'il ne représentait que la partie visible de l'iceberg et qu'elle ne souhaitait que rembourser les trois millions disparus et régler ses créanciers aussitôt que possible, elle fut libérée sous caution de dix millions de dollars. Quatre semaines plus tard, trois gros navires étaient à l'œuvre sur le site, sous la direction du commandant Walter Harragin, et à la fin de l'année on avait récupéré pour quelque cinq cents millions de dollars.

Brande ne retourna pas sur le site. Elle avait trop à faire à New York, à reconstituer le conseil d'administration de la compagnie Maddox dont elle demeurait l'actionnaire majoritaire et le président, et à refaire prendre la mer aux navires. Ce qui fut également terminé vers la fin de l'année 1930, époque où la compagnie Maddox, soutenue par un afflux de capitaux sans égal dans des temps aussi incertains, se trouvait au sommet de la vague d'une immense prospérité, avec deux nouveaux navires déjà en chantier.

Brande eut également beaucoup à faire à Londres, et

pas seulement pour aider à mettre sur pied la Société de Constructions d'Engins de Plongée Fairchild, dont elle était l'un des associés, et veiller à la vente de la Compagnie Alletson et à la bonne retraite de ses parents — il lui fallut également témoigner au procès de Marcus Portman, qui s'était effondré et avait avoué le meurtre de Griffith Maynor douze ans plus tôt. Il fut pendu.

Cela fait, elle passa peu à peu le contrôle des affaires de la compagnie à son vice-président exécutif, Peter R. Smithers, et se retira au soleil de Floride. Elle continua à plonger, mais strictement pour le plaisir.

En sa qualité de Brande Prendergast, elle continua à faire les titres partout où elle allait. Souvent, quelque journaliste ou rédacteur en chef en mal de copie soulevait la question de l'origine de sa fabuleuse fortune et de savoir à qui elle appartenait vraiment. Mais la famille du tsar persistait à soutenir que les millions des Romanov se trouvaient toujours dans la chambre forte d'une banque anglaise et le gouvernement soviétique refusait d'admettre qu'il en savait quoi que ce fût. Il nia même qu'eût jamais existé, dans les registres de la flotte russe un navire baptisé *Komsomol*. De même qu'il déclara tout ignorer des faits et gestes du défunt Heston Maddox — ce qui, du moins, était exact car le commandant Ascherine tout comme Ivan, encouragés par un geste généreux de Brande, avaient demandé et obtenu l'asile politique aux États-Unis. Ainsi, nul ne put présenter un propriétaire plus légal que la compagnie Maddox.

La presse, soupçonnant l'histoire beaucoup plus juteuse que ce qu'on avait bien voulu en dire au public, continua à la considérer comme la femme la plus dure du monde. Brande ne se soucia jamais de contester l'accusation, se satisfaisant du fait que seul son mari était d'un avis différent.

Et, ainsi que l'avait prévu Jim Prendergast, les travaux de récupération se poursuivirent sans cesse, pendant des années, jusqu'à ce qu'on eût remonté pour plus de deux milliards de dollars en or et en pierres précieuses — au taux de 1914 — de la vase sous l'épave du *Northern Wind*. Après quoi on mit un terme à l'opération quand le chargement quotidien tomba au-dessous de dix mille dollars.

Ainsi, selon une évaluation raisonnable, demeurent sous la vase, à soixante milles au sud-ouest de Fastnet Rock, sous sept cents pieds d'eau — deux cent dix mètres — où le bleu de l'océan devient le noir des abysses, quelque cinq cents millions de dollars.

Achevé d'imprimer en janvier 1990
sur les presses de l'Imprimerie Bussière
à Saint-Amand (Cher)

PRESSES POCKET - 8, rue Garancière - 75285 Paris
Tél. : 46-34-12-80

— N° d'imp. 110. —
Dépôt légal : janvier 1990.

Imprimé en France